I0632199

Contraste insuffisant
NF Z 43-120-14

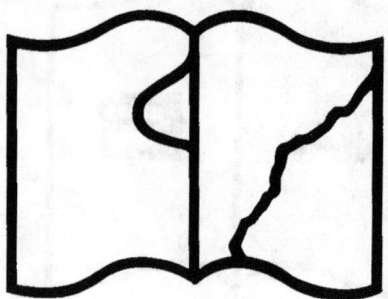

Texte détérioré — reliure défectueuse
NF Z 43-120-11

MABEL VAUGHAN

MISS CUMMINS

MABEL VAUGHAN

TRADUCTION NOUVELLE

PAR

A. HANNEDOUCHE

INSPECTEUR PRIMAIRE

PARIS

LIBRAIRIE GEDALGE

75, RUE DES SAINTS-PÈRES, 75

MABEL VAUGHAN

CHAPITRE PREMIER

Par une chaude après-midi de juillet, une dame d'une quarantaine d'années, à la physionomie douce et méditative, était assise seule dans son salon et paraissait absorbée par un travail de couture.

Elle habitait une maison située en pleine campagne, dont les fenêtres, peu élevées, s'ouvraient sur une pelouse verdoyante, légèrement inclinée, bordée d'arbres au feuillage épais. Une odeur agréable de foin coupé montait jusqu'à l'appartement.

C'était assurément une maîtresse de maison fort active et qui n'aimait pas à perdre son temps, car depuis plus d'une heure elle n'avait pas levé les yeux. Tout à coup, de joyeux cris d'enfants, venant du dehors, attirèrent son attention ; son aiguille s'arrêta au milieu d'une couture, et, laissant là son ouvrage, elle alla s'accouder à l'appui d'une fenêtre. Là, elle suivit d'un regard observateur, durant quelques minutes, les faits et gestes d'un petit groupe de jeunes filles réunies sous un arbre, en face d'elle.

Les fillettes étaient trop éloignées pour qu'il fût possible à l'observatrice d'entendre ce qu'elles disaient ; mais leurs visages animés, leurs mouvements vifs, leur bavardage même annonçaient la joie, la santé, l'équilibre physique et moral le plus parfait. Elles ne tinrent pas longtemps en place : les unes s'amusèrent à poursuivre des papillons aux brillantes couleurs, les autres se jetèrent à la tête des brassées de foin, d'autres encore se mirent à courir çà et là à travers la pelouse ensoleillée.

Tout en souriant de temps à autre au spectacle de cette exubérante gaieté,

1

la dame à la figure bienveillante considérait ces enfants d'un air pensif, avec plus de gravité que la circonstance ne le comportait.

Pourquoi cette teinte de mélancolie ? C'est qu'elle voyait dans leurs ébats mille indices qu'un œil moins clairvoyant n'aurait pas su discerner, et qu'elle en tirait des conséquences pour l'avenir.

Dans ce petit monde, trois des fillettes étaient ses propres enfants, mais, en ce moment, ce n'était pas sur elles que ses pensées s'arrêtaient particulièrement.

Une autre enfant qui, sans lui être attachée par les liens du sang, pouvait être considérée comme sa fille d'adoption, puisque depuis trois ans elle vivait sous son toit et devait, selon toute vraisemblance, y demeurer longtemps encore, fixait toute son attention : âgée de onze à douze ans, elle était l'aînée de ses compagnes, et se distinguait entre toutes, d'ordinaire, par sa vivacité, sa pétulance et son ardeur au jeu.

A cette heure, cependant, elle paraissait préoccupée, ne jouait que par intermittences et, après chaque explosion de gaieté, revenait s'asseoir en grande hâte au pied d'un vieux pommier. Là, ramassant un livre qui gisait abandonné sur l'herbe, elle faisait tous ses efforts pour s'absorber dans l'étude. Mais bientôt les éclats de rire et les bruyantes exclamations de ses jeunes amies lui donnaient des distractions et, ne résistant plus, elle jetait le malheureux volume et s'élançait, à la suite de la joyeuse bande, jusqu'à l'extrémité du jardin. Puis, hors d'haleine, toute rouge de fatigue, elle revenait à son pommier et à son livre.

Si par hasard elle faisait mine de résister à la tentation ; si, disposant son livre sur ses genoux et se bouchant les oreilles pour ne plus entendre les appels et les rires, elle se remettait résolument à sa leçon, c'étaient alors les petites espiègles qui s'approchaient d'elle à pas de loup, lui enlevaient son chapeau pour l'obliger à venir le reprendre, ou, la prenant par la main, l'entraînaient à la poursuite de quelque lapin apprivoisé, qui bondissait effaré à travers la pelouse...

Ses efforts, en somme, étaient bien inutiles, car, lorsqu'elle avait les yeux sur son livre, son esprit vagabondait ailleurs.

Tout à coup, au moment où elle venait de faire une nouvelle tentative pour s'isoler dans l'étude, une main sournoise s'empara de la pauvre grammaire

et la lança par-dessus la haie qui séparait le parterre du jardin potager. Dès
lors, l'écolière sans volonté se sentit comme affranchie de toute préoccupation
et fut la première à pousser un cri de délivrance.

Mais sa joie ne fut pas de longue durée : du côté de la maison, une cloche
sonna, annonçant l'heure de la classe, et la
jeune fille se hâta d'aller reprendre son
livre. Elle ne souriait plus maintenant; son
visage était devenu soucieux et ce fut d'un
pas hésitant qu'elle se présenta devant son
institutrice.

Silencieusement, la maîtresse ouvrit le
livre et se disposa à écouter l'enfant qui,
cela va sans dire, ne savait pas le premier
mot de sa leçon.

Après quelques efforts impuissants,
l'écolière baissa la tête et, tandis que des
larmes d'humiliation coulaient le long de
ses joues, elle balbutia :

— Je ne puis apprendre cette leçon ;
c'est trop difficile, madame !

— Vous n'avez pas même essayé, Mabel,
fit doucement Mme Herbet.

— J'ai fait mon possible, madame,
reprit Mabel ; je vous assure que j'ai étudié
de mon mieux ; mais je n'ai pu y réussir.
Je voudrais bien n'être pas obligée d'apprendre la grammaire.

— Qu'appelez-vous étudier, ma chère
enfant ? interrogea Mme Herbet avec une pointe d'ironie. Cela consiste-t-il à se
rouler dans le foin pour jouer à cache-cache avec les autres enfants, ou bien
à se percher sur la plus haute branche d'un cerisier afin d'y découvrir un nid
de pinsons ?

Mabel effarée tourna ses regards vers la fenêtre d'où elle avait été ainsi

observée, comme pour lui reprocher son indiscrétion, puis elle osa lever les
yeux sur le visage de son interlocutrice.

Le sourire amical qu'elle y aperçut lui rendit un peu de confiance et avec
sa franchise naturelle elle s'écria :

— Comment aurais-je pu étudier quand mes camarades s'amusaient ?

— Ah ! voilà donc le grand mot lâché ! dit Mme Herbet attirant l'enfant vers elle
et essuyant son front couvert de sueur. Je ne vous ai pas perdue de vue depuis
une demi-heure, Mabel, et dès la première minute, j'ai compris ce qu'il advien-
drait de la leçon. Vous rappelez-vous ce que je vous ai dit le matin à ce sujet ?

— Vous m'avez dit, madame, que cette partie de la grammaire était difficile, tout ce qu'il y a de plus difficile.

— Ce n'est pas tout à fait cela, ma chère enfant ; assurément je vous ai prévenue que vous étiez arrivée à l'endroit le plus difficile de la grammaire ; mais
en même temps je vous assurais qu'avec un peu de patience vous pourriez
apprendre votre leçon assez vite, et qu'une fois en possession de ces règles, tout
le reste vous semblerait aisé par comparaison et s'éclaircirait d'une lumière
nouvelle. Je ne vous ai pas conseillé, cependant, de prendre le jardin pour salle
d'études, et je ne vous ai jamais dit que les bruits de la récréation faciliteraient
votre tâche. Vous auriez dû vous retirer dans votre chambre, vous y enfermer
et concentrer, pendant une heure, tous vos efforts sur la leçon. Voulez-vous
essayer maintenant ?

Mabel hésita, balbutia quelques paroles inintelligibles, puis baissa la tête et
se mit à pleurer. Mme Herbet attendit vainement une réponse. Au bout de quelques
instants, passant un bras autour de la taille de la fillette, elle l'attira doucement
près de son cœur, et les yeux dans ses yeux, avec une fermeté nuancée de tendresse, elle usa de tous les arguments qui pouvaient émouvoir l'enfant et relever
son courage. Bientôt Mme Herbet eut la satisfaction de constater que ses paroles
produisaient leur effet. La physionomie de Mabel se transfigura, ses larmes se
séchèrent, ses yeux brillèrent d'un vif éclat et, d'un air résolu, elle s'écria :

— Je crois que je puis apprendre ma leçon et je le *veux*, madame.

Puis elle se dirigea vers la porte, pour gagner sa chambre et se mettre au
travail.

— Et souvenez-vous, Mabel, fit Mme Herbet d'un ton affectueux, souvenez-vous, pour vous fortifier dans votre résolution, qu'une fois cette leçon apprise, le reste, par la suite, vous semblera facile.

En moins de temps que sa maîtresse, mentalement, ne lui en avait accordé, la jeune écolière, qui s'était mise à l'œuvre de toute son âme, eut surmonté toutes les difficultés.

La figure éclairée par un sourire de contentement, elle reparut dans la salle d'études, présentant sa grammaire à Mme Herbet et la priant de vouloir bien la lui faire réciter.

— Je ne me tromperai pas d'un mot, déclara-t-elle ; j'ai répété la leçon deux fois sans regarder le livre.

Mabel alla en effet, sans commettre la moindre erreur, jusqu'au bout de la leçon.

— Voyez, madame ! s'écria-t-elle après avoir reçu les éloges que méritaient ses efforts (un peu tardifs, il est vrai) ; voyez, le verbe qui vient ensuite ressemble tellement à celui-ci qu'il me sera très facile de le retenir.

Et l'enfant indiqua avec beaucoup d'à-propos un certain nombre de ressemblances.

Mme Herbet, souriant de cette vivacité, lui fit voir d'autres similitudes encore ; puis, posant sa main sur l'épaule de la jeune fille, elle lui dit d'une voix grave :

— Ma chère Mabel, il en est ainsi dans la vie. La grande leçon de charité, de bonté, une fois apprise, patiemment, sans défaillance, reste pour toujours gravée au fond du cœur, et elle nous vient en aide dans toutes les épreuves, elle dissipe toutes les obscurités d'ici-bas. Mais croyez-le, mon enfant, de même qu'il est impossible d'apprendre la grammaire au milieu du bruit de la récréation, ce n'est pas dans les joies et les tumultes du monde que peut être comprise et retenue la consolante leçon de charité ; c'est plutôt dans les silencieuses méditations de la pensée, dans le calme de la solitude, dans la pratique journalière du devoir que ses enseignements nous profitent. Tant que nous poursuivons les folles chimères qui voltigent autour de nous comme des insectes aux brillantes couleurs, tant que nous dépensons à la recherche du plaisir les heures si vite écoulées de notre jeunesse, nous sommes incapables de saisir le but de la vie.

Mabel ne comprit pas alors toute la portée de ces paroles. Mais elles se fixèrent dans sa mémoire et dans son cœur comme la graine qu'enferme la terre généreuse et qui germera plus tard, et elles produisirent de riches moissons...

Cinq années s'étaient écoulées depuis la scène que nous venons de rapporter lorsque Mabel reçut le message qui la rappelait auprès de son père. La chrysalide s'était transformée en papillon, l'enfant était devenue une belle jeune fille.

Le soir qui précéda le départ, comme la maîtresse et l'élève étaient assises l'une près de l'autre, Mme Herbet, très émue, mais s'efforçant d'être calme, parla ainsi à Mabel :

— Ma chère fille, vous allez quitter cette calme et studieuse demeure pour entrer dans une vie nouvelle, où, hélas ! personne ne vous servira de guide. Pour être vraiment heureuse et vraiment utile, gardez-vous bien de l'égoïsme qui dessèche le cœur et qui ne laisse après lui que des ruines. Cultivez, au contraire, comme une fleur rare et précieuse, la charité universelle, l'amour du prochain. Soyez toujours indulgente et bonne. C'est la garantie du bonheur.

— Me jugez-vous donc égoïste, madame ? s'écria Mabel, à demi fâchée des recommandations de Mme Herbet, qu'elle prenait pour un reproche indirect. Suis-je donc si mauvaise ? Je vous assure cependant, ajouta-t-elle en se penchant avec tendresse vers l'institutrice, qu'il est des personnes que j'aime mieux que moi-même !

— Je ne vous accuse pas de ce vilain défaut, mon enfant, répondit Mme Herbet ; votre attachement pour moi et pour vos compagnes, votre générosité me sont connus. Je sais qu'il vous est facile d'aimer autrui, mais un temps viendra peut-être où cet amour du prochain, ce détachement de soi-même exigera de sérieux efforts et constituera pour vous une épreuve redoutable. C'est alors, ma chère Mabel, que l'égoïsme, les plaisirs frivoles s'offriront à vous avec toutes leurs tentations ; c'est alors qu'il y aura quelque mérite de votre part à être bonne et charitable, à préférer à votre propre satisfaction, à votre tranquillité même, les joies nobles et pures du sacrifice !

La voix de Mme Herbet, douce et persuasive, tout imprégnée de la mélancolie des adieux, pénétra profondément l'âme de Mabel. La jeune fille, levant les yeux sur sa maîtresse vénérée, surprit les larmes que celle-ci ne pouvait plus contenir. Elle laissa couler les siennes, et l'institutrice et l'élève restèrent longtemps silencieuses, attristées par l'idée de l'imminente séparation.

CHAPITRE II

Mabel Vaughan était la fille d'un commerçant de New-York, très entendu en affaires, d'une intégrité proverbiale et réputé pour sa grande fortune. Bien qu'il fût issu d'une famille respectable, que ses parents lui eussent donné une excellente éducation et l'eussent pourvu de tous les avantages nécessaires pour faire figure dans le monde, il n'en avait pas moins été le propre artisan de sa prospérité.

Toute sa jeunesse fut consacrée au travail, absorbée par les préoccupations commerciales. Ce fut vers l'âge mûr seulement qu'il songea à se créer un foyer. Il était alors parvenu à une situation prépondérante dans le monde des affaires ; sa réputation était sans tache, son influence considérable ; aussi trouva-t-il facilement, pour partager son nom, une jeune fille bien élevée, de figure agréable et dont les relations de famille étaient de nature à flatter son amour-propre.

Il n'existait, du reste, entre les deux époux aucune similitude de goûts, et ils ne trouvèrent pas dans cette union, en apparence si bien assortie, le bonheur qu'ils avaient rêvé l'un et l'autre. M. Vaughan aspirait après le calme et la tranquillité de la vie domestique, qui lui étaient si nécessaires pour oublier les tracas d'une journée passée dans les calculs et les combinaisons commerciales. Sa jeune femme, au contraire, avait en horreur l'existence familiale ; les visites, les promenades, les soirées, les bals, le *monde* en un mot, absorbaient tous ses instants ; il ne lui restait pas une minute pour gouverner sa maison et s'occuper de son mari.

Déçu dans son attente, M. Vaughan se lança de nouveau dans la spéculation avec une sorte de fièvre, tandis que sa femme s'enfonçait de plus en plus dans la vie mondaine, jusqu'à ce qu'enfin la maladie vînt la terrasser.

Les conséquences de ce malentendu conjugal furent encore plus désastreuses pour les enfants que pour le mari. A la naissance de son premier enfant, — une fille, — M. Vaughan s'était repris à espérer qu'il pourrait enfin avoir un intérieur ; il pensait que sa femme, retenue par ses nouveaux devoirs, renoncerait à l'existence brillante, mais vide, qu'elle avait menée jusque-là.

Hélas ! il ne persista pas longtemps dans son erreur : Mme Vaughan ne vit pas dans cet événement une raison suffisante pour rompre avec ses habitudes. Elle abandonna sa fille aux soins de mercenaires.

Négligée par sa mère, l'enfant fut en revanche gâtée par M. Vaughan, qui la traitait avec une indulgence aveugle et se mettait au service de tous ses caprices.

Au bout de six années, il leur naquit un garçon ; plus tard, une autre fille. Ce fut après la naissance de cette dernière que Mme Vaughan ressentit les premiers symptômes de la maladie nerveuse qui devait l'emporter. Louise, l'aînée des enfants, devint alors sa compagne assidue, et, pour remplir le vide de ses journées et se distraire de ses souffrances, la mère se chargea elle-même de diriger l'éducation de sa fille. Le résultat de cette direction fut déplorable : à seize ans, Louise savait danser à la perfection, jouait passablement du piano, s'habillait et se coiffait à ravir, savait sourire, saluer et minauder avec tout l'art d'une coquette ; douée d'une jolie figure, d'une taille bien prise, elle faisait valoir à merveille ces avantages extérieurs ; même elle avait acquis, par une étude assidue, une grande distinction de manières, très capable d'en imposer aux gens qui ne jugent que sur les apparences, mais son jugement, son intelligence et son cœur avaient été complètement négligés.

Henry et Mabel, les deux cadets, jeunes encore et par conséquent d'une turbulence naturelle à leur âge, fatiguaient la malade, qui ne les admettait que de loin en loin dans son appartement et finit par les abandonner complètement aux soins d'une gouvernante choisie au hasard.

Heureusement pour les enfants, cette femme, d'ailleurs ignorante, était honnête et bien intentionnée. Aux questions incessantes de ses jeunes protégés, toujours avides de connaître le pourquoi des choses, elle ne pouvait guère

2

donner de réponses satisfaisantes ; mais du moins ne leur enseignait-elle rien
de mal. Elle se mettait souvent en travers de leurs projets favoris, mais ne les
punissait pas injustement, ne se plaignait jamais d'eux sans raison. Surtout elle
n'avait pas le défaut de la plupart de ses semblables, lequel consiste à faire
confidence aux enfants de dangereux et imbéciles commérages.

A peine Henry atteignait-il sa neuvième année que, sur ses instances, son
père le mit au collège. Il échappait ainsi à une surveillance féminine, lourdement
et machinalement exercée, sans que nulle tendresse la vînt adoucir ; ce genre
de vie pesait à la nature vive et à l'intelligence curieuse, avide de s'instruire, du
jeune garçon. Il quitta la maison paternelle, enchanté d'avoir enfin des camarades, des amis de son âge, mais laissant sa petite sœur bien désolée, privée
désormais du compagnon chéri de ses jeux, du seul être qui l'aimât réellement
et écoutât complaisamment ses innocentes confidences.

Pauvre Mabel ! Qu'ils furent tristes pour elle, les jours qui suivirent le départ
d'Henry ! Durant de longs mois, elle ne toucha pas à ses jouets ; elle n'eut
d'autres distractions à son existence monotone qu'une promenade journalière
avec sa gouvernante, qui ne desserrait guère les dents, et une courte apparition
de son père, toujours affairé. De loin en loin, elle était appelée au salon, mais,
pour la moindre peccadille, pour le plus léger bruit, on la renvoyait impitoya-
blement, après une aigre semonce.

Hélas ! il faut bien l'avouer, ce fut la mort de sa mère qui arracha Mabel à
cette déplorable condition d'enfant abandonnée. Elle avait huit ans quand la
catastrophe se produisit. Louise, dès que se fut aggravé l'état de Mme Vaughan,
avait été envoyée dans un pensionnat « à la mode » ; Henry continuait ses
études loin de New-York ; elle restait seule sous le toit paternel. M. Vaughan,
devenu veuf, dut se préoccuper de l'avenir de Mabel. Obligé par sa situation à
de fréquents voyages, il ne pouvait la garder chez lui. Il fallait trouver pour elle
une maison convenable, où elle recevrait les soins que nécessitait son jeune âge.

Sur ces entrefaites, le père de Mabel fut avisé de la mort d'un vieil ami,
un camarade d'enfance pour lequel il avait toujours conservé une sincère affection. Cette affection s'était manifestée, peu de temps auparavant, par le prêt
d'une somme d'argent assez importante, — bagatelle pour le riche commerçant,
— mais inappréciable service pour un homme chargé de famille, ruiné par un

placement aléatoire et dont les émoluments de professeur n'étaient pas des plus lourds. Il n'eut pas le temps de rembourser sa dette, et la lettre de sa veuve avait pour but non seulement d'informer M. Vaughan de la perte qu'elle venait de faire, mais encore de l'impossibilité où elle se trouvait de le payer actuellement. Elle sollicitait timidement un délai. M. Vaughan se hâta de répondre pour la rassurer.

Mais il lui vint à l'idée, en même temps, de confier sa fille à Mme Herbet, la veuve de son ami. Elle était pauvre, mère de trois enfants, et ne demandait assurément qu'à se créer des ressources honorables. Il la savait de plus très intelligente, d'une instruction fort étendue et d'une grande bonté. La proposition que M. Vaughan lui fit, sans plus tarder, de se charger de l'orpheline, et qu'il accompagna des offres pécuniaires les plus généreuses, fut acceptée avec reconnaissance. C'est ainsi que Mabel devint l'élève ou plutôt la pupille de Mme Herbet, et nous avons vu avec quelle maternelle sollicitude celle-ci s'acquitta de sa tâche.

Si l'enfant tira de cette éducation d'inappréciables avantages, son arrivée fut d'autre part, pour Mme Herbet, le point de départ d'une prospérité inespérée. Sa maison devint avec le temps une école florissante, et longtemps après, quand l'institutrice eut acquis une situation indépendante et assuré l'avenir de ses enfants, elle ne manqua pas de reporter sur Mabel l'origine de tous ses bienfaits.

Pendant près de dix ans, la fille de M. Vaughan resta confiée aux soins de Mme Herbet, et ce furent des années heureuses, celles qui s'écoulèrent dans cette maison si hospitalière et si bien ordonnée. Mabel n'en sortait guère, même à l'époque des vacances. Elle ne retourna qu'une fois dans sa ville natale, pour assister au mariage de sa sœur qui épousait un riche banquier. Mabel, à cette époque, était encore une enfant. M. Vaughan avait dû, à l'improviste, quitter le pays et entreprendre un long voyage nécessité par d'importantes transactions. La noce se fit donc dans la maison d'une parente éloignée, Mme Vannecker, qui se vantait d'avoir conclu ce mariage. La famille s'assembla chez elle, et, le souvenir de cette fête, à laquelle elle participa avec un vif plaisir, demeura gravé dans l'esprit de Mabel ; mais, avec l'éloignement, cela lui paraissait un songe brillant, plutôt qu'une vivante réalité.

Tous les ans, à l'automne, l'enfant allait aussi rendre visite à sa grand'mère, dont la résidence se trouvait à une journée de marche de l'école. Cette visite se prolongeait plus ou moins, selon l'état de santé de la vieille dame ou l'humeur de sa fille, Mme Sabiah Vaughan, qui dirigeait en souveraine absolue et même fantasque cet intérieur un peu morose. Après ces absences qui, pour une cause ou pour un autre, étaient toujours de courte durée, Mabel se retrouvait avec plaisir auprès de son institutrice, au milieu de ses compagnes que son départ avait attristées et qui saluaient son retour de joyeuses acclamations, car Mabel répandait autour d'elle l'entrain et la gaieté !

Au milieu de ces salutaires influences, et sous la judicieuse direction de la meilleure des femmes, Mabel développa rapidement son intelligence et son cœur, restés en friche, pour ainsi dire, pendant sa première enfance.

Mme Herbet était une éducatrice de grande valeur et elle n'épargnait rien pour inspirer l'amour du beau et du bien à son élève. Patiemment, elle travaillait à former le jugement de la jeune fille et à l'enrichir de trésors durables. Possédant à un très haut degré ces qualités sociales qui donnent du charme aux relations et rendent le foyer agréable, elle encourageait par son exemple les enfants qui lui étaient confiées à cultiver ces grâces féminines dont le prix est inestimable quand elles demeurent simples et cordiales et ne versent pas dans la coquetterie.

L'institutrice possédait aussi les qualités d'une maîtresse de maison accomplie ; elle dirigeait son intérieur avec un sens pratique remarquable, excellait dans les travaux d'aiguille, était économe sans avarice, prudente et habile sans exagération, et ses élèves profitaient de sa précieuse expérience.

Dans cette demeure simple, mais bien ordonnée, de la grande République américaine, où la discipline de l'esprit était combinée avec l'étude de tous les devoirs de la femme, Mabel acquit des principes solides, des connaissances sûres, de la gaieté dans le caractère et d'industrieuses habitudes. Sa croissance physique avait marché de pair avec son développement moral et intellectuel ; l'air pur, les exercices du corps, une nourriture saine et une régularité constante dans le travail et dans le repos avaient fortifié ses membres, coloré son teint des roses de la santé, en avaient fait, en un mot, quand elle eut atteint sa dix-septième année, une jeune personne d'une grâce et d'une beauté accomplies. Aussi Mme Herbet se surprenait-elle parfois à considérer avec orgueil cette

superbe fleur qu'elle avait cultivée avec tendresse, entourée de soins infatigables et qui s'épanouissait maintenant sous ses yeux.

Quelle différence entre la Mabel d'autrefois et celle d'aujourd'hui ! A huit ans,
quand on l'avait confiée à Mme Herbet, c'était une fillette farouche, mal élevée,
rude de manières et de paroles, indocile, incapable de la moindre application...

Aujourd'hui c'est une jeune fille gracieuse, spirituelle, enjouée, affectueuse,
et à toutes ces qualités elle joint une franchise, une cordialité qui la font
vivement apprécier de ses compagnes.

Mais Mme Herbet n'était pas infaillible. Sans doute l'institutrice avait travaillé
avec une infatigable ardeur au perfectionnement de celle qui, avec ses propres
enfants, possédait toute son affection, et ses efforts, on l'a vu, avaient été cou-
ronnés de succès.

Et cependant il existait dans le caractère de Mabel des défauts dont le temps
et l'éducation n'avaient pu venir à bout, parce que Mme Herbet les avait à peine
entrevus et par conséquent n'avait pu les prendre corps à corps. Ils s'étaient
développés, entretenus par les circonstances sans qu'elle songeât à y remédier.
Ainsi la popularité dont Mabel jouissait auprès de ses camarades n'allait pas sans
quelques inconvénients ; de plus, lorsque le nombre des pensionnaires se fut
considérablement accru, durant les dernières années de sa vie d'écolière, elle
avait subi parfois, au contact de tant de caractères différents, des influences plus
ou moins nuisibles. L'esprit d'imitation est chose si naturelle à cet âge !

Hâtons-nous d'ajouter que ces défauts n'avaient pas une extrême gravité. Ils
étaient de ceux qui sont habituels aux jeunes filles, et nous n'avons pas besoin
de nous y arrêter, car ils s'offriront bien d'eux-mêmes à notre attention, à
mesure que nous avancerons dans ce récit.

Bien que Mme Herbet eût conscience d'avoir rempli exactement son devoir et
fût convaincue que ses efforts avaient obtenu leur récompense, elle connaissait
trop le cœur humain et ses faiblesses pour ne pas envisager avec une certaine
appréhension l'avenir de cette enfant qui n'aurait pas auprès d'elle la tendresse
expérimentée d'une mère.

Aussi, après la lecture du billet laconique envoyé par M. Vaughan pour rappeler sa fille auprès de lui, ne put-elle s'empêcher de frémir en songeant que
dans cette nouvelle existence, au milieu des plaisirs mondains, Mabel, livrée à

elle-même, ne serait plus soutenue par son amour quasi maternel et serait privée
de ses conseils.

Il ne fallait pas, en vérité, être doué d'une vue prophétique pour deviner les
tentations et les dangers qui attendaient Mabel dans la maison paternelle,
Mme Herbet n'avait-elle pas remarqué l'orgueil exagéré avec lequel M. Vaughan
constatait, à chacune de ses visites, la beauté croissante de sa fille. Il ne s'in-
quiétait, en revanche, nullement de ses progrès intellectuels et moraux. Combien
de fois même avait-elle dû lui faire des remontrances sur sa facilité à se prêter
aux moindres caprices de l'enfant, sur les goûts de luxe qu'il développait chez
elle, en lui apportant de riches objets de toilettes ou de trop coûteux jouets ! Elle
connaissait trop bien, d'autre part, les sociétés légères dans lesquelles Mlle Vaughan se plaisait tant jadis, où Louise, la sœur aînée, brillait maintenant, pour
ne pas trembler en songeant que Mabel, entourée, flattée, adulée par ce monde
séduisant et trompeur, lui serait livrée sans défense.

Elle craignait que, au moment de l'épreuve, ayant à choisir entre le plaisir et
le devoir, Mabel, abandonnée à ses propres forces, n'eût pas le courage de suivre
la bonne route. L'égoïsme, la frivolité et l'orgueil n'allaient-ils pas renverser les
barrières qu'elle s'était efforcée de leur opposer dans le cœur de la jeune fille ?
Elle lui avait enseigné le culte de la vérité, la pratique de la vertu, mais cela ne
suffisait pas peut-être, lorsque l'absence aurait effacé l'image de l'institutrice et
de ses enseignements, pour la protéger contre tous les pièges de la vie, et c'est
pour cela qu'elle lui donnait, comme arme suprême, le bouclier de la charité.

Les dernières recommandations de Mme Herbet, avant la séparation, étaient
d'autant plus nécessaires que l'institutrice et l'élève allaient se quitter pour ne
jamais se revoir. Et comment se fussent-elles rencontrées par la suite ? Les
chemins qu'elles suivaient étaient si différents. Bien souvent Mabel dans le tourbillon de son existence devait ardemment souhaiter de retrouver l'amie de son
enfance, pour lui faire part de ses soucis et de ses anxiétés, pour recueillir ses
conseils. Mais ce désir fut toujours irréalisable. Tout au plus, à de rares intervalles, lui fut-il possible d'échanger avec son ancienne maîtresse des lettres où
l'une et l'autre déposaient leurs plus intimes pensées ! Hélas ! une lettre rem-
place-t-elle l'infatigable, la maternelle sollicitude qui toujours veille, encourage,
fortifie l'âme chancelante ?

CHAPITRE III

Les émotions de Mabel, en disant adieu à l'asile de sa jeunesse, étaient de nature complexe. Elles allaient du chagrin à la joie, du déchirement du cœur à de vagues espérances, suivant qu'elle songeait aux années heureuses passées dans cette hospitalière demeure, auprès d'une amie incomparable, ou qu'elle se représentait par anticipation l'avenir mystérieux, aux brillantes perspectives, qui l'attendait au but de son voyage.

Si elle avait pu prévoir le long espace de temps qui s'écoulerait avant qu'il lui fût permis de franchir de nouveau le seuil de cette maison où elle laissait tant de chers souvenirs, quelle douleur eût été la sienne ! que de larmes elle eût versées ! Mais son caractère primesautier, son heureuse nature la préservèrent de toute réflexion pénible. Elle se promettait de faire, pendant la belle saison, des excursions lointaines, qui la ramèneraient de temps à autre chez Mme Herbet ; celle-ci, de son côté, durant les longues vacances d'hiver [1], viendrait avec ses enfants passer quelques jours chez le père de Mabel. Et ces projets, pour elle très réalisables, lui dérobaient la possibilité d'une séparation définitive.

Certes, le moment du départ coûta bien des larmes à sa nature affectueuse, et, longtemps après que les collines eurent caché à ses regards la flèche de l'église, ses pensées s'arrêtaient encore sur sa maîtresse bien-aimée, sur ses compagnes qu'il lui semblait voir groupées sur le seuil de la pension, pour lui

[1] Dans les pays de langue anglaise, les vacances se divisent en deux périodes : *Christmas holidays*, ce sont les vacances d'hiver (à Noël) ; *Midsummer holidays*, vacances d'été (à la Saint-Jean).

dire un dernier et triste adieu. Mais, bien que le voyage s'accomplît très rapidement, elle trouva le temps de revenir de son chagrin, et, avant que la route fût achevée, son imagination active avait pris une autre direction et escomptait déjà les joies qui l'attendaient au foyer domestique.

Elle se représentait l'accueil que lui ferait son père, si rarement entrevu jusqu'alors. Elle le connaissait si peu ! Quelques lointaines visites, des lettres courtes et espacées, — lettres et visites interrompues parfois pendant des années, lorsque M. Vaughan quittait le pays pour ses affaires, — c'était tout. De haute taille, les cheveux grisonnants, il l'avait fait appeler au parloir une douzaine de fois pendant sa vie scolaire, et à chacune de ces visites étaient associés dans son souvenir de riches présents, un congé et une course en voiture jusqu'à la station du chemin de fer, distante de dix kilomètres, et où elle l'avait toujours accompagné à son départ.

C'était le plus indulgent des hommes, elle n'en doutait pas, puisque jamais il n'avait repoussé une de ses demandes ou refusé de satisfaire un de ses caprices. Sa montre, ses bagues ornées de pierreries, sa garde-robe bien fournie, la somme allouée pour ses menus plaisirs étaient autant de preuves de sa générosité. Elle avait remarqué, bien qu'il fût peu démonstratif et ne fît guère montre de ses sentiments, avec quelle joie et quel orgueil il constatait le développement de sa beauté et combien il était heureux des éloges qu'on adressait à Mabel. Seulement, les entrevues du père et de la fille avaient toujours manqué de cette douce familiarité qui amène la confiance réciproque ; il y régnait une sorte de contrainte provenant sans doute de l'ignorance où ils se trouvaient l'un et l'autre de leurs habitudes, de leur manière de penser, de leur caractère ; de sorte que Mabel y perdait cette liberté d'allures, cette vivacité de langage, cette affectueuse franchise qui la rendaient si aimable, et que tout un côté de sa nature — le meilleur assurément — échappait à M. Vaughan.

Les lettres du riche négociant, toujours brèves et quelque peu impératives, n'étaient pas faites non plus pour inspirer à Mabel ces doux épanchements, ces affectueuses confidences qui doivent exister entre père et fille. Ce qu'elle éprouvait pour lui, en un mot, c'était le respect et la gratitude dus à un tuteur attentif, — mais rien au delà...

Mabel sentait bien que ce n'était pas assez, que cette contrainte n'était pas naturelle et qu'elle devait faire place à d'autres sentiments. Mais, dans son imagination, Mabel voyait son père la recevoir dans ses bras avec effusion, lui prodiguer les caresses les plus affectueuses, et elle espérait fermement que l'ardeur de cette réception ferait disparaître cette réserve comme fond la glace au souffle du printemps.

Quant à sa sœur Louise, — aujourd'hui Mme Leroy, — Mabel la connaissait bien moins encore. Elle ne l'avait vue que deux fois depuis son mariage, et, chaque fois, quelques heures seulement. Un jour, chez Mme Herbet, elle avait reçu un billet écrit à la hâte, l'informant qu'un groupe de touristes, parmi lesquels se trouvaient M. et Mme Leroy, s'arrêterait dans une ville voisine de son école et y passerait la soirée. Sa sœur l'invitait à dîner pour ce jour-là. C'était un an environ après le mariage de Louise. Mabel s'empressa de demander l'autorisation à son institutrice et l'obtint sans peine. Ce fut pour Mabel une journée de fête. Elle revint enchantée de la beauté de sa sœur et des grâces de son entourage. Cette impression admirative s'accrut encore s'il était possible, quelques années après : M. Vaughan était venu faire à Mabel une de ces visites périodiques trop longuement espacées, et il s'était fait accompagner de Louise. Ils passèrent chez Mme Herbet une journée entière. Mabel fut littéralement éblouie par l'éclatante beauté, les riches atours, les manières distinguées de sa sœur. Cette admiration de Mabel pour Mme Leroy était également ressentie par toutes ses compagnes. A dater de ce moment, elle considéra l'intimité avec une personne si aimable et si accomplie à la fois comme un honneur et comme le plaisir le plus aimable.

Mabel, laissant courir son imagination à travers l'espace et continuant ses rêves d'avenir, n'avait garde d'oublier ses deux neveux, bien qu'ils lui fussent inconnus. Elle les voyait, tout joyeux, accourir au-devant d'elle avec son père et sa sœur, et se disputer à qui le premier embrasserait cette tante qu'on leur avait sans doute appris à aimer.

Mais ce n'était ni son père, ni sa sœur ni ses neveux qui occupaient la première place dans sa vision anticipée du foyer domestique. A vrai dire, leurs physionomies n'apparaissaient que confusément à son esprit, presque comme celles d'étrangers vaguement entrevus. Il existait un autre membre de la famille dont le souvenir était resté vivant dans sa mémoire et qui, lui, s'en détachait

3

nettement, en pleine lumière. Celui-là, durant son enfance si malheureuse, avait partagé ses chagrins et ses joies, avait été le fidèle compagnon de ses jeux, son ami dévoué et le premier confident de ses peines.

Son affection pour son père, son admiration pour sa sœur étaient de fraîche date : elle connaissait l'une et l'autre depuis si peu de temps! Mais existait-il un moment dans sa vie où elle n'eût pas tendrement aimé son frère? Elle ne pouvait se rappeler le moindre détail de ses jeunes années sans y associer le souvenir d'Henry. Privés de la sympathie du reste de la famille, ils étaient tout l'un pour l'autre. La chambre des enfants où elle jouait avec lui, les petits espoirs qu'ils avaient partagés, les petits désappointements qui leur avaient causé de si grosses douleurs, elle se remémorait toutes ces choses avec une étonnante précision. Ils avaient grandi ensemble, et plus tard, lorsque Mabel avait été confiée à Mme Herbet, ils s'étaient retrouvés, chaque année, chez leur grand'mère, à l'époque où la jeune fille y faisait sa visite périodique, et, pendant les vacances, à la pension où Henry venait passer d'un mois à six semaines, pour la plus grande joie de Mabel. C'était pour eux un lien de plus que ces vacances partagées : pour Henry comme pour sa sœur, la maison de Mme Herbet était une heureuse demeure et l'institutrice une seconde mère, prodigue de soins affectueux et de tendre indulgence.

Il est vrai que, pendant le séjour d'Henry à l'école militaire de West-Point, Mabel avait été privée de cette joie. Mais aussi quel bonheur, quels transports, lorsque, au bout de deux ans, elle revit le jeune homme qui avait obtenu un congé, et avec quelle fierté elle se suspendait, aux yeux de ses compagnes émerveillées, au bras de son frère le soldat, qui avait si bonne mine sous son costume d'élève-officier !...

Peu de mois après, Henry Vaughan, à la suite d'une fredaine de jeunes gens, fut renvoyé de l'Ecole militaire dont la discipline est des plus étroites. Mabel accepta facilement ses explications, crut fermement qu'il avait été sacrifié sans raison plausible et l'aima davantage pour l'injustice dont il se prétendait la victime.

Après son départ de West-Point, Henry alla passer deux années dans une université allemande, puis il entreprit à travers l'Europe un voyage qui se prolongea un peu au delà des limites assignées par M. Vaughan. Pendant cette longue absence, le frère et la sœur échangèrent des lettres toutes remplies de sentiments affectueux ; dans chaque coin du vieux monde, où Henry avait posé le pied, Mabel, grâce à leur correspondance très suivie, l'avait accompagnée par la pensée.

Ainsi, depuis l'enfance jusqu'au jour où elle quittait la maison de Mme Herbet, le frère et la sœur s'étaient prodigué les marques d'une amitié que les années n'avaient fait qu'accroître. Certes, elle était toute disposée à aimer son père et sa sœur ; mais cette demeure où elle allait entrer et vivre désormais, c'était surtout parce que son frère allait l'habiter qu'elle méritait à ses yeux le titre de foyer domestique. En effet, M. Vaughan l'informait, dans le billet même qui la rappelait auprès de lui, qu'Henry était sur le point de rentrer, et cette nouvelle lui avait causé une immense joie. « Vous serez contente de savoir que non seulement Louise, les enfants et moi serons à New-York pour vous accueillir, mais que votre frère Henry est à bord d'un steamer qu'on a signalé hier à Halifax et qu'il arrivera ici demain au plus tard. »

Ce fut par une brumeuse et triste après-midi d'automne que Mabel entra dans New-York, et, malheureusement pour le tableau que son imagination avait tracé d'avance, avec de si chatoyantes couleurs, d'une réception émouvante, elle apparaissait quelques heures plus tôt qu'elle n'était attendue, de sorte que la réalité ne répondit pas le moins du monde à ses espérances.

A vrai dire, la gaieté de son caractère la préserva en cette occasion d'un trop grand découragement : toute autre aurait été désagréablement affectée à l'aspect de cette maison silencieuse, de ces couloirs déserts, de ce salon vide, de la solennité banale, avec laquelle elle fut accueillie par un laquais gourmé, d'un certain âge déjà. Elle se demanda un instant si elle ne s'était pas trompée de numéro et si elle n'avait pas pénétré chez des étrangers. Même elle éprouva, malgré la dose de bonne humeur qu'elle possédait, une certaine anxiété en voyant disparaître, comme si elle voulait fuir une visite importune, une dame vêtue de noir, de haute taille et de physionomie quelque peu rébarbative, qu'elle ne reconnut pas dans la demi-obscurité de l'escalier.

Dans le but d'éclaircir ses doutes, elle se tourna vers le laquais et demanda timidement :

— N'est-ce pas ici que demeure M. Vaughan, mon père ?

— C'est bien ici, mademoiselle, fit le valet ; mais vous n'étiez attendue que demain.

Une jeune et accorte femme de chambre s'avança alors vers Mabel pour offrir ses services à sa nouvelle maîtresse et se mit en devoir de la débarrasser de son manteau et de son chapeau.

Au même instant, la dame en noir, qui s'était arrêtée sur la rampe pour écouter, redescendit l'escalier d'un pas lent et mesuré. Elle apparut dans le salon, en pleine lumière, et Mabel, levant les yeux, aperçut, non sans étonnement, tante Sabiah, la dernière personne qu'elle s'attendît à rencontrer dans la maison de son père.

Tout heureuse néanmoins de voir enfin devant elle une personne amie, une parente, Mabel se jeta vivement au cou de Mlle Vaughan, l'embrassant avec effusion et s'écria :

— Oh ! tante Sabiah, que je suis aise de vous trouver ici !

La vieille demoiselle lui rendit ses caresses assez froidement, car c'était une personne méthodique, et ces démonstrations tumultueuses jetaient le désordre dans ses sentiments aussi bien que dans sa toilette. Elle rajusta son col que Mabel avait dérangé dans ses effusions, et se recula de quelques pas, comme pour se mettre en garde contre de nouvelles tentatives. Mais, bien que ses manières fussent un peu embarrassées, Mabel, à travers l'effarement de sa tante, distingua sans trop de peine des symptômes de satisfaction. Elle était accoutumée de si longue date aux bizarreries de caractère de la vieille fille !

Aussi, sans plus longtemps prendre garde à l'agitation nerveuse de sa tante, la prit-elle par la main, la forçant ainsi, par une affectueuse violence, à monter l'escalier en sa compagnie, et toutes deux, côte à côte, précédées par la servante, très empressée à ouvrir les portes, pénétrèrent dans la chambre à coucher et le cabinet de toilette que M. Vaughan mettait à la disposition de sa fille.

— Mais où sont tous les autres ? demanda vivement Mabel, quand elle eut fait asseoir sa tante en face d'elle. Où est Henry ? Il doit être arrivé, sans doute ?

— Mais, mon enfant, vous arrivez trop tôt ; on ne vous attendait pas aujourd'hui, répliqua tante Sabiah. Henry est de retour ; il est allé faire une partie de canotage avec quelques jeunes gens de ses amis et ne rentrera que fort tard.

— Est-il revenu en bonne santé ? répliqua vivement Mabel.

— Très bien portant, et tellement changé que je pouvais à peine le reconnaître.

— Oh ! qu'il me tarde de le voir ! s'écria la jeune fille.

Elle essayait en vain de cacher son étonnement : comment ! sa tante était installée chez M. Vaughan, elle y jouait le rôle de maîtresse de maison, et elle, Mabel, n'en avait pas été avertie ! Mme Sabiah raconta à sa nièce qu'elle était arrivée à New-York dans la matinée seulement, qu'elle avait employé son temps, jusqu'à l'arrivée de Mabel, au rangement de ses bagages dans une chambre très reculée de la maison, qu'elle avait choisie, pour être plus tranquille, de préférence à celle que son frère lui avait désignée. La vieille Mme Vaughan était morte l'année précédente. Sabiah, restée seule, s'était mise en pension dans son village natal. Mais M. Vaughan, attristé de cet isolement, l'avait mandée auprès de Mabel qui allait quitter la pension de Mme Herbet, et l'avait invitée à passer l'hiver en famille.

La vieille fille, de caractère susceptible, parut très froissée qu'on n'eût pas tenu Mabel au courant de cette décision.

Après avoir réparé le désordre de sa toilette, la nouvelle venue proposa de visiter la maison ; elle voulait de la sorte faire diversion aux pénibles pensées et à l'irritation de tante Sabiah. Elle mit à cette inspection une telle vivacité, une grâce et un enjouement si parfaits, que la tristesse et le silence qui semblaient régner en ces lieux disparurent comme par enchantement, ainsi que disparaissent aux premiers rayons du soleil les brumes pesantes du matin ; tante Sabiah elle-même se sentit toute rassérénée. Les remarques de sa nièce, ses projets d'amélioration, exposés avec une piquante gaieté et avec un sentiment de déférence marquée pour l'opinion de sa tante, eurent bien vite fait oublier à celle-ci sa mauvaise humeur de tout à l'heure. Elle ne put s'empêcher à la fin d'exprimer son contentement :

— Eh bien ! ma chère, s'écria-t-elle, je suis heureuse de votre arrivée. Vous introduirez ici des changements bien nécessaires, et dont nous aurons à nous féliciter. Assurément tout est beau dans cette maison, mais comme les appartements en paraissent sombres ! Je suis sûre que mon frère est de cet avis, car il ne monte jamais au premier étage ; il vit en bas, dans sa bibliothèque, et, pas plus tard que ce matin, il m'avouait n'avoir jamais remis les pieds dans le salon depuis la mort de votre mère! Quant à Henry, c'est à peine s'il a fait ici une courte apparition à l'heure du déjeuner, ce matin, et je suppose qu'il en doit être de même tous les jours. A table, comme on s'entretenait de votre arrivée, mon frère a précisément demandé à Henry ce qu'il pensait de cette maison. La réponse m'a paru blessante, et cependant elle ne m'a guère étonnée.

— Ah! qu'a-t-il donc répondu? fit Mabel intriguée.

— Il a déclaré qu'elle lui faisait l'effet d'une tombe mal entretenue. Votre père s'est alors mis à rire : « Quand Mabel sera là, a-t-il observé au bout d'un instant, elle l'arrangera à sa guise, et en fera une demeure vivante et gaie. »

Eh bien! M. Vaughan s'était montré bon prophète. Le charme de la jeunesse et l'heureuse nature de Mabel ne tardèrent pas à exercer autour d'elle leur irrésistible influence. Les différentes pièces de la maison en un tour de main se transformèrent : les chambres, disposées avec goût, inondées d'air et de soleil, prirent un air riant; les salles et les parloirs retentirent de ses frais éclats de rire et de son aimable babil. Même la rigide physionomie de tante Sabiah s'éclaira d'un perpétuel sourire et son regard d'habitude morne et sévère s'anima, brilla presque comme celui de sa nièce. Semblable à une bonne petite fée, elle électrisa jusqu'aux domestiques. Quand ils la voyaient passer, légère et joyeuse, de chambre en chambre, ou qu'ils entendaient le timbre perlé de sa voix, ils se sentaient plus libres, plus dispos, et l'ouvrage leur paraissait très doux. La femme de chambre courait d'un pas plus alerte, et le solennel laquais qui l'avait reçue, sur le seuil de la demeure paternelle, d'une manière si glaciale, se surprenait maintenant à chantonner, tout en prenant les assiettes sur le buffet, quelque vieil air datant de son enfance et qu'il croyait à jamais enseveli dans sa mémoire...

Ah! quel est le rayon de soleil comparable, pour répandre la vie et la bonne humeur, aux effluves qui s'échappent d'un cœur jeune et tendre ?

Quand les deux femmes, leur inspection terminée, furent rentrées au salon, Mabel s'assit au piano et s'écria :

— Tante Sabiah, maintenant, écoutez cet air que vous aimez! Et elle se mit à jouer un morceau très simple, d'une mélodie un peu archaïque, mais assez touchante, qu'elle avait découvert longtemps auparavant, chez sa grand'mère, dans un vieux recueil. Que de fois tante Sabiah l'avait répété, cet air, au temps de sa jeunesse ! que de souvenirs il lui rappelait ! L'effet, sur elle, fut irrésistible : la mélancolie de ces souvenirs, le charme de la chanson, la délicate attention de sa nièce la troublèrent profondément, et une larme jaillit des yeux de la vieille fille. Mabel, qui ne s'apercevait point d'une émotion assez extraordinaire chez une personne d'aussi rigide apparence, continuait à chanter, quand tout à coup elle sauta de son siège en s'écriant :

— J'entends la voix de mon père !

Elle descendit vivement les marches de l'escalier pour se trouver plus tôt sur son passage. Mais elle avait fait erreur : il n'était pas dans le vestibule. La porte de la bibliothèque était restée ouverte, et c'était de cette pièce que provenait la voix.

Mabel s'élança vivement :

— Bonjour, père, me voici arrivée ! cria-t-elle dès le seuil. Mais à peine eut-elle prononcé ces paroles qu'elle s'arrêta interdite : M. Vaughan n'était pas seul ; près de la porte, debout, se tenait un étranger ; son père, le dos tourné, ouvrait un secrétaire au fond de la bibliothèque. A l'appel de sa fille, il se retourna et, jetant sur la table un rouleau de papier qu'il venait de prendre, il s'avança vers elle ; sa physionomie reflétait la surprise ; il leva ses lunettes comme s'il doutait de leur véracité ; puis, bien certain qu'il ne se trompait pas, il lui tendit la main et lui dit avec un sourire et d'un ton très amical :

— Mabel ! ma fille ! Vous ici, aujourd'hui ! Comment cela se peut-il ;

Mabel allait donner des explications ; mais elle s'aperçut, à l'air embarrassé de son père et de l'inconnu, qu'elle avait interrompu une conversation des plus intéressantes et que sa présence gênait les deux interlocuteurs.

— Vous êtes en affaires, fit-elle ; je retourne vers ma tante.

M. Vaughan ne répondit pas d'abord, mais il regarda le visiteur d'un air hésitant, tout en pressant encore de ses doigts la main de sa fille.

Au même instant, l'étranger, qui examinait une carte et semblait n'avoir pas pris garde à cette petite scène de famille, interrogea M. Vaughan sur la valeur et l'étendue d'une certaine propriété qu'il désignait sur le plan, et tandis que son hôte se tournait de son côté pour lui donner satisfaction, Mabel dégagea doucement sa main et se glissa hors de la salle.

Tante Sabiah la rencontra au moment où elle se décidait elle-même à descendre les marches de l'escalier pour aller la rejoindre.

— Que se passe-t-il donc? demanda-t-elle, très étonnée de ce brusque retour.

— Mon père est très occupé en ce moment, expliqua Mabel. Retournons au piano, voulez-vous, tante? Nous achèverons notre morceau.

Le morceau fini, plusieurs autres lui succédèrent, ce qui n'empêcha pas la jeune fille de prêter l'oreille aux bruits de la maison. Enfin elle entendit la porte de la maison s'ouvrir et se refermer sur le visiteur, et toutes deux de nouveau se dirigèrent vers la bibliothèque.

Mabel se sentit encore une fois désappointée : quelqu'un était encore là, avec son père ; elle crut d'abord que c'était l'étranger déjà rencontré et fit mine de se retirer. Mais non, ce n'était pas lui ; le visiteur, levant les yeux, la salua d'un ton cordial, et en même temps M. Vaughan, éclatant de rire, s'écriait :

— Eh quoi ! Mabel, vous ne reconnaissez pas Leroy, votre beau-frère ?

M. Leroy paraissait préoccupé ; il adressa à Mabel quelques compliments de bienvenue ; mais sa distraction était telle qu'il ne remarqua pas la présence de Mlle Sabiah Vaughan.

— Mon cher ami, interrompit M. Vaughan tout en rangeant ses papiers et en remettant ses lunettes dans leur étui, remettons à plus tard cet entretien. Mabel vient d'arriver ; je l'ai à peine vue. Je lui dois bien les quelques heures de cette après-midi. Demain je serai de loisir et nous pourrons prendre une décision. Quant à ces titres de l'Est...

Le reste de sa phrase fut prononcé à l'oreille de son gendre, qui fit un signe de tête approbatif et se disposa à prendre congé.

Mabel s'empressa de lui demander des nouvelles de sa sœur Louise.

— Je crois, dit M. Leroy, qu'elle est entre les mains du coiffeur : elle doit aller cette nuit au bal de Mme D...

— Mais je la verrai demain, n'est-ce pas, si elle n'est pas trop fatiguée ?

— Je lui transmettrai votre désir, Mabel.

Et, après avoir refusé de rester à dîner chez M. Vaughan, sous prétexte de visites urgentes, M. Leroy se retira.

M. Vaughan, le visage épanoui, comme heureux d'en avoir fini, ce jour-là, avec les tracas des affaires et de pouvoir enfin se livrer tout entier aux douceurs

QUELQU'UN ÉTAIT ENCORE LA AVEC SON PÈRE (P. 24).

de la famille, prit place au coin du feu, offrit un siège à sa sœur, et fit asseoir auprès de lui sa fille Mabel.

Il n'était pas très causeur, et Mabel avait eu plusieurs fois l'occasion de remarquer qu'il ne savait guère entretenir longtemps une conversation. L'entretien fut donc languissant, au début; M. Vaughan adressa à sa fille quelques questions sur son voyage, l'heure de son arrivée, etc. Entre chaque réponse, il se produisait de longs silences.

Mais comme le regard de M. Vaughan exprimait mieux ses sentiments actuels que la parole la plus éloquente! il était affectueux et tendre, ce regard; il avait la douceur d'une caresse. Mabel se sentit donc peu à peu tout encouragée, et dès lors elle s'abandonna à sa nature franche, donna un libre cours à ses pensées et s'adressa à son père avec la familiarité, l'aisance d'une enfant qui se sait aimée. Elle sut intéresser tante Sabiah à la conversation, si bien que les heures s'écoulèrent inaperçues dans le charme de l'intimité, et que les trois interlocuteurs furent très étonnés quand le laquais leur annonça que le dîner était servi.

Il n'était pas difficile de remarquer, pendant le repas, l'orgueilleuse satisfaction de M. Vaughan. Pour la première fois depuis bien des années, il présidait une de ces réunions de famille où régnent la gaieté, la confiance mutuelle, la douceur de propos sans contrainte, que son âge lui rendait plus désirables que jamais. D'une exquise courtoisie, qui dissimulait mal un grand fonds de tendresse fraternelle, envers tante Sabiah, il prononçait surtout avec un plaisir évident le nom de Mabel, et lorsqu'il lui adressait la parole, l'émotion de sa voix trahissait la profondeur de son amour, bien qu'il se montrât fort embarrassé pour l'exprimer avec des mots.

La vieille demoiselle, de son côté, se sentit touchée jusqu'à l'âme des délicates attentions de Mabel, qui insista pour lui faire occuper la place d'honneur, en face de son père.

Il y eut une seule ombre au tableau de ce bonheur familial: l'absence d'Henry Vaughan.

A la fin du dîner, Mabel se hasarda à demander s'il viendrait dans le courant de la soirée.

— Je vous conseille de ne pas compter sur lui, ma fille, dit M. Vaughan, ne m'attendez pas non plus; j'ai un rendez-vous à neuf heures et ne rentrerai que

fort tard. Vous avez besoin de repos, car demain votre journée sera très occupée,
Louise viendra certainement vous prendre pour une longue promenade à travers
les magasins de New-York, et Henry, n'en doutez pas, aura, lui aussi, bien des
projets à vous soumettre.

Il embrassa tendrement Mabel, souhaita le bonsoir à sa sœur et sortit d'un
pas plus léger qu'à l'ordinaire.

Restées seules, tante Sabiah et Mabel redescendirent à la bibliothèque, bien
éclairée, et s'installèrent devant la cheminée où pétillait une flamme joyeuse.
Mabel avait pris une chaise basse et s'y était assise tout près de sa tante, de
sorte que les regards de celle-ci se reposaient sur cette tête jeune et charmante,
sur ce visage souriant, sur ces beaux yeux brillants de bonté et de franchise.

— Tante Sabiah, fit la jeune fille, vous ne m'avez pas conté les péripéties de
votre voyage jusqu'ici. Je serais bien contente de les connaître.

La vieille demoiselle, très flattée intérieurement de l'attention que lui prêtait
sa nièce, commença le récit de ses mésaventures (car, en voyage, il lui arrivait
toujours des histoires extraordinaires).

Pendant que les deux femmes s'entretiennent amicalement, donnons sur
tante Sabiah quelques détails rétrospectifs.

Sabiah Vaughan, troisième enfant d'une famille honorable, avait un frère et
une sœur plus âgés qu'elle de plusieurs années. Son père, banquier dans la
petite ville où elle était née, y jouissait d'une situation enviable. Excellente
maîtresse de maison, sa mère avait malheureusement un caractère impérieux
et des vues très ambitieuses. Cette ambition se porta tout entière sur l'avenir de
ses enfants, et se trouva satisfaite, mais en partie seulement, par les succès
commerciaux de son fils et le mariage de sa fille aînée, qui épousa un homme
fort riche et alla habiter la ville.

— Me voici au comble de mes vœux, répétait-elle souvent ; Jean marche
fort bien, Marguerite est établie à mon goût. Reste Sabiah, mais je ne tiens pas
à ce qu'elle se marie de si tôt. Elle est jeune encore ; elle a le temps d'attendre
qu'il se présente aussi pour elle une alliance aussi honorable que celle de sa
sœur.

Mais les événements ne répondirent pas aux dernières espérances de
Mme Vaughan. Pendant qu'elle travaillait à assurer l'avenir de ses deux aînés

selon ses goûts, Sabiah rencontrait, dans les salons où ses relations de famille l'amenaient fréquemment, un jeune homme d'une grande distinction, d'un savoir étendu, vers lequel elle se sentit attirée par une irrésistible sympathie. Il éprouva de son côté les mêmes sentiments, et, forts de leur réciproque affection, basée sur les qualités les plus estimables, ils résolurent d'être l'un à l'autre, et Sabiah s'en ouvrit confidentiellement à sa mère.

Mais quoi ! le fiancé de Sabiah était pauvre, et n'avait d'autre perspective qu'une place de pasteur dans une petite bourgade, une fois ses études achevées.

La mère poussa les hauts cris et se répandit en reproches ! Comment Sabiah avait-elle pu jeter les yeux sur un pareil époux, voué à la misère et à l'obscurité ! Elle n'avait donc pas songé à la honte qui rejaillirait sur sa famille, si ce mariage s'accomplissait ! Ni la rapide fortune de son frère, ni la haute situation de sa sœur ne l'avaient arrêtée sur cette pente funeste ! Non, jamais ni M. Vaughan ni elle ne consentiraient à la voir s'unir avec un mendiant ! Et ce poste qu'il espérait, le jeune homme qu'elle avait osé distinguer, quand l'obtiendrait-il ? De nombreuses années s'écouleraient avant que ce mariage fût possible, en admettant même que les parents de Sabiah y consentissent.

Sabiah n'osa résister aux objurgations de sa famille ; elle rompit un engagement que désapprouvait tout son entourage. Ce ne fut pas sans luttes secrètes ; tout son être protestait contre cette tyrannie ; son cœur saignait à la pensée de cette rupture ; sa raison lui disait que l'union de deux âmes ne peut être subordonnée à des considérations de fortune et d'amour-propre. Mais c'était une fille soumise et dévouée ; elle ne pouvait songer à désobéir, à se révolter contre l'autorité paternelle ; elle se résigna, mais durant de longues années elle fut en proie à une sombre mélancolie, et elle résolut, puisqu'elle ne pouvait être la femme de celui qu'elle avait choisi, de ne jamais se marier.

Peu de temps après la rupture, son prétendant quitta la petite ville où habitait Sabiah ; il fut nommé pasteur et se maria au loin. Sabiah demeura auprès de ses parents. Elle continua, malgré sa douleur, à leur montrer la même déférence et la même soumission que par le passé, et quand le malheur vint s'abattre sur eux, elle prit sa part de leurs épreuves et de leurs privations.

Son père, en effet, avait vu ses affaires s'embrouiller, ses ressources disparaître, et, à sa mort, il ne laissa à sa veuve et à sa fille, pour toute fortune, qu'une maison et quelques arpents de terre sans grande valeur, presque improductifs. Elles n'auraient pas réussi, assurément, à joindre les deux bouts, sans la générosité du père de Mabel et les secours de Margüerite, la fille aînée.

Seulement, il arriva que, tandis que grisonnaient les cheveux de Sabiah et disparaissait sa beauté, son caractère se modifiait désavantageusement et qu'elle devenait morose, acariâtre, fantasque. Cependant, le fond de sensibilité qui est au cœur de toutes les femmes n'avait pas entièrement disparu, la source de la tendresse ne s'était pas tarie à jamais. Dans le désert et la solitude de son existence, une toute petite oasis était restée, où la verdure et les fleurs pouvaient reparaître, s'étendre et tout fertiliser, si un rayon d'amour et d'espoir y pénétrait. Ce miracle, la douce affection de Mabel ne tarda pas à l'accomplir. Ce fut elle qui persuada à tante Sabiah que le bonheur était encore de ce monde ; ce fut elle qui revivifia ce cœur ulcéré.

CHAPITRE IV

Deux ou trois heures s'écoulèrent ainsi en tête à tête. Mlle Sabiah donnait des signes manifestes de fatigue. Bientôt elle n'avait pu réprimer quelques bâillements. Mabel, au contraire, ne se sentait nulle envie de dormir. Elle était bien résolue à ne prendre aucun repos avant d'avoir embrassé son frère. Mais, par égard pour sa tante, elle proposa de rompre l'entretien, afin que chacune d'elles regagnât son appartement. Comme on le pense, tante Sabiah ne s'y refusa point. Mabel se promettait de redescendre à la bibliothèque lorsque sa tante serait couchée et d'y attendre le retour d'Henry; mais au moment où elle se levait pour appeler une femme de chambre, la sonnette de la rue se fit entendre, et les deux femmes perçurent des éclats de rire, des bruits de conversation. Ce n'était pas Henry... Mais qui pouvait bien leur rendre visite à cette heure avancée de la soirée?

Comme elles se posaient cette question, très contrariées du dérangement, plusieurs dames, en manteau de couleur claire, dont l'entre-bâillement laissait voir un costume de soirée, firent irruption dans la pièce.

A leur aspect, tante Sabiah, tout à l'heure souriante et gaie, reprit sa physionomie sévère; même le froncement de ses sourcils et le plissement de ses lèvres indiquaient une certaine irritation : était-elle due seulement au retard que cette visite allait apporter à son repos? Peut-être en existait-il d'autres causes. Quoi qu'il en soit, elle salua d'un air contraint les nouvelles venues et affecta de se tenir à l'écart.

Quant à Mabel, elle avait éprouvé d'abord quelque contrariété, et cette intrusion lui avait causé une émotion désagréable. Ce n'étaient pas ces étrangères qu'en ce moment elle désirait voir. Mais tout à coup, reconnaissant sa sœur, Mme Leroy, au milieu d'elles, elle devint rayonnante de plaisir.

La jeune femme, souriant de la confusion occasionnée par l'invasion du groupe, attira dans ses bras Mabel enchantée et la complimenta en termes affectueux et avec une bonne grâce parfaite. Puis, se tournant vers Sabiah Vaughan, debout près du canapé, elle lui présenta le bout des doigts d'un air dégagé, en même temps qu'elle jetait sur son costume sévère et sur sa figure, fanée par les ans et les chagrins, un regard méprisant.

Pendant que s'échangeaient les compliments d'usage, Mabel examinait curieusement les visiteuses que sa sœur avait amenées. L'une d'elles, personne d'âge moyen, était vêtue d'une robe de brocart aux couleurs variées et dans sa coiffure elle avait piqué deux plumes d'autruche blanches. Avant que Mme Leroy eût trouvé le temps de la présenter, elle se précipita vers Mabel et lui serra les mains avec effusion.

— Je vous aimais déjà avant de vous avoir vue, chère belle, lui déclarat-elle. Et comment n'en serait-il pas ainsi ? J'étais l'amie intime de votre mère, comment ne seriez-vous pas mon amie, vous aussi ? Louise et moi sommes liées par une étroite affection.

Et, dans un flux de paroles, elle ajouta une foule d'autres choses aimables pour la jeune fille un peu abasourdie. Puis elle présenta sa fille Victoria qui, dans son coquet costume de tarlatane, semblait une sylphide prête à s'envoler.

La fille se montra aussi démonstrative que la mère et déclara qu'elle voulait à son tour devenir la meilleure amie de Mabel.

La jeune fille fut à la fois très flattée et très touchée de ces protestations. Elle s'imaginait en outre que ces dames avaient quitté le bal tout exprès pour offrir cette cordiale bienvenue.

Au moment où elle s'efforçait d'y répondre de son mieux, la sonnette retentit de nouveau, et un court dialogue, échangé entre le laquais et le nouvel arrivant, vint frapper les oreilles de Mabel. Elle reconnut la voix, — celle d'un être aimé entre tous, — et laissant là tous ses hôtes, sans un mot d'excuse ni d'explication, elle s'élança dans le corridor.

Bientôt du reste elle reparut, appuyée au bras de son frère Henry, un grand et beau jeune homme qui, sans porter la moindre attention aux personnes qui se trouvaient réunies dans la bibliothèque, la conduisit tout près d'une lampe et l'examina longuement, non sans manifester sa joie par maintes exclamations attendries, accompagnées de compliments et de baisers donnés et rendus de bon cœur.

Mᵐᵉ Vannecker, la dame aux plumes, très choquée de cet oubli des convenances et trouvant ridicules ces fraternelles effusions, se mit à rire bruyamment, tandis que sa fille, plus réservée, faisait entendre un petit ricanement de dédain, et que les autres amies de Louise marquaient leur désapprobation par des grimaces variées et des clignements d'yeux significatifs...

Mˡˡᵉ Leroy ne put contenir son indignation.

— Eh bien ! Henry, s'écria-t-elle, allez-vous continuer longtemps vos enfantillages ?

Nullement troublé par cette apostrophe, le jeune homme, tenant toujours par la main Mabel rougissante, présenta ses respects, avec une parfaite aisance, aux amies de Louise. Il s'installa ensuite tout près de sa sœur cadette, tandis que Mabel entreprenait la tâche difficile de lier conversation avec Mˡˡᵉ Victoria Vannecker.

Cette dernière l'écoutait à peine ; elle n'avait d'yeux et d'oreilles que pour Henry.

Certes Mabel aurait préféré que cette première entrevue avec son frère eût lieu moins publiquement, mais elle comptait bien prendre sa revanche plus tard et elle se félicitait de retrouver aussi vivante l'affection d'Henry pour sa petite sœur Mabel.

Pendant qu'elle savourait ainsi son bonheur, tante Sabiah se tenait pour ainsi dire à l'écart, l'air contraint, et suivait d'un œil distrait les capricieuses évolutions de la flamme de la cheminée. La jeune fille se souvint d'elle tout à coup, comprit ce qui se passait dans son esprit et se rappela qu'elle avait commis la faute de ne pas présenter sa tante aux visiteuses. Mais il était trop tard pour la réparer.

Henry, lui, se sentait fort à l'aise ; il tenait le dé de la conversation ; tout en exprimant le regret que ni son père ni lui ne se fussent trouvés au débarcadère pour recevoir Mabel, il se déclarait très satisfait de l'emploi de son après-midi.

8

Il s'était procuré une paire de chevaux tels que les pareils ne se trouveraient pas dans New-York.

— Mon père, ajouta-t-il, m'avait donné toute latitude pour cette acquisition et j'avais décidé que Mabel ferait sa première sortie dans sa voiture à elle, et traînée par ses propres chevaux, les plus beaux qui se puissent voir dans Broadway. C'est chose faite maintenant.

— Et cette première sortie, s'écria Mme Leroy, devra être une visite dans les magasins. Mon père m'a donné aussi carte blanche pour faire des achats. Mabel remettra à un autre jour sa promenade avec vous, Henry. Comment voulez-vous qu'elle se montre en public, dans les endroits où se donne rendez-vous le monde élégant, fagotée comme elle l'est. Il lui faut un costume et un chapeau convenables.

Puis, sautant prestement d'un sujet à un autre :

— Ne viendriez-vous pas au bal ? demanda-t-elle à son frère.

Henry n'eut pas le loisir de placer sa réponse. Mme Vannecker lui coupa la parole pour exposer avec volubilité les raisons qui devaient décider le jeune homme à les accompagner. Elle décrivit avec enthousiasme les plaisirs que lui réservait cette brillante réunion, où la société la plus distinguée s'était donné rendez-vous.

De sa voix d'oiseau babillard, Victoria Vannecker appuya les dires de sa mère :

— Je suis sûre, fit-elle, que votre sœur vous excusera ; elle a fait un long et fatigant voyage ; elle doit être trop lasse pour désirer que vous lui teniez plus longtemps compagnie ; et puis elle ne voudrait pas vous empêcher d'assister à une si belle fête.

Mabel comprit alors que ces dames n'avaient pas quitté le bal pour la venir voir, mais qu'elles s'y rendaient au contraire et s'étaient simplement arrêtées en passant.

Naïvement, elle s'écria :

— Comment ! vous allez au bal, à cette heure avancée de la nuit !

Le groupe de Mme Leroy et de ses amies s'amusa beaucoup de la simplicité provinciale de Mabel, qui n'avait pas la moindre notion des habitudes de la vie mondaine.

Puis toutes se levèrent et prirent congé, insistant de nouveau pour décider Henry à les suivre au bal.

Mabel les accompagna jusqu'à la porte d'entrée, écoutant Louise lui exposer ses projets pour le lendemain. Et tandis qu'Henry, donnant le bras à Victoria, poussait jusqu'à leur voiture, elle retournait à la bibliothèque.

— N'est-ce pas, tante Sabiah, que Louise est charmante ? fit-elle en refermant la porte.

— C'est assurément une très belle personne, répondit Mlle Vaughan, mais je désirerais qu'elle-même s'en montrât moins convaincue. Vraiment, c'était insupportable de les voir, elle et cette demoiselle... le nom ne me revient pas.... se regarder toutes les deux minutes dans la glace !...

Sur ces mots, Mlle Sabiah se leva et d'un geste indiqua qu'il était temps d'aller dormir.

Tout en suivant sa tante, Mabel dit à demi-voix, comme se parlant à elle-même :

— Quelle aimable idée d'être venues me voir, avant de se rendre au bal !

— C'est justement pour cela qu'elles sont venues ! fit Sabiah d'un ton aigre.

Après un silence, elle reprit :

— Du reste, je ne puis pas souffrir les gens qui s'exhibent en un tel équipage... Cela ne m'en impose pas du tout.

Mabel ne pouvait pas croire que cette visite eût un but d'intérêt, de vanité plutôt ; et comme tante Sabiah avait été laissée à l'écart assez dédaigneusement, la naïve enfant était presque tentée d'attribuer l'acrimonie de la vieille demoiselle au ressentiment de cet oubli des convenances.

Très désireuse de réparer le mal que son étourderie, pensait-elle, avait seule causé et de rasséréner l'esprit de tante Sabiah, elle l'accompagna jusque dans sa chambre, entra dans mille détails d'intérieur, lui témoigna de délicates attentions et finit par lui soumettre l'emploi de son temps pour le lendemain, la priant de modifier ceux de ses projets qui n'auraient pas son entière approbation.

Mlle Vaughan parut très touchée de ces prévenances : sa physionomie s'éclaira et ce fut d'une voix affectueuse qu'elle prit congé de sa nièce en lui souhaitant une bonne nuit.

Quelle que fût la cause du mécontentement de tante Sabiah, Mabel ne doutait point, en quittant celle-ci, qu'elle n'eût conservé son amitié.

Elle se disposait à gagner son appartement, lorsqu'elle aperçut de la lumière qui s'échappait, par la porte outr'ouverte, d'une chambre située à proximité du salon. En même temps elle s'entendit appeler : c'était la voix de son frère.

A sa grande surprise, elle trouva Henry, non pas occupé à s'habiller pour le bal, mais nonchalamment étendu sur un canapé. A voir l'attention qu'il avait prêtée aux pressantes exhortations de Victoria Vanne- cker, ses signes approbatifs, le soin qu'il avait pris de ne pas dire *non* catégoriquement, elle s'était persuadée qu'il irait à cette réunion mondaine.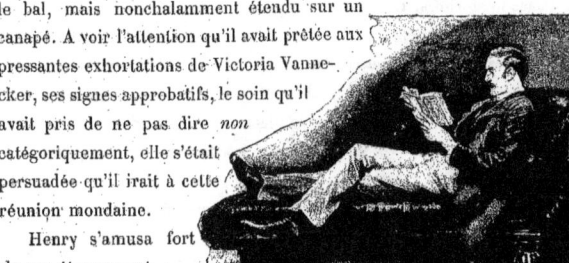

Henry s'amusa fort de son étonnement.

— Eh quoi ! s'écria- t-il lorsqu'il eut donné cours à sa gaieté, vous avez cru, Mabel, que j'irais à ce bal, le soir de votre arrivée, moi qui ne vous ai pas vue depuis quatre ans ! Supposez-vous donc, petite sœur, que je vous préfère un plaisir aussi banal ?

Et, tout en lui tenant ce langage si affectueux, il la faisait asseoir près de lui.

— Vous n'êtes pas fatiguée ? reprit-il. Au moins ne le paraissez-vous pas...

Si Mabel eût ressenti quelque fatigue, elle se fût évanouie comme par enchantement sous l'influence de cette chaude sympathie. Sa physionomie exprimait une joie sans mélange ; son regard brillant se fixait avec tendresse sur Henry.

La jeune fille se sentait du reste agréablement impressionnée par les objets qui l'entouraient. Ces salons magnifiques, cette bibliothèque si confortablement aménagée, ces larges escaliers lui plaisaient fort et lui donnaient une haute idée de la fortune paternelle. Mais surtout la chambre d'Henry l'enchantait ; elle était arrangée avec un goût si raffiné, avec un art si parfait, que Mabel ne pouvait se lasser de la contempler. C'était pour elle comme une vision, un beau rêve réalisé. Elle se disait qu'il y faisait bon vivre, qu'on se sentait bien dans ce

milieu distingué et confortable en même temps : murailles et fenêtres étaient
drapées d'étoffes épaisses, destinées à étouffer les bruits du dehors et à assurer
le calme et la solitude qui reposent ; aux angles, des jardinières en fer tressé,
d'un travail délicat, garnies de plantes rares, aux fleurs éclatantes, aux parfums
très doux ; çà et là, des tableaux, peu nombreux, mais bien choisis et dont le
sujet émouvant, l'art exquis dans l'exécution, indiquaient un maître. Il ne se
trouvait là ni glaces ni dorures, rien de ce clinquant qui éblouit les yeux sans
parler à l'intelligence, mais quelques vases aux formes artistiques, des tables
curieusement sculptées, un superbe secrétaire de Boule, une bibliothèque pleine
de livres, des statuettes reproduisant des chefs-d'œuvre classiques. La lueur
discrète d'une lampe d'albâtre répandait dans la pièce des reflets adoucis...

Henry contemplait sa sœur avec une évidente satisfaction, tandis qu'elle
passait en revue cet élégant et gracieux ensemble.

L'œil brillant de plaisir, elle laissait échapper de ses lèvres des exclamations
admiratives. A la fin, elle s'écria :

— Oh ! Henry, que votre chambre est belle ! C'est un véritable éden !

— Ma chambre ! fit Henry avec un sourire un peu malicieux ; vous ne
devinez pas, Mabel, à qui sont destinées toutes ces jolies choses ? Vous supposez
qu'elles m'appartiennent ? Mais j'ai tout au plus le droit de réclamer de temps
en temps une petite place sur ce canapé où je suis assis, lorsqu'il vous plaira
de me recevoir, car cette chambre est la vôtre, Mabel !

En s'entendant proclamer la maîtresse de céans, Mabel ne put retenir des
larmes d'attendrissement. Le cœur plein de reconnaissance pour tant de bontés,
car elle ne doutait pas que les richesses accumulées en cet appartement n'eussent été récoltées par Henry, à son intention, pendant ses voyages, elle lui passa
le bras autour du cou, l'accablant de caresses et de remerciements.

— Je ne mérite pas tant de gratitude, ma chère, fit Henry. Ces achats ne
m'ont coûté aucune privation, et je ne vois pas quel mérite il peut y avoir pour
moi à dépenser l'argent que mon père m'a toujours fourni sans compter. Quant
au choix de ces bibelots, il ne m'a pas donné grand tracas ; tout au plus si les
livres dont j'ai composé votre bibliothèque ont nécessité quelques recherches.
Le plus difficile, c'était de transporter ici cette Terpsichore avec tous ses doigts
et cet Apollon sans qu'il égarât son nez pendant le voyage. Il m'a fallu veiller

de très près à ce que ces objets fussent empaquetés convenablement et subissent sans trop de dommages la visite des douaniers. Voilà tout. A la vérité, je ne me serais pas astreint pour d'autres que pour vous à ces petits ennuis. Du reste, puisque vous êtes contente, je suis bien payé de ma peine. Parlez-vous l'allemand ? demanda-t-il en se dirigeant vers la bibliothèque.

— Non, répondit Mabel, mais je le lis un peu.

— A merveille, fit Henry. Si vous voulez l'étudier avec moi, vous le posséderez bientôt complètement, et nous lirons ensemble ces livres, ajouta-t-il en désignant sur les rayons de la bibliothèque quelques-uns des ouvrages qui y étalaient leur reliure toute neuve. Je vous initierai aux beautés de Klopstock, de Schiller et de Gœthe.

— Ainsi vous me prendriez pour élève ? s'écria Mabel. Ce serait délicieux. Nous ferions de cette chambre notre salle d'étude, n'est-ce pas ?

Henry avait pris sur un rayon un volume richement relié, et il le feuilletait avec l'attention que l'on prête à un auteur favori. Ses goûts intellectuels s'étaient développés depuis peu et les chefs-d'œuvre de la littérature ancienne et moderne le passionnaient. Il ferma le livre au bout de quelques minutes, le remit en place et se retournant vers Mabel :

— Une chose contrariera cependant nos projets d'étude, observa-t-il, c'est que Louise et les dames Vannecker vont s'emparer de vous et absorber tous vos loisirs. Louise est ce qu'on appelle une femme à la mode, comme vous le serez vous-même dans huit jours, ajouta-t-il en riant malicieusement.

Mabel répondit avec vivacité, presque avec indignation, qu'il n'en serait jamais ainsi. Non, non, elle ne voulait pas être une mondaine, elle ne voulait pas que le monde extérieur lui prît toute son existence. Certes, elle désirait fréquenter le monde, jouir des agréments de la société, ainsi que le faisait Louise, sans doute, mais elle ne voulait renoncer ni à ses lectures, ni à ses études, ni à la correspondance qu'elle s'était promis d'entretenir avec ses amies de pension.

Henry écoutait cette déclaration de principes avec condescendance, mais son sourire attestait qu'il ne croyait guère à la durée de ces belles résolutions. Il jeta sur Mabel un coup d'œil admiratif, embrassa l'ensemble de ce gracieux visage, de ces formes accomplies, et se prit à penser que le monde la réclamait, le voulût-elle ou non.

Que répondre à un sourire, si expressif qu'il puisse être ? Mabel feignit ne pas le comprendre et se tournant vers la Terpsichore qui, debout sur sa console, semblait regarder les deux interlocuteurs :

— C'eût été vraiment dommage qu'une œuvre aussi parfaite subît quelque dommage, fit-elle. Mais vous m'avez dit, Henry que, pour en faire l'acquisition, vous n'avez pas consulté votre goût. Sont-ce les artistes eux-mêmes qui vous ont guidé dans le choix de ces objets ?

— Non, ma chère. J'ai suivi des conseils plus sûrs que les miens, plus sûrs même que ceux de l'artiste. Mon ami Dudley était avec moi à Florence ; il m'a accompagné dans tous les ateliers de sculpteurs et de peintres que j'ai visités en Europe. Ses connaissances artistiques sont surprenantes, et il se flattait de comprendre vos goûts, d'après les renseignements que je lui avais fournis dans nos conversations, car je lui parlais si souvent de vous, Mabel ! Vraiment, il mit une insistance ridicule à me faire prendre cette Terpsichore. Il m'assura que rien ne convenait mieux à votre culture d'esprit et à votre jeunesse. Et l'Iris que voici : il me contraignit pour ainsi dire à acquérir cette divinité aérienne ! Ces statues, me dit-il, seraient à vos yeux d'un prix inestimable. Et, tenez, il me tarde de vous le présenter, ce cher Dudley. C'est, à mes yeux, une intelligence supérieure.

Mabel se détourna pour examiner l'œuvre dont venait de parler son frère, et aussi pour cacher sa confusion, car elle sentait que l'appréciation de Dudley, un homme tenu par Henry en si haute estime, n'était pas un mince compliment...

Plus âgé de quelques années que Henry Vaughan, Dudley avait été son compagnon non seulement pendant les quelques mois qu'il avait passés à Paris, mais encore dans une excursion pédestre, beaucoup plus récente, à travers la Suisse, l'Allemagne et une partie de l'Italie. Pendant ces voyages, qui avaient duré des années, les lettres d'Henry avaient apporté à sa sœur l'éloge répété de son ami, de telle sorte que Mabel avait conçu de Dudley une excellente opinion, et, sans le connaître, éprouvait le respect le plus absolu pour ses rares qualités intellectuelles.

— Quand M. Dudley sera-t-il de retour ? demanda-t-elle avec une apparente indifférence.

— Il sera ici dans quelques semaines. Nous serions revenus ensemble, s'il n'avait dû, au moment où il s'y attendait le moins, s'arrêter à Paris. Vous ne ressembleriez guère aux autres femmes, Mabel, si vous n'admiriez pas Dudley : il fait la conquête de tous ceux qui l'approchent. Je me demande ce qu'il pensera de ces chevaux que je vous ai achetés aujourd'hui.

— Comment ! il est aussi connaisseur en fait de chevaux ? demanda Mabel un peu surprise.

— Il est bon juge en toutes choses, ma chère. A-t-il fait des études en ce sens, je l'ignore ; ce qu'il y a de certain, c'est que, d'un coup d'œil, il sait apprécier l'équipage d'un gentleman. Pour un achat quelconque, je me fierais à ses conseils.

Le panégyrique de Dudley fut interrompu par l'arrivée de M. Vaughan. Henry consulta sa montre, s'aperçut qu'il était tard, et se reprocha d'avoir si longtemps retenu sa sœur. Elle eut beau lui donner l'assurance qu'elle ne se sentait nullement fatiguée, il n'en voulut rien croire et se retira dans son appartement, après l'avoir tendrement embrassée une dernière fois.

A peine avait-il disparu que M. Vaughan, voyant de la lumière dans la chambre de sa fille, y pénétra, et la gronda amicalement d'être encore debout à une heure aussi avancée.

Elle se décida donc à se mettre au lit, mais longtemps elle ne put trouver le repos : tous les événements de la journée repassaient dans son esprit, lui suggérant une foule de réflexions plus riantes, plus agréables les unes que les autres.

Quelle indulgence, quelle tendresse on lui avait témoignées ce jour-là ! Combien tous les membres de sa famille semblaient heureux et fiers de la retrouver ! Que de projets elle avait vu faire pour son bonheur ! Avec quelle générosité cordiale tous avaient travaillé à l'entourer du confort et du luxe qui devaient lui rendre la vie agréable ! Tantôt sa pensée s'arrêtait sur la libérale bonté de son père ; tantôt elle songeait aux preuves d'amitié que lui avait données Henry, à son accueil si plein de tendresse, à l'agrément que lui procurait la société de ce frère aimé entre tous. Puis la vision de sa sœur Louise, si aimable, si gracieuse, si élégante, lui apparaissait à son tour, et elle songeait avec ravissement au cercle choisi et distingué d'amies où elle serait introduite, et où l'attendait un si triomphal accueil... Peu à peu ces riants tableaux s'effacèrent, devinrent plus lointains, plus confus, et elle s'endormit en souriant.

CHAPITRE V

La famille Leroy habitait au second étage d'un hôtel à la mode [1]. Les soucis du ménage déplaisaient si fort à Louise et elle s'acquittait si mal du rôle de maîtresse de maison que son mari avait cédé à ses instances : depuis deux ans déjà, ils avaient quitté leur demeure particulière et avaient pris un appartement des plus élégants, voisin de celui qu'occupait depuis longtemps Mme Vannecker, la conseillère et l'amie de Louise, qui se modelait en tout sur cette reine de la mode.

Du reste, l'humeur capricieuse de Mme Leroy trouvait aussi son compte à ce changement d'existence.

Cependant elle n'avait pas tardé à sentir les inconvénients de ce nouveau genre de vie, d'abord parce qu'elle était naturellement mécontente de tout ce qu'elle avait et curieuse de ce qui n'était pas ou n'était plus à sa disposition ; ensuite, parce que, à l'hôtel, elle se trouvait privée de certains avantages sociaux auxquels, dans sa propre maison, elle s'était habituée. Comment recevoir, par exemple, de nombreux amis, comment donner des bals, des fêtes, des concerts, dans un hôtel, sans se livrer à des dépenses considérables, trop lourdes pour sa fortune personnelle ? Ce fut donc avec une grande satisfaction qu'elle apprit la volonté de M. Vaughan de rouvrir son salon, pour donner à Mabel les moyens de se produire dans le monde.

Mabel, qui n'était encore qu'une pensionnaire, ne pouvait convenablement jouer le rôle de maîtresse de maison. Qui donc alors, mieux que Louise, était

---

[1] Chose très commune à New-York. Certains ménages vivent à l'hôtel toute l'année pour n'avoir pas de domestiques. (Note du traducteur.)

capable de présider aux réceptions, aux fêtes qu'allait occasionner ce changement dans les habitudes paternelles ? Elle continuerait de la sorte à faire figure dans la société élégante de New-York sans qu'elle fût obligée d'y suffire à ses propres frais.

Assurément M. Vaughan ne ferait aucune opposition à ce plan de conduite. Il ne désirait pas sans doute que Mabel devînt uniquement une femme à la mode et Henry un petit maître oisif ou occupé de ces futilités qui sont le grand souci de la haute société. Mais, d'autre part, il ne savait rien refuser à ses enfants de ce qui pouvait contribuer à leur plaisir ou à leur bonheur ; quant à la question de dépense, elle n'existait pas pour lui. Il n'entrait ni dans sa nature ni dans ses habitudes de restreindre les prodigalités de sa famille, de tracer des limites à ses extravagances. Du reste, Mme Leroy se sentait de taille à lutter, s'il le fallait, et à vaincre toutes les résistances : n'avait-elle pas comme stimulants trois puissants motifs : le désir d'introduire sa jeune sœur dans un monde aimable et distingué, son propre plaisir à elle, et l'occasion toute naturelle d'accroître son influence sous le toit paternel ?

Tout lui réussit à souhait ; pas un obstacle ne lui fut opposé par les siens. Au contraire, ce fut un concert de félicitations pour son heureuse initiative : on loua le goût exquis de la maison et de l'équipage de M. Vaughan ; on trouva admirablement réussie la grande réception organisée en l'honneur de Mabel sous les gracieux auspices de Louise : on assura de toutes parts que la première prendrait rang parmi les beautés sans rivales de la saison et que la seconde continuerait à faire le plus bel ornement des réunions mondaines. Bref, Mabel, guidée par sa sœur aînée, entrait à pleines voiles dans cette existence agitée, fiévreuse, frivole et vide qui trop souvent est celle des riches désœuvrés, sans intelligence et sans cœur. En peu de temps, l'ex-élève de Mme Herbet y avait conquis, presque sans effort, une situation prépondérante, tout à fait digne de sa beauté et de sa situation de fortune.

Un matin, Henry, interrompant la lecture d'un journal qu'il venait de parcourir et jetant sur Mabel, très occupée de sa toilette, un regard malicieux :

— Eh bien ! ma chère, s'écria-t-il, que vous ai-je dit ? Voilà huit jours à peine que vous êtes arrivée à New-York... oui, il y a juste huit jours... et déjà ma prédiction s'accomplit.

Mlle Sabiah, qui tricotait dans l'embrasure d'une fenêtre, où elle s'était installée après le déjeuner, regarda son neveu avec quelque anxiété.

— Quelle prédiction, Henry ? demanda-t-elle.

— Eh ! oui, j'en ai la preuve ! fit le jeune homme en brandissant triomphalement le journal qu'il tenait encore à la main ; j'en ai la preuve, ici !

Et, du doigt, il désigna, à la première page de la feuille quotidienne, un article intitulé : « Notes mondaines. »

C'était la description minutieusement détaillée d'un bal très brillant qui avait eu lieu la nuit précédente ; et parmi les plus élégantes mondaines qui avaient assisté à cette fête, le nom de Mabel était cité le premier. Le journaliste ne se bornait point là : il faisait de la jeune fille un éloge pompeux, détaillant les charmes de sa personne, vantant les grâces de son esprit, décrivant longuement sa toilette, etc. Henry lisait à demi-voix, n'omettant pas une syllabe.

Mabel se sentit rougir de honte et d'indignation.

— Un article d'une telle impertinence ne prouve rien, s'écria-t-elle avec énergie.

— Comment ! c'est de Mabel que vous vouliez parler ! fit Mlle Sabiah stupéfaite.

— Mais assurément. Lisez à votre tour, tante Sabiah, et vous verrez que notre pensionnaire d'il y a une semaine est déjà devenue, comme je l'avais prédit, une femme à la mode.

Mabel, très ennuyée de l'incident, s'efforça de donner un autre tour à la conversation. Elle parla de Louise, des tentatives infructueuses qu'elle avait déjà faites pour voir ses neveux. Elle pria même son frère, puisqu'il leur restait encore quelques heures de liberté avant le repas de midi, de l'accompagner jusqu'à l'hôtel où habitait Mme Leroy.

— Très volontiers, dit Henry ; seulement, j'ai tout lieu de croire que vous trouverez les enfants seuls avec leur bonne, car Mme « Toilette » est allée faire des visites à deux lieues de la ville.

— Je sais ! je sais ! interrompit Mabel ; mais je serais si heureuse de les embrasser, et je suis sûre au moins que ce matin ils ne sont pas sortis.

— Eh bien ! ma chère, je vais justement de ce côté, et je serai charmé de faire route en votre compagnie. Mais le temps est à la pluie ; ne serait-il pas prudent de faire atteler votre voiture ?

— C'est Louise qui l'a.

— Louise !... Elle a pris la voiture ! fit Henry d'un ton presque fâché. Ah !
le bon tour qu'elle vous a joué là !... Mais la sienne, qu'est-elle devenue ?

— Un des chevaux de M. Leroy, m'a raconté Louise, est tombé boiteux, et
il les a envoyés se refaire à la campagne, pour tout l'hiver.

Henry eut un rire moqueur, dont Mabel ne saisit pas bien la signification.
Du reste, pour couper court à l'incident, elle déclara avec vivacité qu'elle serait
très heureuse de marcher.

La fraîche haleine du matin, l'exercice et les amusantes saillies d'Henry
occupèrent si bien l'attention de Mabel, qu'elle avait presque oublié le but de
sa promenade. Il lui fallut un effort de mémoire, quand elle se trouva devant la
porte de l'hôtel et que son frère lui tendit la main avant de se séparer d'elle,
pour se souvenir qu'elle allait rendre visite à ses neveux.

Le mouvement et le grand air avaient amené sur son visage les plus charmantes couleurs. Henry lui en fit compliment, et à son tour elle lui recommanda
de rentrer assez tôt pour passer la soirée en famille.

— Vous savez, conclut-elle, combien votre présence et votre conversation
me sont agréables. Me promettez-vous de ne pas m'en priver aujourd'hui ?

— Je vous le promets formellement, Mabel, fit Henry d'un ton chaleureux.

La jeune fille disparut dans le vestibule de l'hôtel, tandis qu'il la suivait d'un
regard affectueux.

Tout à coup une voix bien connue retentit à ses oreilles.

— Êtes-vous devenu astronome, Vaughan ? interrogea quelqu'un à qui le
frère de Mabel tournait le dos en ce moment. Vous semblez suivre le sillage
d'une étoile de première grandeur.

— Dudley ! Vous ici, cher ami ! s'écria Henry, faisant volte-face.

Il se précipita dans les bras du nouveau venu, oubliant, dans les premières
effusions, de répondre à la question posée. Puis il s'étonna de cette subite
arrivée et voulut en connaître les motifs. Dudley satisfit la curiosité du jeune
Vaughan, mais il n'avait pas renoncé à l'interroger sur ce qu'il avait vu tout
d'abord, et il renouvela sa question :

— Quel est donc cet astre brillant qui vient de s'éclipser ?

— Une nouvelle arrivante, comme vous-même, mon cher Dudley, presque une étrangère, fit Henry avec une feinte indifférence. Vous la verrez, du reste, bientôt graviter dans son orbite.

— Je ne crois pas, reprit Dudley négligemment, car, cette après-midi, je pars pour Washington et j'ignore quand je reviendrai.

Henry se sentit tout désappointé : en réalité, il était impatient de présenter son ami à Mabel.

— Je puis disposer d'une demi-heure, ajouta Dudley en consultant sa montre, et j'ai cent choses à vous dire, Vaughan !

Il mit son bras sous celui d'Henry, et ils arpentèrent Broadway en causant.

Comme Mabel, après avoir quitté son frère, montait le large escalier de l'hôtel, dans la direction des appartements occupés par Mme Leroy, elle entendit un grand bruit, comme si, à l'étage au-dessus, quelqu'un frappait violemment le plancher avec un bâton. L'instant d'après, elle aperçut, quelques marches plus haut, sur le vaste palier, un très jeune garçon, imitant, à califourchon sur une grosse canne, le galop d'un cheval. En même temps, d'une voix qui faisait honneur à ses poumons, le cavalier en herbe prodiguait à son coursier imaginaire les excitations, les commandements, et même les injures.

C'était vraiment un bel enfant : une magnifique chevelure flottait en longues boucles sur ses épaules. Sans doute il n'était pas habitué à l'obéissance, car il ne tenait pas le moindre compte des appels que multipliait une jeune fille à l'air fatigué, qui le suivait pas à pas et le conjurait de rentrer.

Au moment où Mabel atteignait le sommet de l'escalier, la jeune bonne saisit l'enfant par le bras et essaya de l'arrêter dans sa course. Le petit tapageur, cela va sans dire, protesta avec énergie et remplit le couloir de ses cris de fureur. C'était un vacarme infernal. Aussi la porte d'une chambre voisine ne tarda-t-elle pas à s'ouvrir, laissant voir un monsieur qui, les sourcils froncés, l'œil sévère, s'écria :

— Décidément, si vous ne pouvez empêcher cet enfant de mener si grand tapage, je me plaindrai au gérant de l'hôtel. Ma femme est très malade, et ce gamin a troublé son repos toute la matinée !

Cependant Mabel était arrivée à destination. Elle avait laissé loin derrière elle le turbulent cavalier. La porte des appartements était entr'ouverte : elle traversa d'abord un salon très spacieux, puis une chambre à coucher, sans rencontrer âme qui vive. Elle parvint ainsi jusqu'à une troisième pièce qu'elle savait être la chambre des enfants. Elle allait frapper à la porte, lorsqu'elle s'aperçut que celle-ci était entre-bâillée. Elle la poussa doucement et entra. Juste en face d'elle, juché sur une chaise et les jambes ballantes, en face d'une haute table, qui lui venait presque jusqu'au menton, se tenait un des neveux qu'elle était venue voir. Les yeux fixés sur un livre, les coudes sur la table, la tête enfoncée dans ses mains, il ne bougea pas à l'entrée de Mabel, mais regarda la visiteuse en dessous, d'un air absolument indifférent. Puis il se décida à dire : « Mère est sortie, » et continua sa lecture.

Avant que Mabel eût pris le temps d'ouvrir la bouche, elle se sentit violemment heurtée et jetée de côté. C'était le jeune vaurien, tout à l'heure rencontré dans le couloir, qui faisait son entrée, toujours à cheval sur son bâton. Il fit deux ou trois fois le tour de la pièce, sans mot dire, très occupé d'imiter les mouvements d'un coursier lancé au galop, secouant les oreilles, relevant et baissant le menton, ouvrant et fermant la bouche comme s'il rongeait son frein. Peu à peu, il se rapprocha de l'enfant qui continuait à étudier sans lui prêter la moindre attention, et se mit à caracoler, à secouer la tête comme s'il eût été gêné par le tiraillement des rênes. Tout en se livrant à cet exercice, il s'efforçait d'atteindre le livre ; il réussit enfin à le jeter par terre.

Son frère — car c'étaient les deux fils de Mme Leroy — goûta médiocrement cette plaisanterie, et, le visage contracté par la colère, mais sans prononcer une parole, il lança un coup de pied à l'auteur de ce méchant tour. Alick, satisfait de sa vengeance, parut ensuite tout à fait indifférent aux cris de sa victime qui, se roulant sur le parquet, poussait de véritables hurlements entremêlés de sanglots convulsifs...

Mabel, restée près de la porte, considérait avec surprise cette étrange scène. La rudesse d'Alick, l'expression maussade de sa physionomie l'avaient profondément choquée, et toutes ses sympathies allèrent vers le plus jeune garçon : en dépit de sa bruyante attitude et de sa sauvagerie, il lui sembla plus aimable que son frère. Elle le releva, le prit sur ses genoux, le combla de caresses pour arrêter ses larmes, et comme la bonne, qui avait pénétré à son tour dans la pièce, paraissait étonnée de la voir s'installer ainsi, elle se hâta de faire connaître sa parenté.

— Je suis votre tante Mabel, dit-elle en s'adressant aux deux enfants.

A ces mots, Alick se redressa vivement et jeta sur la visiteuse un regard inquisiteur, puis il retomba dans son indifférence. Quant à son frère Murray, il n'eut pas l'air de s'émouvoir le moins du monde de cette soudaine révélation. Il accepta cependant de bonne grâce les caresses de Mabel, se laissa consoler assez facilement, et sa tante lui ayant annoncé qu'elle avait apporté des bonbons dans les poches de son manteau, il s'empressa, avec sa permission, de les explorer en conscience ; il eut bientôt oublié son chagrin, sa figure devint rayonnante et il retrouva toute sa bonne humeur.

Il fut néanmoins impossible à Mabel de lui arracher la moindre marque d'affection. Il recevait ses attentions et ses présents avec la joie égoïste d'un enfant gâté, qui s'imagine que tout cela lui est dû.

Quand Mabel lui demanda s'il ne se souvenait point de tous les baisers qu'elle lui avait envoyés dans ses lettres et des jolis jouets qui lui étaient arrivés de sa part, à chaque Noël, il secoua la tête négativement.

Convaincue enfin que son nom n'éveillait aucun écho dans le cœur de cet enfant, et n'ayant pas pris garde au rapide examen que lui avait fait subir Alick lorsqu'elle avait fait connaître sa parenté, elle éprouva un certain désappointement : elle se disait qu'elle n'était qu'une étrangère pour ces neveux qu'elle avait été si impatiente de voir !

Nous avons dit que la jeune bonne chargée de la garde des enfants venait de pénétrer dans la chambre à la suite de Mabel. Celle-ci, tout à son entretien avec Murray, ne se souvenait plus de sa présence. Et cependant la petite servante, dont le visage maladif avait excité la compassion de Mabel, lors de leur rencontre sur le palier, considérait avec curiosité et admiration la nouvelle venue, si parfaitement belle et en même temps si bonne et si douce envers les enfants. Peut-être, en son for intérieur, comparait-elle cette aimable personne à Mme Leroy, qui était une maîtresse exigeante et difficile à contenter. La tâche était rude pour la pauvre fille, chez Mme Leroy, d'autant plus rude qu'elle avait été élevée délicatement, que le métier qu'elle faisait lui était inconnu et que rien ne l'avait préparée à en supporter les ennuis. Mais enfin elle aurait eu l'énergie nécessaire pour faire face aux devoirs de sa nouvelle situation, si la malchance ne l'eût précisément amenée dans la famille Leroy.

Un coup de vent qui brusquement secoua les volets de l'appartement et la pluie qui cingla les vitres avertirent Mabel que la tempête, menaçante depuis le matin, venait d'éclater avec violence. Ainsi emprisonnée dans l'hôtel, et craignant que sa tante Sabiah ne s'inquiétât de son absence prolongée, elle songeait à envoyer un messager, quand elle distingua dans le salon la voix de sa sœur et celle de Mme Vannecker. Elle pensa que le mauvais temps avait hâté leur retour, et elle s'empressa de rejoindre Mme Leroy, pour la prier de garder la voiture. Mais il était déjà trop tard : le cocher était parti.

Louise reprocha gaiement à sa sœur de chercher à fuir au moment où elle-même rentrait.

— A qui, je vous prie, lui demanda-t-elle en riant, veniez-vous donc rendre visite ?

— Aux enfants, répondit Mabel ; et enfin je les ai rencontrés.

— Et comment les trouvez-vous ? N'est-ce pas que Murray est un charmant petit ange ? Et quant à Alick, j'espère qu'il a montré aujourd'hui sa bonne humeur habituelle.

C'était sans arrière-pensée, son accent l'indiquait, qu'elle faisait l'éloge de Murray, mais, en parlant de l'aîné, elle se tourna avec un rire ironique vers Mme Vannecker qui souligna son intention par un haussement d'épaules significatif.

Mabel comprit l'insinuation, elle s'étonna que sa sœur pût traiter avec cette légèreté une matière aussi sérieuse que le caractère d'un de ses enfants, elle fut attristée par cette pensée qu'elle avait vu Alick, ce jour-là, sous son aspect habituel. « Quelle humeur détestable ! se dit-elle. Quel désagréable enfant ce doit être ! »

Louise et Mabel dirent adieu à Mme Vannecker, et Mme Leroy entraîna sa sœur dans sa chambre à coucher. La jeune fille voulait partir ; elle pria Louise d'envoyer chercher la voiture, car, disait-elle, il lui fallait promptement retourner à la maison, pour calmer les inquiétudes de sa tante.

Mais Louise insista pour la garder au moins jusqu'après le lunch. C'était folie de se faire l'esclave d'une vieille femme à l'esprit fantasque, qui finirait par abuser de la trop grande condescendance de sa nièce pour exercer sur elle une véritable tyrannie.

Mabel, cédant trop facilement aux instances et aux raisonnements de sa sœur, consentit à rester.

Comme elles entraient au salon, Murray accourut en sautant au-devant de sa mère. Celle-ci le prit dans ses bras, lui prodigua les plus tendres épithètes et les louanges les plus flatteuses ; puis, se jetant sur le canapé et prenant une attitude languissante, elle permit à l'enfant gâté de piétiner la riche étoffe de sa robe et de jouer avec les roses artificielles qui ornaient son chapeau.

Mabel admirait le groupe formé par cette jeune femme d'une si parfaite élégance et ce bel enfant ; elle était touchée jusqu'aux larmes par cet étalage d'amour maternel. Mais la scène ne fut pas de longue durée. Mme Leroy, satisfaite sans doute de l'effet produit, finit par céder à l'impatience, à l'irritabilité nerveuse qui constituaient le fond de son caractère et rendaient sa compagnie si fatigante. L'enfant, ayant eu l'idée malheureuse de froisser la dentelle de son col, elle le repoussa brutalement et le fit descendre du canapé. S'accrochant au riche manteau d'hermine que sa mère n'avait pas encore enlevé de ses épaules, il l'entraîna avec lui et se réfugia vers l'autre extrémité de la chambre, traînant derrière lui sur le tapis la précieuse fourrure, dont la blancheur se macula de poussière.

Louise, en ce moment détaillait à Mabel les beautés d'une pièce de théâtre que l'on devait jouer le soir même chez un des plus notables représentants de la fashion. Elle ne prêta d'abord aucune attention à l'incident. Mais bientôt elle se leva de son siège et, tout en continuant de causer avec Mabel, fit quelques pas vers Murray qui jouait toujours avec sa proie, la piétinant sans merci. Elle saisit un coin du manteau et s'efforça de le reprendre. Son attitude était résolue, mais l'enfant ne se laissa pas effrayer ; il se cramponna à son jouet improvisé et, tirant avec énergie, il fit lâcher prise à sa mère, ramassa le manteau dans ses bras et s'enfuit dans le coin opposé, en jetant à Louise, par-dessus son épaule, un regard de triomphe. Mme Leroy cessa de le poursuivre ; elle ne hasarda pas la moindre réprimande ; elle souriait au contraire, très heureuse de l'adresse de l'enfant, de son entêtement, que d'autres eussent qualifié de désobéissance. Le risque que courait le luxueux vêtement ne semblait pas la préoccuper non plus. Cédant passivement aux caprices de son fils, elle reprit sa place sur le canapé et renoua le fil un instant interrompu de sa conversation avec Mabel,

7

énumérant avec complaisance les charmes de la musique, le pittoresque des
costumes et la richesse des décors, dans le spectacle auquel elle devait assister
le soir.

Mabel, très intéressée par la description de ces plaisirs qui avaient pour elle
tout l'attrait de la nouveauté, n'observa guère cette petite querelle entre la mère
et le fils. Dans sa distraction, elle se sentait même portée à envisager la conduite de sa sœur sous un jour des plus favorables. En refusant d'exercer sa
sévérité contre un enfant désobéissant, n'avait-elle pas fait preuve d'une louable
douceur de caractère, d'une exquise sensibilité ?

Mais voici que, sur une secousse plus violente que Murray imprima au manteau, l'étoffe qui, vers son extrémité, était étroite et mince, se déchira brusquement. L'enfant, qui s'était jeté en arrière pour mieux tirer son jouet improvisé,
fut précipité contre le plancher, tenant encore à la main le fragment arraché
de la fourrure.

Bien que la chute ne fût ni lourde ni dangereuse, il se mit à pousser des cris
perçants, comme s'il eût été grièvement contusionné.

Aussitôt Mabel, effrayée, se précipita à son secours. Elle arriva près du jeune
garçon avant Louise, qui s'était élancée à son tour, le releva avec d'infinies précautions en lui demandant : « Où vous êtes-vous fait mal, mon chéri ? » mais
n'obtint pour toute réponse que des gémissements et des sanglots redoublés.

Cependant Louise, parvenue à son tour près de l'enfant, ouvrait déjà la
bouche pour lui prodiguer aussi les consolations, lorsqu'elle aperçut le morceau
de fourrure. Dès lors un changement subit s'opéra en elle : rouge de colère,
elle enleva à Murray sa dépouille opime. Adieu la tendresse maternelle, adieu
la douceur et la patience que Mabel avait tant admirées ! D'une voix irritée,
criarde, elle éclata en reproches, en injures, et sa petite main si blanche, cette
main si soignée qui ne semblait faite que pour d'élégantes besognes, administra
au coupable une maîtresse correction. Mais le méchant petit diable n'était pas
de ces enfants qui, victimes résignées, acceptent sans mot dire le châtiment
d'une faute notoire : il se défendit vigoureusement, et Mabel eut le pénible
spectacle d'une lutte violente, à laquelle Mme Leroy ne put mettre fin qu'en
chassant de la chambre, avec force menaces, bourrades et coups de pied, le
jeune récalcitrant. Cette scène bruyante et pénible qui avait dû retentir dans

toute la maison, ne sembla pas émouvoir tant soit peu les habitants. Nul ne se
dérangea, ni maîtres ni valets, sans doute parce que de pareils éclats se renou-
velaient presque journellement et que tout le voisinage y était habitué.

Affligée de ces incidents qui avaient choqué ses délicatesses, Mabel s'attendait à voir sa sœur s'en montrer, elle aussi, extrêmement chagrine et même
quelque peu honteuse. A sa grande surprise, Mme Leroy se retourna vers elle, la
physionomie très apaisée, et, voyant sa consternation, éclata de rire.

— Je crains bien qu'il ne soit blessé, observa Mabel un peu décontenancée ;
il a crié si fort en tombant !

— Non, non, répondit négligemment Louise ; il crie toujours ainsi sans
rime ni raison !

Et elle procéda avec un soin minutieux à l'examen de son manteau, ajustant
le morceau à l'endroit d'où il avait été arraché. Ceci fait, elle s'écria en considérant l'effet produit :

— Quel ennui ! Je me demande s'il pourra être réparé chez Lefarge !

Tout entière à ses préoccupations de toilette, elle semblait, durant quelques
minutes, avoir complètement oublié la présence de Mabel. Celle-ci se remettait
graduellement de sa frayeur et de la surprise que lui avaient causée la conduite
si contradictoire et les déconcertantes variations du caractère de Louise. Elle
constata bientôt que les colères maternelles n'exerçaient pas une influence bien
durable sur le moral de l'enfant, car elle l'entendit, dans une autre pièce, rire et
jouer avec son ordinaire pétulance.

Les minutes s'étaient écoulées, et l'heure du lunch était passée depuis longtemps : Mabel commençait à s'inquiéter de sa longue absence et à se faire
intérieurement de justes reproches. Elle renouvela ses instances auprès de
Louise pour que celle-ci envoyât chercher une voiture ; Mme Leroy voulut bien
cette fois y consentir. Pendant que la jeune fille attendait avec impatience le
moment du départ, des cris épouvantables partirent de la chambre des enfants.
Puis la porte s'ouvrit, et Murray, tout en larmes, fit son apparition dans le salon.
Il avait sans doute oublié la verte correction de tout à l'heure, car il se précipita vers sa mère comme pour lui demander protection. Celle-ci, également
oublieuse de la désagréable scène du manteau, lui ouvrit les bras, le couvrit de
baisers, et d'un ton câlin, avec toutes sortes d'expressions attendries, toutes les

marques de la sollicitude la plus inquiète, elle s'efforça de le consoler ; puis elle voulut connaître la cause de ce gros chagrin, promettant de punir sévèrement quiconque aurait fait de la peine à son « cher trésor ». Alors le sensible Murray daigna interrompre ses cris pour dire d'une voix entrecoupée de sanglots :

— C'est... Alick... qui m'a poussé... Il m'a... lancé des coups de pied..., et Lydia et lui... m'ont donné de vilains noms !...

— Je ne lui ai pas donné de vilains noms ! protesta la petite bonne à l'air maladif, qui accourait derrière Murray. Sa pâle figure se couvrit tout à coup d'un vive rougeur, dès qu'elle aperçut Mabel.

— Taisez-vous ! fit impérieusement Mme Leroy.

Puis, s'approchant de la porte restée ouverte de la chambre des enfants, elle demanda à Alick, d'un ton sévère, quelle nouvelle méchanceté il avait faite à son frère. Et, sans lui donner le temps de répondre :

— Je sais, ajouta-t-elle, que vous ne manquez pas une occasion de lui être désagréable ou de lui chercher noise.

— C'est lui qui m'ennuie tout le temps ! répliqua avec aigreur le jeune garçon.

Ce fut alors, de la part de Mme Leroy, un flot de reproches et de menaces. Il reçut les uns et les autres avec indifférence, si même il daigna les écouter, et ne chercha pas à faire entendre la moindre excuse, la moindre justification.

Cependant il trouva chez Lydia un défenseur inattendu :

— Alick n'est pas à blâmer, madame...

— Je n'ai pas besoin de vos explications, Lydia, interrompit Mme Leroy. Je sais fort bien, dans toutes les querelles, quel est le vrai coupable.

— Il m'a donné des noms ! recommença Murray. Oui, il a dit que j'étais un mendiant !

— Je n'ai pas dit cela ! fit Alick entre ses dents, comme s'il se parlait à lui-même.

— Non, madame, il ne l'a pas dit ! s'écria vivement Lydia. Je parlais aux enfants, de ma sœur Rosy et je leur disais combien elle était bonne et combien je l'aimais. Alick témoigna alors le désir de la voir, et je promis de le conduire à la maison, si toutefois vous vouliez bien le permettre. C'est Murray qui a parlé de mendiants. Il a conseillé à Alick de ne pas aller chez « ces mendiantes ».

Pourtant Rosy n'est pas une mendiante, et si ma mère n'est pas riche, elle n'en est pas moins digne d'estime.

— J'ai dit! interrompit Murray, que je n'avais pas besoin d'aller voir des mendiantes, et je n'irai pas, non, jamais! Et Alick a prétendu alors que je ne valais pas mieux qu'un mendiant. N'est-ce pas, mère, que je vaux mieux?

— Assurément, mon chéri. Alick, vous êtes un méchant garçon d'oser parler ainsi à votre frère. Quant à vous, Lydia, je vous en avertis, qu'il ne soit plus question de cette sotte histoire. Vous ne devez pas emmener les enfants en des endroits peu respectables. Vos frères et vos sœurs peuvent être, à votre estime, de bons ou de méchants enfants. Mais dans un cas comme dans l'autre, ils ne sont pas pour mes enfants une compagnie convenable.

A ces mots, Lydia devint toute rouge de colère. L'œil brillant, les lèvres tremblantes, l'âme agitée par l'orgueil blessé et peut-être aussi par de plus nobles émotions, elle s'écria d'une voix saccadée :

— En vérité, madame, je voudrais que vous puissiez voir ces enfants dont vous parlez ainsi; il en est parmi eux qui pourraient, sur certaines choses, donner des leçons même à une dame.

Peut-être cette réponse d'une servante à sa maîtresse devait-elle être taxée d'incivilité ; mais ce point de vue échappa presque complètement à Mabel ; ce qui la frappa seulement, ce fut le ton de parfaite sincérité de la jeune fille, la profondeur du sentiment qui l'animait.

Mme Leroy n'en jugea pas ainsi. Dans les paroles échappées à Lydia, elle ne vit qu'une sortie impertinente, une bravade qu'elle voulut châtier sur l'heure même. Sa dignité lui commandait de rester calme, de ne point paraître, en renvoyant Lydia, céder à un emportement irréfléchi; ce fut le contraire qui arriva : dans un langage injurieux, excessif, elle reprocha à la malheureuse bonne l'oubli de sa condition, son manque de respect envers ses supérieurs, et plus d'une fois, en son réquisitoire interminable, elle compromit son caractère de femme du monde. Mabel ne put s'empêcher d'être choquée de ces durs reproches, et surtout de cette prétention émise par Mme Leroy qu'elle retiendrait un mois de gages à la petite servante, tout en exigeant qu'elle continuât son service jusqu'à l'arrivée d'une nouvelle bonne.

Du reste, ces accès de colère étaient d'aussi courte durée qu'ils avaient été

violents. Comme Louise fermait sur Lydia la porte de la chambre, elle s'écria
d'un ton radouci :

— Là ! j'en ai fini avec celle-ci ; maintenant je vais avoir l'ennui de chercher une nouvelle bonne pour ces pestes d'enfants !

Puis elle se mit à faire des remarques sur la toilette qu'elle porterait dans
la soirée, ajoutant avec un sourire :

— Tout à l'heure, j'irai emprunter les boucles d'oreilles de Mme Vannecker ;
je veux voir si le corail m'est avantageux !

CHAPITRE VI

Tout occupée de cette nouvelle fantaisie, où sa vanité se complaisait, Louise courut aussitôt vers les appartements de son amie ; elle y resta si longtemps qu'avant son retour la voiture vint chercher Mabel. Elle remit son chapeau ; mais, au moment de s'éloigner, elle s'aperçut que son écharpe avait disparu. Supposant qu'elle devait l'avoir laissée dans la chambre des enfants, elle courut l'y chercher. Comme elle ouvrait la porte et, sans être aperçue, jetait un coup d'œil dans la pièce, le spectacle qui frappa ses regards excita son intérêt et sa sympathie. La pauvre Lydia, accablée de chagrin, s'était jetée sur un lit et des sanglots convulsifs la secouaient des pieds à la tête. L'œil égaré, les bras tordus au-dessus de sa tête, elle laissait échapper des paroles sans suite, comme dans un accès de fièvre chaude. A côté d'elle se tenait Alick : ce n'était plus le garçon indifférent et apathique de tout à l'heure ; sa physionomie exprimait à la fois le chagrin et l'indignation. Il semblait s'efforcer de la calmer ; Mabel crut même comprendre qu'il émettait un blâme énergique au sujet de sa mère. D'abord elle ne vit pas Murray ; mais, quand elle eut pénétré plus avant dans la chambre, elle l'aperçut enfin : grimpé sur le lit et niché tout à côté de Lydia, il lui avait passé un bras autour du cou. Combien il était changé, lui aussi : c'était une réelle affection, un sincère repentir du mal dont il était la cause, qu'on lisait dans ses yeux pleins de larmes.

Lydia, entendant la voix de Mabel qui lui parlait avec bienveillance, se redressa vivement et la présence de cette étrangère réagissant sur ses nerfs surexcités, elle parvint à se ressaisir.

Mlle Vaughan s'efforça de la consoler, et l'intérêt affectueux qu'elle témoignait à la malheureuse fille rouvrit la source de ses larmes.

— Mademoiselle, sanglota-t-elle, je vous assure que je ne voulais rien dire de mal... Mais je me suis sentie si triste, si indignée, quand Mme Leroy a parlé des enfants !... Ah ! mademoiselle, combien vous seriez étonnée, si vous saviez !...

Elle ne put continuer. Les larmes étouffèrent sa voix. Au bout de quelques minutes d'un pénible silence, se remettant de nouveau, elle ajouta :

— J'ai perdu ma place. Que vais-je faire maintenant?

— Je demanderai à mère de vous garder, Lydia, fit Murray d'un ton caressant.

Lydia lui sourit à travers ses larmes, mais ne répondit point.

Cependant Alick, qui s'était un peu écarté, considérait Mabel avec une attention singulière. Celle-ci réfléchissait à la situation, mais ne voyait pas trop comment elle pourrait intervenir en faveur de la petite servante. Comme elle se décidait à quitter la chambre, Alick, lui barrant la route brusquement, s'écria :

— Elle ne gagnera plus d'argent, de longtemps peut-être. Et cependant elle en avait besoin pour sa mère et pour Rosy. Mère a dit qu'elle ne la paierait pas, et assurément elle le fera comme elle l'a dit : elle est si méchante !

Mabel fit un mouvement pour protester contre le langage irrespectueux du jeune garçon, mais il n'y prit pas garde ; il suivait des yeux la main de sa tante cherchant sa bourse dans la poche de sa robe. Lydia, elle, semblait écrasée de honte : l'enfant avait révélé le secret de sa détresse et de l'indigence de sa famille, et son orgueil, en dépit de la bassesse de sa condition actuelle, se révoltait à cette pensée.

Déconcertée par l'attitude de Lydia, et novice dans l'art de soulager des infortunes qui se dérobent à la pitié d'autrui, Mabel éprouvait un embarras mortel.

Tout d'un coup, elle se décida :

— Combien, demanda-t-elle à Lydia, vous est-il dû par Mme Leroy ?

— Six dollars, fit la bonne d'une voix à peine perceptible ; mais, mademoiselle, cela ne fait rien.

A peine achevait-elle que la somme était dans sa main. Elle voulut la rendre.

QU'ELLES SONT JOLIES, FIT-ELLE AU BOUT D'UN INSTANT (P. 80).

8

— Gardez cela, dit Mabel en refusant de reprendre l'argent. Je m'arrangerai avec votre maîtresse.

Et, pour échapper aux remerciements de Lydia, elle quitta la chambre très rapidement, saluée au passage par le regard admiratif d'Alick. Murray, lui, témoigna sa vive satisfaction en exécutant sur le lit une magistrale culbute.

Lorsque, en rentrant dans le salon, Mabel y découvrit Louise, qui se tenait près de la porte, à demi ouverte, elle éprouva une vive contrariété et la rougeur de l'embarras lui monta au visage. Qui sait si Mme Leroy n'avait pas tout entendu ?

Celle-ci était occupée à essayer, devant un miroir, l'effet des fameuses boucles d'oreilles de corail ; à l'entrée de Mabel, elle ne tourna même pas la tête. Si la jeune fille avait été surprise accomplissant quelque mauvaise action, elle n'eût pas été plus décontenancée : n'avait-elle pas semblé désapprouver la conduite de sa sœur en une affaire qui ne la regardait pas ?

Il y eut entre elles un silence pénible, interrompu à la fin par Louise, qui, après avoir secoué avec impatience l'une des boucles d'oreilles qui s'était accrochée à ses cheveux, s'écria d'une voix irritée :

— Voyez, Mabel, ce que cela signifie ; je ne puis en venir à bout !

La jeune fille se hâta de réparer le léger accident ; puis elle se tint debout auprès de l'irascible beauté qui se mirait de nouveau avec une indicible satisfaction.

— Qu'elles sont jolies ! fit-elle au bout d'un instant. Je voudrais bien qu'elles fussent à moi. Ah ! si j'avais de l'argent à jeter par les fenêtres, *comme certaines gens,* je m'en achèterais une paire aujourd'hui même !

— Oui, elles sont tout à fait élégantes et vous vont très bien ! dit Mabel distraitement.

Elle avait compris l'allusion, et, craignant d'avoir gravement offensé Louise, elle cherchait déjà une excuse à son imprudente générosité. Mais Mme Leroy ne lui en laissa pas le temps.

— J'espère, ajouta-t-elle vivement, avec un rire sec et dédaigneux, que vous ne me rendrez pas responsable du gaspillage auquel vous vous êtes livrée dans la chambre voisine. Il faut que votre bourse soit mieux garnie que la mienne, pour vous permettre d'offrir de l'argent à des espèces qui aiment à faire des scènes et à se donner des airs intéressants !...

Mabel resta stupéfaite devant cet étalage de sentiments bas et d'indifférence pour le malheur, et elle ne trouva pas un mot à répondre.

Du reste, Louise n'insista point. Après avoir ainsi donné une issue à son mécontentement et répudié la dette qu'elle semblait avoir contractée vis-à-vis de Mabel, elle recouvra toute sa bonne humeur. Abandonnant ce sujet avec la même aisance qu'on oublie ses petits chagrins à la vue d'un jouet nouveau, elle revint, avec une gaieté pétulante, au divertissement qui devait occuper sa soirée.

Mabel ne se débarrassa pas aussi facilement de son trouble et de sa confusion ; elle resta quelques instants encore sous l'impression des ironiques reproches de sa sœur. Néanmoins, contente de voir l'affaire arrangée, bien que ce fût aux dépens de sa bourse et de ses sentiments, elle finit par se ressaisir et prêta une oreille complaisante à tous les frivoles discours de Mme Leroy. Elle avait recueilli, de la bouche de Mme Vannecker, et surtout de Victoria, qui devait jouer un rôle dans la pièce, de nouveaux renseignements qui la ravissaient d'aise et qu'elle détaillait avec une infatigable prolixité.

— Quelle charmante soirée, ma chère, conclut-elle enfin. Mais c'est pour vous surtout que cette fête me ravit. Vous n'avez encore rien vu d'approchant : vous aurez la révélation de plaisirs inconnus, si délicats et si intéressants ! Vous viendrez, n'est-ce pas ? Je suis sûre qu'Henry sera heureux de vous accompagner. Allons, c'est convenu ?

Mabel hésitait. La description enthousiaste de cette pièce, que venait de lui faire Louise, la tentait fort : elle brûlait d'envie de voir ce gentil petit théâtre, ces décors, d'entendre cette musique exécutée par un savant orchestre. Mais, au nom d'Henry, elle se souvint qu'elle était convenue de passer avec lui cette soirée à la maison. Elle fit part de ce scrupule à Louise, ajoutant qu'il lui paraissait impossible de manquer à cette promesse.

Dès lors, Mme Leroy changea d'humeur : sa figure s'assombrit ; le sourire disparut de ses lèvres. Elle reprit son air fâché, et, détournant la tête, elle s'écria :

— Très bien ; alors je resterai chez moi. Je ne tiens pas à me rendre seule à cette fête.

Mabel était désolée d'avoir causé à Louise cette déconvenue. Cependant elle restait indécise. Déjà elle l'avait offensée quelques instants auparavant :

allait-elle aggraver son cas par une nouvelle offense. Mais, d'autre part, si elle consentait à l'accompagner, que penserait Henry de cette désertion ?

Ces réflexions et d'autres encore qui augmentaient la perplexité de Mabel furent interrompues par cette exclamation de Louise, lancée d'un ton irrité, et qui prouvait qu'elle avait compris la véritable cause de son hésitation :

— Eh ! c'est une sottise de vouloir rester chez vous ce soir, à cause d'Henry. Il sera entraîné lui-même à cette fête. Plusieurs de ses amis figurent parmi les acteurs. Il a dû, pendant la journée, entendre parler de la représentation, et je sais que le sujet de la pièce lui plaît extrêmement.

Cette dernière suggestion eut pour effet d'enlever à Mabel ses derniers scrupules, et, au moment même où elle mettait le pied hors de l'appartement, elle balbutia une sorte de promesse de renvoyer la voiture à l'hôtel et d'être prête à l'heure indiquée. Elle fut récompensée de cette concession par un sourire radieux. Louise, maintenant, avait recouvré son entrain, et ce fut avec une grâce parfaite qu'elle embrassa Mabel avant de se séparer d'elle.

Si Mme Leroy se tenait pour satisfaite de la tournure qu'avaient prises les choses, il n'en était pas ainsi de Mabel : loin de là. Le doute, le regret et l'appréhension se succédaient dans son esprit. Mais lorsque la voiture s'arrêta devant la maison de son père, toutes ses appréhensions s'effacèrent pour faire place à une crainte nouvelle. « Que dira tante Sabiah de cette longue absence ? » se disait-elle en pénétrant dans le vestibule.

Une pendule sonnait quatre heures au moment où elle montait l'escalier. « Si tard ! s'écria-t-elle involontairement. Est-il possible qu'il soit déjà quatre heures ? » Elle avait promis à sa tante de lui rapporter un bout de ruban dont elle avait besoin, et précisément elle revenait les mains vides : ce bout de ruban, elle l'avait oublié ; c'était maintenant, à la porte du salon, qu'elle s'en souvenait : « Vraiment, pensa-t-elle, c'est un de ces jours où tout va de travers. »

Elle avait deviné juste : les choses avaient mal tourné. Tante Sabiah qui avait passé la journée seule, privée de toute conversation, s'était fortement assombrie. Elle avait même refusé de goûter, en prenant des airs de martyr, et cependant ses habitudes de provinciale méthodique faisaient de ce repas, pour la vieille demoiselle, une affaire des plus importantes.

Il fut assez difficile à Mabel de lui persuader qu'il n'était pas trop tard pour luncher ; enfin elle consentit à accepter une tasse de chocolat et un biscuit que sa nièce lui rapporta elle-même de la salle à manger. Une fois réconfortée, et de plus choyée, câlinée par Mabel, tante Sabiah voulut bien se radoucir : elle déclara que l'oubli du ruban était chose insignifiante.

— Qu'importe, voyons, ma chère, ajouta-t-elle, que je porte un chapeau neuf ou vieux ?

Il faut dire que Mabel évita soigneusement de raconter sa visite à l'hôtel, pour ne pas réveiller une fois de plus les préventions de Mlle Vaughan contre Louise et faire renaître par suite sa méchante humeur. Tante Sabiah, de son côté, ne jugea pas à propos de questionner la jeune fille sur l'emploi de sa journée.

Mais les perplexités et les ennuis de ce jour néfaste n'étaient pas finis pour Mabel. Pendant le dîner, elle attendit en vain qu'Henry fît allusion au spectacle qui devait être donné dans la soirée. Il parla de son excursion qui l'avait beaucoup fatigué, mais dont il se trouvait cependant très satisfait. Il ne souffla mot d'autre chose.

Après dîner, il demanda ses pantoufles et proposa à Mabel d'aller chercher sa flûte pour l'accompagner au piano. Elle fut bien forcée alors d'avouer la promesse qu'elle avait faite à Louise ; elle ne laissa pas ignorer du reste à Henry qu'elle avait résisté aux sollicitations de sa sœur jusqu'à ce qu'elle lui eût affirmé qu'il éprouverait lui-même le plaisir le plus vif à voir cette fête.

Sa communication fut accueillie par Henry avec des compliments ironiques dont Mabel ne savait trop si elle devait rire ou se fâcher. A la fin, changeant de ton, il s'écria :

— Et vous avez vraiment ajouté foi à cette invention, Mabel ? Vous avez cru que moi qui me suis claquemuré ici trois jours durant, employant tous les artifices possibles pour me garer des faquins qui essayaient de m'attirer dans cette farce imbécile, — vous avez cru, dis-je, que je vous y accompagnerais avec enthousiasme ? Et c'est vous qui m'attireriez dans ce guet-apens, alors que j'avais réussi à l'éviter ! Mais ne savez-vous donc pas qu'ils me condamneront sans miséricorde à jouer le rôle de Jules César ou, pis encore, celui de soupirant de Victoria Vannecker ? Sur ma parole ! ma chère, tous ces gens s'abattraient sur moi comme une bande de harpies.

Mlle Sabiah ne manqua point de faire observer gravement que Mabel rentrerait fort tard et par le mauvais temps, et que ce serait mettre en danger sa santé et sa vie; M. Vaughan, alarmé par cette observation de la vieille demoiselle, abandonna un instant la lecture de son journal pour affirmer que la soirée était très humide et par conséquent très malsaine au dehors.

— Je suppose bien, dit-il à Mabel, que vous ne pensez pas à sortir.

La discussion fut interrompue par l'arrivée de Mme Leroy. Son obstination préméditée résista à tous les arguments, à toutes les oppositions, et finit par en triompher. Mabel aurait volontiers repris sa promesse, mais Louise en exigea l'accomplissement : il fut seulement convenu, à titre de transaction, qu'elle reviendrait de bonne heure. Sur les vives instances de Mabel, vigoureusement appuyées par M. Vaughan, Henry se décida à les accompagner, mais à la condition expresse qu'il se retirerait en toute liberté si l'on faisait la moindre tentative pour l'enrôler parmi la troupe des acteurs-amateurs.

Au moment où ils ouvraient la portière de la voiture, ils s'entendirent souhaiter le bonsoir par des voix féminines; c'était Mme Vannecker et sa fille qui s'étaient confortablement installées sur les sièges du fond et dont Louise s'était bien gardée de dénoncer la présence.

A la vue des deux dames, Henry poussa une sourde exclamation de dépit.

— Je m'en vais ! murmura-t-il à l'oreille de Mabel; puis il ajouta à haute voix : — Je vois que vous êtes assez nombreuses pour vous garder toutes seules. Ainsi donc, bonne nuit, mesdames !

Le départ d'Henry avait causé à Mabel une vive contrariété. Décidément cette soirée s'annonçait sous de tristes auspices; ce qui suivit ne les confirma que trop. D'abord cette représentation si vantée se trouva être une simple récitation, en costumes de ville, sur une estrade aux décors rudimentaires; puis la pièce était mal éclairée, les rôles n'étaient pas sus. Dans les coulisses, on entendait éclater des discussions entre acteurs, jaloux les uns des autres. Louise ne pouvait tenir en place : à chaque instant elle se précipitait derrière la scène et se mêlait aux disputes des acteurs.

Quant à Mme Vannecker, elle fatiguait Mabel du récit interminable des avances faites à Victoria et des victorieuses ripostes de sa fille, qui avaient pulvérisé ses adversaires. Mabel ne tarda pas à se convaincre que Louise et ses amies faisaient d'elle la victime de leur amour immodéré pour les plaisirs mondains : toutes ces discussions de personnes, ces vanités d'histrions lui causaient un ennui mortel. Elle enviait tante Sabiah et Henry qui l'attendaient à la maison ; elle se sentait prise de compassion pour son cocher fatigué, pour ses chevaux harassés, exposés à la pluie et au froid et, comme elle, victimes des fantaisies d'une femme à la mode.

Enfin, vers minuit, Mabel put décider ces dames, Dieu sait au prix de quels efforts ! à abandonner la place.

Mais elle n'était pas au bout de ses ennuis. Un désapppointement plus sérieux l'attendait à la maison. Elle devina tout de suite, à l'expression de triomphe et au sourire narquois de son frère, que pendant son absence il s'était passé quelque événement auquel il eût été agréable de prendre part. Ce n'était pas en effet peu de chose : Lincoln Dudley était venu passer la soirée sous le toit de M. Vaughan, Henry et tante Sabiah avaient joui de sa conversation ! Pour eux, il avait étalé sa riche collection d'anecdotes, de souvenirs poétiques, d'érudition ; il les avait emportés à sa suite dans ces régions de la pensée et de l'imagination où un esprit élevé comme le sien pouvait si facilement planer sans risquer de se perdre.

Il y avait même, pensa-t-elle, un plaisir malicieux dans la complaisance avec laquelle Henry citait quelques-uns des traits les plus spirituels de son ami, et comme un désir de lui être désagréable dans l'assurance donnée par sa tante, personne d'ordinaire peu impressionnable, que de tout l'hiver elle n'aurait sans doute pas l'occasion, elle Mabel, de faire connaissance avec un aussi agréable visiteur. C'était en effet un petit accident qui lui avait permis de passer quelques heures avec Henry : il avait manqué le chemin de fer. Il devait partir le lendemain matin pour Philadelphie où il ferait un long séjour.

Ainsi finit cette journée si mal remplie. Mabel était arrivée depuis huit jours à peine, et déjà cette vie de plaisirs, où son orgueil et sa vanité avaient seuls trouvé leur compte, lui laissait au cœur un sentiment confus de faiblesse, de regret et de désappointement.

« Qu'il est difficile de plaire à tout le monde ! » pensa-t-elle lorsqu'elle se retrouva enfin seule dans sa chambre. Elle repassa mentalement tous les faits qui s'étaient succédé dans son existence depuis son lever, songeant surtout avec amertume à cette visite de Dudley qu'elle avait eu le malheur de manquer.

Arrivée à cette conclusion qu'on ne peut être agréable aux uns sans déplaire aux autres, elle résolut désormais de ne se soucier que d'elle-même et de sa propre satisfaction. Heureusement ni cette égoïste promesse ni les pénibles émotions qui l'avaient provoquée ne devaient survivre à une nuit de repos, et le lendemain dimanche n'éclaira jamais figure plus souriante que celle de Mabel. Son heureuse nature et son cœur débordant de sentiments généreux avaient triomphé des pensées mauvaises et du sombre découragement.

CHAPITRE VII

Pendant que Mabel se rendait à cette soirée où elle devait s'ennuyer si consciencieusement, une autre jeune fille, ayant le même âge qu'elle, mais de fortune bien différente, se dirigeait seule, à pied, sans protection d'aucune sorte, vers une rue voisine de l'hôtel des Vaughan.

Dès que les enfants furent endormis et qu'elle eut aidé sa maîtresse à parfaire sa toilette de soirée, Lydia, malgré sa fatigue, se glissa jusqu'à l'appartement de Mme Vannecker; elle obtint de la bonne de cette amie de Louise, personne assez serviable, de prendre sa place auprès des enfants; puis, mettant un pauvre vieux chapeau, un châle tout fripé, elle s'éloigna d'un pas rapide, non sans avoir promis d'être de retour dans une heure.

La nuit était sombre et la marche difficile, car le pavé était encore humide de la pluie qui venait de tomber avec abondance. Lydia, mal chaussée, eut bientôt les pieds complètement mouillés et la sensation de froid qu'elle en ressentit finit par secouer tout son être. Seule dans les rues silencieuses, elle éprouvait aussi une sorte d'effroi; en s'aventurant, au bout de quelques minutes, dans des ruelles étroites et mal éclairées, elle jeta autour d'elle des regards éperdus. Une fois, dans sa hâte, elle glissa et serait tombée si une main rude, quoique bienveillante, ne l'avait soudain retenue, et avant qu'elle pût voir d'où lui venait l'aide amicale qui lui avait permis de se remettre sur pieds, son bienfaiteur déguenillé avait disparu.

Encore plus alarmée par cette mystérieuse intervention, troublée par les regards que jetaient sur elle (au moins elle se le figurait) les quelques rares passants qui la croisaient, elle se mit à courir de toutes ses forces, n'osant plus regarder ni à droite ni à gauche. Tandis qu'elle arrivait à un carrefour, une main se posa sur son épaule. Elle eut un soubresaut de terreur ; mais elle fut rassurée par un rire qui lui était bien connu. S'arrêtant aussitôt, elle s'écria toute haletante :

— Eh bien ! Jack, est-ce vous ? Comme vous m'avez effrayée.

— Effrayée, et pourquoi ? fit une voix enfantine, bien que peu harmonieuse.

— Parce que je ne suis pas habituée à être dehors la nuit. Mais vous ne devriez pas être ici, à cette heure, Jack. Qui est avec vous ? ajouta-t-elle en voyant quelqu'un s'arrêter à peu de distance.

Jack hésita, puis se décida à répondre avec un visible embarras :

— Bob Martin.

— Oh ! Jack ! murmura Lydia.

Elle n'en dit pas davantage, mais il y avait dans cette simple exclamation un si vif accent de reproche que son frère baissa les yeux, décrivit avec le pied un petit cercle sur la neige et demeura silencieux.

— Je vais à la maison et je suis pressée, dit la jeune fille. Je ne dois pas m'absenter plus d'une heure. Venez avec moi, Jack.

Le jeune garçon ne répondit pas tout de suite à cette invitation ; il se mit à siffler avec intention, comme pour avertir son compagnon, un jeune homme beaucoup plus grand que lui ; et en effet celui-ci, avec des attitudes fanfaronnes, lui emboîta le pas immédiatement, comme décidé à suivre jusqu'au bout le frère et la sœur.

— Ecoutez, Jack, chuchota Lydia, n'appelez pas ce garçon ; nous n'avons pas besoin de lui.

— Eh bien ! allons chez nous ! fit Jack d'un ton bourru.

Et il se décida à marcher dans la direction que suivait Lydia. Quelques minutes à peine s'étaient écoulées depuis leur rencontre, lorsque la jeune fille aperçut, les guettant dans l'ombre, le compagnon de Jack, ce camarade aux allures suspectes. Au moment où ils passaient devant lui, Jack lui jeta ces paroles qui, bien qu'elles eussent été prononcées d'une voix contenue, n'échappèrent pas à Lydia :

— Attends ici, Bob ; je reviens dans un instant.

Elle fit une centaine de pas en silence ; puis, supposant qu'elle était maintenant à l'abri des oreilles indiscrètes, elle s'écria avec une certaine irritation :

— Je me demande ce que penserait notre mère, Jack, de vous savoir dehors, à une pareille heure, avec Bob Martin.

— Maman n'a rien à dire contre lui, riposta le jeune garçon, ni vous non plus, Lydia, vous n'avez rien à lui reprocher. C'est un bon camarade.

— Comment pouvez-vous parler ainsi ! fit Lydia avec indignation ; vous savez très bien que c'est le garçon le plus paresseux, le plus malintentionné du voisinage. Je pensais que l'on vous avait suffisamment prémuni contre sa fréquentation, Jack.

— Que m'importe ! dit le jeune homme. Je ne connais qu'une chose : c'est un bon garçon !

— N'êtes-vous pas honteux, dites-moi, de rechercher une pareille société ?

— Il n'a pas honte de venir avec moi. Pourquoi voulez-vous que j'aie honte d'aller avec lui, dites ?

Lydia haussa les épaules et répliqua d'un ton méprisant :

— Tenez, Jack, si j'étais à votre place, je ne parlerais plus de cela.

— Pourquoi pas ? fit le jeune homme presque fâché.

— Parce que, si vous aimez à traiter ce sujet, il me déplaît fort, à moi.

— Ah bah ! s'écria-t-il ironiquement.

Il essayait de prendre une attitude dégagée, mais les paroles de sa sœur l'avaient profondément blessé.

Un long silence s'ensuivit ; puis Jack se mit à siffler, tout en marchant à côté de Lydia d'une allure traînante.

Tout à coup elle lui demanda :

— Comment va Rosy ?

La question sembla produire sur le jeune garçon un effet magique. Il cessa de siffler, et quittant les manières indifférentes ou fanfaronnes qu'il avait affectées jusque-là, ce fut avec douceur, d'une voix tremblante d'émotion, qu'il répondit :

— Elle n'est pas mieux ; j'ai peur, Lydia, qu'elle n'aille jamais bien.

Lydia ne fit aucune réflexion, et ils arrivèrent à destination sans prononcer aucune autre parole. Jack avait accompagné sa sœur jusqu'à la porte de leur demeure ; mais là, il opéra un mouvement de retraite, comme s'il eût désiré rebrousser chemin. Elle s'en aperçut, se retourna vers lui et le fixant d'un regard scrutateur :

— Vous n'avez pas l'intention, je suppose, fit-elle vivement, d'aller rejoindre votre compagnon habituel, cette nuit ?

— C'est pourtant ce que je vais faire, répliqua-t-il comme pour la défier.

Alors s'engagea entre le frère et la sœur une discussion animée, et qui, bien qu'elle eût duré à peine cinq minutes, amena l'irritation des deux parties et la résolution bien arrêtée, chez l'obstiné garçon, de revoir ce soir même et tant qu'il lui plairait ce camarade si précieux, en dépit de l'opposition très raisonnable, mais maladroite, de Lydia.

Elle avait mille fois raison, Lydia ; et ce qui s'était passé quelque temps auparavant ne justifiait que trop ses appréhensions.

La famille Hope, à laquelle appartenaient Lydia et son frère Jack, avait été quelques semaines auparavant, mise en émoi par la nouvelle soudaine que ce dernier, en compagnie de vauriens de son âge, se trouvait mêlé à une algarade, une affaire de tapage nocturne, et qu'il avait passé la nuit au poste de police ; on menaçait même de le conduire en prison le lendemain. Pour le tirer d'affaire, il fallut payer une grosse amende, ce qui eut pour résultat d'épuiser les économies lentement amassées de sa mère et de forcer Lydia, jusqu'alors choyée à la maison, à se mettre en service chez Mᵐᵉ Leroy.

La pauvre veuve, déjà très éprouvée par le malheur, courba la tête, écrasée par cette nouvelle infortune ; elle souffrit en silence, laissant échapper à peine quelques gémissements étouffés, et quand Jack relâché fit son apparition, elle n'eut pas la force de lui adresser les reproches qu'il méritait ; mais sa physionomie désolée, ses yeux rougis par les larmes, parlaient plus haut que tous les discours.

Depuis cette époque, c'était d'un pas alangui, d'un regard attristé, presque morne, qu'elle vaquait à ses occupations journalières : le trouble et l'anxiété rongeaient le cœur de cette mère.

Mais Lydia n'était pas à l'âge où l'on se résigne, où l'on renonce même à l'espoir ; elle n'avait pas été assouplie, brisée, comme Mme Hope, par la rude main de l'expérience. Cette détresse que la déplorable conduite de Jack avait attirée sur les siens, elle la supportait impatiemment, et dans les amers reproches qu'elle prodiguait à son frère, elle allait parfois au delà du privilège que lui conférait son titre d'aînée.

A chacune des accusations qu'elle portait contre son camarade, Jack répondait invariablement :

— Il a bon cœur, et il a le courage de ses amitiés : lorsque les autres cherchaient à se tirer d'affaire sans se préoccuper d'autrui, il ne m'a pas abandonné, lui !

Ainsi cette aventure servit finalement à consolider, plutôt qu'à affaiblir, l'influence que le garnement avait acquise sur un compagnon moins âgé que lui et plus ingénu. Jack, s'étant affranchi depuis longtemps de la tutelle maternelle, encore moins disposé à reconnaître l'autorité de Lydia et à accepter ses conseils, semblait disposé à ne tolérer désormais d'autre frein que celui des magistrats de New-York, que sa récente équipée lui avait appris à craindre.

Mais si le jeune garçon était insensible à la tristesse silencieuse de sa mère ; s'il restait sourd aux reproches que ne lui épargnait pas Lydia dans ses accès d'humeur ; s'il demeurait indifférent à la désapprobation du voisinage, il existait au monde une créature dont la douce influence s'imposait souverainement à cet esprit rebelle, un œil qui le suivait, même absent, une voix qui ne parlait jamais en vain à son oreille, une petite main qui avait le pouvoir de l'arrêter dans ses plus fougueux élans.

Qu'il était persuasif, le charme jeté autour de lui par cet être tant aimé ! La rude nature de Jack s'assouplissait, il se faisait humble et craintif quand sa sœur Rosy lui adressait la parole ou qu'il apercevait la pâle et mince silhouette de la pauvre petite infirme.

Elle seule l'avait accueilli, après sa mésaventure, sans plainte ni reproche ; elle lui avait tendu la main, si menue et si diaphane, hélas ! et tandis que les

larmes jaillissaient de ses grands yeux bleus, elle l'avait pressé contre sa poitrine, avait approché de son visage ses lèvres brûlées par la fièvre et lui avait
dit tout bas, d'une voix entrecoupée par l'émotion :

— Oh ! mon chéri, promettez-moi que vous n'abandonnerez plus votre Rosy,
une autre fois !

Et il avait baissé la tête, avait caché dans l'oreiller de la malade son front
rougissant et avait pleuré ; mais nul autre que Rosy ne le savait.

Il existait chez ce garçon d'allures brutales une corde secrète que seule Rosy
pouvait faire vibrer. Souvent cette note tendre et plaintive chantait en lui dans
les moments mêmes où il paraissait le moins accessible à d'honnêtes sentiments.
C'est ainsi que ce soir-là, au moment où Lydia, dans son irritation, allait brusquement ouvrir la porte de la maison habitée par sa mère, Jack, qui venait de
l'accabler de grossières invectives, se radoucit soudain et, lui arrêtant le bras :

— Faites attention, Lydia ; pas de bruit, n'est-ce pas ? Vous réveilleriez
Rosy qui dormait quand je suis sorti...

Cette porte, vitrée dans sa partie supérieure et servant en même temps de
fenêtre, conduisait directement dans une boutique, au plafond bas, insuffisam-
ment éclairée et mal approvisionnée. Malgré les précautions de la jeune fille,
une petite sonnette attachée à l'un des battants de la porte tinta assez bruyamment lorsqu'elle l'ouvrit. Elle s'arrêta un moment, attendant que le silence se
fît, puis elle s'avança avec précaution jusqu'à une arrière-boutique servant de
chambre, où elle rencontra sa mère que le bruit de la sonnette avait attirée et
qui se hâtait d'accourir, supposant qu'un acheteur lui était arrivé.

— C'est vous, Lydia ? fit-elle.

Sa morne physionomie s'anima d'un sourire triste ; la mère l'emporta sur la
marchande et, quoique déçue dans son espoir de servir une cliente, elle
témoigna de la vive satisfaction que lui causait la visite de sa fille.

Mais, quand elle l'eut examinée plus attentivement, le sourire disparut de sa
figure pâle, et d'une voix tremblante d'inquiétude :

— Que se passe-t-il, mon enfant?... Comme vous êtes mouillée !... Venez
vite dans la chambre !... Il y a du feu dans le poêle.

Et elle se dirigea vers l'humble appartement qui attenait à la boutique.
Lydia la suivit d'un pas languissant et les lèvres tremblantes. Elles pénétrèrent

dans une pièce très exiguë, froide, sans tapis, pauvrement meublée et dont
l'atmosphère concentrée était malsaine. Lydia jeta son chapeau sur une table,
prit une chaise et, assise près du poêle, fixa ses yeux tristes sur un point du
plancher, qu'elle regardait sans le voir. D'abord elles n'eurent ni l'une ni l'autre
le courage de parler. A la fin, un long soupir de Lydia décida Mme Hope à
reprendre son interrogatoire.

— Voyons, Lydia, dites-moi ce qui est arrivé, fit-elle ; assurément, quelque
chose va mal !

Et, tout en parlant, elle étendait la main et poussait doucement la porte
d'une petite chambre à coucher qui faisait suite à la pièce où elles se trouvaient.

Puis, comme Lydia restait silencieuse, Mme Hope ajouta :

— Avez-vous perdu votre place ?

— Pas encore, murmura Lydia, la voix à demi étranglée par les sanglots ;
les choses ne sont pas aussi avancées, et je voudrais maintenant n'être pas
venue ici cette nuit. Je ne vois pas pourquoi... Seulement... seulement...

Elle ne put en dire davantage et se couvrit le visage de ses mains.

Elle s'était mise à pleurer abondamment, sans faire aucune attention aux
tendres exhortations par lesquelles sa mère essayait de la calmer. Elle finit
cependant par relever la tête, se secoua comme pour chasser une pensée importune, essuya ses larmes et, s'approchant du poêle, elle ôta ses souliers et
réchauffa ses pieds glacés par l'humidité de la rue. Réconfortée par la chaleur,
elle eut le courage de raconter à Mme Hope, — qui s'était assise en face d'elle et
avait pris entre les siennes les mains de sa fille, — les événements de cette
néfaste journée.

Les inquiétudes de la pauvre femme disparurent presque lorsqu'elle sut que
toute cette agitation avait des causes beaucoup moins sérieuses qu'elle ne l'avait
craint tout d'abord. Pourtant il ne lui fut pas possible d'entendre sans émotion
le récit détaillé des injustices et des duretés que son enfant avait subies ; elle
partagea également les appréhensions qu'avait fait naître dans l'esprit de Lydia
l'obstination de Jack.

Si Lydia avait été une héroïne, si même elle avait eu un peu plus d'énergie,
elle n'aurait pas ajouté aux chagrins de sa mère par le récit de ses infortunes ;
elle ne serait pas venue ce soir-là dans cette demeure où la pauvreté et la

maladie avaient élu domicile, ou du moins elle y serait venue avec le parti pris de paraître gaie, elle aurait jeté un voile sur ses propres ennuis; elle aurait aussi évité, par son attitude, d'irriter Jack et de le rejeter dans la mauvaise voie. Surtout elle aurait évité de préparer à la malheureuse veuve une nuit sans sommeil, en insistant sur la folie de son frère.

Mais Lydia n'était qu'une enfant fatiguée, maladive et irritée; elle était venue, sans réflexion, comme mille autres l'auraient fait du reste, confier ses peines à sa mère, et alléger ainsi son fardeau, sans songer que celui de la pauvre femme était déjà bien lourd à porter.

— Eh bien! mon enfant, dit Mme Hope avec un profond gémissement, si vous ne pouvez conserver votre emploi, vous reviendrez ici, voilà tout. Nous ne pouvons être beaucoup plus malheureux que nous ne l'avons été. Quant à Jack, s'il lui plaît de courir à sa perte, il est libre. A quoi servirait-il de se tourmenter à ce sujet?

Cette résignation philosophique n'était guère consolante; et pourtant Lydia se sentait allégée maintenant que sa mère partageait ses soucis; elle se trouvait moins malheureuse. La présence d'esprit lui revint : elle se souvint de cette étrangère si brillante et si bonne qui lui était apparue chez Mme Leroy. Elle raconta à sa mère de quelle façon Mabel était intervenue. Puis, tirant de sa poche l'argent qu'elle lui avait remis, et qui représentait le prix de ses pénibles services, venu d'où elle ne l'attendait guère, elle le tendit à Mme Hope. Mais, à sa grande surprise, la veuve ne l'accepta pas.

— Pourquoi, maman, fit Lydia toute chagrine, ne voulez-vous point de ces dollars? Ne trouvez-vous pas que je les ai bien gagnés?

— Gardez-les, ma fille, répondit Mme Hope, qui se défendait intérieurement du désir d'accepter et d'absorber dans les besoins de son misérable intérieur les pauvres gages de Lydia. Vous n'avez pas même de souliers convenables à vous mettre aux pieds, ajouta-t-elle en jetant un regard significatif vers les savates fatiguées et informes qui séchaient sur le poêle.

— Oh! mère, prenez cela, prenez-le, je vous en prie! s'écria Lydia éplorée et très repentante de ses égoïstes confidences, dont maintenant elle mesurait l'effet.

— Ecoutez! interrompit tout à coup Mme Hope, sans plus s'occuper des supplications de Lydia et de sa main tendue vers elle.

10

Elles prêtèrent l'oreille l'une et l'autre. A travers la porte fermée, une plainte
légère leur parvint. La veuve fit un mouvement pour pénétrer dans la chambre
à coucher ; mais, au même instant, la sonnette de la boutique retentit.

Lydia s'élança aussitôt, disant vivement :

— Je vais voir si Rosy a besoin de quelque chose, mère, tandis que vous
serez occupée de l'autre côté.

Elle était bien pauvre et bien nue, la pièce petite et basse où pénétra Lydia :
une lumière y brûlait faiblement, — seul luxe réclamé par l'enfant malade, qui
ne pouvait supporter l'obscurité. La tête relevée très haut par des coussins,
Rosy était étendue sur le lit. Quel âge avait-elle ? Il était difficile de déterminer
exactement ce point, en la regardant : les membres amaigris et les mains
fluettes étaient ceux d'un enfant ; mais, d'autre part, la face pâle, les joues
creuses, les rides précoces donnaient au visage un aspect vieillot. La chevelure
était fine et dorée, le front transparent et souligné de délicates veines bleues,
les yeux entourés d'un cercle d'ombre ; les traits étaient contractés, les lèvres
minces d'un rose effacé, serrées l'une contre l'autre comme si elles se trouvaient
scellées par un long et constant effort. En un mot, la souffrance avait imprimé
un sceau indélébile sur tout l'ensemble de cette expressive physionomie.

Lydia avait ouvert la porte avec tant de précaution que sa sœur ne l'avait
pas entendue : elle était éveillée cependant ; le bruit de la sonnette avait interrompu son pénible sommeil. Tournée du côté de la muraille et les yeux fixés
sur quelque objet invisible, elle ne s'aperçut de la présence de Lydia que
lorsque cette dernière fut tout à côté d'elle. Elle leva alors la tête, desserra ses
mains croisées sur sa poitrine, en posa une sur celles de sa sœur et l'appela
d'une voix grêle, mais au timbre très doux :

— Liddy !

Lydia s'assit au bord du lit. Qui aurait pu penser, en voyant cette jeune fille
au joli visage, à la taille élancée, et l'enfant malade et chétive couchée là, qu'il
n'y avait entre elles qu'une différence de cinq années ? Il en était ainsi cependant, et cette mince et chétive fillette comptait déjà treize printemps.

— Avez-vous beaucoup souffert aujourd'hui, ma chérie ? fit Lydia à voix basse.

— Oh ! Liddy, répondit l'enfant sur le même ton, j'ai chanté presque sans
discontinuer, depuis le matin.

Lydia soupira, car Rosy lui avait dit en confidence, un peu avant son entrée en service, qu'elle ne chantait que lorsque ses souffrances étaient trop grandes.

— Pauvre petite sœur ! murmura-t-elle avec une profonde compassion.

— Non, non, Liddy, pas pauvre ! Ne dites pas pauvre ! fit Rosy.

Le cœur de Lydia se fondit et des larmes de repentir lui vinrent aux yeux en comparant ses propres révoltes à l'angélique soumission de la malade.

— O Rosy, s'écria-t-elle, laissant parler ses remords avec une véhémence qui fit tressaillir l'enfant, en vérité, vous me rendez honteuse de moi-même ! Je voudrais être seulement moitié aussi bonne que vous. Mes peines ne sont rien, comparées aux vôtres, et pourtant je rends malheureux et les autres et moi-même, tandis que vous, ma chérie, vous rendez meilleur tout ce qui vous approche !

Rose considéra anxieusement sa sœur et répondit doucement :

— Je ne m'étonne pas que parfois vous éprouviez des découragements, ma Liddy ; vous avez tant à faire et il vous faut contenter un si grand nombre de personnes ; moi, au contraire, avec qui dois-je être patiente, si ce n'est avec moi-même ? J'ai songé à cela toute la semaine et j'ai désiré — oh ! comme je l'ai désiré ! — vous voir une fois de temps à autre, pour savoir comment vous vous trouviez, si les petits garçons dont vous avez la garde vous donnent du mal, et si vous devez veiller tard pour Mme Leroy. Vous paraissez bien lasse, dites-moi, Liddy, continua-t-elle, observant l'air de fatigue et de sombre tristesse de la jeune fille. Couchez-vous quelques instants près de moi et reposez-vous.

Rose jeta ses bras autour du cou de sa sœur et quand celle-ci se fut installée à côté d'elle :

— Et maintenant, ma bien-aimée Liddy, ajouta-t-elle avec des caresses dans la voix, parlez-moi d'*eux* à cœur ouvert.

— Que vous dirai-je, Rosy ?

— Oh ! ce qui vous chagrine ; contez-moi tous vos ennuis.

Mais Lydia ne put se décider à répéter le récit de ses mésaventures de la journée. En présence de l'admirable résignation de Rose, ses petites contrariétés lui paraissaient être de si peu d'importance ! Pourquoi révéler à la petite malade la blessure profonde qu'elle avait reçue à cause d'elle ?

— J'ai vu aujourd'hui, fit-elle après une minute d'hésitation, une personne qui est aussi belle que...

— Que Mme Leroy? interrompit Rosy.

— Oh! oui, assurément! répondit Lydia d'un ton qui signifiait que la comparaison lui semblait insuffisante.

— Mais vous la trouviez si jolie d'abord!

— En effet, mais plus maintenant. Mlle Mabel ne lui ressemble pas du tout, bien qu'elle soit sa sœur.

Et, s'échauffant peu à peu, Lydia, accoudée sur l'oreiller et la tête appuyée sur sa main, le regard fixé sur celui de Rosy, fit un ardent panégyrique de sa nouvelle amie, qui avait été si bonne pour elle. Rose, à mesure qu'elle parlait, semblait prise du même enthousiasme. A la fin, comme Lydia s'arrêtait, elle s'écria, avec une pressante insistance.

— Encore, encore des détails, Lydia! Qu'a-t-elle dit à Alick? L'aime-t-elle?

Lydia dut reprendre minutieusement le récit de la visite de Mabel, en omettant, bien entendu, ce qui avait trait à ses propres difficultés avec Mme Leroy, et à la querelle qui s'était terminée par son renvoi.

— Jeune, brillante et belle, et arrivant de la campagne! fit Rosy songeuse.

Que je serais contente de la voir!

Lydia soupira, se disant qu'il était peu probable qu'un pareil souhait pût jamais se réaliser.

— Vous la verrez encore? interrogea Rosy.

— Peut-être.

— Et vous vous rappellerez tout ce qu'elle dit, tout ce qu'elle fait, n'est-ce pas, Lyddy, de façon à me le répéter?

— J'essaierai, ma chérie.

— Elle arrive de la campagne! murmura Rosy. Comme j'aimerais à voir quelqu'un de la campagne!

La pauvre Rose n'avait jamais dépassé les rues de New-York; la campagne apparaissait à son imagination comme un paradis terrestre.

— Rose, dit Lydia avec élan, il faut aller mieux, afin que, l'été prochain, nous puissions aller ensemble jusqu'à la vieille ferme.

L'enfant secoua la tête d'un air de doute ; puis, comme si une pensée soudaine lui venait à l'esprit, elle demanda :

— Lydia, où est Jack ?

— Parti avec Bob Martin, répondit amèrement Lydia. — Je puis bien m'en retourner seule, ajouta-t-elle en faisant un mouvement comme pour s'éloigner ; car, très probablement, il ne rentrera pas avant demain matin.

— Si, si, il reviendra, fit Rose confidentiellement ; je suis sûre qu'il sera là à dix heures pour me donner ma potion ; il n'y a jamais manqué depuis que vous êtes partie. N'est-ce pas bientôt le moment ?

— Je crois qu'il n'en est pas loin. Je vais aller mettre mon chapeau et voir si mes souliers sont secs.

Tout à coup la voix de Jack se fit entendre dans la boutique, et, à l'instant précis où l'horloge de l'église voisine sonnait dix coups, il entra dans la chambre de Rose sur la pointe des pieds, tenant à la main une fiole et une tasse. Lydia, qui était encore dans la pièce, se dissimula derrière le lit, tout à fait hors de vue, et Bob Martin lui-même n'aurait pas été plus étonné qu'elle le fut en considérant le spectacle qui s'offrit alors à ses regards.

Était-ce bien Jack, ce bruyant et, parfois, méchant garçon, qui, placé près de la veilleuse, mesurait et comptait les gouttes avec un soin si minutieux ? Était-ce sa rude main qui, tendrement passée sous le cou de Rosy, lui soutenait la tête, gentiment appuyée sur son épaule, tandis qu'il approchait avec précaution le médicament de ses lèvres ? Était-ce bien sa voix, d'ordinaire emportée ou gouailleuse, qui se faisait si câline et si douce pour demander à sa sœur :

— Vous sentez-vous mieux, Rosy ?

Eh oui ! c'était Jack ; elle n'en douta plus lorsque, l'ayant suivi dans la cuisine après que ses fonctions de garde-malade eurent pris fin, elle s'entendit brusquement apostropher par ces mots :

— Comment ! Lyddy, vous êtes encore ici !

— Vous le voyez bien ! riposta Lydia, froissée à demi de son ton bourru. Supposiez-vous donc que j'allais partir seule ?

— Jack ! appela Rose de la chambre voisine.

Il fut en une seconde auprès de la malade.

— Vous accompagnerez Lyddy ?

— Oui.

— Puis vous reviendrez près de moi ?

— Je vous le promets.

— Vous êtes un bon garçon, Jack.

— Bonne nuit, Rose ! fit Lydia, qui se pencha sur le lit pour embrasser l'enfant, tandis que Jack cherchait sa casquette. Je ne sais pas quand je vous reverrai ; donnez ceci à maman quand je serai partie. Bonne nuit, ma chérie ! Et elle plaça dans la main de Rose les dollars que sa mère n'avait pas voulu accepter.

Ce fut, jusqu'à l'hôtel, une course des plus pénibles. Il pleuvait et le pavé était de plus en plus humide. Jack et Lydia marchaient rapidement, sans souffler mot. Jack se tenait un peu en avant, tandis que Lydia ne posait un pied devant l'autre qu'avec précaution, et longeait autant que possible le bord du trottoir, pour éviter les flaques d'eau. Tous deux étaient pensifs, peut-être même un peu mortifiés de s'être querellés. En tout cas, ils ne se sentaient nullement disposés à engager la conversation. Arrivés au terme de leur voyage, Lydia adressa à son frère un bonsoir tout sec, auquel Jack répondit d'un ton maussade, et ils se séparèrent sans autre cérémonie.

CHAPITRE VIII

Plusieurs semaines se passèrent durant lesquelles Mabel continua de se plonger presque sans interruption dans cette existence de plaisirs qu'un instant elle avait trouvée si fastidieuse et si vide. Une femme du monde, malgré tout le confort du luxe moderne, doit avoir un tempérament de fer pour résister victorieusement aux effets combinés de la fatigue, de l'extrême chaleur et du froid vif se succédant brusquement, au milieu des continuelles excitations de la danse ou de la musique. Bien que Mabel jouît ordinairement d'une excellente santé, elle fut un jour terrassée par ce surmenage particulier aux oisifs. Un gros rhume accompagné de fièvre, l'obligea à rester prisonnière dans la maison paternelle, et à se contenter de la société restreinte de ses proches parents ; et, pour la première fois peut-être depuis qu'elle était sortie de pension, elle put mesurer toute l'étendue de l'affectueuse sollicitude dont on l'entourait. L'anxiété de son père, les soins assidus et patients de tante Sabiah, les attentions et le dévouement d'Henry lui firent vivement apprécier les douceurs et les bienfaits de la vie de famille.

Cette réclusion temporaire et forcée arriva, du reste, au moment opportun : elle commençait à s'apercevoir de nouveau combien étaient monotones au fond ces réunions mondaines qui, pour Louise, étaient la grande, l'unique préoccupation. Elle avait trop de fraîcheur de sentiments pour trouver un plaisir durable dans ce cercle toujours invariable d'amusements frivoles, et son intelligence se révoltait par intervalles lorsqu'il lui fallait subir la constante répétition des banalités qui constituaient toute la conversation de Mme Leroy et de ses intimes.

L'habitude, néanmoins, est un si puissant despote que jamais probablement elle n'aurait eu la force de volonté nécessaire pour rompre avec cette existence. Ce fut la maladie qui lui vint en aide, la maladie dont elle ne pouvait repousser les impérieuses exigences. Ne pouvant se répandre et se gaspiller au dehors, sa bonne grâce et sa gaîté se répandirent autour d'elle dans la maison de son père ; la joie qu'elle y entretenait et le contentement qu'elle en retirait pour son propre compte étaient autrement réconfortants que les distractions élégantes, et sa conscience lui reprocha plus d'une fois d'avoir négligé ce modeste théâtre où sa présence faisait pénétrer comme un vivifiant rayon de soleil.

Tous, dans la famille, avaient modifié leurs habitudes pour être plus à elle : tante Sabiah s'était faite garde-malade, et la société de Mabel la payait de toutes ses peines ; M. Vaughan allait plus tard à son bureau et, après dîner, il passait ses soirées en famille, dans la bibliothèque, sans songer un seul instant à dérouler les nombreuses cartes qu'autrefois il avait toujours besoin de consulter ; quant à Henry, il se trouva tout à coup dégagé de ses engagements habituels, et il trouva le temps de faire la lecture à sa tante et à sa sœur, de traduire pour Mabel des poésies allemandes, et même de tourmenter Sabiah en la taquinant au sujet des bas aux formes étranges qu'elle ne cessait de tricoter et qui semblaient, comme la toile de Pénélope, devoir toujours rester inachevés. Il paraissait si heureux de ce nouveau train, qu'il ne quittait jamais, pour ainsi dire, la maison, si ce n'est à l'arrivée de Louise, dont les visites quotidiennes et tapageuses se passaient en futiles bavardages ou en graves dissertations sur les toilettes de la soirée précédente. Aussitôt qu'Henry percevait le froufrou de ses volants, il se hâtait de fuir en sifflant un air d'opéra.

Louise s'étonnait, se fâchait presque de la bonne humeur avec laquelle sa sœur acceptait son emprisonnement ; elle s'impatientait surtout de cette obligation de visites quotidiennes qu'elle n'était pas loin de considérer comme un sacrifice, ou tout au moins comme un ennui. Du reste, elle trouvait toujours moyen de les abréger en invoquant quelque excuse plus ou moins plausible. Mais elle se présentait et prenait congé avec une aisance si aimable, que Mabel se sentait très touchée de ses attentions et ne pouvait soupçonner sa sincérité.

Mais ce qui semblait à Mme Leroy une désagréable corvée était précisément une source de joie pour ses enfants : pour la première fois, grâce à l'indispo-

sition de Mabel, il leur fut donné de connaître les privilèges de la maison du
grand-père. Mabel les envoya chercher de temps à autre, et les heures passées
auprès d'elle servirent à établir des relations entre les deux enfants et les
différents membres de la famille, à jeter les bases de l'influence qu'ils devaient
exercer les uns vis-à-vis des autres. Alick et Murray furent ainsi tirés de ce
funeste isolement où leurs défauts s'étaient développés en toute liberté, sans le
correctif de la bonne éducation.

Au moment même où Mabel était rendue à la santé, une de ses jeunes amies
donnait un bal d'anniversaire. Non contente d'envoyer une invitation à la jeune
fille, elle vint elle-même la presser d'y venir, protestant du désappointement
profond que lui causerait un refus. Mabel, depuis son rétablissement, ne s'était
pas encore exposée à l'air de la nuit ; aussi son père ne lui permit-il d'assister à
ce bal qu'à une condition : c'est qu'elle ne danserait pas. Louise, ayant eu connaissance de cette clause dictée par la prudence paternelle, déclara que Mabel,
en ce cas, ferait mieux de rester à la maison. Mais Mabel fut heureuse d'être
agréable à son amie, tout en faisant le sacrifice de quelques valses et de quelques
polkas, et elle se rendit à cette fête.

Elle était entourée d'un groupe de flatteurs, quand elle aperçut un jeune
homme qui, appuyé contre la cheminée du salon, paraissait examiner l'assemblée.
Peut-être ses yeux noirs et pensifs possédaient-ils quelque pouvoir magnétique,
car, dès que Mabel eut jeté un regard de son côté, ils se fixèrent sur elle avec
une obstination passionnée. Quand, un peu plus tard, cependant, elle l'observa
de nouveau, il s'entretenait avec une dame qui, à en juger par sa physionomie
enjouée, prenait grand plaisir à sa conversation.

L'inconnu disparut bientôt dans la foule ; puis la pensée de Mabel fut distraite
de cet incident par sa petite cour d'adorateurs, qui la félicitaient chaleureusement d'avoir fait sa réapparition dans le monde et qui continuaient à lui faire
cortège, en dépit des appels de la musique et des attractions de la danse.

Tout à coup elle se sentit effleurée à l'épaule par un éventail et, se retournant,
elle se trouva face à face avec Mᵐᵉ Leroy, accompagnée de l'étranger qui tout à
l'heure avait attiré son attention et qui, évidemment, était allé demander à
Louise de le présenter à sa sœur.

Soit que Louise, dans sa hâte de retourner à la danse, n'eût pas prononcé le

11

nom du jeune homme d'une façon assez intelligible, soit qu'un léger trouble eût empêché Mabel de saisir distinctement les paroles de sa sœur, elle ne sut pas qu'en ce moment elle était en présence de Lincoln Dudley.

Elle se trouva rapidement engagée avec le nouveau venu dans une conversation tout à fait exempte de cette contrainte qui accompagne toute brusque présentation. Elle ne remarqua même pas que, l'un après l'autre, tous ceux qui l'avaient entourée de leurs hommages, jusqu'aux plus persévérants d'ordinaire, se dispersaient de-ci de-là, laissant Dudley absolument maître du terrain.

Ce qu'elle voyait bien, par exemple, c'est que, pour la distinction du langage, l'originalité de la pensée et le brillant de l'imagination, il était hors de comparaison avec tous ceux qui venaient de la quitter, et qu'il semblait être d'une nature différente. Elle était intérieurement très flattée d'avoir attiré l'attention de cet homme à l'intelligence supérieure, et elle-même, sous l'influence sans doute des regards admiratifs de son interlocuteur, se sentit plus en verve que jamais. L'inconnu, qui avait pu s'apercevoir déjà qu'elle ne dansait pas, lui offrit un siège ; pour lui, il resta debout, et, appuyé contre une fenêtre dont les rideaux relevés lui faisaient un cadre pour ainsi dire intime, le dérobant à la vue du reste des invités, il continua à soutenir la conversation avec la même aisance aimable et la même éloquence tour à tour familière et élevée.

Lorsque M. Leroy, qui pour ce soir-là, par extraordinaire, était venu rejoindre sa femme au bal, s'avança vers Mabel pour la prévenir que sa voiture l'attendait et que Louise était prête à partir, elle fut toute surprise de la rapidité avec laquelle les heures s'étaient écoulées durant cet intéressant tête-à-tête, et elle ne cacha point sa satisfaction lorsque l'étranger lui déclara qu'il espérait bientôt lui présenter de nouveau ses hommages.

Henry, contrairement à l'attente de la jeune fille, ne s'était pas montré à cette soirée, et ce fut seulement le lendemain, au dîner de famille, que Mabel eut l'occasion de lui parler de ce bal. Les questions de son frère l'amenèrent involontairement à parler de cet inconnu qui avait fait sur elle une si avantageuse impression.

— Faites-moi donc son portrait, Mabel, fit Henry intrigué. Je ne reconnais pas là nos jeunes élégants ; ils ne sont guère intéressants à entendre, d'ordinaire, ceux-là.

Mabel dut entreprendre une minutieuse description de son interlocuteur de la veille.

— En un mot, conclut brusquement Henry dès qu'elle eut achevé, vous avez vu Lincoln Dudley, ma chère, et je m'aperçois que cette entrevue vous a laissé quelque satisfaction. Vous avez du reste produit exactement le même effet sur mon ami Dudley.

Ce fut avec une délicieuse surprise que Mabel accueillit cette révélation ; mais lorsque Henry parla du plaisir éprouvé par Dudley, — celui-ci avait donc parlé de Mabel et Henry connaissait d'avance ce qu'elle lui avait raconté ? — elle ne put s'empêcher de rougir, tant elle se sentait heureuse d'avoir donné bonne opinion d'elle à un homme comme Dudley.

M. Vaughan, de son côté, montra quelque curiosité à l'égard de cet ami de son fils ; tante Sabiah elle-même voulut savoir ce que Mabel pensait de lui, et Henry s'amusa malicieusement à lui poser mille questions.

Mais elle se montra peu disposée à rester sur ce terrain, et elle réussit enfin à chasser la conversation.

Il n'existe peut-être pas de flatterie à laquelle une jeune fille soit plus sensible que de se savoir l'objet des préoccupations d'un homme plus âgé qu'elle de quelques années, doué des qualités les plus éminentes, et, en outre, très recherché et très influent dans le milieu où elle vit. Louise elle-même et son frivole entourage appréciaient hautement le commerce de M. Dudley, et s'efforçaient par tous les moyens d'attirer dans leur société un esprit aussi distingué, savant et aimable tout à la fois. Si des mondains superficiels faisaient si grand cas de Dudley, comment Mabel n'aurait-elle pas été fière d'avoir mérité son estime ?

Le génie de Dudley, à vrai dire, semblait universel. Elevé en grande partie sur le continent, il avait passé rapidement d'une étude à l'autre, avait connu toutes les classes de la société européenne et, profitant de situations qui ne sont offertes qu'au petit nombre, il était devenu cosmopolite dans ses habitudes, avait affiné ses facultés jusqu'à devenir un véritable artiste, et avait acquis jusque dans ses moindres détails la science difficile du monde. En un mot, il était fait pour briller partout où le conduiraient sa fantaisie ou sa destinée. Ceux qui le connaissaient à fond le croyaient capable de réussir dans n'importe quelle carrière. Et cependant, bien qu'il eût près de trente ans, il n'avait pas arrêté son choix.

Ainsi, au moment où il fut présenté à Mabel, c'était encore un homme de loisir; il jouissait d'un revenu modéré, suffisant aux besoins d'un jeune homme qui aime le luxe sans extravagance. Chose étrange! son influence dans le monde était absolument indépendante de sa fortune... Cette influence mystérieuse ne devait pas tarder à s'exercer sur l'âme jeune et enthousiaste de Mabel.

Leur intimité fit de rapides progrès. Les rapports affectueux de Dudley et d'Henry, l'accueil cordial qu'on était toujours sûr de rencontrer chez M. Vaughan étaient autant de circonstances faites pour la favoriser. Mais les dîners de famille auxquels Dudley prenait part et les visites amicales qu'il multipliait à l'hôtel Vaughan, où il était sûr de se voir toujours accueilli en hôte privilégié, n'étaient pas les seules occasions où il lui fût permis d'entretenir Mabel et de gagner sa confiance. Elle le rencontrait, en outre, sans cesse dans le monde, et ce singulier don de fascination qu'il possédait sur la jeune fille, comme sur bien d'autres, ne s'exerçait jamais avec plus de succès que lorsque, s'isolant volontairement au milieu des plaisirs d'une élégante assemblée, quand la fête battait son plein, il allait s'asseoir à côté d'elle et prodiguait, pour l'amuser ou l'intéresser, des trésors de poésie, d'esprit et de mordante satire.

Dudley ne dansait jamais, et, à partir du moment où il lui fut présenté, Mabel eut elle-même moins de goût pour cet amusement. Ce n'est pas qu'il cherchât à la détourner du plaisir de la danse ou qu'il essayât de l'accaparer. Il y avait chez lui trop de délicatesse et de tact pour ne pas lui conseiller d'être discret dans ses intentions, et on ne pouvait juger de son admiration pour Mabel qu'à l'air de contentement que prenait sa physionomie lorsque se présentait une occasion de s'entretenir avec elle.

Chez la jeune fille, un nouveau sentiment s'était fait jour. Avant de connaître Dudley, les triomphes qu'elle avait remportés dans le monde et qui avaient fait de la petite pensionnaire d'autrefois une reine sans rivale pour l'élégance et la beauté, avaient flatté son amour-propre, disons le mot : sa vanité. Maintenant, c'était de l'orgueil qu'elle ressentait, en songeant qu'un homme d'un goût parfait, d'une culture intellectuelle si remarquable, avait apprécié en elle des dons plus nobles que les avantages qu'elle devait aux hasards de la naissance ou à l'habileté de sa couturière.

Dès lors, ses facultés mentales, qui étaient jusque-là restées à peu près inemployées, reçurent une forte impulsion, et bien que son existence journalière fût susceptible de peu de changements, un observateur attentif aurait deviné son nouvel état d'âme dans l'intérêt inaccoutumé qu'elle prenait à tout ce qui concernait l'ami de son frère.

Le charme que Lincoln Dudley répandait dans les réunions auxquelles il se mêlait contribua grandement à dissiper les hésitations de Mabel quand il s'agit pour elle de reprendre la vie mondaine, dont sa maladie l'avait éloignée. Mais l'empire qu'il exerçait sur elle ne se bornait pas là : dans ses moments de méditation et de solitude, alors qu'elle était retirée au fond de son appartement, il n'était pas moins présent à sa pensée. Les livres qu'il avait cités restaient ouverts sur sa table de toilette, et elle se perdait souvent dans la contemplation de tous ces objets d'art qu'Henry avait accumulés autour d'elle et qui, lui avait-il déclaré, avaient été choisis par Lincoln Dudley.

M. Vaughan, que l'état de santé de Mabel avait fort inquiété, se trouvait trop heureux de son rétablissement pour se plaindre de ses fréquentes absences, et il s'en consolait en compulsant avec plus d'acharnement que jamais ses papiers et ses cartes.

Henry, qui d'abord avait été très satisfait de l'intimité de son ami et de sa sœur, finit par se fatiguer du rôle effacé qu'il jouait auprès d'eux, et il cessa bientôt, tant à la maison qu'en public, de leur tenir compagnie. Il s'éclipsait tranquillement, sans que son absence fût trop remarquée par l'un ou l'autre des interlocuteurs.

En ce qui concerne tante Sabiah, elle si susceptible d'ordinaire, elle avait conçu de Dudley une si haute estime, qu'elle était la première à encourager le goût de Mabel en faisant du jeune homme, en toute occasion, des éloges démesurés.

Comment s'étonner, alors, que Mabel, livrée à elle-même, sans nul avertissement, se livrât sans crainte à ce penchant pour Dudley? Etait-il donc si merveilleux que l'homme dont tout le monde proclamait la supériorité comme savant, comme poète et comme artiste, dont tous vantaient et admiraient l'élo-

quence et l'esprit, lui apparût noble, généreux, sincère, désintéressé, fût, en
un mot, pour elle ce qu'il aurait pu être, mais ce qu'il n'était pas?

Avec tout son savoir, ses connaissances variées, son goût raffiné et son
élégance, avec son profond sentiment du Beau dans la nature et dans l'art, avec
sa réputation sans tache, du moins en apparence, Dudley portait en soi un poison
secret, mais mortel, qui annihilait les dons si précieux de sa riche intelligence
et qui flétrissait tous ses espoirs...

La confiante Mabel allait-elle subir l'influence délétère de cet homme? Ce
jeune esprit, avide de vérité et de savoir, se laisserait-il séduire par les
sophismes d'une raison pervertie? Son âme, ouverte à tous les nobles sentiments, va-t-elle voir ses généreuses aspirations refoulées, desséchées par les
froids raisonnements d'une fausse expérience? L'ambition, l'amour-propre,
l'orgueil, les influences mondaines qui s'agitent autour d'elle, ses proches même
la poussent dans cette voie dangereuse, qu'elle semble condamnée à parcourir
sans regarder en arrière. Pour échapper à ce danger, elle n'a d'autres armes
que la simplicité de son cœur, la pureté de ses intentions et la douce mais
puissante action des conseils donnés par une amie vénérée. La lutte paraît inégale : à qui donc restera la victoire?

CHAPITRE IX

Quinze jours environ après le retour de Dudley à New-York, la patience de tante Sabiah et la tranquillité de toute la famille Vaughan furent soumises à une rude épreuve par la faute de Mabel, qui obéit en la circonstance à son habituelle générosité.

Une épidémie de rougeole s'étant déclarée dans l'hôtel habité par Mme Leroy, celle-ci fit part à sa sœur de ses craintes au sujet de ses deux enfants. Mabel offrit alors cordialement d'emmener Alick et Murray chez leur grand-père jusqu'à ce que tout danger eût disparu. Les deux petits garçons furent enchantés d'échanger la contrainte de leur vie d'hôtel pour la liberté dont ils allaient jouir dans la spacieuse demeure de M. Vaughan. Quant à Louise, elle accepta avec empressement une proposition qui la délivrait d'une ennuyeuse responsabilité.

Ils vinrent donc, accompagnés de Lydia, s'installer auprès de Mabel. La petite bonne, malgré le renvoi dont elle avait été l'objet, restait encore au service de Mme Leroy. Les décisions de cette femme égoïste étant toujours subordonnées à ses convenances personnelles, il n'avait pas été difficile à Murray d'obtenir le pardon de Lydia, dont la capacité et le courage étaient indiscutables. Il avait fallu à la jeune fille un grand effort de volonté pour accepter cette grâce de sa maîtresse avec une apparence de reconnaissance et de soumission. Mais elle s'estima bien récompensée de cet effort en apprenant qu'elle allait vivre pendant quelques semaines auprès de son aimable bienfaitrice.

Tante Sabiah et M. Vaughan subirent d'abord sans trop d'ennui la présence de ces enfants indisciplinés ; mais bientôt les allures tapageuses de Murray, le caractère hargneux et l'entêtement d'Alick amenèrent le trouble et les difficultés dans la maison d'ordinaire si paisible. M. Vaughan échappa à ces ennuis en s'enfermant dans la bibliothèque. Henry, qui s'était d'abord amusé de leurs jeux bruyants et même de leurs querelles qu'il attisait par taquinerie pour se donner la joie de les apaiser ensuite avec des bonbons ou des jouets, s'enfuit à la fin de la maison, laissant les autres recueillir les fruits qu'il avait semés. Tante Sabiah et les domestiques, eux, n'avaient pas cette ressource, et ils eurent fort à souffrir du séjour de ces hôtes incommodes. Mabel seule se plaisait dans la société de ses jeunes neveux : elle avait souvent à intervenir, il est vrai, pour mettre fin à leurs disputes et à leurs criailleries ; mais elle avait une façon heureuse, facile, d'arranger les choses à la satisfaction de toutes les parties ; en quelques jours, elle était arrivée ainsi, par un mélange d'autorité et de bonté, à prendre sur les deux jeunes garçons un empire assez réel.

L'influence de Mabel était due surtout au soin qu'elle mettait à dire toujours la vérité ; habitués jusque-là à un système de tromperies et d'artifice, ces enfants éprouvaient une sorte de respect devant cette franchise et cette loyauté. Ils aimaient aussi Mabel pour l'intérêt réel qu'elle prenait à leurs petites préoccupations, à leurs projets, à leurs plaisirs même ; car, quelle que fût sa disposition du moment, elle avait pour ceux de cet âge une si profonde affection que rien ne pouvait l'empêcher de se mêler à leurs jeux et de leur témoigner sa sympathie.

Faut-il le dire ? elle attendait avec autant d'impatience que ses neveux une partie de traîneau qu'elle leur avait promise au commencement de l'hiver, et elle ne fut pas la dernière à pousser des cris de joie lorsque apparut la tempête de neige qui allait en rendre possible la réalisation.

Les blancs flocons commencèrent à tomber au crépuscule, et le lendemain, au réveil, les rues et les places de la ville étaient couvertes d'un épais tapis, éclatant, uni, qui offrait aux amateurs de courses en traîneau une magnifique occasion de se livrer à leur sport favori. Aussi, dès avant midi, Broadway et les principales avenues de New-York étaient-ils sillonnés par des traîneaux de toutes formes et de toutes couleurs, donnant à cette partie de la ville un aspect des plus pittoresques.

Parmi tous ces riches et élégants équipages, nul n'était plus gracieux, plus commode ni mieux attelé que le traîneau dans lequel était assise, avec ses neveux triomphants, l'heureuse et rougissante Mabel.

— Tante Mabel, disait Murray se dressant dans l'enthousiasme de sa joie, voici maman avec miss Vannecker, dans le nouveau traîneau de M. Earle ! Plus vite, Donald, cria-t-il au cocher, plus vite ! Tâchons de dépasser ces chevaux gris, là, devant nous !

Ils dépassèrent en effet et Mme Leroy et tous les autres promeneurs. Murray était si animé que Mabel dut lui saisir le bras et le faire asseoir, de peur que, dans son exubérance, il ne perdît l'équilibre et ne fût jeté hors du traîneau.

— Oh ! voyez donc, tante Mabel ! fit à son tour Alick, moins turbulent, mais aussi observateur, voyez donc cette jolie écaille marine qui semble se frayer un chemin à travers l'écume de la mer ! La peau de loup, les harnais et le cheval sont aussi blancs que la neige elle-même. C'est le plus beau traîneau que nous ayons vu... Tiens ! c'est M. Dudley qui le conduit... Il nous a reconnus, j'en suis sûr, et il cherche à nous dépasser...

— Mais il n'y arrivera pas, interrompit Murray qui considérait avec une jalouse inquiétude ce nouveau rival. Je parie qu'il ne battra pas nos bais !... N'est-ce pas, tante Mabel, qu'il ne les battra pas ?

— Il y parviendra cependant ! fit Alick qui pesait soigneusement les chances.

Le teint animé de Mabel, la vivacité de son regard témoignaient de l'intérêt avec lequel la jeune fille suivait cette lutte. Mais sans doute elle ne partagea guère le désappointement de Murray quand le brillant équipage de Dudley gagna sur eux ; du moins, si elle se sentait mortifiée, il n'y paraissait guère au charmant sourire dont elle gratifia Dudley, au moment où les deux traîneaux cheminaient côte à côte.

Le jeune homme, pour sa part, semblait peu disposé à faire parade de son succès ; satisfait du résultat acquis, il continua, en dépit des obstacles, à se maintenir aux côtés de Mabel, sans chercher à la dépasser, sorte de compromis flatteur pour sa rivale, mais qui était loin de satisfaire l'impétueux Murray. Toujours anxieux de la victoire, le terrible gamin persistait à crier au cocher :

— Plus vite, Donald ! Fouettez les chevaux !

Mais Donald, qui, se retournant, avait lu sur la physionomie de sa maîtresse

12

un ordre contradictoire, pendant qu'elle répondait aux compliments de Dudley,
n'exigea pas de son attelage un plus grand effort; il le maintint soigneusement
à l'allure du cheval blanc, ce dont Murray ne tarda point à s'apercevoir.

— Ah bien! fit-il rageusement, en brandissant une boule de neige qu'il
venait de rouler, je les ferai bien marcher, moi!

Puis, saisissant le moment où Mabel était le plus attentionnée à sa conver-

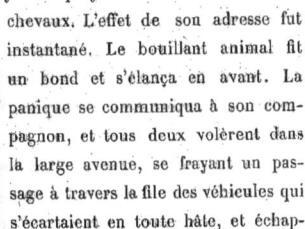

sation avec Dudley, il se hissa sur le siège de
devant et envoya son projectile sur la tête d'un des
chevaux. L'effet de son adresse fut
instantané. Le bouillant animal fit
un bond et s'élança en avant. La
panique se communiqua à son compagnon, et tous deux volèrent dans
la large avenue, se frayant un passage à travers la file des véhicules qui
s'écartaient en toute hâte, et échappant d'une manière absolue à la direction du cocher.

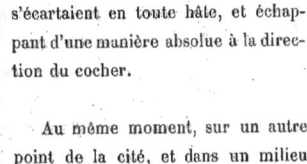

Au même moment, sur un autre
point de la cité, et dans un milieu
bien différent, une jeune fille, presque
une enfant, suivait avec une attention vigilante, de ses grands yeux pensifs, le
va-et-vient de la rue, derrière une fenêtre du rez-de-chaussée. La vue était bien
limitée et passablement monotone, dans ce quartier reculé. Mais, telle qu'elle
était, la petite Rosy Hope s'en contentait depuis plusieurs années, faute de
mieux, et y trouvait matière à d'intéressantes réflexions. La triste et noire boutique qui constituait le seul gagne-pain de sa mère était située en contre-bas
de la rue le plancher se trouvait placé fort au-dessous du trottoir, de sorte
que le joyeux soleil qui se levait derrière la maison et se couchait de l'autre
côté de la rue; ne pénétrait jamais dans cette pièce enténébrée, semblable à
une cave, où la veuve vendait des aiguilles, du ruban et d'autres articles de
mince valeur, y compris du sucre de pommes de sa fabrication.

Cette chambre avait deux fenêtres, donnant l'une et l'autre sur la rue. Derrière les vitres de l'une s'étalaient les échantillons des pauvres marchandises de Mme Hope, arrangés et replacés plusieurs fois par an, dans le but de produire sur les passants un effet plus irrésistible, mais, hélas! peu diminués par la clientèle et rarement renouvelés par un accroissement de capital. Des cartes de boutons salis par les mouches, décolorés par l'air ou jaunis par le temps, des pipes de terre rangées en cercle dans un vase sans poignée ; çà et là, une feuille d'épingles, un écheveau de gros fil, un almanach de l'année précédente étaient là, bien en évidence, pour donner au public une idée de ce qu'on pouvait trouver à l'intérieur. Mais, pour les voisins, la seconde fenêtre, absolument dépourvue de ces accessoires, avait une signification beaucoup plus précise : ils étaient habitués à y voir quotidiennement un petit fauteuil d'enfant et, assise dans ce fauteuil, une pauvre fillette malade, dont la figure émaciée leur était aussi familière que celle de leurs proches ou de leurs amis.

Il en était bien peu d'assez indifférents, d'assez négligents ou d'assez pressés, parmi les habitants de cette rue, pour ne pas accorder, en passant devant la boutique de la veuve, un regard bienveillant, un sourire, un signe affectueux à cette malheureuse enfant, objet de la sympathie et de la compassion générales. Les petits enfants qui se rendaient à l'école ne manquaient pas de s'arrêter un instant devant cette fenêtre et d'envoyer un baiser, certains d'être payés de retour ; les vieilles femmes, s'approchant, demandaient à Rosy de leur plus douce voix des nouvelles de sa santé ; des hommes, d'apparence brutale, lui jetaient en passant un bonjour amical. Et si, d'aventure, le fauteuil était vide ce jour-là, on la cherchait anxieusement dans la chambre et l'on se demandait avec tristesse si elle était plus souffrante.

Les marques d'intérêt qui accueillirent, après l'ouragan de neige, l'apparition derrière la fenêtre de la petite malade, furent d'autant plus vives que pendant toute une semaine elle avait dû garder le lit, dans la petite chambre, où l'avait trouvée Lydia. Mais un mieux sensible s'était opéré ce matin-là, et tous les amis inconnus qu'elle s'était faits dans le voisinage, lui en témoignèrent leur satisfaction.

Les ouvriers qui enlevaient la neige des trottoirs s'arrêtaient de temps à autre et, s'appuyant sur leur pelle, regardaient de son côté, comme pour lui

demander si elle était contente de leur travail ; les femmes qui se rendaient,
avec leurs boîtes en fer-blanc, au-devant du garçon laitier, lui adressaient un
signe de tête bienveillant, et le garçon laitier lui-même, en dépit de son habituelle grossièreté, mettait une sourdine à son cri professionnel quand il arrivait
devant la boutique ; il attendait patiemment l'arrivée de Mme Hope, en sifflant par
contenance un air populaire, et, tout en battant les bras pour se réchauffer, il
regardait Rosy d'un air presque aimable.

Il était près de midi. Eblouie par l'éclat de la neige, Rosy, fatiguée par des
nuits sans sommeil, avait fermé les yeux et s'était assoupie dans son fauteuil.

Tout à coup, un fracas inusité, accompagné d'un bruit de grelots secoués
avec précipitation et de cris d'alarme, la tira de cette somnolence et la fit tressaillir. Aussitôt après, elle aperçut deux chevaux affolés, qui descendaient la rue
dans un galop furieux, emportant derrière eux un léger traîneau. Le luxe des
ornements, la richesse des harnais, l'élégance des costumes indiquaient le rang
élevé de ceux qui l'occupaient. En vain le cocher s'efforçait-il de modérer son
attelage ; son expérience et son courage ne lui servaient de rien. Les animaux,
dont la terreur était arrivée à son paroxysme, bondissaient sur la chaussée,
heurtant les trottoirs, les becs de gaz, les murs, et menaçant à chaque instant
de briser le véhicule avec tout son contenu. Juste en face de la boutique, le
cocher fit un suprême effort pour les arrêter ; il essaya de les pousser sous une
porte cochère qui se trouvait ouverte. Mais cette tentative ne réussit qu'à amener
un dernier et plus terrible soubresaut des indociles bêtes, à la suite duquel
un des patins s'embarrassa dans un tas de briques traîtreusement couvertes de
neige, qui se trouvaient déposées le long du trottoir. Le choc fut si violent que
le traîneau se renversa à moitié projetant au loin les promeneurs. Seul le cocher
se maintint sur son siège, ne lâchant point les rênes. Ils tombèrent, heureusement, sur une épaisse couche de neige qui amortit la chute et la rendit à peu
près insignifiante.

La jeune dame, qui n'était autre que Mabel, fut sur pied en un clin d'œil,
et, sans s'attarder à secouer la blanche poussière dont ses vêtements étaient
couverts, elle se hâta de rejoindre Murray qui, à moitié ensevelie dans la neige,
criait de toute la force de ses poumons, sans faire le moindre effort pour se relever.

Alick qui, dès la première minute de danger, avait montré un courage viril, s'était, lui, promptement remis de cette alerte. En deux ou trois petits coups secs de la main, il se débarrassa de son épaisse et humide parure, puis il sauta sur le manchon de sa tante qui avait roulé à quelques pas et courut arrêter la plume d'autruche qui s'était détachée du chapeau de Murray et qu'un tourbillon avait déjà emportée jusqu'au bout de la rue.

— Quelle chute splendide nous avons faite, n'est-ce pas, Murray, et comme nous nous sommes gentiment assis sur la neige ! s'écria Mabel, affectant la gaieté pour rassurer le jeune garçon et calmer sa frayeur.

En même temps, elle le soulevait de terre, avec précaution ; mais comme il continuait à pousser de véritables hurlements, qui attiraient l'attention des passants et des habitants de la rue, et qu'un rassemblement se formait déjà autour d'eux, elle poussa vivement jusqu'à la porte de la boutique et mit la main sur le loquet. Mais à cet instant elle hésita, se demandant si elle pénétrerait ou non à l'intérieur. Pendant cette minute d'incertitude, elle aperçut Rosy qui suivait attentivement toute la scène et qui lui faisait signe d'entrer. Ces muettes mais hospitalières indications la décidèrent. Elle prit Murray par la main, invita Alick à la suivre et pénétra vivement dans la boutique, trop vivement, hélas ! car, dans sa hâte, elle n'aperçut pas la marche placée au-dessous du trottoir, de l'autre côté de la porte, et serait tombée si le loquet qu'elle tenait toujours ne lui avait pas servi de support. Murray, que l'aigre tintement de la sonnette avait intrigué et qui regardait en l'air, trébucha dans sa descente inattendue et alla donner de la tête contre le parquet.

Cette fâcheuse entrée alarma Mme Hope, qui d'abord arrivait lentement, ignorant ce qui s'était passé. Ce fut elle qui, cette fois, releva le jeune garçon.

Les nouveaux venus avaient, il est vrai, échappé sans grand mal à un très sérieux danger, mais ils n'en faisaient pas moins assez piètre figure. Murray s'était légèrement contusionné dans sa seconde chute et avait perdu un soulier dans la rue ; Alick, bien qu'il ne se plaignît pas, s'était, en tombant du traîneau, écorché le genou contre le pavé. Du côté de Mabel, la toilette seule avait un peu souffert.

Tout d'abord, dans cette boutique où l'espace était mesuré avec parcimonie, il y eut un peu d'encombrement et de confusion. La veuve perdait un peu la tête, et Rosy ne pouvait remédier à ce désarroi, ses infirmités la clouant impuissante sur son fauteuil.

Enfin Mme Hope s'en alla chercher dans la chambre de derrière une chaise
où elle fit asseoir Mabel. Celle-ci, débarrassé de son chapeau et de son manteau,
fut bientôt tout à fait à l'aise. Elle avait pris sur ses genoux son neveu Murray.
Alick refusa une chaise basse qui lui était offerte et se tint debout en face de
Rosy, la considérant avec une curiosité et un étonnement extrêmes.

La seule chose qui maintenant préoccupât Mabel, c'était de savoir ce qu'il
était advenu du cocher. Mme Hope se chargea d'aller à sa recherche, et elle reparut
bientôt avec lui. Il n'avait eu aucun mal. Mais le traîneau, avoua-t-il avec embarras, gisait, tout disloqué sur le trottoir.

— Peu importe le traîneau, Donald, lui dit Mabel, puisque nous sommes
tous sains et saufs.

— Mais qu'allons-nous devenir, mademoiselle? fit-il, tout désolé ; comment
reviendrons-nous à la maison ?

— Que sont devenus les chevaux ? demanda la jeune fille qui réprima à
grand'peine un éclat de rire en le voyant si décontenancé.

— Ils sont au bout de la rue, mademoiselle, et dans un piteux état, allez !
Mais on ne peut se procurer de traîneau par ici : on n'en trouverait pas un,
assurément, qui fût convenable pour vous et les jeunes messieurs. Que va dire
M. Henry, mademoiselle? Ah ! je crains qu'il ne soit terriblement contrarié
quand il saura son traîneau hors de service.

— Ne vous inquiétez pas de cela, dit Mabel avec bonté ; vous avez fait pour
le mieux, Donald. M. Henry oubliera tout le reste en nous voyant revenir sans
aucun mal.

Ayant appris que les chevaux n'étaient pas blessés et qu'ils s'étaient tout à
fait calmés, elle proposa à Donald de les ramener lui-même à l'écurie, d'informer
la famille Vaughan de ce qui était arrivé et de revenir avec une voiture pour elle
et les enfants.

Le cocher hésita. Il objecta que tout ceci prendrait beaucoup de temps ; la
voiture surtout avancerait lentement sur cette neige qui, à chaque instant, ferait
tourner les roues sur place ; en même temps, il jetait sur la sombre boutique un
coup d'œil désolé, comme pour dire à sa maîtresse que ce refuge était indigne
d'elle. Mabel comprit ce regard. Elle se déclara très satisfaite de pouvoir
attendre là aussi longtemps qu'il serait nécessaire, « si toutefois, ajouta-t-elle en

se tournant courtoisement vers Mme Hope, notre excellente amie veut bien nous continuer son hospitalité ».

La pâle et rigide physionomie de la veuve revêtit une expression de franchise, sinon de cordialité, tandis qu'elle répondait que sa pauvre maison était entièrement à la disposition de ses hôtes, et qu'elle s'efforcerait de la leur rendre aussi confortable que possible.

Ainsi rassurée, Mabel renvoya le cocher, mais au moment où il allait franchir le seuil de la boutique, elle le rappela pour lui faire une nouvelle recommandation :

—Donald, dites à Lydia de vouloir bien monter dans la voiture ; je serais très heureuse qu'elle vînt nous rejoindre. Demandez-lui d'apporter des souliers pour Murray et mon manteau de drap.

— Mère, s'écria Rose au moment où la porte se refermait, mère, c'est elle ! c'est Mlle Mabel !

La jeune fille, surprise d'entendre prononcer son nom, regarda attentivement la petite, comme pour lui demander une explication.

— Petite tante, fit Alick s'approchant de Mabel et lui parlant à voix basse, je ne serais pas étonné que ce fût là Rosy, la sœur de Lydia.

— Qui vous fait croire cela ? demanda Mabel à haute voix, tout en continuant à examiner Rosy.

— J'en suis sûr maintenant, répondit le jeune garçon soulignant sa remarque d'un signe de tête. Voyez : elle est si frêle ! elle a l'air si gentil ! Malade assise tout le jour dans un petit fauteuil, la tête soutenue par un coussin, c'est bien ainsi que nous l'a dépeinte Lydia.

Mabel se leva et rapprocha son siège de celui de l'enfant, puis se débarrassant de Murray qu'elle avait jusque-là gardé sur ses genoux :

— Alick pense, dit-elle à la jeune malade, tout en posant sa main sur le dossier du fauteuil, que vous êtes la petite Rose Hope, et je commence à le penser aussi, ajouta-t-elle, observant l'émotion joyeuse qui se manifestait sur le visage de Rosy, à mesure qu'elle parlait.

Assurément, le fait n'avait pas besoin d'autre confirmation que l'expression peinte sur la physionomie de la pauvre petite infirme.

— Mère, cria-t-elle à Mme Hope qui considérait ses visiteurs d'un air incrédule, mère, j'ai donc vu Mlle Mabel! Quelle surprise pour Lydia? Que va-t-elle dire quand elle descendra de voiture devant cette maison?

Mabel, amusée de cet enthousiasme junévile, se hâta d'exprimer sa satisfaction pour l'heureux hasard qui l'avait amenée chez la mère de Lydia, et elle eut bientôt gagné le cœur de Mme Hope en faisant l'éloge des qualités qui distinguaient sa fille.

Cependant Alick, d'ordinaire si réservé, si sauvage même vis-à-vis des personnes qu'il voyait pour la première fois, engageait avec Rose une conversation qui ne tarda pas à prendre un tour des plus animés. Le jeune garçon, la pressant de questions, fit montre d'une connaissance approfondie des goûts, des habitudes et du caractère de la petite malade, à tel point que Mabel en fut étonnée, comme aussi de son amabilité ; elle ignorait quel intérêt puissant les récits de Lydia au sujet de sa sœur avaient suscité dans l'esprit réfléchi d'Alick.

— Ceci est à vous? demanda-t-il en désignant du doigt une ardoise posée sur le large appui de la fenêtre et dont l'aspect usé et le peu de longueur du crayon attestaient le fréquent usage. Et c'est là toute votre vente d'aujourd'hui? ajouta-t-il en montrant quelques chiffres inscrits en un coin de l'ardoise.

Il reçut une réponse affirmative à ces deux questions, puis il continua :

— Cette grosse Bible, c'est la vôtre? Elle est bien vieille, n'est-ce pas?

— N'ennuyez pas cette enfant, Alick, interrompit Mabel que la pâleur et la faiblesse de Rosy avaient frappée. Songez qu'elle est malade et ne doit pas aimer à être fatiguée de questions.

— Oh! non, non, il ne me fatigue pas! répondit Rose, repoussant une telle supposition avec vivacité et semblant supplier Mabel de ne pas couper court à la curiosité d'Alick.

Cependant les yeux de celui-ci étaient tombés sur une boîte faite de bois blanc. Il s'en empara avec un empressement significatif, prouvant qu'il en connaissait le contenu.

— Ce sont vos jouets, n'est-ce pas? fit-il en regardant Rosy.

Et en même temps il essayait, mais en vain, de faire glisser le couvercle de la boîte.

Rose lui répondit qu'il avait deviné, et, lui prenant la boîte des mains, elle abattit son ingénieuse fermeture, placée sur un des côtés, et, pour faciliter à son jeune ami une plus rapide inspection, elle en vida le contenu sur l'appui de la fenêtre.

Alick possédait force jouets, mais combien ceux de Rose les dépassaient en nombre, en fini, en variété !

— Voici l'arc ! s'écria-t-il comme s'il retrouvait un objet familier. Est-il bien fait, et solide, et beau ! Mais où est la flèche ? Jack ne l'a donc pas encore faite ?

— Si fait, il l'a achevée hier, répondit Rosy, mais elle était trop mince, et elle s'est brisée ; je lui demanderai de la recommencer aujourd'hui.

Ici l'attention de Murray s'éveilla. Il s'était tenu jusqu'alors à distance, boudeur et dédaigneux. Il s'avança donc de quelques pas, et s'appuyant d'une main sur les genoux de Mabel, il se haussa sur la pointe des pieds et considéra les jouets par-dessus l'épaule d'Alick. Rose s'aperçut du mouvement, et se rangeant gentiment de côté, elle lui fit une place entre elle et la fenêtre.

Alick voulait l'empêcher d'approcher afin d'accaparer les jouets à lui tout seul. Mais Rose, avec une douce autorité :

— Laissez Murray voir aussi, Alick, fit-elle.

CHAPITRE X

Les trois enfants se mirent à causer avec une joyeuse animation. Rosy, par instant, jetait un regard reconnaissant sur Mabel, qui les considérait avec un intérêt évident. Mme Hope était rentrée dans sa cuisine et avait repris les occupations interrompues par l'arrivée de ses visiteurs. Mabel, tranquillement assise, suivait les progrès de cette intimité entre ses neveux et la petite malade et répondait aux coups d'œil de Rose par un sourire d'approbation.

Cependant Donald, parti depuis une heure, ne revenait pas ; à la fin, Murray s'impatienta et dit à sa tante :

— Irons-nous bientôt à la maison ; j'ai faim.

— Taisez-vous, Murray ! fit doucement Mabel qui ne voulait pas abuser, par l'expression de nouveaux besoins, de l'hospitalité qu'elle recevait. Nous partirons bientôt. Donald pourrait déjà être de retour.

Ensuite, cherchant en son esprit le meilleur moyen de reconnaître les attentions dont elle était l'objet, elle décida de faire quelques achats dans le magasin de la veuve. Avec l'assistance des enfants, elle s'efforça de dépenser tout l'argent que contenait sa bourse. Elle achevait à peine ses emplettes quand la porte s'ouvrit brusquement pour livrer passage à Lydia chargée de souliers, de châles et de fichus de laine. Elle était toute rouge et si essoufflée que Mabel ne put d'abord lui arracher une parole. La surprise contribuait aussi à la rendre muette.

Mabel lui demandait ce qu'étaient devenus le cocher et les chevaux, et pourquoi elle-même était venue à pied.

La petite servante, moitié riant, moitié pleurant, toute joyeuse de savoir

Mabel en sûreté et en même temps heureuse jusqu'à l'exaltation de voir que c'était la boutique de sa mère qui lui avait servi d'asile, ne se lassait pas d'embrasser tour à tour sa sœur et ses jeunes maîtres. A peine si elle pouvait, dans l'intervalle, pousser des exclamations de plaisir, balbutier des phrases sans suite pour exprimer ses craintes, et celles de tante Sabiah, phrases où se mêlait sans apparence raisonnable le nom de Lincoln Dudley.

Renonçant à la calmer pour en tirer des explications plus claires, Mabel ouvrit la porte de la boutique, pour savoir enfin si, oui ou non, la voiture se trouvait là. Ce fut Dudley qui s'offrit à ses regards. Elle rougit, agréablement surprise, car elle n'avait pas compris un traître mot à ce que Lydia lui avait dit à ce sujet. Il lui saisit la main avec une vivacité qui trahissait les craintes qu'il avait éprouvées, et que le récit de Donald n'avait pas calmées tout à fait. Il n'en subsista plus l'ombre, du moins, quand il vit la figure souriante de la jeune fille.

Il apprit à Mabel que la voiture attendait à quelque distance; il avait jugé imprudent de la faire avancer jusqu'à l'endroit où elle s'était réfugiée, à travers une rue étroite, mal entretenue et obstruée par la neige.

Il lui raconta aussi en peu de mots ce qui s'était passé lorsque les chevaux s'étaient emportés : il s'était lancé à sa poursuite aussi longtemps qu'il avait pu suivre des yeux son attelage ; puis il l'avait perdu de vue, et ne pouvant retrouver ses traces après des recherches longues et infructueuses, il s'était décidé à diriger sa monture vers la maison de M. Vaughan, espérant que les animaux effrayés, bien qu'ils refusassent d'obéir au cocher, y auraient été ramenés par l'instinct. Il y était arrivé quelques instants avant Donald, et ayant appris du cocher la rassurante nouvelle de leur inoffensive chute, il avait résolu de s'assurer mieux encore qu'elle n'avait eu aucun mal, en l'accompagnant jusqu'à l'endroit où elle s'était réfugiée.

— Dans quel misérable taudis vous avez dû attendre ! s'écria-t-il en se penchant vers la boutique basse, peu éclairée et qui, du dehors, paraissait encore plus étroite.

— Nous avons été reçus ici d'une façon hospitalière et nous y avons passé une heure agréable, répondit Mabel. Mes neveux et moi, nous avons fait la connaissance d'une enfant malade qui se trouve être la sœur de leur bonne. C'est une intéressante petite fille. Venez la voir, monsieur Dudley.

— Il me semble, fit Dudley en riant, qu'il y a déjà assez de monde dans cette pièce, en raison de ses dimensions, surtout pour une chambre de malade. Et à ce propos, mademoiselle, je me sens obligé en conscience de vous emmener au plus vite hors de ce misérable asile. J'ai promis à Mlle Sabiah Vaughan de vous ramener sans accident, et un air chauffé et corrompu peut devenir parfois aussi dangereux que des chevaux emportés.

Mabel se hâta de repousser cette suggestion. Elle fit observer à Dudley que la maladie de l'enfant était une fièvre chronique de croissance et n'avait par conséquent rien de contagieux, et que la chambre, bien qu'un peu étroite, était assez confortable et très proprement tenue.

Il ne put s'empêcher de sourire en voyant la chaleur avec laquelle la jeune fille défendait ses hôtes de hasard contre d'injustes suppositions, et comme pour lui montrer que, personnellement, il n'avait aucune crainte, il s'avança un peu au delà de la porte et, la tenant entre-bâillée, il attendit son bon plaisir.

Comme il n'y avait aucun motif pour différer le départ, tous les visiteurs se disposèrent à rejoindre la voiture. Mabel reprit son chapeau et son manteau, remis en état par les soins de Mme Hope ; Lydia, de son côté, rajusta la toilette des enfants, de manière à les préserver du froid pendant le trajet.

Mabel fut très touchée de la tendre émotion de Rosy en lui disant adieu ; en peu de mots, la petite malade lui exprima toute la joie que lui avait causée cette rencontre, et quand elle eut fini de parler, elle porta à ses lèvres la main de Mabel avec un mélange de respect et d'amour.

— Je reviendrai, Rosy, lui dit à voix basse la jeune fille.

Elle aurait volontiers ajouté d'autres choses encore, tant elle était désireuse de témoigner sa sympathie à l'enfant. Mais Dudley la regardait ; peut-être l'aurait-il mentalement accusée de pose et d'affectation. Elle prit le bras qu'il lui offrait pour la conduire jusqu'à la voiture, les enfants suivaient avec Lydia ; tous les quatre remontèrent Broadway à pied.

Mabel, flattée de l'intérêt marqué que lui avait témoigné Dudley en cette occasion, et animée d'une vivacité juvénile, excitait par la grâce pétillante de ses reparties l'admiration croissante de son compagnon. C'était bien la fraîcheur naïve de cette jeune fille, sa simplicité si près de la nature qui avaient captivé son expérience d'homme du monde.

A un endroit où la foule était plus considérable et la marche moins aisée, ils rencontrèrent un petit garçon déguenillé, sale et courbé sous le poids d'un vieux panier contenant du charbon. Le malheureux enfant, pris dans le flot des piétons montant et descendant rapidement le trottoir, et s'efforçant d'éviter les heurts, glissa sur la neige durcie et tomba avec son fardeau. Le panier, peu solide, se disloqua, tout le contenu fut dispersé et alla se perdre dans les tas de neige qui bordaient la chaussée. Quelques-uns des passants se mirent à rire ; d'autres regardèrent l'enfant avec compassion, tout en continuant leur route ; deux ou trois s'arrêtèrent, curieux de savoir comment le petit garçon s'y prendrait pour réparer le désastre.

— Pauvre petit ! s'écria Mabel qui survenait juste au moment de l'accident, et dont la commisération fut aussitôt éveillée par la mine consternée de l'enfant et les larmes qui jaillissaient de ses yeux.

L'enfant, qui avait entendu ces paroles apitoyées, leva vers Mabel des regards suppliants.

— Il me fait pitié ! dit Mabel qui considérait tour à tour le jeune garçon, le panier défoncé et le charbon répandu.

Instinctivement, elle chercha sa poche.

Alick, qui flânait à quelque distance, la rejoignit alors, et, devinant, avec une merveilleuse rapidité, toute l'histoire, il s'apitoya à son tour.

— Oh ! tante Mabel, fit-il, donnez-lui quelque argent !

Mais, hélas ! la bourse de Mabel était vide ; tout l'argent qu'elle avait contenu s'était dépensé dans la boutique de la veuve. La jeune fille ne s'en souvint que lorsqu'elle l'eut retirée de sa poche et soigneusement explorée. Alors, tourmentée par la pensée qu'elle n'avait encouragé les espérances de l'enfant que pour lui causer finalement une cruelle déception, elle se tourna vers Dudley. Elle supposait que ce mouvement allait éveiller son attention et le pousserait à lui venir en aide, à lui procurer les moyens de secourir le malheureux petit garçon. Mais il ne sembla pas que sa sympathie fût éveillée et qu'il eût compris la muette prière de Mabel.

Elle n'était pas bien certaine qu'il eût remarqué son embarras. Mais ce qui était évident, c'est qu'il ne se sentait nullement disposé à se montrer charitable.

Elle fut donc forcée de remettre sa bourse dans sa poche et de laisser l'enfant se tirer d'affaire comme il pourrait.

— Je n'ai plus d'argent, lui dit-elle ; j'en suis fâchée. Peut-être quelque autre dame vous donnera-t-elle une pièce de douze sous.

Elle parlait avec confusion, avec un regret évident qui s'accentua encore lorsqu'elle entendit le petit garçon lui répondre :

— Ce sera bien difficile de trouver une dame qui me donne douze sous !

Elle continua sa promenade, un peu triste, échangeant des saluts avec les amis qu'elle croisait et écoutant la conversation de son compagnon de route.

Alick s'attarda un instant pour examiner, avec sa curiosité toujours en éveil, le pauvre déguenillé, et il ne put se tenir de lui murmurer en manière d'excuse :

— Elle a, malheureusement pour vous, dépensé tout son argent ; je n'en ai pas non plus ; cela tombe bien mal.

Cependant Dudley disait à Mabel :

— Je vois, mademoiselle, que votre compassion est éveillée et que vous êtes émue. Vous n'êtes pas familiarisée avec ces tableaux de la misère ; mais vous y seriez bientôt faite, je vous assure, si vous sortiez fréquemment à pied dans New-York.

— Oh ! j'ai vu bien des malheureux déjà, répliqua Mabel, assez pour me faire souffrir. Mais cet enfant m'intéressait d'une façon toute particulière : il avait un regard si désolé !

Et Mabel soupira, car son imagination se représentait encore cet appel muet qui l'avait tant émue.

— Ce garçon avait en effet une belle physionomie, fit Dudley. Il me rappelait un groupe exquis que j'ai vu, l'an dernier, à Florence : *les Mendiants*, de Piccioti. Je voudrais que vous vissiez ce morceau de statuaire, mademoiselle ; je suis sûr que vous l'apprécieriez ; c'est un chef-d'œuvre d'une conception et d'une exécution merveilleuses. J'ai été frappé sur l'heure de la ressemblance de ce gamin avec le plus jeune des mendiants.

— Ce n'était pas un mendiant, interrompit Alick qui les avait rejoints sans être vu et n'avait entendu que les derniers mots de la tirade de Dudley. Il n'a rien demandé.

— Il y a diverses façons de mendier, reprit le jeune homme répondant à la remarque d'Alick sans le regarder ni paraître savoir de qui elle venait, car il ne faisait guère attention aux enfants, d'habitude. Ce sont les plus adroits sans aucun doute, ceux qui s'adressent aux yeux plutôt qu'aux oreilles. Le coup a été exécuté, ici, d'une façon supérieure, ajouta-t-il en riant; il aurait fait honneur à un des jeunes acteurs de la troupe de Ravel. C'est prodige de voir l'habileté de ces petits praticiens !

— Mais vous ne pensez sûrement pas... fit Mabel toute surprise.

— Que c'était un accident ingénieusement arrangé ? acheva Dudley en souriant de l'étonnement ingénu de sa compagne. Peut-être oui, peut-être non.

Et il haussa les épaules avec dédain.

— Dans tous les cas, ajouta-t-il lentement, comme s'il hésitait à se prononcer en l'occurrence, nous nous abstiendrons de juger celui-là avec trop de sévérité, puisque vous êtes bien disposée en sa faveur. Mais ces artifices pour exciter la pitié sont des plus communs. Les institutions modernes sont en partie responsables, il faut le dire, de ces trompeuses pratiques; elles défendent la mendicité dans les rues, et l'on invente toutes sortes de ruses pour éluder cette défense. Ah ! l'on sait mieux s'y prendre à l'étranger. La mendicité est permise en Italie ; mais, avec quelques coups de bâtons, on met en fuite les mendiants, et tout est fini. Ici, c'est bien autre chose : on veut réorganiser la société, éteindre le paupérisme, que sais-je encore ? Parfait ! Laissons faire les philanthropes. Mais, puisqu'ils prétendent réglementer notre charité, ce sont les pauvres qui en subiront les conséquences, n'est-ce pas ? Tant pis pour eux s'ils ont faim en dehors des cas prévus par leurs lois !

Ayant ainsi étouffé sous un article d'économie politique les charitables intentions de Mabel, Dudley abandonna sans peine ce sujet, qui pour lui était d'un intérêt médiocre, et reprit l'analyse des *Mendiants* de Piccioti ; puis il promena Mabel, par d'habiles transitions, dans le vaste domaine de l'art et du beau. Là, il se trouvait complètement à l'aise, et, avec sa merveilleuse faculté de description, son esprit et sa verve intarissable, il conquit et retint l'attention de la jeune fille jusqu'à ce qu'elle eût atteint sa voiture.

Le soir, cependant, assise en face d'un bon feu qui brillait dans la cheminée de la salle à manger, pendant que, au dehors, le vent faisait rage, elle pensa encore au petit garçon et au charbon dispersé dans la neige. Ce pouvait être un imposteur, un rusé coquin, comme l'avait insinué Dudley. Mais, en dépit de sa raison, elle se sentait intérieurement attristée, et, en de pénibles visions, lui apparaissaient des chambres sans feu, des misérables grabats et des enfants affamés auprès de leurs mères sanglotantes et désespérées.

CHAPITRE XI

Au nombre des engagements qu'avait pris Mabel pour la semaine suivante, il s'en trouvait un d'un caractère particulier : elle avait promis d'assister à une réunion, assez différente, par les invités et par les distractions mêmes, de ces joyeuses assemblées où elle se retrouvait avec son cercle ordinaire de femmes mondaines et de cavaliers élégants et frivoles.

Cette soirée était donnée, à l'occasion d'un anniversaire, par une dame de haute situation, dont la fortune, l'esprit et les talents lui assuraient une prééminence indiscutée aux yeux de la société.

M. Vaughan lui-même ne put refuser une invitation dans cette maison où il était sûr de rencontrer les plus hautes personnalités politiques et littéraires. Pour rien au monde Louise n'aurait voulu manquer à cette réunion où devait se trouver la société la plus choisie de la cité. Henry, d'ordinaire assez indifférent pour ces soirées, déclara que la chose pouvait offrir un certain intérêt, et sous l'influence de ces raisons combinées, sachant en outre que l'hôtesse était l'une des meilleures amies de Dudley, Mabel attendit cette fête avec impatience.

Miss Sabiah était rarement comprise dans les nombreuses invitations reçues par la famille de son frère, car elle évitait systématiquement les occasions de se montrer, et se confinait dans son appartement les jours de réception. Toute sa joie consistait à voir Mabel richement habillée, plus belle chaque jour, et le soir en question, ce ne fut pas une petite satisfaction pour elle d'admirer le superbe costume que sa favorite portait pour la première fois. Ce plaisir atteignit à son

14

comble quand elle observa l'envie mal déguisée de Louise, qui entra dans le cabinet au moment où la toilette de sa sœur était achevée.

Mabel portait une robe de soie blanche à volants dont chacun était bordé de feuilles vertes. Ces gracieuses guirlandes s'harmonisaient à ravir avec sa coiffure parisienne. Au-dessus du corsage montant, un col de dentelle était agrafé par une superbe broche de diamants, et des manches semblables au col drapaient légèrement ses beaux bras ronds.

Louise, dont les formes graciles ne paraissaient jamais aussi avantageusement que dans les vêtements légers qui flottaient autour d'elle pendant la danse, se sentit piquée de jalousie, en voyant la taille sculpturale de sa sœur, que faisait valoir ce costume un peu lourd et fermé, qui aurait accablé une forme moins exquise que celle de Mabel.

— Je hais ces réunions à deux fins, dit-elle d'un ton irrité, il faut s'habiller comme si on craignait les rhumatismes, et l'on peut fort bien s'y enrhumer à rester debout en cercle dans les coins... J'ai presque envie de ne pas y aller.

Elle se montra d'une humeur si insupportable durant le trajet que ses amis furent heureux de la voir arrivée à destination ; elle s'établit alors dans l'un des coins dont elle parlait, et, avec Victoria Vannecker et un petit noyau d'adeptes, elle prit plaisir à faire des commentaires sur la compagnie.

L'assemblée était peu nombreuse, mais choisie, et, comme Henry l'avait prévu, la maison spacieuse, magnifiquement meublée, était décorée avec goût. Au moment de son entrée, Mabel sentit la différence qui existait entre cette réunion et celles qu'elle avait jusqu'alors fréquentées. Au contraire de Louise, elle en reconnut aussitôt la supériorité.

Les membres des sociétés où elle avait brillé étaient en petit nombre. Cependant Mabel ne se sentit nullement isolée.

Les prévenances de Dudley avaient éveillé chez elle le désir de connaître les personnes cultivées qui constituent l'élite d'une nation ; il l'avait présentée, mise en relations avec des gens de goût et de science.

— Voyez cette splendide jeune fille là-bas, disait un peintre célèbre à un amateur, je me suis juré de faire son portrait avant la fin de l'hiver... Quelle admirable « Corinne couronnée au Temple » on peindrait d'après elle !

— Vous devez être fière de votre sœur, dit près de Louise un vieux garçon un peu taciturne. Elle se montre charmante et n'a que des sourires pour chacun.

— Elle ferait mieux de les distribuer moins facilement, répliqua Louise avec un rire aigre-doux. Dites-moi, je vous prie, quel est cette espèce de père Noé qui semble l'intéresser si fort?

— Ce Monsieur en habit long? J'ai oublié son nom... Un ecclésiastique, je pense.

Elle traversa la salle en compagnie de Miss Vannecker et, passant près de sa sœur, elle lui dit avec vivacité :

— Vous avez choisi une place bien en vue pour tenir votre cour, ma chère. Demain les journaux diront que le plus bel ornement de cette soirée était un tableau de fleurs ravissant, composé de roses en bouton et surmontées d'une guirlande.

— Et puis, ajouta Miss Vannecker, il est très inconvenant de se tenir directement sous le lustre.

Elles passèrent. Mabel rougit, un peu déconcertée, mais n'ayant eu nullement l'intention de se faire admirer en prenant cette place au hasard, elle dissimula son dépit sous un sourire, et confirma par sa contenance la bonne opinion de son nouvel ami.

Dudley avait entendu les compliments ironiques de Louise, et deviné la jalousie qui les lui inspirait. Il saisit la première occasion d'offrir son bras à Mabel pour visiter la serre afin de la tirer d'embarras, ce qu'elle accepta volontiers.

Dudley parla brillamment de fleurs et de botanique d'abord, puis il en revint à ses sujets artistiques favoris, et dirigea l'attention de la jeune fille vers une collection de tableaux et de statues exposés dans une vaste salle, non loin de là.

Elle l'écoutait parler avec plaisir, mais à la longue, ses regards se tournèrent vers l'extrémité du vestibule qui séparait cette salle de la serre, et servait de promenoir aux invités, et Dudley, suivant ce mouvement, aperçut l'objet qui attirait son attention.

Une dame âgée, accompagnée d'un militaire de haute taille, s'approchait lentement. Elle était grande, son aspect plein de dignité inspirait le respect. Cette septuagénaire coiffée d'un bonnet de veuve gardait encore sur ses traits des traces de son ancienne beauté.

Mabel la suivait des yeux avec admiration tandis que, s'avançant au bras du bel officier, elle répondait aux salutations de nombreux amis.

— Voici un couple de noble apparence, dit la jeune fille, se tournant vers son compagnon pour témoigner le désir d'en apprendre le nom.

— Miss Vaughan, répliqua-t-il d'un ton ironique, cette dame est le généralissime des forces d'une innovation moderne ; le chef d'un bataillon d'amazones philanthropes qui ne reculent devant aucun obstacle !... Elle va nous traîner en cour martiale, ajouta-t-il, feignant une subite alarme à son approche. Comment lui échapper ? Nous allons être saisis, jugés, convaincus et condamnés en cinq minutes !

— Elle semble ne porter que des armes pacifiques, fit Mabel en souriant. Qu'avons-nous fait pour craindre une attaque ?

— Oh ! nous sommes des adversaires de choix, riposta Dudley, vous surtout ! Ne voyez-vous pas qu'elle cherche des recrues ?

La vénérable dame dont il parlait si légèrement venait de rencontrer dans le vestibule, deux jeunes filles auxquelles elle adressa la parole avec aménité. Comme elle se rendait compte de l'affection qu'elle inspirait à tous, Mabel ne put s'empêcher de penser que rien ne lui ferait plus de plaisir que d'être honorée de son amitié. Malgré les moqueries de Dudley, elle se prit à considérer avec sympathie cette femme en cheveux blancs que le ridicule ne pouvait atteindre.

— Vous voyez, continuait son compagnon, Mme Percival pontifie au milieu de ses subalternes. Son énergie, sa valeur indomptables la mettent au premier rang dans toute entreprise de donquichottisme. La monnaie courante de l'opinion publique s'attache à sa personne et son succès est illimité. C'est stupéfiant quel capital on peut se faire de nos jours avec les souffrances des classes pauvres !

Mabel demeura silencieuse, réfléchissant aux paroles de son interlocuteur.

— Elle porte toujours le même uniforme, à ce que je vois, continua ce dernier : satin noir et dentelles de Flandre... même escorte militaire aussi. Le monsieur qui l'accompagne est son beau-fils, le général Percival, de l'armée régulière.

Ils font ensemble la parade depuis vingt ans !

Dudley baissa la voix, car l'objet de ses satires était maintenant à quelques pas d'eux.

— Vous risquez-vous à attendre la charge et à en être victime ? demanda-t-il à voix basse, tout en regardant autour de lui comme pour chercher un refuge.

— Je n'ai aucune crainte, répondit Mabel. Je ne suis pas l'objet de son attention.

— Permettez-moi de vous procurer des rafraîchissements, dit-il avec tact. Et il se dirigea vers un domestique qui passait chargé d'un plateau, pour éviter la nécessité d'une rencontre qu'il paraissait craindre.

Il y avait dans cette conversation un tel mélange d'esprit et de satire, que Mabel, toute déconcertée, voyant la vieille dame s'arrêter juste en face d'elle, s'attendait à être interrogée par cette excentrique lady sans la cérémonie préalable d'une présentation. Aussi fut-elle très surprise quand une personne assise derrière elle et qu'elle masquait sans le savoir posa une main sur son bras et lui dit d'une voix douce :

— Je pense que cette dame me cherche, auriez-vous la bonté de vous écarter un peu ?

Mabel aussitôt se rangea de côté, et, ce faisant, elle se heurta contre une paire de béquilles qui tombèrent, révélant la faiblesse de la personne envers qui elle avait paru incivile.

Mabel rendit les béquilles à leur propriétaire, offrit ses excuses avec une grâce touchante, et s'attira ainsi un sourire d'approbation de Mme Percival, laquelle entra aussitôt en conversation avec l'intéressante infirme.

Avant que Dudley ne revînt apportant son sorbet glacé, le couple si intéressant avait passé dans une autre pièce.

Vers la fin de la soirée, Mabel accepta avec sa simplicité ordinaire une invitation à se joindre aux jeunes danseurs qui avaient besoin d'un couple de plus pour compléter leur quadrille. Cette fête avait le caractère d'un jubilé de famille. Le cavalier de Mabel, très jeune comme tous ses compagnons, arrivait à peine à sa taille. Elle se mêla franchement à leur gaîté juvénile, et gagna tous les cœurs par le plaisir qu'elle y prit. On dansait une contredanse à la vieille mode. La jeune fille, après avoir exécuté joyeusement la dernière figure, regagna sa place en riant.

— Votre danse s'est terminée à merveille, grand'mère, s'écria son cavalier, s'adressant à Mme Percival. Celle-ci, tout en suivant d'un air d'intérêt attendrie les ébats des jeunes gens causait avec le monsieur en habit à longue taille que Louise avait surnommé « le Père Noé ». — Elle sourit aux félicitations de son petit-fils ; et Mabel remarqua que tous les couples échangeaient avec elle des paroles de satisfaction.

— Nous avons dansé pour faire plaisir à grand'mère, dit le cavalier de Mabel en manière d'explication. C'est en souvenir de la noce de notre hôtesse, il y a vingt-cinq ans. Maman était demoiselle d'honneur en cette occasion, et grand'-mère nous a proposé de danser cette nuit en honneur du temps passé.

En nommant sa mère, le jeune garçon jeta un affectueux regard vers la dame qui tenait le piano, et, pour la première fois, Mabel s'aperçut que la dame aux béquilles avait fait de la musique pour les danseurs.

— Quelle sympathie règne dans cette société, pensa-t-elle ; cette remar-quable dame âgée en est évidemment le lien. L'hypocrisie peut-elle se cacher sous une physionomie aussi noble ?... Évidemment, M. Dudley doit avoir plai-santé !

CHAPITRE XII

Le lendemain de cette soirée était précisément pour Mabel jour de réception hebdomadaire. D'habitude, elle se faisait assister de Louise, qui n'avait garde de manquer cette occasion de partager les honneurs et les responsabilités d'une maîtresse de maison. Il y avait eu ce soir-là plus de visiteurs que les semaines précédentes, mais tous s'étaient retirés, sauf Dudley. M. Vaughan donnait un dîner, et Dudley, qui figurait parmi les invités, était venu de bonne heure, apportant des gravures rares et précieuses, des reproductions très exactes de costumes étrangers, que Mme Leroy et Mabel examinaient avec intérêt, dans le but d'y choisir des modèles pour un prochain bal costumé, quand la sonnette de la porte d'entrée retentit soudain. Il était trop tard pour que de simples visiteurs se présentassent encore, et trop tôt pour les personnes qui devaient assister au repas de cérémonie.

— Qui peut venir à cette heure? fit Mabel intriguée.

Et avec une curiosité enfantine elle se plaça derrière une fenêtre pour regarder dans la rue.

— Il n'y a pas de voiture, dit-elle; c'est assurément père ou Henry.

En se retournant, elle remarqua que Mme Leroy roulait négligemment une carte autour d'un de ses doigts et en même temps donnait un ordre bref, à mi-voix, au laquais qui la lui avait remise. Comme il refermait la porte sur lui, Louise jeta la carte sur la table en s'écriant :

— Vit-on jamais rien de plus ridicule? Allons! le père Noé viendra bientôt nous rendre visite, lui-même !

Et elle lança à Mabel un regard de reproche.

Celle-ci, rougissant légèrement, prit la carte et lut : « Madame Abraham Percival. »

Sa physionomie s'éclaira, ses yeux brillèrent de plaisir, et elle murmura en se tournant vers la porte :

— Ah ! cette dame âgée si aimable !

Louise, avec un haussement dédaigneux, reprit l'étude des dessins, tandis que Mabel, redoutant quelque inconvenante incartade de la part de sa sœur, avançait de quelques pas pour recevoir cette visite, qui lui causait, à vrai dire, un peu de surprise et d'embarras.

Après une minute d'attente, elle entendit se refermer la porte du vestibule et le laquais s'éloigner. Soudain elle entrevit la vérité et se tournant vers Louise.

— Serait-elle donc partie ? demanda-t-elle.

— Je le suppose, fit Louise, feignant d'être étonnée de la question. Vous ne l'auriez sans doute pas reçue, bien que vous soyez assez disposée à faire la connaissance de n'importe qui, ajouta-t-elle avec un rire méprisant. Vous semblez avoir un goût si prononcé pour les antiquailles !

— Eh bien ! oui, j'ai ce goût, fit Mabel avec fermeté. Mais n'est-ce pas moi que cette dame a demandée ?

— Vous l'avez dit, répliqua Louise d'un air de défi, en observant le rouge de l'indignation qui montait au visage de sa sœur. Je vous ai, ma chère, rendu un fier service et épargné une ennuyeuse corvée en faisant répondre que Mⁱˡᵉ Mabel Vaughan n'était pas à la maison, et vous devriez m'en remercier.

— Louise ! prononça Mabel, exprimant dans cette simple énonciation du nom de sa sœur sa stupéfaction, ses regrets et son humiliation.

La conduite de Mᵐᵉ Leroy était en effet sans excuse : pourquoi s'était-elle ainsi substituée à sa sœur, dont c'était le jour de réception ? Quels que fussent ses torts, elle se garda bien d'un convenir. Elle crut au contraire devoir y ajouter la raillerie.

— Ne vous fâchez pas, ma chère ! fit-elle. M. Dudley croirait que vous avez mauvais caractère. Quand le père Noé se présentera, vous donnerez vos ordres vous-même, et vous jouirez sans partage de sa société, que je ne vous disputerai pas, croyez-le bien. Vous en aurez tout l'honneur.

Et, soulignant ses paroles d'un rire impertinent, elle se dirigea vers le piano
où elle se mit à plaquer quelques accords en chantonnant : « Oh ! non, je ne
serai pas là ! »

A l'indignation légitime qui s'était emparée de la jeune fille, et qui avait fait
dire à sa sœur qu'elle était en colère, avait succédé l'expression d'un profond
chagrin. Une larme glissa sur sa joue, et elle dit avec une douceur touchante,
pleine de dignité :

— Je ne suis pas en colère, Louise, mais je suis contrariée à tous égards.

Puis, gênée par les regards de Dudley, elle marcha vivement vers l'embrasure de la fenêtre, et à demi cachée par l'épaisseur des rideaux, elle suivit
du regard M\ᵐᵉ Percival qui, sans se douter de l'impolitesse commise à son
égard, descendait lentement la rue.

Mabel était plongée dans de pénibles réflexions lorsqu'une voix, celle de
Dudley, se fit entendre derrière elle.

— Je suis fâché aussi, dit-il, assez bas pour n'être entendu que de la jeune
fille et avec un accent de sympathie qui la rendit toute confuse.

— Fâché de quoi ? demanda-t-elle sur le même ton.

— De l'humiliation qu'on vous a infligée. Cela n'est pas convenable. Il ne
peut y avoir ici d'autre maîtresse que vous.

— Oh ! Je ne pensais pas à cela ! fit vivement Mabel. Je vous prie de ne pas
m'attribuer des sentiments aussi puérils, mais, ajouta-t-elle en regardant toujours s'éloigner Mᵐᵉ Percival, cette dame est âgée, elle est venue à pied ; et puis,
je suis à la maison !

— C'est vrai ! approuva Dudley.

Il y eut un silence. L'interlocuteur de Mabel ne savait comment prolonger
la conversation. Tout blâme jeté sur Louise semblait lui être désagréable.

Dudley finit cependant par recouvrer sa présence d'esprit, et, profitant des
dernières paroles de Mabel :

— C'est assurément un moyen peu chevaleresque de se tirer d'affaire, reprit-
il d'un air réfléchi, que de faire répondre qu'on est sorti, et vous eussiez dédai-
gné de l'employer. Mais si je blâme le moyen, je ne puis m'empêcher de me
féliciter du résultat obtenu, et qui vous a délivrée d'un véritable ennui ?

— Voulez-vous dire que c'est un bonheur d'avoir évité cette visite ? demanda

15

Mabel en le considérant avec quelque surprise. Elle me paraît au contraire un bonheur aussi peu mérité qu'inattendu.

— Inattendu pour vous, fit Dudley avec un sourire significatif et son haussement d'épaules particulier; mais croyez que cette visite était décidée depuis longtemps par cette dame. Vous seriez une recrue trop importante pour qu'on vous néglige. J'ai tremblé pour vous depuis que vous avez attiré l'attention de ce personnage appelé si plaisamment par votre sœur le père Noé. C'est un ministre sans église. Il cherche un sergent recruteur. Il vous aura signalée au commandant en chef, lequel ne dédaigne pas les forces auxiliaires que vous pourriez amener au combat.

— Moi !

— Assurément; n'avez-vous pas à votre disposition le temps, l'influence et l'argent?

Mabel éprouva un sentiment de tristesse et une ombre passa sur son doux visage.

« Ce n'est donc pas à moi qu'on s'intéresse, pensa-t-elle, mais à la grande situation de mon père et à la longueur de sa bourse !

— Je vous l'avoue, mademoiselle, continua Dudley comme s'il se félicitait de ses révélations, je suis débarrassé d'un grand poids depuis que cette dame est partie sans vous voir. Sa carte m'avait causé de pénibles visions. Je vous voyais déjà revêtir l'uniforme gris de quelque association, par exemple d'un institut quelconque pour l'éducation des enfants trouvés; je vous voyais frappant à la tête, de la main droite, les enfants désobéissants, et levant l'indicateur de la main gauche en manière d'avertissement, tandis que vous disiez: « Attention ! »

Mabel sourit.

— Je vous voyais encore, vêtue d'un long tablier blanc et armée d'une grosse paire de ciseaux, présidant, comme sous-directrice dans un atelier de coupe et d'ajustage, à l'éducation des jeunes couturières indigentes; ou bien encore, la plume derrière l'oreille et un gros livre de compte sous le bras, remplissant les fonctions de trésorière pour la « société d'encouragement à l'émigration des pauvres étrangers ».

Mabel se mit à rire franchement, amusée par les caricatures qu'il faisait ainsi passer sous ses yeux.

— Eh bien ! s'écria Louise en quittant le piano, nous décidons-nous à choisir nos rôles ? J'ai presque envie de me costumer en Comédie, si vous voulez être la Tragédie, Mabel.

— J'ai suggéré à votre sœur quelques personnages tragiques, fit Dudley avec à-propos ; mais aucun d'eux, je crois, n'a obtenu sa complète approbation ; dans une cinquantaine d'années, glissa-t-il à Mabel, il sera temps de cacher vos sourires sous la coiffe d'une sœur de charité ! D'ici là, tâchons de trouver quelque chose de plus attrayant.

Et les joyeux propos se succédèrent, faisant oublier à Mabel la vénérable dame et ses plans de philanthropie chrétienne. Si par hasard elle y pensa, ce fut pour l'accuser intérieurement de vouloir détourner au profit de ses œuvres une partie de la fortune paternelle et de s'appliquer à la tromper elle-même en la destinant à des travaux aussi pénibles que peu profitables.

Elle attendit un mois pour rendre sa visite à Mme Percival, et encore se borna-t-elle à déposer sa carte, sans demander à être reçue : tant est puissante la crainte du ridicule !

Au moment où l'on se mettait à table, Louise eut encore l'occasion d'étaler sa mauvaise humeur et son impertinente légèreté, et Dudley se posa une fois de plus en médiateur. Tante Sabiah avait accepté le bras d'un vieux monsieur très grave, qui naturellement la considérait comme la maîtresse de maison et la conduisait à la place d'honneur, quand Louise, appuyée au bras d'un jeune homme, les coudoya, et, passant devant eux, dit par-dessus l'épaule :

— Avec votre permission, ma tante, je présiderai aujourd'hui le dîner ; c'est le désir de mon père.

Et, un instant après, elle trônait au haut bout de la table, s'acquittant avec grâce et sans la moindre marque de scrupule de la fonction, qui jusqu'alors avait été dévolue à la vieille demoiselle.

Si la provocation eût été moins évidente, il eût été amusant de suivre les effets de cette audacieuse effronterie. La plupart des convives, qui n'habitaient pas New-York, ne s'aperçurent point de l'incident. Mais Mabel se sentit indignée de cette nouvelle méchanceté de sa sœur et de sa vaniteuse attitude : elle pouvait à peine contenir son agitation et son mécontentement. A l'autre bout de la table, les yeux d'Henry brillaient de colère, tandis que M. Vaughan, mal à son aise, brandissait nerveusement sa fourchette et, dans son trouble, commettait distraction sur distraction.

Quant à tante Sabiah, son irritation était telle qu'elle aurait infailliblement attiré l'attention des convives, si Dudley, qui se trouvait placé à côté d'elle, ne l'avait engagée dans une conversation dont il faisait les frais à lui tout seul, lui donnant ainsi le temps de se remettre de sa confusion et de redevenir maîtresse d'elle-même.

Cette facilité à jouer le rôle d'un parfait gentilhomme, cette complaisance toujours prête à se manifester ne furent jamais plus appréciées de Mabel qu'en cette occasion ; car son indignation contre Louise n'était égalée que par le chagrin de la blessure faite aux sentiments de sa tante. Elle ne pouvait le remercier en paroles, mais un sourire reconnaissant récompensa Dudley de ses bienveillantes attentions vis-à-vis de Sabiah. Assis entre la nièce et la tante, il se tourna un instant du côté de Mabel, rencontra son regard approbateur et lui dit à voix basse :

— Mlle Vaughan a les nerfs très sensibles.

— Oui, très sensibles, fit Mabel qui se mit à considérer anxieusement la vieille demoiselle.

Plus calme, elle causait maintenant avec son autre voisin de table.

— Nous sommes tous les esclaves de l'habitude, observa Dudley. Je note, du reste, que les vieilles dames aiment les petits honneurs attachés à leur âge. Si elles doivent les résigner parfois, au moins serait-il juste qu'elles eussent la satisfaction de les voir recueillis par leurs héritières présomptives.

L'expression de sa physionomie indiquait assez que, selon lui, Mabel était celles des deux sœurs à qui, tante Sabiah écartée, revenait de droit le privilège d'occuper à table la place d'honneur.

Un autre sentiment que Mabel s'était accoutumée à respecter entre tous reçut ce jour-là, en sa présence, une atteinte grave. La jeune fille aimait ardemment son pays, elle avait dans ses institutions républicaines une confiance sans bornes ; aussi, lorsqu'un certain nombre de convives, gens éclairés et possédant l'expérience des affaires publiques, se mirent à causer politique, son attention s'éveilla-t-elle pour suivre avec intérêt la conversation.

Un des interlocuteurs, qui avait plusieurs fois occupé de hautes situations

dans les divers gouvernements, fit ressortir les progrès de la nation où tous les
jours pénètre plus de vérité et plus de justice ; il se risqua même à prédire
qu'un jour viendrait enfin où, dégagé de la souillure d'abus invétérés, l'Union des
États fédérés deviendrait, pour les républiques futures, un objet d'émulation et
un modèle à imiter, l'idéal d'un gouvernement démocratique. Ces déclarations
furent accueillies par Mabel avec un enthousiasme qui se peignit sur sa physionomie animée et dans ses yeux brillants.

— Je vois, mademoiselle, fit Dudley qui avait remarqué son attention passionnée, que vous êtes une politicienne.

— Une politicienne, dites-vous ? s'écria Mabel qui se tourna vers lui en
rougissant, comme il lui arrivait toutes les fois qu'elle avait conscience d'avoir
trahi ses sentiments intimes, — oh ! non !

— Une patriote, alors ?

— Je crains bien de n'avoir pas l'héroïsme nécessaire pour avoir le droit de
me parer d'un si beau nom, mais j'espère que les jours glorieux prophétisés
tout à l'heure viendront enfin et que je vivrai assez pour les voir.

— J'espère, moi, répliqua Dudley comme pour jeter sur cet enthousiasme une
douche d'eau glacée, j'espère que nous ne verrons ni l'un ni l'autre cette con-
fédération si vantée tomber au dernier degré de l'échelle des nations. Je l'espère,
mais je crains bien que mon vœu ne se réalise pas ! J'admire l'aveugle confiance
de ces soi-disant hommes d'État qui s'imaginent soutenir avec des phrases
sonores l'édifice branlant de la prospérité nationale !

Et, se tournant vers le convive dont les éloquentes tirades avaient fait battre
le cœur de Mabel, il lui demanda la solution de quelques-uns des problèmes
sociaux, qui se posent aujourd'hui à la grande République du Nord, problèmes si
ardus et si difficiles qu'ils frappent d'impuissance un jugement ordinaire et font
le tourment des mieux doués et des plus sages.

La question de Dudley amena une réponse qui, à son tour, donna lieu
à un vif débat, habilement et courtoisement conduit de part et d'autre ;
mais Dudley s'y montra bien supérieur à son adversaire pour la clarté de
l'exposition et la force subtile du raisonnement. Il contraignit non seulement
Mabel, mais encore les auditeurs expérimentés et intelligents, à reconnaître
la justesse de ses appréhensions. Pendant qu'il décrivait le péril qui menaçait

la machine sociale, ils la sentaient presque craquer et s'engloutir sous leurs pieds...

Il n'entrait cependant ni dans ses goûts ni dans ses calculs de pousser la conversation au delà d'un échange d'idées générales, et, abandonnant avec une bonne grâce et une adresse consommées un sujet qui ne convenait ni au temps ni au lieu, il laissa le dernier mot à son contradicteur.

CHAPITRE XIII

Quelques semaines se sont écoulées durant lesquelles un changement, invisible pour des yeux inexpérimentés, s'est produit dans la vie intime de Mabel. Elle est triste, sans cause apparente, et, quand elle est seule, elle a des moments de sombre mélancolie.

Dans la matinée qui suivit ce bal costumé dont nous avons vu Mabel et Louise se préoccuper si fort au moment de la visite éludée de Mme Percival, Mabel résolut de se rendre chez M. Geraldi, l'artiste peintre à qui M. Vaughan, sur la recommandation de Dudley, avait confié le soin de faire le portrait de sa fille.

Tante Sabiah l'accompagnait habituellement quand elle ne sortait pas en compagnie; mais l'âge vénérable et la réputation du peintre de portrait rendaient, ce jour-là, sa présence superflue. Mabel alla donc seule jusqu'à l'atelier, et à pied, car le cocher avait précisément conduit les chevaux au ferrage une heure auparavant. Il avait été convenu, entre sa tante et elle, qu'on lui enverrait la voiture à l'heure fixée, pour la ramener à la maison.

M. Geraldi, qui était non seulement un portraitiste remarquable, mais encore un brillant causeur, et qui ne manquait pas de faire oublier la monotonie de la pose par d'agréables propos, s'étendit avec un enthousiasme presque lyrique sur des questions relatives à son art, et, soit occasionnellement, soit de dessein prémédité, il fit de Dudley, de ses connaissances esthétiques, de son goût du Beau, un si chaleureux éloge qu'il amena sur le visage de Mabel cette animation et cet éclat qu'il désirait précisément transporter sur la toile. Il était arrivé au point culminant de son travail, — rendre l'expression, la vie de son modèle, — lorsque la porte de l'atelier s'ouvrit brusquement, au grand ennui de l'artiste dont la physionomie refléta la vive contrariété. C'était un groupe de jeunes femmes à la mode qui avaient eu la curiosité, ce matin-là, de passer en revue un certain nombre de portraits récemment achevés et dont les journaux avaient annoncé l'exposition.

Un grand paravent, qui s'étendait sur toute la longueur de l'atelier, cachait M. Geraldi et Mabel aux regards des visiteuses ; mais leurs voix aiguës et leurs rires extravagants étaient presque aussi gênants pour le peintre que l'aurait été leur présence ; il pouvait bien mépriser les critiques que ces ignorantes émettaient, mais enfin les commentaires qu'elles faisaient inconsidérément sur ses tableaux ne laissaient pas de lui être sensibles.

— Ah ! disait l'une, voici Mᵐᵉ Léonard.

— Cela lui ressemble à peu près autant qu'à moi-même.

— J'espère qu'elle a payé cher pour être transformée en belle personne, reprit la première.

Une autre encore, mettant au jour une toile commencée et tournée contre la muraille, trouvait à la figure peinte une véritable ressemblance avec Mˡˡᵉ Oldbell, moins son rouge et sa chevelure teinte en jaune.

M. Geraldi souriait, un peu à contre-cœur ; Mabel, elle, rougit en reconnaissant la voix de quelques-unes de ses amies, et en songeant que, sans doute, elles allaient redoubler leurs sarcasmes.

Ses craintes étaient justifiées, mais ce n'était pas l'artiste qu'ils allaient atteindre ; les traits empoisonnés de ces mauvaises langues allaient percer son propre cœur.

— Où donc est Mabel Vaughan ? fit Victoria Vannecker. Geraldi a entrepris son portrait, et c'est le seul tableau que je tienne à voir.

— Vous lui portez un intérêt fraternel, Vic ! Ce n'est pas étonnant !...

Survinrent alors une foule de plaisanteries folles, grossières même, sur la parenté qui allait bientôt exister entre Mˡˡᵉ Vannecker et la famille Vaughan.

Les lèvres de Mabel se plissèrent dédaigneusement à l'annonce de ce projet d'une alliance absurde et peu désirée.

— Il faut rendre cette justice aux Hammerly, s'écria la plus âgée comme la

SA SŒUR LA TROUVE SUR UN CANAPÉ... (P. 120)

plus bruyante des compagnes de Victoria, en passant tout à coup à un autre sujet, rien cet hiver n'a approché, même de loin, leur bal de la nuit dernière. Tout était ordonné d'une façon splendide, et la dernière danse fut si animée que je sens mes jambes s'agiter, quand j'y pense seulement.

Et la loquace personne se mit à fredonner quelques notes de la valse en vogue pendant la saison.

— On dit que le champagne coulait à flots intarissables, fit Victoria.

— Je le croirais volontiers, répondit une des visiteuses, qui avait une voix moins sonore que la première. Avez-vous vu M. Van Rosberg et ce jeune créole qui portait un costume d'hidalgo. Ils ont été bien près de se battre. Je suis sûre que tous deux étaient pris de vin.

— Oh ! cela n'est encore rien, reprit la dame à la voix retentissante. Je tiens de bonne source que deux ou trois de nos amis ne sont rentrés chez eux qu'au jour naissant, et encore non sans assistance. Votre chevalier de Malte, Vic, avait bu sa part de champagne, lui aussi, et autant que n'importe qui.

Mlle Vannecker éclata de rire.

— Que faisiez-vous dans la salle où le souper avait été servi, juste avant la dernière danse ? Vous portiez des santés ?

— Oh! s'écria Victoria, Robin Hood a imaginé le toast le plus plaisant ! Je voudrais bien m'en souvenir : il y était question de corne... Et le petit Jean, qui était en comte Frédéric, a répondu... Et mon chevalier de Malte nous a adressé à toutes un petit discours, vous savez ? au coin de la salle. Oh ! c'était si amusant ! Fan et moi nous avons ri, mais ri !... Enfin, vous saurez que Fan Broadhead, la reine des fées, se divertit si bien qu'elle oublia de prendre soin de ses ailes de gaze, de sorte que cette grande étourdie de Mme Makeway lui en enleva une en se pressant contre elle, et cela rendit Fan si ridicule !...

Elle était terriblement en colère quand elle s'aperçut de l'accident. C'était bien fait du reste, car elle n'aurait jamais songé à adopter ce costume si elle n'avait appris que je l'avais choisi pour moi-même. Comme elle fut vexée lorsque le chevalier de Malte lui dit qu'elle n'était qu'une fausse fée ! C'était juste au moment où elle allait danser que la chose arriva, ajouta Victoria avec un petit ricanement satisfait, et je ne sais comment elle s'arrangea pour réparer le dommage.

— Votre dévoué chevalier avait la tête aussi légère que les pieds, à ce moment ! fit une des bavardes personnes. Avec mon danseur et le vôtre, Vic, le bal pouvait être animé, n'est-ce pas? On dit pourtant... — ici elle baissa la voix comme pour communiquer aux autres un secret de la dernière importance, — oui, les Hammerly, et d'autres encore à même d'être bien renseignées, disent que ce n'était pas la première fois, hier, que le chevalier de Malte avait eu besoin des services du laquais de son père. Il est vrai qu'ils en disent autant de la moitié au moins de nos jeunes gens !

— Assurément, conclut Victoria.

Et la bande joyeuse, qui avait depuis longtemps achevé son examen des tableaux, se retira en continuant de caqueter à tort et à travers.

L'une d'elles, au moment où la porte se ferma, faisait cette réflexion de très haute philosophie :

— Après tout, à quoi le champagne est-il destiné, sinon à être bu ?

M. Geraldi, durant cette intempestive visite, dont il attendait impatiemment la fin, s'était employé à mélanger, avec une apparente attention, des couleurs sur sa palette. Délivré de l'obsédant bavardage de ces écervelées, il se tourna de nouveau vers Mabel afin de reprendre son travail, mais il eut peine à croire qu'il avait devant lui la même personne que tout à l'heure. Elle avait maintenant les traits rigides, l'œil morne, les lèvres serrées, le teint pâle, tandis que l'expression de vive intelligence qu'il avait tant désiré fixer sur la toile s'était évanouie ; la physionomie avait cet air égaré que l'on remarque chez les personnes dont l'esprit s'engage en de désagréables réflexions.

Elle s'expliquait maintenant une foule de menus faits qui lui revenaient en mémoire et dont la suite logique lui avait jusqu'ici absolument échappé, bien qu'elle se fût souvent posé des questions étranges et que bien des doutes l'eussent assaillie.

Le refroidissement croissant des relations amicales entre Dudley et Henry, les attentions exagérées d'Henry pour Victoria Vannecker, le soin qu'il mettait à éviter sa sœur autrefois si choyée par lui, son retour tardif à la maison, la nuit précédente, le tapage qu'elle avait entendu dans l'escalier et qui avait interrompu son sommeil, tout cela se retraçait nettement à son imagination et s'éclairait d'un jour affreux, grâce aux frivoles propos des visiteuses; car le chevalier de Malte, le jeune homme ivre qu'un laquais devait reconduire, les jours de bal, c'était Henry.

La porte extérieure se referma avec bruit ; alors seulement elle fut rappelée à elle-même par le silence qui succéda dans l'atelier aux bruyantes conversations et aux rires inconvenants des jeunes mondaines. Elle sentit aussitôt la nécessité de dominer ses impressions. En levant les yeux, elle rencontra le regard de M. Geraldi ; une vive rougeur envahit ses joues et son front, et elle se leva vivement de son siège, comme pour le prier de ne pas la fixer davantage et pour cacher son émotion.

— Vous êtes fatiguée, mademoiselle ? Je vous ai gardée si longtemps ! fit le bon vieil artiste, qui n'avait entendu qu'une partie des papotages des visiteuses et ne voyait rien là qui fût de nature à causer de l'agitation à Mabel.

— Oui, répondit Mabel d'une voix brisée et sans trop savoir ce qu'elle disait. Je vous demande la permission de me retirer.

Elle prit machinalement son manteau et son chapeau et marcha vers la porte. Elle était déjà près de quitter la porte quand elle pensa à prendre congé ; elle fut loin d'y mettre sa grâce accoutumée.

Une fois dehors, elle s'aperçut que la voiture n'était pas encore arrivée, car, dans son trouble, elle avait devancé l'heure indiquée. Elle suivit lentement la rue, revint sur ses pas à plusieurs reprises, heureuse d'être enfin seule, au grand air, et de n'être pas observée.

— Mademoiselle !... Mademoiselle !... appela Donald du haut de son siège, car elle passait sans la voir auprès de sa voiture qui s'arrêtait à la porte de l'artiste.

Mais il fut obligé de suivre sa maîtresse et de répéter son appel pour attirer son attention.

— C'est vous, Donald ? fit-elle toute surprise.

Puis, sans plus d'explications, elle s'avança rapidement vers la voiture, y sauta en toute hâte, se jeta sur le siège du fond, avec un soupir de soulagement.

— Où dois-je aller ? damanda le cocher.

Ne recevant pas de réponse, il dut répéter sa question.

— A la maison, finit-elle par dire en lui parlant, pour la première fois, presque d'un ton irrité.

Heureusement, la rue était peu fréquentée, et nul autre que Donald n'eut à s'étonner de ce mouvement d'humeur.

Ils avaient à peine parcouru quelques centaines de mètres, lorsqu'elle tira le cordon d'avertissement.

— Conduisez-moi chez Mme Leroy, dit-elle avec une sorte d'impatience, comme si le cocher avait mal compris ses ordres.

La pauvre Mabel ne savait plus trop ce qu'elle faisait ou disait.

Louise était chez elle, et sa sœur la trouva drapée dans une magnifique robe de chambre et couchée sur un canapé, trop fatiguée de l'agitation joyeuse de la soirée précédente pour essayer le moindre effort.

Mabel s'assit en face d'elle et, après l'échange des civilités accoutumées, elle se demanda pourquoi elle était venue. Certainement, ce n'était pas pour faire de Mme Leroy la confidente de ses tristesses. Peut-être, bien qu'elle ne se fît pas d'illusions là-dessus, désirait-elle savoir si Louise possédait le secret de son frère, — secret connu déjà de tant de personnes, — et découvrir la nature de ses impressions sur ce triste sujet.

— Vous êtes restée chez Geraldi depuis dix heures ! s'écria Mme Leroy pour dire quelque chose. Oh ! Mabel, continua-t-elle languissamment, en s'arrangeant sur ses coussins d'une façon plus confortable, comme vous êtes forte ! Je me sens à peine la force de me traîner jusqu'à la salle à manger pour le déjeuner, après les fatigues de cette nuit.

— C'est que vous avez dansé plus que moi, fit Mabel avec distraction.

Et elle fixait sur Louise ce regard à la fois timide et interrogateur qu'elle avait depuis son entrée.

— Oui, c'est vrai, répondit Louise très flattée de la constatation et se donnant des airs de jeune coquette. J'en ai presque honte. Comment faites-vous, Mabel, pour vous ménager ainsi. Peut-être, continua-t-elle sans attendre la réponse, y apportez-vous moins de passion que moi. Je me laisse entraîner. A quatre ans, je dansais, je m'en souviens, la varsovienne avec des castagnettes, pour divertir les visiteurs de maman. Un soir, il y avait dans son salon le comte de... — Ah ! le nom m'échappe... Je me rappelle bien, par exemple, ce qu'il disait de ma danse.

Une fois lancée sur ce sujet, Louise ne s'arrêta plus, et Mabel dut entendre l'énumération de tous les propos flatteurs qui avaient empoisonné l'âme de cette femme frivole depuis l'enfance jusqu'au bal de la veille.

Mabel, à qui toutes ces niaiseries étaient familières, tant elle les avait entendues de fois, respirait plus librement en écoutant sa sœur.

« Si elle savait ce que je sais, pensait-elle, elle ne penserait assurément à aucune de ces bagatelles. »

Elle se sentait soulagée en constatant qu'un des membres au moins de sa famille ignorait la conduite d'Henry.

Enfin, au bout d'une demi-heure pendant laquelle Louise passa avec sa volubilité ordinaire d'une idée à l'autre, oubliant de remarquer le silence et la contrainte extraordinaires de la jeune fille, celle-ci se leva pour partir.

— Passez-moi cette eau de Cologne, Mabel, lui dit Mme Leroy.

Et, prenant le flacon des mains de sa sœur, elle versa un peu de son contenu sur son mouchoir et se l'appliqua sur le front.

— Je crois que j'aurai la migraine aujourd'hui, fit-elle, très dolente. Je me sens la tête lourde et je suis comme hébétée. Je suppose que c'est le champagne bu la nuit dernière qui me produit cet effet-là. Soyez assez bonne pour fermer les persiennes, Mabel. Si Lydia voulait emmener les enfants à la promenade, je pourrais faire un somme. Henry était-il au déjeuner ce matin ? ajouta-t-elle en riant.

La main de Mabel fut agitée d'un tremblement convulsif, tandis que, le dos tourné, elle essayait de clore les persiennes, et sa voix trahissait une grande agitation lorsqu'elle demanda à son tour :

— Pourquoi ?

— Oh ! pour rien, répliqua Louise. Je m'imagine qu'il a dû rentrer tard et qu'il avait assez bu pour prolonger sa nuit.

Mabel garda le silence. Seulement le crochet d'une persienne qu'elle essayait en vain de fermer lui échappa et alla frapper bruyamment contre le bois de la fenêtre.

— Il était deux heures quand nous nous sommes retirés, continua Louise, et M. Leroy disait tout à l'heure que quelques-uns de nos jeunes gens ne sont rentrés chez eux que vers six ou sept heures du matin. Je pense qu'Henry a été de ceux-là, car personne ne semblait s'amuser autant que lui. Je ne l'ai jamais vu si excité. C'était le souper, je pense, plutôt que l'esprit de Vic Vannecker, qui avait produit cet effet. Mais Vic ne me remercierait pas si elle m'entendait parler ainsi, observa-t-elle d'un ton indifférent.

Mabel se retourna lentement; ses longs cils se relevèrent et elle fixa avec étonnement ses beaux yeux sur la figure de sa sœur. Louise rencontra ce regard loyal, tout chargé de reproches, et elle y répondit par le rire léger et dédaigneux qui lui était habituel.

— Ne prenez donc pas cette mine contrariée! s'écria-t-elle à la fin, irritée du silence de Mabel, silence bien plus expressif que tous les discours. Vous êtes aussi absurde que M. Leroy! Il répète sans cesse qu'Henry a de mauvaises fréquentations, et autres sottises semblables. Je suis sûre, moi, que ses compagnons sont les jeunes gens les plus distingués de la ville. Pour ma part, j'aime à voir la jeunesse répandre autour d'elle un peu de vie et de gaieté. J'ai horreur de ces nigauds sans cesse occupés à peser leurs actions, comme s'ils avaient peur de perdre leur place au paradis! Ils ne sont pas meilleurs que les autres, allez, en somme! Mais, grand Dieu! Mabel, comme vous avez un visage sévère! — Louise dit cela d'un ton presque fâché. Voudriez-vous faire d'Henry un anachorète et me persuader d'être religieuse et de me retirer dans le désert le mois prochain, comme me le voulait persuader précisément, ce matin, M. Leroy? Ma devise, à moi, c'est de m'amuser autant que je puis, et de prendre la vie du bon côté.

Elle s'arrangea une fois de plus sur son canapé et se mit en mesure d'appliquer sa devise, en fermant les yeux pour dormir.

Mabel profita de l'occasion pour se retirer, et elle donna l'ordre au cocher de la conduire chez elle.

Dans le long et triste regard qu'elle avait fixé sur Louise, elle avait, en quelque sorte, pénétré dans les profondeurs de cette nature frivole et fermée à certaines émotions. Elle avait mesuré l'énorme différence qui existait entre les généreuses impulsions de son cœur et la petitesse des sentiments qui faisaient battre celui de Mme Leroy. Elle avait appris cette dure vérité : dans les grandes épreuves de la vie, elle chercherait en vain conseil ou consolation auprès de sa sœur.

A qui s'adresserait-elle donc pour être réconfortée en cette heure d'amer-

tume ? Pas à son père qui, elle le sentait, devait être laissé dans l'ignorance de
l'inconduite de son fils ; pas à sa tante non plus, qui traiterait les fautes com-
mises et le coupable avec une sévérité dont elle ne pouvait supporter la pensée.
Ainsi, pour la première fois de sa vie, lorsqu'elle entra dans sa chambre, elle se
sentit vraiment seule, sans appui, dans son cuisant chagrin.

Avec quelle force elle pesait sur ses épaules et courbait tout son être, cette
première douleur morale ! Le monde pouvait excuser une folie dont il riait avec
tant de légèreté, les esprits frivoles pouvaient défendre son frère, mais Mabel ne
pouvait s'empêcher de trembler et de pleurer.

Ce n'était pas l'avenir et ses terribles conséquences qu'elle redoutait ; non,
c'était le présent qui l'accablait, la froissant dans ses délicatesses, dans ses
croyances et dans ses illusions, et lui apparaissant comme une terrible et irréparable catastrophe.

Henry, ce frère qu'elle aimait tant, qu'elle avait élevé sur un si haut piédes-
tal, devenu la risée de tous, l'objet de la médisance et la proie des méchantes
langues ! Cette virile et loyale physionomie montrée dédaigneusement au doigt !
Cette intelligence ravalée au niveau de la brute !

C'en était trop ! Elle n'avait plus besoin de se contenir, et elle s'abandonna
à son désespoir !

Il est impossible de décrire l'agonie morale qu'elle endura durant cette
journée ! Elle sortit de cette crise redoutable tout à fait changée. Le maître
cruel qui de l'enfant fait une femme, — la souffrance, — s'était abattu sur elle
et la tenait désormais courbée sous sa loi. A partir de cet instant, sa pensée et
son visage ne furent plus d'accord. Sa vie était double ; elle avait maintenant
deux rôles à jouer.

CHAPITRE XIV

Ce n'était pas du jour au lendemain qu'Henry s'était engagé dans cette voie des plaisirs grossiers et de la dégradante débauche. Libre de toute contrainte du côté de son père, dont il connaissait bien l'excessive indulgence, pouvant dépenser sans compter, de tempérament gai et d'aventureuse humeur, il avait été de bonne heure exposé aux tentations qui assiègent l'adolescence et la jeunesse. Les tendances à l'indiscipline qui l'avaient fait renvoyer de West-Point, l'avaient conduit, par une pente trop naturelle, à une succession d'extravagances qu'avaient un peu atténuées, cependant, les habitudes simples et les mœurs patriarcales de la ville universitaire, où il avait étudié ensuite, extravagances auxquelles sa passion pour les études littéraires et scientifiques mettait parfois une barrière.

Puis vinrent deux années de voyage, qui lui servirent à bien connaître les hommes et les choses; et, durant ces pérégrinations et les divers incidents qu'elles firent naître pour lui, il n'observa pas toujours, il faut le dire, les règles de la prudence et de la sobriété.

Heureusement les distractions des voyages, l'intérêt qu'éveillaient en lui les spectacles variés de la civilisation, les sentiments généreux ou les brûlantes indignations qu'il éprouvait devant telles ou telles institutions, tels ou tels souvenirs, occupèrent son esprit, fournirent à son imagination ardente et impétueuse un aliment très propre à le détourner des tentations mauvaises. Mais, par contre, peu à peu, en cette existence libre à travers le monde, il acheva de perdre le goût de la règle qu'il n'avait déjà que trop de tendances à mépriser. C'était pour l'avenir un menaçant présage.

Mabel avait fini par s'apercevoir qu'une barrière s'élevait peu à peu entre elle et son frère, mais elle n'en soupçonna point la cause. Peut-être, si elle avait été moins engagée dans un nouveau sentiment, aurait-elle senti plus vivement que la confiance d'Henry se retirait d'elle, et elle aurait alors cherché le secret de cette diminution d'affection ; elle se serait demandé tout au moins comment il se faisait que leurs plaisirs, leurs intérêts et leurs goûts, qui jusqu'ici avaient eu la même direction, avaient cessé d'être en harmonie.

Quoi qu'il en soit, se rendant bien compte que son frère était supplanté dans son cœur par une autre affection, elle n'osait trop l'accuser de froideur, elle se sentait parfois blessée de son abandon, qui contrastait si vivement avec l'affection passée, mais elle se demandait si elle n'avait pas donné l'exemple de cette réserve, depuis que Dudley avait pénétré dans sa vie, et si elle avait le droit de s'en plaindre.

Si tout d'abord la conscience de son indignité avait éloigné Henry de sa sœur dont il craignait les questions et la clairvoyance, ce fut elle, maintenant qu'elle savait tout, qui évita désormais de le rencontrer. Henry n'avait plus besoin, depuis la séance chez Geraldi, d'éviter des regards qui ne cherchaient plus les siens, ni de se défendre de soupçons que l'on cachait soigneusement à tout le monde, bien qu'ils fussent sans cesse éveillés.

La conséquence de cet état de choses, c'est que le souci même de cacher son secret trahit Mabel et qu'Henry devina à la fin que sa sœur souffrait de ses torts. Cette découverte l'éloigna davantage encore d'elle. Ce n'était pas cet éloignement qui a sa source dans de pénibles regards, des paroles acerbes ou de mutuelles accusations ; non, ce n'était rien de tout cela. Mais les yeux qui n'osent regarder ou ne nous fixent qu'à la dérobée, les absences inexpliquées, les silences contraints derrière lesquels se cache un monde de pensées, les rires à contretemps, combien tous ces indices du malaise qui pesait sur eux étaient pénibles au cœur de Mabel !

On n'aurait su dire jusqu'à quel point M. Vaughan et tante Sabiah partageaient les inquiétudes de la jeune fille. Le premier, en dépit de ses préoccupations d'affaires, de plus en plus absorbantes, jetait parfois vers son fils un regard investigateur; et quant à la seconde, c'était d'un air embarrassé qu'elle recevait son neveu, à moins que l'indifférence croissante avec laquelle il traitait sa famille n'arrachât à la vieille demoiselle une moue de reproche. Leurs paroles cependant ne décelaient aucune préoccupation extraordinaire; elles ne contenaient aucune allusion indiquant que les écarts d'Henry ne leur avaient pas échappé. Mais enfin, ce qu'il était impossible de nier, c'est qu'une sorte de contrainte, chaque jour grandissante, régnait dans le maison de M. Vaughan et que les conversations n'y avaient plus la liberté d'autrefois.

Fuir la société de sa tante et de son père devint, à la fin, pour Mabel un objet non moins important que d'éviter les regards d'Henry. Elle ne se demandait pas s'il était sage de se cacher la figure pour ne pas voir l'ennemi qui s'avance; elle suivait aveuglément l'instinct de la nature, en fuyant devant le danger...

Dans cet état d'esprit, elle se lança avec plus d'insouciance que jamais dans la vie de plaisirs et de dissipation, bien qu'elle n'y trouvât plus le charme d'autrefois, cherchant, dans les réunions mondaines, à oublier ses craintes ou à faire taire ses pressentiments.

Il faut avouer que son chagrin primitif, tout à fait désintéressé, en présence des incartades d'Henry, avait été remplacé peu à peu par une émotion plus égoïste : elle songeait aux désagréments que son intempérance pouvait lui attirer; et, presque sans en avoir conscience, elle donnait la préférence aux fêtes où elle était sûre de ne pas le rencontrer. Jadis elle eût repoussé toute distraction, tout bonheur qu'Henry ne pouvait partager ; elle avait mêmes désirs que lui, mêmes intérêts. Six mois auparavant, étant encore en pension, elle eût déclaré à la face du monde entier qu'elle et son frère seraient heureux ou malheureux ensemble, qu'il n'y aurait pour l'un ni joie ni chagrin que l'autre ne partageât. Mais aujourd'hui elle n'était plus la naïve élève de Mme Herbert. Elle avait été, depuis, à une autre école et s'était pénétrée de maximes différentes. Ce n'était pas, qu'on le sache bien, l'influence de la vie mondaine qui l'avait ainsi transformée : cette existence frivole avait bien pu gaspiller son temps, mais elle n'avait pas réussi à lui gâter le cœur.

La cause de ce changement était plus profonde et moins saisissable à la fois : un homme s'était glissé dans son intimité, il s'était emparé de ses affections, de sa pensée même, avait solidement assis, sur cette fière et loyale nature, une domination acquise presque sans qu'elle s'en aperçût, et cet homme, étranger à tout sentiment désintéressé, jugeant le reste de l'univers aussi faux et aussi perfide que lui-même, avait terni du souffle de son froid scepticisme, obscurci avec son égoïsme raffiné, cette belle et généreuse nature, auparavant pure et étincelante comme la surface tranquille d'un lac. A l'exemple de ce Dudley, oublieuse des enseignements de sa seconde mère, voilà qu'elle fuyait maintenant toutes les difficultés de l'*existence*, tout ce qui pouvait déranger *sa vie* et troubler son repos.

Plus elle s'efforçait d'éviter pour elle-même les conséquences de la conduite d'Henry, plus le fossé s'élargissait entre le frère et la sœur, et si Mabel n'aidait pas à la chute du malheureux jeune homme entouré de déplorables conseillers, elle ne lui tendait pas non plus, pour le sauver de l'abîme, une main secourable. Du reste, elle n'échappait pas pour cela aux mortifications qu'elle cherchait à éviter. Henry apparaissait tout à coup dans des réunions où elle avait le moins appréhendé sa venue.

Il y venait le plus souvent à des heures tardives, la figure enflammée, les yeux brillants d'un trop vif éclat, la voix haussée à un diapason anormal. Elle le rencontrait aussi à Broadway, quand elle sortait en voiture, conduisant lui-même un léger tilbury traîné par un pur sang bien connu sur le turf, ou même à l'opéra, trônant dans une loge et se livrant à des conversations dont la bruyante gaieté troublait les autres spectateurs et provoquait de vives protestations.

Aux yeux de certaines de ses compagnes, ces incartades avaient pour excuse l'ardeur de la jeunesse, mais elle ne se payait pas de cette banale explication. Son bon sens non moins que son affection délicate lui dictaient un blâme sévère.

De tels incidents, et l'appréhension qu'ils lui causaient, étaient bien suffisants pour assombrir son caractère naturellement gai. Et cependant d'autres peines vinrent s'y ajouter. La vie agitée de Mabel l'exposait à de fâcheux jugements, et cela précisément de la part des personnes dont l'estime lui était le plus précieuse.

Dans les premiers temps de sa liaison avec Dudley, celui-ci avait éprouvé seulement une piquante satisfaction d'amour-propre à éveiller les goûts artistiques de la jeune fille, à favoriser l'essor de sa belle intelligence. Il n'avait jamais cherché, du reste, à limiter ses distractions, à prendre ombrage de son ardeur aux plaisirs mondains et des hommages qui lui étaient adressés. Mais à mesure qu'il sentait s'affermir son pouvoir sur l'esprit et le cœur de Mabel, il devenait jaloux de toutes ses relations. Il n'avait garde de laisser voir l'intérêt profond qu'elle lui avait inspiré, et qui avait éveillé dans l'âme de ce blasé une émotion réelle. Il essayait même de se nier à lui-même la force de ce sentiment nouveau. Malgré lui, cependant, son affection pour Mabel éclatait au dehors, et cela précisément sous la seule forme qu'elle pût revêtir chez cette nature envahie par le doute et qui se méfiait des autres parce qu'il n'avait pas confiance en lui-même.

Souvent Mabel se voyait épiée ; elle sentait peser sur elle sa tyrannique jalousie, qu'elle ne pouvait comprendre, pas plus qu'elle ne comprenait du reste les avanies qu'il lui imposait sans motif et dont elle restait tout attristée. Cependant il lui fut facile d'abord de se soumettre à une surveillance, qui lui apparaissait comme l'exagération du dévouement, et d'oublier des boutades auxquelles, l'instant d'après, succédaient de charmantes attentions ; et jusqu'à l'époque où de poignantes émotions s'emparèrent de Mabel et lui déchirèrent le cœur, aucune cause sérieuse de dissentiment ne surgit entre elle et Lincoln Dudley.

Désireuse avant tout de faire bonne contenance et préoccupée de ne rien laisser deviner de ses intimes souffrances, Mabel ne voyait pas qu'elle encourageait trop ouvertement le jeune homme et ne se doutait guère de la sévérité avec laquelle il jugeait intérieurement ce qu'il appelait sa coquetterie et sa frivolité. Un soir cependant qu'elle était plus que jamais tourmentée par la pensée de son frère, elle voulut éloigner cette obsession et se dérober aux regards observateurs. Elle accepta de danser avec M. Marston.

C'était une valse au rythme précipité, et elle se laissa docilement emporter par son cavalier dans le tourbillon vertigineux, tournoyant au milieu du salon. Lorsqu'elle s'arrêta, Dudley se tenait en face d'elle, et l'expression de dédain marquée sur le visage du jeune homme la fit tressaillir. Au même moment, Henry attirait l'attention des invités en débitant à Victoria Vannecker une série de compliments absurdes, qu'il n'aurait jamais osé risquer de sang-froid.

Près de se trouver mal sous le coup de ces pénibles émotions, elle cherchait un siège quand Dudley, traversant la pièce et venant droit sur elle, mit le comble à son agitation. Il s'inclina devant Mabel et de ce ton sarcastique qu'il savait si bien prendre :

— Bravo ! mademoiselle, lui dit-il. Je suis heureux de vous voir si gaie, cette nuit, et le souvenir de cette gaieté me donnera du courage, demain, pour entreprendre un voyage de longue durée.

« Il me méprise, pensa Mabel, pour ma frivolité et l'indifférence que je témoigne vis-à-vis de mon frère. »

Mais, trop fière pour laisser percer son chagrin et s'humilier devant son ami, elle lui rendit son salut avec une hautaine froideur et accepta l'invitation de M. Marston pour une nouvelle danse.

Les réflexions de Mabel, cette nuit-là, quand elle eut regagné son appartement, furent des plus désolantes. Pour la première fois, elle douta de la sagesse, de la convenance même de sa conduite. Etait-ce bien là ce qu'elle aurait dû faire pour cacher ses ennuis aux yeux du monde ?

« Dudley me croit dépourvue de cœur, » pensa-t-elle.

Elle attribuait à sa conduite un motif plus élevé que celui qui le faisait agir, croyant fermement que ce qui avait fait éclater son dépit, c'était l'amitié qu'il portait toujours à Henry. Pas un instant le soupçon ne lui vint de cette jalousie indomptable qui le tourmentait cruellement et l'avait poussé à la cribler de sarcasmes sur le plaisir qu'elle avait trouvé à danser avec M. Marston.

Ainsi induite en erreur sur la cause de ce mécontentement, elle ne pouvait se consoler d'avoir offensé un ami longtemps estimé, qu'elle chérissait davantage dans ses peines et ses chagrins actuels ; sa désertion, dans un moment de crise aussi intense, lui paraissait un malheur irréparable. Désillusionnée du côté de son frère, blâmée et abandonnée par l'ami dont la parole lui avait été jusqu'ici un préservatif contre le découragement, craignant d'être devinée par son père et tante Sabiah, elle n'osait sonder l'abîme de son malheur et la profondeur de sa solitude. Elle continua son genre de vie, jouant son rôle avec la régularité d'un automate, masquant sa tristesse par des sourires, comprimant ses émotions pour n'en rien laisser voir.

CHAPITRE XV

Pendant la quinzaine que dura l'absence de Dudley, la seule consolation de Mabel, ce fut la compagnie de ses neveux. Ses efforts pour gagner l'affection des deux enfants n'étaient pas restés infructueux, et, chacun à sa manière, ils montraient à leur jeune tante un attachement qu'elle leur rendait avec une chaleureuse tendresse.

Quand elle apparaissait, Murray, toujours bruyant, même dans l'expression de ses sentiments les meilleurs, poussait des cris de joie, et une vive expression de plaisir se lisait sur le visage d'Alick, toujours plus réservé : leur admiration pour Mabel était un point, le seul peut-être, sur lequel ils étaient toujours d'accord.

La turbulence de Murray faisait place à une satisfaction enfantine dès qu'il avait obtenu, à la tombée du jour, la permission de grimper sur ses genoux ; il lui racontait alors, d'un style naïf, tous les événements de la journée, et rien ne le pouvait rendre plus heureux que de s'endormir, la nuit venue, une main dans celle de sa tante. Souvent, lorsqu'il venait en visite chez son grand-père, Mabel avait oublié l'heure d'un dîner auquel elle devait assister, et plus d'une fois sa riche toilette avait balayé le tapis, tandis que, agenouillée au pied du lit de l'enfant, elle l'aidait à s'endormir.

Par suite de son tempérament aussi bien que par le manque d'habitude, Alick était insensible aux caresses ; mais le coup d'œil reconnaissant qu'il lui adressa, le jour où, le surprenant la tête penchée sur son livre, elle le questionna sur le sujet de sa lecture, avait enseigné à Mabel le chemin de son cœur, et le jeune garçon n'avait plus le droit de se plaindre que personne ne s'intéressât à ses plaisirs ou aux progrès de ses études.

Elle était bien récompensée de sa sollicitude quasi maternelle. L'amour des enfants est pour l'âme un baume rafraîchissant. Et lorsque Mabel était triste, agitée, la pression caressante des petits bras de Murray, la virile énergie d'Alick à se déclarer son champion, lui rendaient le calme et le courage.

De plus, dans ses relations avec les enfants, elle n'avait pas à craindre d'indiscrètes curiosités. Ils ne soupçonnaient pas son malaise et ne cherchaient pas à lire dans son âme. Mabel, tout à fait en sécurité avec ces êtres innocents, recherchait leur société et les voulait avoir près d'elle le plus souvent possible.

Un dimanche, après l'office, ils l'accompagnèrent chez M. Vaughan, et, après le dîner, les poches bourrées de noix, ils passèrent dans ce coquet appartement, situé derrière le salon, où elle était si heureuse autrefois, mais où elle n'entrait maintenant qu'avec un sentiment d'inexprimable tristesse. Les enfants s'installèrent dans l'embrasure d'une fenêtre et se mirent à manger leurs noix, tandis que Mabel se promenait autour de la pièce, jetant un regard mélancolique sur tous ces beaux objets, tableaux, gravures, statuettes, livres, bibelots de toute sorte, qui attestaient l'affection d'Henry, et se demandait où il avait bien pu passer sa journée, car on ne l'avait pas vu depuis le matin.

Elle s'assit en face d'un élégant bureau, aux riches incrustations, et, ouvrant un tiroir, elle y prit un paquet de lettres : elles lui venaient de son institutrice et de ses camarades de là-bas. C'étaient des réponses aux lettres qu'elle leur avait écrites quelques semaines auparavant, à l'époque où l'avenir lui apparaissait sous les couleurs les plus séduisantes. Quel contraste avec ses sentiments actuels ! Ses jeunes amies la félicitaient ; elles lui portaient envie, disaient-elles. Quant à Mme Herbert, elle se bornait à quelques lignes émues, applaudissant à son bonheur, mais l'avertissant doucement que les joies de l'existence sont chose fragile, et qu'il faut placer ailleurs son idéal, s'assurer un bien qui ne nous échappe pas, malgré les jeux de la fortune. Hélas ! la prédiction de sa vénérable maîtresse ne s'était que trop tôt réalisée !

Elle replaça les lettres, ferma son secrétaire, prit un volume dans la bibliothèque et, se jetant sur un canapé, elle essaya de lire ; mais son esprit était ailleurs, il se perdait en réflexions. Enfin elle se dirigea vers la fenêtre derrière

18

laquelle les enfants, à travers les vitres, s'amusaient à regarder les passants. Le temps était froid, mais sec, et il faisait un beau soleil ; aussi voyait-on défiler dans la rue, par groupes endimanchés, des familles qui causaient avec une joyeuse animation, exemptes des soucis de la semaine. C'était un spectacle des plus attrayants et elle s'attarda à le considérer durant quelques minutes.

— Cela vous ferait-il plaisir d'aller à la promenade ? dit-elle tout à coup, prise d'un besoin de mouvement qui la secouerait et imposerait silence à ses pensées.

La proposition fut accueillie avec enthousiasme. Les neveux de Mabel coururent mettre leur manteaux et leurs chapeaux, tandis que Mabel s'installait à sa toilette avec une nonchalance qui ne rappelait guère sa vivacité d'autrefois.

Une fois hors de la maison, ils descendirent une des avenues, au hasard, sans but arrêté d'avance. Au bout de quelques minutes, Alick s'écria tout à coup :

— Tante Mabel, pourquoi n'irions-nous pas voir Rosy ?

— Je le veux bien, répondit Mabel, si ce n'est pas trop loin pour les jambes de Murray.

Le jeune garçon déclara qu'il ne serait pas fatigué, qu'il irait encore bien plus loin sans l'être ; ils prirent en conséquence la direction du quartier où demeurait Mme Hope. C'était un faubourg pauvre, mais habité par une population travailleuse et honnête. Ils atteignirent la maison de leur hôtesse sans mésaventure, mais non sans attirer l'attention du voisinage : on avait si rarement l'occasion de voir des toilettes élégantes, dans cette rue !

Les visiteurs trouvèrent fermées la porte de la boutique ainsi que les fenêtres, et personne ne répondit aux coups de marteau répétés que frappa Mabel. Très désappointée d'être venue si loin pour rencontrer porte close, craignant en outre qu'un malheur ne fût arrivé à la famille Hope, Mabel chercha de tous côtés s'il n'existait pas quelque autre entrée, et elle finit par découvrir, à l'extrémité du bâtiment, une allée sombre et étroite qui paraissait, à travers des constructions délabrées, devoir conduire au logement de la veuve.

Elle éprouva d'abord un peu d'hésitation à pénétrer dans ce passage ; mais sa nature résolue ne restait pas longtemps sous l'impression de vaines frayeurs. Elle recommanda aux enfants de la suivre de près, pénétra dans l'allée et se trouva au bout de quelques pas dans une cour humide, encombrée de gravats, enfermée entre quatre murailles de briques noircies par le temps, mais, comme elle l'avait conjecturé, donnant accès aux logements de la maison.

Plusieurs portes s'ouvraient sur cette cour commune, et elle était fort embarrassée pour frapper à celle de Mme Hope, quand la veuve elle-même parut, un seau à la main, se dirigeant vers la pompe qui se dressait contre le mur du fond. En reconnaissant Mabel, elle sursauta de surprise et, déposant son ustensile, elle vint à sa rencontre avec une sorte d'embarras.

Ce dernier sentiment ne tarda pas à s'évanouir dès que Mabel se fut excusée de s'être introduite dans la maison par un chemin inusité et eut fait connaître la raison de cette conduite. La jeune fille s'informa ensuite, avec l'intérêt le plus cordial, de la santé de Mme Hope et de celle de Rosy.

— Merci, mademoiselle, fit la veuve, Rose est très bien maintenant. Elle sera si heureuse de vous voir! Elle est occupée en ce moment à son école du dimanche, dans la chambre de derrière. Probablement, ce sont les chants de ses petites élèves qui m'ont empêchée de vous entendre, tout à l'heure. Entrez, mademoiselle! C'est un spectacle qui vous charmera. Vous ne la dérangerez pas, se hâta-t-elle d'ajouter en remarquant chez Mabel une certaine hésitation.

Et s'avançant du côté du bûcher, situé derrière son étroit logement, elle ouvrit la porte de la cuisine, et, de la main, invita Mabel à la suivre. Celle-ci avança avec précaution, de manière à ne pas être entendue, et, levant le doigt, elle recommanda à ses neveux de garder le silence. Arrivés sur le seuil de la petite pièce, ils jetèrent un coup d'œil à l'intérieur, et voici ce qu'ils aperçurent :

Rose était assise dans son fauteuil, au milieu de la chambre ; autour d'elle étaient groupés une demi-douzaine d'enfants qui n'avaient pas plus de sept à huit ans. Tous avaient les yeux fixés sur la malade, tandis qu'elle répétait lentement et distinctement les derniers vers de l'hymne qu'ils chantaient.

Alick et Murray n'étaient pas moins impressionnés que Mabel, comme on le devinait à leur silence respectueux et à leurs physionomies étonnées. Ils ne furent pas longtemps à admirer ce spectacle, car, sur un signe de Rosy, la chambre s'emplit de bavardages enfantins, semblables à des gazouillements d'oiseaux, puis, brusquement, la petite bande opéra sa sortie, non sans avoir curieusement dévisagé les nouveaux venus.

Alors Mme Hope fit entrer Mabel et ses neveux dans la pièce qui servait à la fois de cuisine et de salle à manger. Elle était pauvrement meublée, mais d'une propreté exquise.

Rosy, un peu fatiguée de son rôle d'institutrice, s'était renversée sur son siège ; mais elle se ranima à la vue de sa visiteuse, et s'écria d'un accent joyeusement ému :

— Oh ! mademoiselle, chère mademoiselle, que je suis heureuse de vous voir !

— Je suis contente de vous trouver si bien, Rose, fit Mabel en considérant avec une vive expression d'intérêt le visage de la fillette. Elle a réellement bonne mine aujourd'hui, observa-t-elle en s'adressant à la veuve qui regardait sa fille avec un mélange de plaisir et d'inquiétude.

— Oui, répliqua Mme Hope, mais je crains que ces couleurs ne soient pas tout à fait dues à l'amélioration de sa santé. Elle a souvent un peu de fièvre à cette heure du jour.

— Vous êtes fatiguée, Rose, d'avoir fait votre petite classe, demanda Mabel ; n'est-ce pas au-dessus de vos forces, dites?

— Oh ! non ! dit Rose vivement. Il est si facile de diriger ces petits ! Et puis cela me fait tant de plaisir !

Et, pour détourner la conversation de sa propre personne, elle adressa mille questions à Alick et à Murray qui entouraient son fauteuil. Elle leur demanda des nouvelles de Lydia, de leur mère, voulut savoir comment ils étaient venus jusque chez elle. De temps en temps, elle tournait vers Mabel sa figure souriante, elle la contemplait avec une admiration profonde, et ses yeux exprimaient le double sentiment qu'elle éprouvait pour cette jeune fille dont la bonté lui allait au cœur et dont la beauté merveilleuse répondait si bien à l'idéal que son imagination, en ses heures d'insomnie, avait forgé de toutes pièces.

Mabel ne tarda pas à s'apercevoir de l'effet qu'elle produisait, comme ses yeux rencontraient ceux de Rosy, fixés sur elle avec une expression extatique, elle se sentit rougir, et en même temps éprouva une satisfaction intime que ne lui avaient pas procurée les flatteries de son cortège habituel de thuriféraires, dans les réunions ou les bals de son existence mondaine.

Mais à ce sentiment de vanité succéda bientôt chez la loyale jeune fille la conscience de son indignité : elle comparait sa vie sans objet avec le dévouement de la pauvre infirme et se trouvait bien inférieure à elle au point de vue de la beauté morale et des devoirs de l'existence. A la fin de cette visite, cette conviction n'avait fait que grandir dans l'esprit de Mabel.

Elles se rencontraient ce dimanche avec plus de familiarité qu'à l'époque où Mabel avait pénétré, par le hasard d'une chute dans la neige, auprès de Rosy. La cordialité fit bien vite cesser toute gêne, et la réserve même de Mᵐᵉ Hope disparut devant les manières simples et affables de la visiteuse. La conversation ne tarda pas à prendre un tour agréable ; les différences de situation furent bien près d'être oubliées, et de part et d'autre les cœurs s'ouvrirent aux douces joies de l'amitié.

Mᵐᵉ Hope raconta son histoire, parla des jours meilleurs qu'elle avait connus et exposa ses craintes pour l'avenir des siens. On passa en revue les occupations de Rose pour la semaine et ses plaisirs du dimanche.

Mabel écoutait tous ces détails avec un vif intérêt ; Rose et Mᵐᵉ Hope, de leur côté, laissèrent voir sur leur visage toute la sympathie qu'elles éprouvaient lorsque Mabel leur apprit, incidemment, qu'elle avait été privée de sa mère dès sa naissance.

Cependant Alick et Murray étaient un peu négligés : le premier, il est vrai, suivit sans ennui les confidences de la veuve et les propos échangés entre Mabel et Rosy ; mais Murray, fatigué de l'inaction et du silence auxquels il était condamné, finit par chercher des distractions autour de lui. Avisant sur la table un livre tout jauni par l'usage, il le *jeta* par terre et, avec le pied, se mit à le *pousser* d'un bout de la cuisine à l'autre, comme une loque sans valeur.

Rosy suivait du regard ce jeu singulier, mais elle n'osait faire d'observation.

Sa nouvelle amie, s'apercevant des distractions de la petite infirme, chercha à en connaître la cause et ne tarda pas à la découvrir. Quittant lestement sa chaise, elle écarta l'enfant et ramassa le livre en disant d'un ton de bonne humeur :

— Pourquoi maltraiter ce livre, Murray ? Il me semble que vous n'avez aucun respect pour la vieillesse, mon ami !

Rose sourit.

— Ce livre sert depuis longtemps, fit-elle, et je ne l'en aime que mieux.

Mabel ouvrit le volume : c'était une ancienne édition de la *Marche du Pèlerin*. Elle fit remarquer à Alick que c'était un exemplaire du même ouvrage qu'elle avait acheté pour lui quelques semaines auparavant, un jour qu'ils étaient allés ensemble dans un grand magasin et qu'il avait été séduit par la riche reliure et les superbes illustrations du livre.

— Le mien ne ressemble pas à celui-là, fit Alick avec dédain ; le mien est beau, celui-là est laid et usé.

A peine achevait-il sa phrase qu'il surprit sur le visage de Rose une expression de chagrin. Il l'avait humiliée, évidemment, par cette comparaison peu flatteuse, et il s'efforça aussitôt de réparer sa faute.

— Tante Mabel, s'écria-t-il, est-ce que Rose ne devrait pas en avoir un comme le mien ?

— Elle en aura un de tout à fait semblable, répondit Mabel sans hésiter. Je le lui apporterai avec plaisir, si cela lui est agréable.

Le sourire de Rose disait assez que cela lui serait, en effet, très agréable. Cependant elle restait pensive.

Alick ne lui donna pas le temps de répondre. Son bonheur était si grand, que lui, qui ne parlait guère, se mit à entrer dans de grands détails sur la reliure en maroquin rouge, les tranches dorées et les nombreuses images du volume qu'elle allait posséder.

— N'est-ce pas que vous serez bien contente, Rose ? fit-il quand il eut fini sa description.

— Coûtera-t-il beaucoup ? demanda la malade d'un air de réflexion.

— Oh ! oui, dit Alick confidentiellement.

Rose regarda Mabel et, soulevant en même temps une Bible un peu vieillie, elle aussi, et quelques feuillets dépareillés d'un alphabet :

— Autant, ajouta-t-elle, que ces deux livres coûteraient neufs ?

— Autant qu'une demi-douzaine de ces livres, fit Mabel un peu étonnée de la question.

— J'aimerais mieux, murmura Rose avec un soupir, avoir ceux-là.

Puis elle ajouta avec une légère hésitation :

— Peut-être ne devrais-je pas choisir.

— Si, si, vous en avez le droit, dit Mabel, tandis qu'Alick la regardait, tout désappointé. Vous aurez ce qui vous plaira, et même le beau livre illustré.

— Oh! oui, s'écria le jeune garçon, la physionomie radieuse, les autres et celui-là avec

— Non, fit Rose avec une décision à laquelle nul ne pouvait se tromper, non, pas les trois livres ; ce serait trop à la fois.

Son esprit pratique, formé à l'école de la nécessité, n'avait vu à la substitution aucun inconvénient, puisqu'il n'en résultait pas une charge nouvelle pour sa généreuse amie. Mais la délicatesse de sa nature si profondément sensible lui interdisait d'abuser de la bienveillance de Mabel.

— Je ferai ce que vous voudrez, Rose, répliqua la jeune fille très touchée de cette réserve.

— Alors j'aimerais mieux la bible et l'alphabet, dit Rose. Nous n'avions que ces deux volumes pour lire et étudier dans nos après-midi du dimanche et, vous voyez, ils sont si usés ! Les petits enfants ne peuvent lire dans la Bible de leur mère, parce que la finesse des caractères les embarrasse. Comme ils seront heureux d'avoir des livres tout neufs ! et comme vous êtes bonne, mademoiselle !

— Moi, bonne ! s'écria Mabel avec la plus sincère humilité qu'elle eût jamais éprouvée. Qu'est-ce *pour* moi que ce cadeau de livres ? Vous faites bien plus *pour* ces petits enfants qui étaient là tout à l'heure !

Elle se leva, rajusta sur ses épaules son manteau de fourrure et déposa un baiser sur le front de Rosy, essayant ainsi de cacher l'émotion qui l'avait gagnée.

— N'est-il rien que je puisse vous apporter ? demanda Mabel. Voyons, réfléchissez un peu, et dites-moi ce qui pourrait vous soulager, la nuit, quand la fièvre vous prend.

— Des oranges ! cria Murray qui, à l'autre coin de la chambre où il s'était mis à califourchon sur une chaise, avait entendu la question de sa tante.

Murray associait plaisamment les oranges à la fièvre et aux chambres de malades. Tous sourirent et Mabel mit l'idée à profit.

— J'apporterai certainement quelques oranges, dit-elle, s'adressant à Mme Hope, si vous croyez que cela puisse lui faire du bien.

— Je pense que les oranges pourraient la rafraîchir, fit Mme Hope. D'ordinaire, elle a un petit accès vers le matin. J'ai beau lui répéter qu'il n'en serait pas ainsi si elle se mettait au lit de bonne heure et si elle ne se fatiguait pas dans la soirée, elle se couche tard et, parfois, elle joue avec sa botte, une fois au lit. Jack vient auprès d'elle ; il propose ceci ou cela, et la voilà qui se fatigue à travailler à des jeux de patience, à fabriquer des modèles, à je ne sais quoi encore, jusqu'à ce que ses pauvres reins la fassent souffrir, et alors elle ne peut plus s'endormir.

Rose parut gênée par les doléances de sa mère, et Mabel, surprise de ce manque de prudence et de docilité de la part de la petite malade, lui jeta un coup d'œil interrogateur.

— Vous ne devriez pas agir ainsi, fit-elle tout en lissant amicalement les cheveux de Rosy. Vous aimez donc beaucoup les jeux de patience ?

— Jack les aime, murmura Rosy de façon à n'être entendue que de sa grande amie.

Ces mots allèrent au cœur de la jeune fille. Il y avait dans cette simple parole une intensité d'amour fraternel et une puissance de sacrifice irrésistiblement touchants chez une enfant faible et maladive, qui eût été si excusable de s'absorber dans ses propres souffrances !

Mabel sentit toute la force de ce dévouement qui était pour elle une leçon et un reproche. Pendant quelques minutes, elle se prit à contempler l'enfant, comme si elle voulait surprendre le secret de ce courage surhumain qui lui permettait de remporter la victoire sur les infirmités de la chair. Et ne trouvant pas de paroles pour exprimer son admiration, elle se hâta de lui dire adieu ; les enfants prirent à leur tour congé de la petite infirme ; puis Mabel et ses neveux suivirent Mme Hope dans la boutique. Avant de se retirer, la jeune fille pria la veuve de lui envoyer par Lydia, le plus souvent possible, des nouvelles de la malade.

— Et surtout, ajouta-t-elle, ne craignez pas de vous adresser à moi sans réserve si je puis lui être utile en quelque chose. Je vous en serai reconnaissante, madame.

La nuit allait venir lorsque, après avoir accompagné les enfants à l'hôtel, elle rejoignit tante Sabiah à la maison.

Quel changement ces deux heures passées dans un humble logis, en compagnie d'une petite malade, avaient apporté sur sa physionomie et dans ses pensées !

Elle était partie de chez elle agitée, malheureuse; elle revenait calme, avec des résoultions nouvelles. Tourmentée le matin par de vaines réflexions et des espérances déçues, elle était maintenant persuadée qu'elle n'avait pas vu juste, que sa conduite avait été jusque-là dominée par des sentiments égoïstes et qu'elle devait obéir désormais à des motifs plus élevés, écouter en un mot la voix du devoir, les inspirations de son cœur plutôt que les suggestions de son amour-propre.

CHAPITRE XVI

Encore sous l'influence de sa visite à Rosy et poussée par l'exemple si persuasif de la pauvre infirme, Mabel fit des efforts sincères pour ressaisir l'amitié et la confiance d'Henry Vaughan.

Elle obtint des résultats sensibles. Il parut à la fois touché et peiné par des témoignages d'affection qu'elle avait, dans les derniers temps, accordés sans sincérité ou même complètement omis. Il manifestait parfois quelque plaisir dans sa société retrouvée ; mais, d'autres fois, il fuyait sa présence comme si elle eût été pour lui un insupportable supplice. Il redoutait la plus légère allusion à ses écarts de conduite ; cependant il n'hésitait pas à manifester sa fatigue et son dégoût de ce qu'il appelait la vie de New-York.

Que n'aurait-elle pu obtenir, avec le temps, de cette sympathie !

Assurément elle aurait achevé de conquérir la confiance de son frère et lui aurait imposé ses conseils, sa douce autorité, son amélioration définitive.

Mais elle manqua de persévérance et se lassa bientôt de ses efforts, trouvant que le résultat se faisait trop longtemps attendre.

Étant rentrée un soir assez tard, elle apprit du laquais que son frère ne s'était pas encore montré. Prise d'anxiété, plus agitée que d'habitude par une sorte de pressentiment, elle décida de l'attendre avant de se mettre au lit. Mais la fatigue triompha peu à peu de ses résolutions, et elle finit par s'endormir sur le canapé où elle s'était jetée.

Elle sommeillait ainsi depuis quelques heures lorsqu'un bruit de pas, tout près de sa porte, et une violente altercation, l'éveillèrent brusquement. Du reste, elle ne distingua en premier lieu que des paroles confuses.

Elle se dressa aussitôt, tremblante, nerveuse, l'âme remplie d'une crainte involontaire. Bientôt elle reconnut la voix du laquais, s'épuisant en explications, et celle d'Henry qui se répandait en menaces et en invectives. Puis une porte s'ouvrit avec fracas, et un troisième personnage se mêla au débat; il s'adressait à Henry, tout bas, mais d'un ton de commandement. Au bout d'un instant, l'escalier qui conduisait à l'étage supérieur retentit du bruit de plusieurs pas, mais comme si l'on éprouvait une certaine résistance de la part de quelqu'un; enfin la rumeur se perdit dans l'éloignement et tout rentra dans le silence.

Mabel, envahie par une angoisse mortelle, resta d'abord anéantie. Elle se tenait debout contre sa porte, l'oreille appliquée au trou de la serrure. N'entendant plus rien, elle s'aventura à entr'ouvrir la porte, à regarder dans le couloir. Bientôt elle se jeta en arrière, comme si une flèche l'eût atteinte, car elle venait d'apercevoir son père, drapé dans sa robe de chambre, qui redescendait l'escalier et sur son visage, mis en pleine lumière par la lampe qu'il tenait à la main, elle vit l'empreinte d'une grande tristesse. Ainsi donc, il savait tout!

Depuis longtemps, Mabel s'attendait à un dénouement semblable; et pourtant, après avoir ainsi surpris la mine abattue de son père, sa pitié pour Henry et ses propres souffrances morales firent place à un profond ressentiment contre ce fils ingrat qui n'épargnait pas à un homme tel que M. Vaughan, fatigué par l'âge et par d'incessants travaux, une aussi cruelle humiliation.

Elle ne pleura pas, elle ne prit pas d'attitudes désespérées, mais elle parcourut sa chambre à pas lents, l'œil brillant de colère et d'indignation. Il lui fallut longtemps pour retrouver le calme, et ce fut bien avant dans la nuit qu'elle se décida enfin à se mettre au lit, très affligée, mais avec le sentiment d'une diminution de sa responsabilité personnelle.

C'est précisément le lendemain de cette pénible scène que Dudley revint à New-York. Deux semaines passées au Canada pour ses affaires avaient singulièrement refroidi sa jalousie. Il s'efforça, par son assiduité auprès de Mabel, d'effacer le souvenir du ridicule accès qui avait précédé son départ. Ce fut du reste chose aisée. Sa présence avait suffi pour dissiper tous les nuages qui pouvaient subsister dans l'esprit de Mabel. L'éclat de ses yeux et la rougeur de son visage, quand il apparaissait, prouvèrent à Dudley que tout pénible souvenir s'était effacé et qu'elle se sentait heureuse de le revoir.

On était au mois de mars. Les réceptions de l'hiver avaient pris fin, et les gens du monde, les habitués des salons à la mode, commençaient déjà à former des projets pour la belle saison. Dans cette accalmie entre les plaisirs de l'hiver et les distractions des villes d'eaux, Dudley trouva l'occasion d'occuper presque exclusivement l'esprit et le cœur de Mabel. Les brillantes réunions, interrompues pour quelques mois, ne réclamaient pas leur reine; la troupe d'opéra avait fait voile pour la Havane; les admirateurs, découragés, avaient renoncé à d'infructueux efforts et à des hommages qu'elle accueillait avec indifférence. D'autre part, le temps, brumeux ou pluvieux en cette indécise période de l'année, n'était pas favorable aux promenades en voiture. C'était bien le moment où les occupations intellectuelles, les études artistiques, les lectures pouvaient prétendre à régner sans partage.

Tous les jours Mabel jouissait de la société de Dudley. Un nouveau livre, une fleur rare, l'annonce d'une exposition de tableaux, la découverte de quelque fait intéressant dans le domaine de la science, tout lui était prétexte suffisant, et, s'il éprouvait parfois quelque embarras à motiver ses visites, il savait avec une adresse incomparable et un tact merveilleux se rendre indispensable en suggérant quelque projet d'amusement, quelque occupation nouvelle où l'on ne pouvait se passer de lui.

Quand il était là, sous le charme de sa parole si élégante et persuasive, sous la fascination de ses yeux noirs, Mabel oubliait tout le reste. Tandis qu'elle devisait avec lui du beau dans la poésie, dans l'art et dans la nature, elle ne songeait pas que la vie peut offrir des occupations plus nobles et plus élevées.

Certes, l'influence incontestable que le jeune homme exerçait sur Mabel Vaughan n'était pas faite pour encourager celle-ci dans les résolutions qu'elle avait prises au sujet de son frère, car Dudley avait assez de grandeur d'âme pour essayer d'arrêter un ami sur la pente dangereuse qui conduit à l'abîme, s'il y voyait le moindre risque de compromettre sa réputation jusqu'ici inattaquée. Aussi la jeune fille ne tarda pas à s'apercevoir que, de nouveau, Henry s'éloignait d'elle avec obstination.

Quels que fussent les motifs qui le guidaient — peut-être même sans autre

motif que son amour-propre, — Dudley n'épargnait rien pour régner exclusivement sur le cœur et l'intelligence de Mabel. Elle se soumettait du reste à sa
direction, abdiquant devant lui toute volonté, s'en rapportant à lui en toute
chose, devinant ses désirs et ses goûts, adoptant aveuglément ses opinions et
ses jugements.

Il était content d'elle, maintenant, et elle était heureuse ainsi, ou du moins
elle se croyait heureuse. Ce bonheur qu'elle savourait était fait d'émotions
contradictoires. C'était un sentiment étrange, capricieux, basé sur l'imagination,
maintenu par le besoin d'oublier; c'était une trompeuse image du bonheur, et
non le bonheur lui-même, essence de toute joie, et qui prend sa source dans
la satisfaction du devoir accompli. Encore cette apparence était-elle souvent
obscurcie par la triste réalité des faits.

Comme toutes les natures égoïstes, Dudley manquait de générosité, même
dans ses affections. Il demandait plus qu'il ne donnait. Il ne se livrait point,
gardait sa liberté entière, ne faisait point montre de ses sentiments, et malgré
cela il prétendait exercer un contrôle sur les pensées, sur la conduite de Mabel,
ne lui ménageant ni les critiques ni les rudesses de langage quand une de ses
paroles ou de ses actions lui portaient ombrage.

Il est vrai que sa bonne grâce et son tact d'homme du monde accompli lui
permettaient de voiler le plus souvent ses exigences sous un air de flatteuse
sollicitude, et sa réputation d'excentricité semblait une excuse suffisante à Mabel
pour des boutades qui lui eussent paru insupportables de la part de tout autre.
Cependant sa fierté se révoltait parfois contre cette humeur inégale et elle lui
rendait froideur pour froideur. Il en résultait des périodes de rupture réelle,
bien qu'inavouée. Et alors Mabel, se ressaisissant, reprenait sa personnalité, se
remettait à vouloir et à penser par elle-même, et prenait en pitié ses émotions
et ses soumissions antérieures.

Durant ces intervalles, les soucis que lui causait sa famille se réveillaient
avec plus de force que jamais.

Tante Sabiah, qui autrefois se répandait en récriminations contre la seule
Mme Leroy, dont elle faisait ressortir à la fois la conduite légère et les exigences
ruineuses pour son père et son mari, avait maintenant un nouveau sujet de
doléances : les désordres d'Henry, que Mabel avait tant appréhendé de voir

arriver à la connaissance de la vieille demoiselle. Du reste, Louise méritait toujours ses reproches; elle était maintenant plus évaporée que jamais, son égoïsme
n'avait pas diminué, et par ses inconvenances vis-à-vis de Mabel, elle soumettait
la patience de celle-ci à de rudes épreuves.

Et M. Vaughan! Ses pensées et ses émotions, il les cachait à tous les yeux
sous une physionomie impassible; mais sa taille jusque-là si droite s'était
courbée, et ses joues pâlies et creusées tout à coup le faisaient paraître vieux
avant l'âge, révélant ainsi le secret des inquiétudes qui l'assiégeaient.

Mais celui qui, entre tous, préoccupait Mabel en ces instants de lucidité et de
souffrance morale, c'était Henry. Ah! le malheureux! En quel abîme était-il
tombé! Où était-il maintenant? que faisait-il? Elle n'osait s'en informer ni
même y songer. Mais ces yeux qui ne pouvaient se fixer sans honte sur ceux
d'un autre homme, cette main qui hésitait avant de prendre celle d'un ami, ce
visage, jadis si intelligent et si beau, flétri prématurément, tous ces signes
avaient révélé à Mabel, la dernière fois qu'elle l'avait rencontré, la profondeur
de sa dégradation.

Un souvenir, dans ces heures de réflexion solitaire et de liberté reconquise,
se présentait à son esprit avec persistance : celui de cette enfant qui, au milieu
des privations imposées par la pauvreté et des souffrances d'une interminable
maladie, lui avait donné une si belle leçon de charité fraternelle. Elle ne pouvait rester insensible à ce vivant exemple ni sourde au secret avertissement qu'il
éveillait dans son cœur. Les fausses théories et les raisonnements égoïstes pouvaient faire fléchir son jugement, mais nul sophisme ne pouvait prévaloir contre
les enseignements qu'elle avait recueillis dans la pauvre maison du faubourg, en
regardant vivre la petite Rosy.

Un jour que Mabel faisait une promenade en voiture dans le voisinage du
quartier où demeurait Mme Hope, son attention fut attirée par des fruits magnifiques qui s'étalaient à la devanture d'une boutique d'épicier. Elle avait remarqué,
dans sa dernière visite chez Rosy, que la provision d'oranges qu'elle lui avait
envoyée, selon sa promesse, était à peu près épuisée. Elle songea à profiter de
l'occasion pour la renouveler. Elle tira donc vivement le cordon et Donald rangea son équipage le long du trottoir, près de l'humble magasin, exprimant par
une moue dédaigneuse la surprise et la répugnance que lui causait la démarche

de sa jeune maîtresse : comment Mlle Mabel Vaughan pouvait-elle s'aventurer dans un lieu si peu digne de sa haute situation dans le monde? pensait l'orgueilleux cocher.

Mais Mabel était au-dessus de ces préjugés, et se souciait fort peu des scrupules de son valet. Elle ne crut pas déroger en sautant de la voiture et allant faire les achats qu'elle avait projetés.

Tandis que le commis qui la servait était occupé à peser des raisins, l'attention de Mabel fut attirée par deux jeunes garçons qui stationnaient devant la boutique.

— Jack, disait le plus grand, si tu veux rouler cette charge d'huîtres jusque chez Tattam, au bord de la rivière, je te procurerai une place à Bowery, ce soir. Allons ! mon vieux camarade, que dis-tu de cela ? Tom Battlin joue le *Diable chez les marmitons*. Ce sera très amusant. Est-ce oui ?

— Je ne toucherai pas même une de ces écailles ! répondit celui à qui s'adressait ce discours insinuant, un adolescent gros, court, aux cheveux roux, aux lèvres épaisses, à la mâchoire proéminente. Ce dernier détail donnait à sa physionomie une expression particulière, mais sans rien lui enlever de sa franchise et de son honnêteté.

— Tu refuses? fit le premier interlocuteur. Ce que je te propose est cependant plus agréable que de vendre aux petites filles les sucres d'orge de ta mère.

Et il jeta un regard méprisant sur l'éventaire suspendu au cou de son compagnon par une lanière de cuir.

Froissé apparemment dans son amour-propre par l'allusion qui venait d'être faite à son occupation ordinaire, laquelle, à vrai dire, n'était plus guère de son âge, Jack devint très rouge.

— Vendre du sucre d'orge, répliqua-t-il avec colère, vaut toujours mieux que de travailler pour des gens qui promettent beaucoup, mais qui ne paient jamais. Mieux vaut arrêter les frais et ne pas ouvrir de nouveaux comptes.

— Je ne te dois rien ! cria l'autre.

— Ah ! vraiment? reprit Jack. Ne m'as-tu pas largement payé, lorsque j'ai conduit deux caques d'huîtres depuis la cave de ton homme jusqu'au bac de Jersey ? Qu'ai-je à réclamer maintenant ? Belle affaire pour moi, hein? J'arrive exténué, tu sautes sur le pont du bateau avec tes caques, et te voilà parti, me laissant le bec dans l'eau. Ah ! je n'ai pas oublié ce vilain tour, va !

Le garçon à qui s'adressaient ces récriminations partit d'un formidable éclat de rire : évidemment il considérait l'affaire comme une bonne plaisanterie dont le souvenir ne lui était pas désagréable, au contraire.

— Eh bien ! finit-il par dire quand il eut assez ri, que pouvais-je faire ? devais-je faire attendre le bateau ? N'avais-je pas quelque chance de tromper le capitaine et de me sauver en un clin d'œil? Allons, Jack, ajouta-t-il d'un ton persuasif, roule les huitres chez Tattam et je te paierai, sur l'honneur !

— Tu paieras les deux courses, celle-ci et l'autre ?

— Sans doute. Nous verrons...

— Non, non, c'est tout vu, Bob. Je veux un marché ferme, cette fois.

— Bien ! bien ! Tu auras une place de théâtre. Es-tu content?

— Une place... Et la queue de coq, je l'aurai aussi ?

— Je n'ai pas promis une queue de coq, fit Bob vivement.

— Je veux une queue de coq et pas autre chose ! répliqua Jack avec énergie.

— Allons ! Jack, tu vas faire cela comme un beau garçon ! s'écria Bob en lui frappant sur l'épaule. C'est convenu, tu auras les deux choses, si tu t'acquittes bien de la besogne. J'amènerai les huitres ici en un clin d'œil. Je laisserai la brouette juste au coin. Attends-moi, que j'aille les chercher.

Et, à ces mots, il disparut par une porte de côté pour terminer l'affaire.

— Que veut-il dire? que va-t-il donner à ce garçon ? demanda Mabel au jeune commis occupé à ficeler ses emplettes. Celui-ci leva les yeux, rencontra le regard étonné, interrogateur, de sa cliente et, saisissant la ficelle avec les dents, il baissa la tête pour cacher un sourire.

Mabel répéta sa question. Le commis, qui avait repris sa gravité, se décida alors à répondre.

— Madame désire savoir ce que signifie cette expression : une queue de coq?

— Oui.

— C'est une sorte de boisson.

Puis il se mit à rire franchement, tandis qu'il se dirigeait vers la voiture pour y déposer les paquets.

— Je m'en doutais, fit Mabel; je craignais de le deviner. C'est une honte !

Après un instant d'hésitation, elle se dirigea vers Jack qui la regardait avec méfiance, comme s'il craignait d'être l'objet de son attention.

— Ne buvez pas cela, dit-elle avec une fermeté bienveillante.

Et pour donner plus de force à ses paroles, elle pressa doucement le bras de Jack.

Jack Hope (c'était bien lui, quoique Mabel n'en sût rien) rencontra le regard désapprobateur de Mabel ; remarquant en même temps les riches vêtements, l'air distingué et la beauté aristocratique de l'inconnue, il se sentit confus et irrité à la fois.

— Que dois-je vous donner pour vous décider à ne pas boire cela ? demanda Mabel après une pause.

De nouveau les yeux de Jack rencontrèrent ceux de Mabel, et il lut clairement dans ce regard une douce expression de pitié. Il n'osa répondre.

Au bout d'un instant, Mabel tira de sa bourse une pièce d'or et la posa sur le comptoir. Jack la considéra avec une expression de convoitise à laquelle on ne pouvait se méprendre, mais il continua à garder le silence.

— En avez-vous envie ? dit Mabel.

— J'en ai grandement besoin, mais...

— Mais quoi ?

Jack hésita : il luttait visiblement contre lui-même. Enfin il se décida à répondre, mais précipitamment, comme malgré lui :

— Je n'aimerais pas à être acheté. C'est lâche !

Mabel fut frappée de ce sentiment de l'honneur exprimé en un langage un peu rude... Elle resta d'abord muette d'étonnement ; enfin elle reprit :

— N'y a-t-il pas chez vous quelqu'un pour qui vous puissiez dépenser cette petite somme ? N'avez-vous pas une mère, une sœur ? Ce ne serait pas commettre une bassesse que de l'accepter pour elles.

Sans le savoir, elle avait touché la corde sensible. Jack oublia ses premières défiances pour se demander comment cette dame, qui ne le connaissait pas, avait pu deviner ses plus secrètes pensées.

Mabel s'aperçut qu'elle avait remporté un avantage et voulut pousser jusqu'au bout sa victoire.

— Ne prenez pas, ajouta-t-elle, ce que ce méchant garçon vous a promis et

20

n'allez pas non plus au théâtre. Fuyez ces mauvaises fréquentations ou vous êtes perdu. Je vous donnerai ce dollar, et de bon cœur. Seulement, ne l'employez pas à de coupables usages. Peut-être pourriez-vous faire quelque achat qui ferait plaisir aux vôtres et leur procurerait un moment de bonheur.

— Je l'emploierai à un usage qui n'a rien de blâmable, aussi vrai que le monde existe ! s'écria le jeune garçon.

— Eh bien ! alors, prenez-le ! fit Mabel. Je vous crois ; vous paraissez être loyal. Mettez-le dans votre poche.

— Que dirai-je à Bob ? murmura Jack se parlant à lui-même, mais assez haut pour être entendu.

— Oh ! ne lui dites rien. Sauvez-vous avant qu'il revienne : c'est ce que vous avez de mieux à faire.

Jack sourit de la vivacité de sa belle conseillère ; il reprit son éventaire de sucre d'orge, qu'il avait déposé pour faire ce que lui avait demandé son camarade.

Dans sa hâte de le voir partir, Mabel étendit sa main gantée et l'aida à passer la courroie sur son épaule.

— Là ! courez maintenant ! dit-elle, toute joyeuse de son succès. Adieu ! souvenez-vous !

Et Jack se mit en route ; il s'arrêta un instant dans la rue pour la voir monter en voiture ; puis, jouant des jambes, il se perdit dans le dédale des voies environnantes.

Une demi-heure plus tard, Mabel était installée dans la boutique de la veuve Hope ; elle s'entretenait avec Rose, tandis que Donald promenait ses chevaux près de la maison. Tout à coup la porte s'ouvrit violemment, la sonnette fit entendre un tintement prolongé, et Jack apparut tout essoufflé, levant en l'air son dollar.

— Hourra ! s'écria-t-il. N'allez pas croire, Rosy, que j'ai gagné malhonnêtement cet argent. Il vient à point pour payer...

Il s'arrêta pétrifié ; il venait de reconnaître Mabel que la porte lui avait cachée tout d'abord. Au bout d'un instant, ne retrouvant pas sa présence d'esprit, ne sachant que penser de cette aventure, il s'enfuit aussi vite qu'il était entré.

Rose, très peinée de son impolitesse, s'efforça de l'excuser auprès de Mabel.

— C'est mon frère Jack, dit-elle, il n'est pas accoutumé à voir des visiteurs.

Mabel, absorbée par la pensée de cette étrange coïncidence qui lui faisait rencontrer dans le petit vendeur de sucre d'orge le frère de Rose, ne parut pas avoir entendu l'infirme, et celle-ci, se méprenant sur le silence de Mabel et l'attribuant au mécontentement, continua à excuser la conduite de Jack :

— Il n'est pas toujours aussi sauvage, je vous assure, mademoiselle.

— Sauvage ? répondit Mabel qui s'était ressaisie. Non, non ! ce n'est pas cela. Il n'avait pas l'intention de m'offenser. Il a été surpris, voilà tout. Il m'intéresse beaucoup, Rose. Il paraît avoir très bon cœur.

Le visage de Rose s'éclaira.

— Certes, mademoiselle, il a bon cœur, s'écria-t-elle.

Et, encouragée à parler de Jack, elle ne s'arrêta que lorsqu'elle eut épuisé le catalogue de ses bonnes qualités.

Du reste, il était facile de démêler dans ces éloges mêmes la crainte, si bien dissimulée qu'elle fût, que l'influence de camarades suspects, les mauvaises fréquentations de la rue ne réduisissent à néant les bonnes dispositions de son frère. En l'écoutant, Mabel comprit mieux que jamais le dévouement de la pauvre petite et le soin jaloux qu'elle mettait à garder son frère le plus possible à ses côtés, pour le défendre contre les périls que courait son honnêteté native.

Ce très mince incident fit sur l'esprit de Mabel une forte impression. Il lui avait permis d'accomplir un acte de bienveillance ; il avait resserré les liens de sympathie qui déjà l'unissaient à Rosy ; il lui révélait une fois de plus le charme et la puissance de la charité.

CHAPITRE XVII

Par une belle matinée de mai, Mabel, un léger arrosoir à la main, jetait négligemment les yeux, de la fenêtre de son cabinet de toilette, sur le vaste espace qui s'étendait en face d'elle. Elle venait d'arroser des plantes rares qu'Henry lui avait données quelques mois auparavant ; mais son esprit était loin, et bien qu'elle eût les yeux fixés sur le gazon ensoleillé, d'un vert d'émeraude, qui bordait le parc, le sourire rêveur de ses lèvres montrait que, à cet instant, elle errait dans les vastes plaines de l'imagination. Les siens lui causaient toujours des inquiétudes, le présent était parfois amer, l'avenir incertain ; mais ce n'était pas ce qui l'occupait à cette heure. Elle repoussait toute pensée pénible pour contempler cette agréable perspective, si douce au cœur d'une jeune fille : son premier voyage.

Même avant de quitter la pension, elle rêvait au bonheur de visiter un jour les chutes de Trenton, les grandioses cataractes du Niagara, l'estuaire du Saint-Laurent et ses îles innombrables, ces joyaux de la grande République américaine en attendant la joie plus complète d'une excursion à l'étranger.

Mais à ces vagues aspirations Dudley avait substitué des projets plus positifs et plus immédiats. Par ses descriptions empreintes d'un charme étrange, développées avec une éloquence enflammée et soutenue par une connaissance très exacte des paysages célèbres non seulement de l'Amérique, mais du continent tout entier, il avait fait naître dans l'âme ardente de la jeune fille des visions séduisantes et d'une singulière précision.

Puis un autre espoir faisait battre délicieusement le cœur de Mabel : celui

de visiter en compagnie de Dudley ces sites qu'il savait si bien faire revivre.
Quel bonheur d'être initiée par lui aux beautés de la nature et de l'art, de songer qu'il éprouverait en sa compagnie des émotions égales, sinon supérieures,
à celles qu'il avait goûtées seul une première fois.

Au commencement du printemps, alors que ses amis discutaient devant elle
leurs divers projets pour la saison des villégiatures, Mabel avait fréquemment
manifesté le désir d'employer le mois de juin à voyager. Mais le temps passait et
les affaires de M. Vaughan lui interdisaient toute absence. Elle exprima en
présence de son petit cercle d'amis le désappointement qu'elle éprouvait à abandonner des projets si longtemps caressés.

— Mais, demanda un jour Dudley, ne pourrions-nous faire une excursion
aux chutes ?

Cette question était posée dans le salon de Mᵐᵉ Leroy, en présence de
quelques personnes de l'intimité de Louise.

— Madame Leroy, et vous, madame Brodhead, l'idée vous paraît-elle heureuse? Et vous, monsieur Charles, qu'en pensez-vous ? Vous déclariez vous-
même, il y a quelques jours, ne savoir à quoi employer votre mois de juin.

Et se tournant vers chacun des assistants, il trouva d'ingénieux arguments
pour les persuader tour à tour. La proposition, bien que lancée sous forme de
plaisanterie, fut acceptée à l'unanimité, à la grande satisfaction de Dudley, qui
ne supposait pas si bien réussir. La plupart de ceux qui composaient la réunion
étaient des oisifs que ne retenaient ni leurs affaires ni leurs devoirs. Dudley
improvisa donc sur-le-champ un itinéraire qui obtint également l'approbation
générale.

M. Leroy avait quitté New-York dans les premiers jours de mai pour s'occuper d'importantes transactions dans l'Ouest, de sorte que Louise était libre de
suivre ses propres inclinations. Quant à Mabel, elle ne doutait pas du consentement de son père à un voyage dont l'idée n'avait été suggérée par Dudley, elle
le devinait, que pour lui être agréable.

Ce projet d'excursion devint l'unique sujet de conversation entre Mabel et
ses amis. Elle écoutait avec un plaisir infini Dudley lui faire espérer que la réalisation en était proche. Et quand elle se remémorait en secret les paroles du
jeune homme lui exprimant la joie d'être une fois de plus, en cette occasion, le

serviteur de ses désirs, elle éprouvait une émotion indéfinissable et, en somme, délicieuse.

Mais personne ne voulait quitter New-York avant d'avoir assisté à un grand mariage dont il était question depuis longtemps. Il devait avoir lieu dans une magnifique villa des environs, et en prévision de cette fête, le monde élégant s'était décidé à prolonger son séjour dans la cité.

Le jour si impatiemment attendu était proche. Mabel, debout à la fenêtre de sa chambre et comptant les jours qui la séparaient du départ, réfléchit tout à coup qu'elle n'avait pas encore trouvé l'occasion de parler à son père du voyage projeté. Elle était néanmoins si certaine d'obtenir un consentement qu'il n'avait jamais refusé jusque-là à toutes les fantaisies de sa fille, qu'elle ne s'en préoccupa pas autrement. « Demain, se dit-elle, je lui exposerai ma demande. » Ses réflexions, à ce moment, furent troublées par un bruit de pas. Quelqu'un était entré dans sa chambre sans qu'elle s'en fût aperçue. Elle se retourna. C'était M. Vaughan, une lettre à la main. Elle l'interrogea du regard.

— J'ai reçu, fit-il, des nouvelles de votre tante, Mabel.

La jeune fille tressaillit et sa physionomie trahit une vive anxiété. Tante Sabiah, en effet, était repartie deux ou trois jours auparavant pour aller passer une semaine chez sa sœur, devenue veuve récemment, et Mabel craignait qu'il ne lui fût arrivé quelque accident.

— Qu'y a-t-il, demanda-t-elle aussitôt; est-ce que ma tante?...

— Tante Sabiah va très bien ; elle est arrivée à L..., chez ma sœur Marguerite, en excellente santé, et cette lettre que le facteur vient de déposer à l'instant est une réponse au message que j'avais envoyé à Marguerite par son intermédiaire. Elle m'a fait grand plaisir ; elle contient une bonne nouvelle et arrive au moment propice. Tenez, Mabel, prenez-en connaissance.

Mabel prit la lettre et se mit à la lire ; et, à mesure qu'elle avançait dans cette lecture, ses traits exprimaient une émotion croissante, de la surprise aussi.

Quand elle eut fini, elle regarda son père.

— Il s'agit d'Henry? demanda-t-elle. Je ne comprends pas, père.

— Oui, c'est bien de lui qu'il est question. Il partira pour L... la semaine prochaine, dit M. Vaughan d'un ton résolu et les lèvres serrées.

Il y avait dans son attitude la ferme volonté de repousser toute explication.

— Il va, fit-il cependant, étudier les lois avec mon vieil ami le juge Paradox et il commencera immédiatement.

Mabel jugea, à l'accent et à la physionomie de son père, que toute objection était inutile. Elle garda le silence.

M. Vaughan voulut bien cependant ajouter quelques détails. Il reprit, comme se parlant à lui-même :

— Non seulement votre tante Marguerite propose de recevoir Henry dans sa maison jusqu'à ce qu'il ait trouvé à L... un appartement convenable, mais elle veut bien, très cordialement, vous inviter à accompagner votre frère. Je suis enchanté, pour mon compte, de cette invitation. Je désirais depuis longtemps vous voir faire connaissance avec Marguerite. Moi-même, je ne l'ai pas vue depuis cinq ans. Il vous sera très agréable, je pense, de vivre avec Henry, et je dois vous dire que cet arrangement est pour moi des plus commodes. M. Leroy vient en effet de me mander que ma présence était indispensable dans l'ouest et je suis forcé de m'y rendre immédiatement. Vous et Henry partis pour L... je serai tranquille et je pourrai fermer ma maison de New-York. A mon retour, j'irai chez Marguerite et vous ramènerai ici. Ce n'est pas pour mon plaisir, croyez-le bien, Mabel, que j'entreprends ce voyage, et j'en suis au contraire fort ennuyé.

La physionomie de Mabel s'assombrissait au fur et à mesure qu'elle écoutait la communication qui lui était faite en phrases brèves et impératives.

Les traits décomposés de M. Vaughan, qui dénotaient de secrètes anxiétés, ne réussirent pas à la distraire de son désappointement. Pensive, les yeux machinalement fixés vers la fenêtre, elle se mordait les lèvres, sans répondre.

M. Vaughan, qui arpentait la chambre d'un air préoccupé, finit par s'inquiéter de ce mutisme. Il s'arrêta donc en face d'elle, la regarda avec attention, puis, cette fois, avec son affabilité ordinaire :

— J'espère, mon enfant, dit-il, que vous approuvez mes projets. Vous ne connaissez pas, il est vrai, votre tante Marguerite ; mais Sabiah est là-bas, et vous savez combien elle vous aime.

Comme Mabel ne répondait toujours pas, il soupçonna sa déconvenue et reprit ses explications, essayant de les présenter sous le jour le plus favorable.

Mabel dut enfin parler.

— J'espérais... fit-elle avec hésitation.

Elle s'arrêta, craignant de fâcher son père. Mais celui-ci, lui prenant les mains, la rassura, lui demandant de continuer.

— Voyons, qu'espériez-vous, ma fille ? Aviez-vous d'autres projets ?

Ainsi encouragée, Mabel avoua les idées d'excursion qu'il lui était si pénible d'abandonner, elle expliqua la route que l'on devait suivre, les compagnons de voyage qu'elle aurait eus ; elle se défendit cependant, mais assez mal, de tenir beaucoup à ce projet.

M. Vaughan s'aperçut bien des véritables sentiments de la jeune fille. Il reprit sa promenade de long en large, puis il demanda :

— Alors Louise était du voyage ?

— Oui.

— Et Henry ?... ajouta-il avec hésitation, vous l'emmeniez aussi ?

— Non, répondit Mabel avec un soupir.

Elle n'ignorait pas que personne n'avait songé à inviter Henry, et elle se rendait bien compte en même temps de la signification qu'il fallait attribuer à cet oubli volontaire.

— Vous teniez beaucoup à cette excursion, Mabel ?

— J'y tenais... oui... balbutia-t-elle.

Et, agitée, nerveuse, elle arrachait, tout en parlant, les feuilles blanchies d'un géranium.

M. Vaughan ne se sentit pas le courage de la contrister. Il aimait mieux se gêner lui-même que d'être pour Mabel un sujet de contrariété. Après une courte pause, il reprit :

— Eh bien, mon enfant, vous ferez ce qui vous plaira. Mais j'espère qu'au cours de l'été vous trouverez le temps de vous rendre chez votre tante Margue-rite. Je désire que vous répondiez à sa lettre et que vous lui annonciez votre visite pour le mois de juillet ou le mois d'août.

Mabel promit volontiers ce que lui demandait M. Vaughan et, les choses ainsi arrangées, celui-ci se hâta de regagner son bureau, où l'attendaient des travaux urgents.

Comme il traversait le parc, Mabel le suivit du regard avec une tendre reconnaissance. « Quel père indulgent et bon ! pensait-elle. Il ne savait rien lui

refuser. Comme elle le remerciait et le bénissait! Qu'avait-elle fait pour mériter
une si profonde affection? Affaibli par l'âge et les soucis, la démarche fatiguée
et le front creusé de rides prématurées, il s'oubliait pour ne songer qu'à lui
être agréable, et elle ne savait même pas, en retour, lui sacrifier une fantaisie,
un plaisir.

Ainsi, son choix était libre. Son père lui avait laissé la faculté d'aller ici ou
là, selon sa fantaisie, et à l'heure qui lui conviendrait. Nulle entrave devant sa
volonté. Son amour pour elle ne pouvait supporter l'idée de s'opposer à ce
qu'elle considérait comme nécessaire à son bonheur. Il n'avait mis qu'une
condition à son consentement, et encore, pour l'obtenir, s'était-il uniquement
adressé à son cœur. Une voix intérieure lui criait que parfois il est bon de
sacrifier le plaisir au devoir, de s'oublier pour songer de préférence à ceux
qu'on aime. D'abord confuse, elle grandissait, elle lui parlait plus distinctement, cette voix de la conscience. Allait-elle l'entendre?

A quoi se déciderait-elle?

La question fut tranchée par l'entrée soudaine de Louise qui, à mesure que
s'approchait le grand jour de la noce que devait suivre de près le départ pour
les chutes, ne tenait plus en place. Sous le flux de ses paroles et l'abondance
de ses arguments, elle eut bientôt noyé, anéanti les pensées qui, un instant
auparavant, avaient envahi l'esprit de Mabel. Puis elle se mit à passer en revue
la garde-robe — somptueusement fournie — de sa jeune sœur, se perdant en critiques et en commentaires sans fin, ne trouvant rien à son goût du reste. Pendant qu'elle se livrait à ces bavardages que Mabel subissait avec son ordinaire
complaisance, une dame apparut sur le seuil, que sa corpulence emplissait tout
entier, du cabinet de toilette et, d'une voix qui résonnait comme une trompette,
elle s'écria :

— Ah! je vous trouve enfin, mesdames! Cécilia m'a introduit, et je me
suis hasardée à monter l'escalier sans attendre qu'on m'annonçât. Oh! Mabel,
quel superbe chapeau! Je gage qu'il arrive de Paris! Ah! voici votre costume
de voyage? Il est plus sombre que celui de Vic, mais les garnitures en sont
plus riches, n'est-ce pas, Lu?

Et la grosse Vannecker, tout essoufflée, se laissa tomber sur un siège, dans
le fond de la pièce.

21

— Otez votre manteau, madame, et approchez-vous de cette fenêtre ouverte, lui dit Mabel qui la voyait rouge de chaleur et épuisée de fatigue.

— Non, non, je vous remercie; je suis fort bien ici, répondit la visiteuse.

Elle accepta un éventail que Mabel lui offrait et l'agita vigoureusement.

Sur un divan, des étoffes de soie s'étalaient, chatoyantes. Elles attirèrent bientôt les regards de M\ume Vannecker.

— Ces soieries sont charmantes ! fit-elle. Ce vert est exquis ; je l'aime mieux que le rose, à côté, que je trouve un peu pâle. Il vous habillera très bien, je vous assure.

Elle s'exprimait avec une emphase théâtrale, avec de grands gestes, mais d'une voix haletante, coupée de temps à autre par l'essoufflement persistant.

— Mais que dirait M. Lincoln Dudley en voyant toutes ces belles choses, lui qui fait profession de mépriser tous les raffinements du luxe mondain? Il ne manquerait pas d'appeler votre cabinet une exposition des beaux-arts, selon son expression favorite.

A ces mots, à l'énoncé de ce nom ami, Mabel regarda vivement M\ume Vannecker qui, une fois lancée, n'avait pas besoin de ce muet encouragement pour pérorer tout à son aise.

— Je vous l'avoue, mesdames, continua-t-elle, — je le répétais ce matin encore à Victoria, — je souhaiterais presque que M. Dudley ne fût pas du voyage. Je suis persuadée qu'il gâtera notre plaisir avec son stoïcisme... son cynisme, veux-je dire, se hâta-t-elle de corriger (en réalité, elle se trompait une seconde fois dans le choix du vocable ; elle avait voulu dire scepticisme).

Mabel se détourna un peu pour sourire, non de la méprise, mais de cette prétention de M\ume Vannecker qui voulait exclure Dudley d'une partie de plaisir qu'il avait organisée et où sa fille et elle s'étaient faufilées sans être invitées.

— Est-il vraiment cynique? demanda distraitement Louise.

Puis, sans attendre la réponse :

— Combien vous a-t-on fait payer ces fleurs, Mabel?

M\ume Vannecker ne voulut pas céder son tour de parole. Elle se hâta de répondre à la première question de Louise :

— Certainement, fit-elle avec volubilité, il est cynique. Je ne puis mieux le qualifier. Vous avez entendu, cette nuit, comme il s'est moqué de tout ! Et à

la dernière soirée chez les Earle, quelle peinture il fit des habitants de cette
ville ! comme il les tourna en ridicule ! A l'entendre, tous les jeunes gens sont
des écervelés, des ânes, quoi ! toutes les jolies femmes étaient gâtées par la mode !
Je ne me gênai pas, par exemple, pour lui river son clou, et ce fut un soulagement pour l'assistance entière.

— Cela doit vous avoir demandé beaucoup de paroles, madame, et pour
défendre une bien pauvre cause ! observa Mabel d'un ton qui laissait percer son
approbation pour la sévérité de Dudley.

— Une pauvre cause ! reprit Mme Vannecker. Ainsi vous vous mettez du côté
de Dudley, Mabel ? Vous aussi, vous admirez ce monsieur qui se pose en seigneur et maître, et, comme lui, vous condamnez en bloc la société new-yor-
kaise ? Oui, oui, je me suis aperçue depuis longtemps que vous étiez de ses
élèves.

— Je n'attaque pas la société en général, répondit Mabel. Mais je ne vois
pas pourquoi l'on espérerait qu'un homme tel que M. Dudley eût de l'indulgence pour les sottes et pour les fats.

— Et combien de femmes supposez-vous qu'il excepte de sa réprobation ?
Je suis assurément sur sa liste, bien qu'il m'ait poliment désignée comme les
autres personnes présentes au moment où il s'est oublié à cette étrange algarade ;
et vous aussi, ma chère, ajouta-t-elle avec un rire qui voulait être malicieux,
bien que vous soyez si prompte à ratifier ses opinions. Vous avez eu, vous aussi,
votre part des étrivières. Consolez-vous de cette mésaventure, allez ! on ne peut
pas être impunément la beauté de la saison ; il faut bien payer sa royauté quand
on est, comme vous, la reine de la mode. Et puis, si vous n'avez à craindre que
les critiques d'un vieux garçon encroûté, bien qu'il passe pour un génie aux
yeux de certains, vous pouvez vous estimer heureuse.

— Vieux garçon ! fit Louise qui, très occupée à essayer le nouveau chapeau
de Mabel, saisissait çà et là quelques mots de la conversation, sans s'inquiéter
autrement de la question qui s'agitait. Mais je ne le trouve pas si vieux, moi ! Il
ne doit pas avoir beaucoup plus de trente ans.

— Je ne m'inquiète pas de son âge ! interrompit Mme Vannecker, je sais
seulement qu'il n'est plus jeune, à en juger par son humeur. Tenez ! lorsque
M. Earle parla de Théodore Marston, de sa bonne mine, de ses succès dans le

monde et de l'hôtel splendide dans lequel il installerait sa future femme (ici elle
lança à Mabel un coup d'œil significatif), M. Dudley poussa des exclamations
aussi douloureuses que si on lui eût marché sur les pieds. Franchement, si l'on
n'avait répété à satiété qu'il ne se marierait jamais, qu'il avait toujours
repoussé et repousserait toujours la nécessité d'enchaîner sa liberté et de se
donner une souveraine, je croirais qu'il a autrefois été repoussé par quelqu'une
de ces reines de la mode qu'il traite aujourd'hui de si haut, et qu'il n'a pas
digéré la mortification. Il joue sans doute le rôle du pauvre orgueilleux, qui
méprise les richesses parce qu'il n'a pu atteindre la fortune. Et voilà tout le
secret de ce redresseur de torts.

— Mais je croyais, dit Louise, que Dudley aimait la société. Ne le rencon-
trons-nous pas partout?

— C'est vrai, répondit la charitable dame, mais pourquoi vient-il dans le
monde? Pour y faire l'agréable, et pour se moquer des gens dès qu'ils ont le dos
tourné. Ainsi, nous avons tous remarqué combien il affectait, cet hiver, de faire
sa cour à Mabel. Dans quel but? Tout simplement parce qu'il trouvait avantageux pour son amour-propre de paraître plus avancé dans ses bonnes grâces que
ses autres admirateurs. En voulez-vous la preuve? Je n'ai qu'à répéter ce qu'il
disait d'elle récemment, ne serait-ce que pour la convaincre que je ne parle pas
pour ne rien dire, et sans y être provoquée par de graves raisons.

Mabel, à ces derniers mots, dressa l'oreille, tout en paraissant chercher
avec obstination, dans un tiroir de son secrétaire, quelque introuvable objet.

— Vous n'ignorez pas qu'on s'est beaucoup occupé, ces temps derniers, du
mariage de Fan Broadhead avec le colonel. Donc, ce soir-là, Mme Earle nous
faisait remarquer que c'était une union des mieux assorties. « Assortie! s'écria
M. Dudley, satisfaisante peut-être, à en juger par les préjugés courants, mais
assortie, jamais! Troquer la beauté, la jeunesse, la grâce, et toutes les qualités
qui font le charme d'une jeune fille contre un hôtel à New-York, une villa en
province, un cottage à New-Point et une voiture pour chacune des saisons de
l'année, vous appelez cela une union assortie! ma parole! c'est amusant! »
Vous ne sauriez imaginer de quel ton amer, sarcastique, il disait cela. M. Earle,
qui est, comme vous le savez, le cousin de Fan, ne put s'empêcher d'en faire la
remarque. « Ainsi, monsieur Dudley, vous ne croyez pas que le sentiment soit

pour quelque chose dans cette union ? — Du sentiment ! s'écria l'autre, du sentiment ! Qu'est-ce qu'une jeune mondaine peut bien avoir à faire avec le sentiment ? Le cœur, pour une de nos jeunes élégantes, est la dernière chose à consulter quand il s'agit de mariage. — Eh bien ! répliquai-je, en direz-vous autant de Mabel Vaughan et de M. Marston ?... »

— Madame, interrompit violemment Mabel, la figure rouge d'indignation et les yeux étincelants de colère, de quel droit alliez-vous associer mon nom...

— Mais, ma chère, fit Mme Vannecker, c'était seulement en manière d'argument.

— Oui, mais, liées comme nous sommes, on aurait pu croire...

— On ne croirait rien que ce qui est la vérité, ou le sera un de ces jours ; sinon, ma chère, il vous faudra donner un démenti aux bruits qui circulent. Mais laissez-moi continuer mon histoire et vous connaîtrez l'opinion de M. Dudley sur votre compte. « Voyez, dis-je, Mabel Vaughan, et M. Marston ; ils sont tous deux jeunes, beaux et intelligents. Allez-vous dire qu'il n'y aurait dans ce mariage ni sentiment ni affection ? — Que prétendez-vous là ? fit-il en me regardant avec colère, comme si je l'avais insulté. Mlle Vaughan a trop de bon sens pour accorder son affection à un aussi méprisable mannequin ! — Et pourtant vous croyez qu'elle lui accordera sa main ? demandai-je. — Je ne prétends pas le nier, répondit-il de son ton décidé. Pourquoi ne le ferait-elle pas ? Toutes les jeunes filles du monde sont ainsi : elles vivent pour le monde, se marient pour plaire au monde et mourraient plutôt que de se passer de l'opinion du monde. L'amour dans une chaumière est devenu un mythe. J'ose dire qu'il n'existe pas à New-York une femme capable de sacrifier l'amour du luxe et du paraître à un sentiment plus élevé, et Mlle Vaughan serait la dernière à violer cette règle. Elle a passé par toutes les phases de la vie mondaine, une seule exceptée, la phase matrimoniale. Il lui sera difficile de s'arrêter dans cette gradation... » Alors il entama un long discours dont je me suis appliquée à retenir tous les termes, Mabel, parce que j'étais bien décidée à vous les redire. J'étais au comble de l'indignation en l'entendant parler de nos jeunes filles comme si elles eussent été dépourvues de tout noble sentiment. Je lui répondis avec quelque aigreur, il comprit très bien qu'il nous avait blessées au vif, mais ne répliqua point et, saluant circulairement avec sa grâce provocante, il sortit du salon très déconcerté. Et maintenant, Mabel, approuvez-vous toujours les opinions et les critiques de M. Dudley ?

La fierté blessée se lisait sur la physionomie de la jeune fille.

— Je pense, madame, fit-elle sans répondre directement, qu'il est fort désagréable de faire ainsi l'objet d'une discussion publique et, pour l'avenir, je demanderai...

— Mais, ma chère enfant, interrompit Mme Vannecker, ceci est tout à fait sans importance. Il y avait là une demi-douzaine de personnes à peine et si j'ai fait mention de vous et de M. Marston, c'est uniquement comme exemple d'un jeune couple se convenant sous tous les rapports.

— Mais votre exemple était fort mal choisi, insista Mabel. Je n'ai aucun engagement avec M. Marston, et je désire que tout le monde se le tienne pour dit.

— Dieu ! que d'embarras pour rien ! intervint Louise. Eh bien ! Mabel, si actuellement vous n'êtes pas engagée avec Théodore Marston, vous le serez un jour ou l'autre, c'est moi qui vous le dis, car je ne vois aucun autre parti qui vous convienne mieux dans tout New-York.

— Eh ! je ne sais ce que vous voulez dire ! s'écria la jeune fille au comble de l'irritation et sur le point de pleurer.

Louise ne répondit que par un sourire d'incrédulité à l'adresse de Mme Vannecker. Puis elle se mit à fredonner un air populaire, et se plaçant devant une glace, elle esquissa quelques pas d'une danse nouvelle et assez difficile. Après quoi, d'une voix traînante :

— Il fait déjà très chaud, dit-elle ; je vais rentrer avant que la chaleur soit tout à fait insupportable. Vous viendrez me prendre de bonne heure, demain matin, n'est-ce pas, Mabel? Il me tarde vraiment de voir la figure que fera Fan Broadhead sous ses voiles de mariée.

— Un instant, Lu ! fit Mme Vannecker, prenant son ombrelle et son écharpe et cherchant après ses gants. Vic doit se demander ce que je suis devenue. Ainsi, dit-elle à Mabel en lui donnant une légère tape sur la joue, pendant que celle-ci lui offrait ses gants qu'elle venait de ramasser sur le tapis, ainsi, ma chère, vous ne voulez pas avouer que votre engagement avec M. Marston est chose faite?

— Jamais je n'avouerai cela, et ce ne sera jamais vrai ! s'écria Mabel.

— Oh ! ne dites pas cela ! répliqua Mme Vannecker d'une voix câline.

Sur le seuil de la porte, elle ajouta :

— Demandez donc à Henry de venir nous voir et de nous parler du voyage. Vic à vingt questions à lui poser là-dessus.

— Henry n'est pas du voyage, répondit vivement Mabel.

— Il n'en est pas ! s'écria Mme Vannecker toute chagrinée. Est-ce bien vrai, Mabel ? Vous m'étonnez ! Je tenais pour certain qu'il en était, et Vic le croyait aussi. Comment nous sommes-nous trompées à ce point ?

Mabel garda le silence, et la dame, consternée, quitta la chambre en murmurant :

— Quelle déconvenue ! Henry ne part pas ! Que va dire Vic ?

CHAPITRE XVIII

Mabel retourna à son cabinet de toilette et s'assit près de la fenêtre ouverte ; les mains croisées sur ses genoux et les yeux errants, sans le voir, sur un coin de ciel bleu ; elle était perdue dans ses réflexions.

« Ainsi, se disait-elle, Dudley me considère comme une femme tout à fait frivole. Est-il cependant quelqu'un qui, mieux que lui, ait pu me connaître ? Lui ai-je caché la moindre de mes pensées, de mes espérances, de mes aspirations ? Comment peut-il m'avoir ainsi méconnue ? Réellement me croit-il aussi froide, aussi calculatrice, aussi vénale qu'il le dit, et me méprise-t-il à ce point ? Quelle injustice et quelle cruauté ! Est-ce ma faute si je me trouve jetée dans un milieu mondain ? Mes actions et mes jugements se sont-ils calqués sur ceux de cet entourage que m'a donné un hasard ? Je n'ai pas choisi les compagnons de ma vie. Ils se sont imposés à moi, et il m'a bien fallu jouer le rôle que m'assignait la situation sociale de mon père. Ces riches vêtements, qui encombrent ce cabinet, est-ce que je m'en suis jamais souciée ? »

Eh oui ! c'était pour Mabel une amère douleur que de se voir abaissée au niveau de cette foule vaine dont il l'avait vue rire si souvent. Pauvre enfant ! avec toute la généreuse ardeur de son âme, elle avait donné toute sa confiance, toute son affection à quelqu'un qui doutait de tout et de tous ! Sans le savoir, elle avait joué avec des flèches empoisonnées et celles-ci l'avaient frappée au cœur sans qu'elle en souffrît d'abord ; mais maintenant la blessure s'avivait et lui faisait souffrir mille tortures.

Mais tout espoir n'était pas éteint chez Mabel. Après cette angoisse de la

première heure, elle essaya de réagir ; elle trouva des excuses à Dudley et se
sentit prête à lui pardonner.

« En somme, se dit-elle après quelques minutes de profonde angoisse,
Mme Vannecker n'a-t-elle pas arrangé les paroles de Dudley ? Elle ne l'aime point
et a peut-être bien travaillé, à son insu, à le rendre odieux vis-à-vis de moi.
Elle le dénigre si facilement ! Ainsi elle dit qu'il est pauvre. Je ne sais pas, je
n'y ai jamais songé. Mais peut-on être pauvre, même quand on ne possède aucune
fortune personnelle, avec ses connaissances si étendues, si variées, et son intelligence supérieure. Il est possible du reste que ses ressources, comparées à
celles de M. Marston, soient très limitées... »

Et le cœur de Mabel se serra à cette pensée : elle se représentait l'amertume
que devait éprouver Dudley en comparant ses modestes revenus à l'insolente
richesse de celui qu'on donnait comme son rival. « J'ai été imprudente et irré-
fléchie, songea-t-elle. Comment ne serait-il pas humilié, quand les personnes
mêmes de mon entourage ont pu croire que j'encourageais les prétentions de
M. Marston. Puis Mabel se rappela, brusquement éclairés d'une lumière nouvelle,
des incidents qui l'avaient laissée indifférente quand ils se produisaient : la
froideur de Dudley vis-à-vis de Marston, ses sarcasmes à l'adresse de ce dernier,
le soin qu'il prenait de faire remarquer ses goûts frivoles, ses manières affectées,
le vide et la niaiserie de sa conversation.

« Je serai plus circonspecte à l'avenir, se promit-elle ; pour mon propre
honneur et pour l'opinion du monde, je veillerai sur mes moindres démarches.
Je ne lui donnerai plus occasion d'être fâché contre moi à ce sujet. S'il m'a crue
éblouie par le mirage d'un brillant établissement, quoi d'étonnant à cela ?
Combien de jeunes filles, meilleures que moi, ont été séduites par l'éclat des
richesses ! Comment pourrait-il connaître mon amour de la simplicité, mon
éloignement pour le faste et pour la vie toute en dehors des femmes à la mode ?
Il m'a vue sans cesse entourée de luxe, accablée de flatteries, lancée dans le
tourbillon du plaisir. Peut-il se figurer que je sois restée l'enfant loyale et
aimante que m'a faite Mme Herbert, ou soupçonner la joie que j'éprouverais à
secouer les chaînes dorées d'une existence artificielle pour me dévouer à ces
tâches douces et paisibles qui constituent le bonheur du foyer domestique ? J'ai
été inconséquente avec moi-même et injuste à son égard. Je me suis montrée à

22

lui sous de fausses apparences, avec une physionomie d'emprunt, et j'exigerais qu'il eût foi en moi ! Dorénavant, il me verra telle que je suis. »

Ainsi, par une suite de raisonnements auxquels le cœur avait plus de part que la raison, Mabel était finalement arrivée à conclure qu'elle se trouvait encore maîtresse de sa propre destinée. Elle n'avait qu'à se conduire désormais avec la franchise, la simplicité qui étaient dans sa nature, qu'à se montrer vraie, en un mot, pour calmer la défiance de Dudley et le ramener à elle.

L'occasion offerte par le voyage projeté lui semblait des plus propices pour atteindre ce résultat. Déjà elle avait accueilli avec une joie profonde ce temps d'arrêt, qui la délivrait pour quelques semaines des obligations du monde pour lui permettre de vivre en pleine nature, en compagnie d'un interprète autorisé de ses beautés et de son muet langage. Mais maintenant cette excursion revêtait à ses yeux une signification nouvelle, empruntant à la situation un intérêt de premier ordre, une importance fondamentale pour son avenir. C'était l'instant critique de sa vie.

« Je n'ai que faire de ces somptueux ajustements, » pensa-t-elle.

Elle replia ses toilettes, les saisissant d'une main impatiente, avec des mouvements précipités comme les battements de son cœur. Tout en s'acquittant de cette tâche, elle songeait au moyen de prouver son dévouement. « Voyager ne nécessite pas des toilettes aussi compliquées, se disait-elle, et n'impose aucune des obligations de la vie mondaine. Pour un certain temps du moins, je puis agir à ma guise et être heureuse à ma manière. »

Et comment l'homme pour qui ce jeune cœur était prêt à tout sacrifier répondait-il à cette pure affection? Hélas ! Mme Vannecker, intrigante, bavarde, inconsistante comme elle l'était, n'avait dit que la vérité. Dudley, nature froide et égoïste, méritait bien la qualification d'hypocrite qu'elle lui avait appliquée ; car existe-t-il pire hypocrite que celui qui ose accuser les autres de lâcheté, quand il n'est lui-même qu'un poltron ? Il avait eu l'audace de mettre en question le désintéressement de Mabel, et lui-même il était forcé de s'avouer, en son for intérieur, qu'il était prêt à faire ce dont il la blâmait. Mme Vannecker avait mis en lumière son manque de confiance vis-à-vis de la femme qu'il faisait profession d'aimer. Mais elle ne connaissait pas toute la vérité; et cette vérité, plus triste, plus désolante encore, c'est qu'il n'avait pas même

confiance en l'idole qu'il adorait par-dessus tout, c'est-à-dire en sa propre
personnalité.

Mieux que Mabel, il voyait les obstacles qui s'opposaient à leur union ;
mais il ne se sentait pas, comme elle, une généreuse et ardente volonté de les
surmonter. Il est vrai qu'elle avait des habitudes de luxe très dispendieuses ;
mais celles de Dudley l'étaient-elles moins ? Son modeste revenu suffisait à
peine à ses besoins égoïstes. Ne pouvait-il donc limiter ses dépenses ou se
créer de nouvelles ressources ? Il n'ignorait pas qu'il pouvait mettre en valeur
son savoir si étendu, ses dons naturels si précieux et, en acceptant de lutter
courageusement avec la fortune, se créer une position lucrative et honorable
pour lui, utile à ses semblables, qui lui eût donné cette indépendance si enviée.
Mais pour suivre cette voie, il n'avait en lui ni la volonté ni l'énergie nécessaires, ni surtout la foi, la foi en lui-même, la foi dans le but poursuivi, sans
laquelle tout effort reste stérile.

Quoi ! renoncer à ses voyages capricieux, à ses études sans suite, à ses
recherches artistiques sans but, et se plonger dans le tourbillon d'une vie
affairée, se faire une place parmi ces travailleurs courbés sous le fardeau d'une
tâche quotidienne ! Cette idée seule l'épouvantait. Abandonner ces salons où la
vie mondaine avec ses raffinements déployait ses grâces factices et ses conven-
tionnelles habitudes, renoncer à cette supériorité intellectuelle que tous lui
reconnaissaient parmi ces oisifs incapables de s'élever au-dessus des préoccupations frivoles, voir succéder à son aisance de célibataire, à sa liberté d'esprit, à
son absolue indépendance la servitude d'un travail à accomplir, les préoccupations d'argent, les responsabilités de la famille, non, jamais il ne s'y résou-
drait !...

« Encore quelques semaines à contempler la beauté de Mabel et ses jolis
sourires, » pensait-il, étendu sur un divan et suivant distraitement la fumée de
son cigare qui s'élevait en spirales bleues au-dessus de sa tête.

« Dans peu de jours, continuait-il, aura lieu, en sa compagnie, le voyage à
la cataracte ; et puis... »

Il soupira, car il eût aimé Mabel, assurément, s'il y avait eu place dans son
cœur pour une émotion désintéressée.

« Bah ! conclut-il au bout d'un instant, les distractions ne me manqueront pas. Et puis, l'hiver prochain, j'irai visiter les îles Sandwich ; on dit que le climat y est sans rival. »

C'était précisément à ce moment-là que Mabel projetait d'effacer tout soupçon du cœur de son ami. Combien vite se seraient écroulés tous les châteaux en Espagne qu'elle bâtissait si les pensées de Dudley avaient pu se communiquer à elle comme par une vibration électrique se transmet la parole d'un bout à l'autre du monde. Mais cette communication ne pouvait avoir lieu, et Mabel continua de rêver...

Elle était encore plongée dans ses méditations quand quelqu'un entra dans sa chambre..., quelqu'un qui n'y était pas venu depuis bien longtemps et qu'elle n'y attendait plus. C'était son frère Henry.

Il semblait exténué par la chaleur. D'un air tranquille et avec son ancienne aisance, en apparence du moins, il salua sa sœur et s'étendit sur le canapé, puis avec son mouchoir il s'épongea le front, tout mouillé de sueur.

— Il fait bien chaud, dit Mabel.

— Terriblement chaud, répondit Henry, agitant l'éventail dont s'était servie Mᵐᵉ Vannecker. Nous n'avions jamais subi une telle température au mois de mai. Bien que votre chambre soit la pièce la plus fraîche de la maison, la chaleur y est également accablante.

Il y eut un silence. Ce frère et cette sœur, autrefois si confiants l'un vis-à-vis de l'autre, ne trouvaient plus rien à se dire, maintenant qu'ils avaient épuisé les banalités courantes sur la température.

Au bout de quelques minutes, Henry se décida brusquement à prendre la parole.

— Ainsi donc, fit-il, nous allons avoir dans la famille un nouveau personnage ? Mabel devint toute rouge et un tremblement nerveux la secoua des pieds à la tête. Allait-il donc, lui aussi, comme Mᵐᵉ Vannecker, la fiancer à Marston ?

Elle ne tarda pas à être rassurée, car Henry ajoutait, d'un ton demi-fâché, demi-plaisant :

— Oui, nous posséderons ici, bientôt, un légiste tout couvert de la poussière des vieux grimoires. C'est décidé, tranché, signé et paraphé sans que l'on ait même daigné demander son avis au principal intéressé. C'est le juge Paradox qui, m'a-t-on dit, doit, à L..., en son bureau, métamorphoser votre serviteur Henry Vaughan en un grave jurisconsulte.

Et il accompagna cette boutade d'un rire amer.

Mabel resta bouche close ; il lui répugnait d'avouer que son père l'avait déjà mise au courant de cette décision. Henry ne paraissait pas du reste attendre une réponse. Engagé dans quelque lutte mentale, il proférait de temps à autre de violentes exclamations, des phrases ironiques ou irritées :

— Belle affaire !... Quelle farce ridicule !... Me traiter ainsi comme un enfant !... Et un enfant lui-même, s'il avait un peu de cœur, accepterait-il d'être mené de la sorte !

Mabel comprit à ces paroles que les arrangements pris par M. Vaughan n'avaient pas été communiqués à Henry avant toute décision, ou que son père n'avait tenu aucun compte de ses résistances, et, avec son intelligence déliée, elle saisit aussitôt les conséquences probables de cet état de choses. Elle savait combien il était inutile d'imposer malgré lui une tutelle à un jeune homme qui depuis l'enfance avait toujours été son maître et ne s'était jamais plié à aucune discipline.

Elle hasarda cependant une remarque propre à adoucir un peu la blessure d'amour-propre :

— Mais, Henry, vous aviez toujours montré une préférence pour cette profession ; j'avais toujours supposé qu'un jour ou l'autre vous tourneriez vos vues de ce côté.

— Eh bien ! en admettant qu'il en fût ainsi, répliqua-t-il vivement, est-ce le moment de commencer une étude aussi aride ? Ne pouvait-on attendre du moins la fin de la saison chaude ? Et puis, que signifie ce choix d'une bourgade perdue comme L...? Voilà vraiment un endroit bien choisi pour stimuler l'ambition d'un jeune homme. Eh bien ! non. Mon père se trompe étrangement s'il croit que j'irai me placer sous la férule d'un juge antédiluvien ou me pendre aux cordons de tablier de deux vieilles femmes. Vous pouvez si cela vous convient, ma chère, aller habiter chez les tantes de L... et rester assise toute la journée auprès d'elles, y apprenant l'art précieux de tricoter des bas ; quant à moi, je vous l'avouerai, j'ai des visées plus hautes.

Quand il eut achevé sa tirade, il pinça les lèvres et se rejeta sur les coussins du sofa d'un air de résolution qui ne laissait aucun doute sur sa volonté de résister.

— Voyons, Henry, s'écria Mabel, songez au chagrin que vous allez causer à notre père. Il a sans aucun doute pris des arrangements fermes avec son vieil ami.

Cependant elle parlait sans conviction. Etait-ce bien à elle, en vérité, de rappeler son frère au sentiment du devoir ? N'avait-elle pas, pour son propre compte, mis obstacles aux désirs de M. Vaughan ?

— Eh bien ! Mabel, fit Henry, je vous prierai dans ce cas de faire appel à toute votre diplomatie. Je vais vous charger d'une mission pour ce vénérable ami de mon père, et je tiens pour certain que vous vous en acquitterez fidèlement. Dites-lui que l'air de sa province ne convient pas à ma constitution ; que ma santé exige un autre climat, que je serais très contrarié d'aller mourir à L... et de laisser mes os sur cette terre d'exil... Vous partez, je crois, la semaine prochaine, pour faire cette agréable visite ?

— Moi ! balbutia Mabel. De quelle visite parlez-vous ?... D'une visite chez ma tante Marguerite ?...

— Evidemment. Vous n'avez donc pas encore été avisée de votre sort ?

— Oui... non... fit Mabel tout à fait troublée. Du moins je veux dire...

— Vous ne voulez pas vous dérober, je pense ? demanda Henry avec un sourire moqueur.

Mabel, tremblante et confuse, répondit d'une voix à peine distincte :

— Je pensais, lorsqu'il fut question de cette visite, à un autre voyage, et alors je supposai que...

— Que l'air de L... ne vous convenait pas non plus, interrompit Henry éclatant de rire.

Puis il ajouta, mimant le geste de sa sœur, contrefaisant sa voix et répétant ses propres paroles :

— Songez au chagrin que vous allez causer à notre père !

— Mais, dit Mabel cherchant à s'excuser, qu'importe le but de mon voyage. Ce n'est pas de cela qu'il s'agit.

Elle aurait pu continuer longtemps ainsi. Henry ne l'écoutait plus. Il ne voulait accepter aucune excuse. L'indulgence de Mabel vis-à-vis d'elle-même, et l'opposition plus ou moins déguisée qu'elle avait faite aux volontés de M. Vaughan la mettaient, pour le moment, au même niveau que lui. Il la félicita ironiquement de ses efforts pour le ramener à la soumission que les enfants doivent à leur père, s'estima heureux de la voir échapper, elle aussi, à la servitude domestique et, encouragé par la rébellion de Mabel (c'est ainsi qu'il jugeait la conduite de sa sœur), il redevint familier et confiant comme autrefois, s'informant du voyage qu'elle avait en vue, des compagnons qu'elle aurait en route...

Mabel lui fit connaître le programme de l'excursion projetée, énuméra les personnes qui seraient de la fête, sans oublier Lincoln Dudley.

A ce nom, Henry fit un mouvement et s'écria : « Ah bah ! » Il n'ajouta pas autre chose, mais cette exclamation et le ton dont elle fut prononcée firent comprendre à Mabel qu'entre ces deux hommes qu'avait unis autrefois une si tendre amitié il existait actuellement quelque chose de plus grave que de l'indifférence.

Henry avait quitté le canapé et se tenait debout, paraissant considérer un tableau accroché à la muraille, mais sa physionomie exprimait une amertume qui ne pouvait provenir du sujet représenté sur la toile.

— Si vous n'allez pas à L..., dit Mabel assez péniblement, vous feriez mieux de venir avec nous.

— Moi ! fit Henry avec violence, non pas. Si j'étais obligé de choisir, j'aimerais mieux partir pour L... immédiatement que de voyager en pareille société !

Là-dessus, il tourna sur ses talons et sortit de la chambre.

Seule une fois encore, Mabel essaya, mais en vain, de reconstruire ses châteaux en Espagne. Des visions enchanteresses vinrent encore se présenter à son imagination, mais elle n'osait plus s'y arrêter. Jamais sa conscience n'avait parlé aussi impérieusement. « Prends garde ! lui disait-elle, prends garde, ô jeune fille ! C'est ici que la route bifurque : tu es libre d'aller à droite ou à gauche, mais songe que ton choix n'influera pas sur ta seule destinée. Il peut troubler à jamais la tranquillité de ton vieux père, achever la perte de ton frère, ou bien assurer le bonheur du premier et amener le salut de l'autre. Réfléchis bien maintenant et agis en conséquence ! »

Cet appel du devoir tourmenta Mabel tout le reste du jour ; il chassa le sommeil pendant de longues heures ; il revint dans ses rêves, et elle le retrouva le lendemain, à son lever, aussi obsédant que la veille. Mais elle refusa de l'entendre.

———

CHAPITRE XIX

L'été à la chaude haleine et aux doux parfums était revenu, faisant pénétrer sa bienfaisante influence jusque dans ces tristes quartiers où vivait la petite Rose. Il n'y ramenait, hélas! qu'un peu de chaleur, car ni la gaie lumière du soleil, ni les brises chargées d'effluves embaumés, ni le joyeux ramage des oiseaux ne franchissaient les hautes murailles des bâtiments sombres qui se serraient et se touchaient presque d'un trottoir à l'autre, et seuls les bruits discordants de la rue frappaient l'oreille de la pauvre malade.

Mais le retour de la belle saison n'avait amené chez Rosy aucune amélioration; le long et rude hiver que l'on venait de traverser l'avait singulièrement affaiblie, et les premières semaines du printemps, où le vent du nord avait fait rage, soufflant la tempête et la pluie, avaient achevé de délabrer sa santé déjà si chancelante. Les chaleurs soudaines qui leur avaient succédé ne servaient qu'à énerver davantage son corps amaigri. Cependant son humeur ne s'en ressentait point; c'était la même gaieté, le même calme, le même sourire. Cet avenir, qui semblait si rapproché, elle l'envisageait avec sérénité, car il ne pouvait lui apporter que la fin de ses souffrances.

Mme Hope, allant et venant dans son étroit domaine, avait toujours ce pas traînant, cet air de passive résignation des êtres que le poids du malheur a écrasés et qui ne luttent plus, étant désormais sans espoir. Elle présidait encore dans son humble boutique, automatiquement pour ainsi dire, à la vente de ses marchandises... De temps à autre cependant, ses yeux éteints s'éclairaient d'une lueur de tendresse, et elle jetait sur la malade un regard profond, investigateur,

23

plein d'une maternelle angoisse ; et lorsqu'elle se détournait, un soupir, un gémissement étouffé, une larme vite essuyée attestaient qu'elle n'avait pas épuisé la source des douleurs.

— Que je voudrais pouvoir, s'écria-t-elle, vous envoyer à la vieille ferme, ma chérie, ne fût-ce que pour une semaine ! Votre oncle Jonas serait heureux de vous y accueillir, je le sais, et la vue seule de la campagne vous ferait du bien.

Et la pauvre femme, songeant à l'impossibilité de réaliser ce désir, soupira plus profondément que jamais. Rose soupira aussi, mais si bas qu'on ne pouvait l'entendre. Si l'enfant convoitait quelque chose ici-bas, c'était assurément d'aller séjourner quelque temps à la ferme.

Ce jour-là précisément, pendant que la veuve se désolait et que Rose formait sans espoir cet humble souhait, la société élégante de New-York faisait des préparatifs de fête : mondains et mondaines essayaient leurs toilettes pour le mariage de Fan Broadhead avec le colonel. Après la cérémonie nuptiale qui devait avoir lieu à Grace-Church, les nouveaux époux étaient partis pour leur magnifique villa, sur les bords de l'Hudson, à quelques milles de New-York, où ils avaient donné rendez-vous à leurs parents et à leurs amis :

C'est dans le parc attenant à l'habitation que les tables étaient dressées pour le banquet que suivrait un bal des plus brillants.

— Mabel, fit Mme Leroy qui se mourait d'impatience et dont la colère atteignit au paroxysme à la vue de son gant déchiré, que peut bien être devenu Donald ? Dites, le savez-vous ?

— Je l'ignore, répondit Mabel calme en apparence, mais au fond très contrariée aussi, à en juger par les regards qu'elle jetait à chaque instant sur la pendule et du côté de la rue.

— Nous sommes en retard ! s'écria Louise d'un ton de reproche ; tout le monde est parti. J'ai eu tort de vous avoir attendue. Ce Donald n'est jamais prêt à l'heure dite.

Mabel ne répliqua point ; elle continuait à regarder dans la rue, sans manifester ses sentiments, mais intérieurement très irritée des reproches égoïstes de sa sœur.

Les minutes s'écoulaient, et Donald n'apparaissait toujours pas. La colère puérile de Mme Leroy ne faisait que s'accroître d'instant en instant. Mabel, outre son propre ennui, se trouvait obligée de supporter la mauvaise humeur et les apostrophes de Louise. Mabel aurait-elle dû permettre que Donald s'absentât même une minute, un pareil jour ? Pourquoi du moins ne lui avait-elle pas recommandé de prendre le coupé ? Il aurait mieux valu étouffer dans une voiture fermée que de ne pas partir du tout. Que Mabel fût punie de son étourderie par cette longue attente, ce n'était que justice ; mais qu'elle, Louise, eût à en supporter aussi les conséquences, voilà qui n'était vraiment pas tolérable.

Et, rudement, elle ordonna à Lydia de lui apporter une autre paire de gants, repoussa avec brutalité Murray qui, par mégarde, avait marché sur le bout de sa mantille, se jeta sur un siège, la physionomie bouleversée, et bouda pendant quelques minutes comme un enfant gâté.

— Ecoutez ! fit-elle tout à coup. N'est-ce pas la voix de M. Earle ? Oui, c'est bien lui. Il devait prendre dans sa voiture le jeune Van Rosberg, et celui-ci est déjà parti. Il est garçon d'honneur et il a accompagné les mariés.

L'instant d'après, Mabel la vit disparaître dans le vestibule, sans qu'elle eût daigné l'avertir qu'elle allait demander à M. Earle de lui laisser prendre place dans sa voiture.

Un instant après, un garçon de l'hôtel vint prévenir Mabel que Mᵐᵉ Leroy était allée à Riverside avec M. Earle et qu'elle espérait que Mˡˡᵉ Vaughan pourrait la rejoindre sur la route.

Quoique de tels procédés fussent bien dans le caractère de sa sœur, Mabel n'en fut pas moins profondément blessée de cet égoïste abandon et de cette désinvolture si peu fraternelle. « Je ne puis maintenant me rendre à cette fête, se dit-elle. Louise savait très bien que j'y renoncerais, si elle m'abandonnait ainsi. »

Et, sans plus s'inquiéter de la voiture, elle ôta son chapeau et s'assit pour méditer tout à son aise sur cette désagréable aventure. Sans trop s'en rendre compte, elle avait attendu cette réunion avec plus d'intérêt qu'elle n'en éprouvait d'habitude pour ces plaisirs mondains. Non parce que les époux appartenaient à l'élite de la société, ni parce que tout ce que New-York comptait d'illustrations dans tous les genres devait s'y rendre, et qu'elle aurait là une nouvelle occasion de triomphes à savourer et d'hommages à recueillir. Non, rien de tout cela n'avait fait battre son cœur et ne contribuait en ce moment à rendre sa déconvenue plus amère. La seule raison qui l'eût touchée, c'était la certitude de la présence de Dudley. « Il est le neveu du marié, s'était-elle dit ; il sera là. Il devinera que je viens pour lui, et son sourire approbateur est la seule récompense que j'envie. »

Mabel se remémorait tout cela, quand ses neveux, faisant irruption dans la chambre, l'arrachèrent à ses réflexions.

— Mère est donc partie sans vous, tante Mabel ? demanda Alick. C'est bien vilain !

Murray, lui, se mit à la fenêtre d'où, à chaque instant, il annonçait l'arrivée de la voiture, qui ne venait toujours pas.

— Ne vous inquiétez pas de cela, Murray, dit Mabel, je n'irai plus maintenant ; il est trop tard.

— Ah ! cette fois, c'est pour de bon ! Voici Donald avec une voiture. Oh ! la belle calèche !

Alick, convaincu que, cette fois, on pouvait se fier à l'annonce de son frère, courut aussi à la fenêtre et confirma le fait, en s'extasiant à son tour sur le bel équipage conduit par Donald.

— Vraiment, vous n'allez pas à la fête ? fit-il d'un air contrarié, voyant que Mabel se tenait derrière lui, regardant distraitement dans la rue, et ne faisait pas mine de reprendre son chapeau.

— Non, Alick, répondit Mabel.

Il baissa la tête, comme s'il avait quelque remarque à faire, sans oser l'exprimer. Murray, lui, venait d'être frappé subitement d'une idée lumineuse.

— Alors, cria-t-il, prenez-nous dans votre calèche pour une promenade. Oh ! dites, tante Mabel, rien qu'un petit bout de chemin dans la belle voiture !

— Je veux bien, dit Mabel avec indifférence. Demandez votre chapeau à Lydia, Murray ; prenez le vôtre aussi, Alick.

Et, rassérénée par la joie que montraient les enfants, elle s'efforça de paraître gaie :

— Partons, ajouta-t-elle ; nous n'avons pas besoin des autres pour nous donner du plaisir.

Quand les jeunes garçons, rayonnants de joie, arrivèrent près de la voiture, suivis de leur tante, Donald, qui se rendait un compte exact des conséquences de son retard, s'engagea, pour l'expliquer dans une histoire très embrouillée et qui n'en finissait pas. Mabel coupa court à son bavardage et lui faisant signe qu'elle acceptait ses excuses, elle lui indiqua une direction tout à fait opposée à celle de Riverside.

A peine la voiture avait-elle fait quelques tours de roue dans Broadway que, changeant tout à coup d'idée, Mabel ordonna au cocher de la ramener chez son père. Alick la considéra d'un air étonné. Murray, croyant ses espérances détruites, se mit à pleurnicher. Mais le sourire de Mabel les rassura tous les deux.

— Un instant, mon chéri, dit-elle à Murray. Je ne descends pas de voiture ; j'ai besoin de parler à Cécilia. Sonnez, Donald ! fit-elle quand on fut devant la porte.

Un laquais apparut pour prendre ses ordres.

— Dites à Cécilia, commanda-t-elle, de m'apporter mon châle d'Ecosse et... deux, oui, deux oreillers.

Cécilia accourut bientôt avec les objets demandés.

— Allons-nous donc passer la nuit dehors ? demanda Murray.

Les yeux d'Alick l'interrogeaient aussi.

Pour toute réponse, Mabel se contenta de sourire.

— Tournez ici, cria-t-elle à Donald, comme les chevaux atteignaient une rue étroite.

— Oh ! je devine ! fit Alick qui avait reconnu le chemin, vous allez prendre Rosy pour une promenade en voiture.

Mabel lui fit un signe de tête affirmatif.

Murray sautait sur le siège de la voiture et battait des mains, enchanté...

Alick regardait sa tante avec admiration. Celle-ci oubliait presque son récent désappointement à la pensée du plaisir qu'elle allait causer.

Comment peindre la surprise, l'émotion, le contentement qui éclatèrent dans la maison de la veuve à la vue de ce bel attelage arrêté devant la porte, puis lorsque Mabel eut annoncé l'objet de sa visite ? Des pleurs de reconnaissance inondèrent les joues de la malade, et la mère, d'ordinaire peu démonstrative, s'écria en posant sa main sur l'épaule de Mabel :

— Que Dieu vous bénisse, mademoiselle. Justement, elle rêvait de grand air. C'est comme si vous l'emmeniez en paradis !

Quelques instants après, Rose, appuyée sur les oreillers, le châle sur les genoux, contemplait Broadway. Son pâle et mince visage, son corps fluet, contrastaient étrangement avec la resplendissante beauté et la taille élancée de Mabel. Arrangeant les coussins aux pieds de sa petite amie, la jeune fille lui demandait de temps à autre si les mouvements de la voiture ne la fatiguaient pas. Les regards de Rose erraient autour d'elle avec ravissement : les mille détails de la rue l'intéressaient. Alick et Murray, assis en face d'elle, ne se faisaient pas faute, du reste, d'attirer son attention vers tel ou tel objet, et leurs physionomies animées trahissaient le contentement qu'ils éprouvaient à la voir si heureuse.

C'était vraiment un grand jour pour Rose, le premier jour de fête de sa vie.

Les êtres qui l'entouraient, la nature même semblaient lui sourire. Donald, l'orgueilleux cocher, du haut de son siège, jetait parfois sur elle un regard bienveillant. Il conduisait doucement, évitait les cahots, comme pour lui épargner toute fatigue, toute secousse désagréable.

Ils avaient fini par franchir les limites de la côte et se trouvaient maintenant en pleine campagne. A chaque pas, les champs couverts de moissons naissantes et les jardins verdoyants se succédaient. Sur la route, des ormes déjà touffus, aux branches pleines de nids d'oiseaux, épandaient l'ombre et la fraîcheur, tandis que des buissons en fleurs montaient des parfums vivifiants. De-ci, de-là, apparaissaient de riantes fermes hollandaises, dont chacune offrait, aux yeux de Rose, un si frappant contraste avec l'humide rez-de-chaussée de la veuve Hope. Quand la voiture atteignait le sommet de quelque pente, ils voyaient se dérouler le vaste panorama des prairies, des vergers, des étangs qui constituent le paysage de Long-Island, et, au loin, la ligne bleue de l'océan, inondée de lumière.

A la vue de ces habitations rustiques, de ces troupeaux enfoncés dans les hautes herbes ou couchés à l'ombre, de ces arbres et de ces collines, de tout cet ensemble harmonieux et grandiose qu'elle ne connaissait guère que par ses lectures, Rose se sentait transportée de bonheur. Elle ne pouvait contenir son enthousiasme ; elle se répandait en exclamations, en phrases admiratives. Son cœur était trop plein ; elle avait besoin de s'épancher en confidences, et elle parla de sa mère, de Jack, de la vieille ferme où son oncle était prêt à la recevoir, et où elle avait tant le désir d'aller passer quelques jours...

— Il faut y aller, Rose ! s'écria Mabel vivement impressionnée... Il faut vous y rendre un de ces jours avec votre mère, à cette bonne vieille ferme !

Rose secoua tristement la tête, et Mabel n'insista pas sur ce sujet.

Mais le temps inexorable poursuit sa course, et, bien que Mabel eût oublié sa montre, le soleil, s'abaissant lentement, annonçait les approches du crépuscule. Il fallait revenir au logis. La voiture s'était arrêtée plusieurs fois ; Alick et Murray en étaient descendus pour courir à travers champs, et ils se sentaient un peu fatigués. Rose s'absorbait dans sa joie et Mabel n'avait garde de troubler son repos. Le retour fut donc assez silencieux. La route suivait les ondulations de la baie ; elle se rapprochait par endroits de la côte, de telle sorte qu'on apercevait la grève sur laquelle, avec un doux murmure, venaient se briser de légères vagues. Le paysage avait cet air de repos et de mélancolique grandeur qui caractérise les soirs d'été. Renversée sur les coussins, la tête sur l'épaule de Mabel, Rose contemplait les lueurs mourantes du jour, les nuages légers courant sur le ciel pour s'assembler au bord de l'horizon, du côté de l'ouest, en masses vivement colorées par les feux du couchant. Dans le grand silence des choses, la figure de l'enfant était si calme et si reposée, sa tranquillité si absolue, que Mabel la crut endormie et fit signe à ses neveux de ne pas troubler son sommeil. Mais, au moment où un brusque tournant de la route les amenait en vue de New-York, Rose leva la tête. Tirée pour ainsi dire brusquement d'un rêve enchanteur, elle regarda fixement l'énorme assemblage de maisons entre lesquelles sa vie avait jusqu'ici été emprisonnée.

Mabel devina ses pensées.

— Cette grande ville est bien triste, comparée à la campagne, n'est-ce pas, Rosy ? demanda-t-elle.

Rose sourit et secoua la tête.

— J'ai songé à une belle combinaison pour vous, continua Mabel, et je suis sûre qu'elle vous conviendra. Vous et votre mère, vous irez à la vieille ferme, il le faut, et vous y resterez jusqu'à ce que la force et la santé vous soient revenues. Là, Rosy, vous pourrez contempler tout à l'aise les champs et les bois, et admirer chaque soir le coucher du soleil. Ce n'est pas un si long voyage, ajouta-t-elle, s'animant à mesure qu'elle voyait le visage de Rose rayonner de plaisir ; il ne prendra qu'une journée. Je m'arrangerai pour que vous n'ayez à

supporter aucune dépense. Jack restera ici et prendra soin de la boutique. J'en
parlerai à votre mère, ce soir.

Brusquement, dès qu'il fut question de son frère, l'expression de contentement fit place, sur la physionomie de la petite malade, à la tristesse et à une
sorte d'angoisse. A la fin, elle se mit à pleurer, et sa main se posa sur le bras de
Mabel, comme pour l'empêcher de développer sa généreuse proposition. Comme
Mabel, n'ayant rien remarqué, continuait de parler, faisant ressortir tous les
avantages qu'aurait ce séjour à la campagne pour l'avenir de sa petite amie,
elle murmura, d'une voix entrecoupée par les larmes :

— Vous êtes bonne, mademoiselle, oh ! si bonne et si bienveillante que je
vous aime de tout mon cœur. Mais, je vous en supplie, ne parlez pas de cela à
ma mère. Je ne puis faire ce voyage ; je ne le puis pas, je vous assure !

— Mais pourquoi donc, Rose ! Vous paraissez assez forte pour supporter une
journée de chemin de fer. Irez-vous si votre mère y consent ?

— Oui... je ne sais... ne le lui demandez pas !... En vérité, j'aime mieux
ne pas quitter New-York.

Mabel ne revenait pas de son étonnement. Ce refus inexplicable la contra-
riait fort. Pourquoi Rosy s'obstinait-elle à refuser un plaisir aussi grand,
aussi utile en même temps ?

— Mademoiselle, ajouta Rose après un instant d'hésitation, voyant que
Mabel attendait que sa conduite lui fût expliquée, comment pourriez-vous
croire que quelqu'un ici a besoin de moi... de moi, pauvre malade qui ai
toujours été un fardeau et une cause de chagrin pour ceux qui m'entourent ?
Et cependant rien de plus vrai : je ne puis être heureuse si je n'ai près de moi
mon frère Jack. Je l'aime tant, mademoiselle ! Il est un peu sauvage, peut-être ;
mais jamais avec moi, allez ! Ma sœur dit qu'il a de mauvaises fréquentations et
qu'il en rapporte un langage malsonnant. Mais il n'a pour moi que de bonnes
paroles. Je sais que son cœur est plein de tendresse pour sa petite Rosy. Il m'a
veillée bien des nuits pour baigner d'eau fraîche ma tête brûlante ; bien des
journées, il m'a bercée doucement dans ses bras. Il serait désolé de ne plus me
voir dans ma petite chambre ; les méchants garçons viendraient le siffler au coin
de la rue, et il n'y aurait plus là de petite voix pour lui dire : « O Jack ! je vous
en prie, restez avec Rosy ! »

Rose, dans sa simplicité et son ignorance, ne se doutait guère que chacune de ses paroles perçait le cœur de Mabel comme autant de flèches. Elle ne voyait pas dans la rougeur de sa grande amie l'effet du remords, elle n'attribuait pas aux reproches de la conscience la précipitation nerveuse avec laquelle elle dérobait sa main aux étreintes affectueuses de la malade. Elle craignait seulement d'avoir offensé Mabel par son refus. Elle continua donc d'un ton suppliant :

— Je vous suis très reconnaissante, mademoiselle ; vous êtes trop bonne, et je ne le mérite pas. Mais vous n'êtes pas fâchée contre moi ?

Et, les yeux fixés sur ceux de Mabel, elle ajouta :

— Et vous, mademoiselle, avez-vous un frère, et l'aimez-vous comme j'aime Jack ?

Ce regard, cette question allèrent droit au cœur de Mabel. Elle détourna la tête pour éviter le regard de Rose et évita de répondre. Elle se cacha la tête dans les plis du châle qui enveloppait la petite malade.

Ils avaient laissé derrière eux les eaux bleues de la baie, les îles verdoyantes, le couchant rouge encore des dernières lueurs du jour. Maintenant ils se trouvaient dans le dédale des rues populeuses de la grande ville. Quand la voiture entra dans celle où était située la boutique, ils aperçurent la veuve guettant du seuil de sa maison le retour de sa fille. Les voisins suivaient des yeux, de leurs fenêtres ou de leur portes, le bel équipage et considéraient la malade avec un intérêt touchant. Tous savaient où elle était allée et prenaient part à son bonheur. Mᵐᵉ Hope la reçut avec un sourire joyeux. C'était si extraordinaire de voir sourire la pauvre veuve qu'une vieille femme qui passait par là, n'en croyant pas ses yeux, chaussa vite ses lunettes pour s'assurer qu'elle ne s'était pas trompée.

Rosy fut descendue avec précaution et replacée dans son petit fauteuil, en son coin accoutumé. En guise d'adieu, elle sourit à Mabel, à ses neveux, à Donald, et la voiture repartit au grand trot.

Beaucoup d'équipages rentrèrent à New-York, ce soir-là, couverts de poussière, traînés par des chevaux épuisés. Mais combien de leurs propriétaires pouvaient se vanter d'avoir aussi bien employé leur journée ? Bien des années plus tard, Mabel aimait encore à se rappeler cette promenade où elle avait procuré à Rosy son heure de bonheur complet sur la terre.

CHAPITRE XX

— Je crois que je vous ai énuméré tout ce qui mérite une mention. C'était superbe. Pour rien au monde je ne voudrais y avoir manqué.

Ainsi parlait Louise qui, sans aucune hésitation et avec la plus parfaite tranquillité d'âme, venait de détailler à Mabel toutes les particularités de la fête à laquelle elle venait d'assister. Du reste, son récit n'était guère que le compte rendu de tous les compliments qu'elle avait reçus, de l'attention qu'on lui avait accordée de toutes parts, de l'admiration et de l'envie qu'avait excitées sa nouvelle mantille. Elle ajouta un parallèle très complet entre la toilette de la mariée, — ridiculement accoutrée déclarait-elle, et son costume à elle, le jour de son mariage, — costume arrangé avec un goût si parfait. On peut bien supposer que Mabel ne prêtait guère attention à tous ces bavardages, pas plus qu'aux innombrables expressions de regret qu'elle était chargée de lui transmettre de la part des amis de sa sœur, peinés de son absence. Il est vrai que, lorsque Mabel lui demanda quels étaient ces aimables amis, il lui fut impossible de citer un seul nom.

— Du reste, ajouta-t-elle, je ne suis pas venue ici pour parler de la noce. Imaginez-vous, ma chère, que, fatiguée comme je le suis, j'ai encore à subir les ennuis que me cause cette misérable Lydia ! Ne vient-elle pas de me déclarer, à la dernière minute, qu'elle n'avait jamais eu l'idée de rester à mon service une fois le mois écoulé, et qu'elle supposait que je m'étais pourvue d'une femme de chambre pour m'accompagner dans ce voyage ?

— Ne vous avait-elle pas avertie de son départ? demanda Mabel toute surprise.

— Oui, oui, elle dit m'avoir prévenue à plusieurs reprises qu'elle ne pouvait me suivre si loin. J'en conviens, mais je n'y ai pas attaché la moindre importance. Les domestiques ont souvent de ces menaces à la bouche, pour nous persuader qu'ils sont indispensables. Elle dit que sa sœur est près de sa fin, que sa mère a besoin d'elle, etc., etc.

— C'est vrai, fit gravement Mabel, Rose n'a plus longtemps à vivre et je comprends très bien que Lydia refuse de l'abandonner en un pareil moment.

— Rose! s'écria la jeune femme avec son petit rire ironique, on dirait vraiment que vous parlez d'une amie intime en prononçant ce nom! J'ai entendu dire que vous lui aviez fait faire hier une promenade en voiture ; mes enfants ne parlent que de cela. Comment avez-vous pu vous laisser aller à une fantaisie aussi ridicule ?

Mabel se garda bien de répondre : elle savait par expérience qu'il était inutile de discuter avec Louise.

— Cette petite, continua avec aigreur Mme Leroy, comme si Rose avait eu l'intention de lui être désagréable personnellement, cette petite est toujours à l'article de la mort, depuis que Lydia est chez moi. Si vraiment elle est perdue, ce n'est pas Lydia qui pourra la ressusciter. En quoi donc peut-il importer qu'elle soit ici ou sur quelque autre point des Etats-Unis?

Mabel fut très indignée de cette dureté de cœur et elle répliqua avec quelque irritation :

— Il importe beaucoup, Louise.

Sur quoi Mme Leroy, prise d'une violente colère en constatant que sa sœur était peu disposée à lui donner raison sur ce point, déclara avec véhémence qu'elle ne croyait pas à la maladie de l'enfant, que c'était une ruse grossière ; qu'elle ne pouvait concevoir comment Mabel, qui paraissait tant aimer ses neveux, pouvait accepter avec indifférence le départ de Lydia à laquelle ils étaient accoutumés, et la pensée que, pendant le voyage, ils allaient être confiés aux soins d'une étrangère, qui ne connaîtrait ni leurs habitudes ni leurs goûts.

Louise avait parlé des enfants : cet appel alla droit au cœur de Mabel. Avec une généreuse spontanéité elle s'écria :

*

— Prenez Cécilia, Louise. Je m'en passerai très bien. Je puis rester sans domestique. C'est une bonne fille et elle connaît bien vos enfants.

Mme Leroy se dirigea vers la fenêtre pour dissimuler le plaisir que lui causait cette proposition. C'était pour en arriver là qu'elle avait déployé tant de diplomatie ; en effet, Cécilia était à la fois une bonne gouvernante d'enfants en même temps qu'une habile femme de chambre, experte en l'art de coiffer, et depuis longtemps elle la convoitait.

Mabel, à la suite de cet arrangement, dut procéder seule aux préparatifs de son voyage. La nuit venue, seule dans sa chambre, elle travailla à préparer, avec des alternatives de nonchalance et de fiévreuse activité, ses bagages pour le lendemain. Sa garde-robe étalée sur le lit, elle choisit une robe très riche, et la plia avec soin, comme pour la ranger dans sa malle. Puis, tout à coup, elle la replaça sur un rayon de son cabinet. Tantôt elle fouillait dans ses tiroirs et ses coffrets, puis tout d'un coup elle allait s'accouder à la fenêtre, contemplant d'un air distrait le ciel sans nuage que la lune illuminait de ses blancheurs. Le tentateur n'était pas là, mais son souvenir poursuivait Mabel ; elle l'entendait parler ; ses dernières paroles résonnaient encore comme une musique enchanteresse. Mais la douce figure de Rose vint se placer entre elle et la séduisante image ; ses grands yeux interrogateurs semblaient la suivre d'un regard de reproche. La main levée timidement comme pour la retenir dans la voie droite, l'enfant murmurait à son oreille ces mots accusateurs : « Avez-vous un frère et l'aimez-vous comme j'aime mon frère Jack ? » Sa conscience lui répondait alors qu'elle ne l'avait pas aimé ainsi, et, en face de la générosité de Rosy, elle se sentait humiliée de sa faiblesse et de son égoïsme. Elle appuyait sa tête brûlante contre les vitres froides, et tandis qu'elle pensait aux plaisirs du lendemain, elle s'efforçait de repousser une pensée qui venait jeter une ombre sur l'agréable tableau que lui peignait son imagination. Mais le sentiment du devoir était éveillé, il ne se laissa plus réduire au silence ; de telle sorte que les préparatifs du voyage restèrent interrompus, pendant qu'en son cœur se livrait une lutte acharnée entre des émotions contraires.

A ce moment, elle entendit, dans la rue, au-dessous d'elle, des pas pressés et des bruits de conversation. Bientôt elle put distinguer la voix d'Henry ; il semblait dire adieu à un ami qui l'avait accompagné jusqu'à sa porte.

— Toute la famille quitte New-York. La maison va être fermée.

— Ah ! fort bien ! s'écria l'inconnu s'adressant à Henry qui venait de parler.
Et vous, Vaughan, qu'allez-vous devenir ? Où allez-vous passer l'été ? Allons ! je

MABEL RÉFLÉCHISSANT APRÈS LE DÉPART DE SA SŒUR (P. 188).

serai votre fidèle servant, continuait-il d'un ton à la fois impérieux et insinuant.
Je veux vous accompagner partout où vous irez.

— Cela ne vous engage guère ! fit ironiquement Henry. Je vais au diable, comme vous le savez très bien, et je tiens pour certain que vous m'y tiendrez compagnie.

Et il accompagna cette boutade d'un rire bruyant et amer qui fut imité par son camarade, puis il rentra brusquement dans la maison.

Les paroles, pleines de désespoir et d'abandon de soi-même que venait de prononcer le malheureux jeune homme et surtout ce rire étrange, douloureux, firent frissonner Mabel des pieds à la tête. Ce rire sonnait comme un glas, — le glas de l'espérance et du bonheur ; il témoignait d'une tristesse indescriptible ; il témoignait aussi des luttes vaines, de l'énergie brisée, des regards inutiles et de la défaite finale, peut-être irrémédiable...

La nature tendre et compatissante de Mabel se retrouva tout entière en face de ce lamentable naufrage. « Mon pauvre frère ! mon pauvre Henry ! s'écria-t-elle mentalement. Ne se trouvera-t-il pas quelque bon ange pour le sauver ? »

Elle l'entendit monter l'escalier d'un pas lourd, lentement ; il s'arrêta un instant à sa porte ; elle crut qu'il allait entrer pour lui dire adieu, car il savait qu'elle devait partir de bonne heure le lendemain : Non ! il passe outre, regagne sa chambre où il pénètre et dont elle entend la porte se refermer.

— Je ne peux pas le quitter ainsi ! pensa Mabel.

Elle se le figurait, après son départ, seul, désespéré, n'ayant plus auprès de lui personne pour l'aimer, pour veiller sur son bien-être. Puis, tout à coup, elle se décida, poussée par l'irrésistible impulsion de son cœur, à aller vers lui, à lui apporter un mot de tendresse, à l'assurer de son affection.

Elle hésita cependant à frapper à sa porte. Elle craignait d'être repoussée ou congédiée tout au moins après un bonsoir hâtif. Enfin elle se décida, ouvrit doucement sans annoncer d'avance sa présence. Il arpentait sa chambre de long en large, et sembla un peu fâché d'être dérangé, épié peut-être, qui sait ! Se tournant alors vers elle, le geste hautain, la parole brève, il lui demanda ce qui l'amenait.

— Henry, dit-elle, les lèvres tremblantes par suite de l'effort qu'elle faisait pour ne pas éclater en sanglots, je ne puis partir sans vous avoir dit adieu.

En même temps, comme par manière de jeu, elle passait son bras sous celui de son frère et l'accompagnait dans sa promenade à travers la chambre. Il détournait son visage avec obstination. Cependant il dit :

— Partez-vous de bonne heure, demain matin ?

— Oui, et je crains que vous ne soyez pas encore levé... Mais vous m'écrirez, n'est-ce pas Henry ?

— Saurais-je jamais où vous êtes ?

— Je vous enverrai mon adresse, d'avance pour toutes nos étapes. C'est convenu, n'est-ce pas ?

Il évita de répondre.

— Je n'aurai personne pour correspondre avec moi, père sera parti. J'ai toujours compté sur vous, Henry, ajouta-t-elle d'un accent persuasif, comme pour lui indiquer l'estime qu'elle ferait de ses lettres.

— Bah ! s'écria-t-il avec un mouvement nerveux qui obligea Mabel à lui lâcher le bras, je n'aurais rien à dire qui en valût la peine ; et puis vous aurez assez d'autres amusements.

— Où serez-vous pendant mon absence ? demanda-t-elle timidement.

— Moi ! je n'en sais ma foi rien ! Je n'ai encore rien décidé.

Elle ne jugea pas à propos de pousser plus loin : il était si décourageant dans ses réponses ! Pour se donner une contenance, elle alla vers la fenêtre et regarda dans la rue, puis elle s'approcha du bureau et se mit à examiner les bibelots qui s'y trouvaient, espérant que Henry se déciderait à entrer en conversation. Vain espoir ! il persista à garder le silence. Elle n'attendait qu'un mot, un geste d'encouragement pour s'approcher, lui jeter les bras autour du cou, reconquérir sa confiance, son affection. Mais il restait de glace.

— Il est tard, je crois, dit-elle au bout de quelque temps, remarquant qu'il était impatient de rester seul ; ainsi donc, Henry, adieu !

Et, s'approchant de lui, elle lui posa la main sur l'épaule.

Il tressaillit comme si ce contact lui eût été douloureux. Elle tourna vers lui des yeux suppliants... l'embrassa. Les traits d'Henry se contractèrent... et ce fut tout.

Il lui rendit son baiser avec une hâte nerveuse et répondit à son adieu par un mot bref, toujours sans regarder sa sœur.

Ce fut d'un pas chancelant qu'elle regagna sa chambre. Elle se laissa tomber sur une chaise, en face de sa malle vide, et fondit en larmes. Elle avait voulu voir son frère, dans l'espoir d'apaiser cette âme inquiète, d'obéir au cri de sa conscience ; mais, dans cette entrevue pénible, elle n'avait obtenu que des résultats négatifs.

Elle avait trouvé un homme en proie au plus sombre désespoir, elle avait lu sur ses traits la torture morale qui le tenaillait ; elle n'avait pu briser la barrière qui séparait leurs deux cœurs, et c'était après un adieu banal qu'elle lui avait tourné le dos.

Le laisserait-elle donc ainsi, abandonné de tous et de lui-même ?

La lutte entre des sentiments contraires avait atteint son paroxysme ; des sanglots convulsifs la secouaient ; et pendant quelques minutes elle pleura comme un enfant, sans faire le moindre effort pour retenir ses larmes. Lorsque cette crise se fut un peu apaisée, elle tomba dans une sorte de demi-somnolence, pendant laquelle la pensée s'arrêta en elle. Comme en état de somnambulisme, elle se mouvait sans avoir l'exacte notion de ses agissements. C'est ainsi qu'elle fouilla dans sa malle, enleva ce qui s'y trouvait, et souleva machinalement le compartiment du fond. Un paquet s'y trouvait, à son adresse; l'écriture en était de Mme Herbert. Il était là depuis son retour de la pension, oublié par la négligence de Cécilia. Croyant à quelque suprême recommandation, à quelques avis placés par sa vénérable amie pour lui servir de guides aux heures difficile de l'existence, elle déchira l'enveloppe et y trouva une petite bible de poche. Touchée de cette marque d'affection, elle ouvrit le livre avec respect à la première épître de saint Jean, où était placé un signet, et ces mots tombèrent sur ces lignes marquées au crayon : « Mes petits enfants, ne nous aimons pas en paroles ni en discours, mais en action et en vérité. »

Frappée de l'à-propos de ces paroles, qui lui apportaient, à ce moment critique, un ordre solennel venu d'en haut, elle courba la tête avec soumission et tomba à genoux.

Elle revit, avec une merveilleuse netteté, Mme Herbet lui expliquant pour la première fois cette grande leçon de charité et d'amour. Elle vécut de nouveau cette soirée, veille de son départ, où sa seconde mère l'avait mise en garde contre l'ennemi insidieux dont elle niait fièrement l'existence, cet égoïsme qui affaiblit les affections les plus saintes et finit par réduire en esclavage ceux qui en sont atteints. Les temps étaient venus : deux ou trois paroles prononcées par une enfant avaient éveillé la conscience endormie, et, conduite par la main de

IL PERSISTA A GARDER LE SILENCE (P. 191).

cette frêle fillette, elle avait été ramenée aux pieds du guide éclairé de ses jeunes années, n'ayant plus qu'un désir au cœur : remplir la tâche qui lui incombait dans la vie, sans autre récompense ici-bas que la satisfaction du devoir accompli.

Dans cette heure d'exaltation qui suit une victoire remportée sur soi-même, la tâche ne lui semblait pas difficile. Elle résolut donc de ne plus songer à elle, et d'entreprendre avec courage le salut de son frère. Du reste, elle se devait tout entière à Henry non seulement parce que sa conscience le lui prescrivait, mais aussi à cause des souvenirs de leur enfance si tendrement unie, de l'accueil si profondément fraternel qu'elle en avait reçu à son retour dans la maison de son père.

Elle ne souffrait plus maintenant, une paix profonde s'était répandue dans tout son être, et sa physionomie transformée semblait empreinte d'un calme sans mélange. Ses mouvements ne témoignaient plus la moindre incertitude, ses mains ne tremblaient plus et accomplissaient vite et bien ce qu'ordonnait une volonté bien arrêtée.

Elle écrivit à Louise un rapide billet pour lui annoncer qu'elle ne partait plus; elle se bornait, pour toute explication, à lui dire que, tout bien considéré, sa présence à la maison lui paraissait nécessaire.

Elle priait sa sœur de lui écrire souvent, envoyait mille baisers aux enfants, formait le vœu que Cécilia pût remplacer fidèlement Lydia Hope, et espérait que Louise, en compagnie d'amis fidèles, ne s'apercevrait pas de son absence.

Disons en passant que cet espoir ne pouvait manquer de se réaliser, car lorsque le plaisir était de la partie, comme on sait, Louise se montrait d'une belle indifférence pour les liens de famille.

Il était bien près de minuit lorsque Cécilia revint de l'hôtel où habitait Mme Leroy afin de compléter ses propres préparatifs. Elle s'étonna de voir les malles de Mabel encore vides, tandis que tous les vêtements qu'elle avait vus épars sur les meubles étaient rangés à leur place habituelle.

— Je reste ici, fit Mabel répondant à la muette interrogation de Cécilia. Prenez ce mot pour ma sœur; vous le lui remettrez quand vous irez la rejoindre demain matin sur le bateau. Robert s'occupera de votre bagage; je vous recommande d'avoir bien soin des enfants.

Elle la congédia en lui recommandant de se mettre au lit le plus tôt possible car il lui faudrait se lever de grand matin.

Tant qu'elle n'avait pas donné un commencement d'exécution à ses résolutions nouvelles, elle n'avait pas ressenti la fatigue, l'esprit en éveil par une sorte d'agitation nerveuse ; maintenant, heureuse d'avoir vaincu ses hésitations et ses doutes, elle se trouvait disposée à goûter le repos que réclame la nature ; elle se coucha donc et s'endormit de ce sommeil tranquille, sans rêves, qui depuis plusieurs semaines avait fui son chevet.

CHAPITRE XXI

Si l'exaltation, sous l'empire de laquelle se prennent d'ordinaire les décisions héroïques, pouvait se maintenir durant tout le temps nécessaire à leur parfait accomplissement, la bataille serait livrée et la victoire remportée presque sans effort. Mais, qui l'ignore? à cette tension inusitée de nos forces physiques et morales succède, hélas! inéluctablement, une réaction qui amène la faiblesse et même le dégoût. C'est alors, en vérité, que nous pouvons nous apercevoir du peu de solidité que présente le vouloir humain.

Mabel, quand elle s'éveilla, le lendemain matin, après la victoire qu'elle croyait avoir remportée sur elle-même, se sentit oppressée par une lassitude et un découragement si douloureux qu'elle eut grand'peine à se lever. Elle descendit cependant et, dans le vestibule conduisant à la salle à manger, elle rencontra Robert qui lui rendit compte du départ des excursionnistes, tous fort gais, ajouta-t-il, excepté Alick et Murray, qui tous deux pleuraient de chagrin en apprenant qu'elle ne viendrait pas.

Mabel, la gorge serrée, éprouva un violent chagrin en pensant aux enfants et au vide qu'allait ressentir Dudley, qui devait rejoindre la compagnie dans l'après-midi. Il la chercherait parmi les voyageurs, s'étonnerait de son absence dont la cause lui échapperait, et demanderait vainement à Louise une solution satisfaisante du mystère. Cependant son courage se ranima en voyant l'air de satisfaction de son père. Il avait été d'abord très surpris, quand il pénétra dans la salle à manger, d'y trouver Mabel. Il avait vu, de son bureau, Robert rentrer avec la voiture et il la croyait déjà en route pour Albany. Il apprit avec un plaisir non dissimulé qu'elle avait abandonné son projet.

Seulement il attribuait ce revirement à quelque futile querelle avec Louise,
ou quelque détail d'arrangement du voyage qui lui avait déplu. Aussi s'abstint-
il de la questionner sur les causes de sa conduite en cette circonstance, — conduite capricieuse en apparence. Il se contenta de lui dire :

— Je suis heureux, ma chère, que vous soyez restée. Je n'approuvais pas ce
voyage en si nombreuse société. Maintenant, je l'espère, rien ne s'oppose plus
à ce que vous alliez rendre visite à votre tante Marguerite.

Il était si content qu'en se levant de table il posa amicalement sa main sur
la tête de Mabel, geste qui, vu son caractère peu démonstratif, pouvait passer
pour une caresse.

Cette preuve d'affection émut profondément Mabel : il lui semblait que son
sacrifice était déjà récompensé par la bénédiction de son père. Les sentiments
d'Henry, quand à son tour il vint s'asseoir à table et aperçut sa sœur, ne furent
pas aussi faciles à démêler.

— Vous voyez, Henry, lui dit-elle, que je ne suis pas partie.

— Je le constate volontiers, fit-elle en s'asseyant d'un air ennuyé :

— Nous autres femmes, vous ne l'ignorez pas, nous changeons facilement
d'idées.

— Je suis assez de cet avis ; car, dans cette affaire, vous paraissez avoir
tourné avec autant de facilité qu'une girouette. Il y a si peu de temps que je
vous ai vue prête à vous envoler !

— Mes plumes sont tombées et, quand j'ai voulu les essayer, mes ailes ont
refusé de s'ouvrir.

— Seriez-vous souffrante ? demanda-t-il vivement, en la considérant avec
inquiétude.

— Non, non, je suis tout à fait bien ; mais je suis décidée à rester ici pour
que vous ne manquiez ni de café ni de thé, mon père et vous, dit-elle en riant.

Et lui tendant une tasse fumante : .

— Tenez, lui dit-elle, goûtez ce moka que je viens de préparer et dites-
moi s'il est assez sucré.

Il prit la tasse avec assez de maladresse, l'agita nerveusement avec sa cuiller,
y ajouta distraitement plusieurs morceaux de sucre, les retira pour les mettre
sur sa soucoupe, se servit une rôtie, avala avec voracité une cuillerée ou deux,

puis, brusquement, abandonnant tasse, café et le reste, il repoussa sa chaise et
saisit un journal qui gisait sur le parquet et se mit à le lire.

Soupçonnait-il que Mabel avait renoncé à son voyage à cause de lui? Elle
ne put le deviner. Mais elle était peinée de l'ennui évident que sa présence et
ses attentions semblaient causer à son frère. Son désir d'échapper à l'observation de la jeune fille était si évident qu'elle se retira dans l'embrasure de la
fenêtre et s'occupa de donner à manger aux oiseaux dont la cage était placée
là. Lorsque Henry se leva pour quitter la pièce, elle s'abstint de le questionner
ou de le suivre. Elle comprenait à merveille que, pour reconquérir son influence
sur son frère, il lui fallait du temps et de la patience, et que des remontrances
ou même une apparence d'espionnage ne feraient que l'éloigner davantage.

Elle souffrait néanmoins de le voir sortir, indifférent, nullement préoccupé de
son anxiété, de sa tendresse, et de rester là, seule, à réfléchir sur l'inutilité
possible de son sacrifice. Si encore la tâche qu'elle s'était assignée eût comporté
d'actives démarches, l'emploi constant de son intelligence ou de sa volonté, un
travail manuel même, elle lui eût paru plus facile. Mais non : il lui fallait
attendre, patienter, espérer ou désespérer en silence, passer chaque jour par les
alternatives morales les plus diverses, — pratiquer, en un mot, non seulement
la plus difficile, mais la plus sévère de toutes les vertus, — la vertu du renon-
cement !

Il était donc bien naturel qu'elle se sentît abattue, découragée, tandis qu'elle
errait tristement d'une chambre à l'autre, qu'elle songeât parfois, avec regret, à
la joyeuse société dont elle aurait pu faire partie, et que même une larme vînt
parfois obscurcir sa vue, presque malgré elle.

Mais, par nature, Mabel n'était pas facile à abattre complètement. L'incertitude et le doute avaient, il est vrai, paralysé son intelligence, et sa conduite
avait été irrésolue tant que dura son hésitation entre deux opinions. Mais une
fois le droit chemin reconnu par sa conscience, il y avait dans son caractère
une fermeté, un respect de soi-même garantissant qu'à tout prix elle le suivrait
jusqu'au bout. « J'ai fait mon choix, pensait-il en repoussant les pensées tristes.
Si Dudley m'aime véritablement, il peut se fier à moi; s'il arrivait (ce que je ne
veux pas croire) qu'il doutât de mon attachement, il sait combien je tenais à
ce voyage; il supposera que ce n'est pas une cause futile qui m'a retenue ici; il

reviendra et s'assurera de la vérité. En attendant, je ne veux pas dépenser mon énergie en vaines agitations. »

Revenant alors au remède que lui avait recommandé Mme Herbert dans les crises morales, elle chercha une occupation et entreprit sans tarder de répondre aux lettres de ses camarades d'études. Elle fit effort sur elle-même pour y être gaie, et ses jeunes amies n'aperçurent rien dans ces missives qui trahît ses préoccupations actuelles. Cependant Mme Herbert, à qui elles furent communiquées, observa que ses descriptions de la vie mondaine, autrefois si enthousiastes, avaient totalement disparu et étaient remplacés par des réminiscences attendries de sa vie de pension.

Elle en conclut que les plaisirs de la ville lui paraissaient aujourd'hui fastidieux et qu'elle soupirait de nouveau après les simples joies de son enfance et la calme existence de la campagne.

Mabel voulait remercier Mme Herbert du précieux souvenir qu'elle avait découvert la veille et avait eu sur sa volonté une si grande influence ; elle se promettait de lui exprimer sa vive gratitude pour son amitié et ses conseils, et de lui causer une joie sincère en lui donnant l'assurance que les leçons de sa jeunesse seraient le guide de sa conduite. Mais que la tâche était difficile !

Elle commença une lettre, s'arrêta au bout de la première phrase, chercha longtemps, puis elle posa sa plume, désespérant de réussir. Elle n'osait se vanter de résolutions qui n'auraient pas eu leur plein accomplissement ; elle craignait de trahir le secret de son trouble et de ses tristesses ; elle avait peur aussi d'écrire au sujet d'Henry quelque parole imprudente, en répondant aux questions que lui avait adressées Mme Herbert et qu'avait suggérées uniquement l'intérêt le plus affectueux. Elle renonça donc pour le moment à écrire aussi à son ancienne institutrice.

A deux heures, M. Vaughan rentra pour le dîner. C'était son habitude depuis l'apparition des chaleurs. Henry, lui, ne parut pas. Mabel, en prenant place vis-à-vis de son père, fut frappée de l'expression anxieuse et tourmentée de sa physionomie. Il fut plus taciturne encore que par le passé, sortant de ses méditations une seule fois pour remarquer brusquement :

— Vous êtes seule ici, ma chère enfant ; cela doit être bien ennuyeux pour vous ; j'espère que nous partirons d'ici à peu de jours.

Mabel se déclara prête à se rendre ailleurs ou à demeurer, selon qu'il le

jugerait bon. Mais M. Vaughan ne prononça plus une parole. Après avoir
expédié son repas, il sortit pour se rendre à son bureau. Il faisait beau temps ;
il était fort probable qu'Henry ne rentrerait pas avant deux ou trois heures ;
Mabel proposa à son père de l'accompagner un bout de chemin.

Il y consentit d'un air indifférent, et, en attendant qu'elle fût prête, il
arpenta le vestibule de long en large, avec impatience. Il était si absorbé que
Mabel chemina à ses côtés pendant assez longtemps sans qu'il lui adressât la
parole ; elle observa avec peine, durant ce trajet, que sa taille était plus voûtée
et sa démarche moins assurée encore que par le passé. Elle le quitta au coin de
la rue habitée par la veuve Hope, et, tout en se dirigeant vers la maison de Rosy
pour prendre des nouvelles de la malade, elle se sentait tout attristée de ces
symptômes de débilité et de fatigue qu'elle venait de remarquer chez son père
jadis si vigoureux, et se félicitait en même temps d'être restée auprès de lui.

Rose fut bien heureuse de cette visite, et Lydia, qui, debout derrière le
comptoir, était occupée à servir un client, en éprouva un tel saisissement
qu'elle ne put se tirer d'une addition cependant bien peu compliquée.

Depuis la mémorable journée de la promenade en voiture, aucun membre de
la famille Hope ne s'était rencontré avec Mabel. Ce fut donc, de la part de tous,
une explosion de gratitude pour la bienveillance qu'elle avait montrée à la
petite malade.

— Elle a toujours été mieux depuis, s'écria la mère, les larmes aux yeux.
Et si heureuse !

— Mademoiselle, s'écria Lydia avec animation, comment l'idée vous en
est-elle venue ? Cela l'a guérie à moitié. Et les chers petits, ils se montraient
aussi contents que s'ils avaient été en voiture pour la première fois, et tout cela à
cause de Rosy. Voyez, mademoiselle, comme elle a maintenant meilleure mine !

Rosy paraissait en effet toute changée. Ses traits avaient une expression
qu'elle ne leur avait jamais vue auparavant ; elle semblait éprouver quelque
ravissement intérieur, et comme l'avant-goût d'une félicité surhumaine.

Quand Mme Hope fut retournée à sa cuisine et Lydia à son comptoir, Rosy,
se penchant vers Mabel, lui dit de sa petite voix tranquille :

— Non, je ne vais pas mieux, mademoiselle ; mais cette promenade m'a
donné pour le jour de si belles pensées, et, pour la nuit, des rêves si riants !

Je sais que je ne suis plus ici pour longtemps, mais je n'ai pas peur de partir. Oh ! si la terre a tant de splendeurs, que doit être le ciel !

— La terre n'est qu'un triste séjour, après tout, fit Mabel avec un soupir.

L'oreille de l'enfant, habile à saisir la plaintive corde de la souffrance humaine, perçut instinctivement les secrètes angoisses de Mabel, et tournant vers elle des regards inquiets :

— Que parlez-vous de tristesse, mademoiselle ? demanda-t-elle vivement. Etes-vous aussi un pèlerin fatigué ? Marchez-vous aussi dans les ténèbres qui vous cachent la route de la vie ? Je croyais votre destinée aussi brillante que les rayons du soleil.

— Oh ! Rosy, fit Mabel, je ne vois plus mon chemin, tant il est épais, le nuage qui m'enveloppe !

Elle n'avait pas calculé l'effet de cet aveu qu'elle aurait voulu retenir maintenant. Mais c'était un lien de plus entre elle et la malade : par ce côté, du moins, leurs fortunes étaient semblables. Rose saisit la main de sa visiteuse et la pressa avec ferveur sur ses lèvres desséchées.

— Chère enfant, reprit Mabel, cela me fait du bien de vous voir si heureuse. Vous avez le ciel dans l'âme ; j'essaierai d'apprendre quelques-uns de vos secrets.

La malade eut un sourire doux et grave, et à partir de cet instant les rôles furent intervertis. Jusqu'ici, Mabel avait agi en sœur aînée, plus forte, plus sage ; mais au cours de cette entrevue et des suivantes, sa force, sa sagesse et sa maturité s'inclinèrent dans cette connaissance des choses du cœur dans laquelle Rose était passée maîtresse ; elle ne fut plus, elle, qu'un humble disciple. Il est vrai que rien dans leurs manières ou dans leurs discours ne marqua ce changement ; il ne fut indiqué par nul signe extérieur. La beauté, la richesse, la situation sociale, tout commandait à la malade le respect et l'admiration, et, d'un autre côté, les infirmités de Rosy inspiraient à Mabel la compassion la plus tendre. Mais une ombre obscurcissait encore le chemin de la riche mondaine, tandis que la pauvre infirme avait atteint les sommets où toutes les ombres s'évanouissent, et la jeune fille, qui se trouvait jetée en pleine mêlée dans la bataille de la vie, s'emparait volontiers des armes qui avaient servi à l'enfant pour remporter la victoire.

Aussi longtemps qu'elle le put, Rose occupa son petit fauteuil en tapisserie, à

la fenêtre de la boutique, heureuse de sourire aux nombreux amis qui la saluaient
en passant, et Mabel lui tint si souvent compagnie, durant les derniers jours de
son existence, que sa figure devint familière aux voisins, qui tous aimaient
cette jeune fille et lui savaient gré de son affectueux dévouement pour l'infirme.

Ils savaient ses soins pour Rosy. Ils avaient vu entrer, souvent, des livres,
des fruits, des provisions de bouche destinées à la famille et ils n'ignoraient
pas d'où venait tout cela. Ils s'étaient réjouis de la joie manifestée par l'enfant
au jour mémorable de la promenade en voiture.

Mabel quitta la boutique de la veuve d'un cœur plus léger qu'elle n'y était
entrée ; elle se sentait comme délivrée d'un lourd fardeau. Il faisait presque
nuit quand elle arriva devant l'hôtel Vaughan. En traversant le parc qui y abou-
tissait, elle aperçut Henry. Il y était entré par une autre rue. En la voyant
essayer de le rejoindre, il s'arrêta et l'attendit.

— Vous avez marché vite, dit-il au moment où elle l'atteignait.

— Oui, fit-elle, hors d'haleine ; je voulais arriver avant la nuit.

Il ne lui demanda pas d'où elle venait ; il marcha à côté d'elle, sans parler, et
quand ils arrivèrent à la porte de la maison, il monta les degrés avec elle et sonna.
Seulement, lorsque Robert eut ouvert la porte, il fit mine de s'en retourner.

— Oh ! ne partez pas, Henry ? s'écria Mabel.

Et elle ajouta avec son tact féminin.

— Voudriez-vous donc me laisser toute seule ?

Elle devinait que, dans la disposition d'esprit où il se trouvait actuellement,
il aimerait mieux donner une faveur que la recevoir.

— Père n'est pas rentré, n'est-ce pas ? demanda-t-elle en se tournant vivement vers le valet.

— Non, mademoiselle.

— Alors, Henry, restez, je vous prie, et prenez le thé avec moi.

— Du thé ! fit-il, tout en la suivant avec quelque hésitation, dans le vestibule. Du thé par la chaleur qu'il fait !

— Tante Sabiah assure qu'il n'est rien de plus rafraîchissant ! répliqua-t-elle tout
en la conduisant jusqu'à son appartement, ce joli nid qu'il lui avait arrangé, jadis.

— Si vraiment le thé rafraîchit, c'est parce que le soleil est couché à l'heure
où on le prend, fit-il avec un rire presque joyeux.

Bien que ce rire laissât encore un peu à désirer comme naturel, Mabel le considéra cependant comme de bon augure; elle déposa son chapeau sur un siège, ouvrit toutes larges les persiennes d'une haute fenêtre qui descendait jusqu'au niveau du parquet, donnant ainsi accès à la brise du soir. Henry attira un fauteuil près de la fenêtre, s'y étendit et regarda dehors. Mabel s'assit sur le rebord de la fenêtre, posant ses pieds sur un petit balcon qui faisait saillie sur la rue. La lune apparaissait déjà, éclairant le petit parc, et formant de vastes nappes lumineuses sur lesquelles l'ombre des arbres s'allongeait démesurément.

C'était une heure charmante que cette soirée de juin, et toute empreinte de poésie, bien qu'on fût au cœur d'une cité populeuse. Et le souvenir venait à Mabel, très distinct et très doux, de soirées semblables, chez sa grand'mère ou bien chez Mme Herbert : Henry, venu pour la voir, ils s'asseyaient sur l'escalier extérieur de la maison, et longtemps, longtemps ils restaient là, heureux, contemplant la campagne toute blanche sous les rayons de l'astre des nuits. Elle se hasarda à rappeler ce passé, et Henry, entrant dans cet ordre d'idées, écouta sans impatience leurs communs souvenirs d'enfants; il y ajouta même des détails qui avaient échappé à Mabel.

Tremblante, mais réjouie du succès de ses efforts, Mabel n'épargnait rien pour rendre ce tête-à-tête agréable. Elle ordonna que le thé fût apporté, et elle commanda à Robert d'allumer la lampe d'albâtre qui jeta dans la chambre une lumière aussi douce que celle qui régnait au dehors.

De temps en temps, Henry se levait et marchait nerveusement à travers la chambre, comme s'il eût été sur le point de la quitter; alors, voyant que sa sœur resterait solitaire et peut-être effrayée, car on faisait du bruit dans la rue au-dessous, il se rasseyait. Mabel soupçonna qu'il lui avait tenu compagnie à contre-cœur; mais que ce n'était déjà pas un léger triomphe qu'il fût resté, n'importe comment, et avec une satisfaction inexprimable elle lui souhaita une bonne nuit, le vit monter à sa chambre, comme son Henry des anciens temps.

Instruite par ce succès, elle fit plus tard de fréquents appels à ses sentiments bienveillants et fraternels, et obtint souvent un semblable résultat. Elle avait besoin d'exercice; voudrait-il faire une promenade avec elle? Elle soupirait après l'air de la campagne, ne voudrait-il pas l'y conduire en voiture? C'étaient des stratagèmes égoïstes dont elle pouvait user raisonnablement, car sa vie était

toute de contrainte et de monotonie. Elle choisit, pour l'occuper constamment,
un siège dans sa petite chambre où Henry était sûr de la trouver toutes les fois
qu'il s'y sentait disposé, et il devint bientôt évident que son désir d'éviter la
société de sa sœur était moins violent, car il s'y attardait assez longtemps, soit
après déjeuner, soit quand il lui arrivait de revenir à la maison pour dîner. Mais
bien qu'il semblât ne point la regarder plus longtemps comme une personne
chargée de veiller sur lui et de le censurer, et quoiqu'elle réussît assez souvent
à occuper une partie de son temps, ces gages d'espérance étaient légers et peu
fréquents, tandis que ses découragements étaient continuels et sombres. Jour
par jour, sa contenance devenait moins naturelle, son pas moins ferme, tandis
que son expression de détresse nerveuse et d'ennui se faisait fixe et habituelle.
Minuit et les premières heures du matin trouvaient souvent Mabel à sa fenêtre
solitaire, attendant son retour, et perdant l'espoir de le revoir.

Son père était aussi le sujet d'une anxiété accablante. Ces cartes fatales, sur
lesquelles il s'était employé tout l'hiver, occupaient tout son temps chaque fois
qu'il se trouvait à la maison, et fréquemment quand il la quittait, il les roulait
et les prenait sous son bras. Mabel le voyait sortir et rentrer le front de plus en
plus assombri. Elle veillait et attendait aussi quelqu'un qui ne venait pas ; une
autre forme qui l'obsédait le jour et revenait la nuit dans ses songes ; mais tout
cela n'existait qu'en imagination. Une lettre, un simple message, auraient offert
quelque soulagement à son cœur malade. Si même Louise avait écrit et fait
une allusion incidente à ses compagnons de voyage !... mais non ! tout était
silencieux et Mabel se voyait forcée de conclure qu'il n'avait pas confiance en
elle, peut-être qu'il ne l'avait jamais aimée.

Ce n'était pas trop de toute sa foi pour soutenir son énergie défaillante dans
ces heures d'isolement auxquelles elle était condamnée. Comme elle errait à
travers les pièces solitaires de la spacieuse maison de son père, elle soupirait
quelquefois pour le bavardage de Louise, les voix joyeuses des enfants, ou
même pour le pas léger et la volubilité de Cécilia, qui auraient rompu ce terrible silence et cette monotonie.

CHAPITRE XXII

Le mois de juin était presque à moitié passé. M. Vaughan retardait encore son voyage dans l'Ouest et ne parlait pas à Mabel de son départ pour L... Peut-être espérait-il encore que Henry, qui avait écouté dans un silence boudeur la déclaration de ses désirs relativement à sa profession, manifesterait à la fin quelques symptômes de complaisance et l'accompagnerait. Il s'abstenait cependant d'y faire allusion, jusqu'à ce qu'un soir, comme tous trois étaient ensemble à dîner, M. Vaughan se leva vers la fin du repas, et annonça gravement à Henry qu'il désirait un entretien avec lui dans la bibliothèque, où il se rendit immédiatement. Henry resta quelques moments à table, puis se levant avec l'air d'un coupable mépris, il suivit son père, ferma la porte avec soin, et ils restèrent ensemble pendant plus d'une heure.

Ce temps fut long pour l'inquiétude de Mabel. La solennité de l'entrevue lui laissait peu de doute sur son importance, et elle pouvait facilement conjecturer la nature des sujets qui allaient être traités. Profondément agitée, si tremblante qu'à peine pouvait-elle se tenir debout, les oreilles tendues pour saisir le moindre bruit, elle demeura dans l'endroit où ils l'avaient laissée. Enfin elle entendit la porte de la bibliothèque s'ouvrir et vit Henry quitter la maison, suivi bientôt après par M. Vaughan, qui, marchant lentement, les mains derrière le dos, avait l'air de quelqu'un que le malheur a frappé soudain et qui calcule les chances et la possibilité de se relever.

Elle apprit plus tard que son père et son frère avaient été occupés à arranger les préliminaires du départ de ce dernier de New-York pour L... Henry s'était vu forcé de faire l'aveu d'une assez grosse dette (dette d'honneur, ainsi appelée parce qu'elle se contracte à la table de jeu) qui l'empêchait effectivement de

quitter la cité, et un arrangement avait été conclu avec difficulté par suite de la
position déjà embarrassée de son père, pour arrêter les demandes et le libérer
de ces entraves honteuses, sous condition qu'il se conformerait strictement à
ses vues et commencerait aussitôt à étudier la loi avec le juge Paradox. Elle
apprit aussi, à sa grande surprise, que c'était la première entrevue que M. Vaughan avait jamais eue avec Henry au sujet de sa mauvaise conduite et que

TOUS TROIS ÉTAIENT ENSEMBLE A DÎNER (P. 206).

même alors, il avait reçu sa confession et l'avait renvoyé sans aucune autre
réprimande que celle que les yeux pouvaient lire dans sa physionomie. Cette
conduite était bien caractéristique de son extrême réserve, même avec sa famille,
et de son manque d'énergie pour régler la conduite de sa maison. Ce ne fut pourtant que longtemps après que Mabel connut ces faits, et pour le moment, elle
demeura dans l'incertitude et l'appréhension.

Ce chagrin fut un peu allégé, car son père et Henry retournèrent tous deux
à la maison plus tôt que de coutume ; elle observa que, s'ils étaient gênés dans
la société l'un de l'autre, ils paraissaient soulagés et plus gais en quelque
sorte.

M. Vaughan saisit la première occasion de faire connaître à sa fille son désir qu'elle allât à L... la semaine suivante avec Henry, et ce dernier confirma immédiatement la nouvelle de ce départ par quelques allusions au voyage. Mabel apprit aussi que la tournée longtemps retardée de son père dans l'Ouest aurait lieu aussitôt qu'il aurait renvoyé les domestiques et fermé la maison, mesures qu'il avait résolu d'adopter parce qu'il devait rester absent pendant une période indéterminée.

Elle avait maintenant suffisamment d'occupation ; pour la première fois, elle comprit la nécessité de s'occuper de la garde-robe de son père et de pourvoir à son bien-être pendant les longues semaines de l'absence. Ces soins et ceux qu'il fallait prendre pour elle-même et pour Henry l'occupèrent suffisamment, mais elle se réjouissait de remplacer Cécilia, qui jusqu'ici avait fait tous les travaux d'aiguille de ce genre.

Elle était fort occupée le lendemain matin, allant de chambre en chambre et rassemblant tous les articles qui avaient besoin d'une légère réparation, quand elle fut appelée à la porte du vestibule. C'était une petite fille apportant un message de Mme Hope. Rose était bien bas et désirait la voir ; ne viendrait-elle pas aussitôt ?

Si Mabel avait eu plus d'expérience, elle n'aurait pas été étonnée de cet appel ; car, pour ceux qui jugeaient les symptômes chez Rose, il était surprenant qu'elle eût duré si longtemps. Mais Mabel n'avait pas encore l'expérience qui permet de prévoir la mort prochaine, et un frisson la saisit comme elle se hâtait de suivre la messagère qui s'en retournait aussi vite qu'elle était venue.

Quoique le jour fût excessivement chaud, elle n'attendit pas la voiture, mais à quelque distance de là, elle monta dans l'omnibus de Broadway et fut bientôt à destination.

Un air de tranquillité inaccoutumée et même de tristesse semblait s'être emparé de la petite rue ; les voisins regardaient passer Mabel, se demandant si elle connaissait comme eux le terrible changement que peu d'heures avaient produit. Les enfants ne jouaient plus et deux des plus vieux pleuraient, assis sur les marches de la boutique fermée. Mabel prit la petite allée qui communiquait avec le derrière du bâtiment, et, en entrant, rencontra un ami de Rose, un jeune charretier qui s'essuyait les yeux du revers de sa manche et ne l'aperçut que quand elle s'arrêta pour le laisser passer. En relevant ses regards, il la reconnut et lut une demande anxieuse sur son visage. « Elle s'en va, dit-il à voix basse ; elle ne passera pas la journée. » Alors, serrant les lèvres comme font les hommes forts quand leurs sentiments menacent de les dominer, il passa vivement, traversa la rue et s'élança sous la porte cochère.

Dans l'humble cour, des femmes étaient occupées à laver leur linge ou à l'étendre pour le faire sécher, et quand elle s'arrêta en passant sous le linge humide, plus d'un œil la suivit avec un triste intérêt, tandis que, de temps en temps, une figure enfantine la considérait d'un regard de prière, espérant qu'elle était douée de quelque pouvoir magique pour rendre à Rose la santé. Comme elle atteignait la porte de la veuve, elle n'osa plus avancer, croyant que l'ange de la mort l'avait précédée, car, hors du hangar, étendue sur une petite pile de bois gisait une figure triste et secouée par les sanglots, qu'elle reconnut aussitôt pour celle de Jack. Le pauvre garçon s'était évidemment jeté là, dans l'excès de son chagrin, et dans la douleur que lui causait ce premier désespoir ; il était profondément insensible à tout le reste. Sa tête reposait sur ses bras, et ses mains se crispaient sur le bois, comme s'il luttait avec les obstacles extérieurs pour adoucir sa tristesse interne dont on pouvait mesurer la profondeur par ses sanglots.

Prise de pitié pour l'enfant à qui elle ne pouvait s'aventurer à parler, et présumant qu'une scène semblable se passait dans l'habitation, Mabel se demandait si elle ne s'en irait pas sans entrer, quand la veuve, qui l'avait aperçue à travers la fenêtre, sortit au-devant d'elle. Mabel lui prit la main et regarda sa figure, qui était parfaitement calme, comparée à l'agitation de celle de Jack.

— Pauvre garçon ! dit M\ue Hope avec compassion. Il supporte cela avec peine, et ce n'est pas étonnant. Elle lui a parlé, ajouta-t-elle tout bas, et si bien qu'il ne l'oubliera pas jusqu'à son dernier jour. Maintenant elle dort, aussi tranquille qu'un agneau, ce sera une chance si jamais elle se réveille ; mais si elle le pouvait, miss Mabel, je crois qu'elle aimerait à reposer ses yeux encore une fois sur vos traits ; elle vous a demandée une fois ou deux pendant la nuit ; donc si vous voulez entrer...

Mabel suivit jusqu'à la petite chambre, sans répondre, car elle ne pouvait parler.

27

L'enfant dormait tranquillement, ses petites mains jointes sur sa poitrine, sa chevelure dorée, rejetée sur son oreiller, et sur son visage un sourire qui témoignait de rêves célestes. Une heure se passa et elle dormait toujours. La chambre était si tranquille qu'on pouvait compter les souffles de sa respiration. Il n'y avait aucun bruit au dehors, car l'amitié avait placé une garde fidèle autour de la maison, et, dans le voisinage, les pas s'adoucissaient, les voix se taisaient. De temps en temps, une figure, tout en larmes, apparaissait à la porte, et Jack, sans souliers, entrait lentement avec précaution, et s'asseyait parmi les autres. Il y eut une autre pause, et à la fin, doucement, sans avertissement, les yeux bleus se rouvrirent une fois encore, avec un regard plus aimant, et ils s'arrêtèrent tour à tour sur chacune des personnes présentes, semblant se fixer, donner le dernier adieu de celle qui bientôt allait être un esprit débarrassé du corps. La respiration devint plus courte, les yeux se fermèrent. On écouta : il n'y avait plus de souffle du tout, et alors un rayonnement se fixa sur la petite figure.

Comme si l'âme, qui, en s'envolant, avait laissé son empreinte sur l'argile mortelle, et planait encore au-dessus de leur tête, tous les assistants restèrent un instant sans mouvement, puis la conscience de la terrible réalité se répandit en eux, Jack s'élança hors de la chambre en poussant un cri d'angoisse, Lydia enfouit sa tête dans le sein de sa mère, et Mabel, tirant son voile sur sa figure, se glissa sans bruit au dehors.

La petite forme qui avait pris naissance dans l'atmosphère obscure de la cité, qui avait langui et dépéri dans les étroites limites d'une rue sombre et humide, était maintenant destinée à dormir son dernier sommeil dans ces murailles encombrées par les foules. On l'enterra sur le penchant d'une colline tranquille, où l'herbe et les fleurs sauvages pouvaient croître sur son petit tombeau, où les insectes de l'été et les oiseaux babillards pouvaient siffler et chanter au-dessus et où le murmure d'une eau courante chantait, tout près.

— On lui donnera une place parmi les pauvres de la cité, disait le petit marchand de lait au rude charretier, tournant la tête du côté de la fenêtre vide.

Owen Dowsh, car c'était le nom du charretier, le pensait aussi ; mais cela lui semblait une pitié.

Il ne fit que répéter la pensée du laitier qui avait le cœur aussi tendre que
sa voix était profonde et sonore.

— Il y a un petit cimetière hollandais dans un coin de la ferme de mon
père, dit le garçon ; il descend vers l'East River, et ne sert plus maintenant. Il
y a de la place pour beaucoup d'enfants comme elle ; dites-leur cela. Et voyez,
Owen, si l'idée leur convient, vous l'amènerez avec votre chariot cette nuit. J'y
serai avec ma bêche. Et ainsi nulle main mercenaire ne touchera à la petite tombe.

— Notre Jemmy a été sauvé il y a six mois, femme, dit un menuisier à la
figure pâle dont la boutique n'était pas loin, et voilà le cercueil que j'avais
confectionné durant cette longue semaine où vous attendiez sa mort. Je ne pourrais jamais le vendre. J'ai pleuré dessus plus d'une fois ; mais j'ai l'idée de m'en
séparer. Ce ne serait offenser personne, si j'aimais à voir cette petite aux cheveux
d'or qui avait un si joli sourire pour chacun, déposée dans le cercueil que
j'avais fait pour mon garçon. Il est très bon, et je le clouerai moi-même. Si
vous en parliez à la pauvre femme ? Parlez doucement et gentiment, femme ;
pauvre âme ! son enfant s'en est allée !

Un messager fut envoyé en temps utile par Mabel pour offrir toute l'assistance possible ; mais tout ce que l'amitié pouvait dicter avait été accompli déjà ;
les humbles voisins avaient lutté d'efforts pour consoler la famille et honorer la
mémoire de l'ange-enfant.

Les funérailles furent fixées au jour qui précédait celui où Mabel devait
quitter New-York. Elle arriva de bonne heure pour la funèbre cérémonie. La
maison était tranquille et en ordre parfait ; elle entra par la porte de la boutique,
mais la sonnette enveloppée ne donna aucun son. La petite Rosa, vêtue de ses
habits blancs, avait été placée dans la cuisine ; elle paraissait dormir, ses mains
menues paisiblement jointes sur sa poitrine, un sourire serein éclairait encore
ses traits, et la beauté restait à jamais fixée sur ce doux visage d'où la peine
avait fui. La mort n'avait pas seulement glorifié l'âme, elle avait transfiguré
la partie mortelle.

— Elle n'est pas ici, elle s'est envolée, dit une voix basse et solennelle tout
à côté de Mabel.

Elle regarda, ne sachant pas que quelqu'un était entré dans la chambre, où
elle s'absorbait dans sa contemplation. Elle reconnut aussitôt l'homme grand et

vénérable désigné par Louise sous le nom de Père Noé. Mabel ne put se rappeler son nom. Sans cérémonie il reprit la parole et continua :

— Vous avez connu cette enfant, car c'était une enfant par les années, ajouta-
t-il, comme il sentait que dans une certaine mesure, le terme pouvait être mal
appliqué.

Mabel s'inclina en signe d'assentiment, sa figure en larmes témoignait suffisamment de l'affection qu'elle avait ressentie pour elle.

— C'était une enfant étonnante, s'écria-t-il, d'un air méditatif, étonnante! Elle
avait accompli une belle œuvre dans ce voisinage ; une œuvre qui fait honte à
beaucoup de mes confrères. La mort n'a pas de pouvoir sur ceux qui lui res-
semblent, si ce n'est de les tirer de peine. Je suis heureux que vous l'ayez
rencontrée dans la vie, dit-il, après une pause.

Peut-être Mabel parut-elle surprise de l'intérêt personnel contenu dans sa
remarque, car il ajouta : « Oui, je suis très heureux que vous l'ayez connue. Je
ne doute pas que cela n'ait été pour son bien ; je suis sûr que ce sera pour le
vôtre.

— Elle... elle a été un ange pour moi, s'écria Mabel avec ferveur ; elle
l'est encore.

— Sa vie a été un exemple pour tous, dit le bon ecclésiastique. Ayant
ainsi parlé, il s'avança à la rencontre de Mme Hope dans la petite chambre du
fond et Mabel se détourna pour se remettre de son émotion.

Comme elle appuyait la main sur la cheminée au-dessus du poêle de la cuisine, elle découvrit un album de photographies ouvert, et, en le regardant de
plus près, elle y trouva le portrait de Rosy. Il avait été pris à quelque heureux
moment quand sa figure était souriante ; le petit fauteuil, son habillement
simple, et tous les traits de sa vie ordinaire étaient fidèlement rendus par l'instrument merveilleux. Mabel était étonnée de ne l'avoir jamais vu auparavant,
et elle admirait cette bienfaisante invention par laquelle le riche et le pauvre
peuvent également conserver une figure amie, quand Jack parut à côté d'elle et
essaya de parler. Excepté au lit de mort de Rosy, Mabel ne l'avait jamais vu
depuis qu'elle l'avait rencontré dans la boutique de l'épicier, et cette dernière
scène se présenta à elle quand elle se détourna et rencontra sa figure. Impres-
sionné par ce regard et à moitié frappé par son propre chagrin, le garçon fit en

vain plusieurs essais pour s'exprimer. Alors, montrant le portrait de sa sœur, ces paroles sortirent d'une voix brisée : « J'ai... J'ai payé ce portrait... avec... le dollar », et, vaincu par son émotion, il couvrit sa figure de ses mains et disparut par la porte.

Les voisins commençaient à s'assembler, et Mabel se retirant dans un coin fut touchée de les voir entrer. Il n'y eut nulle formalité, nulle cérémonie en les recevant et en les conduisant à leur place ; ils vinrent par groupes ; mais il n'y avait aucune confusion ; la petite maison n'en pouvait contenir la moitié ; et ils entraient à tour de rôle pour contempler une fois de plus les traits de l'enfant de la voisine, et ceux pour qui il n'y avait pas de place attendaient patiemment dehors. Tous les âges étaient représentés, depuis les vieilles femmes s'appuyant sur leur bâton jusqu'aux enfants portés sur les bras de leur père pour voir Rose une fois encore. Les fillettes de la petite classe étaient là, sans insigne de deuil, mais chacune, par une pensée instinctive et reconnaissante, portait le Testament, témoignage de Rose.

Le service commença enfin. Ce fut l'ecclésiastique dont nous avons parlé qui le dit, interrompu seulement par les sanglots qui retentissaient jusqu'au dehors. Il se termina par une hymne, tribut touchant et volontaire, des douces voix enfantines, simple offrande de cœurs aimants. Il y eut alors une pause, et la foule commença à défiler, attendant au dehors, jusqu'à ce que le petit corps fût porté au milieu d'elle. Il n'y avait aucun arrangement relatif aux porteurs, et une légère hésitation en fut la conséquence, mais un jeune homme de grande taille s'avança, ferma le cercueil, le leva doucement dans ses bras vigoureux et le porta lentement et tendrement à travers la foule rangée des deux côtés. La veuve et ses enfants suivaient Owen Dowsh, qui leur ouvrait ainsi un passage, ils prirent leur place dans la voiture, et bientôt ils se mirent en route. D'un avis unanime, l'assemblée forma une procession longue et régulière, et, s'avançant sur le trottoir, d'un pas solennel, elle suivit la voiture pendant un mille ou deux, et alors se dispersa pleine de tristesse.

Mabel se trouva seule dans la maison abandonnée. Elle avait laissé sa voiture à quelque distance, sentant que son riche équipage serait une dérision dans ce lieu attristé par le deuil. Elle considéra la petite boutique comme si elle lui avait dit un long adieu, puis s'avança dans la rue. Une vieille femme était là, appuyée sur un bâton, une très vieille femme, trop infirme pour suivre la procession de deuil, cette même femme qui vivait dans la maison d'en face, et avait accoutumé de veiller Rosy de sa fenêtre.

— Nous ne la verrons plus, dit-elle à Mabel, montrant le petit fauteuil vide avec sa béquille. Le ciel ne paraîtra plus si éloigné à un vieux corps comme moi, maintenant que je la sais assise à une fenêtre là-haut, attendant mon arrivée.

— Conduisez par la rue Bloomingdale, Donald, dit Mabel, quand elle atteignit sa voiture. Vous rejoindrez le convoi de l'enfant ; suivez à distance.

Ils firent ainsi, et comme la petite procession se dirigeait vers le modeste cimetière, Mabel descendit et se joignit aux assistants groupés autour du tombeau. Ils virent placer l'enfant dans son lit de repos. Ils restèrent et écoutèrent avec des cœurs tristes Owen et le laitier qui entassaient doucement la terre sur son cercueil, et ensuite ils partirent. Mabel s'attarda un peu derrière les autres. « Chère Rosy, pensa-t-elle, en s'asseyant sur l'herbe de la colline et en jonchant le monticule des fleurs qu'elle avait apportées à cet effet. « *Il t'a placée dans la verdure ; il t'a conduite à côté des eaux tranquilles ; ton pèlerinage terrestre fut pénible ; mais il a fini en paix, joie, et vie éternelle !* »

CHAPITRE XXIII

« Ma fille Marguerite me ressemble » était l'exclamation favorite de la vieille dame Vaughan. « Elle a plus de finesse dans son petit doigt que Sabiah dans tout son corps. »

Rien de plus vrai, car madame, maintenant veuve Ridgway, était douée de presque toutes les qualités agréables à sa mère, dont Sabiah manquait totalement. Orgueilleuse, ambitieuse, intéressée et égoïste, l'argent était à ses yeux le bien principal, et les distinctions sociales qu'il aide à obtenir lui paraissaient les plus précieuses. Vive et prévoyante dans son observation des hommes et des choses, elle manquait rarement d'arriver à ses fins et on ne connaissait personne qui pût prendre l'avantage sur elle dans une discussion ou dans un marché. Elle s'enorgueillissait d'être bonne ménagère, et de conduire sa maison selon les principes les plus serrés et les plus économiques. Le voisinage avait toujours cru qu'elle menait son mari, travailleur patient, qui professait une estime exagérée pour ses hautes capacités, et la reconnaissait comme sa meilleure moitié.

L'hospitalité était une vertu à laquelle elle n'avait nulle prétention ; car, à moins qu'elle n'y fût poussée par quelque motif éloigné, on savait qu'elle ouvrait rarement ses portes pour recevoir des hôtes. Après la mort de M. Ridgway, sa profonde solitude avait paru le motif pour lequel elle désirait la société de sa sœur ; mais ce n'était en aucune façon la cause principale qui lui avait fait envoyer une invitation à Sabiah. En premier lieu, son frère Jean lui montrant l'exemple, elle ne voulait pas être surpassée par lui dans le patronage d'une pauvre parente ; secondement, son esprit sagace voyait plusieurs moyens par lesquels Sabiah pouvait devenir un auxiliaire utile dans sa maison. C'était donc l'orgueil et le calcul, plutôt qu'une affection naturelle qui l'avaient poussée à offrir l'hospitalité à sa sœur.

L'apparente cordialité de son invitation à son neveu et à sa nièce n'était pas due à des motifs plus désintéressés. Quoique Mme Ridgway n'eût jamais voulu le reconnaître, elle ne se trouvait pas tout à fait satisfaite de sa position sociale à L..., et comme cette ville représentait le monde pour elle, atteindre cette position désirable était sa plus haute ambition sur terre. A vrai dire, son mari avait longtemps été le prêteur d'argent de l'endroit, et son père avant lui. Il existait à peine une famille de marque dans le voisinage qui ne se fût trouvée en relations d'affaires, dans quelque génération éloignée, ou dans la personne de quelqu'un de ses membres, avec le vieux ou le jeune Ridgway ; et la veuve de ce dernier pouvait se vanter du bon ou du mauvais état de leurs finances à chaque mariage qu'ils avaient fait, à chaque branche de leur arbre généalogique.

Quoique sa sphère d'action et d'observation eût été très limitée, Mme Ridgway connaissait le monde et ne se fût pas trompée dans ses calculs. M. John Vaughan était connu de réputation dans son pays natal. New-York n'était pas tellement distant que le bruit de sa richesse, de sa situation et de son alliance mondaine n'eût atteint les oreilles de ceux qui se rappelaient sa jeunesse, et la langue active de Mme Ridgway n'était pas nécessaire pour qu'on parlât de la beauté de sa fille ou des talents de son fils, né à l'étranger.

Ainsi, quand la tante, comptant sur l'attrait de ses visiteurs attendus, osa arrêter la voiture du membre du congrès pour causer un peu plus familièrement que d'habitude avec sa femme et terminer en disant : « J'attends mon neveu et ma nièce la semaine prochaine ; vos jeunes gens pourront venir », une figure de jeune fille assise sur le siège de devant parut s'animer et la dame elle-même répliqua sans hésiter : « Ils iront certainement. Quel jour les attendez-vous ? »

Et quand elle se trouva avec Mme Paradox dans les bas-côtés de l'église, elle lui dit un peu brusquement : « Ainsi mon neveu doit étudier les lois près de votre mari, à ce que j'apprends, » la splendide Mme Paradox pressa la main de Mme Ridgway avec un peu plus de chaleur que d'habitude en répliquant : « Oui, c'est une très agréable addition à notre cercle, » et pensa : « C'est aussi une grande chance pour une de mes jolies filles. »

Ainsi l'arrivée de l'élève du Juge et de sa sœur, la beauté de New-York, n'amena pas peu d'excitation dans l'endroit. La première apparition de Mabel avec Mme Ridgway dans l'église fut la réalisation d'un espoir longtemps retardé, et ce fut avec un grand désappointement que beaucoup d'yeux cherchèrent le frère, qui, en dépit des regards offensés de sa tante et de ses protestations, demeura à la maison couché sur un sopha. Il avait peut-être bien fait d'attendre, car la présence de Mabel seule se trouva suffisante pour tourner les têtes de toutes les jeunes filles de la paroisse. Sa taille, son vêtement, son teint furent dûment étudiés, et plus d'une petite vaniteuse passa le temps du sermon à se procurer mentalement un échantillon d'une gracieuse voilette qui donnait au chapeau de paille de miss Vaughan un air si gentil.

Dans le cours de la semaine, chacun lui fit visite, et des fêtes variées, retardées à cause d'eux jusqu'à ce jour, commencèrent à faire le sujet des conversations et des préparatifs.

Les manières de Mabel, sa beauté, ses vêtements bien portés ne furent pas une petite source de nouveauté et d'intérêt ; mais les innovations et les surprises que Henry introduisit étaient d'une nature encore plus originale aux yeux des bourgeois. Son tilbury anglais était d'un style qu'on n'avait pas encore vu à L...; ses poneys gris à tous crins ne pouvaient pas être surpassés dans la contrée ; mais toutes ces merveilles furent éclipsées par l'arrivée de sa fameuse jument trotteuse, *Mad Sallié*, qu'il avait commandé d'envoyer après lui et qui, avec sa couverture de fantaisie et sa queue tressée, fut l'objet des conversations à dix milles à la ronde.

Ainsi la ville de L..., loin d'être un lieu de calme et de repos pour l'été, avait été soudain mise en fermentation, et Mabel et Henry se trouvèrent dans le centre même d'un tourbillon et d'une rumeur qu'ils avaient créés.

— Pourquoi faut-il que je descende ? tante Sabiah, disait Mabel quand les visiteurs du matin étaient annoncés ; ils ne viennent pas pour me voir et c'est si agréable d'être tranquille à la campagne.

— Oh ! n'appelez pas notre ville la campagne, ma chère, répondait Sabiah, d'une voix suppliante, tante Marguerite ne serait pas contente ; en outre, il faut que vous descendiez. Ils viennent pour vous voir, *et elle* serait terriblement fâchée.

Un moment après, M^{ma} Ridgway, rouge et essoufflée d'impatience, passait la tête à la porte, s'écriant : « Hâtez-vous, Mabel! Mais mon enfant, je désire que vous mettiez votre robe lilas. Ce sont les Tels et Tels. Hâtez-vous de descendre ; ce sont des gens si agréables ; ils ont tant d'attentions pour moi depuis la mort de M. Ridgway. » Alors Mabel prenant un sourire qui masquait la contrainte de son cœur descendait et faisait de son mieux pour la satisfaire.

Quant à Henry, il trouva bientôt son niveau dans cette nouvelle sphère. Il y a une franc-maçonnerie parmi les jeunes viveurs, et, qu'ils aillent n'importe où, ils découvrent bientôt leurs compères et en sont reconnus à leur tour. Changé de théâtre et soulagé des embarras qu'il avait semés autour de lui à New-York, il s'arrêta pour un temps dans sa conduite légère, et Mabel commença à espérer que ses soins continuels, son influence, la contrainte imposée dans la maison de sa tante, l'intérêt dans l'étude de sa profession seraient une sauvegarde efficace, le rendraient enfin à lui-même. Mais il arriva, par malheur, qu'une université voisine donna congé aux étudiants pour les vacances d'été, et parmi les jeunes gens oisifs qui étaient ainsi rendus à la société, Henry trouva des esprits plus à son goût que ceux qui étaient enfermés avec lui dans les murs du bureau du juge Paradox. L'audacieux champion de la cité, dont les chevaux rapides faisaient l'admiration du voisinage, et qui par ses manières attractives, ses façons géné-reuses s'était acquis une popularité universelle, ne put résister à la tentation de négliger l'insipide étude des lois et de s'engager dans ces excursions, ces pro-menades en voiture, ces parties de chasse et de pêche qui n'auraient aucun inconvénient, n'était la perte de temps qu'elles occasionnaient, et, la folie, l'extravagance où elles pouvaient conduire.

Quelques bonnes résolutions qu'il pût avoir formées, quelques efforts qu'il eût faits pour se gouverner, il devint bientôt évident que les premières étaient minées par la tentation et que les derniers se trouvaient insuffisants pour y résister. Mabel vit avec chagrin ses courtes espérances s'éteindre et trembla plus que jamais pour la carrière sans frein de son frère.

Une quinzaine de jours après son arrivée à L..., Mabel reçut une lettre de sa sœur, M\ :superscript:{me} Leroy. Elle était datée de Trenton, où les excursionnistes, après avoir passé quatre semaines à voyager, s'étaient accordé quelques jours de repos avant de se séparer définitivement. Après avoir fait un récit du voyage, Louise ajoutait : « Cela n'a pas été si drôle, après tout.

« .Nous avons eu beaucoup de désagréments à propos du choix des meilleures
« chambres dans les hôtels. Fan Broadhead semblait croire que le monde est
« fait pour elle seule. Mme Vannecker manœuvrait, comme elle fait toujours,
« pour avoir le meilleur de tout ; mais je défendais mes droits de temps en
« temps, car je n'ai pas envie d'être mise de côté par les autres. Fan et le
« colonel se querellaient, c'était scandaleux. Mme Earle a causé beaucoup
« d'ennuis aussi ; elle a été malade depuis que nous avons quitté le Niagara ;
« et mes enfants m'ont ennuyée à mourir. Célicia ne peut les diriger du tout.
« Personne m'a semblé aussi heureux que Dudley et une Mme Wolfe, la veuve
« anglaise qui était à la noce de Fan. Elle est jeune, jolie et sentimentale ; elle
« parle poésie, beaux-arts, etc., M. Dudley lui est parfaitement dévoué. Ils font
« des promenades au clair de la lune, s'assoient sur les rochers et composent des
« sonnets. C'est une cour en règle. M. Earle l'appelle la *dernière* de M. Dudley.
« Je ne puis voir ce qu'il peut trouver à aimer en elle. Elle se rend très désa-
« gréable à tous les autres. J'irai d'ici à Newport et vous aviserai de m'y ren-
« contrer. Si vous avez été une quinzaine chez la tante Ridgway, vous devez
« avoir besoin de changer de scène et d'air. Je lui ai fait une visite une fois
« quand j'étais petite fille et je ne l'oublierai jamais. Je n'ai pas entendu parler
« de M. Leroy depuis un mois. Je suppose qu'il y a des lettres pour moi à New-
« York. Dites à Henry qu'il ferait bien de venir à Newport et d'amener ses
« chevaux. »

Mabel avait lu et relu cette lettre une demi-douzaine de fois ; elle avait
réfléchi et pleuré sur son contenu et elle était encore ouverte sur ses genoux,
quand sa solitude fut troublée par l'arrivée de sa tante Sabiah. C'était maintenant
une de ses épreuves d'avoir rarement une heure dont elle pût jouir sans interruption. Tante Sabiah la troublait rarement cependant ; c'était plutôt le remue-
ménage de Mme Ridgway qui lui dérobait sa tranquillité. Elle essaya de paraître
contente quand tante Sabiah entra avec précaution, jeta un coup d'œil autour
d'elle et ferma ensuite la porte derrière elle.

— A votre place, j'irais à la réunion de ce soir, Mabel, dit-elle d'une voix
adoucie, comme si elle croyait que quelqu'un écoutât au trou de la serrure ; *elle*
l'a résolu.

— Oh ! ne me demandez pas cela, tante, répliqua Mabel, un peu impatientée, se levant brusquement de son siège, et mettant la lettre dans sa poche. Je ne puis y aller ; je suis tout à fait abattue. Chacun a ses moments, ajouta-t-elle, comme Sabiah levait les yeux de la lettre à sa figure.

— Eh bien ! vous avez reçu une lettre de Louise ; il n'est pas étonnant que vous soyez hors de vous ; cela me fait le même effet. Mais vous vous trouveriez mieux d'aller à cette réunion, de voir les jeunes gens et de prendre du bon temps. *Elle* n'était pas contente, hier, quand vous parliez de n'y pas aller.

— Cela ne peut rien lui faire, dit Mabel. Elle croit que je me réjouis de ces choses ; mais cela ne me cause aucun plaisir, tanté, je ne puis supporter de voir tant de gens. Elle n'y va pas elle-même, j'aime mieux rester à la maison avec elle et avec vous.

— Eh bien ! mais voyez-vous, ma chère, ce n'est pas une occasion ordinaire. Mme Bloodgood, qui donne cette soirée, est la femme du membre du Congrès pour ce district. C'est une belle famille et une des plus anciennes des alentours. J'ai beaucoup entendu parler d'eux et de tous leurs hauts faits quand je vivais à la maison. *Elle* n'avait pas de rapports avec eux avant votre arrivée ; *elle* compte sur votre présence et votre belle apparence. Ce serait fâcheux de la tromper ; vous ne savez pas comme elle tient aux choses quand une fois elle les a en tête. Sabiah parlait rapidement, plaidant la cause de sa sœur comme la sienne propre et trahissant en même temps son appréhension de ce déplaisir, que de bonne heure elle avait appris à craindre.

Dans des circonstances ordinaires, Mabel se serait crue obligée de se prêter aux désirs de ses deux tantes, dût-il lui en coûter quelque sacrifice. Mais son présent état d'esprit lui rendait pénible à l'extrême la pensée de paraître devant une foule étrangère ; et elle s'efforça de parer les arguments de Sabiah par ces mots : « Mais je ne serais pas bonne à montrer ; je ne me ferais aucun honneur ni à ma tante Marguerite ni à moi-même ; je ne me sens pas bien ; je suis triste et malheureuse. »

Elle prononça ces derniers mots presque au hasard ; mais Sabiah, les interprétant naturellement, répliqua avec un sympathique reproche : « Eh bien ! enfant, je suppose que c'est vrai, du moins une partie du temps. Je ne m'étonne pas que vous le soyez. Sans doute, vous vous tracassez au sujet de Henry, mais vous n'y pouvez rien et je trouve inutile d'y penser. Il n'ira pas à la soirée,

vous pouvez y compter, ainsi vous auriez tort de vous en tourmenter. Il y a une
belle course à cheval d'ici chez M. Bloodgood, Mme Paradox vous a envoyé inviter
à venir dans sa voiture et vous pouvez la prévenir par un mot que vous irez ;
tout sera arrangé, vous aurez un beau temps, et Marguerite sera contente, et... »

L'énumération faite par Sabiah des heureux résultats de la complaisance de
Mabel fut interrompue en cet endroit par la voix éclatante de Mme Ridgway,
s'occupant du ménage, et Sabiah dut se retirer vivement. Mabel lui dit comme
elle partait : « En vérité, je ne puis y aller, tante Sabiah. Je désire que vous le
disiez à tante Marguerite. »

Cette affaire prit cependant une tournure tout à fait nouvelle quand Henry
déclara d'une façon inattendue son intention d'accepter l'invitation.

— Vous avez raison, Henry, cria sa tante Marguerite, qui, l'ayant entendu
exprimer son mépris pour des réunions de cette espèce, ne pensait guère qu'il
consentît à en faire partie. Vous ne perdrez rien à continuer vos relations avec
les Bloodgoods. J'ose dire qu'il n'y a personne dans la contrée pour recevoir
comme eux.

— C'est une jolie course en voiture d'ici là, en tout cas, dit Henry, d'un air
indifférent. Tout le monde y sera. J'ai été présenté au jeune Bloodgood ce matin
à Lake House, où je pêchais, et c'est un charmant compagnon. Il a insisté pour
me voir chez son père, ce soir, et je lui ai promis que j'irais. Cette soirée est
préparée pour un jeune homme de la ville très populaire dans le voisinage. Il a
été quelque peu à l'extrémité du monde, et il doit continuer demain ses voyages.
Il n'a que le temps de donner le bonsoir à ses amis et de repartir.

— Qui peut-il bien être ? s'écria Mme Ridgway. Ne pouvez-vous vous rappeler
son nom, Henry ? Ne disiez-vous pas qu'il était un parent de la famille ?

Mais Henry ne pouvait rien ajouter de plus ; la curiosité et l'étonnement de
sa tante étaient excités au plus haut point, elle se mit à revoir l'arbre généalogique des Bloodgoods dans toutes ses branches, s'efforçant de désigner exactement l'individu que la famille était si prompte à honorer.

Mabel, perdue dans sa rêverie, n'avait fait attention à rien qu'à l'annonce des
intentions de Henry ; elle leva les yeux d'un air distrait, et quand il ajouta
immédiatement : « Avez-vous l'intention de venir ; May, voulez-vous ? » elle dit
à voix basse : « Oui, si vous voulez me prendre avec vous. »

— Ah ! Ah ! s'écria la tante, d'un ton moqueur, mais satisfait. Vous ne pouvez résister à ce jeune étranger. Je pensais bien que c'était tout ce qui manquait : un hôte distingué qui fût digne de vos meilleurs sourires. »

Avec une conception obscure de ce que sa tante laissait entendre, mais voulant que son changement de décision pût être attribué à toute autre cause qu'à

POUR VOIR LES JEUNES CITADINS PARTIR. (P. 223).

son motif réel, Mabel laissa passer la remarque sans la relever et même se soumit patiemment à une succession de sarcasmes, plutôt grossiers que méchants, car Mᵐᵉ Ridgway était trop satisfaite du succès qu'elle avait remporté pour être désagréable avec intention.

— Maintenant mettez-moi quelque chose de beau, lui dit impérieusement sa tante qui la trouva assise seule dans sa chambre, la lettre de Louise encore dans ses mains ; car elle avait momentanément oublié la cruelle épreuve qui l'attendait dans la soirée. « Allons, laissez-moi voir vos robes. » Et sans cérémonie, sa tante opiniâtre avait levé le couvercle de sa malle de voyage, qui contenait les plus riches articles de sa garde-robe et les passait en revue l'un après l'autre.

Comme on pouvait s'y attendre, elle fit choix de la robe de bal la plus gaie et la plus riche de toutes. Mabel aurait bien pleuré de dépit en voyant la persévérante énergie avec laquelle elle insistait pour faire adopter à sa nièce un costume aussi peu approprié à la circonstance qu'à son état d'esprit. A la fin un compromis eut lieu par lequel une exquise mousseline foncée remplaça le costume en soie claire, et quoique le tissu délicat de la première, sa garniture et sa broderie choisie la rendissent peu convenable aux yeux de Mabel pour une promenade de six milles en voiture, elle fut reconnaissante de l'avoir en partie emporté sur le mauvais goût de sa tante et d'avoir la permission d'espérer que, vêtue en blanc, elle ne paraîtrait pas si en évidence.

Ce fut un moment d'orgueil pour Mme Ridgway quand le petit phaéton d'Henry s'arrêta devant la porte, et que sa jolie nièce descendit l'escalier, vêtue à la plus nouvelle mode, quoiqu'elle eût désiré lui voir un vêtement plus gai. Alors Henry parut avec une chemise à petits plis comme elle ne se figurait pas que les jeunes messieurs en portassent à cette époque. Elle les accompagna jusqu'au portail pour relever la robe de Mabel et étendre un châle sur ses genoux. Le juge Paradox passa et salua, et les voisins coururent aux fenêtres pour voir les jeunes citadins partir ; finalement, l'intraitable jument, après beaucoup de vains essais, se mit à piaffer sérieusement dans la rue. Sabiah, pendant ce temps, se tenait à la porte, tourmentée en son pauvre cœur, de peur que *Mad Sallié* ne rompît le cou de Mabel, car elle ne se serait jamais pardonné d'avoir persuadé à la chère enfant de courir un si terrible danger.

CHAPITRE XXIV

— L'avez-vous vue ? oncle Bayard, dites-moi, l'avez-vous vue ? s'écriait vivement une jeune fille de seize ans, au teint animé, qui était assise dans la voiture du membre du Congrès, le jour où Mme Ridgway annonçait l'arrivée de ses hôtes. Cette vive remarque était adressée à un grand jeune homme au large front, à la physionomie singulièrement franche et noble que la petite fée venait de rejoindre, le soir de la réunion chez M. Bloodgood et qu'elle saisissait par le bras en forme de jeu, tandis qu'elle lui posait cette question.

— Vue, qui ? demanda-t-il, avec un sourire indiquant qu'il savait très bien de qui elle voulait parler.

— Vue, qui ? répéta la jeune fille d'un air moqueur. Oh non ! oncle Bayard, vous n'avez pas besoin de faire l'ignorant. Je vous ai surpris à la regarder plus de cinq minutes ; ainsi, dites-moi, que pensez-vous d'elle ?

— Que dois-je penser d'elle ? Allons, enseignez-moi encore ma leçon, Minette, dit le jeune homme, évitant une réponse directe.

— Ah ! vous n'avez pas besoin de me le demander, dit la jolie petite Miss, le fixant finement en face. Vous l'avez étudiée entièrement. Je vous ai observé dans la glace, vous ne l'avez pas quittée des yeux pendant cinq... oui, pendant dix minutes.

— Et quel a été le résultat ? Avez-vous vu aussi mes pensées se refléter dans la glace ?

— Oui et bien clairement. Vous la trouvez la plus belle, la plus élégante, la plus magnifique créature que vous ayez jamais considérée en votre vie ; si vous ne l'aviez pas fait, je ne vous pardonnerais pas. Maintenant, dites-moi, continua-t-elle, en le câlinant, n'est-elle pas splendide ?

— Oui, Bessie, mais elle ressemble à un glaçon !

— Oh ! quelle comparaison cruelle, méchante, injuste ! s'écria l'enthousiaste Bessie, s'échappant avec ressentiment de la main que dans son empressement elle avait saisie tout à l'heure. Vous ne diriez pas cela si vous la connaissiez. Elle est aussi charmante qu'elle est belle.

— Je ne voudrais la connaître en aucune façon, persista l'entêté Bayard.

— Pourquoi non ? dit Bessie, rejetant sa tête en arrière, d'un air de défi.

— Je craindrais de geler ; et il feignit un léger frisson, comme s'il sentait soudain un courant d'air froid.

— C'est assez de vous entendre parler pour me glacer, répliqua avec énergie ce champion de la beauté. Vous ne méritez pas de faire sa connaissance, et j'espère presque que vous n'en aurez pas la chance. Je ne vous présenterai pas.

— Résolution très charitable, répondit son jeune oncle. Je ne puis concevoir un plus grand danger que d'être amené en collision avec ce brillant...

— Arrêtez ! Arrêtez ! ne dites pas un mot de plus, cria Bessie, essayant de lui fermer la bouche avec sa petite main.

Le grand jeune homme rejeta la tête en arrière pour échapper à cette entreprise sur sa liberté de parler et continua en riant : « Je suis prêt à l'admirer au contentement de votre cœur, Bessie, seulement à distance,... comprenez.

— Fi ! oncle ! quel poltron !

— C'est vrai, petite Bess, je plaide coupable [1] à cette accusation, dit Bayard prenant un ton plus sérieux que celui dans lequel le dialogue avait été conduit jusqu'ici. Un homme vivant comme je le fais, là où la vie est ouverte, simple et délivrée de toutes conventions, apprend à aimer, au suprême degré, une femme fidèle et dévouée, capable de s'oublier elle-même dans l'étendue de son zèle pour les autres, comme ma petite amie a fait ce soir ; mais, Bessie, si je lis bien dans sa figure, votre miss Vaughan est froide, orgueilleuse et confiante en elle-même. J'avoue qu'une telle femme m'effraie.

— Mais, oncle, son sourire est captivant, et ses manières pleines de charme, s'écria Bessie.

— Le sourire semble naître par force, et ses manières sont trop étudiées

---

[1] Devant le jury anglais, la première question posée à l'accusé est celle-ci : « Plaidez-vous coupable ou non coupable ? » S'il plaide coupable, la procédure est simplifiée et n'a plus affaire qu'au juge et non au jury.

pour paraître attractives. Toutes les grâces du monde ne sont pas une compensation pour le manque de gaieté et de simplicité... Ici, il s'arrêta brusquement, car Bessie levait son doigt en manière d'avertissement. Cette fois elle était évidemment sérieuse et un léger froissement de robe dans le voisinage immédiat de l'interlocuteur lui recommanda une prudence qui, cependant, venait trop tard pour éviter la gêne d'avoir été surpris.

Cette causerie avait lieu dans la bibliothèque de Mme Bloodgood qui se trouvait évacuée en ce moment par la foule des visiteurs, massés dans le vestibule et les salons, et les interlocuteurs avaient tout à fait oublié ce fait que, se tenant comme ils faisaient, tout près des portes ouvertes, chaque mot de leur dispute animée pouvait être entendu distinctement par une personne placée de l'autre côté de la séparation. Fatiguée de ses efforts inutiles pour reprendre son calme, Mabel avait, un moment auparavant, cherché un refuge contre la cheminée et la cloison de la bibliothèque, et tandis qu'elle s'efforçait ostensiblement de faire connaissance avec un enfant qui avait eu la permission de veiller au delà de son heure habituelle, elle luttait pour rassembler et rafraîchir ses sentiments épars et ses forces épuisées. On peut bien croire qu'elle ne fut guère aidée dans ses efforts par le dialogue ci-dessus, dont chaque mot arrivait à ses oreilles quoiqu'elle n'eût aucun soupçon de la personne dont il était question, jusqu'à ce que son nom eût été prononcé.

Comme un daim en fuite qui, en cherchant un lieu de repos, se trouve aussitôt pourchassé de nouveau, elle s'élança et, sans regarder la direction d'où venaient les voix, elle marcha d'un pas rapide vers l'autre extrémité d'une salle bien remplie, mettant ainsi un groupe entre elle et les infatigables bavards. Elle avait reconnu la voix vive de Bessie ; mais celle de son oncle ne lui était pas familière, et ayant gagné un abri dans la foule, elle ne put s'empêcher de se retourner afin de découvrir qui pouvait l'avoir jugée avec tant de sévérité. Elle avait traversé la pièce dans une direction telle qu'elle aurait été incapable de le faire si Bayard avait gardé sa première position, mais un peu de curiosité l'avait conduit dans la baie de la porte, et comme elle levait timidement sa figure toute couverte d'une rougeur brûlante, elle rencontra l'œil bleu, clair et honnête du jeune homme fixé sur elle, et le sien se baissa d'instinct, tandis que son agitation croissait visiblement.

Si le jeune homme n'avait eu déjà le regret des paroles qu'il venait de prononcer, le regard, suppliant et chargé de reproches de la jeune fille lui en aurait donné. Il ne découvrit ni mépris orgueilleux, ni défi hautain dans le gentil abandon de la tête, dans la rougeur pénible qui couvrait ses joues, en s'entendant ainsi condamner pour des sentiments absolument contraires à ceux qu'elle éprouvait ; il n'y avait pas l'ombre de colère dans la physionomie qui exprimait la tristesse, non l'amertume ou le ressentiment.

— Oh ! oncle Bayard, s'écria Bessie, aussitôt qu'elle put revenir de sa consternation ; elle a tout entendu !

— Cela doit être, dit Bayard, d'un ton de regret.

Bessie, avec son bon cœur, s'abstint de lui faire des reproches, quoiqu'elle ressentît à peine moins de chagrin que Mabel elle-même. Elle triompha, cependant, quand le jeune homme, après avoir suivi des yeux l'objet de ses remarques, et avoir vu le sang monter vivement à ses tempes, se tourna vers sa petite nièce et lui dit : « Bessie, elle m'a convaincu, là où vous n'aviez pas réussi ; je suis d'accord avec vous : ce n'est pas un glaçon. »

C'était la confession d'un esprit candide, aimant la vérité ; mais malheureusement Mabel n'en put avoir le bénéfice, et comme beaucoup auraient fait en des circonstances semblables, elle sentit qu'un cœur surchargé et humilié, lorsqu'il cherche à cacher son secret aux yeux indifférents du monde, est exposé aux mauvaises interprétations et aux reproches non mérités. Mais elle trouvait une certaine consolation à penser, que sauf dans un moment d'oubli, elle avait avec succès feint une tranquillité qu'elle n'éprouvait pas, et cette pensée lui rendit le calme encore une fois, elle continua à mesurer ses paroles et ses sourires, que Bayard, avec beaucoup de discernement, avait jugés artificiels et forcés. Ce lui fut un soulagement cependant quand on proposa de faire de la musique, et que tous, sauf les chanteurs, eurent la permission de garder le silence.

Il y avait plusieurs belles voix parmi la compagnie, et plusieurs chants populaires ayant été demandés, Mabel consentit à jouer l'accompagnement, exercice difficile dans lequel elle avait toujours eu du succès. Satisfaite d'une charge qui pour elle ne demandait qu'un effort mécanique, elle était heureuse d'entendre la belle voix de basse d'Henry, de sorte qu'elle joua longtemps sans s'apercevoir de la fatigue, et reçut, avec sa douceur et sa grâce naturelles, les remercîments du groupe qui l'entourait. Elle occupait encore le tabouret et causait avec le plus vieux des Bloodgoods qui se tenait à côté d'elle, quand elle s'aperçut que quelqu'un attendait pour prendre sa place à l'instrument ; levant les yeux, elle reconnut l'individu qui, peu de temps auparavant, avait critiqué ses manières.

Peut-être la promptitude qu'elle mit à lui céder la place et à se retirer en dehors du cercle rappela au jeune homme la crainte qu'il avait exprimée touchant son voisinage ; mais ce n'était affaire qu'entre sa conscience et lui, car elle répondit à ses excuses d'homme bien élevé, quand il prit sa place, avec une gracieuse courtoisie et ne témoigna aucun ressentiment dans sa contenance lorsqu'elle la lui céda.

Comme l'instrument était placé de façon que l'exécutant faisait face à la compagnie, et qu'elle craignait l'embarras de rencontrer encore son regard, elle s'échappa exprès par le salon de derrière dans la bibliothèque, s'appuyant sur le bras de son hôte qui, bientôt, fut appelé par un domestique. Restée seule parmi des étrangers, elle ne put s'empêcher d'écouter avec plaisir la symphonie lente et pleine de sentiment qui venait du piano, et elle faisait intérieurement ses réflexions sur le goût et l'habileté de l'exécutant quand il commença soudain à chanter. Comme toute la compagnie se taisait, les notes vibrantes de sa voix arrivaient à son oreille, adoucies par la distance. Jamais, auparavant, Mabel n'avait entendu pareille musique. La voix très large et très douce possédait aussi les avantages de la plus haute culture ; ces qualités étaient rehaussées, et leur effet augmenté à un haut degré, par la pureté de sa diction, la puissance d'expression et le relief qu'il donnait aux paroles. C'était l'éloquence, jointe à l'harmonie. Il chantait maintenant le *Stabat* de Rossini, et l'effet de cette musique sublime était augmenté par le silence qui régnait dans les chambres, et par l'attention soutenue de ceux mêmes qui n'étaient pas susceptibles ordinairement de s'émouvoir de cette façon. Quoique les notes, claires et pleines, pénétrassent jusqu'aux appartements les plus éloignés de la maison, Mabel se trouva instinctivement attirée vers l'endroit d'où ils partaient, comme si elle eût voulu s'assurer qu'elles n'avaient pas leur source dans une illusion des sens ; et, oubliant son désir d'éviter la présence du jeune étranger, sans bruit, mais sans hésitation, elle se glissa à travers le vestibule, et stationna au milieu d'un petit groupe d'auditeurs dans la baie de la porte, en face du piano.

Elle n'avait pas osé examiner sa figure attentivement jusque-là ; maintenant elle ne pouvait s'empêcher de le faire et fut obligée de reconnaître que la physionomie était digne du talent, physionomie dans laquelle la douceur et la force s'harmonisaient parfaitement. Il pouvait avoir vingt-cinq ans, quoique la fraîcheur et la beauté de son teint lui donnassent une apparence plus jeune. Il ne portait pas de barbe et sa chevelure, légèrement bouclée, était négligemment rejetée en arrière, découvrant un front intelligent, fortement développé ; son grand œil bleu était calme, clair et serein, tous ses traits indiquaient la résolution et l'énergie. Sa taille remarquable, sa poitrine bien développée, sa tenue droite et ferme démontraient la force physique et la résistance ; bref, il pouvait être pris pour type de ces anciennes races du Nord, célèbres pour leur beauté et leur hardiesse. Mabel se souvint d'avoir vu un tableau représentant un groupe de jeunes Normands du temps de Hengist et de Horsa dont l'un avait avec lui une forte ressemblance. Son apparence ajoutait beaucoup à l'effet produit par sa musique, qu'il chantait sans effort apparent, et il semblait tout à fait ignorant de l'effet produit sur ses auditeurs, tandis qu'un léger sourire sur son visage indiquait le plaisir avec lequel il se laissait aller aux émotions de son âme, et quand il se leva de son siège au milieu du silence le plus profond, il n'y avait pas la plus légère marque de triomphe dans sa manière. Mais recevant sans affectation les applaudissements de ses voisins, et refusant de se rasseoir à l'instrument, il entra avec une respectueuse vivacité en conversation avec le père de Mme Bloodgood. Ce dernier, un monsieur très âgé, paraissait le questionner avec intérêt et écouter attentivement ses réponses; tandis que la plus jeune enfant de la maison qui s'était appuyée contre lui, le dévisageant tant qu'il avait chanté, continuait de garder la même attitude confiante, et lui laissait passer la main dans ses boucles soyeuses ; sa contenance avec tous deux témoignait de son caractère, car une noble fermeté du cœur et de la volonté était unie chez lui à une douce bonté, de façon que les vieillards pouvaient l'estimer et les enfants le chérir.

Quoique Mabel eût des raisons pour définir le voisinage de L... un district rural en comparaison de New-York, Mme Ridgway avait eu raison aussi en affirmant que personne ne pouvait recevoir une société avec plus de distinction que le membre du Congrès, et elle aurait pu ajouter aussi que nulle cité n'était capable de fournir une collection d'hôtes plus choisis que ceux qu'il rassemblait dans sa maison. Toutes les familles les plus cultivées à dix milles à la ronde étaient représentées, les hommes politiques notés étaient venus d'une plus grande distance, de jolies jeunes filles et de jeunes collégiens fort gais faisaient passer le temps joyeusement, tandis que l'hôte n'épargnait aucune peine pour rendre la fête mémorable.

La salle du souper, magnifiquement décorée, avait été laissée ouverte depuis le commencement de la soirée, et du moment où le souper fut annoncé jusqu'à ce que la compagnie quittât la maison, elle fut plus ou moins fréquentée. Vers la fin de la soirée, cependant, elle fut presque exclusivement occupée par les messieurs qui, après s'être d'abord assidûment occupés des dames, y retournèrent se servir des huîtres chaudes, et boire à la santé l'un de l'autre avec plus de liberté qu'ils n'auraient osé le faire en présence de leurs mères, de leurs filles ou de leurs femmes. C'était en tremblant que vers la fin de cette soirée, Mabel errait près de la porte de cette salle, espérant vainement attirer l'attention de Henry, et sous prétexte de la longueur de la route, lui persuader de revenir à la maison. Il se trouvait en face d'elle, mais la table du souper était entre eux, et dans l'hilarité croissante, il lui était impossible d'attirer l'attention de son frère, tandis que chaque moment de retard lui faisait craindre qu'elle n'eût pas assez d'influence pour se faire écouter. Plusieurs de ses connaissances passèrent et repassèrent, et plus d'une l'invita à retourner dans le salon ; mais elle persista à refuser, alléguant qu'il faisait plus frais dans le vestibule. De temps en temps, un grand éclat de rire lui causait une peine subite, tandis que chaque bouteille nouvelle que l'on débouchait l'agitait d'un frisson nerveux. Au milieu d'un cercle de jeune étourdis se tenait Henry ; non Henry, mais cet être étrange qu'il devenait quand il n'était plus maître de lui-même. La plaisanterie légère passait d'une lèvre à l'autre, et chacun avait en main le verre de liqueur mousseuse en attendant le toast à venir, quand Bayard, sortant du salon d'un pas hâtif, passa près de Mabel sans l'observer, et s'arrêtant à la table, prit un verre et un broc qui se trouvèrent vides.

— Ah ! Louis, dit-il à un domestique, qui se trouvait près de là et qu'il connaissait évidemment, il n'y a pas d'eau ici, et j'ai besoin d'un verre d'eau pour miss Bessie.

Le domestique prit la carafe pour la remplir, et durant le moment de délai qui suivit, le jeune homme considéra le groupe des convives placés devant lui avec un visage sérieux et méditatif où il y avait, cependant, moins de mépris que d'inquiétude et de commisération. Comme le domestique lui présentait le verre d'eau et qu'il quittait la pièce avec empressement, il fut suivi par deux ou trois des jeunes gens les plus bruyants qui, passant à la porte en même temps que lui, se disaient l'un à l'autre : « Fred a parié avec ce jeune homme de New-York à qui boirait le plus de champagne et Bloodgood sera l'arbitre. Fred a gagné certainement. New-York devient fou. Je vais conduire ma mère à sa voiture et alors je reviendrai voir la chose. » Au même moment, la voix de Henry criait violemment à l'intérieur : « Ici, garçon ! apportez encore du vin. » Dans la hâte et l'excitation de leurs mouvements, un des jeunes gens insouciants qui passaient la porte en même temps que Bayard lui choqua rudement le bras, lui faisant répandre une certaine quantité de l'eau qu'il portait, sur la robe et le bras de Mabel, laquelle se tenait, comme nous avons dit, juste à l'entrée du vestibule. Il se retourna vivement pour s'excuser de l'accident mais les mots expirèrent sur ses lèvres quand il la reconnut ; il observa l'expression de sa physionomie et comprit en un moment sa situation pénible. Sa figure était d'une pâleur mortelle, ses lèvres décolorées étaient fortement serrées, et sa main se cramponnait nerveusement aux crochets d'un porte-chapeau qui se trouvait là ; tandis que la souffrance intense écrite sur ses traits, le regard suppliant et à demi hébété avec lequel elle rencontra les yeux maintenant fixés sur elle, étaient bien propres à exciter la plus tendre compassion sur sa conduite.

Bayard n'était pas homme à rester insensible à cet appel silencieux et inconscient de la malheureuse jeune fille ; sans pouvoir en expliquer la raison, elle trouva de l'encouragement dans le regard par lequel il répondit, quoiqu'il passât sans dire un mot, sans même une excuse pour lui avoir inondé d'eau froide la main et le bras, circonstance pour laquelle elle aurait même pu le remercier, car elle sentait qu'elle l'avait sauvée d'un évanouissement.

Un moment plus tard, ce brave jeune homme, qui ne craignait ni censure ni ridicule à servir la cause de l'humanité, avait rejoint son ami Bloodgood dans l'office joignant la salle du souper où ce dernier surveillait le déballage d'un nouveau panier de vin, et tenait à la main une bouteille qu'il se préparait à déboucher.

— Charlie ! s'écria-t-il, posant la main sur l'épaule de son ami.

Le jeune Bloodgood se retourna, rougit et devint confus en remarquant l'œil calme et plein de reproches de Bayard, et répondit avec un peu d'embarras : « Ah ! Bayard ! vous ici ! vous trouverez un verre...

— Non, non, Charlie, continua Bayard. Vous savez que ce n'est pas pour cela que je suis ici. Allons, ajouta-t-il d'un ton câlin ; vous avez assez prouvé votre hospitalité cette nuit. Que Louis garde ceci hors de vue, c'est la meilleure chose que vous puissiez faire pour ces jeunes gens.

— Bah ! que dites-vous, Bayard ? répliqua l'autre ; nous avons le devoir d'amuser nos hôtes.

— Mais non de les accabler et de les avilir. Ce complot pour ridiculiser un étranger cette nuit est scandaleux et ne doit pas continuer.

— C'est un complot qu'il a formé lui-même, répondit Bloodgood en riant. Si un homme veut se rendre bouffon, il est le meilleur juge de sa propre conduite, et il n'y a que lui qui en souffre.

— Oh ! non ! Charlie ! vous vous trompez, répondit vivement Bayard. Celle qui souffre le plus est cette belle jeune fille au noble regard et si malheureuse, qui est là dans la baie de la porte, le cœur saignant pour son pauvre frère. Je ne verrai pas sa tête fière courbée sous le poids de la honte que lui cause cette folie manifeste. Je ne veux pas voir cela sans prêter ma parole et ma main pour épargner à elle la mortification, et à lui le mépris.

Des éclats de rire venaient de la salle voisine et un cri impatient : « Qu'est devenu Bloodgood ? » poussa le jeune homme, bien intentionné mais un peu irrésolu, à s'efforcer de parer les arguments de son ami et en même temps à lui échapper avec ces paroles, légèrement proférées : « Ah ! Ah ! Bayard, la jeune fille a fait votre conquête, à ce que je vois, et elle espère que vous allez rompre une lance pour le compte de son frère à la tête légère. Mais vous ne pouvez espérer faire de moi un tel don Quichotte ; on n'est pas responsable pour ses hôtes.

— Bloodgood ! s'écria Bayard, d'un ton qui avait passé de la simple vivacité à celui d'une juste indignation. Je crois qu'un homme est, à un grand degré, responsable pour ses hôtes. C'est folie à vous de parler de l'intérêt personnel que je puis sentir envers miss Vaughan ou envers son frère ; moi qui n'ai

jamais dit un mot ni à l'un ni à l'autre, et quitterai demain cette partie de la contrée pour autant d'années peut-être que j'en ai passé depuis que j'ai connu la
maison de votre père. Mais l'une est une femme, et, comme telle, a droit à votre
considération; l'autre est votre semblable et a droit aussi à votre sympathie.
Charlie, ajouta-t-il d'un ton à la fois affectueux et ferme, nous nous sommes
connus enfants, nous avons passé notre vie de collège et nos vacances dans la
compagnie l'un de l'autre, et j'ai espéré vivement vous souhaiter un jour la
bienvenue à mon foyer éloigné ; mais vous et moi ne pouvons nous serrer amicalement la main cette nuit, ou nous rencontrer comme amis dans les années à
venir, si je vous trouve indifférent à la réputation de votre hôte et à la paix de
sa sœur.

Le jeune homme à qui il s'adressait ainsi baissa la tête un moment, joua
avec le tire-bouchon qu'il tenait à la main, puis le jeta sur le rayon du cabinet,
et avec une candeur qui lui fit infiniment d'honneur, il saisit la main de Bayard
et la secoua chaleureusement, s'écriant : « Bayard, je ne puis souffrir de perdre
votre amitié ; elle a été une trop grande bénédiction sur ma vie ; ce n'est pas la
première fois que vous m'avez sauvé d'une folie. » Et donnant un coup de pied
énergique au panier de champagne, sous le rayon, il passa son bras dans celui
de son ami, et ils entrèrent ensemble dans la salle du souper. Là, Charlie,
suivant l'exemple de Bayard, s'occupa avec beaucoup de tact à disperser le
groupe qui attendait après lui autour de la table. — Non, non, Fred, dit-il,
secouant la tête avec emphase, Vaughan a bu assez, ce serait mal, Boone ; je
crois que vos sœurs désirent faire leurs adieux à ma mère. Lander, voulez-vous
venir dans la bibliothèque voir le portrait qu'on a fait de mon chien ?

Bayard, dans l'intervalle, après avoir exposé à ceux qui voulaient bien
écouter son avis que les jeunes dames au salon se demandaient avec étonnement
où étaient passés leurs cavaliers, obtint, par l'entremise de Bloodgood, d'être
présenté à Henry, et s'efforçant graduellement de l'enlever à ses partenaires
devenus plus rares, le conduisit à une petite chambre où du café était servi.
Comme il arrive que les fous et les bêtes sauvages sont calmés et maîtrisés par
le pouvoir d'un regard fixe et d'une volonté résolue, ainsi l'infortuné jeune
homme, privé de sa raison, se soumit sans résistance à la direction de celui qui,
unissant la persuasion, le tact à la fermeté, s'efforçait de s'emparer de son esprit

égaré. L'œil errant et la main tremblante, il leva à ses lèvres la tasse de café que Bayard comptait lui faire prendre comme restaurant, et alors, avec un mélange de soumission et de libre volonté, lui permit de prendre son bras sous le sien et de le conduire à travers un corridor assez bas, jusqu'à la marquise qui courait autour du bâtiment. Une fois seulement, comme ils quittaient la salle éclairée et s'arrêtaient dans l'air froid de la nuit, Henry manifesta un peu de mécontentement et une disposition à rompre avec sa nouvelle connaissance ; mais retenu par la conversation animée, l'étreinte vigoureuse ou le regard déterminé de Bayard, il abandonna son projet aussi vite qu'il l'avait formé et ne fit plus d'autre opposition à l'ascendant réel d'une force physique et morale supérieure.

Depuis le moment où Bayard vint ainsi à son secours jusqu'à celui où il quitta la maison avec celui dont il avait pris la charge, il fut suivi par le regard de Mabel, agitée et tremblante. Elle guettait sa figure, ses mouvements et comprenait d'un coup d'œil ses intentions généreuses, lisait le secret de sa puissance, en remarquait le succès, et à la fin, le cœur soulagé d'un poids inexprimable, se réconforta par l'assurance que, quoi qu'il arrivât, elle et son frère étaient sous une sûre sauvegarde.

Il lui fut dès lors facile de reprendre possession d'elle-même, de converser avec les amis qui, presque au même moment, réclamaient son attention, de les accompagner au salon, et de reprendre une fois encore sa part de la vie sociale, qui à tous, mais non à elle, semblait pleine de gaieté et de plaisir. De la fenêtre près de laquelle elle se tenait, elle put distinguer deux grandes figures marchant lentement de long en large à distance sous les arbres. Comme si elles avaient été des sentinelles placées en dehors de quelque poste de danger, elle se sentait animée d'une nouvelle confiance et d'espoir, quand elle les voyait passer et repasser à des intervalles réguliers. Tant qu'elles continuèrent à arpenter le terrain, Henry fut sauvé de toute tentation et elle-même d'embarras et de honte. Cette assurance offrait toute sécurité pour le moment présent, et elle n'osait penser au delà.

L'heure s'avançait, cependant. Quelques personnes, venues de loin, étaient parties déjà, on entendait dans la compagnie ce murmure qui précède ordinairement le départ. Les formes des deux jeunes gens ne pouvaient plus être distinguées dans l'obscurité, et Mabel recommença à éprouver une pénible incertitude qui atteignit son comble quand, se retournant, elle vit Bayard dans la salle accompagné de Henry, paraissant regarder autour de lui pour chercher quelqu'un. Soudain il vit son regard et, traversant aussitôt la salle, il s'approcha et d'une voix qui ne pouvait être entendue que d'elle :

— Miss Vaughan, dit-il, comme s'il était certain d'être compris, votre frère est occupé à donner quelques ordres relativement à son cheval; si vous voulez m'en accorder l'honneur, je serai heureux de vous accompagner près de notre hôtesse, et, plus tard, de vous conduire à votre voiture.

Sans hésiter et sans un mot, elle accepta son offre ; elle dit machinalement adieu à Mme Bloodgood, et d'un pas précipité, elle courut à l'escalier prendre son manteau. Bayard l'attendait dans le vestibule à la descente ; mais elle s'était tellement hâtée que quand ils atteignirent le perron, la voiture n'était pas amenée. En ce moment elle tremblait violemment ; l'air de la nuit était glacé, et Bayard, s'apercevant que son agitation était telle qu'elle pouvait à peine se tenir debout, proposa de rentrer dans la maison pour quelques moments.

Elle secoua la tête pour exprimer son refus de retourner, mais ne parla pas ; et lui, voyant qu'elle tremblait de plus en plus, déplia un châle pesant qu'elle avait descendu sur son bras, et le drapa autour d'elle. Pendant qu'il était ainsi occupé, une ou deux larmes tombèrent sur sa main, tandis qu'un frisson, qui ne venait pas du froid, courait par tout son corps. Ne voulant pas la quitter et pourtant inquiet au sujet de Henry, craignant, en outre, que d'autres personnes ne vinssent sur le perron, il lui demanda de prendre encore son bras et lui proposa de se promener à distance dans la direction des écuries pour apprendre la cause du retard.

Avec la simple confiance d'une enfant, elle fit comme il lui demandait, et, juste au coin de la maison, ils rencontrèrent Henry engagé dans une dispute oiseuse avec un groom au sujet du harnais de sa jument. Il paraissait ignorer tout à fait que sa sœur attendait son bon vouloir. Dans l'intervalle, Mad Sallié, irritée et ingouvernable, plus encore que d'habitude, s'écartait de côté et d'autre, de temps en temps plongeait furieusement en avant.

La présence de Bayard et sa prompte ingérence rétablirent bientôt l'harmonie, Henry et le groom furent aussitôt prêts à lui soumettre leur différend, et même Mad Sallié fut adoucie et tranquillisée par sa voix et sa main, comme il lui parlait doucement et lui flattait la crinière, tout en examinant en critique chaque pièce du harnais. « Ne craignez rien, dit-il à voix basse, en aidant Mabel à monter dans le léger véhicule. J'ai la conviction que vous atteindrez la ville en sûreté. Il se retira en arrière comme il cessait de parler, car Henry qui était déjà assis dans la voiture, avait levé les rênes et fait claquer son fouet sans précaution. Mad Sallié s'élança, se cabra, pointa en avant, puis recula d'un pas ou deux, et finalement partit à pleine vitesse. Le groom leva sa lanterne pour voir si tout allait bien, et comme la voiture filait rapidement au coin de la maison, la lumière tomba sur la figure de Mabel qui avait relevé sa tête. Courbée jusqu'ici, elle se retournait pour jeter un coup d'œil d'adieu sur son bienfaiteur et celui de son frère.

Que de chagrin et de gratitude peuvent être révélés dans un simple regard ! Si la conduite humaine et généreuse de Bayard eût demandé un effort et un sacrifice dix fois plus grand il n'eût pu espérer de plus haute récompense que l'assurance de ce sentiment profond, reconnaissant, qui jaillissait de ce visage pâle, baigné de larmes et accablé de chagrin, tourné vers lui pour un instant et emporté dans l'obscurité.

— Ce n'est qu'en partageant les fardeaux des autres que nous pouvons lire le secret de leur cœur, pensa-t-il, comme il s'arrêtait pour écouter jusqu'à ce que la voiture eût traversé le portail à l'extrémité de l'avenue sans accident. Comme j'avais étrangement mal jugé cette malheureuse jeune fille !... Sa réflexion mentale fut interrompue par la rude voix du groom irlandais : « Va-t'en, jeune fou, et que l'ange béni qui est à côté de toi préserve tes os. »

— Amenez mon cheval aussi vite que vous pourrez, Patrick, dit Bayard, se tournant brusquement vers cet individu, qui retournait dans la direction de l'écurie.

— Sûrement, m'sieur Bayard, vous n'allez pas à L... cette nuit ?

— Si, je me suis arrangé pour y coucher à l'hôtel, et, Patrick, je serai bien obligé si vous voulez y envoyer mes bagages dans la matinée à temps pour le train. Je veux en parler à M. Charles. Et tout en disant ces mots il se dirigea vers la maison.

La première sensation de Mabel, lorsque la voiture roula dans l'avenue et gagna la grande route fut seulement un soulagement indescriptible et la délivrance d'un terrible danger. Mais quoique son frère fût sorti d'une disgrâce plus profonde, un péril considérable, d'une nature bien différente les attendait tous deux. Elle ne pouvait oublier qu'Henry était incapable de diriger son ardent coursier, ou de distinguer la route, dont elle se rappelait bien les complications. La nuit était sombre ; il y avait plus d'un pont à traverser, tandis qu'à un certain point le chemin contournait le sommet d'une levée en forme de précipice, et n'était protégé que par une mince barrière. Heureusement pendant les deux premiers milles, la route était large et sans obstacles si bien que l'allure rapide qu'ils avaient prise en partant fut maintenue assez longtemps sans accident d'aucune sorte. Alors Henry qui avait été bruyant et loquace, retomba dans le silence, relâcha les rênes et laissa la jument aller au pas de promenade. Ils avancèrent de cette façon pendant une petite distance et approchaient d'un endroit où la route se divisait, quand la tête d'Henry tomba sur l'épaule de Mabel, et elle s'aperçut qu'il était endormi. Tremblante elle saisit les rênes qui échappaient à ses mains défaillantes et le laissant reposer, elle accepta, dans les plus pénibles circonstances, la responsabilité qui retombait ainsi sur elle.

Dans ce moment critique, elle entendit le son bienvenu des sabots d'un cheval, et quoiqu'elle ne pût rien distinguer avec certitude au milieu de l'obscurité, elle se convainquit bientôt que tout danger avait cessé. Un cavalier les dépassa et, ralentissant le pas de son cheval, il accomplit silencieusement pendant le reste du chemin les devoirs d'un guide, d'un protecteur et d'un ami. A chaque bifurcation de la route, il prenait le chemin et *Mad Sallié* suivait instinctivement. Aux endroits dangereux, il restait avec persévérance à côté de la jument, et plus d'une fois Mabel sentit qu'il la conduisait par la bride. Tantôt en avant et tantôt en arrière, quelquefois tout à fait invisible dans l'obscurité ou vaguement entrevu quand il s'arrêtait sur le haut d'une colline, mais toujours assez près pour que le pas de son cheval pût être entendu, on pouvait le prendre pour un voyageur se trouvant par hasard sur la route sans les soins vigilants et efficaces qu'il rendait à celle dont il avait volontairement entrepris la garde. C'était une situation étrange pour une jeune fille délicatement élevée : supportant d'un bras le corps endormi de celui qui aurait dû être son protecteur naturel, retenant de ses mains tremblantes et gantées de blanc les rênes qu'ordinairement elle n'aurait pas osé toucher et se fiant dans l'obscurité de minuit et dans la solitude d'une route isolée, à la tutelle d'un étranger.

Telle était cependant la confiance que Bayard lui inspirait que du moment où elle fut certaine de sa présence, quoiqu'elle ne pût le reconnaître dans l'ombre, elle se trouva en sûreté. Il resta à portée d'entendre, tant qu'ils n'eurent pas gagné les rues partiellement éclairées de la ville. Comme ils couraient rapidement sur le pavé du faubourg principal, le son des pas de son cheval, resté en arrière, devint de plus en plus indistinct, et Mabel, se rendant mieux compte de sa position à la clarté des réverbères, essaya de réveiller son frère endormi. Elle était presque tentée de croire qu'elle-même avait été sous l'influence d'un songe étrange, et que leur piqueur imaginaire était simplement le résultat d'une hallucination de ses sens. Ce ne fut pas une tâche facile de réveiller les facultés endormies de Henry, et même après qu'ils eurent atteint sans accident la porte de sa tante, Mabel hésitait et craignait de descendre, de peur qu'il ne fût incapable de guider *Mad Sallié* à son écurie, située à quelque distance en bas de la rue.

Confiante en partie dans l'instinct de la bête, et encouragée par quelques signes de vivacité et d'intelligence que montrait Henry, qui, se redressant énergiquement, déclarait que c'était un ennui de diable de courir si loin la nuit et secouait vivement les rênes qu'il lui avait reprises, elle descendit sans assistance et non sans risque sur le trottoir, et resta pour veiller sur lui, tandis qu'il continuait son chemin. A ce moment, ses doutes, s'ils existaient encore, concernant l'identité du cavalier qui lui avait servi d'escorte, furent dissipés subitement, car, pendant qu'elle attendait anxieuse à la porte de la rue, il passa soudain à côté d'elle, et disparut dans la direction qu'Henry avait prise. Cette certitude s'affermit encore quand, une demi-heure plus tard, elle ouvrit avec précaution la porte de sa tante pour faire entrer son frère, et comme il s'avançait d'un pas chancelant, la lumière tomba en plein sur la figure de celui qui du commencement jusqu'à la fin s'était montré leur ami.

Il importait peu à Mabel qu'il eût mal compris et faussement interprété son caractère. Au contraire, cela ne faisait qu'ajouter à l'héroïsme de sa conduite aussi désintéressée qu'elle était virile et humaine. Il avait librement exprimé, et elle l'avait entendu, une opinion peu favorable sur elle ; il pouvait juger défavorablement Henry, et pourtant il avait agi envers tous deux en bon chrétien. Mabel n'était pas ingrate pour sa bienveillance envers la beauté qu'il avait paru dédaigner ; mais ce n'était pas pour cela qu'elle le remerciait et le bénissait le plus. C'était pour le bienfait accordé à Henry et, par cela même, à elle. C'était parce que, seul entre tous, il avait prêté une main bienveillante à son frère malade et perdu.

Nous nous réjouissons et nous triomphons quand le monde accorde ses hommages à nos bien-aimés, s'ils sont grands, nobles ou vertueux. Mais les fibres les plus profondes de nos cœurs sont remuées quand une main sympathique vient en aide à nos proches, pauvres, déchus et coupables. Nous sentons que l'honneur accordé à celui qui en est digne est un sentiment qui ennoblit l'humanité. Ainsi l'émotion que Bayard avait éveillée en Mabel était celle d'une gratitude mêlée de vénération, et elle fut gardée par elle en sa mémoire pour les années futures comme un souvenir sacré.

CHAPITRE XXV

Mme Ridgway fut très fâchée le lendemain matin, quand, en réponse à ses questions, Mabel lui assura qu'elle n'avait pas été présentée à un hôte distingué de M. Bloodgood, qu'elle supposait cependant être un M. Bayard. L'ambitieuse tante fut si piquée de cette négligence qu'elle mit une contrainte à sa curiosité et s'abstint de faire aucune question à ses voisins, concernant l'étranger, de peur d'être forcée de reconnaître que sa nièce n'avait pas fait sa connaissance, et ainsi, au plus grand soulagement de Mabel, elle ne fit plus allusion à sa présence.

Mais la contrariété que cette circonstance occasionna à Mme Ridgway fut légère en comparaison du ressentiment qu'elle éprouva contre son neveu, quand, dans le cours de la journée, elle apprit de sa cuisinière Anna, qui le tenait de la fille de chambre de Mme Paradox, qui le savait du domestique de M. Bloodgood, Patrick, que le jeune homme de New-York, venu de chez la veuve Ridgway, s'était grisé la nuit d'avant et devait avoir regagné la ville par miracle avec sa jument folle.

Aussi longtemps que Henry avait conservé la tenu d'un *gentleman* et était recherché dans le voisinage comme un jeune étranger de fortune, de talent et d'esprit, Mme Ridgway, en dépit de la prudence dont elle faisait preuve pour ses propres affaires, ne s'était pas inquiétée de lui voir dépenser son temps dans la paresse, et répandre l'argent de son père sans compter. Mais du moment où il dépassa les extrêmes limites du décorum que la société impose, elle s'alarma dans sa crainte du monde ; et maintenant qu'elle le voyait l'objet des observations des domestiques, elle commença à craindre qu'au lieu d'honneur il amenât le scandale sur sa maison. N'étant pas femme à se laisser retenir par des motifs de

L'HEURE DE SON RETOUR ÉTAIT TOUJOURS INCERTAINE (P. 243).

31

délicatesse, elle exprima devant Mabel le dégoût de ce qu'elle appelait une affaire scandaleuse, et n'hésita pas à faire comprendre à Henry, par les allusions et les sarcasmes, qu'elle connaissait les incidents honteux de la soirée, incidents qui, disait-elle, étaient l'objet de toutes les conversations ; elle appuyait là-dessus et faisait ses réflexions, non seulement sur le délinquant, mais encore sur tous ceux qui avaient l'infortune de le connaître.

Quelque indifférence que Henry pût sentir ou feindre de sentir pour ces attaques ou ces sarcasmes auxquels il était constamment en butte, ils devenaient la cause des plus poignantes souffrances pour Mabel. Elle s'apercevait que Henry si dédaigneux à cet égard en apparence n'en était pas moins au fond aigri et désespéré.

Sachant qu'il s'était abaissé dans l'estime de la partie respectable de la société, sentant que c'était presque insulter le juge Paradox de se présenter au bureau où il n'était qu'un étudiant nominal, et chassé de la maison de sa tante par des invectives au moins inutiles, il s'abandonnait entièrement à une vie de plaisir et ne cherchait des compagnons que parmi ceux qui lui ressemblaient. Ainsi ses absences se prolongèrent, l'heure de son retour était toujours incertaine, et la réception rogue que sa tante lui faisait après chaque escapade, était peu propre à rendre ses excursions hors de la maison moins fréquentes ou moins prolongées.

L'appartement qu'il avait espéré occuper était dans un autre bâtiment, non encore terminé. On aurait pu hâter le travail ; mais ni lui ni sa tante ne prenaient soin de s'en occuper, car il était déjà généralement admis que la résidence de Henry à L... ne serait que transitoire. Cependant M. Vaughan n'avait fait rien savoir quant à l'époque probable de son retour, et quoique la présence de ses enfants dans la maison de Mme Ridgway fût vite devenue un fardeau, il paraissait n'y avoir d'autre alternative pour eux, que d'y rester, quant à présent.

— Allez vous coucher, enfant, vous vous rendrez malade, ma chère, s'écriait tante Sabiah quand elle venait avec précaution dans la chambre de Mabel, à minuit, et trouvait la sœur fidèle à guetter à la fenêtre le retour d'Henry.

Mais Mabel secouait gentiment la tête en réponse aux supplications de sa

tante et disait : « Oh! non! tante. Je ne suis pas fatiguée. Je ne pourrais
dormir.

— Il n'y a pas une chance sur dix de le voir revenir cette nuit, répliquait
parfois Sabiah. Vous devenez pâle et malade ; et à quoi bon, après tout ?

— Je suis inquiète, était sa réponse certaine. Il reviendra bientôt, je pense.»
Et avec quelques paroles persuasives accompagnées de câlineries, Sabiah était
conduite à sa chambre et Mabel persistait dans sa veille solitaire.

Mme Ridgway avait pour principe que ses portes devaient être fermées exactement à dix heures. Durant les quelques semaines qui suivirent l'arrivée des
jeunes visiteurs, on ne s'était pas conformé à cette règle, mais depuis les
irrégularités de Henry, elle avait été remise en vigueur. Ainsi c'était seulement
par une veille incessante que Mabel pouvait ouvrir à son frère ; et qui dira
combien de fois le retardataire fut retenu par la certitude que à n'importe quelle
heure, soit de jour, soit de nuit, la même voix douce qui avait gémi sur son
départ le recevrait à son retour.

Toutes les fatigues et les dissipations de l'hiver précédent n'avaient ni
autant pesé sur la démarche de Mabel, ni autant épuisé sa force que le faisaient
ces veilles prolongées, quand, l'œil et l'oreille tendus, elle attendait et espérait.
Éloignée du monde et de ses bruits assourdissants, la page du devoir ouverte
devant elle, elle apprenait patiemment cette grande leçon de la vie qui est la clef
de tout le reste.

La volonté de travailler et de souffrir fut bientôt mise à une épreuve dont
elle avait eu longtemps le pressentiment. Elle était assise au clair de la lune à
sa fenêtre accoutumée qui commandait une vue de la rue, et sa tête fatiguée
reposant sur sa main, cherchait à distinguer ces sons familiers qui annonçaient
le retour d'Henry, quand elle tressaillit au son d'une voiture qui n'était pas la
sienne. Des voix tumultueuses et étranges, des mouvements significatifs, des
paroles d'alarme, vinrent confirmer la conviction cruelle qui déjà s'emparait de
son esprit. La scène était précisément telle que son imagination se l'était
figurée depuis longtemps. *Mad Sallié* n'avait fait qu'exécuter le travail de destruction qu'on pouvait attendre d'une bête rebelle conduite par un fou, et Henry
était rapporté à la maison inanimé, peut-être déjà privé de vie.

— Ne soyez pas effrayée, je suis sûr qu'il en reviendra, dit d'une voix rude, mais bienveillante le fermier qui, aidé de ses fils vigoureux, apportait le pesant fardeau.

— Oh! il est mort! s'écria-t-elle, dans un profond soupir, en fixant les yeux sur la physionomie spectrale de son frère.

— Non : — non, pas du tout. Ne croyez pas cela, dit le paysan, qui après avoir déposé le jeune homme sans mouvement sur le canapé à l'entrée, essuyait son front en sueur. Alors, voyant que Mabel restait pétrifiée, le considérant dans la figure comme si elle voulait y lire le destin d'Henry, il continua à exposer dans les termes les plus vifs sa croyance que le jeune homme était seulement étourdi. Il avait parlé depuis qu'ils l'avaient relevé sur le sol ; il paraissait n'avoir aucun os brisé ; il s'était mis en bamboche et était joliment ivre ; — sauf le respect de la jeune femme, — il espérait qu'elle n'était pas une proche parente du pauvre fou, dont la jument, diable de bête qu'elle était, semblait avoir le plus de sens des deux. Ne vous tourmentez pas, ajouta-t-il d'un ton vraiment paternel, passant sa main rude sur la tête de Mabel, qui maintenant était penchée sur le corps étendu de Henry, à écouter son souffle faible mais régulier, il a trouvé une leçon qui est le meilleur sermon ; c'est peut-être le salut de son corps et de son âme.

— Apportez-le en haut, implora Mabel d'une voix basse et suppliante, tant elle craignait, même dans ce moment d'excitation, d'être entendue de sa tante Ridgway. La précaution devenait inutile cependant. La maison était alors pleinement éveillée, et les porteurs du pauvre Henry furent rencontrés sur l'escalier par la maîtresse affairée et bavarde qui, sans la résistance obstinée du vieux fermier, les aurait forcés à s'arrêter et à lui faire connaître les circonstances de l'accident avant de leur permettre d'avancer avec leur fardeau. Le tapage et la confusion qui suivirent furent aggravés par l'irritation et la contrariété de Mme Ridgway. Sa première impulsion fut, comme nous avons dit, de connaître tous les détails; la suivante, de débarrasser la maison des étrangers, et sa dernière pensée semblait être pour le blessé, sur qui Mabel se penchait dans une agonie d'inquiétude, tandis que Sabiah se tordait les mains, gémissait et se demandait à elle-même : « Comment sœur Marguerite acceptera-t-elle ce nouveau trouble ? » Mabel, quoique la plus affligée, fut la seule de la maison qui eut la présence d'esprit de faire appeler un médecin. Tandis que Sabiah s'abandon-

naît au désespoir, que Mme Ridgway examinait son tapis pour voir si des pieds
sales y avaient marché et regardait dans le buffet de la cuisine pour voir si des
rôdeurs n'avaient pas profité de la confusion pour s'y cacher, Mabel tenait la
lampe au docteur, lui fournissait des bandages et d'autres articles nécessaires,
répondait à toutes ses questions, et recevait enfin l'assurance consolante que,

excepté quelques rudes contusions et
une légère coupure sur le derrière de la
tête, il n'y avait pas de danger visible
et qu'il n'y avait rien de sérieux à appré-
hender à moins que la fièvre ne survînt.

— Ne pouvez-vous faire quelque
chose pour qu'il reprenne connaissance ?
demanda-t-elle avec anxiété. Le docteur
secoua la tête.

— Je ne puis juger, dit-il, jusqu'à
quel point sa condition présente doit être
attribuée à l'accident ou à l'ivresse qui
a précédé. Demain je pourrai me prononcer.

Mais le lendemain n'amena pas d'a-
mélioration, et avant la nuit, la fièvre
qu'on appréhendait se déclara. Puis vinrent des jours et des semaines pendant
lesquels Mabel fut constamment et sans se lasser à côté du lit de son frère, le
veillant avec inquiétude. Lorsque la stupeur dans laquelle il avait été plongé
pendant plusieurs heures eut fait place à une fiévreuse excitation, il manifesta
en termes non mesurés sa préférence pour la présence et les soins de sa sœur,
tolérant simplement sa tante Sabiah, et chassant Mme Ridgway de la chambre
avec imprécations et menaces, toutes les fois qu'elle s'aventurait à passer la porte.
De la main de Mabel seule il voulait recevoir le breuvage rafraîchissant, et seulement avec elle il était doux et soumis.

Les paroles rudes échappées au délire expiraient sur ses lèvres quand ses
yeux rencontraient ce regard aimable, et ses gestes fiévreux se calmaient souvent quand il sentait la douce pression de cette main sur ses tempes brûlantes.

Quelquefois, comme elle s'asseyait patiemment à côté de son lit pendant les
longues veilles de la nuit, il lui révélait avec des soupirs ses folies passées, son
extravagance et sa dissipation, considérant néanmoins son visage avec une
crainte religieuse, comme s'il la prenait pour un ange envoyé du ciel recueillir
les secrets accablants qui pesaient sur sa conscience. Et, en vérité, une imagination moins excitée aurait pu la prendre pour une apparition, lorsque, vêtue d'un
long peignoir blanc, et chaque jour plus pâle et plus fatiguée, elle se mouvait
sans bruit dans la chambre obscure, prévenant le plus léger besoin du malade et
calmant patiemment son agitation.

Sa tante Marguerite, exaspérée par la mauvaise réception que lui faisait
Henry, se lavait les mains, comme elle disait, de toute responsabilité à cet égard,
et par son caractère peu accommodant, et par les ordres stricts qu'elle donnait à
ses serviteurs, arrivait à doubler les inquiétudes de Mabel, et à lui donner le
sentiment très pénible des difficultés que la maladie amène dans une maison.
La pauvre Sabiah, partagée entre son amour pour Mabel et sa crainte de la
colère de sa sœur, rôdait secrètement dans le voisinage de la chambre de Henry,
revenait dans l'escalier et le palier, et s'efforçait patiemment de soulager la
fatigue de sa nièce ; mais le trouble de ses sentiments la rendait peu utile pour
Mabel et attirait sur sa tête un torrent de reproches de la part de Mme Ridgway
qui, n'ayant pas d'autre auditeur, saisissait toutes les occasions d'exprimer à
Sabiah une partie de sa mauvaise humeur, en déclarant qu'elle ne s'en laisserait
pas imposer par ses parents.

Mais quoique la tâche de Mabel fût à la fois solitaire et accablante, elle avait
ses douceurs. Il était de beaucoup préférable de voir Henry gisant dans sa
faiblesse que de se le figurer au milieu de scènes de vice et de folie ; et son
propre cœur trouvait un calmant dans les soins qu'elle lui rendait. En même
temps une influence silencieuse réunissait leurs âmes pour le bien futur de
tous deux.

C'était environ trois semaines après l'accident et à l'heure sombre du crépuscule, Mabel, croyant son frère endormi, se mit à genoux à côté de lui, et
demeura un moment perdue dans la prière et la méditation. Ce jour avait été
pour elle un jour d'inquiétude. Le médecin avait déclaré que son malade était
presque débarrassé de la fièvre et que la crise était passée ; il l'avait encouragée

en lui assurant que la guérison ne tarderait plus. Cette assurance n'avait pas eu pour effet de la satisfaire. Il est vrai que Henry dormait tranquillement, respirait avec facilité et prenait avec soumission la nourriture qu'elle lui offrait. Pourtant elle sentait qu'il se passait quelque chose d'étrange. Depuis qu'il avait cessé de répéter ses phrases incohérentes, il n'avait pas proféré une syllabe, et quoiqu'elle sentît qu'il la suivait continuellement des yeux, il ne répondait rien à ses douces demandes et quand elle s'approchait de lui, il détournait la tête, fermait les yeux et demeurait dans la même position pendant des heures. Son intelligence était-elle donc obscurcie? Nourrissait-il d'arrière-pensées contre elle? Ou bien quel nuage s'était appesanti sur lui?

Épuisée par ces doutes accablants, elle était restée longtemps la figure enfouie sous les couvertures, quand une main se posa doucement sur sa tête et une voix faible et brisée murmura : « Mabel! » Elle leva vivement les yeux et rencontra le regard ardent et plein de larmes de Henry fixé sur elle. Elle ne pouvait se méprendre à ce regard tendre et au repentir qu'il exprimait; il tendit ses faibles bras. Avec un cri de joie, elle tomba sur son sein et ils pleurèrent ensemble. Comme dans les jours de leur enfance innocente, quand, placés sur un même coussin, ils avaient pleuré sur leurs petits chagrins, et avaient réciproquement adouci leurs tristesses, ainsi, faisaient-ils maintenant, leurs visages pressés l'un contre l'autre, tandis qu'un espoir radieux pour l'avenir commençait à se montrer parmi cette rosée de larmes. Pas un mot ne fut prononcé, ni l'un ni l'autre ne donna et n'eut besoin d'explication. En ce moment de reconnaissance du cœur, dans cet épanchement de confiance mutuelle et d'affection revenue, Mabel se sentit payée pour toutes ses épreuves, ses souffrances, ses sacrifices. Elle avait veillé, attendu, espéré et prié. En dépit de la fatigue, de l'éloignement, conduite par la patience, le courage et la douce charité, elle avait cherché et retrouvé son frère.

CHAPITRE XXVI

— Henry, je vous ai promis de vous les donner aussitôt que vous seriez assez bien. Peut-être vous sentirez-vous capable d'y regarder aujourd'hui, dit Mabel.

Elle mit une petite liasse de papiers dans la main de son frère et quitta vivement la chambre.

Le jeune homme, pâli et maigri par sa maladie récente, mais assez fort cependant pour rester assis dans un fauteuil à la table où il avait déjeuné, déplia les papiers un à un, examina leur contenu avec un air de réflexion mêlée de honte, et les étendit devant lui.

C'étaient des billets, pour des sommes variées, dont beaucoup avaient été contractés dans des circonstances dont il n'avait aucun souvenir, et presque tous tels qu'un homme de sang-froid devait rougir de sa folie et de son extravagance : longs mémoires d'un hôtel voisin pour des dîners et des soupers partagés par d'indignes et ingrats compagnons ; petites dettes contractées dans la plupart des lieux d'amusement à douze milles à la ronde ; lourdes reconnaissances envers des palefreniers ou des maréchaux ; balance alarmante en faveur d'un marchand de chevaux sans principes avec qui il avait fait des marchés fréquents. Durant l'heure que Mabel demeura hors de la chambre avec intention, Henry resta assis, étudiant ces preuves écrites de sa propre honte, calculant avec anxiété le montant des demandes de ses créanciers, et considérant avec bien plus d'amertume encore le compte pesant qui chargeait sa conscience.

Quand elle revint enfin, il rangeait les notes et prenait le montant de chacune sur un morceau de papier. « Mabel, dit-il, levant les yeux comme elle entrait, voulez-vous écrire pour moi un mot au jeune Bloodgood? Ma main n'est

32

pas ferme encore et il faut que je lui demande de venir me voir ce soir, si cela lui convient. »

Mabel fit ce qui lui était demandé et Charlie répondit à la requête en venant lui-même de bonne heure. Henry, qui n'était pas encore descendu dans l'escalier, le reçut dans sa propre chambre, et leur conversation devint si animée et si prolongée que Mabel, assise dans la chambre voisine, craignit que son frère ne fût trop fatigué et elle attendit avec impatience le départ du visiteur. « Au revoir, Vaughan, » dit-il à la fin en quittant la chambre, et il s'arrêta un moment sur le palier. « Je vous reverrai dans un jour ou deux. Ce ne sera pas une affaire de disposer des poneys. Je connais une ou deux personnes qui vous les achèteraient, et le phaéton aussi à n'importe quel moment. *Mad Sallie* trouvera peut-être un meilleur prix dans la cité ; mais ne vous donnez aucun trouble sur cette affaire ; je m'en occuperai avec plaisir. Je suis heureux de vous trouver beaucoup mieux. »

Plus tard dans la soirée, quand Mabel fut assise à côté de son frère et après un court silence entre eux, Henry s'écria d'un ton de sentiment profond et triste :

— Mabel, croyez-vous au repentir ?

— Oh ! Henry, s'écria-t-elle promptement, quel espoir nous resterait-il, si nous étions privés de ce consolant refuge ?

— Mais je ne parle pas d'un regret ordinaire pour une faute ordinaire ; croyez-vous à un repentir assez large et assez profond pour couvrir une série de folies telle que celles-ci ? et il montrait la liasse de billets ; ou pour effacer un sentiment de honte et de culpabilité tel que celui qui est écrit ici ? Et il plaça la main sur son cœur.

— N'en doutez pas un moment, cher Henry, répliqua Mabel, d'un ton d'encouragement affectueux. La faute que nous déplorons a déjà perdu moitié de son pouvoir, et l'âme n'est jamais aussi forte que quand elle comprend sa faiblesse.

— Mais l'aiguillon du souvenir ! s'écria Henry avec amertume ; cet aiguillon brûlant ! ne peut-il être extirpé ?

— Il peut devenir l'éperon qui excite à une vertu plus haute que celle à laquelle nous aurions songé auparavant. Oh ! Henry ! continua-t-elle, sa voix à demi étouffée par les sanglots, et la figure cachée sur son épaule, je le sais, car je l'ai ressenti. Rien ne m'a autant fortifiée contre ma propre faiblesse et contre l'indulgence égoïste, que le remords qui me rappelle un hiver mal employé.

— Vous ! répondit Henry, la caressant amicalement, car elle s'efforçait en vain de réprimer ses larmes ; chère enfant ! Vous me faites honte plus que jamais quand vous essayez d'alléger ma charge en prétendant la partager !

— Ce n'est pas une prétention, Henry. Je ne puis me pardonner d'avoir été si infidèle à un devoir simple et clair. Nous avions une si belle demeure ! et nous pouvions y être si heureux tous ensemble ! Je pouvais faire tant pour la rendre plaisante à vous, à mon père et à ma tante ! mais votre prophétie à mon égard était vraie. Je fus la première à céder à la tentation et à devenir l'esclave de ma propre vanité et de mon amour-propre. Oui, il serait vain de le nier, je ne fus pas la fille et la sœur que j'aurais dû être.

— Vous avez été une sœur fidèle pour moi, dit Henry. Si vous aviez une faute au monde, c'est que votre nature était si ouverte aux impressions que, comme votre pauvre frère, vous étiez facilement tenue captive ; mais vous autres, femmes, vous pénétrez mieux que nous dans les profondeurs du caractère humain, et ainsi vous vous arrêtez court où nous succombons, à moins que quelque douce main ne nous suive et ne nous retienne. — Quel regard confiant il attachait sur elle, tandis qu'il prononçait ces derniers mots, prouvant par là combien il comprenait qu'elle était son soutien.

Mabel ne répondit pas, et il continua : « Il fut un temps où je pensais aussi que l'esprit trompeur qui m'a amené au comble de la ruine et m'a ensuite abandonné à mon sort, combattait de tout son pouvoir pour établir son influence sur vous. Je crus que vous estimiez ses opinions, que vous vous fiiez à ses fausses déclarations et que vous auriez sacrifié tout autre ami pour celui que chacun proclamait le plus fortuné des hommes. Je savais que je ne réussirais pas à ouvrir vos yeux en m'interposant, car il avait été le compagnon choisi de mes meilleurs jours et c'était moi qui avais empli vos oreilles de ses louanges. Le chien entêté et ruiné (car une fois je l'entendis m'appeler ainsi) ne pouvait espérer apporter son témoignage contre ce traître accompli. Mais l'instinct vous a avertie, je crois, de repousser l'hypocrite, et quelque chose de mieux que l'instinct vous a retenue près du pauvre chien, qui est au moins sincère quand il vous dit combien il vous aime.

Mabel se serrait davantage contre lui, mais restait silencieuse.

— Oui, continua-t-il, avec un calme forcé et amer, je n'ai le droit de blâmer personne que moi-même pour ma chute ; mais si un homme en est plus responsable qu'un autre, c'est Lincoln Dudley. C'est lui dont le goût élégant pour le jeu me conduisit d'abord à la table où l'on jouait ; dont l'indulgence systématique entretint en moi l'amour du vin ; dont la paresse hautement professée m'enleva toute impulsion pour le travail, et dont les principes sceptiques me firent douter même de l'existence de la vertu. Il quittait la maison de jeu avec des gains modérés, tandis que je tenais jusqu'au bout et perdais tout ; et quand à la fin dans un moment d'oubli, j'eus trahi ma faiblesse, ce favori de la société fut le premier à me montrer au doigt et à me conduire au désespoir par son hautain abandon. Je méritais le mépris des autres, mais non le sien. Et ce n'était pas le moindre de mes tourments de voir que tandis qu'il me tournait le dos, il allait offrir ses indignes hommages à la personne que j'aimais le plus au monde. Grâce au ciel, Mabel, vous aviez le discernement et la force d'esprit qui sont nécessaires pour comprendre et pour lutter contre un tel homme.

— Oh ! Henry, s'écria Mabel faisant un effort pour parler, seulement parce qu'elle se sentait forcée de repousser ce tribut de louanges, je ne suis pas la fille au jugement fort que vous pensez. Je ne doutais pas de sa sincérité. Je le croyais noble et vrai. Je le croirais encore volontiers, mais je ne puis.

Le ton de sa voix la trahissait ; il révélait son affection mal placée, sa confiance trompée et sa faiblesse d'esprit. Henry l'entoura de son bras, attira sa tête près de lui, et murmura : « Vous l'abandonnerez pour l'amour de moi ? »

— Je ne puis prendre sur mon cœur de vous laisser seul, Henry, fut sa simple réponse.

— Que votre cœur affectueux soit béni, Mabel, répondit-il en l'embrassant tendrement ; Dudley et moi, en sommes également indignes. »

Cette conversation en jetant une nouvelle lumière sur le caractère froid et artificieux de Dudley, eut en même temps pour effet d'affaiblir sensiblement l'influence qu'il avait encore sur l'imagination de Mabel. Instruite comme elle l'était de sa duplicité envers elle, elle fut encore plus profondément blessée quand elle contempla la mauvaise foi de son amitié autrefois si vantée pour Henry, et dorénavant, elle commença à comprendre qu'en se délivrant de l'influence de cet homme égoïste, et sage suivant le monde, elle avait assuré son propre bonheur aussi bien que celui de son frère.

C'était un matin, vers la fin du mois d'août, Henry, tout à fait guéri, entra dans le salon de sa tante Ridgway un journal de New-York à la main et donnant un coup d'œil aux titres des faits divers, il les lut tout haut pour le profit de sa tante Sabiah et de Mabel, qui y étaient assises.

« Régates la semaine prochaine au Cap May. — Incendie considérable dans la rue du Canal. — Splendide bal costumé à New-Port ; la jolie Mme Leroy de New-York, une des beautés de la soirée. »

— C'est une honte, murmura Sabiah à voix basse ; où est son mari, je me le demande ?

« Terrible accident de chemin de fer, continua Henry, sans s'arrêter à l'interruption ; dix-neuf personnes tuées et blessées. »

— Oh ! Dieu ! comme ces choses deviennent communes, dit Mabel ; où était-ce, Henry ?

— Dieu du ciel ! s'écria ce dernier, ne répondant pas à la question et devenant soudain pâle.

— Qu'y a-t-il ? s'écria Mabel alarmée. L'accident est-il arrivé dans l'Ouest ? Père...

— Père est sauf, dit Henry, soulageant aussitôt ses craintes ; mais M. Leroy...

— Est tué ? cria Mabel avec une physionomie pleine d'horreur, tandis que Sabiah déposait son ouvrage et s'élançait vers Henry, le visage frappé de stupeur.

Henry répondit en couvrant sa face d'une main, et en passant le journal à Mabel, indiquant avec le doigt l'article suivant :

« Nous regrettons d'apprendre que notre estimé concitoyen Alexandre Leroy Esq. était parmi les victimes de cette catastrophe. M. John Vaughan, un marchand de notre ville, bien connu et hautement respecté, se trouvait aussi comme voyageur dans le train, et, au moment de l'accident, occupait la même banquette que son gendre, M. Leroy ; mais le premier a échappé providentiellement avec quelques contusions seulement, tandis que le dernier a été tué instantanément. »

Mabel parcourut ce récit des yeux. En lisant cette confirmation partielle de ses craintes, elle proféra un cri sourd et tendit le journal à sa tante Sabiah. Pas un mot ne fut proféré pendant quelques minutes, tous semblaient frappés de mutisme par ce choc, et des pensées solennelles se succédaient dans l'esprit de chacun.

La reconnaissance pour la délivrance de son père était mêlée, dans l'esprit de Mabel, à l'horreur et au chagrin de la mort soudaine de M. Leroy; et en dépit

de la frivolité et du cœur froid de sa sœur, elle frissonna à la pensée du coup qui l'attendait, s'il ne l'avait pas déjà atteinte. Peut-être Henry éprouvait-il la même pensée, car à la fin il brisa le silence par cette brusque demande : « Mabel, où est Louise ? »

— Je ne sais pas, répondit Mabel ; je voudrais le savoir, afin d'aller auprès d'elle.

— Elle n'est pas à New-Port, alors ?

— Non ; elle devait quitter son logement le lendemain du bal, et visiter la famille Earle à West-Point, ou aller au Cap May, avec Mme Vannecker ; rien n'était décidé quand elle a écrit la dernière fois.

MABEL PARCOURUT CE RÉCIT (P. 253).

— Vous resterez ici, alors, je suppose, jusqu'à ce que vous entendiez parler d'elle, dit-il ; mais je pense qu'il faut que j'aille immédiatement trouver mon père.

— Oui ; faites, Henry, répliqua vivement Mabel ; il peut être plus blessé que nous ne le croyons ; dans tous les cas, il aura besoin de vous. Oh ! combien je voudrais connaître les détails et être sûre qu'il est sauf !

Mme Ridgway entra en ce moment dans la pièce, et voyant une agitation inaccoutumée écrite sur les physionomies, elle s'écria avec sa rudesse habituelle : « Eh bien ! qu'est-ce qui vous arrive ? Sabiah ! pourquoi avez-vous la figure si allongée ?

Sabiah lui donna gravement les nouvelles.

— Sur ma parole, cria-t-elle, frère Jean l'a échappé de près. Et ainsi cette folle de Louise reste veuve, n'est-ce pas ? Eh bien ! J'ose dire qu'elle ne s'en tirera pas. Le coup qui la frappe l'a atteinte dans l'aile. »

Personne, pas même Sabiah, ne se sentit disposé à se faire l'écho de la remarque de Mme Ridgway ; au contraire, la rudesse de ses paroles et de ses manières choqua si péniblement les sentiments de Mabel, qu'elle se hâta de se retirer dans sa chambre pour donner un libre cours aux émotions qu'elle ne pouvait contenir.

Une heure ou deux plus tard, elle fut rejointe par Henry. Il avait pris quelques informations concernant la route qu'il devait suivre pour atteindre le lieu éloigné de l'accident dans le moins de temps possible, et avait décidé qu'il valait mieux partir ce soir. Mabel vit, même dans ce moment d'agitation, qu'il semblait inspiré d'une nouvelle énergie par la nécessité soudaine de s'occuper de la sûreté des autres, et elle ne put s'empêcher d'espérer que, se trouvant séparé des mauvaises compagnies, et de la scène de sa récente mortification, il gagnerait une nouvelle force pour venir à bout de son viril projet de réforme.

La vente des chevaux d'Henry avait produit une somme suffisante pour payer ses dettes nombreuses. Il restait peu de chose, cependant, et il fut obligé de recourir à la bourse de Mabel pour l'argent de son voyage. Fière de la promptitude avec laquelle il avait désintéressé ses créanciers, et sentant qu'ils avaient un intérêt commun dans cette expédition, Mabel lui aurait volontiers donné jusqu'au dernier liard de son argent de poche. Mais il ne voulut prendre que le nécessaire, remettant le reste dans sa main et lui disant : « Vous oubliez combien il vous faudra à vous-même. »

Il avait été convenu que Mabel écrirait à Louise aux deux endroits où une lettre avait des chances de la trouver, et que jusqu'à ce qu'elle eût connaissance des projets de sa sœur, elle resterait à L..., où Henry enverrait ses lettres toutes les fois qu'il aurait quelque chose à communiquer.

Deux jours après le départ de son frère, l'angoisse de Mabel fut un peu diminuée par quelques lignes hâtives de son père, datées d'un bureau de poste de l'Ouest, et confirmant seulement que M. Leroy était mort et que lui-même avait échappé.

La poste suivante lui apporta des nouvelles de Louise. Mme Vannecker écrivait du Cap May, constatant que Mme Leroy y était avec elle la semaine précédente, et avait appris la terrible nouvelle le jour d'après son arrivée.

« Elle supporta ce coup avec plus de calme que je ne l'aurais cru, ajoutait Mᵐᵉ Vannecker. Par moments, elle avait des attaques de nerfs, mais la plupart du temps, elle était assez gaie et se laissait réconforter et consoler par l'attention et la sympathie qu'elle recevait de tous dans l'hôtel. Alick semble ressentir la mort de son père, mais Murray, pauvre petit, est trop jeune, je suppose, pour comprendre cette perte. Louise est maintenant endormie sur un lit, dans ma chambre. Quand elle s'éveillera, elle ajoutera un post-scriptum en réponse à votre lettre douce et affectueuse que nous avons reçue hier soir. »

Le post-scriptum de Mᵐᵉ Leroy se composait d'un mélange étrange de phrases de compassion et de félicitations pour elle-même. Elle avait éprouvé un tel choc sur ses nerfs et perdu un mari si bon et si indulgent ; mais elle avait prévu cette catastrophe ou une autre semblable, et elle avait sagement refusé d'accompagner M. Leroy dans ce triste désert de l'Ouest. Le seul passage réellement sensé était celui où elle repoussait l'idée qu'avait sa sœur de venir au Cap May, où la maison était si troublée par la foule, à cause de l'approche des régates, qu'il serait impossible d'y trouver aucune commodité. Elle se proposait de revenir à New-York dans une semaine ou deux. Elle serait heureuse d'y rencontrer Mabel, et écrirait de nouveau pour lui faire savoir quand elle quitterait le bord de la mer.

Les dix jours suivants parurent longs à Mabel. Elle avait l'esprit oppressé par une sorte de crainte continuelle. Elle trouvait impossible de reprendre sa gaieté, nonobstant la déclaration de Mᵐᵉ Ridgway que c'était absurde de se prétendre si accablée par la mort de M. Leroy, qui était presque un étranger pour elle. La violence du choc qu'elle avait reçu, une anxiété justifiée au sujet de son père et un sentiment pénible de l'inconvenance de la situation de sa sœur dans une ville de bains, tout cela agissait sur un corps fatigué par les veilles accablantes dans la chambre d'un malade. Mais le nuage qui enveloppait son jugement durant cet intervalle était si pesant que, plus tard, Mabel fut tentée de croire que c'était un pressentiment des calamités qui allaient suivre.

Enfin une lettre arriva de Henry et avec elle une épître grossière, de forme carrée, adressée par une main inhabile et portant le timbre de New-York. Dans son empressement à savoir le contenu de la première, Mabel jeta la seconde de côté, et lut vivement les lignes suivantes :

J'ESSAIE DE LUI ÊTRE UTILE (P. 264).

« Très chère May,

« Après trois jours et trois nuits de voyage constant, je suis arrivé à la misé-
« rable ville d'où père vous a écrit, et je l'ai trouvé assez mal accommodé dans
« une grange, toutes les chambres supportables dans l'auberge, et tous les coins
« dont on pouvait disposer dans les maisons particulières ayant été appropriés
« pour ceux des voyageurs qui étaient plus sérieusement blessés. Son salut
« paraît presque miraculeux, car il était dans le premier wagon qui roula deux
« fois sur lui-même en tombant du remblai. Il a souffert considérablement d'une
« contusion sur le dos, et d'une entorse dans la cheville, qui l'a rendu impotent
« pendant plusieurs jours. Il a eu aussi des étourdissements, mais c'est simple-
« ment l'effet du choc, et cela se passe déjà. Ne soyez pas inquiète à son sujet,
« car je me flatte d'être un excellent médecin, garde-malade, cuisinier et femme
« de charge, depuis que tous ces offices me sont échus.

« Aussitôt qu'il a pu se mouvoir sans peine, nous sommes allés à la ferme,
« située sur la propriété où lui et M. Leroy avaient une résidence temporaire
« en été. On peut vraiment l'appeler une loge dans le vaste désert, car, quoique
« située sur une route d'une largeur imposante, au cœur d'une ville qui peut
« s'étendre, l'endroit n'est littéralement qu'une cité en projet; quelques maisons
« écartées constituent le village, tandis qu'une immense prairie s'étend depuis
« notre maison jusqu'à la limite de l'horizon. Du côté de l'ouest, nous décou-
« vrons une belle rivière dont les bords bien boisés forment une ceinture
« d'ombre rafraîchissante, et dans le bosquet, qui n'est qu'à une courte distance
« de la maison, nous avons enterré le pauvre Leroy. Vous seriez amusée de
« notre ménage. L'homme qui est chargé de la ferme n'est pas marié, et nous
« formons une salle complète de célibataires. La maison, cependant, est conve-
« nable, si bien que, sans être entourés de luxe, nous nous trouvons très
« à l'aise. Je vous dis ceci, parce que nous demeurerons probablement
« quelque temps dans notre logement actuel et vous désireriez connaître
« notre situation.

« Les affaires de notre père, qui étaient un peu embarrassées, le sont deve-
« nues davantage par la mort soudaine de M. Leroy. Je trouve que je peux
« lui être de grand service, surtout comme secrétaire, et je ne compte pas le

« quitter jusqu'à ce que tout soit arrangé. Il semble croire que vous continuerez
« de demeurer à L... pour le présent et que Louise demeurera au bord de la
« mer, où ira vivre dans quelque pension tranquille dans la campagne. Si pour-
« tant nous devions rester ici jusqu'à l'hiver, ce qui me semble être le cas, il
« vous indiquerait probablement un autre plan. A présent, il est trop faible et
« surtout trop fatigué par les perplexités pour décider quelque chose de plus
« qu'un arrangement temporaire. Je ne puis supporter de penser, chère May,
« que vous resterez soumise plus longtemps à l'insupportable caractère de la
« tante Ridgway. Je crois volontiers que vous seriez plus heureuse ici, où, du
« moins, on a l'indépendance. C'est en vérité une belle contrée. Je sens une
« vie plus large s'agiter en moi, quand je respire l'air pur de ces grands bois et
« de ces prairies. Cela m'inspire une nouvelle énergie et me donne la force de
« croire que je puis encore vivre pour un noble but et que ma chère sœur n'aura
« plus jamais raison de pleurer sur la honte de son frère.

                                                    « HENRY. »

Il est difficile de savoir combien de temps Mabel serait restée assise, réfléchissant sur le contenu de la lettre de Henry, et spécialement sur le dernier
paragraphe, si sa tante Ridgway, en traversant la chambre, n'avait observé
l'autre document, déposé sur ses genoux et ne s'était écriée : « Quelle lettre
bizarre ! Mal adressée en deux endroits, ajouta-t-elle, en la prenant et en l'examinant avec ces yeux vifs qui jamais encore n'avaient eu recours aux lunettes.
Il est étrange que quelqu'un, sachant tant soit peu écrire, ignore même l'ortho-
graphe du nom de cette ville.

La curiosité de Mabel étant ainsi éveillée, elle ouvrit la lettre. Elle était de
Lydia Hope, et datait de la semaine précédente.

« Chère miss Mabel, écrivait Lydia, je crains que vous ne sachiez pas que
« Mme Leroy est très malade ici à l'hôtel à New-York. Je craignais de vous
« effrayer et je ne savais comment vous en parler, mais mère dit qu'il faut que
« vous le sachiez, car telle que je vous connais, vous viendrez tout droit. Quand
« elle est tombée malade, Cécilia nous a envoyé chercher et nous sommes ici
« depuis, Cécilia est retournée au Cap May pour servir une autre dame. Mère
« fait du mieux qu'elle peut, et j'essaie de lui être utile. Les gens de l'hôtel sont

« très bons, et le docteur vient souvent ; mais il ne paraît pas pouvoir la secou-
« rir et elle va très mal. Oh ! miss Mabel, nous désirons vous avoir ici, et nous
« espérons que vous partirez aussitôt que vous aurez reçu cette lettre. Votre
« fidèle et respectueuse

« LYDIA HOPE. »

Le cœur agité, mais en maintenant cet empire sur elle-même et cette énergie
avec laquelle une âme forte se redresse pour lutter contre toute difficulté, Mabel
se prépara à obéir à ces requêtes. Il n'y avait pas de temps à perdre, car elle
pouvait déjà se trouver en retard pour porter assistance à la pauvre Louise, et
sa résolution de partir immédiatement était également mal vue par sa tante
Marguerite, laquelle s'élevait contre le voyage solitaire, comme étant le comble
de l'inconvenance, et par sa tante Sabiah qui, tout en larmes, lui remontrait
qu'elle allait s'exposer à une maladie dont elle redoutait le caractère contagieux. En partant un peu avant le jour, le lendemain matin, elle pouvait
atteindre New-York à la tombée de la nuit ; et quelque crainte qu'elle pût avoir
ressentie en d'autres temps à la pensée de voyager seule et sans protection,
la crainte, plus grande encore du retard, bannit toute autre considération.

Quoique Mme Ridgway ne fût pas souvent d'accord avec Sabiah, elle partageait
tous ses préjugés contre Louise, et n'éprouvait pour elle ni affection ni sympathie.
Elle saisit plus d'une occasion de déclarer que cette fugue de la part de Mabel
avait son entière désapprobation, et qu'elle ne reprendrait jamais la responsabilité d'avoir des jeunes gens dans sa maison. Comme cette expression de sa
résolution était encore renforcée davantage par les ordres énergiques qu'elle
donna le soir à ses domestiques en présence de Mabel, d'enlever les tapis le jour
suivant et de se préparer à renouveler les chambres qui avaient été occupées par
elle et par Henry, Mabel comprit très bien qu'elle n'avait plus rien à attendre
de l'hospitalité de sa tante ; et lorsqu'elle sortit de la porte dans l'obscurité du
matin, c'était avec la pleine conscience qu'elle disait un adieu à la ville de L...
un adieu définitif.

CHAPITRE XXVII

Il était entre huit et neuf heures du soir et un mouvement inaccoutumé se remarquait dans le vestibule et dans les bureaux d'un hôtel populaire à New-York. La saison des voyages dans le Sud et dans l'Est battait son plein. Le steamer anglais venait d'arriver ce matin ; les omnibus roulaient vers la gare de l'Est, et les porteurs, les garçons, les employés se hâtaient, se heurtaient l'un l'autre dans les passages. Un garçon d'environ neuf ans, nonchalamment accoudé sur la rampe du large escalier, témoignait par son attitude triste et sa contenance ennuyée, son indifférence pour la scène de tumulte qui se passait au-dessous de lui, tandis qu'un petit compagnon, plus jeune et plus gai, monté sur le pupitre d'un commis, fumait une cigarette et déclamait d'une façon grotesque, au grand amusement et aux applaudissements d'une foule d'oisifs qui de temps en temps l'interrompaient avec des acclamations et des éclats de rire.

— Bien ! continuez ! encore un peu, jeune Amérique, criaient plusieurs voix, comme le petit orateur, jetant au loin sa cigarette, faisait un effort soudain pour s'échapper des bras de l'individu qui le soutenait sur sa plate-forme élevée.

— Laissez-moi ; laissez-moi aller, criait l'enfant, luttant vigoureusement pour échapper; ma tante Mabel est arrivée ; je vois ma tante, laissez-moi aller, je vous dis.

— Laissez-le rejoindre sa tante, s'écriaient un ou deux spectateurs, se tournant en même temps pour observer mieux Mabel, qui avait été aperçue par Murray au moment où elle entrait dans l'hôtel, mais dont la figure était cachée pendant qu'elle s'arrêtait pour embrasser le vif petit bonhomme. Le léger rire et le murmure significatif qui suivirent firent place à un silence respectueux, quand Mabel regarda autour d'elle avec un étonnement grave et digne, et se hâta dans l'escalier avec l'enfant encore serré contre son cou.

Alick ne s'avança pas au-devant d'elle quand elle approcha ; il essaya même de cacher sa figure ; mais quand elle prit son front entre ses mains et le baisa tendrement, en l'interrogeant des yeux dans l'intervalle, il poussa un cri étouffé et la saisissant par la robe, il la suivit en sanglotant.

— Conduisez-moi vers maman, tante Mabel, cria Murray avec véhémence ; elles ne veulent pas me laisser voir ma jolie maman !

N'osant pas faire aux enfants la question qui tremblait sur ses lèvres, Mabel se hâta dans la direction des chambres que sa sœur avait l'habitude d'occuper, et dans un corridor, elle rencontra Lydia Hope, qui, entendant la voix de Murray, s'était hâtée de venir au-devant pour l'apaiser.

Sous la lumière atténuée, elle ne reconnut pas Mabel, jusqu'à ce que cette dernière l'ayant saisie par la main lui dit d'une voix basse et étrange : « Lydia, comment va Mme Leroy ? Est-elle vivante ? »

— Oh ! miss Mabel, est-ce vous ? vous êtes enfin venue.

— Est-elle vivante ? demanda Mabel, répétant sa question, comme elle observait que Lydia évitait une réponse directe.

— Oui ; elle vit ; mais c'est à peine, répliqua Lydia avec hésitation ; mais... Oh ! il ne doit pas entrer, ajouta-t-elle en s'interrompant avec une voix terrifiée, comme Murray essayait de s'élancer.

— Arrêtez, Murray ; arrêtez, chéri, s'écria Mabel, qui le saisit dans sa course. Je vais aller voir si vous pouvez entrer, et je reviendrai aussitôt vous le dire. Alick essayera de vous amuser, ainsi que Lydia. Restez avec eux, Lydia, et faites-les attendre pendant quelques minutes, si vous pouvez, ajouta-t-elle à demi-voix. Je vais aller moi-même...

Comme les sottes distinctions et les petites vanités de la vie disparaissent devant ce puissant niveleur qui franchit les barrières établies par l'usage et plonge dans la poussière la beauté, le pouvoir et l'orgueil ! La maladie qui n'épargne ni le prince ni le mendiant, régnait alors en triomphante dans cet appartement où peu auparavant la mode et le luxe avaient exercé un empire non discuté. Les grandes glaces étaient voilées de peur qu'elles ne réfléchissent trop vivement les scènes déchirantes de l'intérieur. Les objets d'habillement et d'ornement avaient cédé la place aux froides nécessités de la maladie, et les riches draperies qui ombrageaient les fenêtres et le lit avaient été enlevées pour donner libre admission à l'air. Mais qu'était-ce en comparaison du sceau imprimé sur la figure de celle contre qui le *fiat* avait été prononcé ! Quoiqu'elle s'attendît à tout, Mabel sentit tous ses sens paralysés d'horreur, lorsque, entrant dans la chambre, sans être attendue, ni annoncée, elle considéra la figure de celle qui, peu de semaines auparavant, avait été le charme des réunions mondaines. Sa belle chevelure bouclée était coupée court sur ses tempes, l'œil autrefois si rieur, était enfoncé, fixe et vitreux ; une vive rougeur marquait les pommettes, tandis qu'une ligne noire autour de la bouche rendait la physionomie spectrale. La petite main naguère gracieuse et enivrante dans ses gestes, serrait nerveusement la couverture ; la respiration était courte et interrompue ; un murmure véhément et parfois incohérent traduisait le désordre de l'esprit. Le grave médecin debout à côté du lit, secouait la tête avec découragement.

Si accablant que fût ce tableau, ses pénibles effets étaient encore augmentés par la nature des mots incohérents que prononçait par intervalles la pauvre souffrante, qui avait conservé imparfaitement, même dans ce terrible moment, la faculté de parler. « Quoi ! abandonner mes beaux appartements, s'écriait-elle d'un ton forcé et caverneux, et aller dans cette terrible prairie ! Non, non, dis-je, je ne m'enterrerai pas dans la campagne ! Ne m'entendez-vous pas, monsieur Leroy ? » Et de nouveau, après quelques murmures étouffés, ses pensées errantes semblaient prendre un tour différent et elle criait, comme si elle discutait un point contesté : « Ils ne prendront pas mes bijoux, — non ; ni mon argenterie. Mes diamants ne sont pas sa propriété. Ils ne peuvent être saisis pour payer ses dettes. » Et alors épuisée par cette crise, ses mains se détendirent sans force et ses lèvres se fermèrent soudain.

La taille courbée en avant, les yeux dilatés par une terreur subite, Mabel se

tint un moment invisible dans l'ouverture de la porte, observant d'un coup d'œil
la scène d'agonie; mais une faiblesse soudaine la saisit; un nuage envahit sa
vue, son cœur parut cesser de battre et elle tomba sur le parquet.

On l'emporta dans la chambre d'à côté, où elle reprit promptement con-

naissance, et, ayant bu une
tasse de thé (car elle n'avait
rien pris depuis le matin
elle fut en état de vaincre
sa faiblesse passagère.

— Vous êtes arrivée à
une heure affreuse, miss
Vaughan, dit le médecin.
Y a-t-il quelqu'un que vous
aimeriez envoyer chercher
pour rester avec vous cette
nuit?

Mabel réfléchit un mo-
ment puis secoua la tête.
Parmi toutes ses connais-
sances, il n'y avait personne
dont la présence pût la soutenir en un pareil moment; et regardant avec reconnaissance Mᵐᵉ Hope et Lydia, elle répondit : « Personne; je n'ai pas d'autres
amis que ceux-ci. »

Ce fut une nuit épouvantable. Un violent orage éclata et sembla foudroyer la
maison jusqu'en ses fondements. Les habitants de l'hôtel étaient affairés et
bruyants; beaucoup d'arrivées et de départs servaient à accroître le tumulte;
et peu d'entre ceux qui partageaient cet abri public jouirent d'une heure de
repos, si toutefois il y en eut.

Tandis que la flamme des éclairs et le tumulte faisaient trembler beaucoup
de cœurs, tandis que le vent secouait les carreaux des fenêtres et sifflait à travers
les cheminées, tandis que les portes battaient fortement, que des pas empressés
foulaient les dalles de marbre, que des voix criaient des vestibules en bas, et que
les sonnettes tintaient dans tous les appartements du bâtiment, que le ciel et la

terre semblaient en lutte, un conflit plus sérieux encore s'accomplissait dans ces étroites murailles où une âme emprisonnée cherchait à sortir de son enveloppe d'argile ; et au milieu du bruit, de l'empressement, de la discorde et de la lutte, la favorite autrefois flattée de la mode et du monde rencontrait l'ennemi sans miséricorde, combattait avec la destruction, et livrait ce dernier et rude assaut de l'agonie mortelle.

— Si je puis vous être de quelque usage, je vous prie d'utiliser mes services, miss Vaughan, dit le médecin, poli, mais un peu formaliste, qui, après cette nuit passée à l'hôtel, n'ayant plus à exercer son art, allait prendre congé.

— Vous m'enverrez la personne dont vous parliez ?

— Oui, je lui ai déjà mandé un messager. On l'emploie ordinairement en ces occasions et il prendra soin que tout soit convenablement arrangé.

— Je vous remercie ; c'est toute l'assistance que je demande, dit Mabel. Le médecin salua et la quitta.

Elle alla s'étendre au pied du lit des enfants, non pour dormir, mais pour être tranquille et pour veiller sur le paisible sommeil des orphelins. Elle était là quand ils s'éveillèrent ; et lorsque, dans leurs caresses du matin, ils la questionnèrent sur la santé de leur mère, elle leur dit doucement la vérité.

— Maman est morte, et papa aussi, dit Murray, et Rosy aussi. Mais, tante, vous nous avez écrit dans une lettre que Rosy était allée dans un monde plus beau, et alors, maman aussi ! Et j'irai aussi, un de ces jours, ajouta-t-il, avec une sorte de triomphe. « Oh ! ne seraient-elles pas heureuses de me voir arriver ? »

Alick ne parlait pas ; il pleurait seulement, non parce qu'il avait plus de raison que Murray d'aimer ses parents ; mais parce que son cœur était plus profondément sensible et que son jugement avait une maturité au-dessus de son âge. Il ne voulait pas être consolé et ne donnait aucune réponse à Murray, qui lui demandait pourquoi il pleurait.

Mabel, appelée par l'individu que le docteur avait envoyé pour l'aider, fut obligée de les quitter. Elle écouta avec calme tandis que, prenant la chose en mains, il l'informa qu'il n'avait pas besoin de renseignements. Il comprenait parfaitement les circonstances, et savait ce que l'occasion demandait, ce qui devait être attendu de la position de Mme Leroy dans la société, et il prendrait

soin que la cérémonie fût conduite avec goût et élégance. C'était une triste
chose, ajoutait-il, que M. Leroy fût mort subitement, laissant ses affaires en
mauvais état. — Ici Mabel donna une marque de surprise. — Elle n'avait pas à
craindre, cependant, qu'il regardât à cette circonstance dans ses arrangements,
car il croyait avec confiance, en dépit des bruits contraires, que son vénéré père
n'était pas si profondément engagé qu'il ne pût se relever et être heureux de
solder tous les frais.

— Le seul désir que j'aie dans cette occasion, dit Mabel, cachant avec difficulté les alarmes et l'embarras qu'excitaient ces bavardages, c'est que les funérailles de ma sœur soient faites aussi simplement que possible, et qu'elles aient
lieu à la maison de mon père.

Il lui répondit par un regard de profond étonnement et par ces brusques
paroles : « Est-il possible, miss Vaughan, que vous ignoriez la vente qui s'est
faite la semaine dernière ? La propriété de votre père a été mise aux enchères,
et vendue considérablement au-dessous de sa valeur, je crois.

— Vendue ! en êtes-vous sûr ? demanda Mabel. Je parle de la résidence de
famille à New-York.

— Certainement, je ne me suis pas trompé, répliqua l'homme dont l'autorité
dans toutes les matières concernant la bonne ou la mauvaise fortune de ses
patrons était rarement mise en défaut et qui se sentait un peu piqué du doute
qu'elle exprimait. Tout a passé sous le marteau, maison et contenu. J'ai appris
qu'il y avait eu des ordres envoyés à l'égard des tableaux et d'autres objets d'ornement ; mais ils arrivèrent trop tard et rien ne put être réclamé.

Mabel, étonnée, répondit simplement : « J'ai été à la campagne et j'ignorais
ces détails. Ils ne sont pas importants à présent. Si la maison a été vendue
comme vous le dites, le cortège partira d'ici. »

Dans le vestibule, elle rencontra un porteur avec une malle suivi d'un monsieur qui, sortant d'une chambre voisine, l'avait presque heurtée au passage. Il
se rangea poliment de côté pour la laisser passer et commença une gracieuse
excuse, mais il s'arrêta avec un embarras mal déguisé. Pour une fois, le cour-
tois et accompli Dudley (car c'était lui), se tint humilié et craintif en présence
de la jeune fille ingénue.

Dudley était arrivé cette nuit même ; il avait appris, comme le reste de la maison, les tristes événements des dernières heures, et il cherchait par un brusque départ à échapper à tout appel à son aide ou à sa sympathie. Les calculs de cet homme égoïste étaient bas et ses projets méprisables. N'ayant jamais connu une émotion naturelle, il était peu empressé à entrer dans les malheurs d'autrui et incapable d'y participer.

Ce fut donc en vain qu'il s'efforça de reprendre possession de lui-même. Mabel avait la supériorité, elle la maintint ; et après un salut d'une gravité feinte, un signe de déférence pour son malheur, il reprit son chemin, les yeux baissés. Mabel le regarda s'en aller moins avec colère, orgueil ou affection blessée, qu'avec la généreuse compassion que la vertu doit toujours ressentir pour la bassesse et la duplicité.

— Pauvre chère enfant ! s'écria la veuve Hope, qui la rencontra à la porte de la chambre des enfants, où elle avait encore une fois cherché un refuge, vous paraissez abattue, et ce n'est pas étonnant, pauvre agneau ! Comme Rosy aurait souffert de vous voir dans une passe pareille ! — Et la veuve essuya ses yeux. — Allons, couchez-vous encore et laissez-moi vous aller chercher à déjeuner. Lyddy est avec les enfants en bas ; je lui ai dit de les garder dehors un moment afin que vous puissiez dormir un peu.

Profondément brisée de cœur et d'esprit, Mabel n'avait pas la force de résister aux persuasions de son aimable amie ; ainsi elle prit sans appétit un peu de nourriture ; elle se laissa envelopper d'une couverture et se coucha dans un cabinet sombre. Au bout de quelques heures, elle ouvrit les yeux et vit la bonne Mme Hope qui veillait patiemment à son côté. Ces heures de repos n'avaient pas, cependant, été sans résultat sur ses résolutions, et cela se vit à la conversation qu'elle eut avec son humble mais fidèle conseillère et amie.

— Madame Hope, dit Mabel, parlant avec une décision calme, mais en même temps regardant fixement la figure de la veuve, comme pour juger de l'effet de sa déclaration, j'ai l'intention de prendre les garçons et d'aller dans l'Ouest vers mon père.

— Vous ne pouvez réellement avoir cette idée, dit la veuve, d'un ton de prière, mais paraissant moins surprise que Mabel ne s'y était attendue.

— J'ai pensé à cela, continua-t-elle, et j'ai conclu que c'est la meilleure chose que je puisse faire.

— Oui, Lyddy disait que vous iriez peut-être, remarqua la veuve ; mais, seigneur ! cela paraît un si long voyage !

— Oui, c'est un long voyage, dit Mabel, se levant du lit comme elle parlait, avec une physionomie et un ton qui disaient l'énergie nouvelle que lui inspirait la grandeur de l'entreprise ; mais je ne suis pas effrayée, madame Hope. Alick et Murray seront de braves petits voyageurs, et j'ai appris déjà que dans cette contrée une dame peut toujours compter sur la bienveillance et la protection des autres voyageurs.

— Chère ! Que dirait votre père, demanda Mme Hope, s'il savait que vous avez une pareille idée dans la tête ?

— Il ne sait pas, en effet, dans quelle situation je me trouve, dit Mabel, et je ne puis savoir sûrement ce qu'il jugerait le meilleur ; ainsi je suis obligée de juger par moi-même. Nous n'avons plus de maison à New-York ; je ne puis prendre les enfants chez ma tante Ridgway, quand même je me sentirais libre d'y retourner moi-même. Je ne puis rester ici ni nulle autre part dans la capitale. En outre, continua-t-elle, mon père a besoin de moi, j'en suis sûre. Il souffre encore de l'accident et n'a personne que mon frère pour le soigner. Ils ont tous deux besoin de mon secours ; il faut que j'y aille.

— Aller où, mère, demanda Lydia à voix basse, dans l'ouest ?

Elle était entrée inaperçue et Mabel ne put qu'observer la vivacité de sa demande.

Mme Hope pencha la tête affirmativement. Lydia regarda sa mère avec intention ; elle lui parla tout bas et elle alla s'occuper à l'autre bout de la chambre. Mme Hope hésita, et Mabel, voyant qu'elle avait quelque chose à proposer, mais qu'elle attendait un encouragement, lui dit en essayant vainement de sourire : « Qu'y a-t-il ? madame Hope, dites-le-moi ?

— Eh bien ! nous pensions, dit la veuve, c'est-à-dire nous parlions de cela ce matin et si nous étions sûres que vous ne prendriez pas cela en mal... Lydia a un ami ; je veux dire *nous avons* un ami, qui va dans l'Ouest après-demain.

— Eh bien ! Lydia, dit Mabel, quel est cet ami ?

Lydia ne regarda ni ne répondit. Ses oreilles étaient très rouges, et elle faisait semblant d'être très occupée ; ainsi sa mère lui épargna la nécessité de répondre.

— Eh bien ! c'est un garçon très habile, dit cette dernière. Oui, Owen sait tout ce qui concerne les chemins de fer et les bateaux à vapeur ; et vous pouvez avoir la certitude qu'il fera de son mieux pour être utile, prendre soin de votre bagage, et de tout.

Mabel commençait à comprendre. Ses amis prévoyants avaient pensé qu'elle projetterait ce voyage long et difficile et elles cherchaient à la pourvoir d'un serviteur fidèle. Loin d'être offensée de la proposition, elle les remercia cordialement pour leur bonté réfléchie, et réservant sa décision à ce sujet, elle témoigna le désir de voir le jeune homme, qui, lui dit-on, viendrait à l'hôtel le soir. Donc, quand Owen se présenta et que Mabel reconnut en lui le robuste conducteur qui avait été le voisin et l'ami de Rose, elle décida aussitôt en elle-même d'accepter sa protection offerte avec une respectueuse civilité.

Owen avait abandonné son ancienne profession, et il allait chercher fortune dans l'Ouest. Comme l'endroit où il se rendait était seulement à une journée de voyage de la propriété de M. Vaughan, sa route se trouvait correspondre entièrement avec celle de Mabel. Il fut convenu que le surlendemain, elle et les enfants se rendraient à Albany pour, de là, commencer leur trajet vers l'Ouest.

— Eh bien ! maintenant que tout est arrangé, et qu'il paraît probable que vous arriverez saufs, dit Mme Hope d'un ton confidentiel à Mabel quand elle fut seule avec elle dans la nuit, je crois que c'est la meilleure chose que vous puissiez faire, et je suis heureuse que vous y ayez pensé. Vous ne semblez pas avoir beaucoup de parents aux alentours et nous ne sommes que de petites gens.

En dépit des ordres de Mabel, les funérailles se firent avec un certain déploiement de grandeur mondaine. La simplicité n'était pas dans le code de l'entrepreneur de pompes funèbres et, en conséquence, les funérailles eurent lieu avec tout l'apparat qu'il jugeait essentiel à sa propre dignité. Avis avait été donné du temps et du lieu de la solennité ; mais, excepté par Mabel, les enfants, Mme Hope et Lydia, dont les sentiments étaient sincères, et quelques résidents et domestiques de l'hôtel, qui vinrent par curiosité, le service ne fut pas suivi. L'ecclésiastique à l'église duquel Mme Leroy avait de temps en temps occupé un banc richement orné, était absent de la cité, et la cérémonie fut dirigée par un étranger. Pourtant tout fut arrangé sur le pied d'une magnificence prodigue. Les voitures, presque toutes vides, suivaient une à une, spectacle mélancolique, qui paraissait une dérision de celle dont toute la vie avait été un spectacle ; et dans une tombe coûteuse élevée au cœur de la cité bruyante, des étrangers, porteurs d'insignes splendides, déposèrent le corps de celle qui était destinée à l'oubli sur la scène même de ses triomphes si vantés.

C'était à l'heure sombre du crépuscule, et Mabel qui avait, quelques heures auparavant, payé le dernier tribut de respect et d'affection à sa sœur, était assise, tenant Murray sur ses genoux et un bras autour du corps de chaque orphelin. Une note lui avait été remise, sur papier rose, exprimant en termes magnifiques le regret de Mme Vannecker de ne pouvoir venir à son aide. « Cécilia revenue au Cap aujourd'hui, écrivait-elle, pour s'engager comme servante d'une dame du Sud, m'a apporté des nouvelles de la triste maladie de la chère Louise. C'est vraiment contrariant. Mon cœur s'attriste de ne pas être avec elle pour vous soulager, si vous êtes arrivée comme on vous attendait ; mais les régates auront lieu demain et Vic a tellement envie de les voir que nous ne pouvons partir avant qu'elles soient finies. J'espère vous voir alors, ma chère, et trouver que la maladie de notre chère Louise aura pris une tournure favorable. En effet, vous employez Grégory, il n'y a personne comme lui. »

Mabel plaçait cette note dans sa poche avec un long soupir, quand on frappa un coup rude à la porte. Le domestique annonça un visiteur qu'il introduisit sans cérémonie dans la chambre. Elle se leva, violemment agitée, comme à la vue d'un spectre. Elle avait reconnu l'homme âgé, connu sous le nom de Père Noé ; alors il lui vint tout d'un coup ce souvenir que Louise avait autrefois prophétisé cette visite, en ajoutant : « Oh ! je ne serai pas là ! »

Le bon ecclésiastique vit son agitation, mais ne l'attribuant en aucune façon à sa présence, il lui prit doucement la main et s'assit à côté d'elle. « Si Mme Hope m'a dit vrai, ma chère jeune dame, dit-il, vous êtes une preuve de la vérité de ce proverbe : « *Rarement une infortune vient seule.* »

— En effet, dit Mabel.

— Puis-je vous être utile ? demanda-t-il d'un ton simple et paternel.

— Votre bienveillance est un secours, sanglota Mabel.

Il lui donna beaucoup de sages conseils, lui montra une tendre sympathie et n'oublia pas de recommander à chacun des enfants, et spécialement à Alick, qui l'écoutait avec une respectueuse attention, l'obligation où ils étaient, comme il le disait, de se conduire comme de petits hommes, et d'être pour elle un soulagement plutôt qu'un souci.

Ainsi, à l'heure où l'énergie lui était nécessaire, quand ceux qui l'avaient connue dans la prospérité s'écartaient des douces obligations que requiert l'affliction, ce fidèle serviteur des pauvres était venu pour adoucir son chagrin par la sympathie et pour la fortifier de ses prières; ainsi poussés par la véritable charité, la famille que Louise avait injuriée, et l'homme vénérable qu'elle avait méprisé rivalisaient ensemble de mansuétude envers elle-même et les orphelins.

— Votre visite me fait du bien, monsieur, dit Mabel, lui prenant les deux mains au moment où il se levait pour partir ; je vous en remercie de tout mon cœur. Elle m'a rendue forte.

CHAPITRE XXVIII

Le matin du départ arriva. Le propriétaire de l'hôtel à qui Mabel avait exprimé le regret de ne pouvoir le payer en ce moment l'avait assurée qu'il était parfaitement disposé à attendre la convenance de M. Vaughan pour le règlement de son compte et l'avait lui-même accompagnée au bateau à vapeur. Mme Hope était là portant des châles sur son bras et des paquets à la main. Jack était là aussi avec un grand panier de gâteaux et de sucre d'orge, fourni par sa prévoyante mère ; Lydia aussi, les yeux rougis par les larmes, les mains occupées à donner la dernière touche aux boucles de Murray, et Owen Dowsh était à l'autre bout du quai, veillant sur le bagage.

A la fin ils prirent leurs places, Mabel et les garçons dans le centre du pont où ils étaient protégés par une ample tente, et Owen près du gouvernail, d'où il pouvait, sans paraître importun, veiller sur la petite troupe. La cloche sonna et ils partirent ; Jack souleva son chapeau, Mme Hope cria : Au revoir ! et Lydia envoya timidement un baiser, non à Mabel, pourtant, ni aux enfants, mais en réponse à un autre venu du gouvernail où Owen se tenait appuyé sur la barre et regardait en arrière, une larme dans ses yeux honnêtes.

Le premier jour de voyage se passa sans aucun incident. Le temps, qui promettait d'être beau, devint tout à coup sombre, et à la fin une pluie épaisse chassa les passagers à la cabine où, pendant de longues heures, ils furent entassés, privés d'air frais et sans espoir de pouvoir s'aventurer sur le pont.

Là, toute l'adresse de Mabel fut mise en action pour le divertissement de Murray, dont l'agitation ne pouvait s'accommoder de la contrainte à laquelle il était soumis dans le salon des dames, et qui menaçait continuellement de dépasser les limites permises. Heureusement, Owen, qui s'était tenu dans le

35

voisinage de la porte, s'efforça de l'attirer sur ses genoux et l'amusa jusqu'à ce
que la cloche sonnât le dîner. Tandis qu'il regardait le jeune homme qui décou-
pait dans une pomme un dessin bizarre, ou taillait une figure dans un morceau
de bois, l'enfant était complètement heureux et Mabel était libre de toute inquiétude à son égard.

Cependant ces stratagèmes ingénieux et attentifs, quoique n'étant pas perdus
pour Alick, n'avaient pas le pouvoir de l'attirer de sa place à côté de Mabel où,
le panier des provisions à ses pieds et un bras passé à travers la poignée d'un
sac de nuit, il restait assis tout raide et ferme comme une sentinelle à son
poste. Soit que l'exhortation du Père Noë à se conduire comme un petit homme
l'influençât encore, soit qu'il se sentît fier d'être en quelque sorte le protecteur de sa tante, il ne manifestait aucun signe de fatigue et pas une fois, durant
le jour, il ne murmura de plainte.

Ils dînèrent et soupèrent à bord du bateau, le prévoyant Owen ayant retenu
des chaises par l'amitié d'un des garçons qu'il avait la chance de connaître et
avec lequel il prit plus tard son repas à la seconde table.

Le mouvement régulier du bateau, la tranquillité comparative de la cabine
des dames et le respectueux dévouement de son serviteur contribuaient à rendre
l'expérience du premier jour satisfaisante pour Mabel et à calmer ses anxiétés ;
mais l'intervalle entre l'arrivée à Albany et leur départ dans le train de nuit
pour Buffalo fut rempli d'incidents. Le bateau arriva en retard à son quai. Il y
eut un peu de difficulté dans la distribution des bagages. Le bruit et la confusion régnaient de tous côtés et avant qu'Owen pût rassembler ses propres
boîtes et les malles de Mabel, les voitures chargées de voyageurs pour le train
étaient parties. Parmi les omnibus qui restaient, tous avaient un ou plusieurs
voyageurs, qui prenaient différentes directions, et pas un des conducteurs ne
voulait s'engager à atteindre la station à temps pour prendre le train de l'Ouest.
La physionomie de Mabel trahissait son agitation et son alarme, Alick regardait piteusement toutes les figures, et Murray, comprenant confusément qu'il
se passait quelque chose, commençait à pleurer comme d'habitude.

— Holà ! cria Owen, saisissant par le bouton un grand garçon à figure ronde,
et jetant un coup d'œil d'intelligence à Mabel. — Les parents de cette dame ont
été frappés, un d'eux tué par ce triste accident de la semaine dernière. Elle va re-

joindre son père, ne pouvez-vous trouver les moyens de lui faire prendre le train ?

Cet appel produisit l'effet qu'il espérait. « Voyons, dit l'homme ; c'est autre chose. Sam ! montez ces malles ici, voulez-vous ? Donnez la main, garçon. — Son père, faisant à son tour signe à Mabel, a été tué sur les wagons la semaine dernière. Écoutez, vous (parlant à un jeune homme qui était déjà dans la voiture et qui, voyant sa valise jetée sans cérémonie sur le trottoir, se préparait déjà à descendre), ce monsieur (désignant Sam de la main) vous conduira à l'hôtel. Je suis engagé pour conduire ces autres personnes au train de Buffalo. Entrez, garçon. Et il souleva Alick, plaça le panier, le sac de nuit dans la voiture ; Mabel et Murray suivirent ; Owen sauta sur le siège. Ils partirent.

Il y a peu de choses qui éprouvent plus la patience et qui excitent plus les nerfs qu'une course en voiture à travers les rues populeuses d'une cité, avec l'appréhension que chaque moment de retard peut être fatal à vos espérances.

Durant les dix minutes pendant lesquelles ils coururent à toute force sur le pavé, Mabel s'efforça en vain de tranquilliser ses sens troublés et s'efforça, sans y réussir, de calmer Murray tout en larmes, tandis qu'Alick considérait silencieusement la physionomie de sa tante, comme si elle eût contenu l'arrêt de son destin. Ils arrivèrent juste à temps, cependant, et la dernière cloche sonnait quand Owen entra dans un wagon, portant Murray sur ses bras, suivi de Mabel et d'Alick, presque hors d'haleine, et portant entre eux le panier et le sac de nuit qu'Alick ne pouvait transporter seul, mais qu'en garçon entêté il ne voulait pas abandonner.

Ce petit incident servit à la fois à exciter les inquiétudes de Mabel pour l'avenir, et à lui faire sentir sa dépendance vis-à-vis d'Owen. Elle se sentit malade, son imagination lui représentant tous les désastres et les délais qui pouvaient survenir avant la fin du voyage. Comme l'obscurité de la nuit arrivait, et qu'une ombre épaisse environnait les objets, une crainte indéfinissable l'envahit, quand Murray s'écria avec un sanglot convulsif : « Tante, Murray est fatigué ; Murray ne peut voyager toute la nuit, » elle fut tentée de le retenir sur son sein et de pleurer avec lui sur leurs infortunes multiples.

Mais sa faiblesse fut relevée par le ton confiant avec lequel Alick répondit à la plainte de son frère : « Ça m'est égal d'aller n'importe où avec tante Mabel. »

— Je ne veux pas, dit Murray. Je désire aller à la maison.

— Laissez-moi le prendre un peu, miss Mabel, dit Owen, qui avait observé sa frayeur. Je vois qu'il va devenir malaisé. Voulez-vous venir vous asseoir près de moi, Murray ? L'enfant hésita, trop fatigué pour avoir une préférence.

— Je câlinerai le petit bonhomme pour l'endormir, dit Owen, le soulevant dans ses bras vigoureux et l'emportant vers son propre siège à l'extrémité du wagon, où, enveloppé dans un manteau de gros drap, et sa tête reposant sur l'épaule d'Owen, il tomba bientôt dans un sommeil tranquille. Deux ou trois heures se passèrent. Alick, en dépit de ses efforts, était endormi, mais il restait assis, droit comme un grenadier, et Mabel avait une ou deux fois oublié toutes ses anxiétés et joui d'un moment de repos, quand une brillante lumière éclaira leurs figures. S'éveillant soudain, ils découvrirent que le train s'arrêtait à un endroit de quelque importance si on pouvait en juger par le tumulte qui régnait sur le quai de la station. Murray fut éveillé aussi par le bruit et la clarté ; il courut à sa tante en se frottant les yeux et demanda quelque chose à manger.

— Mais du lait, petite tante, je veux du lait, cria-t-il, comme elle ouvrait le panier à provisions.

— Non, Murray, je n'ai pas de lait pour vous, fut la réponse ; vous prendrez bien un gâteau sans lait, n'est-ce pas ?

— Je puis me procurer un verre de lait, ou au moins un peu d'eau, miss Vaughan, dit Owen, qui allait quitter le wagon et s'arrêtait pour offrir ses services. Le train arrête ici cinq minutes ; c'est tout ce qu'il faut de temps, miss. Je vous passerai cela par la fenêtre.

— Prenez ma bourse, Owen, dit Mabel, et payez-le, s'il vous plaît.

Le lait fut apporté à la fenêtre dans une cruche. Owen avait une timbale à la main, et tour à tour ils furent rafraîchis par le breuvage salutaire. Il y eut encore un moment de retard à la station, assez de temps pour que le jeune homme pût retourner payer le lait et prendre place dans les wagons. Pourtant la cloche sonna et le train avança sur la voie sans qu'il reparût. Mabel regardait en arrière avec anxiété ; mais supposant qu'il était entré dans un wagon à l'arrière et qu'il viendrait bientôt vers eux, elle ne sentit aucune alarme positive, et fut donc complètement surprise quand, quelques moments après, le conducteur, qui passait avec sa lanterne, la leva pour voir sa figure, et lui dit :

« Ce jeune homme en vareuse n'était-il pas avec vous, madame ?

— Oui, répondit Mabel ; pourquoi ?

— Il est resté à la dernière station, dit l'homme froidement.

— Resté, s'écria Mabel, répétant ses paroles avec étonnement et frayeur, tandis qu'Alick gémissait tout haut et que Murray proférait un cri perçant et prolongé.

— Oui, on avait descendu quelques-unes de ses caisses par mégarde, dit le préposé aux bagages ; il les aperçut et sauta de la plate-forme, juste comme nous partions.

— Ne pouviez-vous l'attendre ? demanda Mabel d'un ton de prière et de reproche.

— On ne le pouvait pas, dit l'homme parlant d'un ton de regret. Nous sommes en retard. S'il y a une méprise, ce n'est pas notre faute. On ne pouvait inscrire ses bagages régulièrement à Albany. Il viendra demain, j'espère.

— Demain! pensa Mabel ; mais où serons-nous alors? Et au même instant elle se rappela qu'il avait sa bourse, contenant tout l'argent qu'elle avait au monde.

— Que ferai-je? fut l'exclamation involontaire qui jaillit de ses lèvres, comme elle se levait involontairement, tremblante d'agitation ; puis toute désespérée, elle retomba sur son siège.

— Ne pouvons-nous aller sans lui, petite tante ? demanda Alick avec inquiétude, tandis que Murray continuait à crier, menaçant hautement, parmi ses sanglots, de battre ce méchant conducteur et de le faire retourner chercher Owen.

— Oh! je ne sais pas, Alick, ce que nous ferons, dit Mabel ; la fermeté qu'elle avait maintenue jusqu'ici en présence des enfants l'abandonnant dans cette crise imprévue.

L'intérêt et la compassion des autres voyageurs était manifestement éveillée. Beaucoup de formes étendues se relevaient de leur position allongée et beaucoup d'yeux endormis se tournaient dans la direction de notre petit groupe de voyageurs, tandis qu'un murmure de demandes et de réponses courait à travers le wagon. Le conducteur, cependant, était passé vivement avec sa lanterne, et comme la faible lueur de la lampe mal arrangée au-dessus offrait peu de satisfaction à la curiosité, la plupart des voyageurs fatigués reprirent bientôt leur somnolence.

— Dieu prendra soin de nous, tante, dit Alick d'un ton consolant ; ce vieux ministre l'a dit et je le crois.

— Moi aussi, répondit Mabel, attirant les enfants aussi près d'elle que possible, et se sentant pour la seconde fois réconfortée par la foi enfantine d'Alick, d'abord en elle, puis en une puissance supérieure.

Au même instant une voix qui venait du siège directement derrière eux s'adressa à Mabel. « J'étais endormie, ma chère, mais si je comprends bien, votre serviteur est resté à Utique.

— Il n'est pas mon serviteur, madame, répondit Mabel, dont la figure en se retournant était tout contre celle de la personne qui se penchait pour lui parler ; mais dont les traits ne pouvaient être distingués dans cette demi-lumière.

— Oh! je me suis trompée, alors, dit la dame en s'excusant ; je jugeais seulement par les apparences quand vous êtes entrée dans le wagon dans l'obscurité.

— Oui, madame, ce n'est point étonnant, dit Mabel, il était si bon pour les enfants et si honnête envers moi. C'est un ami dévoué, nous comptions sur lui, et maintenant... maintenant...

Sa voix s'arrêta ; elle ne put continuer.

La vieille dame (car l'étrangère était avancée en âge) se leva tranquillement ; s'avançant et prenant à côté de Mabel le siège d'où Alick s'était levé dans un moment d'émotion, elle lui dit avec bonté : « Et vous avez besoin d'une amie maintenant, ma chère ? »

Mabel ne put répondre autrement qu'en mettant sa main dans celle de la vieille dame, qui la pressa tendrement.

— Ce sont vos petits frères ? dit-elle, en attirant Alick vers elle, et en apaisant gentiment Murray avec ces mots : Pauvre garçon ! Là ! ne pleurez pas !

— C'est notre tante, dit Alick, fièrement.

— Et où est maman ?

— Elle est allée dans un autre monde, répondit vivement Murray.

— Elle est morte samedi dernier, murmura Alick.

Leur nouvelle amie proféra une exclamation de pitié, et, attristée par le résultat de ses questions, se défendit d'en faire de nouvelles.

— Pauvres petits hommes ! vous devez être fatigués tous deux, dit-elle. Venez, je vous mettrai au lit. Se levant, elle appela une femme qui était derrière elle, et, avec son aide, elle commença à mettre son projet à exécution. Ne vous dérangez pas, nous les arrangerons bien, dit-elle, comme Mabel proposait de

l'aider; se servant de quelques sièges vacants en face, elle étendit sur eux ses
châles et ceux de la femme, et en peu de moments les petits abattus furent
arrangés pour le reste de la nuit.

— Mon enfant, vous avez connu la peine, je le crains, dit la dame bienveillante, en reprenant son siège près de Mabel et en passant un bras autour d'elle
pour attirer sa tête sur son épaule.

Mabel s'était en quelque sorte endurcie contre les difficultés et les épreuves
qu'elle pouvait rencontrer, mais cette bonté inattendue fut plus puissante qu'elle :
ses pleurs coulèrent abondamment. Sa judicieuse consolatrice n'essaya pas de
les arrêter. Elle connaissait le secours que procurent parfois les larmes, et, sans
l'interrompre par un mot, elle laissa passer cette explosion de chagrin.

— Restez appuyée, chère, dit-elle, comme Mabel, revenue à elle, faisait un
mouvement pour se redresser.

— Vous êtes bien bonne, mais je vous fatiguerais et vous ferais mal.

— Ne vous inquiétez pas à mon sujet, répondit-elle. Je n'ai besoin que de quelques heures de sommeil, et je les ai prises déjà. Je désire vous voir vous reposer.

— Oh! Il m'est impossible de dormir, dit Mabel, je suis trop malheureuse.

— Peut-être puis-je vous secourir, dit la vieille dame. Il y a deux façons de
considérer le chagrin ; cherchons et découvrons le meilleur.

— Je ne me suis jamais abandonnée ainsi, dit Mabel, et je sais que je ne le
dois pas maintenant ; mais c'était trop.

— Ne pouvez-vous continuer le voyage sans ce jeune homme ?

— Il se montrait prudent et bon, dit Mabel. C'est une perte pour moi et pour
les enfants ; il a tout mon argent. Je lui ai donné ma bourse pour payer du lait
juste au moment où il quittait le wagon.

— Tout cela est fâcheux, dit la vieille dame, mais non sans remède. Avez-
vous encore beaucoup à voyager ?

Mabel nomma la ville et l'endroit de sa destination, dans l'est de l'Illinois.

— Et vous deviez prendre le steamer de Buffalo ?

— Oui, demain à la nuit.

— Il n'y a pas de bateau jusqu'à la nuit suivante, dit la vieille dame avec
assurance. Je me suis informée particulièrement, car je prends cette route moi-
même. Ainsi vous voyez : Owen aura le temps de vous rejoindre, et dans

l'intervalle, vous serez sous ma charge, et plus tard aussi, ajouta-t-elle, si vous pouvez avoir confiance en une vieille dame qui vous est étrangère, mais qui a vu beaucoup le monde, et qui est une voyageuse expérimentée.

Mabel la remercia de bon cœur pour elle et pour les enfants.

— Ne me remerciez pas, dit sa bonne amie, le bienfait sera mutuel. J'aime les jeunes gens, et suis heureuse de leur être utile dans le monde. Si mes soixante-dix ans peuvent vous offrir consolation et protection, je ne serai pas devenue vieille en vain.

— Oh ! je ne puis vous dire combien je serai soulagée si vous me permettez seulement de rester près de vous, s'écria vivement Mabel. Alors comme elle se rappelait que la dame venait de faire allusion à sa qualité d'étrangère, elle ajouta avec chaleur : « Mais vous êtes bien bonne, madame, d'avoir confiance en *moi*. Il doit vous paraître singulier que je voyage si loin, ayant la charge de ces deux enfants, et me fiant à un jeune homme qui n'est pas de mon monde.

— Oui, cela me semble un peu singulier, peut-être, répondit la dame ; mais pas plus que beaucoup de choses qui s'expliquent facilement.

— Puis-je vous dire comment cela est arrivé ? demanda Mabel.

— Certainement, mon enfant, si cela vous convient ainsi. Dites-moi ce que vous avez la volonté de confier à une amie assez âgée pour être sûre.

Ainsi encouragée, Mabel laissa retomber sa tête de nouveau sur l'épaule de cette dame, et glissa dans une oreille bienveillante, d'une voix basse et brisée, l'histoire des malheurs récents de sa famille, les souffrances, les responsabilités qui en résultaient pour elle.

Cette révélation excita la plus tendre compassion de sa vieille compagne de route qui lui prodigua les douces expressions de condoléance et l'entoura d'une sollicitude affectueuse. Elle arrangea un manteau autour de la jeune fille et l'attira plus près d'elle. La nature fatiguée réclama bientôt ses droits et un sommeil réparateur s'empara des sens de Mabel. Il était jour quand elle s'éveilla. Le soleil envoyait ses rayons dans le wagon. « Comme j'ai dormi longtemps ! Comme je dois vous avoir lassée ! » dit Mabel en ouvrant les yeux.

— Pas du tout. Je suis heureuse de vous voir reposée. Comment vous trouvez-vous ce matin, ma chère ?

Mais Mabel ne sembla pas entendre cette nouvelle demande. Ses yeux étaient

fixés avec intérêt sur la figure de sa nouvelle amie, tandis qu'une rougeur de
plaisir semblait animer ses traits. Il ne pouvait y avoir aucune méprise sur cette
physionomie bienveillante. Saisissant la main de la bonne dame, Mabel la
pressa sur ses lèvres en s'écriant : « Vous n'êtes pas une étrangère. Je vous ai
vue déjà ; vous êtes Mme Abraham Percival. »

— Vous me connaissez donc ? répondit-elle. J'en suis bien aise. J'ai considéré votre figure, et j'ai pensé que je l'avais déjà vue ; mais vous devez aider un
peu ma mémoire. Je ne puis me rappeler votre nom.

— Mabel Vaughan. Mais peut-être vous n'avez jamais entendu le nom entier.

Mme Percival secoua la tête. « Non, dit-elle après un moment de réflexion,
jamais ; mais j'ai connu autrefois une miss Vaughan, probablement une
de vos parentes. Elle doit être plus âgée, si elle vit encore, ce qui est probable, car nous avons échangé nos cartes l'hiver dernier à New-York, quoique
nous n'ayons pas eu le plaisir de nous rencontrer. Nous l'appelions Sabiah dans
ses jeunes années.

— C'est ma tante, prononça Mabel, éclairée par le souvenir de la visite
mémorable, qui avait été, comme ceci le prouvait, si mal interprétée.

— Ah ! alors vous êtes la fille de frère Jean. Vous voyez, ajouta-t-elle, avec
son sourire engageant, nous autres, gens à la vieille mode, nous connaissons
toujours la généalogie. Cependant j'ai vécu dans la ville natale de votre père
plusieurs années. J'étais maîtresse d'école, et votre tante était une de mes élèves.

— En vérité, dit Mabel avec intérêt. Chère tante Sabiah, comme elle aimerait à vous voir !

— J'avais l'espoir de raviver notre connaissance l'hiver dernier, dit Mme Percival. J'ai toujours éprouvé de l'intérêt pour votre tante, et comme j'avais eu la
chance de découvrir son adresse à New-York, par quelques-uns de nos amis
communs, je saisis la première occasion de lui faire une visite, mais je crois
qu'elle m'aura oubliée, à peu près ou tout à fait, ou peut-être qu'elle ne me
connaissait seulement que par mon nom de fille.

— Elle n'a jamais su votre visite, dit Mabel avec une rougeur de mortification, elle n'a pas eu la chance de la connaître. J'eus la vanité de la prendre
pour moi, et je fus la miss Vaughan qui laissa une carte à votre porte. Oh !
comme j'en suis fâchée !

36

Une ombre de désappointement passa aussi pendant un moment sur la physionomie de Mme Percival ; puis elle dit vivement, comme si elle eût désiré soulager le regret de Mabel : « C'était naturel cependant. Votre tante vivait très retirée.

— Oui, beaucoup, dit Mabel ; mais elle aurait été si heureuse de vous voir.

— Ah ! bien ! dit Mme Percival, ne le regrettez pas trop sérieusement, mon enfant. Le temps a fait de grands changements en nous, et la rencontre ne nous aurait peut-être pas donné de plaisir. Mais, dites-moi, ma chère, où j'ai déjà vu votre figure.

Mabel cita la circonstance.

— Oui, en vérité, je me rappelle maintenant, dit Mme Percival, avec un plaisir évident à ce souvenir. Vous étiez avec mon petit-fils à cette contredanse. Ah ! c'était une agréable soirée ; nous y avons été très joyeux. Cette référence à son propre plaisir et à celui de ses amis amena Mabel à parler en termes reconnaissants de l'un d'entre eux, le bon ecclésiastique à qui elle devait tant. Mme Percival fut profondément intéressée par le récit de la jeune fille au sujet de ses actes de charité, et au moment où elle achevait, les enfants s'éveillèrent, disposés à attaquer les provisions. Mme Percival leur fit place à côté de leur tante, retournant elle-même près de la servante qui était sa compagne de voyage, et pendant quelques heures, il ne se passa rien d'extraordinaire.

— Nous serons bientôt à Buffalo, ma chère, dit à la fin Mme Percival, s'avançant et posant une main sur l'épaule de Mabel pour attirer son attention.

Mabel, tirée brusquement d'une triste et pénible rêverie, produite par les découvertes et les coïncidences de la matinée, tressaillit se retourna et répondit : « Oui, et qu'allons-nous faire ?

— Ce que vous voudrez, ma pauvre enfant. Vous avez besoin de repos pour le corps et pour l'esprit. Je me demandais où nous pourrions le trouver.

— Où il vous plaira, dit Mabel. Je m'estimerai trop heureuse et reconnaissante d'être avec vous.

— Avez-vous jamais vu le Niagara ?

— Jamais, madame, répondit Mabel avec un léger tremblement dans la voix, à la mention du lieu qu'elle avait tant désiré visiter autrefois, mais qui était maintenant associé à un souvenir plus amer.

— Nous aurons vingt-quatre heures à passer avant le départ du steamboat, dit Mᵐᵉ Percival, et je pense que nous pouvons, si nous voulons, aller directement à Niagara et y rester jusqu'au moment de nous réembarquer. Il serait difficile de passer une nuit tranquille ici. On me connaît bien à la maison de la Cataracte, et nous serons certainement bien reçues, sans parler du plaisir inexprimable d'avoir la vue des chutes. Qu'en pensez-vous ?

— Je ne sais pas, dit Mabel hésitante. J'aime mieux que vous en décidiez vous-même.

— Ma chère, dit Mᵐᵉ Percival, plaçant sa main sur le visage inquiet de Mabel, je suis convaincue qu'il ne peut y avoir de meilleure prescription pour vous que celle que je recommande. Les enfants ont besoin de repos, d'air frais et pur pour les remettre après le voyage ; mais vous avez besoin de quelque chose de plus. C'est le cœur et le cerveau surmenés qui envoient ce sang fiévreux à vos joues, plutôt que la fatigue physique, quoique vous en ayez eu aussi votre part. Vous êtes mes hôtes pour le présent ; je veux dire mes enfants adoptifs, et ainsi je me crois libre d'étudier vos besoins et de m'efforcer de les satisfaire. En outre, ajouta-t-elle, avec un sourire et un ton persuasifs qui faisaient presque croire qu'elle demandait et non qu'elle accordait une faveur, nous autres, vieilles personnes fières de notre expérience, nous aimons à essayer nos remèdes favoris ; si vous me laissez le droit de décider, nous irons à Niagara et nous risquerons ce surplus de fatigue en considération des bienfaits que nous espérons en retirer.

Comprenant combien ce plan était généreux et désintéressé, Mabel se hâta de prier son amie de ne pas se donner cette fatigue inutile à cause d'elle ; mais Mᵐᵉ Percival l'assura qu'elle ne souffrait jamais des effets du voyage, et que, dans le cas présent, la nécessité d'attendre une journée rendait irrésistible la tentation d'une visite aux chutes, à part la satisfaction qu'elle trouverait à faire connaître à sa jeune amie une des plus grandes merveilles de la nature. Ainsi l'excursion fut décidée et la nuit les trouva établis dans un hôtel confortable où, au bruit de la puissante cataracte, ils goûtèrent un repos tant désiré après un voyage si fatigant.

CHAPITRE XXIX

— Êtes-vous éveillée ? disait une voix douce, le lendemain, de bonne heure, à la porte de Mabel.

La porte s'ouvrit et la jeune fille se présenta tout équipée pour sortir.

— Vous voilà prête, dit Mme Percival, qui portait aussi son chapeau et son châle, prête à la promenade. Je vous avais entendu marcher, autrement je ne vous aurais pas dérangée. Comment avez-vous dormi ?

— Très bien jusqu'au point du jour, mais alors je me suis éveillée en entendant le bruit de la chute, et je n'ai pu résister au désir de la voir avant le déjeuner.

— Ah ! vous êtes une fille selon mon cœur, dit Mme Percival, attirant près d'elle le bras de Mabel. J'ai laissé un mot à ma femme de chambre, Mme Patten, la chargeant de pourvoir aux besoins des enfants quand ils s'éveilleront ; ainsi vous n'avez pas besoin de vous inquiéter d'eux. Et la vieille et la jeune dame sortirent ensemble de l'hôtel.

— C'est par ici qu'on va au pont sur les rapides, dit Mme Percival quand elles eurent gagné une petite rue latérale. Je vois une de mes vieilles connaissance ; cette Indienne, qui ouvre sa petite boutique de l'autre côté. Elle me connaît. Et Mme Percival s'inclina avec bienveillance vers la squaw [1] basanée, dont la figure était pleine de vivacité. Il faut que j'aille lui parler. Ne m'attendez pas. Je vous rejoindrai. Ce disant, Mme Percival traversa la rue qui conduisait au pont, et Mabel s'avança seule.

Quel tumulte et quelle agitation dans le flot de pensées qui l'assaillaient durant cette courte promenade solitaire ! Le temps, le lieu, la solitude, tout

[1] Nom donné aux femmes chez les Indiens de l'Amérique du Nord.

les lui suggérait. Combien d'espoirs de son enfance, combien d'attentes de sa vie de jeune fille avaient eu le Niagara pour but ! Comme elle avait escompté avec plaisir cet accomplissement de ses rêves passés ! Comme elle avait peu prévu ce cruel enchaînement de circonstances qui l'avait amenée enfin en ce lieu, triste, abandonnée et ruinée. Bientôt dans le silence du matin, elle se trouva seule sur le pont sous lequel coulait le torrent écumeux. Haletante et agitée, muette d'étonnement et de crainte, elle restait là, les lèvres ouvertes, considérant cette gigantesque chute à l'extrémité de laquelle, avec une rapidité effrayante, les eaux se hâtaient vers leur terrible précipice. D'où venaient-elles, et où allaient-elles, ces vagues triomphantes, qui, se jouant de toute opposition et rompant tous les obstacles, semblaient comme les messagères du Jugement !

— Quoi ! vous êtes ici avant moi, et à ma place favorite, mon enfant ! s'écria Mᵐᵉ Percival. Alors, voyant l'attitude désespérée, et la figure de Mabel, conjecturant aussitôt que dans l'état de faiblesse où elle se trouvait, elle était dominée par cette scène, la vieille dame s'assit à côté d'elle et dit d'un ton de doux reproche : « Ah ! je n'aurais pas dû vous laisser venir seule ici !

— Cela m'effraye, répondit Mabel avec un frisson. La chute ne m'aurait pas tant frappée ; mais ces rapides ! et elle frissonnait encore par tout le corps. Il me semblait que toute chose se précipitait, juste comme...

— Comme le malheur arrive sur nous, pauvres mortels, vous voulez dire, ma chère...

— Oui, je ne pouvais m'empêcher de le penser en moi-même.

— J'ai souvent eu la même impression, dit Mᵐᵉ Percival doucement, mais j'y ai aussi trouvé une leçon de foi et d'espérance qui m'a fortifiée dans mes heures de trouble, et j'espérais que vous l'y trouveriez aussi. Souvent nous sommes emportées à travers les vagues furieuses de l'attente et de la peine, et plongées enfin dans le gouffre d'un immense chagrin, mais ne nous laissons pas aller au doute et au désespoir. Même dans les plus grandes calamités, nous savons que le torrent furieux de l'affliction est arrêté par l'arc-en-ciel de l'amour. Regardez en haut, ma chère, regardez en haut.

Mabel leva la tête vivement, et, au-dessus de l'abîme des eaux qui était si sombre et si effrayant quelques moments auparavant, un arc-en-ciel glorieux noyait ses couleurs dans les rayons du soleil levant ; et, comme des gouttelettes

en s'agitant saisissaient et reflétaient la lumière sous de nouvelles formes,
d'autres arcs s'esquissaient en courbes gracieuses à travers le flot écumant.

Un sourire joyeux se dessina sur la figure de Mabel, y amenant une transformation non moins frappante que celle qui venait de s'accomplir dans la
nature ; elle battit des mains et garda pendant quelques moments un silence ravi.

Après quelques moments de silence, Mme Percival dit : « Allons! Retournons
à l'hôtel et réjouissez ces petits orphelins, qui doivent trouver en vous dorénavant le rayon de soleil de leur vie.

— Que tout cela est saisissant, disait Mme Percival lorsque, quelques heures
plus tard, elles s'assirent toutes deux sur la surface plate du *Roc de la Table*,
considérant les vagues gigantesques de la chute du *Fer à cheval*. Dans le cours
d'une longue vie, j'ai visité cet endroit bien des fois et j'en suis toujours retournée calmée et fortifiée, comme si j'avais écouté la voix d'un oracle sacré.

— Je ne puis assez vous remercier de m'avoir amenée ici, dit Mabel ; c'est
un souvenir à garder toute la vie.

— J'avoue, dit la vieille dame que ma première pensée fut simplement de
détourner votre esprit de s'appesantir sur vos récentes épreuves. Je ne savais
pas jusqu'à quel point vous étiez sensible aux impressions de la nature. Maintenant je me félicite de vous avoir amenée à cette école de hautes pensées et de
nobles projets. En vérité, vous avez besoin de courage moral et de force, mon
enfant, car vous avez devant vous une noble mission.

— Vous voulez dire le soin des enfants, dit Mabel, observant que les yeux
de Mme Percival étaient fixés sur les garçonnets qui jouaient à une petite distance.

— Oui, la direction de ces jeunes intelligences est un devoir de vraie dignité
et de grandeur pour lequel vous avez toute ma sympathie. Moi aussi, j'ai élevé
des enfants et mon travail n'est pas encore fini. Si je lis bien dans le caractère
de ces petits hommes, votre responsabilité est aussi grande que votre influence
est sans limites. Le plus vieux vous aime avec un dévouement que j'ai rarement
vu à son âge. Quant à cet enfant, affectueux et expansif, qui attire en jouant là-
bas l'attention des étrangers, toute l'ardeur de son naturel doit être de bonne
heure guidée vers le beau et le bien. Rappelez-vous, ma chère, que vos conseils
doivent servir de règle à plusieurs générations de cœurs, et si cette pensée peut
ajouter à la sainteté de votre devoir, gardez cette croyance que les principes que

vous inculquerez peuvent contribuer à former la fortune future de notre libre République.

Une résolution sacrée était peinte sur la figure attentive de Mabel, tandis que les yeux fixés sur les petits, elle écoutait l'exhortation solennelle de sa vénérable amie.

Nous passons sur le départ du Niagara, après une visite qui devait laisser dans l'esprit de Mabel un souvenir ineffaçable, surtout par les preuves d'amitié que rendait plus précieuses la grande différence des années. Toutes deux étaient remises et fortifiées pour continuer leur voyage, et la joie des enfants, le relèvement, la satisfaction de Mabel étaient complets, quand, sur le quai du bateau à vapeur de Buffalo, elles rencontrèrent Owen, qui, pauvre garçon, avait souffert l'inquiétude la plus vive à leur sujet. Il témoigna sa gratitude envers Mᵐᵉ Percival par ses remercîements et mieux encore par les services infatigables et empressés qu'il lui rendit pendant le reste du voyage. « Sur ma parole, madame, dit-il, quand je m'aperçus qu'ils étaient partis et que je n'avais plus à m'occuper d'eux je fus presque anéanti ; et quand, pour couronner le tout, je trouvai la bourse de miss Vaughan dans ma poche, je crus que je deviendrais fou. J'aurais voulu prendre une des machines et courir après eux ; mais cela ne pouvait servir à rien. Il ne me restait qu'à m'apaiser et prendre patience en attendant. Je vois que la jeune dame n'était pas sans protection et elle n'en manquera jamais dans ce monde, j'en suis sûr, si elle a ce qu'elle mérite. Je suis heureux de vous remercier de votre bonté à mon égard, madame, et du soulagement que vous avez donné à ma conscience. » Levant son chapeau et s'inclinant comme il avait coutume de faire devant Rosy, il recula d'un pas et ajouta : « Owen Dowsh est votre serviteur pour la vie, madame. »

Mᵐᵉ Percival était faite pour apprécier la simplicité et la dignité du jeune homme, et avant la fin de leur voyage, il avait appris à considérer cette dame comme une amie sûre. Elle lui parlait de fermes, de bétail et de moissons, lui donnait beaucoup d'informations sur la vie dans l'Ouest, et quand il s'aventura enfin à la consulter sur l'emploi de sa petite épargne, elle entra dans ses projets avec un intérêt aussi prompt que si elle eût été marchande de terrains et lui un riche spéculateur.

Ainsi tout se passait en bonheur et harmonie. Mabel, avec Mᵐᵉ Percival pour

conseillère et amie, Owen, comme serviteur dévoué, et Mme Patten, qui partageait tous les intérêts de sa bien-aimée maîtresse, vit son formidable voyage
amené à une fin heureuse, et soupira presque en pensant qu'elle devait bientôt
se séparer de ces amis éprouvés dans son adversité.

La dernière nuit de leur séjour en compagnie l'une de l'autre se passa sur
un bateau dans un canal. Les enfants dormaient au fond de la cabine et Mme Patten
veillait sur eux. Owen, à l'avant du bateau, donnait un coup de main pour aider
l'arrangement de la cargaison ; Mme Percival et Mabel étaient assises sur le pont
engagées dans une de ces conversations plaisantes et élevées dont elles avaient
pris l'habitude.

— Je suis heureuse que vous aimiez ces campagnes de l'Ouest, dit Mme Percival, et que vous ne vous sentiez pas découragée par leur caractère rude et
inculte. C'est une grande plaine, comparativement ; peu de chose y a été fait
jusqu'ici. Vous la trouverez bien étrange, différant beaucoup de vos idées pré-
conçues. Mais pour un noble esprit, il y a satisfaction à surmonter les difficultés ;
tout effort est certain de trouver sa récompense dans une terre qui paie au
centuple la peine qu'on y prend.

— Cela excite tout mon enthousiasme, dit Mabel ; j'ai senti cent fois dans
notre voyage que je me serais volontiers arrêtée à certains points pour y rester
une année et y considérer des progrès qu'on pouvait presque voir en passant
et dont j'entendais dire de telles merveilles.

— Dites plutôt, fit Mme Percival, pour prendre part à ce progrès. Ne vous
croyez pas exclue par votre âge ou par votre sexe d'exercer une influence
active sur l'amélioration et la civilisation de tout endroit où vous résiderez tem-
porairement ou d'une façon permanente. En une contrée dont le développement
physique est aussi considérable que dans celle-ci, on ne saurait faire trop
d'efforts pour assurer une amélioration égale sur le terrain moral et spirituel.
Il peut arriver que votre influence et votre exemple soient confinés dans un
cercle étroit ; mais n'oubliez pas que quelque restreinte que puisse être votre
sphère, c'est le privilège d'une femme d'exercer cette action bienfaisante qui
sanctifie les plus rudes labeurs de la vie et répand dans toute la communauté
une plus noble ambition que celle de bâtir des cités en plein désert et de soumettre les éléments à la volonté humaine. Par-dessus tout, ma chère, ne consi-

dérez pas votre vie dans l'Ouest comme une période d'exil. Ce n'est qu'une partie de notre pays, destinée plus tard peut-être à devenir par son influence ce qu'elle est aujourd'hui par sa situation ; le centre et le cœur de la République.

— Je m'accoutume déjà, dit Mabel, à la considérer comme ma future demeure, car elle peut le devenir à l'occasion.

— Faites-en votre demeure, ma chère, dit Mme Percival, pour vous-même et pour votre famille. Au moins tant que vous y resterez, donnez-lui votre affection et vos meilleurs efforts ; c'est la seule manière d'en faire une résidence utile et heureuse. J'ai des maisons dans plusieurs parties de notre pays, et il me serait difficile de dire laquelle j'aime le mieux. Il y a maintenant quinze ans que j'ai accompagné mon mari dans cette région autrefois inhabitée. Il fut un des pionniers de la civilisation, et l'affection que je conçus alors pour cette vallée de l'Ouest n'a pas diminué depuis. Ç'a été avec grande satisfaction que j'y ai fait plusieurs pèlerinages, et maintenant que je suis revenue pour finir mes jours, peut-être, dans cette terre promise, je ne me demande plus si c'est une terre d'adoption ou ma terre natale.

— Si vous deviez seulement rester près de moi, dit Mabel, ce serait une telle consolation ; vos conseils me seraient si précieux...

— Quarante milles ne comptent pas pour une grande distance dans cette partie du monde, ma chère, et autant que je puis en juger, c'est la distance entre la propriété de votre père et celle de mon fils. Par suite d'une des infirmités de l'âge, ma main est depuis peu incapable d'écrire, mais je trouverai un de ces jours une façon de communiquer avec mes jeunes amis, et je serai toujours réjouie d'apprendre de vos nouvelles en retour. Mais, bonne nuit ; je ne veux pas vous garder plus longtemps à écouter les prédications d'une vieille femme. »

Avant le jour ils avaient atteint cette cité bruyante de l'Ouest, où ils devaient se séparer. Mabel et les enfants prirent passage sur la voiture rustique dans laquelle ils devaient commencer leur dernière journée de voyage ; Owen s'en alla dans une autre partie de la contrée ; et Mme Percival les ayant vus sur leur chemin, s'en alla vers la maison d'un ami, où elle devait attendre l'arrivée de son fils.

C'était une soirée froide, pluvieuse, désagréable, quand, avec des chevaux fatigués et fumants, les enfants épuisés de froid et de fatigue, Mabel, désespérant presque d'atteindre jamais leur destination, qui toute la journée semblait s'éloigner à mesure qu'ils avançaient, entendit à la fin ces paroles joyeuses de leur conducteur : « Voici la maison de M. Vaughan, là où vous voyez une lumière. »

— Ne pleurez pas ; vous êtes presque arrivé, Murray, dit-elle d'une façon encourageante au pauvre enfant en larmes, qui sentait l'absence des châles de Mme Percival et du vêtement de gros drap de Owen, grelottant de froid. Affamé, et à bout de patience, il s'était plaint et avait pleuré amèrement pendant la dernière demi-heure. Regardez par là, au delà de la rivière, c'est la maison de grand-papa ; vous le verrez bientôt, et l'oncle Henry aussi.

— Je n'ai pas besoin de les voir. Je déteste cet endroit. Je ne resterai pas ici, sanglotait Murray.

— Cela vaudra mieux pourtant que de voyager toute la nuit, n'est-ce pas, dit Alick, du ton patient et philosophique que le petit homme avait pris depuis le commencement du voyage.

— Vous aurez à descendre ici et à marcher un petit bout de chemin, dit le conducteur s'arrêtant à une petite distance de la maison. La route tourne ici vers le bureau de poste et ces chevaux n'en peuvent plus.

Mabel n'eut pas besoin d'une seconde invitation ; elle était trop heureuse de se retrouver sur ses pieds, et un instant plus tard, portant Murray dans ses bras, et Alick marchant à son côté, elle se hâtait dans la direction de la lumière, ouvrait la porte sans serrure de la maison et entrait. Elle se trouva dans un passage obscur et elle cherchait la porte intérieure quand celle-ci s'ouvrit subitement et, avec un cri de joie, elle déposa Murray sur le plancher, et jeta ses bras autour du cou de son frère étonné.

La surprise et la consternation n'auraient pas été plus grandes si ç'avait été l'ombre de Mabel, au lieu de Mabel elle-même. M. Vaughan, qui était assis dans un fauteuil près du feu, tourna la tête quand il entendit Henry prononcer le nom, et, voyant sa fille devant lui, il pâlit, essaya deux fois de se lever de son siège, puis retomba en arrière comme pris d'un étourdissement soudain, tandis qu'une ombre de profonde détresse passait sur ses traits hagards.

— Mabel ici ! s'écria-t-il.

Elle était agenouillée à côté de lui, les bras sur ses genoux et le regardait anxieusement, avant qu'il eût fini de parler :

« Oui, père, c'est Mabel et les enfants.

— Alick ! Murray ! Que veut dire tout cela, cria le vieillard fortement agité. Et leur mère ?

Il y eut une pause, une longue pause, personne ne parlait. Alick penchait la tête. Mabel se glissa près du feu, et sanglota.

— Leur mère, Mabel ? dit encore M. Vaughan, d'un ton de douloureuse inquiétude.

— Ils n'ont plus de mère que moi sur la terre, répondit Mabel, avec un profond soupir.

La tête du pauvre père se pencha sur sa poitrine. Henry se leva, délia le chapeau de sa sœur, lissa ses cheveux, l'embrassa vivement et s'en alla à l'autre bout de la chambre pour cacher son agitation. Elle se leva et continua de regarder le feu.

— Est-elle morte ? Comment cela est-il arrivé ? Quand est-elle morte ? Où ? demanda enfin M. Vaughan, d'une voix étranglée.

Mabel donna un simple aperçu des faits. M. Vaughan se cramponnait aux bras de son fauteuil, comme s'il eût eu besoin de soutien ; Henry revint, et écouta aussi toute l'histoire, en considérant la physionomie de Mabel. De temps en temps, l'un ou l'autre posait quelque question anxieuse, et à la fin, parmi les soupirs, les sanglots et les frémissements secrets, elle acheva la triste histoire. Il y eut un second silence, brisé par les cris de Murray ; puis vinrent d'autres questions et d'autres soucis. Les jeunes voyageurs fatigués, leur voyage long et difficile, les dangers et les privations des voyageurs, tout cela demandait considération et fut discuté à son tour. Les plaintes bruyantes de Murray sur le froid et la faim furent promptement apaisées par Henry qui mit du bois au feu et alla inspecter le garde-manger. Grâce à son talent de ménagère et à l'adresse de Mabel, des arrangements furent bientôt pris pour que les nouveaux arrivants pussent passer la nuit confortablement.

— Comment avez-vous pensé à venir ici, Mabel ? demanda M. Vaughan, quand après que le souper fut terminé et les enfants mis au lit, elle s'assit tranquillement à côté de lui avec l'air satisfait et content de quelqu'un qui, après avoir souffert beaucoup, a enfin trouvé une place de repos.

— Je ne voyais pas autre chose à faire, répondit la jeune fille.

Le même regard de détresse qui avait marqué l'annonce de son arrivée reparut sur la physionomie de son père. Il s'agitait péniblement sur son siège, considérait les murailles sans tenture, les meubles pauvres et rares de leur unique salle, et alors la regardant avec orgueil et pitié, il dit tristement : « Ce n'est pas une place convenable pour vous, mon enfant. J'aurais voulu vous épargner cette épreuve. »

Mabel fut attristée de constater combien il était peiné de voir sa fille bienaimée réduite à un si humble sort ; elle se hâta de l'assurer de sa joie et de sa complète satisfaction de partager sa demeure dans l'Ouest. Il l'interrompit, secoua la tête et jeta de nouveau un coup d'œil autour de la chambre en disant : « Eh bien ! cela peut durer un petit temps, quelque chose comme une semaine, en attendant que mes affaires soient arrangées. »

Il semblait en vérité que sa douleur de la mort de Louise n'était que secondaire, vis-à-vis de ce grand regret, et qu'en contemplant les épreuves et les mortifications auxquelles sa fille favorite avait été réduite, il avait oublié toute autre cause de chagrin ; car lorsque, à la fin, il prit sa chandelle pour se retirer, il posa la main sur la tête de Mabel et dit par manière de consolation : « Ne vous tourmentez pas, ma fille ; c'est seulement pour une saison, tandis que Henry s'exerce à la chasse et que j'arrange mes affaires, et alors nous retournerons tous à la maison. »

— Je crains que père ne soit fâché de mon arrivée, Henry, dit Mabel, comme le frère et la sœur allaient se séparer.

— Non, non, en vérité, répliqua Henry ; il trouve, comme chacun le ferait à sa place, que c'est un nouveau genre de vie pour vous d'être venue à ce... bivouac dans le désert, cette loge de chasseurs dans la prairie, car ce n'est pas autre chose.

— Si seulement il ne s'inquiète que de moi, si vous en êtes sûr, Henry, je me déclare satisfaite, dit Mabel ; il verra comme je puis être heureuse ici.

— Chère Mabel, dit Henry, la regardant tendrement, comme vous avez souffert, que de difficultés vous avez eues depuis que nous sommes séparés !

— Nous n'y penserons plus demain, dit-elle, souriant à travers ses larmes. Je suis avec mon père et vous, Henry. Je n'ai rien de plus à demander.

CHAPITRE XXX

L'Extrême-Ouest est une terre indéfinie dont la limite n'a jamais été circonscrite et ne sera jamais atteinte, tant que la civilisation, marchant de son pas régulier, n'aura pas pris possession de tout le territoire entre l'Océan Atlantique et le Pacifique. Au temps où nous écrivons, cependant, les États qui bordent le Mississipi à l'orient et à l'occident sont le principal but de l'émigration, quoique beaucoup de courageux trappeurs et bûcherons commencent à sentir que l'atmosphère s'alourdit par le souffle des trop nombreux habitants et à soupirer après des solitudes plus profondes.

Le lot de terrain que M. Leroy avait trouvé propre à la spéculation et devenu depuis un an la propriété commune avec son beau-père, était une ceinture large et unie de prairies et de forêts qui, s'étendant sur plusieurs milles le long d'une rivière considérable, offrait une route facile et praticable pour un chemin de fer nouvellement projeté. C'était en vue de monopoliser la place et de profiter d'une énorme plus-value qu'il s'était déterminé à en faire l'achat, A mesure que ce plan gagnait une nouvelle faveur à leurs yeux, des achats toujours plus importants étaient faits, et bientôt ils délaissèrent toutes leurs autres affaires pour ne plus s'occuper que de celle-ci.

Malheureusement pour la réalisation de leurs espérances, le chemin de fer de River Valley continuait à rester à l'état de projet. Il est vrai qu'on y pensait, qu'on en parlait ; mais toujours l'accomplissement de l'entreprise se trouvait retardé. Quelques-uns pensaient que les villes qu'il était destiné à relier n'étaient pas assez importantes pour garantir l'entreprise, et tous étaient d'accord pour attendre jusqu'à ce que le temps fût mûr pour l'action, tous sauf les propriétaires désappointés dont les fortunes et la patience ne pouvaient supporter ce délai imprévu et fatal

Dans l'intervalle, les affaires de M. Leroy commencèrent à s'embarrasser, une grande portion de son capital était absorbée dans une aventure qui ne promettait aucun rapport ; il fut obligé de demander des secours à M. Vaughan, et par degrés, presque toute sa part dans cette propriété de l'Ouest fut transférée à son beau-père, en nantissement des sommes importantes avancées pour le secourir. M. Vaughan ne put soutenir le double fardeau de ses engagements et de ceux de M. Leroy. Ses ressources diminuèrent graduellement ; une suite de désastres financiers arriva qui, avec les dettes de Henry, le lança dans des embarras considérables. Ce fut pendant cette crise qu'il se rendit dans ce lieu où toutes ses espérances étaient concentrées, ferme dans la croyance que sa présence et son influence donneraient une nouvelle vigueur à l'entreprise sur laquelle il comptait pour rétablir et doubler sa fortune. Ainsi, quand la mort de M. Leroy, la faillite et les embarras qui suivirent, nécessitèrent de grosses sommes pour racheter sa part de la propriété et rétablir le crédit ébranlé de M. Vaughan, ce dernier n'hésita pas à adopter le seul expédient qui lui restât, et à se séparer de sa résidence à New-York plutôt que d'abandonner son grand projet financier ou d'admettre un nouvel associé. Et quand enfin, s'étant, par ce remède désespéré, assuré contre toute intervention, il se relâcha de sa contention d'esprit, fatigué par l'effort, l'anxiété et la succession des désastres, il chercha pour quelque temps le repos et l'isolement dans sa maison de l'Ouest, ce fut simplement en vue de ranimer ses forces et de se préparer pour lutter encore contre les difficultés et les obstacles.

Que cette résidence fût autre que temporaire, que Mabel viendrait s'y joindre et partager ses privations, et surtout que ses petits-enfants viendraient y chercher abri et protection, cela n'était jamais entré dans le cerveau affairé et surchargé du vieillard, et pourtant, par une suite de circonstances à la fois naturelles et étranges, le reste de sa famille fut réuni sous l'humble toit qui semblait destiné à les abriter tous pour une période indéfinie.

Mabel Vaughan n'était pas la première parmi les femmes de sa contrée qui s'était éveillée tout d'un coup d'un songe de luxe au milieu des réalités domestiques de la vie de l'Ouest. Bien des filles, des mères ou des femmes sont nées et ont été élevées dans la richesse, qui sont allées dans le désert avec des cœurs assez braves pour rencontrer l'adversité, et assez forts pour la vaincre, prouvant qu'il n'y a pas de sphère si haute qu'elle ne puisse devenir l'école des plus humbles vertus, et qu'il n'y en a pas de si basse qu'elle ne puisse être la scène des triomphes les plus purs et les plus durables. Et l'on peut l'affirmer sans crainte, si la vigueur et l'esprit d'entreprise de l'homme ont été employés jusqu'à une énergie sans rivale pour le succès de la lutte contre cette terre inculte, ce qui a rendu le désert agréable est dû aux sacrifices librement consentis, aux travaux patients, au cœur sympathisant de leurs femmes.

La sphère dans laquelle Mabel était ainsi tout d'un coup introduite pouvait donner l'essor à toutes les facultés, et réclamait toute son énergie. Il n'y avait pas seulement beaucoup à faire, mais beaucoup de ce qui était fait était à recommencer; car la bonne gestion si vantée de Henry offrait un singulier mélange de succès et d'échecs, et aux yeux d'une femme capable, une réforme graduelle mais complète était essentielle pour le bien-être domestique. L'éta-blissement de l'ordre dans la maison ne représentait cependant qu'une petite part de sa tâche. Elle avait son père âgé à égayer, un frère, dont son affection était la seule sauvegarde, deux orphelins qu'il fallait soigner, gouverner et éduquer. La contemplation des travaux et des épreuves, que ces devoirs impliquaient nécessairement pouvait bien amener le cœur à se resserrer d'épouvante, et les mains à refuser ce service inaccoutumé. Mais Mabel ne s'arrêta pas à cette idée. Elle se sentait forte, jeune et bien portante. Son âme avait gardé son énergie en dépit des épreuves, son cœur était imbu d'une foi vive et d'un dévouement absolu envers ceux qu'elle aimait. Pour eux nul effort ne devait être sans espoir et nul labeur trop fatigant. Ainsi elle ne comptait pas ses travaux et ne songeait pas aux difficultés, mais se mettant gaiement à la besogne qui pressait le plus, elle l'accomplit avec zèle, et un par un, sans bien s'en rendre compte, tous les travaux qu'elle accomplissait prirent leur ordre véritable, sa vie journalière devint une mission noble et sacrée.

« La bouilloire est-elle prête? demanda-t-elle avec gaieté quand elle rejoignit son frère le lendemain matin de son arrivée et qu'elle le trouva occupé en garçon à préparer le déjeuner.

— Alick, cria-t-elle à son petit neveu blotti près du feu, voyez-vous ce gros tas de pommes de pin, près de la pile de bois? Courez dehors et apportez-en quelques-unes; Murray ira avec vous et portera la corbeille, ce sera d'un bon garçon ; coùrez, Murray, et vous vous réchaufferez. Oh ! Henry ! (et elle leva le couvercle) comme vous avez bien fait cuire ce poulet ! Vous valez n'importe quel cuisinier français ! Mais vous avez oublié le café ! Et elle donna un regard à la cafetière vide.

— C'est bien mon habitude, dit Henry, avec bonne humeur, et j'ai presque laissé éteindre le feu.

— Ne vous tourmentez pas ; voici Alick avec des pommes de pin ; combien de fois j'ai aidé Mme Herbert à faire bouillir la théière, le dimanche soir, quand Brigitte était sortie.

Bientôt l'omission importante qu'avait faite Henry était réparée. Le café fumait et bouillait joyeusement. Mabel avait placé le pain blanc et le beurre frais sur la table, quelques œufs frais avaient été retirés du buffet et tout promettait un somptueux repas.

— Voici Murray, qu'apporte-t-il ? cria Alick, comme le petit bonhomme rentrait, rose et vif de plaisir, serrant contre sa poitrine un petit animal à fourrure.

— Un *possum*[1], répondit l'enfant, un *possum* vivant. Jacques, le fermier, me l'a donné.

Alick s'avança pour voir le nouveau favori. Henry riait : « Eh bien ! Murray, que diraient les petits garçons de New-York s'ils savaient que vous avez un possum ? s'écria Mabel. Vous devriez demander à Jacques de vous faire une petite cabane pour le garder vivant. Allez prendre la main de votre grand-père, Alick, dit-elle à voix basse, et demandez-lui s'il veut venir déjeuner.

— Des bottes sur le baril à farine ; de la poudre et du plomb sur le même rayon avec le sucrier ! disait Mabel, lorsque, une heure ou deux plus tard, elle passa l'inspection des pièces du logis. Cela n'ira jamais ! Qu'y a-t-il dans cette armoire sous l'escalier, Alick ? demanda-t-elle tout haut à son aide volontaire et actif.

— Rien.

— Alors, c'est juste l'endroit pour les bottes et les souliers ; il doit avoir été réservé exprès. Le matériel de chasse doit avoir sa place ici, je suppose, jusqu'à ce que l'oncle Henry en ait trouvé une meilleure. Mais ce joli service de Chine doit être mis en meilleure compagnie. Comment est-il venu parmi toute cette faïence et cette vaisselle de terre, je me le demande ?

_____
[1] Un des noms du sarigue.

Ces marques de négligence et d'autres semblables pouvaient être corrigées toutes à l'instant ; mais ce fut une tâche moins facile de remédier aux nombreux inconvénients qu'offraient la maison et les meubles. La demeure, tout en bois, quoique convenable à beaucoup d'égards, était entièrement dénuée d'ornements, et son intérieur était rude et grossier à l'extrême. C'était une de ces constructions à bon marché, qui, dans l'ordre du progrès, viennent après la cabane, et qui, bâties seulement pour l'utilité du moment, n'offrant rien d'agréable à l'œil, assurent simplement la commodité de leurs occupants. Elle avait été meublée pour les stricts besoins de la vie par le premier propriétaire de la terre où elle s'élevait, avant de devenir la propriété de M. Vaughan.

Aussitôt l'arrivée de M. Leroy dans l'Ouest, cependant, quand cet endroit était devenu son quartier général, il s'était efforcé d'en faire une résidence d'été confortable pour lui et son beau-père, en y envoyant de la ville la plus proche ces objets de la vie luxueuse dont elle manquait le plus. Mais ces objets, achetés pour un usage temporaire, constituaient avec les meubles grossiers qui s'y trouvaient une masse incongrue d'ustensiles de ménage, rassemblés sans aucun égard à la convenance et au bon goût.

Mais ce même œil vif et cette main qui un an auparavant avaient été si prompts à corriger la sombre uniformité d'une demeure superbe à la ville eurent bientôt fait de rétablir l'ordre dans ce chaos grossier, et quoique Henry persistât encore à l'appeler, par forme de plaisanterie, un bivouac et un campement, leur demeure prit bientôt, sous la surintendance de Mabel, tous les caractères d'un foyer domestique. Il est vrai que personne ne pouvait ignorer que le tapis riche et aux vives couleurs de leur seule salle contrastait péniblement avec les murailles nues et le plafond enfumé ; que les lourds chenets de cuivre n'étaient que peu en rapport avec le manteau de la cheminée, grossier et mal peint, et avec le large foyer de briques ; que les fauteuils et le canapé garnis d'étoffe qui étaient parmi les articles importés juraient avec une vieille table de sapin et une horloge de bois, meubles aussi indispensables qu'ils étaient grossiers ; que les couverts et les serviettes damassées ne servaient qu'à rendre la rude coutellerie et la grossière cafetière d'étain plus disparates dans le service du déjeuner.

La femme, cependant, possède un art inconnu à l'homme, par lequel elle montre le côté agréable des arrangements domestiques, tandis que l'envers est

38

caché à la vue. M. Vaughan et Henry n'étaient pas les premiers qui eussent senti le charme d'un foyer lavé et approprié, d'un couvert étincelant, d'un repas bien ordonné, d'un panier à ouvrage arrangé avec goût, d'un pot de réséda sur la fenêtre, sans être capables de définir la cause de leur sentiment inaccoutumé de bien-être.

En ouvrant sa malle, Mabel mit au jour un trésor qui éveilla en elle beaucoup de souvenirs et d'émotions touchantes, et qui excita les pleurs d'Alick, et chez Murray une extase de délice. C'était le tableau du petit pèlerin de Rosy empaqueté dans un recoin par Mme Hope et portant au dos de l'écriture de Lydia, le dernier message de Rosy mourante : « *Donnez ceci à ma chère miss Mabel.* » Ils le suspendirent sur le côté de la muraille où les yeux de M. Vaughan étaient souvent fixés dans les moments d'absence que lui causaient ses accès de désespoir. Il ressortait sur la surface blanche, aussi solitaire et aussi estimé que dans l'humble chambre de Rosy, et proclamait silencieusement ces vérités bénies dont la parole et la vie de Rosy avaient fourni l'interprétation.

Il avait été reconnu, dès l'arrivée de Mabel, que rien ne serait plus mortifiant et plus triste pour son père que de la voir réduite à accomplir certaines besognes domestiques, et il exprima presque immédiatement son avis par ces paroles décisives : « Henry nous devons chercher immédiatement une servante. Jacques a fait très bien notre affaire ; mais maintenant, le cas est tout à fait différent. Quand Mabel ne serait ici que pour une semaine ou deux, il nous faut une servante, si on peut trouver, pour lui donner autant de bien-être que possible. »

Cette restriction dans la remarque de M. Vaughan était bien nécessaire, car la difficulté de se procurer des secours féminins dans une contrée nouvelle est proverbiale, et quoique Henry entrât pleinement dans les vues de son père, et qu'il fût infatigable en ses efforts, il ne réussit qu'imparfaitement dans ses recherches. A la fin cependant une jeune fille inexpérimentée, fille d'un nouvel habitant du voisinage, consentit à entrer au service de Mabel, et par suite de la persévérance de cette dernière un certain ordre fut établi dans la cuisine. Il y eut au moins l'apparence d'un service dans la maison.

Beaucoup de femmes connaissent par expérience les difficultés qu'une jeune ménagère éprouve dans son noviciat, et beaucoup d'hommes le savent par ouï-dire, mais tous seront d'accord pour rendre honneur à la jeune fille qui supportait gaiement ses ennuis, riait de ses désappointements, luttait patiemment contre les épreuves, maintenait dans l'intervalle une heureuse satisfaction d'esprit et répandait comme un rayon de soleil par toute la maison.

Pendant ce temps M. Vaughan était fréquemment absent de la maison pour des excursions qui se rapportaient à son projet de richesse future et d'agrandissements, et à son retour son esprit était généralement trop absorbé pour faire aucune observation sur ce qui se passait dans la famille, à moins que ce ne fût sur la santé de chacun et sur le bien-être de tous. Il acceptait les arrangements faits pour sa commodité sans paraître en rechercher la source, et quelquefois il venait et s'en allait sans communiquer un seul fait relatif à son voyage ou sans s'informer de ce qui s'était passé en son absence.

Le rouleau des plans descriptifs de sa propriété s'étalait ordinairement devant lui sur la table, et quand il n'était pas occupé à le consulter, il marchait sans repos par la chambre. Bien des fois Mabel tressaillait en entendant son pas pendant la nuit, et en descendant les escaliers, elle le trouvait en bonnet de nuit et en robe de chambre, étudiant ses cartes, y suivant le cours de la rivière sur la limite de sa propriété. « Retournez au lit, mon enfant, disait-il, se redressant de son travail, mais sans retirer son doigt du point qu'il marquait. Je suis fâché de vous troubler. Je désirais seulement satisfaire mon esprit sur certain point.

— J'avais peur que vous ne fussiez malade, disait Mabel. Et à son tour il reprenait avec un peu d'impatience : « Malade, oh ! non, je me porte bien, parfaitement bien. »

L'automne, cependant, tirait à sa fin, et le retour à New-York était aussi entièrement abandonné que s'il n'en eût jamais été question. Le temps ne paraissait pas s'appesantir sur Henry ; il était presque constamment dehors avec son chien et son fusil ; sa santé se fortifiait sous l'influence de cette vie active. Les espérances de Mabel ne souffraient aucune diminution, et ses craintes à l'égard de son frère n'étaient excitées en aucune façon, quoique ses fréquentes excursions de chasse l'amenassent en contact, non seulement avec les chasseurs et les hommes des bois, mais aussi avec des amateurs venus du Canada et des villes de l'Est qui, dans cette saison, prenaient leurs récréations dans les grandes chasses de l'Ouest. Il revenait invariablement à la maison, chargé de gibier, ce qui n'était pas une bagatelle pour le garde-manger, et, par sa sollicitude pour le bien-être de Mabel, par son empressement à alléger ses soins en

pourvoyant aux besoins de la famille, par l'exercice d'une discrétion et d'un bon
jugement qui ne l'avaient jamais caractérisé auparavant, il témoignait jusqu'à
l'évidence de ses projets virils et de la vraie générosité de son cœur.

Les privations de Mabel au point de vue de la société auraient pu paraître
une des plus fortes épreuves de son sort. Mais quoique son père et son frère
fussent souvent absents de la maison, et que le voisinage offrît peu d'avantages,
elle trouvait dans sa situation présente de quoi compenser tout ce qu'elle
avait perdu en échangeant la vie d'une grande ville pour la vie dans la prairie.

Les enfants étaient ses compagnons fidèles. Alick ne se sentait heureux
qu'auprès d'elle et le dévouement chevaleresque qui avait marqué sa conduite
dans leur voyage, ne paraissait pas diminué. Il restait son serviteur constant et
son compagnon de travail, et sous l'influence bienfaisante de sa tante, les
meilleurs traits de son caractère se développaient rapidement, tandis que Murray, dans la vive jouissance de simples plaisirs, se débarrassait des caprices et
du caractère déraisonnable que la flatterie et les détestables influences de la vie
d'hôtel avaient excités chez lui.

Mabel trouva bientôt une société agréable, et apprit en jouissant d'une tendre
amitié, combien les rapports avec un esprit franc et sympathique sont plus précieux qu'avec des centaines de ces connaissances de hasard que, sans réflexion,
on nomme des amis.

Elle se tenait un jour à la fenêtre, veillant les garçons qui jouaient dehors,
quand son attention fut attirée par un petit poney blanc à longs poils, qui s'approchait de la maison à une allure assez vive. La forme du cavalier, qui, sans égard
au sentier battu, poursuivait sa course directement à travers la prairie, se détachait
fortement sur le ciel bleu, et Mabel, qui regardait avec intérêt, aperçut une jeune
fille légère, d'apparence délicate, qui, habillée de gris clair, portant un chapeau
de paille, garni de brides en ruban vert, offrait une apparition gracieuse.

Elle se tenait à cheval avec une grâce aisée et semblait guider son petit coursier comme par magie ; car, en approchant de la maison, elle lui jeta les rênes
sur le cou, l'arrêta d'un mot, et sautant légèrement de la selle, parut ne plus
s'occuper de l'animal qui la suivit pendant quelques pas, puis secoua la tête,
aspira l'air et courut à une petite distance où il s'arrêta pour se mettre tranquillement à paître.

Relevant légèrement sa robe, elle s'avança vers la porte, sans se presser. A la vue des enfants, elle s'arrêta, évidemment surprise, caressa la tête du chien de Henry avec lequel ils jouaient, et leur adressa quelques questions auxquelles, cependant, ils ne donnèrent pas de réponses satisfaisantes.

Mabel se demandait si elle devait aller au-devant de sa visiteuse, quand elle entra sans être annoncée, tenant à la main des lettres et des papiers qu'elle voulait poser sur la table pour se retirer; mais, apercevant Mabel, elle s'arrêta, rougit légèrement, puis avec une confiance ingénue, avec une nuance d'embarras, elle avança et tendit cordialement la main. « Miss Vaughan, s'écria-t-elle, avec un étonnement et un plaisir qui n'étaient pas affectés; je ne savais pas que vous étiez venue, et je suis très heureuse de vous voir. »

Mabel donna une vive poignée de main à la jeune fille; car son apparence parlait en sa faveur; elle ne put cependant déguiser la curiosité qu'elle avait sentie à son sujet, et la petite amazone y répondit adroitement par ces mots : « Je suis Hélène Gracie, la fille du pasteur; je porte les lettres du village, mon père dessert la paroisse; je suis une des plus anciennes connaissances de votre père; en outre, je lui sers de médecin. »

Hélène eût pu réclamer bien d'autres titres avec une égale vérité, si elle n'eût été si modeste; car cette belle fleur du désert, ce lis de la prairie, comme on aurait bien pu l'appeler, était aimée à vingt milles à la ronde, et les offices qu'elle remplissait étaient aussi nombreux que variés.

Mais il suffisait à Mabel de reconnaître en elle la gentille garde-malade, qui avait pourvu aux besoins de son père. Elle pressa vivement la petite main qui avait appliqué le baume bienfaisant et préparé une nourriture pour le pauvre blessé; elle commença à la remercier en termes chaleureux. Elle avait entendu son père parler fréquemment des attentions de miss Gracie, et Henry l'avait aussi citée par son nom; mais elle se l'était figurée comme une vieille sorcière aux cheveux blancs, chargée d'un gros sac d'herbes et bavardant sur son habileté; aussi elle ne put assez témoigner de son plaisir de cette agréable surprise.

Cependant Hélène repoussait toute louange; elle avait simplement recommandé pour la foulure de M. Vaughan des compresses qui avaient réussi. Elle s'excusa pour la liberté dont elle venait d'user, en disant que c'était son habitude, pendant l'été, de visiter la maison, et d'apporter les lettres en allant de la poste à un établissement voisin, où elle venait presque journellement, et, comme M. Vaughan et M. Leroy se trouvaient rarement à la maison, elle entrait habituellement et déposait la correspondance sur la table. Mabel, charmée de sa simplicité et de ses bonnes manières, la pria de vouloir bien se dispenser ainsi de cérémonie, et Hélène s'étant laissé persuader de prendre un siège, les deux jeunes filles se mirent à causer avec une liberté et un bonheur mutuels dans la société l'une de l'autre.

Hélène répondait avec promptitude et intelligence à toutes les questions de Mabel concernant le pays et le voisinage ; elle lui donnait des conseils judicieux sur son nouveau genre de vie. Car elle était née dans l'Ouest, et la plus grande partie de sa jeunesse s'était passée dans cette même localité, où son père, un dévoué ministre de l'Évangile, avait amené son unique enfant dès l'enfance, et l'avait élevée suivant ses propres principes sur les qualités et devoirs de la femme.

— Vous êtes ménagère depuis dix ans ! s'écria Mabel, comme Hélène lui déclarait en riant que son expérience remontait à cette période reculée.

Alors, considérant avec un sourire ses traits doux et enfantins qui semblaient se moquer de son assertion, elle ajouta : « Personne ne croira que vous êtes aussi ancienne dans le service ; mais je vous prends au mot, et je compterai sur vous pour me donner des avis, en matière de ménage, aussi bien que pour les sujets d'un ordre plus relevé que nous avons déjà discutés. S'il vous plaît, avant de partir, car Hélène était levée pour s'en aller, voulez-vous vous arrêter dans la cuisine et me dire si le pain que fait Mélissa est assez levé pour être mis au four ?

Hélène accepta l'invitation du même air joyeux, dont elle était coutumière, et le pain fut meilleur grâce à ses avis.

Elle fit ses adieux, et le poney, obéissant à l'appel de sa maîtresse, accourut avec les cabrioles joyeuses d'un petit chien.

« Voulez-vous monter, monsieur ? » dit-elle à Murray, qui considérait attentivement les mouvements de l'animal.

Le courageux garçon répondit vivement par l'affirmative. En un clin d'œil, l'aimable jeune fille l'éleva sur la selle, et elle riait joyeusement de son contentement, tout en faisant décrire au poney un large cercle. Alors elle l'aida à descendre, et sautant à sa place, elle fit un signe joyeux de la main à Mabel qui la regardait de la porte, et trotta à travers la prairie dans une direction opposée à celle par où elle était venue.

Un moment après, Henry traversait le pont, et, sortant des buissons qui bordaient la rivière, il rejoignit Mabel sur le pas de la porte, tandis que la figure d'Hélène était encore en vue, quoique amoindrie par la distance.

— Je crois, s'écria-t-il, que vous avez eu la visite de ce petit esprit du désert. C'est la troisième fois que j'arrive juste à temps pour la voir battre en retraite, et je n'ai pas encore jeté un coup d'œil sur sa figure, quoique père parle d'elle assez familièrement pour qu'elle ne soit pas un mythe.

— Henry, dit Mabel avec enthousiasme, c'est la plus agréable jeune fille du monde.

— Je le soupçonne, répondit Henry ; mais c'est tout. Je l'aperçois invariablement qui s'en va à cheval comme en ce moment, avec ses boucles flottant derrière elle, et je pense qu'elle s'enfuit quand elle me voit venir.

— Elle demeure dans cette maison dont vous pouvez voir la fumée, dit Mabel ; nous sommes déjà les meilleures amies, et j'ai promis de lui rendre bientôt sa visite. Vous devriez venir avec moi. Henry le promit bien volontiers ; et à mesure que le temps s'avança et que l'intimité entre les deux familles continua de s'accroître, la déclaration de Mabel et l'opinion de son frère touchant leur nouvelle amie semblèrent destinés à se confirmer.

CHAPITRE XXXI

Les journées courtes et froides de l'hiver faisaient graduellement place aux brillants effluves du printemps, mais la prairie nue et brune, les arbres sans feuilles et l'atmosphère froide, indiquaient que les frimas cessaient à peine. Pourtant le soleil s'élevait plus haut dans le firmament et demeurait plus long-temps sur l'horizon ; les neiges légères qui tombaient la nuit ne pouvaient résister au pouvoir de ses rayons de midi. C'était la saison où les bonnes ménagères emploient les longues journées à accomplir ce qu'elles appellent leur ouvrage de printemps, et Mabel, en raison de son économie, donnait tout le temps qu'elle pouvait épargner sur ses autres occupations à des travaux à l'aiguille dont la famille avait le plus grand besoin.

Elle était assise à la fenêtre, vers la fin d'un après-midi du commencement d'avril, activement occupée à sa couture, et Henry lisait à l'extrémité opposée de la chambre. M. Vaughan était absent pour une de ses fréquentes excursions ; les garçons vêtus de leurs manteaux étaient allés avec le fermier Jacques pour voir son habileté à rassembler les vaches qui s'étaient écartées ; la maison était tranquille et silencieuse. De temps en temps, Henry posait son livre et bâillait. Il se levait, regardait d'abord à une fenêtre, puis à une autre, et finalement reprenait son siège, reposait son coude sur le livre à demi fermé et considérait attentivement sa sœur, qui, sans faire attention à l'observation dont elle était l'objet, cousait un vêtement qu'elle désirait finir ce soir même. Ni l'un ni l'autre n'avaient parlé depuis au moins une demi-heure, quand Henry fit soudain tressaillir sa sœur par cette brusque remarque : « Mabel, je suis fatigué de ce genre de vie, je veux travailler. » Elle leva ses yeux bruns et vifs avec un regard moitié crédule, moitié curieux, puis les baissa de nouveau et continua à coudre. « Cela fait bien, con-

EN OUVRANT SA MALLE MABEL MIT AU JOUR UN TRÉSOR (P. 298).

tinua-t-il, d'appeler notre ferme ici un bivouac, un campement ou une cabane de chasse. Cela paraît temporaire ; mais ce n'est pas une matière à plaisanter, — cette vie de l'Ouest, à laquelle nous sommes réduits, c'est une triste réalité. »

Mabel ne fit pas de réponse ; elle regarda son ouvrage avec plus de soin. Il étudia sa figure pendant un moment ; mais ne put y lire aucune expression ; ses traits étaient immobiles. « Il faut tirer le meilleur parti de la situation, dit-il, en se levant une fois de plus et en marchant de long en large dans la chambre. Alors, s'arrêtant en face d'elle, il s'écria : « Mabel, c'est une mystification, ce grand projet du père. Le pauvre vieillard se donne beaucoup de peine sur une illusion. » La tête de Mabel se baissait de plus en plus sur sa poitrine ; une grosse larme tomba sur son aiguille et glissa comme une goutte de rosée ; une autre aveuglait ses yeux, et elle feignait d'être plus affairée que jamais à son ouvrage.

— Il perd son temps à courir après une ombre, le savez-vous ? demanda Henry doucement.

Elle ne répondit que par un signe de tête affirmatif. Il y avait longtemps qu'elle le savait ; elle l'avait lu tant de fois dans la figure du vieillard ; mais elle avait gardé ce secret fatal, et maintenant l'entendre dire tout haut, lui semblait presque un sacrilège.

— Et vous saviez que le reste de notre fortune était perdu ? Que tout avait été sacrifié à cette spéculation sans espoir ; que la maison de New-York avec tout son contenu avait été vendue il y a longtemps déjà ? et que ceci était notre seul foyer ?

Henry posa ces questions rapidement et chacune reçut la même réponse silencieuse, mais affirmative que la première ; alors il ajouta en la regardant avec étonnement et admiration : « Ainsi vous n'avez jamais été aveuglée un moment sur le véritable état des choses ? Vous n'avez jamais été trompée par toutes ces prophéties de meilleurs jours ? Vous avez compris dès le commencement que nous étions une famille ruinée, et pourtant vous paraissiez aussi gaie que si vous eussiez été au sommet de l'échelle de la fortune, et vous avez travaillé avec autant de goût que si vous aviez eu les perspectives les plus brillantes ! Je n'aurais jamais cru cela d'aucune femme, Mabel, vous êtes un ange !

— Non, je ne suis pas un ange, dit-elle, levant les yeux avec un demi-sourire ; et nous ne sommes pas une famille ruinée. J'ai appris à apprécier une maison, si humble qu'elle soit, et si ce n'était pour son désappointement dont je ne puis supporter la pensée, nous pourrions être très heureux encore. Vous et moi et les garçons, nous devons tous reconnaître que cet hiver a été beaucoup mieux employé que le précédent.

— Oui, dans le sens le plus élevé et le meilleur, nous nous sommes tous améliorés, dit Henry, et nous savons qui nous avons à en remercier. Vous et moi n'avons été que des chiens paresseux, continua-t-il, en passant la main sur la tête de son chien d'arrêt favori ; mais nous n'avons fait aucun mal pendant ces derniers six mois, et l'un de nous n'a pas trouvé le temps perdu entièrement puisqu'il a jeté les semences de quelques bonnes résolutions. Oui, Mabel, votre travail et votre patience ont été à la fois un reproche et un stimulant pour moi. Je suis déterminé à n'être pas plus longtemps un frelon dans cette ruche. — Je vais travailler. »

Il y avait dans le ton de Henry une assurance si virile qu'il devenait impossible de douter de sa sincérité, et la physionomie de Mabel exprimait un intérêt si vif qu'il fut encouragé à s'expliquer davantage.

Il semblait que le temps du jeune homme durant les mois d'hiver eût été entièrement absorbé par la chasse ; cependant c'était dans une excursion de cette nature que s'était éveillée l'impulsion qui devait le conduire à d'importants résultats. Il était allé à une plus grande distance que de coutume de la maison en compagnie de quelques jeunes officiers anglais venus des frontières du Canada. Ayant poursuivi un daim découvert dans le voisinage, il s'était séparé de ses compagnons, à la fin d'une courte journée d'hiver. Dans l'obscurité qui suivit immédiatement, il fut pendant plusieurs heures perdu dans la forêt ; mais à la fin, guidé par la lumière vacillante d'une hutte de bûcheron, il réussit à atteindre une espèce d'abri. C'était la cabane d'un demi-sang indien qui déjà une fois lui avait offert l'hospitalité en pareille circonstance. Mais cette fois il n'était pas seul comme auparavant. Un chasseur rival l'avait précédé, et en dehors de la porte gisait le cadavre du daim, tué par cet heureux chasseur, qui, sans le chercher, avait dû son succès à la chance et à son adresse. L'étranger était un jeune homme, à peu près du même âge que Henry, et, dans leur logement resserré, la connaissance se fit naturellement. Elle devint plus intime lorsqu'ils eurent voyagé ensemble toute la journée suivante.

Les manières et la tenue du chasseur étaient celles d'un homme bien élevé ; ses connaissances et sa culture d'esprit prouvaient des talents peu ordinaires ;

sa conversation tout entière témoignait de l'élévation de ses sentiments et du raffinement de ses goûts ; ses connaissances étaient très variées et il semblait également familier avec une question de politique étrangère ou les détails de la culture de l'Ouest, dont, malgré sa jeunesse, il possédait une grande expérience. Il exprima vivement l'intérêt qu'il prenait à la culture des terrains dont il était le propriétaire. Ces terres n'étaient pas bien loin d'une portion de la propriété de M. Vaughan et comme Henry écoutait les récits animés du jeune étranger sur ses heureuses expériences en agriculture, et les moissons presque fabuleuses que ce riche sol pouvait produire, son attention fut pour la première fois attirée vers les facilités peu communes qu'il possédait pour s'embarquer dans une entreprise semblable.

La propriété de M. Vaughan, quoique achetée seulement en vue de la spéculation, renfermait de grandes étendues de terre arable, qui, incultes pour le moment, pouvaient facilement être mises en rapport. L'industrie et la persévérance seules manquaient pour les forcer à donner leur tribut. Les trop grandes étendues qui avaient trompé le spéculateur pouvaient encore récompenser le patient laboureur, et tandis que le père ne songeait qu'aux moissons d'or, le fils voulut ensemencer et récolter.

Cette ambition ainsi éveillée n'était pas destinée à mourir faute d'encouragement. L'accident qui avait mis Henry en rapport avec le propriétaire d'une ferme modèle, lui avait aussi procuré un sage conseiller et un ami judicieux; un homme à qui la force de caractère et le désintéressement donnaient l'influence nécessaire pour le guider convenablement. De plus, il semblait éprouver une sympathie particulière pour Henry. Il n'épargna aucune peine pour l'affermir dans ses résolutions viriles et l'aider dans leur accomplissement. Il l'invita à visiter sa propriété, lui montra les preuves de ses succès remarquables et des échecs partiels qui constituaient sa propre expérience ; il alla visiter avec lui une partie de la propriété de son père qui avait été désignée pour ses essais d'agriculture.

Ainsi, à l'ouverture du printemps, les plans de Henry étaient mûrs et lui-même se trouvait prêt à l'action. La simple construction qui, pour le présent, allait constituer sa demeure, était déjà en voie d'érection, et il n'avait attendu pour s'en ouvrir à Mabel que parce qu'il hésitait à lui découvrir la position du père, cause de sa décision, et à ruiner les espérances de la jeune fille.

Il n'avait pas compté sur l'instinct féminin qui ne pouvait être trompé au sujet de leur fortune brisée, ni mesuré la force de ce cœur de femme, qui avait résisté au choc.

Il n'avait donc pas prévu les joyeuses émotions que la révélation de ses propres projets éveillerait dans le cœur affectueux de sa sœur. Non seulement la pensée d'un labeur honnête, par la culture de ce sol généreux lui était agréable, mais en se vouant au travail avec une telle ardeur, elle voyait qu'Henry mettrait en quelque sorte le sceau définitif à sa réforme tant désirée. S'il y avait une chose qu'elle craignît pour lui plus que toute autre, c'était la paresse, le précurseur presque certain du mal. Cette tentation allait maintenant finir; et regardant à travers la longue perspective des années à venir, Mabel voyait son frère, sur les folies et l'oisiveté duquel elle avait versé des larmes si amères, devenir un citoyen vigoureux, honoré, estimé et utile.

— Vous nous manquerez, Henry, dit-elle, quand il eut détaillé ses plans et ses espérances; mais combien vous serez heureux, et quelle source d'intérêt nous aurons dans notre nouvelle et ferme confiance dans vos projets !

— Vous ne serez pas honteuse de moi, alors, quand je viendrai vous voir le dimanche.

— Honteuse ! Je serai fière de vous, Henry. Je voudrais seulement que vous fussiez avec nous constamment, et je ne comprends pas tout à fait maintenant pourquoi vous jugez meilleur de commencer l'opération sur une partie si éloignée de la propriété.

— Il y a plusieurs raisons, répondit Henry. D'abord et surtout les avantages pour le transport y sont infiniment plus grands; pendant plus de deux milles, la terre borde le canal et il y a, à vingt milles de distance, une ville grande et prospère, qui fournira un marché permanent pour le grain. De plus, quoique vous et moi apprécions la dignité du travail et sentions sa nécessité, il n'en est pas de même de notre père qui s'attache encore à ses cartes et y voit toujours une fortune. Ce serait une torture journalière pour lui de voir sa terre retournée dans un but si humble que celui auquel je me propose de l'employer. En outre, je ne suis pas certain de ne pas obéir à l'influence de ce fait que la ferme de mon ami Percival sera à une demi-journée de cheval de la mienne. Quoi qu'il en soit, Mabel, ajouta-t-il, observant une légère éclaircie sur sa physionomie, je n'ai pas encore pensé à vous dire que cet ami au cœur si bien placé, est le fils de votre vieille amie, et c'est bien certainement une excellente dame. Je l'ai vue pour la première fois la semaine dernière. Elle s'est informée particulièrement de vous et des enfants, et vous envoie ses amitiés. Je pense que vous en serez fière.

— Je le suis en vérité, dit Mabel, toute joyeuse et contente que vous ayez son fils pour ami. Ce doit être un noble cœur, élevé par une telle mère. Pourquoi ne me l'avez-vous pas dit plus tôt? Cela change entièrement l'affaire. Quelle agréable coïncidence et comme vous êtes heureux, Henry! Vous aurez une constante jouissance dans la société de cette famille. Je vous envie presque le privilège de vivre près de notre chère Mme Percival.

Henry se mit à rire de son enthousiasme, mais en même temps reconnut qu'il le partageait entièrement. « Quoique j'aie appris par expérience, dit-il, à être prudent en formant des amitiés ou en les vantant, je crois que l'exemple de Percival et l'influence de son caractère, feront plus que toute autre chose pour me sauver du découragement, surtout quand je ne vous aurai plus près de moi, May. Ce qu'il y a d'étrange, c'est le souvenir qui me poursuit de l'avoir vu quelque part déjà. Je ne puis m'empêcher de penser que je dois l'avoir rencontré quand je voyageais en Europe. Je le lui dis l'autre jour quand il parlait de ses voyages à l'étranger ; mais il répondit seulement : « Possible. »

Comme la saison approchait maintenant où la présence de Henry deviendrait constament nécessaire à sa ferme, beaucoup de ses arrangements étant encore incomplets, sa communication à Mabel ne précéda que peu ses adieux. Quelques semaines plus tard, il était établi dans sa chaumière, à environ trente milles de distance. Sauf quelques rares visites à sa famille, elle constitua désormais sa résidence permanente. Son père, incrédule sur sa persévérance, et indifférent à des projets aussi bas, donna volontiers son assentiment à la proposition qui lui fut faite en due forme pour l'usage de la terre ; mais ne manifesta ni intérêt ni confiance dans le résultat. D'un autre côté, Mabel, forte d'espérance et comptant sur la diligence et l'habileté de Henry, l'encourageait de sa foi, et le fortifiait de ses paroles confiantes.

Henry se rappelant les promesses auxquelles il avait cru, travailla avec persévérance ; les premières et les dernières pluies arrosèrent et rafraîchirent ses sillons, et finalement, quand l'automne vint, la terre lui donna ses produits, avec prodigalité.

CHAPITRE XXXII

Une lettre de Mabel à Mme Herbert, écrite environ une année et demie après son arrivée dans l'Ouest, fournit, par ses propres expressions, les meilleures indications sur son mode de vie et les changements successifs qui étaient survenus dans la maison durant cette période.

La voici :

« Chère madame Herbert,

« Votre bonne lettre de bonne année, avec tous ses souvenirs agréables, ses
« messages affectueux, et les aimables questions de vous-même et de vos chères
« jeunes filles, est une preuve, très appréciée, du tendre intérêt avec lequel
« vous m'avez suivie à ma nouvelle demeure. Cependant avant que j'aie répondu
« à la moitié de vos questions, je crains de vous fatiguer par le récit de mon
« expérience occidentale. Nous avons maintenant passé deux hivers dans notre
« nouvelle maison et nous commençons à devenir de vieux habitants, d'autant
« plus que, trente familles au moins se sont établies dans le village depuis
« notre arrivée. Comme nous sommes un peu en dehors, nous n'avons pas de
« voisin rapproché, excepté M. Gracie, le ministre, qui demeure de l'autre côté
« de la prairie, et qui, avec sa fille, est notre plus intime ami. Je vous ai fré-
« quemment parlé d'Hélène dans mes lettres, ainsi, son nom et beaucoup de
« particularités de son caractère vous sont sans doute familiers. Mais vous ne
« pouvez imaginer le trésor qu'elle a été pour moi, depuis les premiers moments
« de notre connaissance. Après vous-même, il n'en est pas une à qui je doive
« autant pour la facilité et le plaisir avec lesquels j'ai pu m'adapter à notre
« nouvelle situation. Le souci pèse si peu sur ses épaules et elle sait si bien com-

« biner le travail et la récréation que, dans sa société, les plus importants devoirs
« cessent d'être fatigants et les petites mésaventures offrent de nouvelles occa-
« sions de gaieté. Les enfants des rudes bûcherons qui sont parmi les paroissiens
« de son père, entendent le son du pas de son cheval, et courent à sa rencontre
« du moment où elle est en vue, certains d'un petit cadeau, d'une histoire ou
« d'une course sur le poney qui semble une propriété commune ; si elle va avec
« son panier de médicaments visiter un malade éloigné, elle revient si chargée
« de fleurs que vous la prendriez pour la reine de mai ; et une vieille Cana-
« dienne française à qui elle lit tous les jours un chapitre dans sa bible française
« déclare que sa voix est plus agréable que le murmure des ruisseaux. Je n'ai
« jamais vu père si tourmenté par le soin des affaires qu'il n'ait un mot plaisant
« pour sa fée garde-malade comme il l'appelle, et nulle tromperie n'a plus
« d'effet sur les garçons, nul encouragement plutôt (car, à votre exemple, je
« dédaigne d'employer les tromperies) que la promesse d'une visite du soir à
« Hélène. Quant à Henry... mais ne nous occupons pas d'Henry, car vous le
« savez, les sœurs sont suspectes pour ce qui concerne leurs frères.

« Je voudrais que vous vissiez Henry, madame Herbert, vous ne reconnaî-
« triez pas en lui le jeune dandy qui portait de si jolis gants paille, et se vantait
« d'un nœud de cravate irréprochable. Ce n'est pas qu'il soit devenu négligent ;
« c'est tout à fait le contraire ; mais, excepté sous ses boucles où son front est
« aussi blanc que jamais, son teint est complètement bruni par le soleil ; sa
« taille s'est épaissie, et il me lève dans ses bras comme si j'étais une plume.
« La lassitude qui paraissait toujours dans sa manière a fait place aux mouve-
« ments vifs, actifs de l'homme qui a un but dans la vie et un projet honorable.

« Et puis, il est si heureux, il apporte tant d'animation quand il revient à la
« maison pour un jour ou deux. Et je me sens si fière de lui ! Chère madame
« Herbert, vous devriez venir ici un jour ou l'autre, et voir quel digne
« membre de la société votre influence a contribué à former. Je considère
« aussi à un certain degré mes garçons comme élevés par vous, car ils suivent
« journellement le même ordre de leçons dans lequel je vous suis très reconnais-
« sante de m'avoir instruite. Je suis leur seule institutrice, excepté pour Alick
« qui étudie le grec une heure chaque jour avec M. Gracie, et leurs progrès
« sont réguliers et encourageants. Murray est en retard pour ses études, mais

40

« très vif au jeu. Il lit bien, mais n'a pas encore appris à orthographier correc-
« tement, et il éprouve pour la grammaire latine, qu'il vient de commencer,
« tout le dégoût que j'en avais autrefois. Il a dernièrement fait de grands
« progrès en arithmétique, ce que j'attribue entièrement à ce que Henry lui a
« dit, lors de sa dernière visite, qu'il devait se dévouer entièrement aux mathé-
« matiques s'il voulait devenir ingénieur, comme il en a le désir. J'espère que
« je serai également heureuse en lui trouvant des motifs de s'attacher à ses
« autres études. Avec Alick, je suis obligée d'adopter tout à fait un autre
« système, ma seule crainte étant qu'il ne se rende malade par son application
« à ses livres. Il dévore tout ce qui lui tombe sous la main, et son avidité pour
« l'étude est insatiable. Je suis obligée d'inventer des occupations au dehors et
« de le divertir en plein air par tous les moyens possibles, de peur que sa
« santé ne souffre par trop d'application. C'est un enfant remarquable, et la
« responsabilité de sa direction morale et mentale m'alarmerait si je n'étais
« aidée de notre bon M. Gracie dont les dispositions sont aussi aimables et judi-
« cieuses que sa science est étonnante. Nous jouissons en vérité du privilège
« rare d'avoir un tel homme pour ami et pour pasteur. Sa petite église est un
« centre de bonnes œuvres. Outre l'hébreu, le grec et le latin dans lesquels il
« excelle, il connaît le français et l'allemand et il est si versé dans les sciences
« naturelles, qu'il est capable de donner l'intérêt à tous nos plaisirs champêtres.
« Vous vous étonnerez naturellement que les talents de cet homme si bien doué
« soient restreints à une sphère si étroite ; mais ils donnent un plus grand
« pouvoir et une plus grande beauté à ses travaux par son abnégation, puisqu'il
» a quitté une église florissante dans l'Est pour venir ici comme missionnaire.
« C'est le seul homme du voisinage qui soit aussi âgé que mon père et tous
« deux semblent trouver plaisir et profit dans la société l'un de l'autre.

« Je vous ai déjà donné beaucoup de détails dans mes lettres précédentes
« sur mon ménage. Je ne pourrai jamais vous remercier assez des leçons d'éco-
« nomie domestique que j'ai reçues sous votre toit, et quoique je ne les aie pas
« mises à contribution durant un court hiver à New-York, elles m'ont beaucoup
« servi depuis. Je ne crois pas qu'on se rende compte généralement combien
« les jeunes filles acquièrent par l'observation et de tout ce que leur future
« habileté comme ménagère doit à une espèce d'entraînement inconscient.

« Vous rappelez-vous avec quelle persévérance Em [1] et moi nous avions
« coutume de suivre toutes vos opérations à la cuisine les jours où l'on faisait le
« pain, insinuant avec malice qu'il serait convenable de s'assurer de la chaleur
« du four avec un petit pain d'essai, des mérites duquel nous entendions être
« les juges quand il serait cuit ? Je me le rappelle, et j'eus des raisons de vous
« remercier de votre patience envers nous, quand, à l'occasion de mes premiers
« pâtés, Hélène Gracie vint pour m'aider et déclara qu'elle voyait bien que je
« devais être experte en l'affaire, à la manière dont je tenais le rouleau, beur-
« rais la pâte, procédés dans lesquels je ne travaillais que par imitation. Je
« retiens encore Mélissa à mon service, grâce aux attractions de Jacques, le
« fermier, qui semble très lent à comprendre la partialité avec laquelle il est
« regardé par ma servante. Jacques n'est pas ce que nos voisins appelleraient
« un homme qui va de l'avant, et il est aveugle sur ses propres intérêts, de
« plus d'une façon. Il a la liberté de cultiver par moitié autant de la terre de
« mon père qu'il lui plaît, et je ne vois pas la plus légère extension dans les
« limites de ses champs d'orge ou de blé ou dans le nombre de son bétail qui
« pourrait être si facilement entretenu sur cette terre de pâturage.

« Vous parlez de ma provision de livres, de revues, etc., mais sous ce rap-
« port je jouis d'un rare avantage. Henry réside à dix milles seulement d'une
« belle propriété appelée la *Ferme du Lac*, possédée par un homme de goût et
« instruit, avec la vénérable mère duquel j'ai le privilège d'entretenir une vive
« amitié. Je reçois d'eux régulièrement tout ce qui paraît de nouveau et de
« bon en fait de littérature anglaise ; j'ai aussi trouvé un grand encourage-
« ment dans l'étude de l'allemand qu'Hélène et moi nous poursuivons ensemble,
« et pour laquelle je m'efforce de réserver un peu de temps chaque jour, en
« dépit de mes nombreuses occupations ; car j'ai reconnu la vérité de ce que
« vous aviez coutume de nous dire, chère madame Herbert, que plus nous
« avons à faire, plus nous trouvons de temps pour le faire.

« Je voudrais pouvoir fermer cette longue lettre en vous donnant des nou-
« velles favorables de la santé de mon père, pour laquelle vous exprimez tou-
« jours tant d'intérêt. Vous le trouveriez bien changé. Ses cheveux sont blancs
« comme neige, sa taille s'amincit et se courbe, et il boite légèrement, consé-

[1] Diminutif pour Émilie.

« quence de son accident de chemin de fer. Pourtant, si on pouvait lui persua-
« der d'abandonner les soins et les anxiétés des affaires, ce qui, je l'espère,
« arrivera bientôt, nous pourrions encore espérer de le voir jouir de jours
« longs et tranquilles, et je ne cesse de prier pour cette heureuse terminaison
« de sa vie si pénible. Avec la plus vive amitié pour Suz., Em, Charlie et celles
« des jeunes filles qui étaient mes compagnes, je suis toujours votre fidèle et
« affectionnée.

                                          « MABEL VAUGHAN. »

A peu près vers ce temps, Mabel reçut par la poste une communication qui
la fit beaucoup réfléchir et lui inspira une action décisive. A la première lecture,
sa physionomie exprima une juste et généreuse indignation, qui dura pendant
le reste du jour. Les heures tranquilles de la soirée lui permirent de méditer
et de tenir conseil avec son père qui accepta ses propositions avec son air d'indifférence accoutumée pour tout ce qui avait rapport à leur mode de vie
actuel ; et le lendemain matin, après avoir soigneusement considéré la
dimension et l'ameublement de leur meilleure chambre vacante, fait une
inventaire de son contenu, et du bien-être que cette chambre et la maison
en général pouvaient procurer, elle s'assit à sa petite table et livra ses pensées
au papier.

« Chère tante Sabiah,

« J'ai passé en revue toute la maison depuis une demi-heure, me deman-
« dant si la chambre en forme de mansarde au-dessus, peut être rendue chaude
« en hiver, fraîche en été, si les escaliers ne sont pas trop difficiles à gravir
« pour de vieilles jambes, si notre salle n'est pas trop petite pour être agréable
« et j'ai conclu, en dépit de tous ces désavantages que, avec l'amitié d'un
« côté, et le plus vif désir de vous rendre heureuse, vous seriez beaucoup plus à
« l'aise ici que dans la maison spacieuse et richement meublée de tante Ridg-
« way. Je n'ai jamais osé dire ceci auparavant. Je ne me serais jamais aventurée
« à exprimer l'espoir que j'ai longtemps eu à cœur, car je connaissais votre
« amour pour les vieilles connaissances et votre dégoût pour le changement.
« Mais votre dernière lettre m'a rendue courageuse. Je ne puis supporter la
« pensée que vous êtes soumise à de telles épreuves, de telles difficultés et des

« indignités comme celles que vous avez eu dernièrement à souffrir, quand ici
« vous seriez indépendante, appréciée et aimée. Il est vrai que nous n'avons
« pas, comme autrefois, de luxe à offrir, mais nous avons toutes les nécessités
« et toutes les aisances de la vie, et cela en abondance, car nos terres de l'occi-
« dent sont si prodigues que pour nous l'hospitalité cesse presque d'être une
« vertu. De plus, quoique mon père, comme vous le savez bien, ait tout sacri-
« fié, sauf cette propriété, pour le payement de ses dettes, et ne veuille disposer
« d'aucune portion, Henry en met graduellement une bonne partie en culture,
« et si son succès continue, la rente qu'il insiste pour payer nous fournira non
« seulement tout le nécessaire, mais nous permettra de mettre quelque chose
« de côté pour l'éducation des enfants. Si vos pauvres mains ont perdu leurs
« fonctions par suite de rhumatismes, vous n'avez pas besoin de craindre que
« votre présence ici soit un fardeau comme vous dites qu'elle l'est pour ma
« tante Marguerite. Au contraire, nous saluerons votre arrivée avec plaisir et
« nous nous réjouirons de contribuer de toutes façons à votre bonheur. J'ai
« consulté mon père qui est tout à fait d'accord avec moi dans mes vues sur la
« matière. Les garçons s'améliorent beaucoup à mesure qu'ils avancent en âge,
« et maintenant qu'ils ont tant de place pour jouer, vous ne souffrirez pas du
« tout de leur bruit. Notre boutiquier de village va dans l'Est chaque printemps
« pour l'achat de ses marchandises, et vous sera une excellente escorte de voyage.
« Vous voyez que je tiens pour décidé que vous viendrez. Parce que je sens
« vraiment, chère tante, que votre place naturelle et légitime est à notre foyer,
« autant que dans nos cœurs, et parce que je vous connais si bien, je m'aven-
« ture à croire que vous ne tromperez pas les désirs et les espérances les plus
« vifs de votre chère

« MABEL. »

Cette invitation cordiale, comme Mabel l'avait justement présumé, eut pour
conséquence l'arrivée de Sabiah, qui, loin de se refuser à son appel, s'y rendit
avec une joyeuse gratitude. Un soir du mois de mai, la porte de la salle s'ouvrit
soudain, et Murray bondit, brandissant un bâton en s'écriant : « Elle est arrivée !
Je l'ai vue ! J'ai vu son chapeau noir, juste comme elle sortait de la voiture.

— Courez, alors, et aidez-la à porter ses paquets à la maison, cria Mabel.
Voyez ! Alick vous a précédé. » Et sans prendre la peine de mettre un bonnet

ou un châle, elle se hâta au-devant de sa tante, qui, abandonnée par l'inexorable
conducteur, suivant la coutume de celui-ci, au détour de la route, regardait
autour d'elle d'un air hébété. Un moment après, Sabiah s'avançait sur la jolie
pente qui conduisait à la maison, appuyée au bras de sa nièce toute joyeuse de
voir son cercle d'amis au complet, tandis qu'Alick et Murray, trébuchaient tout
le long du chemin, chargés des plus petits bagages de la voyageuse.

— Que je suis heureuse de voir ces enfants ! cria Sabiah comme Murray accourait portant sur la tête une boîte à rubans placée sens dessus dessous, ainsi que
l'examen de son contenu le prouva plus tard ; et on pouvait entendre la respiration haletante d'Alick qui suivait derrière, remorquant une petite malle à la
vieille mode. Ne sont-ils pas maintenant gentils et forts ! Seigneur ! Ils ne
paraissent plus les mêmes enfants ! Et comme ils sont polis aussi ! Je suis
enfin arrivée jusqu'ici ! » dit-elle en entrant dans la salle de réunion de la famille.
Et, fatiguée de son long voyage, elle tomba sur la chaise la plus rapprochée.
Après avoir essayé en vain d'une main tremblante d'ôter l'épingle de son châle
et les rubans de son chapeau, elle souffrit pour la première fois que Mabel,
agenouillée à côté d'elle, enlevât gentiment son châle et lui mit un bonnet
découvert parmi le chaos que Murray avait créé dans la boîte.

Ce n'était pas seulement la fatigue du voyage et l'agitation de l'arrivée qui
avaient réduit Sabiah à cette faiblesse. Deux années de résidence avec Mᵐᵉ Ridgway avaient accompli ce que l'injustice et l'humeur chagrine de sa mère, les
années de solitude et de négligence n'avaient pu faire ; et affaiblie, brisée,
vieillie avant l'âge, la pauvre femme avait trouvé avec reconnaissance le repos
et l'abri dans l'humble maison de son frère et dans l'affection certaine de Mabel.

Ce pauvre cœur malade qui, au milieu des demeures de la richesse, avait
soupiré pour quelque lieu tranquille, où, sans aucun sentiment de contrainte,
elle pourrait passer le reste de ses jours dans un cercle laborieux et dans une
atmosphère d'amour, était arrivé au port. Mabel avait voulu dans sa lettre
s'excuser des meubles grossiers, de l'escalier raide, de la chambre basse de
plafond ou de la solitude du lieu, mais pouvait-elle prévoir le sentiment de paix
et de sécurité que leur simplicité même apportait à sa tante, éveillant tout
d'un coup cette pensée : « Ici, je puis me sentir chez moi ! » Elle ne pouvait
comprendre la satisfaction avec laquelle le cœur désolé la reçut, quand elle jeta

ses bras autour de cette figure chancelante en s'écriant : « Chère tante, nous
vous avons retrouvée enfin ; nous ne vous laisserons plus partir ! »

— Eh bien ! maintenant, Mabel, dit Sabiah, comme elle s'asseyait à une
fenêtre après le thé, et tirant une grosse pelote de fil de sa poche, commençait
à tricoter un bas, je ne vois pas une si grande différence après tout entre cette
contrée et celle que j'avais coutume d'habiter dans l'Est. Cette grande plaine,
ou cette prairie, comme vous voudrez l'appeler, ressemble beaucoup à nos prés,
seulement il n'y a pas de clôtures ; les rivières sont des rivières partout et elles
coulent toujours en descendant ; les arbres sont des arbres, le ciel est le ciel,
et quant aux gens, vous dites que ce sont pour la plupart des colons de la Nouvelle Angleterre ; ainsi je ne vois pas qu'il y ait quelque chose de barbare en cet
endroit, après tout.

— Barbare ! s'écria Mabel, qui venait de replacer les tasses à thé dans le
buffet, de mettre la chambre en ordre, et d'arranger toutes choses agréablement
pour la soirée. Qui appelle barbare ce beau pays ?

— Oh ! votre tante Marguerite lui donne ce nom et beaucoup d'autres
encore.

— J'allais dire que je relèverais cette accusation, dit Mabel en riant, mais
j'en ai tant de plus sérieuses à arranger avec elle, d'abord sur votre compte,
tante, que son injure à ce pays viendrait seulement bien loin sur la liste ; ainsi
nous devons abandonner cela, je pense. Mais ces bois sans limites, ces lacs, ces
prairies sont bien capables de se défendre eux-mêmes ; ils excitent l'activité et
l'énergie de chacun par leur richesse et leur munificence. Certes, je ne les
regarde pas sans me sentir fortifiée pour tout ce qui est bon, grand et généreux.

— Là, ma chère, dit tante Sabiah, vous n'avez pas besoin de regarder au
dehors pour apprendre cela ; vous l'aviez toujours en vous. N'avez-vous pas
abandonné tout pour les autres ? Louise ne vous a-t-elle pas dominée tant qu'elle
a vécu ? N'est-ce pas vous qui avez fait Henry ce qu'il est ? Et ces garçons pleins
de santé et de bonne tenue ne parlent-ils pas d'eux-mêmes ? Et moi ? Je ne
puis m'exprimer ; je ne puis que remercier Dieu continuellement pour ma part
de bénédictions, et prier que vous obteniez votre récompense l'un de ces jours :
voilà tout.

— Récompense ! tante, dit vivement Mabel. J'ai fait assez peu, et j'ai perdu beaucoup de bonnes occasions qui ne se représenteront jamais. Mais quelle récompense puis-je demander que je n'aie pas déjà obtenue? Mes devoirs apportent leurs plaisirs avec eux. Je suis si fière d'Henry ; les garçons et moi nous nous aimons si tendrement, — et j'ai recouvré ma bonne tante pour nous tricoter des bas à tous ; mais voici mon père (et son ton joyeux se changea en une profonde tristesse). Pauvre bon vieillard ! Voyez comme il est changé !

— Est-ce bien mon frère Jean? Oui ! il est changé, je l'avoue ; mais ce n'est pas votre faute, enfant. Il est devenu assez vieux, sans doute. »

Mabel et sa tante le considéraient avec un pénible intérêt, lorsque, descendant d'une grossière charrette, il attacha son cheval fatigué à un poteau, de l'air d'un homme qui n'est pas encore familiarisé avec la nécessité de remplir lui-même de tels offices, puis marcha difficilement dans la direction de la maison. Il parut réellement heureux de voir Sabiah ; il eut même quelque chose de touchant dans sa manière de la recevoir, comme si ses infortunes l'avaient descendu au niveau d'où elle ne s'était jamais élevée, et les avaient ainsi unis par le cœur. Il sentait instinctivement qu'elle ne voudrait pas voir ce qui manquerait à son présent établissement. Il était content de penser qu'elle serait un soulagement pour la solitude de Mabel, et ainsi, quoi qu'elle eût pu craindre au sujet de l'accueil qu'elle recevrait de son frère, Sabiah commença à se sentir tout à fait installée dans sa maison.

Et alors les jours, les mois, les années mêmes se succédèrent dans un calme profond. La vie de Mabel, comme la plupart des vies humaines, avait présenté une période d'incidents rapides, de vicissitudes émouvantes, de pertes soudaines et de responsabilités croissantes. Mais pour elle comme pour beaucoup de personnes qui ont éprouvé une semblable crise, il était arrivé un moment où les esprits de révolution, de trouble et de changement qui sont répandus dans le monde, semblaient momentanément avoir oublié la demeure tranquille de M. Vaughan ; et le temps, dans son progrès silencieux à peine sensible, n'amenait aucun événement mémorable dans le calendrier domestique.

Henry continuait d'exploiter sa ferme, élargissant graduellement les limites de sa riche terre à grain, plantant de jeunes vergers, bâtissant des magasins et des granges, et récoltant les fruits de son labeur viril par la santé la plus flo-

HÉLÈNE GRACIE.

41

rissante, la gaieté du cœur et la rude indépendance qui sont les récompenses certaines du labeur honnête et bien dirigé. C'est de cette source que la famille de son père tirait aussi ses principaux moyens d'existence ; car, quoique M. Vaughan eût refusé de recevoir de son fils une rente annuelle, et semblât, avec une obstination étrange, ignorer les besoins domestiques, il ne pouvait fermer les yeux à ce fait que tout ce qui était nécessaire à la famille était fourni par Henry, et il ne pouvait rester insensible à ces commodités qu'on se procurait avec le surplus de l'argent, payé régulièrement dans les mains de Mabel, et dépensé par elle pour le bien-être commun.

Le vieillard persistait cependant à considérer cela comme un expédient temporaire, et continuait encore à songer nuit et jour à la fortune que lui et ses enfants devaient réaliser, oubliant, dans sa triste infatuation, que par un chemin plus sûr et plus rapide que celui pour le succès duquel il faisait des plans et des projets, son seul adversaire, le temps, qui marche sans se ralentir, pouvait promptement le conduire au tombeau.

Dans l'intervalle, le cœur de Sabiah, brisé et blessé, revivait sous l'influence calmante de l'affection ; ses traits, rigides et anguleux, s'adoucirent devant la grâce persuasive de Mabel, et gentiment, sans s'en rendre compte, elle s'établit dans cette tranquillité pour laquelle la nature avait semblé la destiner.

Les devoirs légers et sans responsabilité mais un peu monotones qu'elle assuma volontairement devinrent son passe-temps et son orgueil. La respectueuse attention avec laquelle elle était invariablement traitée, la confiance avec laquelle elle était reçue dans les conseils de la famille, unissait ses intérêts à ceux de ses jeunes parents.

Sa crainte des étrangers semblait aussi grande que jamais, car Mabel fut obligée de constater que la première allusion à Hélène Gracie, comme voisine et comme amie, fit tressaillir sa tante et témoigner une sorte d'ennui. « Qui est-ce ? Je n'avais jamais entendu parler d'elle. » Et quand Mabel répliqua : « Une chère petite amie, fille de notre pasteur, » Sabiah se détourna vivement comme si les pasteurs et leurs filles étaient parmi les malheurs inévitables de ce monde. Il fut donc surprenant de voir une tendre et cordiale amitié s'établir entre la vieille fille flétrie et la douce et fragile fleur de la prairie. D'abord Sabiah la considéra avec défiance ; puis, après quelques entrevues, lui parla d'un air d'intérêt plus qu'ordinaire, et Mabel souriait de la voir poser fréquemment sa main sur la tête de la belle jeune fille avec une tendresse qu'elle n'avait pas l'habitude de manifester. Finalement personne ne pouvait dire comment ou pourquoi cela devint une coutume établie que le siège auprès de tante Sabiah, soit à table, soit au coin du feu, était destiné à Hélène, si elle voulait l'occuper ; et c'était un fait également bien reconnu que personne, pas même Mabel, ne tenait une place plus grande dans son cœur que l'aimable et aimante fille du ministre.

Pourtant Sabiah ne parut jamais disposée à faire connaissance avec le ministre lui-même. Peut-être sa conversation était-elle trop élevée pour lui plaire, car il était à ce point philosophe, humaniste et naturaliste qu'il s'élevait souvent dans les régions de la science ; et probablement ce langage relevé, comme Sabiah avait autrefois coutume d'appeler ce genre de conversation, la fatiguait, car elle ne s'engagea jamais en conversation avec M. Gracie sur aucun sujet ; elle quittait souvent le parloir quand elle le voyait s'approcher, et quelquefois lorsque tous les autres le trouvaient très intéressant, elle se glissait tranquillement hors de la salle pour aller se coucher.

Ces circonstances mêmes étaient une manifestation de l'indépendance dont Sabiah jouissait maintenant dans sa vie simple et naturelle. Elles prouvaient que cette pauvre solitaire avait enfin trouvé le sanctuaire que son âme désirait.

Mabel continuait d'être le génie de cette famille. Elle se promenait, étudiait, jouait avec les garçons, les encourageant de son exemple, les excitant par sa vivacité, les gouvernant par son affection.

Si parfois elle se sentait un peu impatiente de la tâche ennuyeuse et lourde de leur éducation, et soupirait de fatigue quand elle courbait la tête sous la traduction difficile ou le problème compliqué dont elle devait se rendre maîtresse avant de pouvoir jouer son rôle comme institutrice de ses neveux, elle était plus que récompensée de l'effort quand elle notait le respect qu'ils accordaient involontairement à ses connaissances supérieures. Cela servit à fortifier son influence sur leur esprit, car un garçon est d'autant plus accessible à l'aimable direction d'une femme que son intelligence lui rend hommage aussi bien que son cœur.

Elle restait en constante correspondance avec ses amis et ceux d'Henry à la ferme du Lac, et quoiqu'elle n'eût pas encore fait la visite souvent projetée, elle était journellement en communion étroite avec leurs projets et leurs pensées. Livres, brochures, journaux lui étaient envoyés presque chaque semaine, et, durant une période de plus d'un an, que la bonne dame Percival passa à New-York, il n'y eut aucune omission dans cet envoi. Tandis qu'elle recevait ainsi des preuves continuelles d'intérêt de l'ami de son frère, elle était aussi par le choix des auteurs, par les passages indiqués et les notes tracées au crayon d'une main virile, engagée dans une correspondance familière avec l'intelligence vigoureuse, cultivée et originale, avec le cœur généreux, expansif et philanthrope de Percival. Ce n'était pas seulement par ces moyens qu'elle apprenait à tenir en haute estime le caractère de cet homme entreprenant et généreux. La voix de l'opinion publique, aussi bien que le témoignage d'Henry, le marqua bientôt comme destiné à devenir l'honneur de son pays et du monde.

La propriété florissante, qu'il avait lui-même défrichée, était l'endroit le plus cher à ses affections, mais il avait une grande connaissance des lois ; et tandis qu'il occupait ses loisirs à ses travaux agricoles, il exerçait la profession d'avocat dans une ville déjà grande et florissante, à environ dix milles de distance. C'était là son domaine ; c'est là qu'il s'efforçait d'employer toute son intelligence, non pour entretenir les différends, mais pour les apaiser, non pour aigrir les cœurs, mais pour concilier les querelles et les droits des hommes, cherchant à la fois à amener « paix sur la terre et bonne volonté aux hommes » et relevant une des plus nobles professions du discrédit qu'avaient amené sur elle des hommes égoïstes, indignes de s'appeler les serviteurs de la loi. Maintenant haut, comme il le faisait, l'étendard de la vérité et du droit, et apportant dans leur cause les plus brillantes capacités, ses talents ne pouvaient longtemps rester obscurs, ni son nom inconnu. Il était célèbre au loin et au large comme l'homme à qui on pouvait se fier, et quoiqu'il eût constamment décliné toute fonction publique, son influence personnelle était largement sentie et exercée.

Même si Mabel n'avait ressenti pour lui d'autre intérêt que celui qu'un esprit vif et sincère éprouve pour un esprit du même ordre, son enthousiasme aurait été promptement éveillé par le bruit bientôt venu jusqu'à elle, de sa réputation honorable. Quoi qu'il en fût, elle lisait ses discours avec un zèle aussi ardent que si la cause défendue avait été la sienne propre ; elle étudiait son caractère par tous les moyens qui s'offraient à elle, sympathisant avec ses principes, et, sans s'en rendre compte, en faisait le modèle sur lequel elle s'efforçait de former ses neveux pour en faire des hommes honnêtes et élevés.

Ainsi, demeurant dans un voisinage qui ne présentait que peu des raffinements de la vie, constamment entourée de garçons qui commençaient à mûrir pour la vie d'homme, engagée avec eux dans les devoirs plus austères ordinairement réservés à leur sexe, et cultivant la connaissance intime d'un homme habitué à méditer sur des sujets d'un intérêt vital pour la Société et l'État, on pouvait craindre que les manières de Mabel ne perdissent quelque chose de leur délicatesse ; que les grâces féminines qui constituent le charme le plus élevé de la femme, ne fussent effacées, par une activité remuante ou un enthousiasme mal placé, et que son mode de penser ne prît une dureté masculine.

Mais si Mabel avait pu mentir si profondément à son vrai caractère, à cet esprit divin par l'aide duquel elle avait jusqu'ici remporté toutes ses victoires, il y avait une influence toujours en travail pour tenir éveillées les plus tendres émotions de son cœur, et mettre en action ces tendres sympathies qui adoucissent, châtient et soumettent l'âme.

Car il y avait une ombre toujours s'épaississant sur le foyer, et qui se reflétait dans le cœur et dans la physionomie de la jeune fille. Elle veillait sur son père âgé, désappointé et rongé de soucis, comme une mère âgée sur un simple enfant.

Ainsi, à mesure que le temps s'avançait et que chaque année nouvelle mûrissait son esprit, il y avait une note plaintive et triste dans l'harmonie de sa vie, un besoin de foi, d'espérance et de prière qui maintenait son cœur levé vers le ciel.

CHAPITRE XXXIII

Nous n'avons donné aucune description de Mabel Vaughan, la reine des bals, nous avons simplement fait allusion au charme particulier qui la caractérisait, laissant à l'imagination du lecteur le soin de remplir le tableau suivant les différences de goût. Mabel Vaughan, à vingt-cinq ans, mérite cependant une plus longue présentation ; car le temps, sans lui enlever la fraîcheur de la jeunesse, a développé chez elle des côtés caractéristiques qui sont plus faciles à sentir qu'à exprimer et qui sont l'expression de la sérénité intérieure. La figure, sans doute, est la même. Le teint n'a rien perdu de sa beauté. L'œil brun brille d'une lumière aussi douce ; le sourire qui se joue autour de la bouche est aussi séduisant; la chevelure châtain brun est aussi riche et aussi brillante que jamais, quoique arrangée avec moins de recherche. Mais le visage est le miroir de l'âme, il révèle à son insu les émotions intérieures et emprunte au cœur châtié un rayonnement serein qui illumine tous les traits comme l'auréole sur la tête d'un saint. Ainsi la lueur qui maintenant brille dans ses yeux n'est attisée ni par la vanité satisfaite, ni par la flatterie, mais par la poursuite d'un noble but. Le sourire de sa physionomie ne vient pas d'une simple effervescence de la jeunesse, mais d'une gaieté sans défaillance et de sa sympathie pour la joie des autres. La paix sereine qui l'enveloppe comme un manteau n'a pas sa source dans la promesse du plaisir, mais dans la satisfaction du devoir journalier accompli.

C'est par une soirée embaumée de l'été, et la tête reposant sur la main, assise sur les degrés de la porte de la maison de son père, Mabel considère la grande prairie sur laquelle tombe la lumière argentée de la lune donnant à

l'herbe longue, qui berce ses vagues au souffle de la brise tranquille, une
étrange ressemblance avec les flots moutonneux de l'Océan. La perspective est
vaste, l'heure tranquille, et Mabel se perd dans sa rêverie. Elle se demande ce
que peut faire Henry, qui, venu
pour la journée, a disparu depuis
plusieurs heures. Ce sujet d'inquiétude s'évanouit soudain ; car, regardant dans la direction du buis-
son sur le bord de la rivière,
elle voit son frère s'approcher en compagnie
de quelqu'un.

— Oui... non...
oui... certainement,
c'est Hélène. Elle ne
s'en étonne pas; ils
marchent et s'entre-
tiennent doucement;
mais Mabel ne s'en
émeut pas. Cepen-
dant, en s'appro-
chat de la maison,
Henry quitte sa
compagne et s'en
va parler au fer-
mier Jacques. Hé-
lène la voyant sur
le pas de la porte
s'élance vers elle,
lui jette les bras autour du cou, cache sa figure contre elle, et sanglote comme
une enfant.

— Eh bien ! Hélène ? chère Hélène ! crie Mabel alarmée, qu'y a-t-il ? Vous
êtes-vous querellée avec Henry ?

— Non. Oh ! non, nous n'avons jamais eu de querelle de notre vie, s'écrie Hélène. Chère Mabel, comme je vous aime ! Je n'ai jamais compris jusqu'à ce moment combien j'avais raison de vous aimer.

— Quoi ! pour l'amour d'Henry !

— Oui, et pour le mien, et pour celui de tous ceux qui l'aiment et qui sont fiers de lui. Il m'a dit, murmura-t-elle en abaissant la voix le plus doucement possible, comment il avait lutté et avait succombé, et ne se serait jamais relevé sans vous ; comment vous l'avez aimé et sauvé ! La voix d'Hélène se brisait en prononçant ces mots. Pendant quelques moments les deux jeunes filles mêlèrent leurs pleurs. Hélène fut la première à se remettre. « Songez comme il s'est conduit noblement, Mabel, dit-elle. Il ne m'avait jamais demandé d'être sa femme auparavant. Je ne crois pas qu'il l'aurait encore fait, si... si... »

— Je le sais, s'écria Mabel avec tendresse. Je le sais, chère enfant.

— Mon père disait cette après-midi, devant lui, que je resterais seule au monde, dit Hélène, et je ne pouvais supporter de l'entendre parler ainsi. Henry ne put le supporter non plus et cela lui donna le courage de me dire ce soir ce qu'il n'aurait jamais osé dire auparavant. Oh ! le poltron ! Pensait-il que je ne voudrais pas me fier à lui !

— Pauvre garçon ! il a entrepris une longue tâche, dit Mabel.

— Cinq années entières, dit Hélène. Pensez-y ! Cela a été si différent pour moi. Je savais tout ce temps qu'il m'aimait, et j'avais tout à faire pour père et pour le monde. Nous avons tous été si heureux ensemble, en entendant parler d'Henry ; jouissant de ses petites visites, le temps a paru si court ; je n'ai jamais envisagé l'avenir ; mais lui, solitaire, sans personne pour l'égayer, songeant au passé et doutant de l'avenir !... Oh ! Mabel ! il s'est conduit en héros !

— Vous ne l'aimez pas moins, alors, Hélène, depuis sa confession ?

— Je l'aime davantage. Il a remporté la victoire sur lui-même, et il est plus grand à mes yeux que les conquérants des nations.

— Il a sa récompense, dit Mabel ; il pourra se vanter de posséder la meilleure petite femme du monde, et moi la plus chère des sœurs.

Et elle l'embrassa avec affection.

— Nous devons nous aimer les uns les autres, dit Hélène avec un sentiment

42

profond, comme elle rendait les embrassements de Mabel ; d'autant plus que
nous ne savons pas quand viendra l'ordre de Dieu de nous séparer. Oh ! comme
nos meilleures joies et nos chagrins les plus amers sont mêlés dans ce monde !
Mon cher père ! Il faut que je retourne à la maison près de lui, maintenant.

Henry tournait le coin de la maison, elle souhaita une bonne nuit à Mabel,
le rejoignit, et, prenant son bras avec confiance, elle s'en alla dans la direction
du presbytère.

Mabel était encore assise sur les degrés quand Henry revint au bout d'une
heure. Il avait obtenu du vieillard la main de sa fille et ses bénédictions. C'était
maintenant son tour de réclamer la sympathie de sa sœur.

« Mabel, dit-il, en prenant son siège à côté d'elle et en l'entourant de son
bras, ai-je eu tort ?

— Oui, d'attendre si longtemps, Henry, et de souffrir une incertitude inutile.

— Mais non de demander Hélène. Quel droit ai-je à un tel bonheur ?

— Le droit d'un homme qui s'en est montré digne.

— Dois-je ainsi prendre avantage de sa nature simple et innocente ? Une
femme moins ignorante du monde se confierait-elle à moi comme elle le fait,
sachant tout ?

— Une femme moins ignorante du monde ne pouvait apprécier votre
conquête sur vous-même, Henry ; il n'y a qu'un cœur humble et chrétien qui
puisse sympathiser avec notre faiblesse et estimer à leur valeur les victoires
humaines. Je ne croirais pas Hélène digne de vous, si elle ne se rendait compte
du noble effort par lequel vous avez vaincu le mal pour le bien. C'est parce
qu'elle sait estimer le héros d'une lutte si difficile que je suis sûre de pouvoir
lui confier le bonheur futur de mon frère.

— Il y en a peu qui reçoivent de tels encouragements pour leurs efforts.
L'amour d'Hélène peut être ma récompense ; mais c'est le vôtre, Mabel, qui
m'a sauvé. Soyez-en bénie ! De semblables victoires seraient plus fréquentes
parmi les hommes, s'il y avait beaucoup de sœurs comme la mienne dans le
monde.

L'affaiblissement de la santé du pasteur, et l'avertissement prophétique de sa
mort prochaine, qui avait amené l'aveu de cet attachement mutuel datant de
cinq ans entre sa fille et Henry, furent suivis de signes encore plus alarmants de

sa prostration physique, et il devint bientôt évident que ce fidèle serviteur de
Dieu serait bientôt rappelé du théâtre de ses travaux. Depuis un certain nombre
de semaines, il avait cessé d'officier dans son église, et quoique son intérêt pour
ses paroissiens ne fût pas diminué, ses travaux parmi eux allaient finir et sa
charge allait passer aux mains d'un autre. Ce choix de son successeur avait été
fait à la requête de M. Gracie, car il désirait avant de quitter ce monde voir son

SABIAH FUT LAISSÉE SEULE A LA MAISON (P. 332).

remplaçant installé ; et, quoique réduit à une excessive faiblesse, il écoutait avec
la plus vive attention, d'un dimanche à l'autre, les récits agréables des succès du
nouveau laboureur dans la vigne qu'il avait plantée.

    — J'ai laissé mon père seul, dit Hélène, un dimanche après midi vers le
milieu de l'été, en arrivant chez M. Vaughan ; il l'a exigé ; il désirait beaucoup
que je pusse entendre la continuation du sermon de ce matin. Allons, Mabel !
Alick, vous viendrez aussi, j'espère. Vos mémoires sont meilleures que la mienne
et père compte sur un récit complet du sermon.

Mabel et les deux garçons se levèrent à la fois pour l'accompagner. M. Vaughan prit son chapeau et sa canne, et, d'un air distrait, offrit son bras à Hélène; il était resté homme du monde malgré les soucis et les ans; mais Sabiah, contrairement à sa coutume, car d'habitude elle fréquentait l'église assidûment, refusa de les accompagner et fut laissée seule à la maison.

Lorsque le dernier son de la cloche de l'église se fut éteint dans le silence, elle alla à la porte et y resta jusqu'à ce que le dernier retardataire fût entré dans l'église, qui était juste en vue; quand tout fut calme, silencieux et paisible, elle mit son chapeau noir, prit son ombrelle démodée, et se prépara à sortir. D'abord elle se glissa tranquillement dans la laiterie, prit un petit fromage que ses propres mains avaient fait le jour d'avant, et le couvrant d'une serviette blanche, elle l'emporta soigneusement. Où allait-elle ? Et à qui voulait-elle offrir cette friandise?

C'était une de ces rares journées d'été, où toute la nature semble enveloppée de luxe et de repos. A peine un souffle agitait l'air: les fleurs sauvages balançaient légèrement leurs tiges paresseuses, on ne voyait aucun mouvement dans l'herbe. Les oiseaux oubliaient de chanter dans le bosquet près de la rivière; même le bourdonnement des insectes sous les pieds semblait un murmure inaperçu. Aux alentours, tout était tranquille, enveloppé dans le silence béni d'un dimanche d'été. Pourquoi donc des palpitations agitaient-elles le cœur de cette femme solitaire, tandis que, d'un pas inégal, elle suivait l'étroit sentier qui traversait la place ?

Peut-être, comme elle portait soigneusement le plat qui contenait le petit fromage, se rappelait-elle quelque ami bien-aimé qui avait longtemps auparavant considéré ce travail de ses mains comme un régal, ou peut-être se rappelait-elle des paroles dont les lèvres bien-aimées avaient complimenté son habileté.

Ses pensées l'absorbaient tellement qu'elle ne prenait pas garde à la chaleur du soleil brûlant et ne s'apercevait pas du tremblement de ses vieilles jambes; enfin, elle s'arrêta hésitante à l'ombre d'un robinier [1] devant la maison du ministre.

La porte ouverte conduisait directement dans la pièce principale de la maison, une chambre bien gaie, à la fois cabinet du père, pièce de réception de la fille, et rendez-vous des gens de la paroisse.

[1] Arbre vulgairement appelé *acacia*.

C'était pour la première fois, cependant, que Sabiah venait dans cet appartement où elle aperçut le pauvre invalide, drapé dans une robe de chambre d'indienne et assis dans son fauteuil, la tête soigneusement appuyée sur des coussins. Il lui tournait le dos, et avait les yeux fixés sur la fenêtre en face de son siège ; ses pensées s'élevaient vers ce ciel bleu qu'il regardait à travers un treillage de chèvrefeuille et de roses odorantes, maintenant en pleine floraison. A côté de lui étaient posés un certain nombre de livres sacrés, et un volume d'hymnes était ouvert sur ses genoux.

Sabiah ne savait depuis combien de temps elle restait silencieuse dans la chambre, quand le froissement de sa robe, un soupir qui lui échappa ou peut-être seulement un pressentiment instinctif de la présence d'un être humain, poussa le malade à tourner lentement la tête, et leurs regards se rencontrèrent.

Un rayon de douce bonté s'étendit sur sa figure pâle ; il étendit sa main transparente ; elle posa doucement son paquet sur la table, et, s'avançant, elle prit la main qui lui était offerte dans sa propre main aussi blanche, en murmurant : « Ruben ! »

— Sabiah ! dit le vieillard avec un sourire de tendresse touchante, c'est bien à vous !...

Ils ne dirent rien de plus, mais il enleva les livres de la chaise à côté de lui, et Sabiah, comprenant son intention, s'y assit, la main encore serrée dans la sienne.

— J'ai pensé tout le jour, dit-il, rompant à la fin ce silence expressif, à un dimanche comme celui-ci, il y a bien des années, quand nous étions jeunes tous deux. Vous rappelez-vous cet après-midi de juillet, où vous portiez un chapeau garni de bleu, et où nous étions assis ensemble dans le chœur ? le dernier air que l'on chanta fut celui d'Arlington ? Nous retournâmes à la maison, à travers les prés, nous nous assîmes sous le noyer... nous ne parlions guère, et pourtant nous étions si heureux ! Nous nous aimions alors, Sabiah !

— Oui, Ruben.

— Dieu a voulu que nos voies sur la terre fussent entièrement séparées ; il lui a paru bon aussi que nous qui nous réjouissions de notre affection mutuelle dans le printemps de notre vie, nous pussions nous serrer amicalement la main une fois de plus, à cette heure solennelle où nous allons la quitter. Combien est précieuse la pensée qu'il viendra un matin plus brillant où ceux qui se sont vraiment aimés l'un l'autre seront tout d'un coup réunis, là où il n'y a plus de séparation !

— La vie est un rude voyage, Ruben, dit Sabiah, puis elle ajouta avec un soupir : « Je sais qu'elle conduit au repos. »

— Elle est bien rude, ma chère amie, dit le bon ecclésiastique en lui jetant un regard d'intérêt mêlé de pitié et d'anxiété, mais l'âme fidèle peut encore se reposer ici-bas. Notre pénible épreuve est perdue pour nous, si elle ne nous enseigne une simple soumission à la volonté de Dieu ; une confiance patiente en son amour procure le repos, la joie et la paix à l'âme fatiguée.

— Vous avez trouvé ce repos, Ruben ?

— Oui, Sabiah, mais seulement en combattant contre le désappointement amer de ma jeunesse. Sans les difficultés, il n'y a pas de victoire, et sans les traverses pas de couronne ; et si toute autre consolation manque, la charité suffit.

— Je la chercherai, dit Sabiah.

— Qu'il en soit ainsi, s'écria le vieillard, et je prie Dieu, ajouta-t-il avec ferveur, que sa paix puisse descendre sur vous comme la rosée du ciel.

Il y eut une autre pause, aussi longue que la première, puis Sabiah fit un mouvement pour se lever.

— Êtes-vous obligée de partir? dit tranquillement le malade. C'est très agréable de vous sentir à côté de moi. J'oubliais même de parler, tant mon esprit est occupé du passé.

Sabiah, plus irrésolue et plus hésitante encore que de coutume, se reculait sur son siège.

— Le temps a appesanti sa main sur nos têtes, Sabiah, dit le vieillard, mais le cœur est fidèle à ses tendres souvenirs. J'ai aimé et perdu une femme bonne et fidèle ; mais maintenant, dans le soir de ma vie, sa mémoire a été étrangement confondue avec le souvenir d'un amour plus ancien. Quelques jours encore, et l'un de nous ne sera plus ; mais la véritable affection n'est pas une chose temporaire. Dieu vous bénisse, Sabiah ; vous avez été très bonne de venir.

— Je suis très contente d'être venue, Ruben, dit Sabiah; je sentais que je devais vous voir encore une fois.

— Adieu, chère amie, dit-il, car elle s'était encore levée pour partir, nous nous rencontrerons encore au delà de la voûte bleue du ciel. Il pressa la main pâle de Sabiah de ses lèvres amincies, ils échangèrent encore un adieu, et elle sortit sans bruit.

Il se tourna lentement dans son fauteuil pour la voir s'éloigner à travers la prairie, puis regarda le ciel et soupira une prière silencieuse. Elle rentra dans sa demeure, essuya une larme et s'assit dans son siège accoutumé.

Le roman de sa vie était achevé ; mais sa puissante influence durait encore. Dorénavant, son cœur, déjà adouci pour l'humanité, se soumit à Dieu. Du roc solitaire jaillissait une source de joie calme et religieuse.

Tous le sentaient autour d'elle, mais personne ne sut d'où venait cette paix céleste, car les anciens amants moururent sans confier leur secret.

Ce ne fut que lorsque Hélène rapporta le plat et la serviette que Sabiah se rappela le fromage que, sans autre explication, elle avait laissé sur la table du pasteur.

— Papa s'est bien régalé de votre fromage, tante Sabiah, dit inconsciemment la jeune fille ; c'est la seule chose qu'il ait goûtée avec plaisir depuis plus d'une semaine.

Mabel leva ses grands yeux noirs comme pour questionner sa tante, mais Sabiah ne fit aucune réponse, et la circonstance fut oubliée, sauf que cette pensée traversa l'esprit de Mabel : « Combien le malheur excite de sympathie. Tante Sabiah, elle-même, a voulu faire plaisir à ce cher M. Gracie, qu'elle avait coutume d'éviter quand il était mieux portant. »

Quelques semaines plus tard, le bon pasteur fut déposé dans le cimetière du village ; et bientôt après un saule pleureur fut planté sur son tombeau ; mais on ne soupçonna jamais les mains tremblantes qui l'y avaient placé.

CHAPITRE XXXIV

Par une brillante matinée de septembre, quelques mois après les événements relatés dans le dernier chapitre, un modeste équipage attendait à la porte de M. Vaughan une jeune société qui allait partir pour une courte excursion de plaisir. Le premier deuil passé, l'orpheline avait permis à Henry de se constituer désormais son protecteur par des liens sacrés, et depuis environ une semaine, elle avait échangé l'hospitalité du toit de M. Vaughan pour une place définitive dans la maison et dans le cœur d'Henry. La demeure proprette que le jeune fermier avait récemment bâtie et meublée avec une simplicité de bon goût, n'avait encore été vue par personne de sa famille, et c'était avec un intérêt et une animation peu ordinaires que Mabel, Alick et Murray avaient projeté une visite aux nouveaux mariés.

Il faisait beau temps, mais à cause du chemin difficile en certains endroits, on choisit un chariot découvert comme le véhicule le plus commode pour une course de trente milles, et le vieux *Sorrel*, un cheval fortement bâti, appartenant à M. Vaughan, devait accomplir le voyage. Murray, beau garçon de treize ans, très éveillé, se tenait devant la porte, faisant claquer la longue lanière de son fouet, et lançant de piquantes plaisanteries, tandis qu'Alick, plus âgé de deux ans, et presque un homme pour la taille, arrangeait patiemment de nombreux paquets sous les sièges et sur le plancher du chariot.

— Tante Mabel, est-ce que vous comptez établir un train express? cria Murray; vous semblez vouloir mettre à la dernière épreuve la capacité du chariot.

Mabel sourit :

— Ce sont des objets appartenant à Hélène et laissés à mes soins, dit-elle. Placez cette caisse gentiment, Alick; c'est le portrait de sa mère. Oh! voici le panier aux provisions! Il ne faut pas l'oublier!

— Non, ni le dîner du vieux *Sorrel*, cria Murray, soulevant un petit sac d'avoine.

— Voici la caisse de papiers et de livres, s'écria Sabiah avec anxiété, comme elle regardait de la porte ; vous ne lui laissez pas de place et c'est le plus important de tous les colis.

— C'est vrai, répondit Mabel ; Hélène ne serait pas contente si nous laissions en arrière les lettres et les sermons de son père. Que ferons-nous de cette boîte, Alick ?

Alick fut embarrassé ; mais il n'était pas facile à décourager, et soulevant la boîte sur l'arrière du chariot, il essaya de la placer d'une façon, puis d'une autre ; mais l'espace libre ne semblait pas fait pour elle.

— Ah ! s'écria Murray, il faudra enlever le siège de derrière ; c'est le seul moyen.

Alick hésita.

— Ne vous tourmentez pas, cria Murray, qui, quand les essais patients d'Alick ne réussissaient pas, était toujours prêt à accommoder les choses, même au prix d'un sacrifice personnel, retirez le banc. Maintenant, vous et tante Mabel, vous vous mettrez en avant et je me tiendrai sur la caisse ; c'est toujours la place favorite des chasseurs. Et joignant l'action aux paroles, il jeta une peau de bison sur la dure boîte à paquets, et sauta dessus, le dos tourné au cheval, les jambes pendantes. Cela ressemble beaucoup à un dog-cart anglais, après tout, n'est-ce pas, grand-père ? continua-t-il, comme la forme amaigrie de M. Vaughan apparaissait sur le seuil, seulement c'est mille fois plus joli.

Le vieillard contrarié de voir l'équipage auquel la petite société était réduite ne put réprimer un léger sourire, ce qui lui arrivait souvent quand il était interpellé par le Benjamin de la famille, et il aida Mabel à monter.

Alick rassembla les rênes... Laissez aller.

— Ah ! cria Murray, tournant la tête et parlant par-dessus son épaule, on voit bien que le vieux drôle a eu quatre picotins d'extra la nuit dernière, et ce matin aussi. Hurrah ! Et comme ils laissaient le village derrière eux pour passer à travers les fermes adjacentes, il saluait de la main les rudes paysans qu'ils rencontraient sur le bord de la route, avec une joyeuseté et une civilité qui lui attiraient des sourires de beaucoup d'honnêtes figures.

43

Pendant quelques milles, leur chemin suivait la rivière qui brillait au soleil du matin ; puis, prenant à gauche, ils traversèrent une mer de riches champs de blé et plus loin un épais bosquet de chênes qui les rafraîchit de son ombre. Vers midi, ils se retrouvèrent pour la halte au bord de la rivière ; alors les garçons dételèrent le cheval, enlevèrent la bride, et mirent sa provende devant lui. Pendant ce temps, Mabel employait le siège de derrière à un nouvel usage, en étendant une nappe dessus, et le faisant servir de table sur laquelle elle et ses neveux firent un repas confortable.

L'eau fraîche de la rivière les désaltéra et ils continuèrent leur chemin. Il restait encore quelques heures de soleil quand ils arrivèrent en vue de la nouvelle résidence d'Henry, que Alick et Murray reconnurent plus vite que Mabel, car plusieurs visites à leur oncle leur avaient rendu familiers les bâtiments extérieurs de la ferme.

Nous passerons sur la réception cordiale qu'ils eurent en arrivant, la joie que leur causaient les preuves de bien-être et de goût qu'ils rencontraient de toutes parts et l'agréable soirée qu'ils passèrent au coin du feu. Le lendemain les garçons accompagnèrent Henry pendant plusieurs milles autour de la ferme, examinèrent les belles moissons et le bétail, attelèrent une paire de poulains nouvellement dressés, tandis que Mabel était restée à la maison qu'Hélène lui montrait en détail.

— Vous devriez rester avec nous une semaine, un mois, une année, Mabel, avant que nous soyons satisfaits, s'écria Henry, le lendemain dans la soirée en la faisant asseoir à côté de lui. Mais puisqu'il vous faut retourner demain, je ne vous retiendrai pas, d'autant plus que mon ami Percival doit faire un discours demain dans votre salle commune sur quelques-uns des grands sujets politiques qui passionnent notre époque, et je me suis aventuré à lui promettre l'hospitalité de ma famille. Je suis sûr que vous serez heureux de lui souhaiter la bienvenue.

— Heureux ! Nous serons dans les délices, s'écria Mabel, et père aussi, je n'en doute pas. Garçons, entendez-vous cela ? M. Percival va nous faire un discours politique demain soir. Je dis *nous*, Henry, ajouta-t-elle, avec un sourire malin. J'espère que les dames ne sont pas exclues.

— Non, en vérité ; il faut y aller, Mabel. Je ne voudrais pas vous voir perdre une telle occasion à aucun prix. C'est l'homme le plus éloquent que j'aie entendu

parler, et il met toute son ardeur à la besogne qu'il a entreprise. Si père ne se
sent pas capable de rester à la séance, les civilités de la maison vous regarde-
ront, Alick. Si j'en juge par votre physionomie, vous n'en serez pas fâché.

La figure d'Alick rayonnait à l'espoir de voir et d'entendre cet habile
étranger, et celle de Murray aussi ; car, tandis que l'aîné aspirait vivement à
entrer en relations avec un homme renommé pour ses perfections morales et
intellectuelles, l'esprit du cadet était émerveillé de son habileté dans tous ces
exercices du corps pour lesquels il professait une grande admiration.

— C'est un simple accident qui vous a empêchée de voir Percival, Mabel,
quand vous étiez ici il y a trois ans, dit Henry, et deux fois depuis il m'aurait
accompagné volontiers chez mon père, mais je ne pouvais alors quitter mes
occupations. Cette fois cependant, il est certain qu'il s'y trouvera, car il ne
manque jamais à un rendez-vous, et, de peur que les devoirs d'hôtesse ne
retombent sur tante Sabiah, Hélène et moi nous activerons votre départ après
un déjeuner matinal demain, n'est-ce pas, Hélène ?

Hélène consentit à les laisser aller sous promesse d'une longue visite de
Mabel quelques semaines plus tard. L'heure du départ fut ainsi fixée, et peu
après le soleil levant, les voyageurs étaient en route vers la maison.

Le vieux Sorrel, cependant, ne partageait pas ce désir d'un retour rapide.
Il ne semblait même pas, comme beaucoup d'animaux de son espèce, satisfait
de revenir à son écurie ; car les premiers et les plus heureux jours de Sorrel
s'étaient passés parmi une troupe de chevaux sauvages, qui jouissaient de toute
leur liberté dans la prairie, et quoique réduit en servitude depuis nombre
d'années, il s'était peu civilisé, et son caractère était rétif à l'extrême. Il avait
récompensé les soins de Murray à l'aller, en voyageant avec une vitesse inaccoutumée ; mais aucune flatterie ne put l'amener à recommencer, et à midi, les
voyageurs n'avaient pas encore atteint leur halte convenue, à un peu moins de
la moitié de la route. Vers le milieu de l'après-midi, ils se trouvèrent dans un
endroit où le chemin quittait le bord de la rivière pour se diriger en droite ligne
à travers une prairie d'environ six milles de largeur. Pendant la dernière demi-
heure, leur course sinueuse les avait conduits à travers une ceinture de terrains
richement boisés ; ils s'étaient arrêtés sous l'ombre rafraîchissante pour laisser
reposer leur cheval, et Mabel, dans l'intervalle, avait enlevé son chapeau afin de

mieux jouir de la brise. Murray s'était glissé sur le bord de la rivière pour
cueillir de brillantes fleurs sauvages dont il fit une guirlande, sur le siège de derrière quand la course eut recommencé. « Allons, vieux Sorrel, criait-il, se tenant
tout droit sur le coffre maintenant vide ; et tout en parlant, il plaça cette couronne
comme un hommage comique sur la tête découverte de Mabel : « Faites un effort
pour l'honneur de votre maîtresse, que je couronne reine de la prairie. » Il avait
à peine proféré ces mots, accompagnés d'un vif coup de fouet de la part d'Alick,
qu'une secousse violente du véhicule le jeta à plat sur le gazon ; le vieux Sorrel
était maître du terrain, en vérité, et Mabel n'était plus qu'une reine sans autorité.

   Le chemin se divisait en deux routes fréquentées, qui, bien que poursuivant
la même direction, étaient entièrement distinctes l'une de l'autre, et Alick avait
évité avec intention celle qu'ils avaient suivie à l'aller à cause d'une large fondrière que des pluies récentes avaient transformée en un dépôt d'épaisse boue
noire. La même fondrière traversait aussi l'autre route ; mais un pont de bois
avait été jeté au-dessus pour l'avantage des voyageurs. Malheureusement, la
pluie qui avait rendu l'une presque impraticable, avait rendu l'autre positivement dangereuse en déplaçant une des pièces de bois, ce qui laissait un vide
trompeur dans le pont grossier. Le vieux Sorrel, par sa course rapide, avait
réussi à ne pas tomber dans cette trappe, mais il n'en fut pas de même du chariot. En un clin d'œil, avant que les voyageurs eussent découvert le danger, les
roues de devant du chariot furent précipitées dans le trou entre les pièces de
bois, les brancards furent brisés en morceaux et le cheval effrayé bondit à distance.

   Personne ne fut blessé, car Alick et Mabel s'étaient maintenus sur leur siège en
dépit du choc, et Murray ne s'était pas fait de mal dans sa chute subite ; mais leur
situation était ridicule et ennuyeuse à l'extrême. Devant eux s'étendait une large
prairie, sur laquelle on ne pouvait distinguer aucun objet que la forme de leur
maigre coursier, qui, bondissant et ruant à distance, semblait se moquer de leur infortune. Derrière eux était le petit bosquet d'où ils venaient de sortir, et ils savaient
bien qu'il n'y avait aucune habitation humaine à une distance de plusieurs milles
dans toutes les directions. Mais, si désespéré que parût le cas au point de vue
pratique, son côté comique était irrésistible ; et, après avoir échangé l'un et l'autre
un regard de consternation, tous trois s'unirent dans un éclat de rire simultané.

   A ce moment de crise, ils entendirent une voix humaine qui chantait avec un accent si profond, qu'il faisait résonner la prairie déserte. Tous tendirent l'oreille et comme le chant se rapprochait, la figure de Mabel rougit d'animation et d'espérance. Elle n'avait entendu la voix qu'une fois auparavant, et pourtant, quoique les années eussent passé sur elle depuis, elle savait qu'elle ne pouvait se tromper sur son origine.

Bientôt un cavalier sortit du bois. Apercevant un auditoire inattendu, il cessa de chanter et s'avança. C'était un jeune homme fortement bâti, habillé d'un costume de chasse, la carabine suspendue à son épaule, et le cordon de gélinottes, suspendu au cou de son cheval, prouvait qu'il avait chassé avec succès dans le voisinage. C'était un voyageur, comme on pouvait en juger par le porte-manteau et la pesante couverture drapée sur sa selle. Il n'était pas étrange que l'éclat de sa chanson s'éteignît sur ses lèvres, et que sa figure indiquât la surprise à la scène nouvelle et pittoresque qui se présentait devant lui. Deux jeunes gens, l'un encore presque un enfant, l'autre adolescent, se tenaient à côté du véhicule brisé (car Alick était maintenant descendu) et, seule trônant sur leur chariot au milieu d'une prairie immense, était assise une belle jeune fille, couronnée, sans le savoir, de cette brillante guirlande que Murray avait placée sur sa tête au moment de l'accident, tandis qu'à quelque distance le coursier alezan, une partie de ses harnais traînant sur le sol, caracolait en dépit de sa vieillesse. La nature comique de la situation aurait fait sourire un stoïque, et tel fut l'effet produit au premier coup d'œil par le petit groupe sur le nouveau venu. En approchant plus près cependant, des émotions différentes et moins facilement définies se peignirent sur la physionomie du jeune homme ; la figure de Mabel se couvrit d'une rougeur profonde dont elle se rendait bien compte en le reconnaissant, car ils s'étaient rencontrés déjà, et alors, comme maintenant, il était venu à son secours, quoique pour une toute autre cause. Il y avait plus de six ans chez M. Bloodgood, la nuit de l'aventure d'Henry, qu'elle avait aperçu pour la première fois sa stature virile et ses nobles traits.

L'embarras qui suivit ne fut pourtant que momentané, car Bayard était un homme d'action ; avant qu'un second coup d'œil eût été échangé entre eux, il avait compris l'état des choses, et, sans s'approcher pour demander ou obtenir un mot d'explication, il s'était élancé à la poursuite du fuyard. La tâche qu'il avait si promptement entreprise n'était pas facile ; pour un cavalier inexpéri-

menté, elle aurait été presque impossible ; car le temps et l'habitude n'avaient
pas eu le pouvoir d'effacer de l'animal, autrefois sauvage, le souvenir de son
ancienne liberté, et son échappée soudaine semblait avoir rendu au vieux
Sorrel sa force et sa vitesse juvéniles.

Mais Sorrel, même dans ses meilleurs jours, n'avait jamais été un adversaire
pour le coursier bien supérieur sur lequel Bayard était monté, et ce fait, com-
biné avec un degré de dextérité que le jeune homme avait acquis par expérience, lui donnait sur le fuyard un avantage qui amena sa prompte capture.

Mabel et les jeunes gens regardaient avec un profond intérêt, tandis que,
tantôt décrivant un cercle rapide, tantôt s'élançant dans une direction imprévue,
le cavalier expérimenté, partie par sa vitesse et partie par une habile manœuvre,
gagnait l'avantage sur le déserteur, et après quelques moments de vive poursuite, le saisissait par la bride pour revenir au galop dans la prairie avec son
prisonnier. Mabel, qui s'était tenue debout dans le chariot durant la chasse,
donna alors la main à Alick et sauta à terre juste à temps pour accorder un
sourire de reconnaissance et de remercîment au vainqueur de cette course
animée, qui accourait en riant de la nature et du succès de son exploit. Sautant
légèrement de la selle, Bayard mit la bride aux mains de l'enthousiaste Murray,
et, un bras passé dans celle de son propre cheval, il leva son chapeau, s'inclina
respectueusement devant Mabel en disant : « Vous avez eu là un sérieux accident, miss Vaughan, mais j'espère qu'aucun de vous n'est blessé. »

— Aucun, je vous remercie, répliqua Mabel, tandis que les garçons la
regardaient avec étonnement en entendant son nom prononcé avec tant d'assurance par l'étranger. Nous avons été vraiment heureux d'avoir un ami si près,
pour nous rendre notre Sorrel.

Elle prononça le simple mot *ami*, avec un accent qui exprimait combien
profondément, et avec quelle reconnaissance elle en sentait la valeur ; peut-
être comprit-il qu'en cela elle faisait allusion au passé aussi bien qu'au présent,
car il reprit d'un ton également expressif de sa sincérité : « Rien ne peut m'être
plus agréable que de vous rendre service. » Et alors, comme Murray commençait
à raconter vivement les circonstances de l'accident, il procéda à un examen
sommaire du véhicule brisé, que, avec l'aide des jeunes gens, il retira facilement
du trou dans lequel il était arrêté.

Mais il était maintenant hors d'usage, et la possibilité de le traîner à travers la prairie devenait douteuse. Mais Alick s'offrit à remplacer les boulons brisés par de fortes chevilles de bois, tandis que Bayard, plaçant ses porte-manteaux et sa couverture sur le fond du chariot, employait les courroies par lesquelles ils étaient liés à rattacher les brancards éclatés.; après quoi le vieux Sorrel fut de nouveau attelé aux débris, et il se trouva qu'en conduisant le cheval soigneusement sur une route unie, l'équipage décrépit pouvait encore rouler.

— La fragilité de nos réparations, miss Vaughan, et les ressorts brisés font qu'il est impossible de monter dans la voiture, dit Bayard en s'approchant de Mabel, qui se tenait un peu de côté ; mais si vous voulez me faire l'honneur de vous servir de mon cheval, nous pouvons rendre la selle confortable pour vous à l'aide de cette couverture. Et tout en parlant, il déplia le riche manteau de drap bleu foncé et le plia sur le dos de l'animal, qui redressait et courbait son cou comme s'il eût été aussi orgueilleux que son maître de l'honneur proposé.

Mabel repoussa vivement cet arrangement, demanda qu'il ne s'arrêtât pas davantage pour eux dans son voyage, et assura qu'elle marcherait en compagnie de ses neveux ; mais Bayard s'étant assuré que le refus ne provenait pas de la crainte de son cheval fougueux, répondit à toutes ses objections par la simple assurance qu'il n'était pas pressé ; qu'une marche de dix milles, jusqu'au village où il se rendait, était une bagatelle pour un homme habitué comme lui aux courses à pied, et les garçons ayant uni leurs prières aux siennes, elle permit, en rougissant de reconnaissance, qu'on l'aidât à se mettre en selle.

— Avez-vous vu mon chapeau, Alick ? dit-elle, comme ils allaient partir. Il le lui tendit du chariot, et comme elle se préparait à le mettre, elle s'aperçut pour la première fois que la guirlande qu'elle avait vue quand Murray commençait à à la faire dans le bois, était posée sur sa tête.

— Murray, vous êtes un vilain ! s'écria-t-elle avec reproche, tout en l'enlevant de sa tête et la lançant avec tant de précision qu'elle resta sur la couronne du chapeau.

Involontairement tous éclatèrent de rire, et Mabel ne put s'empêcher d'en faire autant, quoiqu'elle fût heureuse de cacher sous son chapeau sa figure qui devint cramoisie, lorsqu'elle réfléchit au contraste risible que Bayard devait avoir trouvé entre sa tête couronnée et la position difficile où elle était au moment de leur rencontre. Elle ne se doutait pas qu'elle n'avait jamais en toute sa vie paru si charmante que quand il avait porté la vue sur elle, ces fleurs aux teintes écarlates faisant valoir le blanc pur de son front, et se mêlant aux tresses de ses cheveux châtain auxquels le soleil donnait cette teinte dorée, à la fois si rare et si belle.

Il n'y a rien qui aide plus que les enfants dans une situation embarrassée, et la contrainte que pouvaient occasionner les souvenirs particuliers subsistant entre Bayard et Mabel, se dissipa sous l'influence des deux frères, qui, excités par leur aventure récente, étaient plus bavards et plus animés que de coutume. Alick même surmonta vivement la réserve modeste qui le caractérisait, et gagna à son tour l'intérêt amical du jeune homme, qui ne dédaignait pas l'intelligence ingénue et originale dans un adolescent.

Ainsi, avec Bayard et Alick pour écuyers, tandis que Murray un peu en arrière s'était donné la tâche de conduire le vieux Sorrel, et mêlait ses bons mots à la conversation des autres, ils s'avançaient de ce pas régulier mais modéré, convenable à des piétons qui ont un voyage de dix milles en perspective.

— A quelle heure cette caravane doit-elle arriver à sa destination? cria Murray, quand ils eurent fait à peu près un mille.

Mabel regarda sa montre. « Il est maintenant cinq heures, dit-elle. » Puis elle ajouta avec un ton de regret : « Je ne me figurais pas qu'il fût si tard.

— Je pensais à l'oncle Henry, dit Alick, au moment de l'accident. Je crois que, lorsqu'il saura ce retard et cet ennui, il se plaindra de la rupture du pont plus amèrement qu'aucun de nous.

— Plus on se hâte, moins on avance, dit Murray. C'est ce dernier coup de fouet, Al, qui fit tout le mal.

— Les garçons poussaient notre vieux cheval à sa plus grande vitesse, au moment de l'accident, dit Mabel à Bayard, en manière d'explication de ce petit dialogue; nous nous sentions déjà un peu en retard, désirant atteindre la maison de bonne heure, pour une conférence qui doit être faite dans notre village ce soir et que nous voudrions entendre.

— Je pense que vous aurez encore occasion de le faire, dit Bayard, regardant à sa propre montre. Il est maintenant cinq heures. Une conférence en cette saison ne saurait commencer avant huit heures ou sept et demie au plus tôt.

Nous devons certainement pouvoir franchir la distance qui nous reste en deux heures et demie.

— Mais tante doit être l'hôtesse de l'orateur, dit Murray. S'il nous arrivait un autre retard, je crains qu'elle ne donne des éperons à votre cheval et ne nous laisse là.

Mabel sourit. « Votre grand-père sera heureux de recevoir M. Percival, Murray, dit-elle. C'est peut-être par égoïsme que je voudrais être arrivée. — Ce monsieur est un étranger pour nous, ajouta-elle, en se tournant vers Bayard ; mais nous avons des raisons de sentir pour lui la plus grande estime, et nous espérons tirer un vif plaisir de son discours.

— Nous ne serions que de pauvres piétons, si nous arrivions assez tard pour vous priver de l'occasion de l'entendre, dit Bayard. Je crains moins ceci que de vous voir désappointée par l'orateur, dont vous estimez trop haut peut-être la capacité.

— Je ne le crois pas, dit Mabel avec confiance. Si nous arrivons à temps, et si nous ne vous avons pas occasionné trop de retard, j'espère que vous partagerez notre plaisir en venant à la conférence.

Bayard salua, et un moment après, donna un nouveau tour à la conversation.

Le soleil était près de se coucher quand le groupe atteignit l'extrémité de la prairie. Le chemin suivait alors le bord de la rivière, et comme la nuit venait et que leur sentier était à certains endroits ombragé par le feuillage, leurs formes s'obscurcissaient graduellement dans l'ombre du crépuscule ; leur conversation devenait moins animée et le silence ne tarda pas à se faire. La cloche de l'église sonnait haut et clair, quand à la fin, peu après la chute du jour, ils arrivèrent à l'entrée du village devenu populeux et prospère.

— Cette cloche doit annoncer la conférence, dit Alick ; c'est une nouvelle acquisition pour l'église, continua-t-il, en s'adressant à Bayard, et le bedeau aime à la faire entendre à toute occasion. Et tous ensemble reprirent une allure plus rapide.

— Nous voilà enfin arrivés, cria Murray, lorsqu'ils furent en vue de la demeure de la famille. Tante Sabiah a mis une lumière dans la fenêtre, et surveille sans doute notre arrivée avec anxiété.

44

Murray avait raison. Non seulement tante Sabiah veillait, mais elle écoutait et la voix et le rire joyeux de l'enfant l'amenèrent immédiatement à la porte.

— Ne voulez-vous pas entrer, monsieur, et prendre quelques rafraîchissements avec nous, dit Mabel à Bayard? comme il l'aidait à descendre de cheval.

Il la remercia, mais refusa poliment ; il avait un rendez-vous et on l'attendait ailleurs.

— Je vous dois beaucoup, dit Mabel, avec émotion, en lui offrant franchement la main. Je ne sais comment vous exprimer ce que je ressens pour votre nouvelle bonté.

— Ne parlez pas de cela, répondit-il, recevant sa main avec la même cordialité qu'elle lui était offerte. C'est moi qui vous ai une obligation durable. Vous avez rendu mon voyage à travers la prairie délicieux.

Dans cet intervalle Alick remettait les porte-manteaux et la couverture à leur place. « Gardez cela, s'il vous plaît, dit Bayard, comme le jeune homme allait aussi suspendre au cou du cheval le produit de la chasse. Si les pauvres oiseaux peuvent être utiles sur la table de votre grand-père, ma conscience m'acquittera de les avoir détruits par passe-temps. Et ayant échangé une poignée de mains avec Alick et Murray, et donné un coup d'œil à la maison sur la porte de laquelle Mabel racontait gaiement leurs aventures à sa tante, il monta à cheval et s'en alla à toute vitesse.

— Père est déjà à la conférence, dit Mabel aux garçons, quand après avoir donné à Jacques la charge de s'occuper de leur équipage maltraité, ils entrèrent en courant dans la maison. Mais, voyez, tante Sabiah nous a préparé un souper appétissant.

— Je me hâte de le dévorer, alors ! dit Murray, en jetant son chapeau. Je suis affamé comme un ours.

— Ne vous sentez-vous pas fatiguée, tante? demanda Alick.

— Pas du tout, répondit-elle. J'ai fait une charmante promenade.

— Vous en aurez plus d'appétit pour souper, je crois, dit tante Sabiah comme elle leur versait du thé. Je ne vis jamais meilleurs visages, vous paraissez frais comme des roses. Je crois que vous pourriez voyager de Dau à Beersheba sans lassitude.

— Cela dépendrait considérablement de l'espèce de compagnie que nous aurions sur le chemin, n'est-ce pas, tante Mabel ? dit Murray avec un peu de malice. Mabel rougit légèrement, mais elle donna son assentiment à la remarque de Murray par un franc sourire.

— Tante, dit Alick, ce monsieur vous connaît. Il vous a appelée de votre nom une fois ou deux. Comment pensez-vous que cela est arrivé ? L'avez-vous déjà vu auparavant ?

— Oui, je l'ai rencontré une fois en compagnie, Alick, il y a quelques années, quand je demeurais chez tante Ridgway, à L...

— Eh bien ! voilà un hasard ! s'écria Sabiah. Mais, ajouta-t-elle, avec un soupir énigmatique. C'est un étrange monde que celui où nous vivons. Des gens se rencontrent d'une manière ou d'une autre, qui jamais ne s'attendaient à se retrouver de ce côté du tombeau.

CHAPITRE XXXV

De bonne heure, la vaste salle où devait avoir lieu la conférence de M. Percival était occupée par un auditoire empressé et attentif. Un honnête commerçant occupait un siège sur le bureau, à la gauche de celui de l'orateur ; une place d'honneur semblable du côté droit avait été réservée pour M. Vaughan, qui, comme le plus vieux citoyen, le plus riche propriétaire, et par-dessus tout le type parfait de l'homme grave et respectable, recevait de ses concitoyens ces marques volontaires de distinction et de déférence.

L'heure fixée pour la conférence allait sonner. Nul orateur n'avait encore fait son apparition, et un murmure de désappointement commençait à circuler à travers la foule, quand la taille imposante de M. Percival se montra au milieu de l'assemblée. Il monta au bureau d'un air parfaitement calme, donna une poignée de mains à M. Vaughan et à l'autre assesseur, et parcourant l'auditoire des yeux, avec un sourire d'approbation, il s'assit pour échanger quelques mots avec les messieurs placés à côté de lui. Alors, observant que l'aiguille de l'horloge marquait exactement l'heure fixée, il témoigna par un geste qu'il était prêt à commencer, et le brave commerçant se leva et le présenta à l'assemblée, qui, ayant dans l'intervalle examiné sa physionomie, comme les Américains savent le faire, le salua d'une salve d'applaudissements unanimes.

C'est à ce moment que Mabel et ses neveux, un peu échauffés et hors d'haleine par suite de leur repas hâtif et de leur marche rapide, entrèrent dans la galerie qui avait été spécialement réservée aux dames, quoique beaucoup fussent mêlées parmi les hommes.

— Voici miss Vaughan et ses neveux, dit la femme de l'hôtelier, s'adressant à deux jeunes filles que Mabel avait coutume d'instruire à l'école du dimanche ;

faites place, Elisa. Ne pouvez-vous vous déranger un peu, Euphémie ? Je désire
lui offrir mon siège en avant ! Là ! maintenant ! N'est-elle pas charmante ? Si
l'orateur pouvait seulement la voir. Quelle source d'inspiration ! Et s'adressant
à Alick, elle s'efforça de lui faire comprendre par gestes que sa tante pouvait
s'accommoder à côté d'elle. Mabel y parvint avec quelque difficulté ; et après
avoir remercié l'obligeante dame, elle s'assit. Comme les applaudissements
finissaient, ses yeux s'arrêtèrent pour la première fois sur la tribune.

Si l'inspiration du jeune homme avait vraiment dépendu de Mabel, il ne lui
aurait pas accordé une attention plus vive que celle qu'il arrêta sur elle au
moment où il levait la tête et fixa sur elle ses grands yeux bleus. Comme elle
rencontrait ce regard expressif, sa figure, son cou et son front se couvrirent de
rougeur : et quand il se tourna vers l'assemblée, elle écouta, retenant son
souffle, comme si le destin des nations eût dépendu du premier mot qu'il allait
dire.

— Tante Mabel, s'écria Murray, parlant à voix basse en même temps et
s'efforçant d'attirer son attention, c'est... oui, c'est notre chasseur, notre ami
de la prairie, notre compagnon de voyage.

— Taisez-vous, cria Alick, à qui un regard avait révélé les émotions peintes
sur la physionomie de Mabel ; il n'y a pas besoin de le lui dire ; elle le sait
bien.

On ne pouvait s'y méprendre, car, sauf qu'il avait changé le costume de
chasse pour un vêtement entièrement noir, le Percival qui se tenait maintenant
devant eux était le Bayard qui leur avait dit adieu une demi-heure plus tôt.

Le silence qui succéda aux premiers éclats de la réception enthousiaste de
l'assemblée était si profond que les avertissements d'Alick furent prononcés à
voix tout à fait basse, de peur de troubler l'assemblée, lorsque Percival, d'une
voix claire et mélodieuse, ouvrit son discours en constatant les motifs pour
lesquels il se présentait devant eux.

Sa manière calme, mais ardente, son langage puissant et sincère, peut-être
plus que tout cela sa stature imposante et des yeux qui semblaient s'adresser au
cœur de chacun, eurent aussitôt pour effet de fixer l'attention d'un auditoire
composé en grande partie d'hommes simples, mais intelligents et pleins du
respect de soi-même. Accoutumés aux bruyantes déclamations et à la parade

ampoulée des orateurs habituels des réunions publiques, ils furent prompts à prêter une attention bienveillante à celui qui, sans ambition politique, ne faisait aucun appel à leurs préjugés ni à leurs passions, mais recommandait sa cause à cette saine raison et à cette conscience éclairée dont ils s'enorgueillissaient en qualité d'hommes libres et de dignes citoyens. Aussi, comme il développait ses arguments en termes clairs et sans ornements, des signes nombreux d'assentiment de la part de l'assemblée proclamèrent qu'elle les approuvait. Lorsqu'il énonça la conclusion à laquelle il avait été conduit, un murmure d'approbation sembla indiquer que chacun le prenait pour son fidèle interprète, et quand, finalement, avec cette ardeur et cette éloquence qui trouvent leur source dans les profondes émotions d'une nature noble et sincère, il chercha à les élever par un appel solennel au devoir, le cœur de la multitude fut enlevé comme celui d'un seul homme.

Du commencement de la conférence jusqu'au moment où les applaudissements éclatèrent, la nature primesautière et excitable de Murray s'était déployée dans l'animation de sa physionomie, la vivacité de ses gestes, et la véhémence de ses approbations ; Alick demeurait pensif, tranquille et attentif, ne manifestant pour ceux qui l'entouraient d'autre signe d'émotion que celui que témoignait l'intense fixité avec laquelle ses yeux considéraient l'orateur. Mais les sensibilités les plus ardentes sont rarement celles qui paraissent à la surface, et l'âme de l'aîné n'était pas moins excitée pour ne manifester aucune expression extérieure, sauf un seul mouvement adressé à l'une des personnes présentes, la seule peut-être dans toute la foule capable d'apprécier sa nature délicate. A ce moment où, d'un commun accord, tous se levaient et s'unissaient en une acclamation commune, on put voir le jeune homme quitter son siège un peu en arrière de Mabel, et venir se placer tout à côté de sa jeune tante, qui, se retournant, rencontra le regard ardent qu'il fixait sur sa figure, y répondit par un sourire et saisit sa main étendue. L'adolescent se sentant compris par la seule personne dont l'approbation lui importât, fut satisfait. Il ne changea plus de position et fixa ses yeux sur ceux de Percival jusqu'à la fin du discours.

Nous ne pouvons expliquer les réflexions qui traversaient son esprit, nous pouvons bien moins encore suivre l'expression des pensées et des émotions qui se révélaient en partie sur la figure de Mabel, tandis qu'elle considérait la phy-

sionomie de Percival et s'attachait à ses paroles. Pendant la première demi-
heure qui suivit son entrée, elle fut entièrement occupée par les pensées agitées
que lui causait la reconnaissance de l'orateur. Déjà, quoiqu'elle le connût seulement par la renommée de ses mâles vertus, elle se l'était figuré comme la per-
sonnification de tout ce qui est vraiment noble, désintéressé et héroïque ;
maintenant, en outre des autres droits qu'il avait à son estime, il se trouvait
tout d'un coup être le même homme qui, quelques années auparavant, à l'heure
de son amère agonie et de son humiliation, s'était assuré une place durable
dans sa mémoire et dans ses prières. Il n'était donc pas étonnant que, du
moment où les sons harmonieux de sa voix frappèrent son oreille, elle fût un
instant sans faire attention au sujet du discours et ne s'occupât que de sa
présence.

Elle ne put, cependant, rester longtemps indifférente au sujet qui, à ce
moment, occupait l'esprit de Percival et réagissait sur l'auditoire.

Il est difficile à une âme élevée au plus haut degré de l'enthousiasme de
retomber dans les détails prosaïques. Aussi l'impulsion qui conduisit le timide
Alick à dire tout bas à Mabel, aussitôt que le discours toucha à sa fin : « Essayons
de sortir avant la foule, tante, » fut reçue avec beaucoup d'empressement de
sa part ; mais trouvant que cette suggestion ne pouvait être exécutée sans une
hâte incivile, elle se laissa emporter au courant de la foule, et répondit avec
naturel aux commentaires et aux observations sur l'orateur et son discours,
qui lui arrivaient de tous côtés. En même temps Murray, se faisant leur pilote,
se rendait, comme il ne manquait jamais de le faire, universellement populaire
par sa galanterie enfantine envers les femmes des fermiers, par sa conversation
bruyante et plaisante avec les hommes, ses espiègleries avec les garçons de son
âge, conservant en même temps une teinte de dignité aristocratique qui le
caractérisait ; et guidant si bien sa tante et son frère à travers le plus épais de la
presse que, à leur étonnement, ils se trouvèrent des premiers à sortir de la halle.

—Quel homme remarquable ! s'écria Murray, tandis qu'ils se hâtaient vers la
maison. Ne vous sentez-vous pas fière de lui ? N'est-ce pas très heureux, après
tout, de penser que notre ami de la prairie se trouve être le grand orateur de
ce soir ?

— Oui, vraiment, répliqua Mabel, sans penser à ce qu'elle disait ; mais

Murray, trop animé, n'avait pas besoin d'encouragement ; il continua de bavarder pendant quelque temps de semblable façon et finit par dire d'un ton de confidence : « Al aimait cela, je le sais, car il ne disait pas un mot ; c'est ainsi qu'il fait quand il est content ; mais il nous le prouvera un des jours, je l'espère, d'une façon qui parlera plus haut que les paroles.

— Alick ne l'oubliera pas de sitôt ; n'est-ce pas, Alick ? dit Mabel.

— Aucun ne l'oubliera, dit Alick.

— Tante Mabel, dit Murray, avez-vous vu comme grand-père semblait s'y intéresser ?

— Oui, Murray, il paraissait ce soir dix ans plus jeune.

— Et il amènera M. Percival à la maison avec lui, n'est-ce pas ? Je l'ai vu lui donner une poignée de main après la conférence. — Mabel n'en doutait pas, car leur oncle Henry lui avait assuré que son ami apporterait une lettre d'introduction pour son père.

— Eh bien ! nous voici, cria Murray, comme il ouvrait vivement la porte de la maison. Tante Sabiah parle de coïncidences. Nous en avons maintenant une à raconter qui lui fera ouvrir les yeux.

— Ma sœur, miss Vaughan, ma fille, mes petits-fils, dit M. Vaughan avec une gravité cérémonieuse, lorsque, environ une demi-heure plus tard, il introduisait Percival au salon et le présentait à sa famille.

Miss Sabiah fit sa révérence guindée habituelle, mais les jeunes gens, au grand étonnement de M. Vaughan, s'avancèrent presque avant que les paroles ne fussent sorties de ses lèvres, et donnèrent une poignée de mains à leur hôte, non de l'air de gens qui font une nouvelle connaissance, mais avec une facile cordialité, tandis que les sourires qu'ils échangeaient et les félicitations mutuelles et la bonne intelligence qui suivirent montraient que déjà ils se connaissaient l'un l'autre.

— Vous voyez, Monsieur, que je ne suis pas un étranger pour les membres de votre famille, dit Percival. J'ai eu le plaisir de voyager avec eux cet après-midi.

— Et nous, dit Mabel, dans notre désir de faire honneur à notre hôte attendu, nous avons souffert qu'il marchât presque une douzaine de milles à travers la prairie. Nous n'aurions pas pris avantage de votre bonté avec une conscience tranquille, si nous avions su l'effort que vous seriez appelé à faire dans la soirée.

— Je vous assure que marcher ou parler en public n'est pas un effort pour moi, dit Percival. Je me suis accoutumé, dans la direction de ma ferme, à deux fois plus d'exercice que je n'en ai fait aujourd'hui, et peut-être la même cause m'a donné de solides poumons. J'espère seulement que vous-même et mes jeunes amis ne vous sentez pas plus fatigués que moi.

Tous assurèrent qu'ils n'éprouvaient aucune fatigue de leur voyage, et alors pour satisfaire la curiosité de M. Vaughan, Percival raconta leur aventure, traitant la chose légèrement, cependant, et ne s'attribuant aucun mérite pour l'aide qu'il avait prêtée.

En s'informant, Mabel découvrit qu'il n'avait absolument rien pris depuis une halte qu'il avait faite à une auberge de village un peu avant midi, et elle se hâta de quitter la chambre, pour s'occuper de ses devoirs d'hospitalité ; tandis que M. Percival s'engageait avec son père dans une conversation sur l'agriculture, et spécialement sur la réussite de Henry comme fermier, chose à laquelle le vieillard n'avait jamais paru prendre le moindre intérêt, elle aidait Mélissa à mettre la table et à préparer un repas engageant. Tout fut bientôt rassemblé sur la table. Mabel présida avec autant de grâce et de dignité que si elle avait tenu la place d'honneur dans l'hôtel de son père à New-York, avec Robert, un serviteur expert placé derrière sa chaise. Tante Sabiah qui, depuis longtemps, avait renoncé à tout emploi, occupait un siège à droite de sa nièce, et comme elle ne se joignait aux autres que par sociabilité, elle avait gardé son tricot, occupation favorite, qu'elle n'accomplissait plus que pour satisfaire une habitude, car Alick, Murray et même Henry, en dépit de leurs anciennes railleries, avaient depuis longtemps trouvé un moyen de donner une forme aux bas bien chauds qu'ils devaient à son industrie. M. Vaughan, contrairement à ses habitudes, but lentement une tasse de chocolat, tandis que Percival et les garçons (ceux-ci sont toujours affamés) faisaient honneur au jambon froid, au pain et aux tartes.

L'appétit de tous était largement satisfait et on s'attardait encore à table. M. Vaughan, ordinairement silencieux et réservé, s'animait en causant avec Percival des événements du jour. Sabiah oubliait sa timidité et l'assoupissement qui la surprenait par intervalles s'était dissipé en écoutant leur jeune hôte éclairer le sujet en discussion par beaucoup de brillantes anecdotes ou d'incidents frappants. Les garçons étaient encouragés à prendre leur part dans cet échange de pensées, et tous déféraient aux opinions et aux sentiments de Mabel avec cette considération que des hommes à l'esprit élevé sont toujours prêts à accorder aux femmes intelligentes. Ainsi minuit les trouva encore jouissant de la société l'un de l'autre et ce fut seulement lorsque l'horloge leur rappela l'heure qu'ils se séparèrent pour la nuit, tout étonnés qu'il fût si tard.

— Bonjour, tante, cria Murray le jour suivant lorsque, peu après le soleil levant, il l'appela au dehors du garde-manger, à côté de la cuisine, où elle était occupée à faire les préparatifs du déjeuner ; et, tout en parlant, l'affectueux garçon ouvrit les volets, et découvrit la figure de Mabel qui était juste en face de la fenêtre, moulant des biscuits avec le couvercle de la boîte à saupoudrer qu'elle tenait à la main.

Elle lui rendit son salut avec cordialité ; elle ne rougit pas, et ne parut nullement déconcertée en apercevant leur hôte qui, en costume de chasse et la carabine sur l'épaule, quittait la maison accompagné des jeunes gens, et s'arrêtait pour s'informer de sa santé et parler de la beauté du jour.

Et pourquoi aurait-elle rougi ? Au contraire, elle avait raison d'être orgueilleuse du tableau que le soleil mettait en lumière en glissant ses rayons dans l'appartement. Les buffets propres, avec leurs rangées éclatantes de casseroles, le plancher presque poli, l'ordre et l'esquise netteté de tous les ustensiles domestiques, n'étaient égalés que par le bon goût et l'harmonie qu'on pouvait observer sur la personne de la belle maîtresse de l'établissement.

— Nous avons entendu quelques canards sauvages dans la direction de la rivière, dit Percival, et nous allons essayer de les tirer.

— Je reviendrai à la maison avec une preuve de mon adresse, vous verrez, tante Mabel, dit Murray, courant en avant et jetant gaiement sa coiffure en l'air.

Percival et Alick suivirent, riant de la confiance et du zèle de Murray. Mabel leur souhaita bonne chance et s'arrêta à les regarder un moment, le bout de ses doigts rosés, légèrement barbouillés de farine, reposant sur le pétrin ; puis fermant les volets, sans écarter pour cela des yeux de son esprit l'image de cette forme virile et de cette physionomie ouverte qui exerçaient autour d'eux une influence magique, elle reprit tranquillement son occupation. Après avoir confié la tourtière aux biscuits aux soins de Mélissa et lui avoir laissé aussi la charge de faire cuire le gibier de Bayard, Mabel rejoignit sa tante dans le salon, et elle

n'avait pas encore reposé la bible, dont elle avait lu un chapitre à la requête de
Sabiah, quand les chasseurs revinrent de leur excursion sur le bord de la rivière.

— Ah ! vous avez été
heureux, Murray ! dit-
elle, en voyant un grand
oiseau que ce dernier
traînait derrière lui.

— Oui, dit le garçon
d'un ton légèrement dé-
sappointé ; mais c'est
Alick qui l'a tué.

— Murray parlait trop
haut, dit Percival, et l'ef-
fraya si bien qu'il s'en-
vola. Alors Alick a tiré
de son côté et l'a atteint
dans l'aile.

Mabel regarda Mur-
ray avec malice et sourit.

— Je sais, dit-il, avec
bonne humeur. J'y pen-
sais moi-même ; c'est
comme vous dites tou-
jours, tante : je fais le
vantard et c'est Alick qui
emporte le prix.

— Devez-vous nous quitter sitôt ? dit M. Vaughan, d'un air de véritable
regret, comme on amenait le cheval de Bayard devant la porte après le déjeuner.

— Je crains d'y être forcé, monsieur, répliqua Percival, se détournant de la
gravure de Rosy, qu'il avait considérée attentivement. Un devoir semblable à
celui qui m'amena ici hier soir me réclame aujourd'hui à une distance d'environ
quarante milles ; mais j'espère dans l'avenir avoir le privilège de jouir de votre
hospitalité et de vous la rendre.

M. Vaughan, semblant comprendre pour la première fois que sa demeure actuelle pouvait avoir de l'attrait, exprima à Bayard son désir de le recevoir aussi souvent que possible, et étonna encore plus sa famille en déclarant que bientôt il irait voir Henry et prendrait cette occasion de faire une visite à M. Percival.

Mabel se tenait sur les degrés quand Bayard vint lui dire adieu. Il avait pris congé de Sabiah dans la chambre ; M. Vaughan et les garçons se promenaient sur la route où Jacques attachait les porte-manteaux à la selle. Pour la première fois, donc, elle le vit à part. Elle lui donna quelques messages pour sa mère ; puis, comme il s'attardait, répugnant évidemment à partir, elle lui dit d'une voix tremblante et hésitante : « Il y a maintenant plus de six ans, monsieur Percival, que vous m'avez rendu un service que peu auraient essayé et que peu auraient accompli. Je ne vous en ai jamais remercié, je n'ai jamais pu ; — mais j'espère que vous voudrez croire que je ne l'ai jamais oublié.

— Miss Vaughan, dit-il, je n'ai fait que ce que l'humanité commande. Il vous a été donné de me faire comprendre ce qui peut être accompli par une femme. Votre frère, du moins avec ses amis, se vante des bienfaits sans prix qu'il doit à l'amour de sa sœur.

— Henry a beaucoup de disposition à la reconnaissance, dit Mabel, et son bon cœur lui inspire de la gratitude pour l'affection qu'il croit toujours être au delà de ses mérites. Les événements de cette nuit fixés à ce point dans ma mémoire sont heureusement sortis de la sienne ; mais il ne peut jamais assez parler de votre constante amitié dans ces dernières années.

— C'est une amitié sans prix pour moi, dit Percival. Henry est un noble cœur digne de la sœur qui l'a fait ce qu'il est. Je m'estime d'autant plus heureux de vous avoir rencontrée de nouveau, miss Vaughan. » Il s'arrêta, sembla vouloir ajouter quelque chose de plus, hésita, et alors, avec un embarras contraire à sa manière habituelle, il lui dit adieu brusquement.

M. Vaughan et les garçons, après l'avoir vu partir au trot, revinrent lentement vers la maison, et les événements ordinaires de leur vie journalière recommencèrent. Mais quoique Percival eût été leur hôte pour une nuit seulement, sa présence et son influence avaient laissé une impression extraordinaire sur tous les membres de la famille et il se passa longtemps avant qu'ils pussent cesser de s'apercevoir du vide que son départ avait créé dans la maison.

CHAPITRE XXXVI

Après la maladie et la mort de M. Gracie, l'esprit de M. Vaughan avait paru se détacher un peu des pensées absorbantes vers lesquelles son énergie était dirigée depuis dix ans, et le chemin de fer de River Valley, avec toutes les espérances qu'il impliquait, quoique non abandonné, cessait de le tourmenter. Le triste et solennel événement qui l'avait privé d'un ami apprécié ne pouvait manquer de lui rappeler la mort qui pose des limites à tous les projets des hommes. La présence des pauvres orphelins dans sa maison avait excité en lui une sympathie vraiment paternelle ; et finalement le mariage de son fils, mariage qui lui causait plus de satisfaction qu'il n'en voulait laisser paraître, avait paru l'intéresser à la réussite de ses cultures.

Ainsi, comme nous l'avons vu, à l'occasion de la visite de Percival, il s'occupait des questions relatives au bien public, et non seulement il accepta volontiers d'être l'hôte de l'orateur, mais il manifesta dans la société du jeune homme un plaisir et une animation vraiment surprenants pour ceux qui le savaient absorbé dans ses pensées et déçu dans ses espérances.

A peine cet agréable épisode de sa vie était-il terminé que le vieillard redevint la proie de l'idée fixe qui le hantait, et son esprit, qui avait en partie recouvré son énergie, fut replongé dans le tourbillon incessant des émotions inquiètes et excitantes.

Ceux qui dans toute société veulent toujours aller de l'avant et sur lesquels M. Vaughan avait entièrement basé tout son espoir, commencèrent une fois de plus à tourner les yeux vers les travaux qui comprenaient la réalisation de ses espérances, et il se reprit d'un nouvel et plus vif enthousiasme. Des communications étaient reçues et envoyées à chaque courrier, Mabel et ses neveux étant

employés comme copistes par le vieillard affaibli, dont la main tremblante ne
pouvait plus longtemps suivre ses idées trop vivaces. Des messagers venaient
de directions variées; des ingénieurs, des surveillants faisaient leur apparition
dans le voisinage, et les routes, les limites, les altitudes, les approvisionne-
ments, les contrats et les subsides du gouvernement étaient les sujets de
réflexions et de correspondances. Le rouleau de cartes, resté sans usage, fut
rapporté, examiné et placé dans un endroit en vue, sur la table du salon, devenu
le siège de conférences animées. Le vieux Sorrel fut de nouveau mis en réqui-
sition pour ces voyages qu'en dépit de ses années, M. Vaughan entreprenait
aussi volontiers que dans les premiers temps, accompagné, cependant, par un
de ses petits-fils.

Mais cette période d'agitation et d'inquiétude fut de courte durée. Des difficultés se présentèrent de tous côtés; les subventions furent refusées, les ressources privées ne vinrent pas, le découragement succéda au découragement, et
finalement, après de vaines discussions, les propagateurs du mouvement, ayant
épuisé leur zèle, se retirèrent un à un, et le premier pilote de ce voyage d'aventures se retrouva solitaire abandonné dans le naufrage de ses espérances.

C'était trop pour ses forces, et quand, oublié de ses alliés, il vit la chute de
la dernière forteresse sur laquelle il fondait son espoir, il tourna ses pas vers la
maison, la physionomie désespérée, la démarche tremblante; sa tête blanche
inclinée sur sa poitrine, il refusa toute nourriture, et se mit au lit, d'où il semblait destiné à ne plus se relever.

Ce n'était pas seulement l'affliction mentale qui l'avait ainsi réduit. Dans son
ardente poursuite de la fortune, qu'il croyait enfin à portée de sa main, il n'avait
considéré ni les privations, ni les dangers, ni la fatigue, restant fréquemment
au dehors jusqu'à une heure tardive, sans protection contre les rosées humides
de la nuit, prenant ses repas avec peu d'appétit, privé par l'excitation d'un sommeil naturel et réparateur. Ces circonstances, agissant sur sa constitution déjà
affaiblie par les soucis et les années, ne pouvaient avoir qu'un seul résultat.
Quand tout espoir fut perdu, la maladie non moins que le désespoir, terrassa le
vieillard, et alarma sa famille à la fois pour sa raison et pour sa vie.

Il ne s'informait de rien, n'exprimait aucun besoin et ne se plaignait pas; le
seul signe d'intelligence qu'il donnât était le regard triste avec lequel il exami-

nait les visages autour de lui, comme s'il eût cherché à découvrir si sa famille partageait son angoisse au sujet de ce coup de la fortune. Bientôt les symptômes d'une fluxion de poitrine firent leur apparition ; alors le médecin du village fut appelé et reconnut son état.

Toutes les occupations ordinaires furent délaissées. La famille tout entière s'unit pour se dévouer à celui que l'exemple de Mabel leur avait appris à considérer avec cette tendresse réservée ordinairement à l'enfance. Sa chambre confortable ouvrait directement sur leur petit salon ; mais la tranquillité parfaite qui y régnait n'en était pas troublée, car Murray lui-même partageait la sollicitude générale et adoucissait instinctivement sa voix dès qu'il entrait dans la maison. Mabel, dont les talents de garde-malade s'étaient déjà montrés, était toujours au poste du devoir, fortifiée et aidée cependant par Alick, qui, doux, patient, et capable comme une femme, se plaça à côté de son grand-père et le servit avec une assiduité touchante chez un jeune homme de son âge. Ainsi soigné avec dévouement et préservé de tout ce qui pouvait l'agiter, M. Vaughan lutta victorieusement contre une maladie très grave ; et son œil, qui à certains moments avait paru éteint, avait maintenant une expression adoucie, bienveillante quand il se tournait vers sa fille, sa sœur et ses petits-enfants ; et quand il considérait leurs mouvements dans la chambre, sa physionomie indiquait le plaisir, la satisfaction de la paix. Comme la maladie approchait du moment critique, Murray fut envoyé près d'Henry et d'Hélène. Ils vinrent sans délai ; mais à leur arrivée, la crise était déjà passée, le malade allait mieux et avait la perspective d'une prompte guérison.

— Je croyais ne plus vous revoir, mon fils, dit le faible invalide, en tendant sa main amaigrie pour saisir celle d'Henry dans une étreinte cordiale et tendre. J'ai été très mal.

L'homme fort fut vaincu chez Henry, en considérant le corps amaigri de son père, et remarquant la douceur de sa voix. Il n'osait parler lui-même et s'assit à la tête du lit un peu hors de vue.

— J'ai encore été trompé dans mon espoir, Henry, dit le vieillard, d'un ton bas et expressif, en tournant un peu la tête pour voir la figure de Henry. Le saviez-vous ?

— Oui, père, dit Henry, je savais tout cela et j'espère que c'est la dernière désillusion que vous aurez jamais sur ce sujet. Cela ne vaut pas un regret, excepté pour la maladie que cela vous a causé. Aucun avantage venant de ce côté ne pouvait nous procurer la moitié du bonheur que nous aurons maintenant quand vous serez tout à fait guéri.

M. Vaughan, qui avait tourné les yeux dans une autre direction, les reporta encore une fois sur son fils comme pour juger de sa sincérité ; alors apparemment satisfait, il s'informa d'Hélène qui s'avança aussitôt en disant : « Je suis ici, j'attends mon tour. »

Il lui sourit affectueusement, la remercia d'être venue si loin pour voir un vieillard malade, la fit asseoir à côté de son lit et se serait fatigué de la questionner au sujet de sa nouvelle demeure, mais le docteur vint par hasard à ce moment et lui épargna les conséquences de trop de fatigue.

— Laissez la porte ouverte, ma fille, dit-il quand elle vint dans la soirée lui apporter une tasse de thé. Ne craignez pas de me troubler ; j'aime à vous entendre parler. Informez-vous d'Henry sur tout ce qui concerne sa ferme et ses récoltes, et parlez-lui de la visite de M. Percival, et de son discours.

Etonnée, osant à peine s'en fier à ses sens, Mabel obéit à son désir, se demandant, néanmoins, ce qui pouvait avoir ranimé chez son père si longtemps absorbé dans une idée fixe, un tel intérêt pour la conversation et les travaux de ses enfants. Elle soupçonnait à demi que cela venait d'une excitation causée par la fièvre, et qu'il en résulterait comme conséquence une nuit pénible, sinon une rechute. Mais au contraire, le doux murmure des voix agréables sembla avoir une influence calmante sur l'invalide, car son sommeil le reposa mieux que d'habitude, et loin d'éprouver une rechute, deux jours après, quand Henry et Hélène partirent pour retourner chez eux, il était en pleine convalescence.

Un soir, tandis qu'il gardait le lit, Mabel, qui était restée assise encore près de lui pendant plus d'une heure, se leva, écouta un moment son souffle régulier, puis le croyant endormi, s'en alla avec précaution dans le salon ; mais dans le désir de fermer la porte sans bruit, elle la laissa par mégarde un peu entr'ouverte. C'était au moment de la moisson ; les rayons de la lune brillaient sur le plancher et Sabiah, qui avait toujours aimé ces belles nuits, en jouissait à sa fenêtre favorite. Fatiguée des travaux du jour, et souffrant aussi d'un mal de tête qui ne lui

GARDANT SA PLACE AUX GENOUX DE SON PÈRE (P. 366).

était pas habituel, Mabel s'approcha d'un pas languissant et s'assit sur un
tabouret, appuyée sur les genoux de sa tante. Elles étaient restées ainsi en
silence pendant quelque temps, quand Sabiah fit presque tressaillir sa nièce par
la vivacité et la chaleur avec laquelle elle s'écria : « Mabel, je crois bien que
vous resterez vieille fille ! »

Le rire bas et joyeux qui suivit le premier étonnement de Mabel à la vivacité
de sa tante, parut signifier combien peu elle craignait le sort dont Sabiah avait
d'avance une telle frayeur.

— Oui, vous pouvez rire maintenant, dit Sabiah, mais ce sera une chose
différente quand vous deviendrez une vieille femme et n'aurez personne pour
vous aimer et prendre soin de vous. Vous pensez que vous ne pouvez faire assez
pour ces garçons, pour Henry, pour votre père et pour moi, et vous ne vous
demandez pas ce qu'il adviendra de vous-même. C'est bon maintenant, tant que
vous avez la consolation de sentir que nous ne pouvons nous passer de vous ;
mais qu'arriverait-il si vous vous trouviez toute seule dans le monde et qu'il n'y
eût personne pour s'inquiéter de vous ?

— En a-t-il été ainsi avec vous, tante ? demanda Mabel.

— Non, enfant ! répondit Sabiah avec sentiment, tout en lissant les cheveux
de Mabel. Je remercie Dieu de la miséricorde avec laquelle il m'a conduite au
déclin de la vie. Mais ne vous fiez pas à ce qui m'arrive. Vous ne trouverez pas
une autre Mabel dans le monde.

— Je trouverai toujours quelqu'un à aimer, dit Mabel ; quelqu'un à qui je
pourrai être utile.

— Oui, cela, j'en suis sûre, dit Sabiah ; mais s'il y a une chose que j'aie
désiré voir plutôt qu'une autre, c'est de vivre assez pour vous savoir mariée et
heureuse. Hélas ! on trouve des désappointements partout. Quand vous étiez
à New-York, je craignais toujours que quelque aventurier ne vous recherchât
pour la fortune de votre père. Il y avait M. Dudley, certainement, je l'aimais
toujours, et je croyais que son intimité avec vous amènerait quelque chose ;
mais vous n'avez pu sans doute arranger cela entre vous.

Mabel sourit en se rappelant le zèle peu raisonné que sa tante avait témoigné
pour les intérêts de Dudley. Mais la mention de ce nom n'éveilla dans son cœur
aucune autre émotion. Les événements qui se rapportaient à cette ancienne

préférence, vus comme ils l'étaient à travers des souvenirs chargés d'anxiétés et de soucis, semblaient plutôt faire partie de son enfance, que d'un fait réel et pénible de sa jeunesse.

— Et maintenant nous voici dans le désert, continua Sabiah ; je sais qu'on avait coutume de dire quand j'étais jeune fille : Si vous désirez être mariée, vous le serez aussi bien en attendant dans le coin de la cheminée ; mais hélas ! on pourrait attendre ici toute l'éternité et ne jamais voir quelqu'un qui vous convienne. Là se trouve la difficulté, après tout, de découvrir un homme convenable pour vous, Mabel !

— Je n'ai jamais connu qu'un homme qui serait assez bon pour elle, dit Alick, qui était entré inaperçu.

— Et qui est-ce, je vous prie ? demanda Sabiah.

— M. Percival.

— Oui, je sais que vous autres, garçons, vous pensez qu'il n'y eût jamais personne qui pût lui dénouer les souliers. Oui, c'est un beau garçon, et très agréable ; mais il ne pense pas à se marier. Il a la tête pleine de sa politique. En outre, je crains toujours ces amateurs de politique ; ils font de très vilains maris.

— Tante Mabel, dit Alick, que son esprit réfléchi égarait souvent loin du sujet de la conversation, dans le champ plus large de la philosophie, pensez-vous qu'un homme sera plus porté à oublier les simples devoirs de chaque jour parce qu'il est occupé d'un grand ouvrage et qu'il a un grand objet en vue ?

— Je pense que cela dépend tout à fait de ses motifs, Alick, répliqua Mabel. S'il est influencé seulement par l'égoïsme et l'ambition, il poursuivra probablement son but aux dépens de tout autre objet, petit ou grand ; mais je ne crois pas qu'un homme qui n'est poussé que par des motifs généreux soit moins fidèle à ses devoirs ordinaires parce qu'il emploie ses efforts pour le bien de l'humanité.

— Personne ne peut douter du désintéressement de M. Percival, dit Alick. Il l'a prouvé alors qu'il n'était pas plus vieux que je le suis. Savez-vous, tante, qu'il hérita d'un oncle de sa mère une belle propriété lorsqu'il n'avait que dix-huit ans, et qu'aussitôt qu'il fut majeur, il insista pour la partager avec sa demi-sœur, veuve et boiteuse ? Il prit cette propriété de l'Ouest pour sa part, à une très haute estimation et abandonna tout le reste, excepté une portion qui fut réservée en usufruit à sa mère. Le général Percival s'opposa beaucoup à cet arrangement, parce qu'il craignait que son frère ne le regrettât quand il serait plus vieux. Mais au contraire, il y a quelques années, quand le général, malade, n'eût plus que sa demi-solde, Bayard l'aida beaucoup dans l'éducation de ses enfants, et même il fit apprendre la musique à sa fille Bessie.

— Qui vous a dit cela, Alick ? Ce n'est pas M. Percival ? dit Mabel, pesant en même temps dans son esprit les insinuations de Dudley, concernant les difficultés qui auraient existé dans la famille, eu égard à l'arrangement de ses affaires.

— Oh non ! Oncle Henry l'a appris d'un monsieur dont le père était un des administrateurs de cette fortune. Mais je sais que cela demanda un sacrifice à M. Percival ; car je lui disais l'autre matin que j'avais un grand désir d'aller m'établir dans un des territoires quand je serais en âge, et il remarqua que dans sa jeunesse, il aurait préféré vivre à New-York ; mais qu'il était très heureux d'en avoir décidé autrement.

— Petite tante, dit Murray, qui était entré pendant qu'Alick parlait, je me demande pourquoi grand-père se donne tant de souci pour faire une grande fortune. Oncle Henry dit que Al et moi devons être très contents que nous ayons notre vie à gagner ; car l'argent a failli être pour lui une cause de ruine, et M. Percival, quoiqu'il eût été un homme remarquable partout, ne serait jamais devenu l'homme qu'il est, s'il n'avait été obligé de compter sur lui-même.

— La richesse comporte une grande responsabilité, dit Mabel. J'espère que si jamais vous la possédez vous aurez d'abord appris comment on la rend vraiment estimable.

La conversation se tourna alors sur le choix pour les garçons d'une profession future, où ils pussent trouver l'utilité et le succès ; sujet de discussion fréquent ; mais qui en cette occasion se termina par cette remarque de Mabel : « Il se fait tard, enfants ; tante Sabiah paraît fatiguée ; et nous aurons bien le temps de considérer les mérites comparatifs des différentes professions avant que l'un ou l'autre de vous soit obligé d'en venir à une décision. En attendant, nous nous rappellerons que la profession la plus honorable pour chacun de nous est celle que nous sommes le plus capables de remplir. « Murray, je vous prie, demandez une lumière à Mélissa . »

— Bonne nuit, ma fille, dit M. Vaughan, comme Mabel quittait sa chambre, après l'avoir traversée d'un pas léger pour voir si tout était arrangé pour son bien-être, ombrageant la lampe avec sa main, de peur que les rayons n'éveillassent son père, qu'elle croyait endormi.

— Etes-vous éveillé, père ? demanda-t-elle un peu surprise.

— Oui, mon enfant, très éveillé et plus que je ne l'ai été depuis de longues années. Mes yeux enfin sont ouverts aux vérités pour lesquelles ils ont été longtemps, trop longtemps, fermés. Venez m'embrasser avant d'aller vous coucher. Et comme elle se penchait pour satisfaire à cette requête inaccoutumée, il ajouta : « Vous êtes une bonne fille, ma chère, et une grande joie pour votre vieux père. »

Le soir suivant, quand un des garçons alla chercher la Bible à sa place accoutumée, il ne put la trouver. Mabel se leva pour l'assister dans sa recherche, et à la fin, elle la trouva sur la petite table à côté du lit de son père, avec ses lunettes au milieu. Le même fait se répéta, et une fois Mabel vit le vieillard occupé à la lire. Il la reposa, en l'apercevant, et aucune remarque ne fut faite ni d'un côté ni de l'autre.

A la fin, ses forces revinrent complètement et il put quitter sa chambre et reprendre sa place au coin du feu du salon. Un jour qu'il avait été assis de longues heures, regardant le feu, occupé de ses propres pensées et apparemment inattentif à tout ce qui se passait autour de lui, il releva la tête soudain, et dit à sa fille, qui était la seule personne présente : « Mabel, apportez-moi mes cartes ! »

Elle lui obéit avec hésitation, si bien qu'en plaçant le rouleau dans ses mains, elle le retenait par une légère pression ; s'apprêtant à intercéder et à le prier de ne pas fatiguer son esprit avec ce sujet ennuyeux ; mais elle s'arrêta par déférence filiale. Elle abandonna les papiers, gardant sa place aux genoux de son père et surveillant ses mouvements. A son grand étonnement, il déroula la carte extérieure, la tordit par le milieu et en jeta les fragments au milieu de la chambre. Puis reprenant la suivante, il agit de la même manière et continua jusqu'à ce que le tout fût consumé.

CHAPITRE XXXVII

Aussitôt qu'Henry fut délivré des soins de sa récolte, il revint pour partager la joie de sa sœur sur le rétablissement de la santé de son père, et, encore plus, pour persuader à Mabel, si c'était possible, de retourner avec lui. Hélène et lui, à leur première visite, avaient remarqué chez elle une pâleur inaccoutumée, qui semblait dénoter l'épuisement de ses forces, et ils n'avaient attendu que la complète guérison de M. Vaughan pour lui demander de venir se reposer et se distraire auprès d'eux.

Mabel, qui ne ressentait d'autre symptôme de maladie qu'une grande lassitude et de passagères migraines, voulait résister aux prières d'Henry, mais son père, voyant combien ses forces avaient été récemment mises à l'épreuve, seconda vivement la proposition et promit que s'ils se trouvaient capables de faire l'excursion, lui et Sabiah viendraient la rejoindre à la ferme dans quelques semaines.

La joie éclata sur la figure d'Henry à cette promesse volontaire de M. Vaughan.

— Venez au commencement du mois prochain, s'écria-t-il (on était en octobre) et restez avec nous jusqu'après la fête des actions de grâces. Venez tous, veux-je dire, ajouta-t-il en se tournant vers Sabiah et vers les garçons ; c'est un jour qui ne permet pas d'exceptions ; Hélène et moi nous serons réjouis d'avoir l'occasion de faire les honneurs de la maison à tous à la fois.

— Nous avons bien des sujets d'être reconnaissants, mon fils, dit M. Vaughan, considérant le petit groupe autour de lui avec un orgueil plus profond que celui des premiers jours. Nous nous réunirons comme vous le proposez et nous louerons Dieu dans nos cœurs pour sa bonté envers nous.

Après avoir ainsi arrêté que le reste de la famille viendrait dans quelques semaines, Henry pressa les préparatifs de Mabel, et le jour suivant elle l'accompagna à sa demeure où régnaient l'abondance et la joie, et où son heureuse jeune femme attendait impatiemment leur arrivée.

— Maintenant, Mabel, dit Hélène, quand elle l'eut installée dans la chambre qui lui avait été réservée en bâtissant la maison, vous ne devez rien faire tant que vous serez ici que monter à cheval, vous promener à pied, bavarder et perdre le temps, si vous tenez à appeler cela ainsi, de toutes les manières possibles. Vous avez eu plus que votre part de devoirs et de soucis pendant les cinq dernières années, et en dernier lieu, vous vous êtes trouvée très fatiguée. Ainsi, maintenant, vous devez considérer que personne n'a rien à demander de vous. Vous devez garder vos mains croisées de cette façon (et elle les plaçait par jeu dans l'attitude la plus indolente), la principale occupation de votre vie sera la paresse !

Mabel déclara d'un air languissant, qui était plus réel que feint, qu'elle n'aurait pas de peine à obéir à ces règles, car si le temps continuait comme il était, elle passerait toute la journée avec plaisir à regarder par la fenêtre.

Cette lassitude inaccoutumée et cette tendance à l'affaissement et à la fièvre, qui s'étaient déclarées avant son départ devinrent plus marquées quand elle fut délivrée de la nécessité de travailler. Henry, non moins qu'Hélène, cherchèrent à dissiper les effets des soucis d'une vie trop renfermée, en la maintenant autant que possible en plein air. Ainsi, chaque jour, sous un prétexte ou sous un autre, son frère lui persuadait de l'accompagner dans ses courses en voiture autour de la ferme, la laissant souvent dans un lieu ombragé, tandis qu'il allait surveiller ses ouvriers, et elle, occupée soit à lire, soit à observer la nature, jouissait d'une sensation de repos dont elle avait tant besoin.

Un matin qu'ils revenaient d'une de ces excursions, ils aperçurent une jolie petite voiture de luxe arrêtée devant la porte, Henry la reconnut pour appartenir à M. Percival, et au même moment, Mabel vit à travers la fenêtre la forme de sa vénérable mère, qui, à l'annonce de l'approche de Mabel, se leva de son siège, et attendit sa venue en souriant.

La taille de la vieille dame était ferme et droite comme toujours; son œil n'avait rien perdu de son brillant, et sa physionomie, quoique plus fortement marquée par les rides de l'âge, portait encore son expression de bonté engageante. Le temps n'avait pas eu le pouvoir d'affaiblir le tendre intérêt qu'elle éprouvait pour Mabel, comme elle le témoigna en s'avançant de grand cœur au-devant de la jeune fille ; elle la serra dans ses bras en disant : « Ah ! ma chère enfant, je vous vois donc enfin ! Je commençais à craindre que ce plaisir ne me me fût refusé pour jamais. »

Mabel ne pouvait trouver de paroles pour exprimer la joie que lui causait cette rencontre inattendue ; mais Mme Percival qui lisait dans sa physionomie vit qu'elle était bien oppressée par ses souvenirs ; elle répondit à ses exclamations de surprise et de plaisir en la serrant encore une fois sur son cœur et en disant : « Ces rencontres sont une bénédiction, ma chère ; voici Bessie qui attend patiem-ment pour vous réclamer aussi comme une vieille amie. »

Mabel, qui n'avait eu de pensée que pour Mme Percival, suivit alors la direc-tion de ses yeux, et sa figure s'anima d'une nouvelle satisfaction en apercevant la nièce favorite de Bayard, et son dévoué champion à elle, à peine changée depuis qu'elle l'avait vue pour la dernière fois. Son enthousiasme pour Mabel n'était pas diminué, comme le témoignait la figure rayonnante avec laquelle elle s'avança la main tendue.

— Et connaissez-vous ma sœur ? Avez-vous fait la connaissance de Mme Vau-ghan ? demanda Mabel, lorsque, après avoir échangé une salutation cordiale avec Bessie, elle donna un coup d'œil à Hélène qui assistait à cette scène en souriant.

— Oui, ma chère, dit Mme Percival. J'ai été impatiente dans ces derniers temps de faire la connaissance de Mme Vaughan, et je dois reconnaître qu'elle était le seul objet de notre visite aujourd'hui ; nous ne nous doutions pas du double plaisir qui nous attendait.

La conversation continua ; Mme Percival avait d'ardentes questions à faire sur chaque membre de la famille de M. Vaughan, spécialement sur les garçons, prêtant une oreille attentive au récit de leur croissance et de leurs progrès, tandis qu'Hélène et Bessie bavardaient activement ensemble. L'entrée d'Henry, retenu jusque-là par un de ses voisins, donna un ton plus général à la conversation.

Mme Percival avait encore Mabel à son côté. Elle remarqua avec un peu d'inquiétude : « On me dit, ma chère, que vous n'êtes pas bien portante, que vous avez eu trop d'anxiété dernièrement ; pourtant, je ne puis le croire ainsi d'après votre figure. — La figure de Mabel était un peu rouge de plaisir de

47

l'entrevue. — Je désire m'en faire un argument pour demander à vous enlever à M. Vaughan pendant quelques jours ; c'est-à-dire, si vous voulez vous confier aux soins d'une vieille amie aussi volontiers que vous le fîtes autrefois quand elle n'était qu'une étrangère. Allons, ajouta-t-elle, plaçant sa main vivement sur l'épaule de Mabel, comme pour donner plus de poids à sa requête, voulez-vous me faire plaisir au point de revenir à la maison aujourd'hui avec nous. Nous vous rendrons dimanche quand nous rencontrerons votre frère à l'église.

Mabel la remercia très vivement, professa une confiance sans limites dans cette bonté et ce soin dont elle avait autrefois ressenti les bienfaits ; mais en même temps elle hésita et donna une réponse un peu évasive à l'invitation, disant qu'elle se considérait sous les ordres d'Hélène, et doutait de son consentement.

— Oh ! veuillez écouter la proposition de grand'maman, s'écria Bessie, tandis que Mme Percival se tournait vers Hélène pour appuyer sa réclamation ; nous aurons tant de plaisir à vous avoir avec nous ! Oncle Bayard est absent ; il est au tribunal tout le temps, et il nous manque beaucoup !

Peut-être Bessie, qui entretenait encore un pénible souvenir des critiques sévères et injustes de son oncle à l'égard de Mabel, croyait qu'il pouvait être la cause de son hésitation et de son dédain, et elle ajoutait artificieusement cette dernière assertion comme pour l'assurer qu'elle ne serait pas gênée par sa société. S'il en était ainsi, ses soupçons furent probablement confirmés par le fait que quand Mme Percival annonça triomphalement le consentement d'Hélène à donner le congé demandé, Mabel accepta l'invitation et exprima sans réserve le plaisir qu'elle aurait à les accompagner.

— Mais il y a une condition, s'écria Henry. J'ai déjà installé vos chevaux à l'écurie et Mme Vaughan compte sur votre compagnie pour dîner.

— Je désirais rentrer immédiatement, dit Mme Percival, et j'ai laissé des ordres à cet effet à la maison ; mais puisque Mme Vaughan m'assure qu'elle peut faire avancer le dîner sans inconvénient, et que ma jeune amie peut avoir besoin d'un peu de temps pour se préparer à un voyage de trois jours, je pense, Bessie, que nous étonnerons Mme Pattern en faisant les vagabonds aujourd'hui.

La vénérable dame, qui savait s'accommoder de bonne grâce à toutes les circonstances de la vie, permit à Mabel de l'aider à retirer son chapeau et son châle, et, pendant deux heures que dura sa visite, elle entra avec beaucoup de zèle et de cœur dans les intérêts du jeune groupe dont elle était entourée, et par le charme de ses manières, elle répandit l'aisance dans la petite réunion, sans aucunement déroger à la dignité qui convenait à ses années.

Comme le dîner fut servi avec une grande ponctualité et que Mme Percival tenait beaucoup à rejoindre la maison avant le coucher du soleil, elle ne souffrit aucun délai pour le départ, et au commencement de l'après-midi, la petite société se mit en route : Mabel et la vieille dame sur le siège de derrière de la petite voiture, Bessie en avant, derrière un jeune homme, d'apparence sérieuse, qui remplissait à la ferme les fonctions de cocher.

C'était une de ces charmantes journées de la période mal définie nommée l'été indien, qui, selon qu'elle arrive plus tôt ou plus tard, est marquée par des caractères particuliers à l'automne américain. Il régnait une brume particulière qui, sans obscurcir le soleil, adoucit ses rayons, et répand un vernis singulier sur le feuillage. Le ciel, qu'aucun nuage ne voilait, était du bleu le plus clair, tandis que les contours de l'horizon à distance paraissaient indistincts sous le léger rideau de brouillard dont s'enveloppait la nature, et comme l'œil errait par intervalles à travers les vagues sans limites de la prairie agitée par le vent, les grandes meules de foin, vues à distance pouvaient être prises pour des îles au milieu de l'océan. Pendant la dernière moitié du trajet, le chemin conduisant à Lake-Farm traversait la propriété de Percival, se déroulait comme un fil parmi des champs de blé et d'orge de presque un mille d'étendue, où les grains dorés appelaient la faux du moissonneur, puis conduisait le voyageur sous l'ombrage rafraîchissant des grandes forêts primitives telles que les convoiterait un seigneur anglais. Quelquefois le pas du cheval éveillait un écureuil ou un lapin et le faisait bondir sur le sentier, ou bien une perdrix se levait avec un frémissement d'ailes parmi les récoltes ondoyantes.

Cette harmonie de la vue et du son n'était gâtée pour Mabel et ses compagnes par aucun sentiment de contrainte, car elles causaient avec aisance, ou gardaient à plaisir ce silence sympathique parfois si agréable à ceux qui s'aiment. Comme elles approchaient à environ un demi-mille de leur destination, le chemin les conduisit vers un petit bouquet d'érables et de chênes, chargés de brillantes feuilles mortes, dont une portion déjà tombée, couvrait le sol. Pendant le reste du chemin, Mabel sentit qu'elles s'élevaient graduellement vers un coteau. Elle

n'était pas préparée cependant à la scène qui l'attendait, quand, en sortant du
bois, elle vit enfin la maison directement devant elle, et embrassa d'un regard
la vaste étendue que commandait cette petite éminence. Le bâtiment simple et
de bon goût, était fait de cette pierre jaune particulière à la région, et formait
un beau contraste avec la sombre verdure de quelques vieux pins noirs qui
s'élevaient dans le voisinage immédiat. Le bâtiment était peu élevé, mais couvrait
une vaste étendue de terrain, avec une aile de chaque côté et toutes ses pièces
principales au rez-de-chaussée. Sur la façade courait une légère vérandah,
festonnée de ce gracieux chèvrefeuille américain, maintenant teinté d'écarlate
par l'automne. Aussi loin que la vue pouvait s'étendre, sauf d'un côté, on ne
voyait que prairies, forêts, çà et là quelques fermes et une église de village.
Mais, si belle et si étendue que fût cette vue sur une riche contrée, l'exclamation
joyeuse qui s'échappa des lèvres de Mabel lorsqu'elle considéra le paysage, était
principalement due à l'émotion avec laquelle elle découvrit s'étendant au loin à
l'horizon du côté de l'est, les eaux bleues et claires du lac Michigan, dont les
vagues étincelaient au soleil.

— Est-ce beau ? dit Mme Percival en réponse au plaisir que Mabel exprimait
à demi, tandis que Bessie tournait le dos à la scène pour en lire la réflexion dans
les yeux de Mabel. Je suis pourtant familiarisée avec cette vue, continua la
vieille dame ; mais je ne viens jamais sur ce monticule sans une nouvelle émotion provoquée par la beauté de cette vaste mer intérieure dans laquelle la
nature géante de l'ouest vient se réfléchir ; et je suis toujours prête à féliciter
de nouveau mon fils sur la patience avec laquelle il occupa une demeure des
plus primitives jusqu'à ce qu'il eût acquis les moyens de bâtir une maison à son
goût et sur le terrain de son choix. Elle paraît encore plus agréable cette après-
midi. La maison est la bienvenue, après une course de vingt milles, surtout
quand Mme Pattern se tient à la porte pour vous recevoir.

La fidèle servante attendait déjà sous la vérandah, saluant sa maîtresse dont
l'excursion inaccoutumée et l'absence prolongée lui avaient causé un peu
d'anxiété. — « Vous ne trouverez pas que j'ai été trop longtemps, Pattern, dit
Mme Percival, quand vous verrez qui j'ai ramené avec moi. » Comme Mabel
s'avançait et saluait, la bonne servante la reconnut et lui prit les deux mains en
s'écriant : « Que vois-je ? C'est miss Vaughan ! la plus agréable jeune dame que

j'aie jamais vue, sauf votre pardon, miss Bessie, ajouta-t-elle à voix basse ; car vous n'avez eu aucune épreuve, et on ne connaît pas les gens tant qu'ils n'ont pas été éprouvés. Comment vont les enfants, miss ? continua-t-elle, quand Mabel fut descendue et qu'elle lui eut donné une poignée de main cordiale ; presque des hommes maintenant, sans doute ?

— Oui, presque, madame Pattern, et je craignais que vous ne m'eussiez oubliée.

— Vous ! Oh ! non, ma chère ; vous êtes un modèle de beauté comme toujours, seulement un peu plus pâle. Mais sans doute, vous êtes fatiguée et ma maîtresse aussi ; entrez donc, reposez-vous. Et là bonne âme les conduisit au salon devant un feu déjà allumé, en prévision de la fraîcheur de la soirée. Et pendant une demi-heure, elle s'occupa de leur bien-être à tous.

Tout cela semblait délicieux à Mabel, car le crépuscule les trouva groupées autour du foyer. Mme Percival assise dans son fauteuil, relatant aux jeunes filles l'expérience des jours passés, tandis que la flamme agitée répandait une douce lumière autour de la chambre et se réfléchissait sur les meubles polis et sur les faïences de l'antique famille dans le vieux buffet.

Le caractère rude et primitif de tout ce qui appartient à la vie de l'Ouest, fournissant un large champ pour l'énergie et l'activité du corps et de l'esprit, peut exciter et fortifier les cœurs pour accomplir des tâches difficiles ; mais pour une personne qui a trop usé de ses forces et soupire après le repos, il y a quelque chose de plus doux qu'on ne saurait l'exprimer dans ces restes des temps anciens, qui se montraient partout dans la maison. Pour Mabel, spécialement, qui avait été chargée d'une responsabilité hors de proportion avec son âge, et avait été vaincue par le fardeau de ses efforts récents, elle trouvait un repos bienfaisant à se voir ainsi abritée sous l'aile d'une amie âgée, et à recevoir ses soins ; même les chaises et les tables grossièrement sculptées, le tapis d'Orient, l'antique coin de feu et la vieille vaisselle de famille qui avait été conservée comme un héritage des ancêtres, tout cela prenait l'air familier d'une maison heureuse. Ainsi la première soirée de la visite lui procura une satisfaction sans mélange, la nuit qui suivit la vit jouir d'un repos tranquille et sans rêves.

— Vous sentez-vous capable d'une courte promenade, ma chère ? dit Mme Percival lorsqu'elle vint trouver ses jeunes amies sous la vérandah le lende-

main matin, et s'adressa à Mabel, qui, sous la direction de Bessie, faisait connaissance avec le paysage environnant.

Mabel ne demandait pas mieux.

— Mabel, dit Mme Percival, je serai heureuse de vous emmener toutes deux
avec moi à la maison du régisseur de mon fils. Il n'y a que la moitié d'un mille ;
vous pouvez voir la fumée de la cheminée là-bas dans le coin, le sentier y conduit directement à travers le bouquet d'érables, qui nous fournira un abri
agréable, et la ménagère nous recevra de bon cœur, j'en suis sûre.

Bessie, non moins que Mabel, exprima son plaisir de cette proposition, tandis
que l'une allait dans sa chambre se préparer pour la promenade, l'autre courait
prendre son chapeau et celui de sa grand'mère.

— Maintenant, ma chère, dit Mme Percival, en acceptant le bras que lui
offrait Mabel, mais sans s'y appuyer, car elle était maintenant la plus forte des
deux, je dois vous dire quelque chose de l'homme que nous allons voir ce
matin. Elle parla alors avec beaucoup d'intérêt des expériences de leur régisseur, en commençant par l'arrivée de ce jeune homme dans l'Ouest jusqu'à la
période présente. Il avait apporté avec lui une certaine somme d'argent, mais son
premier essai avait été désastreux ; sa terre n'étant pas saine, ses récoltes avaient
souffert de la rouille, puis pour couronner ses infortunes, on lui avait contesté
son droit de propriété, et il s'était trouvé tout à coup engagé dans un procès.
M. Percival avait défendu sa cause, et l'impression favorable qu'il avait faite sur
Bayard, confirmée par une connaissance hâtive que sa mère avait eue précédem-
ment de son caractère et de ses capacités, amena une proposition qui fut acceptée et se trouva également avantageuse pour les deux parties ; le jeune avocat,
qui était alors surchargé d'affaires, trouva un serviteur intelligent et probe, et le
fermier trompé eut une position assurée qui devait s'améliorer.

— Et comment finit le procès ? demanda Mabel.

— Il se termina à l'avantage du client de mon fils, et il est encore en possession de sa propriété qui, en dépit de ses désavantages, a presque doublé de
valeur.

— Voici la ferme ? dit Mabel, comme elles arrivaient alors en vue d'une
demeure confortable à deux étages, entourée de granges, de greniers spacieux.
Comme tout y paraît propre et commode !

— C'est dû en grande partie à la femme de notre fermier, dit Mme Percival. C'est une des femmes les plus capables, les plus industrieuses et les plus gaies du voisinage, et aussi très agréable, comme vous en jugerez quand vous aurez vu sa figure ronde et jolie. Cette rangée de seaux et d'ustensiles reluisants que vous voyez en dehors de la maison vous donnera une idée de l'étendue de sa laiterie, et c'est du beurre de sa fabrication que vous avez trouvé si bon à déjeuner. Nous pouvons entrer sans frapper, continua-t-elle comme ils approchaient ; notre bonne ménagère est toujours prête à recevoir ceux qui viennent. Ainsi invitée, Mabel entra et passa dans un petit salon à droite. C'était meublé simplement, l'ordre était parfait, la pièce inoccupée et il semblait que rien n'y dût étonner le visiteur ; pourtant Mabel s'arrêta court, et resta à considérer la fenêtre opposée comme si perdue dans un rêve. Qu'y avait-il dans ce petit fauteuil à fond rustique, ce tabouret à pied de bois, cette vieille Bible reliée en cuir et ce cadre à photographies qui pût la transporter d'un étonnement silencieux et faire couler des larmes sur sa figure, sinon ce frémissement profond et magnifique avec lequel nous considérons les plus simples souvenirs d'un être qui a passé sur la terre, et ne vit plus que dans notre mémoire.

Oui, on ne pouvait se méprendre à ces témoins muets qui avaient fait partie de la vie de Rosy, et, pendant un instant, Mabel resta sans mouvement devant le fauteuil vide, toute en larmes, suffoquée, sans s'apercevoir de la surprise qu'elle-même excitait chez Mme Percival et Bessie. L'instant d'après, une porte s'ouvrit, et une femme âgée, portant un enfant dans ses bras, entra d'un air respectueux pour parler à Mme Percival, mais voyant Mabel, elle s'arrêta court, proféra une exclamation de joie, et, oubliant sa crainte habituelle de sa maîtresse, elle plaça l'enfant sans un mot d'excuse dans les bras de Bessie, s'écriant d'une voix brisée : « Chère miss Mabel ! l'amie de ma pauvre enfant ! elle courut à elle, lui jeta les bras au cou, puis s'assit dans le fauteuil de Rosy, couvrit sa figure de ses mains et pleura.

Mabel, qui au son de sa voix avait reconnu la mère de Rose, et lui avait rendu cordialement ses embrassements, se tourna alors vers Mme Percival pour lui demander une explication ; mais celle-ci, étonnée elle-même, avait besoin d'informations. Alors Lydia attirée par un cri du bébé arriva, toujours aussi impressionnable et, se jetant à genoux à côté de Mabel, elle lui saisit la main et la baisa à plusieurs reprises, rit, pleura, rit de nouveau. Enfin, enlevant son enfant des bras de Bessie, elle le plaça dans ceux de Mabel, en disant : » Voyez mon bébé ! n'est-ce pas un bel enfant ! « Et elle ajouta à voix basse : « Son nom est Rose. »

— Excusez-nous, madame, excusez-nous, miss Bessie, dit-elle, lorsque, après avoir repris possession d'elle-même, elle s'avança pour témoigner son respect à Mme Percival et à sa petite fille ; mais miss Vaughan a été un ange de bonté pour nous, et notre chère petite Rose l'aimait tant !

Elle n'avait pas besoin d'excuse, cela était évident à voir la cordiale sympathie qui brillait sur la figure de Mme Percival, en constatant la nature du lien qui les unissait si fortement ; Bessie n'avait attendu que d'être débarrassée du soin de l'enfant pour se tourner vers la fenêtre et essuyer une larme.

— Je vous racontais, ma chère, en venant à travers le bois, dit Mme Percival à Mabel, qui caressait l'enfant, les expériences d'un de nos amis communs, mais je soupçonnais peu que j'oubliais la partie la plus intéressante de l'histoire ; il est ici, cependant, et parlera lui-même. Bonjour monsieur Dowst. Vous êtes la seule personne qui manque pour rendre la scène complète.

L'étonnement de Mabel, la rougeur timide de Lydia, le sourire content de sa mère, l'admiration pour le bébé, et la satisfaction de Mme Percival et de Bessie atteignirent leur comble, quand la rude stature de l'honnête Owen apparut dans l'encadrement de la porte, l'œil brillant de plaisir et la figure rougie par la hâte qu'il avait mise à venir. « Miss Vaughan, s'écria-il, enlevant son chapeau et s'avançant ses mains rudes étendues ; c'est un jour heureux, et une rencontre dont je dois être fier. »

— Vous dites la vérité, monsieur Dowst, dit Mabel. Une maison, une femme, un enfant, une bonne renommée comme les vôtres, sont un motif suffisant d'orgueil et je suis fière, je vous l'assure, de vous donner le titre d'ancien ami.

— Ah ! mademoiselle, dit Owen, avec son sourire particulier, j'ai beaucoup de bonheur, comme vous dites ; mais il est encore augmenté par le plaisir de vous avoir sous mon toit. Où est ma petite femme ? continua-t-il, en cherchant des yeux tout autour de la chambre, Lydia, qui se tenait derrière lui, la figure modeste et rougissante. Elle attendait ce jour depuis qu'elle est venue dans la prairie, et on pourrait penser à la voir maintenant, qu'elle se sent honteuse d'être la femme d'un honnête homme.

— Elle est honteuse de m'avoir caché son secret si longtemps, dit Mabel. Que diront mes garçons, quand ils apprendront que Lydia est madame Owen Dowst ?

— Eh bien ! c'était à cause de son amour pour vous, miss Mabel, assura Owen en forme d'excuse. « Owen, m'a-t-elle dit, ne découvrez à M. Henry Vaughan ni à personne qui vous avez pris pour femme ; attendez que miss Mabel vienne de ce côté, et le voie par elle-même.

— Une vraie femme, interrompit Mme Percival. Je puis le comprendre, car, vieille comme je suis, je comptais, depuis l'arrivée de miss Vaughan, lui faire une surprise en lui montrant son mari établi parmi nous, soupçonnant peu qu'elle y trouverait encore un plus grand plaisir.

— Et qu'est devenu Jacques ? demanda Mabel à Mme Hope, qui avait la garde de la petite Rosy.

— Soyez bénie, chère miss, de vous souvenir de mon garçon ! dit la mère avec animation. Lyddy est une bonne enfant et ne montre plus ses petites impatiences des temps passés et Owen a été un ami fidèle pour moi et les miens, d'abord par amour pour Rosy, puis par l'attachement qui en est résulté ; mais je pense quelquefois que c'est Jack, après tout, qui sera la joie de ma vieillesse. Jamais une mère n'eut un meilleur fils, miss Mabel. Il est surveillant de travaux non loin d'ici, dans une fabrique de machines agricoles. Il a toujours été ingénieux, et Rosy l'aidait pour ses plans et ses figures, et depuis, il a acquis une grande connaissance des machines, et cela l'a mis dans une bonne situation. Il se fait un beau revenu, et il est sobre quoiqu'il ait la main et le cœur ouverts.

— Oh ! je suis très heureuse, dit Mabel, j'ai toujours aimé Jacques ; j'ai toujours pensé qu'il vivrait pour devenir un jour votre soutien, madame Hope.

— Comment aurait-il pu y manquer ? demanda la veuve à voix basse. Aussi longtemps que Rose a vécu, n'a-t-il pas eu sa sœur pour le maintenir dans la bonne voie ? Et depuis qu'elle est morte, n'a-t-il pas eu son souvenir ? Jack était un garçon taciturne, et maintenant c'est un homme silencieux. Il ne dit pas ce qu'il pense, comme beaucoup d'hommes le font ; mais si vous le voyiez assis dans la chaise de Rosy, quand il lit la bible de Rosy, quand il appelle ce bébé par son nom, vous penseriez comme moi que Rosy parle encore, quoique morte.

— Elle nous parle à tous, en vérité, dit Mabel ; quoique sa vie ait été courte

48

et pleine de souffrances, il est beau de penser combien ont été rendus meilleurs par son exemple. Aussi bien que Jack, j'ai souvent senti, madame Hope, que la mémoire des vertus de Rose était comme le continuel message d'une sainte.

— C'était un doux agneau, dit la mère, en sanglotant. Le Seigneur l'a en sa sainte garde. J'espère que nous nous retrouverons ensemble dans ce même troupeau.

— Une reconnaissance et une affection sincères, comme celles qui vous ont été manifestées aujourd'hui, ma chère, dit Mme Percival à Mabel, lorsqu'elles retournèrent à la maison à travers le bosquet, sont une douce compensation pour les heures dérobées aux plaisirs et consacrées à de bonnes actions.

— La gratitude de ces bons amis n'a pas de prix pour moi, répondit Mabel ; mais c'est une offrande volontaire et non le paiement d'une dette. J'ai, en vérité, pendant ma vie à New-York, retranché bien peu à mes plaisirs égoïstes. Cette famille est la seule à qui j'aie rendu le plus léger service, et c'est moi qui y gagne le plus. Je ne puis ressentir que de la mortification quand je pense combien j'ai négligé les occasions de me rendre utile.

— Vous êtes injuste envers vous-même, dit Mme Percival. Je n'ai plus à apprendre les particularités de votre bonté envers Mme Hope et son enfant malade ; elles m'ont été décrites avec tout l'enthousiasme d'une mère, quoique je n'eusse jamais jusqu'à ce jour, connu le nom de la bienfaitrice de Rosy. J'étais particulièrement intéressée dans ce récit, car il y a plusieurs années, elle suivait un traitement médical dans un établissement public à New-York, et je pus, à un certain degré, estimer l'amour qu'elle avait pour vous, ma chère, quand j'appris qu'elle vous avait légué comme souvenir d'une mourante la petite gravure qui lui avait été donnée par mon fils, et qu'elle avait toujours beaucoup estimée. Avez-vous encore ce tableau ?

— Oui, dit Mabel. Il est suspendu dans le salon à la maison. Et tout en parlant, elle se rappela l'intérêt avec lequel Percival, à sa récente visite, avait paru examiner cette gravure et le cadre, les reconnaissant sans doute, pour lui avoir autrefois appartenu.

— Ce sujet, dit Mme Percival, attirait fortement le cœur de l'enfant, et elle le mit en action pendant sa vie. Elle a depuis longtemps gagné le repos, mais ses œuvres lui survivent.

CHAPITRE XXXVIII

Le dimanche où devait se terminer la visite de Mabel à la ferme du Lac s'annonça clair et magnifique. Depuis le jour qui avait suivi son arrivée, le temps froid forçait la famille à rester à la maison. Mais cette fois encore, ce souffle embaumé qui semble s'attarder avec plaisir sur la nature, triomphait des premières gelées ; le ciel sans nuages, le lac d'un bleu sombre, les forêts richement teintées rayonnaient du dernier sourire de l'été. L'heure du déjeuner n'était pas encore venue. Mabel, la fenêtre de sa chambre largement ouverte, laissait errer sa pensée sur ce qui l'entourait, quand un chant grave s'éleva, si harmonieux et si bien en rapport avec la scène et l'heure, qu'on pouvait le prendre pour le soupir de la brise à travers le vieux bouquet d'arbres en face de la fenêtre. Cette musique exprimait quelque chose de si grand et de si inspiré, qu'elle fut enivrée, et que tous ses sens s'absorbèrent dans celui de l'ouïe. C'était évidemment les sons d'un orgue, touché avec une puissance et une habileté extraordinaires. Mabel avait vu cet instrument dans la bibliothèque. Mais quoique Bessie lui eût assuré qu'elle ne pouvait y jouer que quelques airs simples, et que ce morceau fût une composition difficile de l'un des vieux maîtres, elle ne chercha pas à l'attribuer à d'autre personne. Et quand les derniers accords eurent cessé, elle quitta son attitude attentive, poussée par cette pensée soudaine : « Bessie m'aurait-elle trompée et se serait-elle trompée elle-même sur son talent, ou est-elle en proie à une inspiration soudaine ? » Et jetant hâtivement une mante sur ses épaules, elle s'avança jusqu'à la bibliothèque, pensant en elle-même : « Elle sera surprise quand je la trouverai les doigts sur les touches ! »

La bibliothèque, qui servait aussi de salle pour le déjeuner de la famille, s'ouvrait dans une des ailes, à l'extrémité du bâtiment ; et le projet de Mabel

étant de surprendre son amie, en faisant tout d'un coup son apparition à la
fenêtre, elle glissa légèrement autour d'un angle de la véranda. Tout d'un coup
elle s'arrêta court et rougit d'embarras, en se rencontrant face à face avec le
véritable artiste, le jeune maître de la maison qui, ayant annoncé son retour de
cette manière caractéristique, était sorti sur la terrasse pour jouir de la beauté
du matin.

Leur rencontre sur la prairie solitaire quelques semaines auparavant était
à peine moins attendue pour l'un et pour l'autre, mais le bon sens de Mabel
et l'active bienveillance de Percival firent cette fois encore disparaître tout
embarras.

— Je me hâtais pour remercier Bessie de cette belle symphonie, dit Mabel,
après avoir échangé une cordiale salutation avec Percival, qui ne pouvait cacher
son plaisir de la rencontrer. Si je ne vous avais pas cru à une douzaine de milles
d'ici, j'aurais su, à n'en pas douter, à qui nous devions cette musique.

— Je n'ai été libéré de mes obligations que très tard hier soir, dit Percival,
mais je me suis senti attiré vers cette maison. Je pense qu'il y avait là quelque
chose comme un pressentiment. — Vous êtes-vous bien portée depuis que je ne
vous ai vue pour la dernière fois ? ajouta-t-il, en regardant attentivement sa
figure, qui, la première rougeur causée par la surprise passée, présentait certainement un contraste sensible avec l'apparence de santé qu'elle avait le jour de
leur excursion dans la prairie.

— Mes amis disent que non, répliqua-t-elle en souriant; mais je n'en
conviens guère ; je suis si peu accoutumée à jouer le rôle d'invalide !

— Je crains qu'il fasse trop froid pour vous de ce côté de la maison, dit
Bayard, en voyant que la brise avait dérangé la draperie qui couvrait sa tête et
la laissait sans protection; et, avec une galanterie respectueuse, il lui offrit le
bras pour l'accompagner à cette partie de la véranda qui était échauffée par le
soleil du matin. Elle accepta la proposition et le bras qui lui était offert ; et
comme Mme Percival n'avait pas quitté sa chambre et qu'il n'était pas
encore question de déjeuner, ils continuèrent à se promener lentement pendant
quelques minutes. Bayard, s'informant avec intérêt de tous les membres de la
famille de M. Vaughan, exprimait son regret sincère de la maladie du vieillard,
qu'il considérait avec raison comme la cause de la faiblesse de Mabel.

— Sur ma parole, s'écria la pétulante Bessie qu'ils avaient déjà rencontrée deux ou trois fois sans la voir, dans l'encadrement d'une porte, mais qui cette fois interrompit leur promenade et leur conversation par sa raillerie, vous paraissez être un homme à plusieurs rôles, oncle Bayard ; vous entrez dans la maison comme un voleur à minuit ; vous nous faites quitter le lit au point du jour avec un torrent d'harmonie, et, maintenant, là, voyez ! Je vous trouve prescrivant un nouveau régime à notre invalide, à qui grand'mère ne permet pas de prendre l'air avant déjeuner.

— En vérité, dit Bayard, paraissant ne considérer que cette dernière partie du triple reproche de Bessie ; alors j'aurais dû vous faire entrer dans la bibliothèque où il y avait un bon feu.

— Pas du tout, dit Mabel, souriant, mais en même temps retirant la main de son bras et entrant par la porte. Il n'y a aucun danger à respirer une atmosphère comme celle-ci : Bessie est un petit tyran, voilà.

— C'est une petite grondeuse, dit Bayard, fermant en même temps par un baiser les lèvres qui se préparaient à prononcer d'autres reproches. Je ne peux attendre d'elle d'autre accueil que celui que je viens de recevoir. Pour qui réservez-vous vos bonnes paroles, Bessie ?

— Pour des gens qu'on peut louer sans flatterie, dit-elle, s'éloignant de lui et passant son bras dans celui de Mabel avec une sorte de défi qui semblait impliquer qu'elles formaient ensemble une coalition contre lui. Miss Vaughan ne m'entendra jamais dire que du *bien d'elle*.

Ces mots pouvaient avoir échappé à Bessie par accident ; mais Bayard les ressentit évidemment, car il se mordit les lèvres et parut légèrement confus du souvenir qu'ils éveillaient, tandis que Mabel levait les yeux un instant sur sa figure, puis, se détournant, faisait une brusque remarque sur l'étendue du paysage.

Deux au moins des interlocuteurs se trouvèrent soulagés, quand, un moment après, une voix lente, mesurée, mais très tendre, vint dire : « Bonjour, mon fils, » et en même temps, une main douce, encore bien fermée, se plaça sur le front large et pur de Percival, qui, reconnaissant l'accent et la main de sa mère, se retourna vivement, avec une physionomie joyeuse pour recevoir ses embrassements.

C'était un tableau frappant que celui que présentaient cette dame et son fils aux traits virils, dont les manières envers elle offraient un admirable mélange de respect et d'affection presque enfantine. Mabel les avait vus tous deux sous bien des aspects, mais jamais ils n'avaient attiré son attention et son intérêt comme en ce moment, quand le jeune homme entourait sa mère de ses bras, tandis qu'elle considérait amicalement ses beaux yeux bleus, dans lesquels elle semblait lire l'accomplissement de tous ses désirs maternels.

— Vous devez être rentré tard, Bayard, dit-elle. J'ai veillé à la fenêtre de ma chambre jusqu'à minuit, et toute la famille reposait.

— Je n'ai quitté la ville qu'à minuit, répliqua Bayard, et il était entre deux et trois heures quand je suis arrivé ici, mais je suis étonné que vous m'ayez attendu : je n'avais envoyé aucun message.

— C'est vrai, mais je pensais que vous ne pourriez vous empêcher de venir donner un coup d'œil à votre jardin, tandis que le beau temps durait, pour ne rien dire des autres attractions de la maison. En outre, nous sommes portés à croire ce que nous désirons ; et j'étais certaine que vous éprouveriez du regret si vous aviez manqué la visite de notre jeune amie, et elle posa la main avec intention sur l'épaule de Mabel. Vous n'avez eu qu'une arrivée sans réception cette nuit, continua-t-elle, en s'adressant à Bayard ; j'espère que vous avez éveillé Mme Pattern pour vous procurer le nécessaire.

— Mon seul souci a été de ne troubler personne, dit Bayard ; la grande fenêtre de la bibliothèque n'était pas bien fermée, j'ai trouvé des allumettes et une bougie dans ma chambre ; je n'avais pas besoin d'autre chose.

— Toujours prudent, mon fils, dit sa mère avec sa mère avec un sourire d'approbation ; allons déjeuner. Et prenant la main de Mabel dans la sienne, elle l'accompagna à travers le vestibule, s'excusant d'avoir oublié son rôle d'hôtesse pour celui de mère, par la sollicitude affectueuse avec laquelle elle s'informa de sa santé.

— Oncle Bayard, dit Bessie à voix basse, comme elle les suivait avec son oncle ; je croyais qu'il y avait un genre de beauté que vous n'admiriez qu'à distance. Je crains que vous n'ayez pris *un froid* ce matin.

— Taisez-vous, Bessie, dit Bayard, je sollicite humblement une trêve. Votre mémoire est aussi méchante que votre langue.

Comme il n'y a rien qui laisse autant de vide dans le cercle de la famille que le départ de son chef, de même, il n'y a pas de transformation si complète que celle qui résulte de son retour inattendu. Cela arrive surtout quand il revient, comme faisait Bayard, avec cette vivacité joyeuse qui marque un véritable amour des siens. Ainsi toutes les habitants de la ferme du Lac se sentaient ranimés par la présence de son jeune maître ; même les domestiques semblaient animés d'une énergie nouvelle pour l'accomplissement de leurs devoirs ; et le vieux chat de la maison, très exclusif dans ses préférences, abandonna avec décision sa place sur le foyer pour sauter sur la chaise d'Henry. Ajoutez à ceci la promptitude avec laquelle il se chargea de tous les devoirs commandés par l'affection ou l'hospitalité et l'on comprendra qu'une large sphère d'action au dehors ne rend pas nécessairement un homme incapable des aménités de la vie domestique.

Ses manières envers Mabel étaient à la fois marquées d'un respect sincère et d'une amitié cordiale, et, quoiqu'il fût convaincu que Bessie le surveillait d'un œil malin, il ne faillit pas à ces attentions réfléchies qui conviennent à un homme bien élevé ; car, quoiqu'il pût se sentir ennuyé des railleries de sa nièce, il n'était pas homme à se laisser détourner par une fausse honte ou une timidité embarrassée de ce dévouement chevaleresque auquel Mabel avait droit comme l'hôte de Mme Percival, indépendamment des titres que lui donnaient sa jeunesse et sa beauté.

— C'est ce que ma mère appelle mon jardin, miss Vaughan, dit-il, comme le déjeuner étant fini, il se levait et marchait vers la fenêtre, où, les bras croisés, il s'attardait quelques instants à regarder dehors les champs de blé presque interminables qui s'étendaient devant lui avec leurs trésors d'épis dorés et roulés en vagues par la brise.

— Une noble occupation, dit Mabel, qui se tenait aussi à une place d'où elle pouvait voir ce spectacle. J'avoue que je suis presque effrayée de l'immensité du travail et des récompenses qu'il promet.

— Et pourtant, ma chère, dit Mme Percival, si vous le compreniez bien, vous avez travaillé pendant les six dernières années dans un champ beaucoup plus large et un sol plus riche, où, si mon fils ne se trompe pas, le fruit est déjà mûr pour la moisson. Je veux dire les cœurs et l'intelligence de vos deux garçons,

ajouta-t-elle, observant le regard de Mabel. Bayard me dit qu'il n'a jamais vu de
jeunes gens plus pleins de promesses.

Mabel rougit de modestie et d'orgueil à cette louange de son travail et de ses
résultats, et Bayard, se retournant, se hâta de confirmer la remarque de sa
mère en la félicitant des espérances qu'elle pouvait raisonnablement concevoir
au sujet de ses neveux, qui avaient produit sur lui une impression très favorable.

— La description que Bayard m'a faite de nos jeunes amis, dit Mme Percival,
m'a intéressée et réjouie au delà de toute expression. Il est évident, ma chère,
que ces garçons montrent encore la forte individualité de caractère qui les distinguait dans leur enfance ; mais, tandis que dans chacun le bien gagnait en
force, tous deux ont vaincu les tendances au mal qui étaient assez apparentes il
y a six ans pour me faire trembler sur leur sort. Quand je me reporte aux jours
où nous étions assises sur les rochers de Niagara et que nous envisagions l'étendue de votre responsabilité, je sens une grande satisfaction de votre succès.

— Si vous avez réussi à diriger des créatures aussi rudes que sont les garçons, miss Vaughan, dit Bessie, vous devriez écrire une théorie de l'éducation
pour le profit de la société.

— Moi! dit Mabel avec simplicité. En vérité, je n'ai aucune règle, aucune
théorie. Je pense quelquefois que les garçons m'ont appris beaucoup plus que
je ne leur ai enseigné.

— Sa théorie peut être résumée en un seul mot, dit Mme Percival ; elle a
aimé ses petits neveux. L'amour est un maître inspiré, Bessie, et on peut s'y fier
en toute circonstance. Il a été le conseiller de miss Vaughan depuis le commencement. J'aspire, dit-elle, en se tournant vers Mabel, après le jour où vous
me présenterez de nouveau ces jeunes messieurs. Mais, mes chères filles, continua-t-elle, en regardant à sa montre, si nous devons aller à l'église ce matin,
il est temps que nous fassions nos préparatifs. Bayard, avez-vous commandé les
chevaux ?

Bayard tressaillit, s'excusa de sa distraction, car pendant les derniers instants
il avait paru presque perdu dans ses pensées. Il quitta vivement la chambre. Sa
mère continua d'exprimer ses regrets, à la pensée de se séparer si tôt de Mabel,
et en même temps suggéra la possibilité d'obtenir d'Hélène une plus longue
permission ; mais Mabel refusa avec reconnaissance de prolonger sa visite, expri-

mant en même temps le plaisir qu'elle lui avait procuré, et les trois dames se séparèrent jusqu'au moment de partir pour l'église.

— Est-ce que miss Vaughan n'a pas l'intention de revenir avec nous, Bessie ? demanda Bayard à voix basse, quand il vit la petite malle de voyage de Mabel en dehors de sa chambre pour être placée dans la voiture.

— Non certainement, répondit Bessie, feignant un grand étonnement de la demande ; elle ne serait pas venue du tout, si je n'avais pris le soin de lui faire savoir que vous n'étiez pas à la maison.

Quoique proférée d'un ton moqueur, cette réplique déconcerta Bayard. Les objections qui montaient à ses lèvres, en voyant les signes du départ de leur hôtesse, furent promptement arrêtées ; il garda un silence contraint, tandis que sa mère essayait une nouvelle tentative pour changer la résolution de Mabel, et même il aida à arranger ses bagages sans exprimer une syllabe de surprise ou de regret. Cette conduite était si différente de son hospitalité accoutumée que sa mère ne pouvait manquer de l'observer, et Bessie, dont le cœur était aussi tendre que sa langue était prompte à taquiner, regretta ses paroles, en remarquant combien son trait vengeur avait frappé un endroit sensible.

Cette contrainte ne fut que momentanée, cependant, et la promenade qui suivit causa à tous un plaisir exquis : la douceur de l'air et la beauté tranquille de la scène ramenèrent les esprits à cette méditation calme qui convenait au temps et à la circonstance ; tandis que, par sa conversation, Mme Percival, placée sur le siège de derrière avec Mabel, lui expliquait l'accroissement et les progrès de la petite église, située à mi-chemin entre la propriété de Bayard et celle de son frère.

Hélène et Henry arrivés d'avance attendaient sur les degrés pour les recevoir et réclamer Mabel. Comme l'église s'élevait à la jonction de quatre routes différentes, dans une partie de la contrée où les fermes étaient importantes et la population éparpillée, il n'y avait qu'un service pour la journée. Cependant la simplicité avec laquelle il était accompli, la vivacité du prédicateur et l'attention de l'auditoire, rendaient la cérémonie à la fois profitable et intéressante et ne causa à Mabel aucune fatigue. A portée de sa vue dans un banc voisin étaient ses bons amis les Hope, vêtus de leurs habits de fête, embellis de sourires qui exprimaient la joie et le contentement. Parmi eux se trouvait Jack, maintenant

49

M. John Hope ; sa grande taille, ses traits changés, son vêtement de bon drap,
empêchaient de reconnaître en lui le désagréable gamin des temps passés. Quand
l'office fut terminé, Percival s'approcha de Mabel et lui offrit la main jusqu'au
bas des marches.

— Bessie m'a averti, miss Vaughan, dit-il, qu'il est inutile de demander la
continuation de votre visite à ma mère ; mais comme Henry et Mme Vaughan me
permettent d'aller librement chez eux, j'espère que j'aurai bientôt le plaisir
de vous y revoir en qualité d'ami et de voisin.

Mabel répliqua franchement que rien ne lui ferait plus grand plaisir. Henry,
qui entendit la remarque, lui donna plus de force en serrant la main de Bayard,
et en s'écriant avec une généreuse chaleur : « Venez nous voir aussi souvent
que possible, cher ami ; elle m'a semblé bien longue cette session qui a dernièrement employé tout votre temps. Et le doux sourire d'Hélène l'assurait qu'il lui
serait fait bon accueil. Bientôt les deux voitures roulèrent sur des chemins différents, lesquels s'étendaient sur des plaines si unies et si peu interrompues qu'à
deux milles de distance, Mabel pouvait distinguer clairement un mouchoir que
Bessie agitait de sa main en signe d'adieu.

Mais Mabel ne savait pas ce que signifiait l'expression « ami » et « voisin »
dans la bouche de Percival. Quoique résidant depuis six ans dans l'Ouest, qui est
vraiment la contrée des grandes distances, elle n'avait jamais cru qu'un espace
de dix milles pût être aussi complètement annulé qu'il le fut durant les semaines
suivantes quand elle vit que, si un jet de pierre eût séparé les propriétés de
Bayard et d'Henry, elles n'eussent pu paraître plus strictement voisines. Ce
n'était pas que les visites promises par Bayard fussent régulières ou prolongées,
ou que les attractions de la maison lui fissent oublier ses occupations ordinaires.
Au contraire, sa propriété n'avait jamais requis une surveillance plus active
qu'alors, au moment où la moisson attendait sa récolte, quand ces marques
de négligence qui avaient échappé même à l'observation attentive de Owen
devaient être réparées sous l'œil vigilant du maître.

Mais quoique ses travaux d'agriculteur et de légiste fussent accomplis avec
promptitude, et que ses facultés fussent mises à une épreuve qui aurait abattu
un homme ordinaire, il trouvait encore le temps et l'occasion de venir se récréer
en leur compagnie, estimant une course de dix milles à cheval, quelle que pût

avoir été sa fatigue précédente, une peine légère, comparée au plaisir d'une causerie avec des esprits sympathiques. Il est vrai qu'il arrivait d'une façon si inattendue, étonnant ses amis à la fois par sa venue et par son départ, que de telles
surprises devenaient familières et qu'ils pouvaient à peine se rendre compte du
nombre et de la fréquence de ses visites. Pourtant, en consultant le calendrier
de la semaine précédente, ils s'aperçurent qu'il ne s'était pas passé un jour dont
une partie n'eût été égayée par sa voix et par son sourire. Quel que pût être
l'objet qui l'avait fait sortir de chez lui, on était sûr de le voir, et quand il était
appelé à la ville, dans la direction opposée, il trouva plus d'une fois le moyen de
faire un circuit qui l'amenait à la porte d'Henry, prouvant ainsi la vérité de ce
vieux proverbe : « La route la plus courbe est le plus court chemin pour revenir
à la maison. » Si Mabel sortait pour une promenade à cheval, comme elle le
faisait souvent, sur le poney blanc d'Hélène, toujours favori de sa maîtresse, il
n'était pas rare qu'elle revînt suivie de leur galant voisin, et une fois, comme
elle avait accompagné Henry dans les bois, et qu'il l'avait laissée au fond d'une
retraite ombragée, tandis qu'il explorait une partie de la forêt plus éloignée,
elle fut sans s'y attendre rejointe par Percival, qui s'assit sur le terrain couvert
d'aiguilles de sapin à ses pieds, prit le livre dans lequel elle lisait et conversa
avec elle pendant près d'une heure sur des questions littéraires, avec l'air d'un
homme qui a tout le loisir de paraître agréable.

Avec Mme Percival et Bessie, les rapports de Mabel étaient nécessairement
restreints par la distance, qu'elles ne pouvaient supprimer comme Bayard,
et sauf une ou deux occasions où Bessie vint un soir en voiture avec son oncle,
et une autre fois quand Mabel accompagna Hélène dans une visite à Mme Percival, il n'y eut, pendant une quinzaine, aucune communication entre les dames
des deux maisons. Elle ne pouvait se croire séparée d'elles avec un intermédiaire comme Bayard, et Mabel attribua à Mme Percival beaucoup de marques
de bonté et d'attention dont elle n'était réellement redevable qu'à lui seul.

Il semblait, en effet, admis par chacun que les visites de Bayard, et le plaisir
évident qu'il semblait y trouver, ne pouvaient être un sujet de surprise, et ne
devaient être attribuées à aucune vue ultérieure.

Si Henry observa leur fréquence et s'interrogea sur leur objet, il ne trahit
jamais ses pensées, même à sa femme, remarquant simplement d'un air de

satisfaction : « Il est si agréable de pouvoir rendre à Percival son hospitalité
et de le voir heureux dans notre maison ! »

Si Hélène, douée d'une tendresse exquise, supposa beaucoup plus qu'elle ne
voyait, la même tendresse lui défendait de froisser, même par une parole ou par
un regard, les sentiments de Mabel ; et se rappelant comment, pendant de
longues années, son attachement non déclaré pour Henry avait obtenu la silencieuse sympathie de sa sœur, elle respecta les secrets sacrés de son cœur, et les
garda comme s'ils eussent été les siens.

Et si Henry et Hélène s'abstenaient généreusement de troubler le courant
tranquille de ses pensées par aucune insinuation, Mabel était encore moins disposée à interpréter en sa propre faveur ces visites et ces civilités quotidiennes
qu'elle attribuait à tous les habitants de la maison, tout en y trouvant plaisir
pour elle-même.

Autrefois, peut-être, la vanité et l'amour-propre l'auraient poussée à une
interprétation plus flatteuse de ce goût de Percival pour la société que lui offrait
la maison de son frère. Mais l'expérience amère de ses jeunes années, les
épreuves de celles qui les avaient suivies, la mettaient en garde contre de
vaines et trompeuses illusions ; son caractère transformé l'empêchait de prendre
pour elle aucune distinction ou de réclamer aucun titre à des égards.

Ainsi, tandis que toutes les circonstances de leurs rapports quotidiens servaient à accroître son estime pour Percival, et à mettre dans une lumière nouvelle et plus agréable toutes ses qualités personnelles, elle n'avait jamais songé
même à établir aucun ascendant exclusif sur un cœur qui semblait universel
dans sa bienveillante sympathie. Il entrait avec un prompt intérêt dans les études
et les recherches favorites de la jeune fille ; mais n'était-ce pas sa manière en
toutes les sociétés où il se trouvait mêlé ? Il ne laissait passer aucune occasion
de lui rendre service ; mais sa simplicité de manières n'était-elle pas tellement
mêlée à une galanterie respectueuse, qu'il aurait agi de même avec la plus
humble femme ? Il exprimait une grande inquiétude au sujet de sa santé ; mais
pouvait-il faire moins pour une personne qui était à la fois la sœur de son ami
et l'amie de sa mère ? Il faut avouer aussi que Mabel, tout en laissant absolument à Bessie le soin de venger sa cause, ne pouvait oublier entièrement la
nature peu favorable des premières impressions de Percival à son égard. Et si,

de temps en temps elle éprouvait un sentiment de fierté, en écoutant quelque tribut de louange involontaire, échappé de ces lèvres incapables de flatterie, l'émotion était à l'instant réprimée par cette pensée : « Ce n'est qu'un effort pour atténuer la censure d'autrefois; une confession qui lui est arrachée par un sentiment de justice. »

Mais tandis que Mabel ne se permettait aucune visée de conquête, l'affection, conséquence naturelle de la reconnaissance et du respect, devint plus forte entre eux de jour en jour, et, libre de toute contrainte, elle en jouissait sans restriction et sans obstacle.

Ainsi c'était avec un plaisir non déguisé qu'elle recevait Percival ; avec regret qu'elle le voyait partir, avec un espoir confiant qu'elle attendait son prompt retour ; trouvant dans l'intervalle un calme plaisir dans la société d'Henry et d'Hélène, entrant cordialement dans tous leurs intérêts et leurs projets, et n'essayant jamais d'analyser les sources de ce contentement, de ce repos parfait du corps et de l'esprit qui lui ramenaient graduellement sa bonne santé accoutumée.

Un soir, Henry qui avait été à la ville voisine, retourna à la maison à une heure si tardive, que Mabel s'était déjà retirée, et ne le vit que le lendemain matin quand ils se rencontrèrent à déjeuner. « J'ai des nouvelles pour vous, May, » dit-il, comme elle entrait et prenait son siège à table. Sa figure était rouge d'animation, et Mabel, voyant cela, s'informa vivement de la nature des nouvelles.

— Rien de moins, répliqua-t-il, que la perspective d'une élection disputée. J'ai trouvé toute la ville occupée d'un seul objet : la nomination d'un candidat pour le siège législatif devenu vacant par la mort subite de notre représentant au Congrès. Je n'ai jamais vu de scène plus animée que celle qui eut lieu hier dans la Convention, non comme d'habitude au sujet des conflits de partis ou des disputes politiques, mais parce que l'assemblée entière était tout à fait enthousiaste dans ses opinions et dans son choix. Tous semblaient n'avoir qu'un cœur, un esprit, et le vote unanime fut acclamé par des applaudissements assourdissants. J'aurais seulement voulu que l'élu fût présent pour entendre les acclamations qui accompagnaient la proclamation de son nom.

— J'espère qu'il est digne de leur enthousiasme, dit Mabel.

— Vous pouvez en juger par vous-même, répondit Henry. Ce n'est autre que notre ami Percival.

Il aurait été difficile de découvrir, parmi les assistants à la réunion du jour précédent, une physionomie plus profondément intéressée et plus joyeuse que celle que Mabel tourna vers son frère, à cette annonce inattendue. Il y avait sur sa figure un sourire d'orgueilleuse satisfaction. Est-ce possible, Henry ? Je n'avais nulle idée que M. Percival pensât à entrer dans la vie politique, ou qu'il en eût le goût.

— Je crois que ses pensées et ses goûts seraient précisément l'inverse, dit Henry, et je ne suis certain, en aucune façon, qu'il acceptera la nomination.

— Cela serait dommage, remarqua Hélène. Il ferait tant d'honneur à la province.

— Vraiment, dit Henry, il n'y a pas un homme dans la République qui puisse apporter autant de force et de capacité dans les conseils du pays. Mais s'il abandonne son mode de vie actuel pour entrer dans la carrière politique, je suis certain que ce sera un grand sacrifice personnel. Je faisais partie de la délégation qui fut envoyée hier soir pour l'informer de sa nomination. Nous le trouvâmes tranquille à étudier la loi dans son bureau ; et je vous assure qu'il parut positivement peiné quand il connut le motif de notre visite.

— M. Smith, dit-il à celui qui prenait la parole pour notre comité, je n'ai jamais été plus surpris, et, j'ose dire, plus troublé que par votre communication. Je me sens très flatté d'être jugé digne de remplir ce siège au Congrès, mais un emploi politique de n'importe quelle espèce est une chose que je n'ai jamais désirée.

— Nous le savons tous, monsieur Percival, dit Smith, et c'est justement la raison pour laquelle tout le district vous y appelle. Donnez-nous un homme, nous disent ceux qui nous envoient, en qui nous puissions avoir confiance, qui dédaigne d'acheter nos votes, et qui ne vende jamais ni sa propre conscience ni les droits de la nation pour aucune séduction politique ou de parti. Donnez-nous un homme de qui nous puissions dire : il aidera le faible, maintiendra le juste, et sera droit envers tous. Nous sommes unis quant aux mesures, mais nous ne le sommes pas moins sur le nom de celui qui doit les maintenir et nous voulons avoir notre homme.

Je vis que Percival était touché. Il passa sa main sur son large front, puis se leva et marcha dans son bureau. M. Smith et quelques autres continuaient d'intercéder dans le même sens, faisant allusion à la situation critique des temps, au désir de tous les esprits réfléchis de voir le district représenté par un homme possédant la confiance du peuple, qui fût assez universellement populaire pour demeurer longtemps dans l'emploi et devenir le ferme pilier du bien public.

Percival écouta avec courtoisie tout ce qu'ils avaient à dire, les remercia et promit qu'il les informerait de sa décision aujourd'hui.

— Et vous pensez que sa réponse sera affirmative? demanda Hélène, tandis que Mabel restait plongée dans une profonde méditation.

— Il ne nous a donné aucun encouragement, dit Henry, et j'avoue que j'en suis à me demander quelle sera sa décision. On ne peut nier que de graves questions se présentent dans les conseils de la nation, et qu'aucune génération, plus que la présente, n'a besoin d'hommes tels que Percival au siège du gouvernement. Dans aucun autre temps, son éloquence, sa sagesse, sa modération, son désintéressement ne pourraient être aussi utiles au bien de sa patrie. Pourtant, quand je pense à son amour passionné pour cette vie libre de l'Ouest, l'enthousiasme qu'il a mis à esquisser nos améliorations futures, l'esprit aventureux qu'il déploie pour les explorations lointaines, le goût qui le pousse vers la chasse, et l'indépendance avec laquelle il s'est toujours tenu à l'écart des luttes de parti et des conflits politiques, je dois reconnaître (et Henry secoua la tête en signe de doute) qu'il est difficile de se figurer notre ami siégeant à Washington, enfermé toute l'année dans les étroites limites d'une triste cité, condamné à l'ennuyeuse routine et aux controverses animées du Parlement, dans lequel, s'il s'y engage, il entrera avec toute la foi et l'ardeur de sa nature. J'avoue que, considérant les choses à ce point de vue, je ne m'étonnerai pas s'il recule devant le sacrifice. Et vous, ma chère? dit-il à Hélène en lui jetant un regard interrogateur.

— Je ne puis rien dire, fit Hélène, et comme en ce moment elle levait les yeux, un sourire, qui ne fut pas remarqué par son mari, s'étendit sur sa figure. Je n'aventurerai pas mon opinion jusqu'à ce que je l'aie entendu lui-même.

— Et vous, May? dit Henry, qui, ne suivant pas la direction des yeux

d'Hélène, ne pouvait comprendre son sourire significatif, vous connaissez la
chose à fond, et je vois par votre figure que votre esprit devine la décision de
Percival. Restera-t-il ? Ira-t-il ?

— Si je le connais, un peu, dit Mabel d'un air ferme et sans hésitation, il
fera le sacrifice et il ira.

A cet instant, Henry comprit l'expression de la figure d'Hélène et se retourna
vivement sur sa chaise. Mabel aussi, et derrière elle, dans l'embrasure de la
porte, se tenait Percival, le visage coloré par la course, ses bottes de cheval
souillées de boue, sa belle chevelure rejetée en arrière et les yeux fixés avec
force sur Mabel.

— Mon cher ami, s'écria Henry, s'élançant de son siège et saisissant la
main de Bayard, vous êtes le bienvenu. Vous allez déjeuner avec nous,
j'espère.

— Non, je ne viens pas déjeuner, dit Bayard, donnant un coup d'œil pour
excuser ses bottes souillées, et résistant légèrement aux efforts hospitaliers que
faisait Henry pour l'attirer à table. Je sais à peine pourquoi je venais, puisque
je n'ai qu'un moment à dépenser. Je crois que je sentais le besoin d'avis, de
sympathie et d'encouragement ; je les ai obtenus, quoique un peu par surprise,
je le crains, et maintenant je dois m'en retourner. Henry, avez-vous l'adresse de
ce monsieur qui était hier le président de votre comité? J'ai oublié de la prendre
et il faut lui écrire aussitôt que je serai rentré. Oui, je vous remercie, madame
Vaughan, continua-t-il, en réponse à l'invitation d'Hélène qui l'engageait à
prendre au moins une tasse de café chaud ; ce sera avec plaisir si vous voulez
me permettre de le prendre debout. Et tandis qu'Henry cherchait l'adresse
demandée et qu'Hélène courait au buffet de la chambre voisine prendre une
tasse et un sucrier, il s'approcha de Mabel, qui, dans sa confusion, avait même
oublié de lui souhaiter le bonjour, et lui dit, en lui prenant la main : « Je suppose que vous n'êtes pas fâchée que je vous aie entendue par surprise. Si j'avais
des doutes relativement à mon devoir, vous les avez tranquillisés ; et, croyez-
moi, je m'efforcerai de ne pas tromper votre confiance bienveillante, pour
laquelle je vous suis d'autant plus reconnaissant qu'elle est bien au delà de mes
mérites.

— Je n'aurais pas parlé avec une telle décision, si j'avais su par qui j'étais entendue, dit Mabel, avec un sourire qui dénotait qu'elle n'était pas fâchée ; pourtant, je ne suis pas disposée à me rétracter.

— Vous n'en avez pas besoin cette fois, dit Percival, car je prouverai que vous disiez vrai ; cependant, puisque ma décision a votre approbation, le sacrifice me sera comparativement léger.

Il n'en dit pas davantage, car Henry revenait avec l'adresse et Hélène apportait le café, que Percival prit hâtivement, puis il leur dit adieu et partit.

— Mabel, s'écria Henry, riant de bon cœur comme il s'asseyait pour finir son déjeuner, je pense que la convention s'assemblera encore une fois et vous votera des remercîments publics pour le coup d'éperon que vous avez donné à son futur représentant. Je suppose, ajouta-t-il, que nous avons vu notre candidat pour la dernière fois, d'ici à quatre semaines, tellement il sera occupé par la prochaine élection, et Henry envoya un coup d'œil malicieux à sa femme, mais le bon cœur d'Hélène lui défendit de paraître le voir et elle prit soin de ne pas le lui rendre.

Mais, que cette prophétie d'Henry fût faite avec une plaisante ironie, ou qu'elle fût sérieuse, sa fausseté ne tarda pas à être démontrée ; car, tandis qu'il visitait le comté et revenait avec des rapports quotidiens sur la popularité universelle de Percival, et sur son triomphe certain, et que Mabel se plaisait à prophétiser sa future grandeur et son utilité dans la carrière publique, le jeune homme, après sa lettre d'acceptation, parut ne vouloir plus accorder aucune attention à cette affaire ; au contraire, abandonnant les chances de son élection aux mains de ses constituants, il se dévoua davantage à ses amis intimes. Le voyant chaque jour plus empressé, Henry et Hélène étaient tentés de se dire tout bas, l'un à l'autre, que s'il se montrait indifférent à la faveur publique, il tournait son ambition vers des honneurs plus élevés que ceux que le public a le pouvoir d'accorder, et qu'il avait presque oublié son élection pour appliquer tous ses efforts à se gagner un cœur d'un prix inestimable.

CHAPITRE XXXIX

S'il est une saison qui, plus que toute autre, plaise au cœur d'un Américain par ses émotions et ses souvenirs, c'est celle des *Actions de grâces*. A l'origine, c'était une fête de la Nouvelle-Angleterre, et presque la seule établie par les émigrants nos ancêtres, et pour cela peut-être la plus hautement honorée ; elle est devenue une institution dans toutes les parties de cette terre largement ouverte où les fils et les filles de la Nouvelle-Angleterre ont trouvé une demeure. Consacrée à la famille et aux liens sociaux, rassemblant tous les membres épars du troupeau en une seule pensée, éveillant les plus vives émotions de gratitude et touchant les sources secrètes du cœur, elle est pour la jeunesse une période de plaisir sans mélange, pour l'âge mûr un temps où tout est mis en œuvre pour offrir une hospitalité généreuse et pour la vieillesse une époque de repos solennel, de souvenirs touchants, d'espérances immortelles.

— Ç'avait été un désir longuement entretenu par Henry et aussi un long espoir de toute la famille que cet anniversaire tout proche, fût célébré à la demeure du jeune couple, et leurs amis de la ferme du Lac avaient reçu une cordiale invitation de s'y joindre à eux. Mais quand Mme Percival apprit que M. Vaughan, sa sœur et ses petits-fils avaient l'intention de prolonger leur visite durant la semaine entière des Actions de Grâces, elle ne perdit pas de temps pour leur demander que, le jour principal de la fête, elle pût recevoir toute la famille sous le toit de son fils.

— C'est le seul moyen, mon cher monsieur, disait-elle, dans une note que Bessie écrivit à M. Vaughan, sous sa dictée, de participer au plaisir de la fête, car une attaque récente de rhumatisme me défend de voyager en cette saison. Je ne voudrais pourtant pas vous y exposer vous-même après une récente maladie si grave, mais je suis sûre que vous ne craignez pas de braver la température de l'hiver, pourvu que vous ne soyez pas exposé à l'air du soir. Comme nous avons suffisamment de place, nous insisterons pour vous faire passer la nuit à la ferme du Lac. Il y a longtemps que je n'ai eu le privilège de réunir un cercle aussi agréable autour de moi dans cette occasion si intéressante. Donc par le souvenir que vous devez avoir conservé de beaucoup de belles fêtes semblables dans nos maisons de la Nouvelle-Angleterre, laissez-moi vous conjurer de plaider ma cause dans le cœur de vos enfants, et de nous donner, à mon fils et à moi, le plaisir de votre compagnie jeudi prochain. »

Henry et Hélène, au reçu de cette note, étaient disposés à résister à une telle invasion dans leurs droits, Sabiah hésitait fortement à la pensée d'accepter une invitation qui n'était pas moins formidable pour la pauvre femme, timide et retirée, bien que Mme Percival s'y rappelât vaguement à l'amie sympathique de sa jeunesse. Mabel semblait un peu embarrassée à l'idée de ce changement dans les plans de la famille ; et les visages des garçons étaient pleins d'attente et de doute. Cependant M. Vaughan mit tout à coup fin à cette hésitation en s'écriant avec une agréable galanterie : « Nous ne pouvons dire non, Henry : ne dites pas un mot, ma chère Hélène ; il ne faut pas refuser l'excellente dame. » Et le chef honoré de la maison s'étant ainsi promptement exprimé en faveur de Mme Percival, tous acquiescèrent à sa décision. Une réponse affirmative fut envoyée à la demande générale.

Comme pour faciliter les vues de tous et donner un peu d'animation aux événements du jour, une neige légère tomba durant la nuit suivante et durcit une surface unie favorable pour le traîneau. Suivant un accord fait en prévision d'une tempête de neige, Bayard amena le matin une voiture couverte qui avait été mise sur patins pour l'usage de sa mère et ramena Sabiah, M. Vaughan et Hélène, tandis que Mabel, maintenant revenue à la santé accompagnait Henry et ses neveux dans un traîneau découvert. Tous furent emportés avec rapidité sur la prairie unie, au son joyeux des clochettes. Un bon feu, une chaude réception les attendaient à leur arrivée ; le dîner suivit, avec ses joies et son abondante bonne chère ; d'autres amusements appropriés à l'âge des convives vinrent en leur temps et les heures se passèrent agréablement.

Le crépuscule du jour de la fête était arrivé. Un groupe heureux et animé était assemblé dans le salon de la ferme du Lac, partiellement illuminé par les longues lignes de lumière venant du firmament à l'Ouest, et égayé davantage encore par un grand feu de bois. Dans un bon fauteuil sur la droite était assis M. Vaughan, dont les cheveux blanchis et la figure amincie montraient les atteintes du temps et de la maladie qui l'avaient abattu ; mais dont la figure animée d'une sérénité paisible proclamait que le vieillard était revenu à une vie nouvelle. Près de lui, on pouvait voir la vénérable maîtresse de la maison, ses mains douces et blanches croisées sur son tablier, les plis neigeux du mouchoir de mousseline qui entourait son cou, et les tuyautés de son bonnet de veuve, contrastant avec son habit de riche satin noir, et tout son ajustement ajoutant à la dignité et à la grâce de sa noble personne. Sabiah avait aussi trouvé sa place dans un coin du sofa opposé ; elle était remise de la crainte que Mme Percival lui avait d'abord inspirée ; elle avait appris à reconnaître en elle la bien-aimée miss Bayard, sa camarade d'école, et s'était composé une attitude tranquille. Maintenant elle faisait partie de ce trio âgé qui suivait des yeux les plus jeunes membres de la compagnie et participait à leur joie.

Ils étaient tous bien animés et rentraient d'une expédition à la ferme d'Owen Dowst où ils s'étaient rendus à l'occasion du baptême de la petite Rose, qu'on avait fixé à ce jour, afin qu'ils pussent s'y trouver.

Les incidents agréables de la cérémonie, la vive promenade sur la neige gelée et glissante, la satisfaction qu'ils trouvaient dans la société l'un de l'autre, avaient donné de la rougeur à leurs joues, et délié leurs langues agiles. Hélène, toujours extrêmement sensible au froid et réjouie du bon feu qui attendait leur retour, s'était assise sur un tabouret bas entre le coin du sofa et la cheminée, sa main placée affectueusement dans celle de Sabiah. En avant du sofa se tenait Mabel, sa belle figure éclairée par la flamme, tandis qu'elle égayait sa tante par le récit de leur passe-temps de l'après-midi. Alick, d'un côté, l'aidait à distribuer une foule de messages respectueux dont Lydia l'avait chargé ; et Murray, se penchant sur le bras du canapé, ajoutait de temps en temps de l'intérêt à la narration par ses allusions spirituelles.

Pendant ce temps, Henry et Percival se tenaient en dehors du groupe, dans la baie d'une fenêtre ; ce dernier était partagé entre l'attention qu'il accordait aux moindres actions de Mabel et ses efforts pour expliquer à Henry les détails d'une nouvelle moissonneuse que venait d'inventer M. John Hope, et pour laquelle ce jeune homme ingénieux allait prendre un brevet.

En ce moment on entendit le galop d'un cheval sur la neige gelée de l'avenue, et l'instant d'après un cavalier passa rapidement devant la fenêtre.

— C'est John, mon domestique, dit Henry, avec une certaine vivacité dans la voix et dans ses manières. Je l'ai envoyé à la ville ce matin ; probablement il vient de rentrer. Et en parlant ainsi, il sortit vivement de la chambre à la rencontre de son messager, laissant Bayard libre de consulter ses inclinations, et, s'il lui plaisait, de se joindre au petit groupe près du canapé. Il ne le fit pas, cependant, mais demeura immobile dans la baie de la fenêtre, tandis que si la chambre eût été plus éclairée, on eût pu voir sur son front une légère rougeur, causée par l'attente ; car, tandis que le reste de la compagnie n'avait jusqu'ici aucunement remarqué le messager d'Henry, ou ignorait les nouvelles qu'il apportait, Bayard savait bien que dans un moment il apprendrait sa défaite ou le triomphe de sa candidature.

Aucune des personnes présentes n'ignorait que le recensement des votes dans lequel Bayard était si intéressé avait eu lieu la veille. Mais on ne croyait pas possible que le résultat pût être connu, et malgré l'impatience commune, on avait, d'un commun accord, gardé le silence sur ce sujet pour troubler la fête le moins possible.

Cependant, le comité dont Henry était membre avait pris des mesures si énergiques que, en dépit de la tempête de neige, le résultat exact de l'élection avait été proclamé dans la ville moins de deux heures auparavant, et le messager d'Henry, qui l'attendait, avait été aussitôt dépêché par le président pour annoncer le résultat à l'heureux candidat. La rougeur qui brillait sur la figure du domestique, non moins que la brusquerie des manières et des paroles d'Henry, avaient aussitôt fait connaître à Bayard la nature de cette commission, et il était encore tout ému quand Henry, qui apparemment avait à peine eu le temps de recevoir la dépêche des mains du domestique, rentra vivement dans la chambre et agitant en triomphe le document au-dessus de sa tête, serra la main de Percival en s'écriant : « Permettez-moi d'être le premier à vous féliciter, mon cher ami, de votre glorieuse victoire ! » Et il lut tout haut l'annonce de l'élection de Bayard à une écrasante majorité.

Bayard fut aussitôt entouré de figures animées et salué d'un chœur de félicitations. Et quoiqu'il parût moins excité que les autres, il ne pouvait rester insensible à ces marques d'affection. Les démonstrations populaires, les vives acclamations d'une foule tumultueuse, n'auraient pu l'émouvoir comme ces simples témoignages d'amitié cordiale. Il répondit à tous avec une satisfaction non affectée, tandis que sous la douce pression de la main de sa mère, ses yeux s'emplissaient de larmes malgré toute sa fermeté.

Mais une satisfaction, la plus grande de toutes, lui manquait dans cette heure de son triomphe ; une voix, et non la moins puissante sur son âme, restait silencieuse ; tandis que chacun se pressait en avant, une personne restait en arrière. Oui, il était étrange que, au moment où tous les autres étaient poussés à exprimer leur joie, Mabel, jusqu'ici pleine de zèle pour sa réussite, parût être soudain devenue muette. Comme les yeux peu satisfaits de Bayard erraient tout autour du petit cercle, ils avaient rencontré ceux de la jeune fille, fixant largement sur lui un regard éloquent ; mais son cœur faiblit quand elle rencontra ce coup d'œil perçant et bientôt toute sa figure se cacha derrière la haute taille de son frère.

Ce silence et cette retraite précipitée étaient involontaires, cependant ; et si son apparente froideur semblait pénible pour Percival, elle ne l'était pas moins pour Mabel elle-même. Elle avait considéré attentivement la physionomie du jeune homme pendant qu'il recevait les félicitations générales, mais lorsqu'elle rencontra son regard qui la cherchait, elle eut conscience qu'elle n'avait pas encore ajouté l'expression de sa sympathie à la joie universelle. Elle aurait alors volontiers réparé son omission ; mais l'intensité même de ses émotions la dominait et l'empêchait de les exprimer. Elle ne put contenir un vif battement de cœur, et sa retraite instinctive en dehors du petit cercle n'était que l'impulsion naturelle d'un esprit sensible, qui craignait de trahir son embarras.

Une fois en sécurité contre toute observation, elle s'efforça de recouvrer son sang-froid, attendant nerveusement une occasion de s'adresser au héros du moment, et cherchant en vain à donner à ses pensées une expression convenable. Mais tandis qu'elle attendait et réfléchissait ainsi, Bayard fut appelé au dehors et l'occasion fut perdue.

Une délégation d'électeurs venait d'arriver pour se réjouir de leur victoire et serrer la main du jeune représentant populaire. Le bruit confus du salon fut alors couvert par les voix tumultueuses et élevées de la foule qui, rencontrant Bayard sur le seuil, le félicitait vivement, tandis qu'il l'assurait de sa reconnaissance. Cette retraite soudaine de Henry et de Percival, le bruit des rires et des conversations venant de la salle à manger, sur le côté opposé du vestibule, où les nouveaux venus avaient été introduits, eurent l'effet de ramener le petit cercle de famille à une attitude pensive et recueillie ; l'un après l'autre, ils reprirent leur siège, et une tranquillité relative régna dans la chambre.

Dans un coin retiré, un peu à part du reste, Mabel s'occupait de ses propres pensées et prêtait l'oreille aux conversations qui avaient lieu autour d'elle, sérieusement contrariée de ne pouvoir prendre un air naturel, et se demandant si, dans l'excitation générale, sa propre conduite avait été remarquée.

Cependant aucune observation ne pouvait être plus sévère que celle qu'elle s'adressait à elle-même. « Que signifie ceci, Mabel Vaughan ? se demandait-elle intérieurement. Qui peut être plus satisfait que vous du résultat de cette élection ? A peine si vous avez pensé à autre chose depuis deux ou trois semaines ! Cela a été l'objet et le but où toutes vos espérances se concentraient ; nulle part le jeune candidat n'a trouvé un plus zélé champion ; il ne pouvait attendre de personne plus de sympathie ou de félicitations. Vous êtes certainement très heureuse de son succès ! Pourquoi ne pas le lui dire dans ces termes simples et francs qui sont tout ce que l'occasion demande ? »

Pourquoi ? En vérité, elle ne pouvait répondre à cette question d'une façon satisfaisante. Elle aurait donné un monde, s'il avait été à sa disposition plutôt que de lui ,voir supporter une défaite. Mais l'annonce était si soudaine ! Elle contenait tant de choses ! Peut-être comprenait-elle mieux que les autres la responsabilité qui pesait sur le jeune homme, la direction qui allait être donnée à sa vie future. Peut-être se rendait-elle compte que ce n'était pas seulement un intérêt privé qui était en jeu, mais un intérêt national. Autrement, pourquoi aurait-elle éprouvé ce vif battement de cœur qui l'empêchait de rien dire ? Oui, elle était heureuse, très heureuse ; cela n'admettait aucun doute. Mais elle ne pouvait parler aussi légèrement que les autres d'une matière aussi grave ; elle ne pouvait dominer aussi entièrement les émotions qu'un événement aussi sérieux devait exciter.

« Ces délégués politiques nous ont enlevé notre jeune ami à un moment très intéressant, dit M. Vaughan ; mais cette petite circonstance ne fait que mettre en lumière cette vérité générale : que l'amitié privée doit céder devant l'appel du devoir public ; et que nous ne devons pas nous plaindre de notre perte personnelle en vue de cette élection puisqu'elle introduit votre fils dans une arène où il est sûr de prendre une digne place. Je vous félicite, madame, de tout mon cœur, pour les honneurs qu'il a reçus aujourd'hui.

— Je n'ai jamais convoité de plus grand honneur pour mon fils, dit madame Percival, que celui auquel a droit tout homme qui remplit bien son devoir. Je vous remercie très sincèrement, mon cher monsieur, de votre sympathie. Mais de nouvelles responsabilités sont une nouvelle épreuve pour le caractère et les capacités ; et comme mère, je n'accepte pas les félicitations jusqu'à ce que Bayard ait prouvé qu'il les mérite.

— Le passé cependant, est, à un grand degré, le garant de l'avenir, répondit M. Vaughan, et vous ne me défendrez pas de vous dire qu'il y a dans le jeune homme autant de fondement pour la confiance du peuple que pour les espérances d'une mère.

— Je ne le nie pas, Monsieur, dit Mme Percival avec un sourire placide, tandis que ses yeux brillaient d'orgueil maternel. Pour rendre justice à Bayard, je crois que ses vues sont pures, et sa force de volonté indomptable. Je prie Dieu qu'il puisse se montrer aussi sage que je le connais brave et fidèle.

— Qui peut douter qu'il ne soit à la hauteur de sa position, pensa Mabel, et, tandis qu'elle considérait la figure de Mme Percival, elle sentait son propre cœur se gonfler d'un orgueil non moins profond et beaucoup plus ardent que celui qui se montrait sur le visage de la vieille femme. N'a-t-il pas accompli noblement tout ce dont il avait la charge, comme conseiller, comme frère, fils ou ami ? La mère peut modestement repousser les lauriers qui pourtant attendent son front. Mais quel honneur la nation peut-elle offrir que nous ne puissions espérer lui voir porter un jour ? Comme nous devons être reconnaissants de lui voir parcourir une carrière où il pourra montrer ses hautes qualités.

C'EST UNE DES FERMES LES PLUS GAIES (p. 375).

Cette joie, cependant, n'était pas aussi sereine que celle de Mᵐᵉ Percival. Le service public pouvait appeler son élu hors du cercle domestique, il réclamerait sans doute tout son temps, à l'exclusion de toute autre nécessité. Elle n'avait pas besoin de l'allusion de son père pour se rappeler que les jouissances privées peuvent quelquefois être en opposition avec les devoirs publics, car cette pensée lui était venue au moment même de la victoire de Bayard. Mais quoi ? Qui donc parmi ses amis serait assez lâche pour le détourner du sacrifice ? Y en avait-il un assez égoïste pour le retenir un moment hors de son poste, ou assez bas pour mettre en balance une contrariété personnelle avec le bien du public ? La raison répondait orgueilleusement par la négative ; mais une angoisse la frappa au cœur à cette question ; un soupir lui échappa et tandis que sa physionomie exprimait la joie, des pensées diverses luttaient dans son esprit.

— J'ai été dans la salle à manger où sont les messieurs, s'écria Murray, approchant de l'endroit où elle était assise, et parlant avec exultation. Il y en a bien vingt ou trente debout autour du feu parlant avec M. Percival et l'oncle Henry. Ils sont tous si triomphants de l'élection que c'est amusant d'être auprès d'eux et de les entendre. Allons ! Ah ! allons les écouter. Et il entraîna son frère.

— Comme la présence de ces amis doit être agréable à M. Percival ! pensa Mabel, en entendant à travers la porte, lorsque ses neveux quittèrent la chambre, le son des voix joyeuses ! Quel zèle il a fallu pour faire à cheval une course de dix milles par cette nuit d'hiver ! Quels soutiens sûrs et fidèles ils seront pour lui dans l'avenir ! Comme leurs intérêts sont étroitement liés aux siens ! Et quelle confiance mutuelle régnera dans leurs relations !

Tels étaient les sentiments de Mabel, au moins les seuls sentiments qu'elle s'avouât ou dont elle eût distinctement conscience. Pourquoi alors cette tristesse vague qui s'appesantissait sur elle, comme si elle eût comparé mentalement le salon en partie désert avec l'appartement bien rempli à l'autre extrémité de la maison où Percival recevait ses hôtes politiques ? Pourquoi ce souvenir distinct qui se présentait à son esprit, de la dernière accusation de sa tante Sabiah contre les hommes engagés dans la vie politique, affirmant que son effet proverbial est d'affaiblir la sympathie et les liens sociaux ? Pourquoi frappait-elle impatiemment le tapis de son petit pied, en attendant le départ du comité, et pourquoi ce sentiment de fatigue et de mécontentement avec lequel elle se disait mentalement : « Comme ils restent longtemps! » puis regardait furtivement à sa montre, ajoutant : « Seulement huit heures! Je croyais qu'il en était neuf. »

Ces réflexions étaient cachées au dehors par une contenance calme qu'elle avait reconquise à la sortie de Bayard hors du salon. On ne pouvait attribuer la source de sa contrariété secrète au désir de voir rentrer des absents; car lorsque enfin les messieurs de la ville prirent congé et que Bayard et Henry revinrent en hâte vers le salon, elle parut plus déconcertée que satisfaite par leur présence, et se hâta de s'isoler derrière une table à thé dans un coin de l'appartement. Là, elle demanda à Mme Percival le privilège de faire le thé pour la compagnie, office qu'elle accomplit en silence avec une précision méthodique ; elle ne quitta cette place que quand Percival fut assis au piano dans la bibliothèque voisine et que presque tous les autres l'y suivirent pour jouir de la musique.

Les airs nationaux et familiers se mêlaient si étroitement avec les associations du passé en un jour d'actions de grâces, que chacun avait quelque préférence à exprimer ou un air favori à demander. Ainsi Bayard fut retenu longtemps à son poste, et Bessie, dont le catalogue de chansons était aussi inépuisable que sa bonne nature, resta à côté de lui, tournant les feuillets de son livre de musique, et l'accompagnant avec force et vivacité, tandis que Henry, lorsque l'occasion le demandait, les aidait de sa profonde voix de basse. Hélène, à qui ce jour avait rappelé une mémoire chérie, attendit patiemment que tous les autres fussent satisfaits, et alors d'un ton tremblant, demanda que Percival voulût ouvrir l'orgue et y jouer une ou deux des hymnes sacrées que son père avait aimées, requête que Bayard accueillit avec sa courtoisie habituelle.

Pendant ce temps Mabel, désirant rester isolée, s'assit dans une grande baie de fenêtre à l'extrémité de l'appartement. Abritée dans ce recoin et cachée encore par de pesantes draperies à la vieille mode, elle pouvait jouir de la musique sans être dérangée. Son attitude ressemblait peu à celle d'un auditeur satisfait, pourtant, car elle considérait fixement la surface unie et brillante de la neige au dehors, et de temps en temps, elle pressait sa tête souffrante contre le verre froid. Une fois ou deux on aurait pu, en vérité, la voir tressaillir, comme si le chœur joyeux avait blessé ses sentiments ; mais sauf ces exceptions, elle paraissait à peine faire attention au concert prolongé, qui lui offrait une occasion de rester seule avec elle-même.

A la fin il y eut une pause, et Mabel, quoique insensible à la conversation qui se tenait autour d'elle, entendit distinctement Henry dire à son ami : « Vous nous manquerez beaucoup, Percival, cet hiver. Je suppose que vous serez obligé de nous quitter pour Washington le mois prochain.

— Je ne le puis dire ; peut-être resterai-je jusqu'en janvier, répliqua Bayard à demi-voix ; puis il ajouta tout haut et les lèvres serrées : peut-être immédiatement. »

Le dernier mot seul atteignit l'oreille attentive de Mabel. Il lui jeta un froid sur le cœur. Involontairement, elle se le répéta. Il semblait donner une forme à ces émotions vagues et indéfinies qu'elle ne pouvait comprendre et qu'elle aurait bien voulu repousser. Immédiatement cette pensée s'imposa à elle ; le *fiat* était prononcé ; Percival devait obéir à cet appel sans hésitation, sans délai. Il devait tourner le dos à la maison qu'il aimait et aux amis qui lui étaient chers. Ils n'entendraient pas plus longtemps sa voix joyeuse, lorsqu'il entrait dans la maison au crépuscule, ils ne compteraient plus sur son aide dans les difficultés ou le besoin, ne jouiraient plus de ses livres et n'auraient plus le bienfait de ses avis. Les bois et les prairies gémiront sur lui en silence ; même son cheval et son chien le regretteront ; son départ répandra sur le paysage une ombre qui ne sera dissipée que par son retour.

Il est vrai qu'il s'en va pour une noble tâche ; il servira la cause de l'humanité et les meilleurs intérêts de son pays, il lui donnera son temps, ses efforts, ses affections ; il trouvera une juste récompense ; il sera aimé et heureux ; et nous...

Hélas ! elle ne pouvait se tromper plus longtemps. Elle pouvait s'efforcer d'être joyeuse et fière à cette heure de triomphe, mais elle devait l'avouer, le départ de Percival allait répandre une ombre profonde dans son propre cœur ; les autres pouvaient regretter l'absence d'un ami ; mais pour elle le soleil de sa vie s'éteindrait.

Comme elle regardait en tremblant dans cette nuit de l'esprit qui menaçait de s'éteindre sur elle, elle ne s'aperçut pas que la bibliothèque était presque déserte. L'orgue continuait de jouer une belle symphonie dont les tons mineurs s'accordaient avec ses pensées et qu'elle écoutait presque sans en avoir conscience. Elle était seule avec l'organiste dans cette bibliothèque tranquille, main-

tenant éclairée seulement par la lumière pâle de la lune, qui envoyait ses rayons
à travers la fenêtre où elle était assise. Sa première impulsion fut de sortir ; la
suivante d'attendre à moitié cachée jusqu'à ce que Percival, qui fermait l'orgue,
l'eût précédée ; mais ces deux plans échouèrent également, car, loin de quitter
la chambre après avoir fermé l'instrument, Bayard croisa les bras, et d'un air
délibéré, alla droit à la fenêtre pour regarder la neige au dehors. Elle tressaillit
à son approche, et d'un air agité, elle essaya vivement de passer à côté de lui en
silence ; mais quoiqu'il fût à peine moins déconcerté qu'elle-même en l'apercevant (car il croyait qu'elle avait passé la soirée au salon), il l'arrêta par ces
mots : « Ne vous en allez pas ! » Elle suspendit ses pas, moins retenue par ses
paroles que par la puissance de ses doux yeux bleus fixés sur elle avec un regard
à la fois persuasif et pénétrant.

— Je n'ai pas l'intention de vous déranger, dit-il, comme elle demeurait
hésitante et irrésolue ; mais puisque je suis ici, veuillez m'écouter un moment.

Il lui aurait pris la main pour la retenir, mais elle ne voulut pas la lui
confier, sachant combien elle tremblait, et sans paraître avoir vu le mouvement,
elle reprit volontairement sa place dans l'embrasure.

— Vous êtes la seule de mes amis qui ne m'ayez pas félicité ce soir, dit-il
en s'asseyant à côté d'elle. J'étais d'abord à moitié disposé à vous reprocher cette
indifférence, mais, après réflexion, je vous remercie plutôt de m'avoir épargné
une telle dérision.

Elle répéta ces derniers mots d'un ton interrogateur, levant en même temps
les yeux vers lui pour lui demander l'explication de ce qu'il voulait dire.

— Oui, le mot est fort, continua-t-il, avec une véhémence qui ne lui était pas
habituelle, mais une félicitation de vos lèvres m'aurait paru à peine moins qu'une
dérision ce soir. D'autres peuvent être aveugles à la vérité, et leurs paroles
bien intentionnées peuvent être à la fois acceptables et sincères. Mais je me
flatte que vous me comprenez mieux, que vous me ferez la justice de croire que
les événements qui extérieurement ont une apparence si flatteuse ne m'ont
causé que de la peine, qu'aucune sentence d'exil ou de bannissement ne pouvait
être plus amère que cet appel qui m'éloigne de tout ce qui m'est le plus cher
sur la terre.

Il y avait dans sa voix une profondeur et un tremblement que Mabel n'avait jamais entendus auparavant et qui la firent tressaillir. Elle sentit qu'il la regardait fixement ; mais sans oser lever les yeux, elle balbutia : « Henry disait bien que cela vous coûterait un sacrifice.

— Henry ! Qu'en sait-il ? Qui peut le savoir ? s'écria Bayard avec un geste impétueux et presque impatient. Qui, hors moi-même, peut mesurer l'angoisse que cela me cause. Je ne recherche pas la sympathie. Mais vous... et sa voix changea et prit une tendresse presque féminine, vous qui par votre sainte confiance en mon sentiment du droit, m'avez fortifié dans cette tâche, vous ne voudrez pas au moins refuser de me dire un : Dieu vous aide !

— Moi ! Oh non ! répliqua Mabel, et alors elle ajouta en hésitant et à peine sachant ce qu'elle disait : Je... Je vous souhaite tout ce que vous pouvez désirer.

— Et vous écouterez ma confession avant que je m'en aille ?

Elle ne répondit que par un regard timide et inquiet ; puis ses yeux firent vivement le tour de la chambre, comme si elle méditait de s'échapper.

— Oui, dit Bayard, parlant vite, comme s'il avait compris son intention. Je ne puis partir le cœur léger, mais je voudrais au moins emporter avec moi une conscience légère. Je voudrais la décharger d'un poids qui pèse sur elle depuis cette soirée où nous nous rencontrâmes pour la première fois, quand, dans l'aveuglement d'un jugement faux et hâtif, je prononçai ces paroles indignes que vous avez entendues et dont je me repentis aussitôt qu'elles furent proférées. Pouvez-vous, voulez-vous me pardonner l'aveuglement que je ne me suis jamais pardonné à moi-même ? Pouvez-vous estimer que j'ai expié suffisamment ma faute, alors que votre premier coup d'œil de reproche me convainquit d'injustice, que ce souvenir est toujours resté depuis dans ma mémoire, et que je ne puis trouver la paix tant qu'il étend son ombre sur mon cœur.

— Et... est-ce tout ? dit Mabel, respirant plus librement, tandis que le sourire pensif s'étendait sur sa figure, car sa mémoire, qui avait oublié d'enregistrer les torts de cette soirée, lui rappelait les bienfaits que Bayard lui avait si généreusement accordés dans une heure de besoin.

— Non, ce n'est pas tout, s'écria-t-il, revenant à la véhémence et à la ferveur qu'il s'efforçait en vain de calmer. Vous m'avez entendu malgré moi quand je jugeais témérairement un caractère que je n'avais ni la sagesse ni la charité de bien comprendre. Je vous supplie, en retour, de m'écouter, de me croire quand je vous dis que la bonté, la générosité que vous avez montrées depuis sont telles que je suis prêt à me cacher la figure et à crier : Ainsi, c'est là cette femme froide, artificielle, mondaine ! Ne vous fiez plus à vous-même désormais, Bayard Percival !

— Monsieur Percival, dit Mabel, avec d'autant plus de calme qu'elle voyait combien Bayard était ému, vous vous faites tort à vous-même et à moi quand vous témoignez tant de regret pour des paroles dites au hasard et oubliées, je vous assure aussitôt qu'elles furent entendues. Si mon esprit me rappelle souvent la soirée dont vous parlez, ce n'est pas à cause de ma vanité blessée, mais pour un acte de bonté qui m'a touché le cœur. Ne pensez jamais dans l'avenir à cette occasion, à moins que quelque jour vous ne soyez tenté de douter de ma reconnaissance.

Sa voix tremblait en proférant cette dernière syllabe, et une fois de plus, poussée à prendre la fuite, elle se levait de son siège pour s'élancer hors de la chambre. Mais Bayard était sur ses gardes. Quelque chose dans sa manière l'avait amené à prévoir le mouvement, et s'avançant, il lui saisit la main.

— Restez, Mabel, restez, criait-il d'une voix profondément émue, tandis que ses yeux, habituellement si doux, semblaient lancer une flamme brûlante en se fixant sur ceux de la jeune fille. Vous ne devez pas... vous ne partirez pas. Je n'ai fait que la moitié de ma confession encore. Ecoutez-moi un moment seulement, et alors, si vous me l'ordonnez, je vous quitterai et vous ne me reverrez jamais plus.

Elle s'arrêta court, muette et immobile comme une statue. La main qui avait rencontré la sienne avec un tremblement nerveux, cessa de s'agiter et il la retint dans une ferme étreinte. Il y avait quelque chose de pénible dans l'agitation de cet homme fort, habituellement si calme et si maître de lui, et le cœur de Mabel cessa presque de battre, quand elle vit sa large poitrine se soulever avec effort et ses lèvres se refuser à proférer les pensées qui s'agitaient en lui. Mais quand elles s'échappèrent enfin, ces paroles pathétiques et puissantes, elles parurent s'insinuer au cœur même de la jeune fille, pénétrant au centre même de la vie et exprimant un amour aussi profond, aussi fort que le cœur qui l'avait conçu était noble et élevé. Avec toute la simplicité, l'ardeur de la jeunesse, avec toute l'éloquence, la persuasion de l'homme mûr, il plaida sa cause, lui disant l'histoire de cette affection fidèle et profonde qui s'était éveillée en lui depuis plus de six ans, et avait pris racine secrètement dans ce sol généreux, pour s'accroître et fleurir enfin dans le soleil de sa présence et de ses sourires.

— J'ai aimé ma demeure de l'Ouest avec un enthousiasme puéril, s'écria-t-il à la fin, lorsque, après avoir exprimé ses espérances, ses craintes, il s'aperçut que les traits de Mabel étaient sans couleur, et que dans leur rigidité et leur pâleur marmoréennes il ne pouvait encore lire de réponse. Je me suis réjoui de la liberté et de l'indépendance de ma vie sans entraves. Je me suis retiré de tout ce qui avait une tendance à m'écarter de mon but favori. J'aurais même repoussé l'appel du devoir; j'aurais regardé même l'exil en face avec plaisir, et défié l'infortune de m'atteindre, me glorifiant de ma force native. Mais il n'en est plus ainsi. Mes résolutions sont plus faibles que celles d'un enfant; mon courage me fait défaut au moment le plus critique de ma vie. Je n'ose pas dire que j'aurais décliné le présent appel si votre confiance généreuse ne m'avait poussé en avant. Mais maintenant il n'y a pas à reculer. Je me séparerai de toutes les habitudes et de tous les souvenirs qui ont pour moi un charme sans nom; il faut que je dise adieu à tous les endroits où votre image est pour jamais attachée. Le devoir m'ordonne de partir, et vous aussi vous me faites entendre sa voix. O Mabel! — et son ton s'adoucit plein d'une vivacité touchante, ô Mabel! dois-je partir seul?

Le cœur, qui avait semblé se tenir tranquille tandis que Bayard dévoilait avec une ferveur passionnée le secret intime de son amour, vibra d'une émotion soudaine quand ces paroles enflammées furent suivies d'une supplication timide; le sang qui avait paru refluer et cesser de couler, reprit son cours vif et pétulant, et l'âme de Mabel, longtemps oppressée par ses émotions cachées, reprit une vie soudaine. Ce n'était pas un sentiment aveugle, une préférence passagère qui se révélait ainsi dans le plus secret de son être, c'était une affection pure et sainte, nourrie par le temps, fortifiée par le respect, et resserrée par la communauté d'habitudes, de principes, de pensées et de sentiments, qui de deux cœurs n'en faisait qu'un. Cette affection profonde, elle l'avait bien cachée, si bien que jusqu'à ce moment, elle-même n'en soupçonnait qu'à moitié le pouvoir. Mais elle ne pouvait la comprimer plus longtemps. Elle le sentit par l'agitation

52

intérieure qui la faisait chanceler; elle la trahit par la vive rougeur qui se
répandit sur son visage. Elle ne pouvait parler; mais elle plaça sa main libre sur
celle que Bayard retenait dans la sienne; il les saisit toutes deux, et elle répondit à son étreinte. L'agitation nerveuse qui la faisait trembler comme une
feuille se calma quand elle se sentit dans ses bras, et le cœur, instruit par
l'expérience, purifié par la souffrance et ennobli par la patience dans le
malheur, comprit qu'il avait enfin trouvé un repos parfait sur la terre.

. . . .

Et que dirent ses amis quand l'engagement de Mabel fut annoncé, car enfin
tout se sait et il faut que chacun dise quelque chose.

On ne le sut que le lendemain, car Bayard retourna au salon sans sa fiancée,
qui fut invisible à la famille pour le reste de la soirée. Murray alla à sa recherche,
désirant qu'elle pût voir une aurore boréale qui s'était montrée, mais il revint
en disant que probablement tante Mabel avait la migraine, car, sans ouvrir sa
porte, elle l'avait prié de l'excuser auprès de Mme Percival et du reste de la
compagnie.

Mais quand elle s'éveilla le matin suivant, elle trouva sa vénérable hôtesse
assise auprès de son lit. « Bonjour, mon enfant, ma chère fille! dit-elle, pendant
que, penchée sur elle, elle lissait ses cheveux, dégageait son front et l'embrassait
tendrement. Bayard m'a tout dit; c'est ce que désirais au fond du cœur. Je ne
pouvais demander une plus grande satisfaction pour ma vieillesse. Mon fils sera
heureux, et vous aurez un mari digne de vous. »

Mabel s'élança, jeta ses bras autour de sa chère et respectable amie. « Oh!
quel bonheur! s'écria-t-elle avec des larmes dans les yeux, de sentir, pour la
première fois, ce que c'est que le droit à l'amour d'une mère ! »

— Votre union avec Bayard, ma chère, dit la vieille dame, ne fera que mettre
le sceau à celle que mon cœur avait faite avec vous, il y a longtemps. Vous
m'apparteniez par adoption autant que par choix. Il m'est doux de sentir que
mon affection s'était portée instinctivement au-devant d'une fille qui devait
bientôt devenir la mienne par un lien sacré. Et pressant Mabel une fois encore
sur son sein, elle quitta la chambre pour reprendre un calme que cette entrevue
avait sensiblement troublé.

— Venez avec moi, dit Mabel à Bayard, qui arpentait le vestibule en face de sa porte, et qui fut par conséquent la première personne qu'elle rencontra en sortant de sa chambre. Allons voir mon père.

Le vieillard avait des habitudes matinales; et comme Mabel l'avait espéré, il était déjà levé, assis seul en face du feu de la bibliothèque. Il déposa ses lunettes et son livre, en voyant sa fille et son jeune hôte entrer ensemble dans la pièce. Il les considéra avec une grande surprise, car ils avaient le regard vif de personnes qui ont un secret à confier. Mabel passa derrière sa chaise et lui parla à l'oreille. Il se retourna pour les regarder, l'air incrédule, puis lança un coup d'œil interrogateur à Percival. « Vous serez pour elle l'ami qu'elle mérite? dit-il enfin.

— Je le serai, monsieur, avec l'aide de Dieu, répondit le jeune homme solennellement.

— Prenez-la, alors, dit le père, se levant de son siège, et plaçant une main sur la tête de chacun. Cet événement, que je n'attendais pas, n'en sera pas moins bien venu. Si c'est une garantie que d'avoir été une bonne fille, elle sera une bonne femme, continua-t-il en s'adressant à Bayard, vous ne vous repentirez jamais de votre choix. Dieu vous bénisse tous deux !

— Deux élections en un jour, heureux homme ! s'écria Henry, qui survint en ce moment et devina d'un coup d'œil ce qui se passait. Je vous souhaite du bonheur; et j'espère que le district ne me blâmera pas de considérer cette dernière victoire que vous avez remportée comme plus importante que la première, plus digne de réjouissance, non seulement pour vous, mais aussi pour ma chère sœur, et pour tous ceux qui s'intéressent à son bonheur. Quoique Henry s'adressât à Bayard, son regard affectueux se portait sur Mabel qu'il attira vers lui en terminant ces paroles et qu'il embrassa avec une effusion fraternelle.

— J'espère que vous serez tous deux aussi heureux que nous le sommes, ma chère, dit Hélène, qui avait suivi son mari dans la chambre. Je ne puis vous offrir un meilleur souhait.

Bessie fit alors son apparition. Elle avait appris les nouvelles de sa grand'mère, et sa joie, qui, sans doute, était extrême, se perdait dans l'excès de son étonnement. « Je n'ai jamais été si trompée en ma vie, s'écria-t-elle. Je suis contrariée, à ne pouvoir le supporter, de penser quel jeu vous avez joué presque devant mes yeux, moi, aveugle comme une taupe à tout ce qui se passait. Eh bien ! n'y a-t-il personne qui soit étonné, je désire le savoir? Et elle regardait chacun dans la figure avec un air interrogateur. Je croyais que vous n'aimiez pas mon oncle ? miss Vaughan, dit-elle, d'un ton de reproche ; je croyais que vous aviez une vieille rancune contre lui. — Et ainsi, oncle Bayard, vous vous proposez d'épouser un glaçon ? Bayard sourit. Bessie vit que cette allusion mordante n'exerçait plus son effet habituel.

— Mabel m'a pardonné, dit Percival ; votre langue, petite Bessie, a perdu le pouvoir de blesser.

Il y eut un contraste marqué dans la manière dont les garçons reçurent cette annonce. Murray cria de joie et demanda civilement à Mme Percival la permission de pousser trois hurrahs. Alick considéra la figure de Percival avec un regard si inquisiteur qu'il paraissait vouloir percer jusqu'au fond de l'âme, embrassa Mabel avec impétuosité, s'enfuit de la chambre, et, il faut l'avouer, quoiqu'il eût seize ans et fût grand pour son âge, il pleura.

— Eh bien ! mais, dit Sabiah, que Mabel alla chercher pour la mettre au courant, cela n'est pas possible ! C'est si soudain que je ne sais que penser. Pourtant vous ne l'avez vu qu'une demi-douzaine de fois en votre vie, n'est-ce pas, Mabel ?

Mabel avoua qu'elle l'avait rencontré fréquemment pendant la visite chez Henry.

— Bon Dieu ! Alors tout le temps que les autres s'occupaient d'élections, lui le passait à faire la cour ! Eh bien ! c'est un beau jeune homme ! Je n'ai rien à dire contre lui ; et s'il a négligé ses intérêts publics, comme on dit, pour faire l'agréable auprès de sa bien-aimée, je pense que sa femme ne sera jamais délaissée quoi qu'il puisse arriver ; ainsi je présume que le cœur que vous avez gagné vous le garderez sans conteste. »

Et Sabiah avait raison ; car pour Bayard Percival, aimer une fois, c'était aimer toujours.

CHAPITRE XL

C'était vers le soir d'un jour de décembre. Depuis quelques semaines, M. Vaughan et sa famille étaient revenus à la maison, et Mabel, qui au milieu de toutes ses occupations avait pu se ménager une demi-heure de loisir, s'était assise pour la première fois à son petit pupitre, en face de la fenêtre familière qui donnait sur la vaste étendue de prairie. Le pas léger et affairé d'Hélène retentissait dans la maison ; on pouvait entendre par moments la voix de Mélissa dans la cuisine adjacente avec le ton élevé et autoritaire que lui donnait l'exercice de ses fonctions. Les garçons passaient et repassaient devant la grange, donnant un dernier regard à leurs favoris dans les troupeaux, et faisant leurs dernières recommandations au fermier Jacques. Tout présageait qu'un grand événement était proche, qui romprait les liens ordinaires, quelque grande migration parmi les habitants de la maison. Le petit salon, cependant, demeurait tranquille ; les préparatifs et les préoccupations du dehors ne pouvaient arriver jusqu'à ce sanctuaire domestique où M. Vaughan et sa sœur étaient assis dans leurs fauteuils accoutumés devant le feu, tandis que le chien de garde dormait sur le tapis. Pendant un moment, Mabel garda une attitude pensive, sa tête reposant sur sa main et ses yeux errant sur le grand paysage d'hiver au dehors, puis revenant se fixer sur le tableau paisible qu'offrait l'intérieur du salon. Enfin, prenant une plume, elle se pencha sur son pupitre, et écrivit la lettre suivante :

« Chère madame Herbert,

« Quand je me reporte aux jours de mon enfance, je revois toujours devant moi l'image d'une amie bien chère dont l'amour tendre et les soins dévoués ont fait le bonheur de cette portion de ma vie sur laquelle ma mémoire aime à se reposer. Quand je considère les années qui se sont passées depuis, je ne puis manquer de me rappeler qu'à chaque pas, j'ai été conseillée, fortifiée et ranimée par les avis, les leçons de cette même chère amie.

« Et maintenant que je vais entrer dans une nouvelle sphère de devoirs, je ressens un désir instinctif de réclamer encore ma place dans ses souhaits, son affection et ses prières. Vous avez chéri l'enfant, encouragé la jeune fille, permettez-moi de demander votre sympathie pour la femme. Il ne me convient pas de beaucoup parler de celui que demain je dois épouser. Quelque jour vous verrez et connaîtrez M. Percival, et pourrez en juger par vous-même. Mais si une simplicité sans mélange, la générosité du cœur et des sentiments, sont pour un homme des titres à l'honneur, je puis bien être fière de son rang dans l'opinion du monde ; et si la force des principes est le plus sûr fondement pour la confiance, je dois bien croire que les sentiments qu'il professe maintenant sont sincères et seront durables. Je suis sûre que je n'ai pas trop dit ; mais en vérité, madame Herbert, ma seule crainte est de pas le mériter. Bayard (car vous désirez connaître son prénom) est le fils du conseiller Percival comme on l'appelait généralement, un légiste autrefois fort estimé dans New-York et décédé depuis quelques années. Sa veuve vit encore, vigoureuse et active, quoique âgée de près de soixante-seize ans. Elle aussi est bien connue dans New-York et ailleurs pour la part active qu'elle a prise dans toutes les œuvres philanthropiques ; et même à cette période avancée de sa vie, elle ne croit pas devoir renoncer à son activité. Vous le comprendrez quand je vous aurai dit qu'elle a loué récemment une maison à Cambrige, avec l'intention de meubler une demeure pour deux de ses petits-fils, actuellement étudiants à Harward, et qu'elle a invité Alick et Murray à y vivre avec elle. Aucune proposition ne pouvait être plus opportune pour les garçons, car Alick espère préparer son admission à l'Université au commencement de la prochaine année collégiale, et Murray ne pourrait poursuivre nulle part avec autant d'avantage les études mathématiques qui doivent lui permettre d'embrasser la profession d'ingénieur. D'abord, nous repoussions tous cette proposition, craignant que ce ne fût trop d'embarras pour Mme Percival, mais elle a facilement décidé mon père ; Henry m'a convaincue qu'elle n'attendait que du plaisir de cette charge, et finalement elle l'a emporté.

« J'aurais volontiers pleuré, lorsque, à ma dernière visite à la ferme du Lac, elle a remis entre mes mains, d'une façon moitié plaisante et moitié solennelle, toute son autorité sur la maison, m'assurant en même temps que, si elle n'avait pas été contrariée de laisser Bayard seul, elle l'aurait fait un an plus tôt. Ma capacité à remplir cette place honorée à la ferme ne sera pas mise à l'épreuve maintenant, car M. Percival a été récemment élu membre du Congrès pour ce district, et nous devons partir pour Washington aussitôt après la cérémonie du mariage. Mon cher père nous accompagnera. Je ne pouvais souffrir la pensée d'être séparée de lui ; et lui, pour sa part, semble trouver plaisir à l'espoir de passer un hiver au siège du gouvernement, où j'espère qu'un climat plus doux sera favorable à sa santé, tandis que l'intérêt qu'il commence à éprouver pour les débats occupera agréablement son esprit. Vous serez heureuse d'apprendre qu'il a tout à fait abandonné les soucis d'affaires et d'argent, et qu'il jouit d'une sérénité, d'un contentement délicieux à voir. Tante Sabiah passera l'hiver avec Henry et Hélène ; mais l'été prochain me la rendra, je l'espère ; car je n'abandonnerai jamais mes droits sur ce membre bien-aimé de notre famille. C'est une circonstance favorable pour nous que Mélissa, après une demi-douzaine d'années d'efforts persévérants, ait enfin réussi à épouser le fermier Jacques. Ils ont été mariés avec beaucoup de parade et de cérémonie, pendant notre absence pour la fête des actions de grâces, et continueront probablement à occuper la maison et les terres environnantes aussi longtemps qu'ils le jugeront avantageux.

« Donc, demain sera un jour remarquable pour nous tous ; un jour où non seulement moi-même, mais tout le reste de la famille devra dire adieu à cette maison de l'Ouest qui, tout humble qu'elle est, nous était devenue chère et que nous chérirons dans les années à venir, comme le port de salut, où nous avons trouvé un abri contre la tempête de l'adversité. Bénis soient ses murailles blanches et nues et son foyer de briques ! ils nous ont appris que le bonheur est indépendant de l'ornement, que le contentement se peut trouver au plus humble foyer, que l'amour ne connaît pas de limites et s'étend souvent au large dans l'espace le plus étroit. Nous pourrons traverser le monde et admirer ses monuments de magnificence, mais nos cœurs reconnaissants n'oublieront jamais ce que nous devons à notre maison de la prairie.

« J'éprouve un grand plaisir à penser que dans le printemps ou l'été prochain, les devoirs de l'amitié nous appelleront à la Nouvelle-Angleterre. J'espère
alors vous voir une fois de plus, ma chère amie. En attendant, croyez-moi maintenant, comme toujours, votre tendrement attachée.

« MABEL VAUGHAN. »

Dans cette heure de douce attente et d'heureuse perspective, l'imagination
peut bien revêtir l'avenir de ses plus riches couleurs; mais l'espoir exprimé
dans cette dernière partie de la lettre de Mabel ne devait pas se réaliser.

Peu de semaines après avoir reçu ces nouvelles agréables de son élève bien-
aimée, Mme Herbert obéit à cette grande loi qui attend tout être vivant, et
quand Mabel visita la maison de son enfance, ce ne fut que pour pleurer sur le
tombeau de cette amie de ses premières années.

Sa confiance que le changement de climat et de scène pourrait améliorer
la santé de son père et prolonger sa vie ne fut pas moins vaine. La santé de
M. Vaughan était trop affaiblie pour admettre quelque chose de plus qu'une
amélioration passagère; il se trouva mieux pendant l'hiver, et sa résidence à
Washington lui fut agréable, mais le printemps le vit lutter contre l'affaissement,
et, quand l'été vint, il était comme le grain trop mûr. Tranquillement, paisiblement, sa longue vie s'achemina vers une fin sereine, et s'éteignit dans la belle
maison de sa fille, entouré de ceux qu'il aimait.

. . . .

— Henry, dit Percival, un soir qu'ils étaient assis sous la vérandah à la
ferme du Lac, je crois vous avoir entendu dire que vous aviez connu autrefois
Lincoln Dudley ?

— Oui, je l'ai bien connu, dit Henry, que lui est-il arrivé ?

— J'ai vu hier, en regardant la liste des passagers, qu'il s'était embarqué
pour Liverpool sur le *Canada.* Pauvre garçon ! Il lutte encore sans repos, je
suppose pour échapper à ce triste ennemi : lui-même.

— Comme s'il était possible, répondit Henry, de se débarrasser de l'objet
de près de quarante ans de dévotion assidue. Et s'il pouvait réussir, quel vide
présenterait le monde à l'homme qui n'a jamais eu un espoir ou un but qui
n'eût pour fin dernière son propre bien ?

— J'ai rarement connu un exemple plus complet de facultés gaspillées ou perverties que celui qu'on trouve en Dudley, reprit Percival. J..., un de ses vieux camarades d'école, nous parla l'hiver dernier, à Mabel et à moi, de sa condition vraiment pitoyable. Il pèse sa nourriture avec une grande exactitude, se pose des limites pour l'exercice et le grand air, et analyse ses symptômes de maladie avec soin. Son intelligence, autrefois brillante, paraît affaiblie, et tout fait présager qu'il deviendra complètement hypocondriaque.

— En vérité, s'écria Henry, quelle peinture mélancolique nous présente sa vie ! Quel objet de compassion il est devenu et quel avertissement !

— Oui répliqua Percival, il ne peut y avoir une preuve plus frappante de ce fait que le raffinement, la culture de l'esprit, la politesse sont plus nuisibles qu'utiles, si elles ne sont accompagnées d'une foi vive, d'une résolution virile et de la générosité du cœur. Dudley fut pendant un temps le pupille de mon père, et souvent il habita sa maison. Je me rappelle l'admiration que ses talents excitaient en moi quand j'étais un petit garçon, et j'ai souvent entendu ma mère regretter la vanité et l'égoïsme qui avaient été encouragés en lui de bonne heure, et qui augmentèrent dans les années suivantes au point de l'endurcir contre les conseils de mon père. C'est un exemple d'une classe d'hommes malheureusement trop commune dans le monde, qui, avec le plus bel avenir devant eux, causent néanmoins le naufrage de leur propre fortune, et exercent sur les autres une influence aussi désastreuse qu'elle est insidieuse et fascinatrice.

— Comme il se serait moqué autrefois d'un homme semblable à ce qu'il est devenu ! dit Henry.

— Oui, répondit Bayard ; mais où les fous peuvent rire, les sages ne peuvent que pleurer.

. . . .

Moins d'une année après la mort de M. Vaughan, le chemin dont on avait tant parlé, vers lequel les pensées du vieillard s'étaient en vain tournées, comme vers la démarcation entre sa fortune passée et sa fortune future, le seul espoir de son avenir et de celui de ses enfants cessa d'être un rêve pour devenir une réalité solide. Les plans qui avaient fatigué le cerveau du vieillard aux cheveux blancs, et qui en échouant avaient ruiné sa santé, furent enfin mis à

53

exécution sans son intervention, et les terrains perdus dans le désert devinrent un riche patrimoine pour Henry, les jeunes Leroy et Mabel. Mais avant ce temps, les bonnes résolutions d'Henry, son empire sur lui-même, son travail patient avaient été mis à l'épreuve par des années de privation. Alick et Murray, l'un dans ses études classiques et l'autre dans ses recherches plus pratiques, avaient gagné des louanges méritées, résistant noblement aux tentations de la jeunesse, et travaillant avec l'ardeur inspirée par la nécessité de compter sur leurs propres efforts. Mabel au milieu des soins qui lui incombaient comme épouse, et les responsabilités de sa nouvelle position, s'était montrée digne d'un homme dont les vues étaient aussi élevées que sa vie était utile : et son noble époux, trouvant dans le travail et la frugalité un bonheur que la richesse ne peut accroître, avait gagné parmi ses concitoyens une position honorable à laquelle la fortune ne pouvait ajouter plus de dignité.

Suivre Mabel dans le reste de sa carrière serait anticiper sur l'avenir. Son lot n'est que celui de l'humanité ; et le temps, qui a pour mission de mûrir et d'augmenter son bonheur, doit aussi amener des changements, des joies et des chagrins. Il peut la conduire à travers des sentiers agréables et fleuris ; il peut lui faire boire les eaux amères de l'affliction ; mais nous devons espérer que les souffrances, les tribulations et les épreuves de sa jeunesse auront enfin trouvé leur récompense.

TABLE DES MATIÈRES

TABLE DES GRAVURES

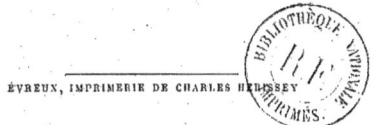

ÉVREUX, IMPRIMERIE DE CHARLES HÉRISSEY

Contraste insuffisant

NF Z 43-120-14

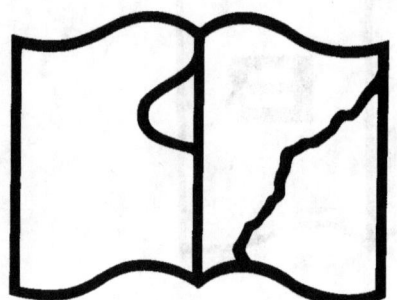

Texte détérioré — reliure défectueuse
NF Z 43-120-11